IRINA BINDER

Până la sfârșit

Editor: Camelia SOCEANU
Redactare: Ana-Maria DATCU
Corectură: Odilia ROȘIANU
Tehnoredactare: Stelian BIGAN
Design copertă: Bianca DEMIAN

Descrierea CIP a Bibliotecii Naționale a României
BINDER, IRINA
Până la sfârșit / Irina Binder. - București : For You, 2019
ISBN 978-606-639-284-6
821.135.1

IRINA BINDER

Până la sfârșit

Editura For You
București

Prefață

Dacă scriitoarea Irina Binder nu ar fi existat, un vizionar ar fi trebuit să o inventeze. Și asta pentru că, privind în viitor, ar fi văzut cu tristețe că astăzi, în lipsa ei, mulți dintre cititorii români ar fi continuat să trăiască fără să cunoască bucuria pe care ți-o aduce slova tipărită, fără să simtă pasiunea pe care o împărtășesc acum pentru lectură, fără să trăiască intens și alte vieți ca și când le-ar aparține.

Dar, slavă Domnului, Irina Binder există. Așa cum a existat și un om pasionat de lectură și cărți, doamna Monica Vișan, fondatoarea Editurii For You, care a avut inspirația să ne-o propună ca autor. Și Irina, generoasă, nu ni s-a înfățișat oricum, ci odată cu ea, ca într-un caleidoscop, încă de la prima sa carte ne-a oferit galeria personajelor sale, a subiectelor și a temelor sale, universale de altfel, cât și o întreagă paletă a sentimentelor omenești.

Nu o să vă dezvălui aici, analitic și rece, ca într-o prefață clasică, biografia autorului sau norocoasele și fericitele mele interacțiuni cu Irina Binder, deși sunt fascinante. Nici nu voi scrie pagini pline de explicații studiate, cuvinte golite de suflet în care să-mi expun opinia doctă, seacă asupra lucrării, cu referiri bibliografice, critice, disecând personajele, filosofând prețios asupra a... tot. Prefer să vă spun că, femeie fiind, întotdeauna mi-am dorit să știu cum e Adam în adâncul sufletului său. Am jinduit să descopăr cum simt bărbații. Cum gândesc, acționează și ce e în mintea ori în sufletul unui Făt-Frumos îndrăgostit fără speranță. Aici mi-a atins sufletul Irina cu noul său roman, *Până la sfârșit*. Autoarea s-a așezat cu delicatețe în pantofii unui bărbat, creionându-i cu sensibilitate și forță narativă portretul, sondându-i cu măiestrie și curaj atât sufletul, cât și mintea.

Un înțelept a spus cândva că ar trebui, chibzuit, să ne facem în adâncul inimii un lăcaș, chiar și minuscul, pentru Dumnezeu. Pentru că acela se va umple, neașteptat, cu lucruri despre existența cărora habar n-am fi avut altfel. Așa e și cu acest ultim titlu al Irinei, *Până la sfârșit*: să-i amenajăm, așadar, un spațiu confortabil într-un colț al inimilor noastre și ne va umple toată ființa cu întrebări, răspunsuri, suspans și răsturnări de situații, cu poezie și imprevizibil, cu visuri împlinite sau spulberate, cu soluții câștigătoare în situații-limită. Îl va decora apoi aristocratic, drapându-l cu bine și frumos, cu bucurii nebănuite, dar în ascuns visate, cu omenie, curaj, nădejde, lecții de viață și mai ales cu iubire.

Vă las întreagă reveria așternută măiastru de scriitoarea cea mai îndrăgită din România, Irina Binder, împreună cu personajele sale. Vă invit să le ștergeți cu bunătate lacrimile, dar și să vă bucurați de zâmbetele presărate peste chipurile eroilor pe care-i cunoașteți deja. Vă poftesc să trăiți alături de ei o poveste de dragoste tulburătoare care, încă o dată, ne arată că dictonul „În dragoste și în război totul e permis“ rămâne actual și așa va fi cât vor iubi oamenii pe Pământ. Vă îndemn să urmăriți drumul sinuos și maiestuos al Reginei negre care plânge după împărăția iubirii și a pătrățelelor albe sau să vă amăgiți cu iluziile unui Nebun de alb care speră să captureze Regina pentru veșnicie pe tabla de șah a vieții, pe care inimile și lacrimile sunt albe și negre, dar la fel de adevărate. Sunteți pe mâini bune atunci când vă încredințez rândurilor binecuvântate ale Irinei Binder, autoarea noastră atât de îndrăgită și așteptată… până la sfârșit.

CARMEN VOINEA-RĂDUCANU

Jurnalistă și scriitoare, autoare a cărților *Visătorii nu mor niciodată* și *Binecuvântate ne fie dorurile*, apărute la Editura For You

Mulți mă consideră un om foarte norocos. Și poate că așa și este, privit din oricare unghi – al altora, apropiați sau îndepărtați, al destinului, ba chiar și al meu. Da, al meu. Pentru că, gândindu-mă bine la tot ce-am trăit, viața mea a fost o înșiruire de șanse. Pe care le-am primit uneori fără să-mi dau seama, iar eu ori le-am îmbrățișat cu sufletul deschis, ori mi le-am refuzat cu îndârjire, atunci când am considerat că norocul meu ar putea fi nenorocul altcuiva. Ori durerea lui.

Am fost adoptat de o familie foarte bogată, dar mai ales foarte iubitoare, lucru mai important decât toți banii din lume. Șansa mea, pentru care unii poate mă invidiază, a venit însă după o serie de evenimente nefericite, tragedii care m-au lăsat orfan mai întâi de ambii părinți, apoi de singura bunică pe care o mai aveam.

Mi-am pierdut părinții într-o seară de iunie, după o zi veselă, senină și plină de soare, când aveam doar 11 ani. Încă am coșmaruri, încă retrăiesc acele amintiri înspăimântătoare și dureroase: lumina orbitoare a mașinii care venea cu viteză de pe un drum lateral și nu ne-a acordat prioritate, zgomotul asurzitor al impactului. Și apoi tăcerea. Tăcerea aceea îngrozitoare, liniștea care se lăsase dintr-odată, cu greutatea unui imens bolovan, peste mine. Încercam să înțeleg de ce nu spune mama nimic, de ce tace tata, de ce nu mă întreabă niciunul dintre ei dacă sunt bine, dacă m-am lovit, dacă mă doare ceva. Tăcerea grea ca plumbul, în absența vocilor părinților mei, mă apăsa mai tare decât fiarele contorsionate ale caroseriei care mă prinseseră în ghearele lor. Apoi, încetul cu încetul, am auzit strigăte, veneau înspre mine din depărtare mai multe voci, am zărit luminile unor lanterne mişcându-se în direcţia noastră. Îmi amintesc ca printr-un soi de vis derulat cu încetinitorul agitaţia oamenilor care ne-au scos pe rând dintre resturile maşinii distruse, durerea fizică, întrebările pline de blândeţe şi grijă ale salvatorilor, dar mi-au rămas în minte şi în suflet, mai ales, spaima trăită în liniştea aceea sinistră, singurătatea cumplită şi fără de iubire simţită până când cineva a venit să ne ajute.

De atunci, în fiecare clipă a vieţii mele am fost mistuit de dorul părinţilor mei. De dorul vocilor pline de căldura şi iubirea lor, de mângâierile mamei, de sfaturile pline de înţelepciune ale tatei, de serile noastre încărcate de bucurie, cu hohote de râs nestăvilit, de cântecele de drumeţie fredonate de noi trei în maşină, ori de câte ori plecam în vacanţă. Dar nu mai am în minte nici măcar imaginea chipurilor lor, şi aceea s-a pierdut undeva într-o ceaţă densă, opacă, fără de sfârşit. Anii mei prea tineri, durerea, instinctul de supravieţuire care-şi făcuse loc în mica mea fiinţă sau poate o inconştientă dorinţă de a merge mai departe au trimis în uitare feţele dragi, înlocuindu-le cu o ultimă imagine: trupul lipsit de viaţă al lui şi părul ei, cel mai negru şi mai frumos păr pe care l-am văzut vreodată, curgând parcă dintre rămăşiţele maşinii noastre – pe care eu, copil fiind, o iubisem atât de mult.

După accident şi după recuperarea în spital în urma unor răni minore, am înţeles că nu o mai aveam pe lume decât pe bunica din partea mamei. Era singura rudă rămasă, pentru că tata, abandonat în maternitate la naştere, nu şi-a cunoscut niciodată părinţii. El a crescut într-un orfelinat unde, câteodată, mergeam împreună să le ducem dulciuri, fructe şi jucării copiilor, şi abia acum înţeleg de ce se întorcea mereu tata în acel loc. Îmi spunea că aceea este casa lui, că aşa a crescut şi el, precum copiii de acolo, şi că i-a fost foarte greu în toţi anii de singurătate, ani fără de sfârşit în care nu-l vizita nimeni şi părea că nimănui nu-i pasă de el. Îmi spunea cât este de important ca acei copilași să se simtă iubiți și câtă nevoie au de generozitatea oamenilor, cât de mult înseamnă pentru ei o mângâiere și o încurajare, o prăjitură bună sau o jucărie la care nici măcar nu îndrăznesc să viseze. Iar cei de la orfelinat nu l-au uitat pe tata – la înmormântarea părinților mei au venit și câteva persoane pe care le văzusem în timpul vizitelor noastre, aducând flori și scrisori cu inimioare din partea copiilor, vorbind despre tatăl meu cu admirație, dar și compătimindu-l pentru soarta tragică. Pe el și... pe mine, rămas orfan. De parcă, într-un fel, soarta alesese și pentru fiu un destin asemănător cu al tatălui, într-un soi de joc absurd, cinic, dureros.

După înmormântare, bunica m-a luat la ea acasă. M-a rugat să-mi adun lucrurile, jucăriile, hainele și rechizitele și să încui bine ușa apartamentului părinților mei. Le-a spus prietenilor ei care ne aduseseră cu mașina că ea nu poate intra în apartamentul nostru, că nu poate să vadă lucrurile fetei ei. Iar eu, devenit brusc adult, mi-am împachetat atunci bagajul, am încuiat în urma mea trecutul și am plecat spre viitor, alături de unica ființă apropiată pe care o mai aveam pe lume, fugind mâncând pământul din singurătatea casei mele, cândva un cămin plin de veselie, seninătate și iubire.

Abia după câteva săptămâni a putut bunica să intre în casa părinților mei. A plâns foarte mult în ziua aceea, a mângâiat fiecare lucru, de parcă ar fi dorit să i se imprime pe mâini ultimele atingeri ale palmelor fiicei ei pe acele obiecte. Apoi m-a privit cu duioșie și, încetul cu încetul, s-a liniștit. Știu că a făcut-o pentru mine, avea nevoie să fie puternică și sănătoasă ca să mă poată crește. I-a lăsat cheia vecinei noastre, tanti Rozalia, să aibă grijă de apartament.

– Asta va fi casa băiatului, i-a spus bunica vecinei. Atât i-a mai rămas băiatului de la părinți, măcar să aibă cuibul lui când o fi mare, să n-aibă grija unui acoperiș deasupra capului.

Au mai plâns puțin amândouă povestind despre părinții mei, în timp ce eu îmi luam rămas-bun de la vecini și de la tovarășii mei de joacă, din copilăria de până atunci.

Bunica locuia în Ghermănești, un sat aparținând comunei Snagov, la o distanță de aproximativ 30 de km de București, într-o căsuță mică și frumoasă unde se născuse și mama, un crâmpei de paradis cu o grădină unde nenumărații trandafiri colorați rezistau până toamna târziu. Câteva găinușe moțate și plimbărețe erau libere să ciugulească toată ziulica prin livada din spatele casei. Gospodăria ei micuță și foarte bine îngrijită ne asigura în interior un spațiu decent și curat ca un pahar, iar în aer liber, un loc generos, plin de verdeață și flori. Satul era mic, cu cel mult două mii de locuitori, dintre care cei mai mulți lucrau în București, și de aceea pe strada ei nu prea erau copii. Mă simțeam foarte singur și abia așteptam să înceapă școala, să-mi cunosc colegii, să am cu cine vorbi. Zilele parcă prea lungi ale primei mele veri de copil orfan le petreceam doar hoinărind singuratic pe malul lacului și prin pădurea Snagovului – pe care le cunoșteam bine din vacanțele petrecute acolo, pe vremea când nu bănuiam că locul acela îmi va deveni casă, iar mama mamei mele îmi va rămâne singura rudă în viață.

Bunica, obișnuită să trebăluiască tot timpul într-o curte micuță și o gospodărie ușor de întreținut, avea grijă și de o doamnă în vârstă și bogată din Snagov. Mergea în fiecare zi să-i gătească, mai ales că femeia trebuia să urmeze un regim alimentar strict. Iar bunica, grijulie și bucuroasă să-și ocupe timpul pentru a nu mai avea vreme să se gândească la unica ei fiică răpită de destin, nu doar îi gătea, ci avea grijă ca doamna să-și ia tratamentul, îi făcea cumpărăturile necesare dietei ori îi ținea companie, ascultându-i poveștile.

Într-o zi, cam la o săptămână după mutarea mea la ea, așa cum îmi promisese, bunica m-a luat și pe mine la casa doamnei de care se ocupa de mai mulți ani. Mai ales că, datorită poveștilor ei, devenisem și curios să o cunosc pe Doamna, despre care auzisem că este o femeie cu o prestanță deosebită,

„o Doamnă din înalta societate", cum spunea bunica, „o cucoană școlită și educată în străinătate pe vremea boierilor". Totodată, însă, mă temeam de femeia aceea străină, pe care o percepeam ca fiind pretențioasă și severă. Nu știu de ce, dar pentru mine doamnele acelea din vechime nu puteau fi decât aspre, afurisite și reci. Ceea ce mă împingea cel mai mult, totuși, să-mi doresc să merg acolo era că în aceeași casă cu Doamna locuiau și fiul ei cu soția și cu băiatul lor, Matei, pe care speram în taină să-l întâlnesc și să mi-l fac prieten.

Încă de la intrare, am fost cucerit: nu mai văzusem niciodată o casă atât de impunătoare și de frumoasă, cu o curte splendidă, plină cu flori. Unde mai pui și că, în mijlocul unei pajiști, aveau un leagăn colorat, de unde, urcând un podeț, ajungeai la o căsuță în miniatură. Ca în filmele cu cowboy, de podeț era priponit un mândru căluț de lemn, cu tălpici de balansoar. Admiram în tăcere, minunându-mă de colțul acela de Rai. Pe malul lacului se înălța un foișor elegant în care se zăreau tot felul de jucării și priveam cu jind spre debarcaderul ideal pentru pescuit sau pentru inițierea unei plimbări cu barca. Rezemată de prispa căsuței mici, am văzut și o bicicletă – toate erau ale lui Matei, probabil. Bunica mi-a spus doar să mă dau cuminte în leagăn, să nu alerg și să nu ating nimic din ce nu-mi aparține, ca să nu supărăm pe cineva.

– Doamna este mai dificilă, așa că te rog să fii cuminte, să nu deranjăm, mi-a inoculat bunica, fără să vrea, ideea că Doamna era un fel de Bau-bau.

Așadar, m-am legănat liniștit și am privit în jur, minunându-mă de curtea atât de mare, atât de îngrijită și de casa frumoasă, fascinantă. Priveam totul cu bucurie și curiozitate, descoperind mereu câte ceva care-mi încânta privirea: ba floricele mici care-și ridicau capetele din iarba perfect tunsă, ba câte o pasăre pe creanga vreunui copac, dar mai ales caiacele sportivilor care vâsleau ritmic, pe lacul Snagov, în antrenamentele prin care se pregăteau pentru cine știe ce mari competiții.

La un moment dat, mi-a atras atenţia o mişcare la una dintre ferestrele casei. Privind cu atenţie, am zărit silueta unei femei cu părul alb. Se uita la mine în timp ce ţinea perdeaua trasă într-o parte. Când a observat că i-am remarcat prezenţa, mi-a făcut cu mâna, dar fără să-mi zâmbească. Am salutat-o şi eu înapoi, în acelaşi fel, apoi ea mi-a indicat să urc acolo, printr-un semn scurt şi ferm. Asta, probabil, ca să nu existe nicio urmă de şovăială din partea mea şi să înţeleg că nu acceptă un refuz. Eram înspăimântat şi, în acelaşi timp, foarte emoţionat de ceea ce avea să mi se întâmple: voi cunoaşte în realitate o boieroaică de pe vremuri, ca acelea despre care învăţasem la şcoală, o Doamnă în cel mai adevărat sens al cuvântului. Copil educat şi cu bun-simţ, m-am conformat imediat, m-am descălţat la intrare, mi-am lăsat sandalele frumos aliniate pe covoraşul de şters picioarele din faţa uşii şi am intrat în casă. Ajuns într-un living mare, cu pardoseală din marmură, am văzut o scară interioară impresionantă, cu balustradă aurie. Aceea părea să fie singura cale de acces spre etaj. Eram uluit.

– Dar ce băiat frumos şi bine crescut! Cine eşti tu, puiule, oare eşti nepotul Mariei? Ai nevoie de ceva? am auzit o voce blândă de femeie, în spatele meu.

– Da, Maria e bunica mea, i-am spus timid, întorcându-mă spre cea care îmi vorbise şi care acum se ştergea energic pe mâini cu un prosop de bucătărie. Mulţumesc, nu am nevoie de nimic, m-a chemat doamna de la etaj la ea.

– Da? I-auzi!

– Da. Mi-a făcut semn de la fereastră să urc; eu mă dădeam cuminte în leagăn, cum mi-a spus bunica.

– Atunci haide cu mine să te duc la Doamna, dragule. Eu sunt Oli.

– Eu sunt Robert, doamnă Oli. Sărut mâna, am spus timid.

Femeia blândă şi zâmbitoare m-a mângâiat pe cap cu bunăvoinţă, apoi m-a condus până în faţa unei uşi de la etaj, a bătut uşor, a deschis şi mi-a făcut un semn încurajator să intru.

Am pășit cu mare emoție, iar Oli a închis ușa în urma mea și a plecat, lăsându-ne singuri.

Camera Doamnei m-a lăsat fără grai. Mobila ca în palatele din filme, pereții aproape tapetați cu tablouri cu rame masive, aurii, pianina romantică, așezată lângă un perete, nenumăratele cărți lăsate pe jos, pe mobilier, pe fotolii, de parcă Doamna, în orice colț ar camerei s-ar fi aflat, citea câte ceva – toate mă fascinau. Încercam să nu-mi arăt curiozitatea, să nu par needucat și nepoliticos.

– Săru'mâna, Doamnă, am șoptit cu emoție și frică.

– Poftește, te rog. Vino mai aproape, mi-a răspuns cu o voce groasă, profundă.

Doamna stătea pe un scaun aflat în fața ferestrei și mă studia cu o privire cercetătoare, cu viteza și precizia unui laser performant. Mă oprisem la câțiva pași de ea, însă când mi-a întins mâna a salut, m-am apropiat cu aceeași timiditate. Am ridicat o mână cam tremurândă, iar Doamna mi-a strâns-o cu putere, de parcă ar fi vrut ori să-mi dea curaj, ori să mă sperie mai tare.

– Cum te numești, tinere?

– Robert, Doamnă, am murmurat încetișor.

– Încântată să te cunosc, Robert. Eu mă numesc Polixenia. Am aflat că ești nepotul Mariei.

– Da.

– Bravo, până aici e bine. Dar, Robert, hai mai bine să depășim momentul prezentării și să trecem la lucruri cu adevărat serioase: ia spune-mi tu mie, un tânăr domn ca tine știe ce este acela un secret?

– Ceva ce nu e frumos să spui?

– Da, corect, dar mai mult de-atât. Un secret, dragul meu Robert, este în același timp o misiune importantă pe care cineva ți-o încredințează numai și numai dacă se poate bizui pe tine. Este o chestie onorantă și numai oamenii onorabili pot ține un secret.

Eram impresionat de seriozitatea cu care-mi vorbea, uitându-mi-se fix în ochi, și nu puteam să-mi desprind privirile de ale ei.

– Deci, tinere, ești tu capabil să ții un secret? Ești tu, oare, un om de onoare? Un domn?

– Sunt, Doamnă, am răspuns răspicat și convins, de data asta fără pic de timiditate.

Știam de la tata ce înseamnă să fii om de onoare și-i promisesem că așa voi rămâne mereu, un gentleman.

– Ei bine, tinere domn, m-ai convins. Și-atunci, având în vedere că toate condițiile sunt îndeplinite, îți voi da acum o misiune tainică.

S-a ridicat din scaunul de la fereastră și, cu un mers greoi, dar încă bățos și sigur, s-a îndreptat către o servantă elegantă, sculptată, dintr-un lemn rar. A deschis un sertar și a scos niște bani pe care mi i-a întins:

– Ia banii aceștia și te rog să-mi cumperi un pachet de țigări. Îți arăt pachetul ca să știi de care să iei. Și, bineînțeles, asta rămâne între noi. Te descurci, tinere? Pecetluim înțelegerea?

Așa a început prietenia mea cu Doamna Polixenia, o Doamnă adevărată, poate prima pe care am întâlnit-o în viața mea, un personaj extraordinar, parcă desprins dintre filele unei cărți. Și asta se vedea cu ochiul liber, de la o poștă: în ciuda bolii și anilor, femeia păstra încă o ținută impecabilă, dreaptă și, poate tocmai de aceea, în aparență trufașă. Părul îi era nins de vremea îndelungată petrecută pe lumea asta, iar privirea directă părea aproape tăioasă dacă nu o cunoșteai și, mai ales, dacă nu-i intuiai sufletul de aur.

Demnă și distinsă, Doamna Polixenia avea o minte sclipitoare și foarte vie, știa să poarte un dialog fermecător și putea să ajungă la inima oricui, nu numai a mea, un copil de-a dreptul sedus de personalitatea ei. Îmi vorbea despre multe lucruri, gesticulând uneori amplu, teatral, alteori reținut, în timp ce își mișca brațele firave și degetele lungi și fine în toate direcțiile. Îmi spunea povești despre oameni care trăiseră parcă într-o altă dimensiune a timpului, despre cărți și întâmplări frumoase, despre spectacole de teatru și cântăreți faimoși, despre călătorii în locuri îndepărtate. Iar eu o priveam cu venerație, o ascultam ca pe un profesor mult iubit și... din când în când îi cumpăram țigări, fumatul fiind un lucru interzis cu desăvârșire în casa aceea. Familia ei își dorea să-i protejeze sănătatea, mai ales după accidentul vascular pe care-l avusese.

Doamna nu fuma mult, ci doar își oferea rareori această mică plăcere vinovată, plimbându-se alene prin încăpere, purtând cu o eleganță desăvârșită, ca într-un ritual de seducție, un țigaret lung și negru, cu cele două capete îmbrăcate în argint filigranat. Iar cum acesta era secretul care ne unise și ne adusese împreună, eu trebuia să-i cumpăr țigări în mare taină, dar și să arunc scrumul și chiștoacele folosite, fără ca nimeni să știe ce sacrilegiu se petrecea în budoarul Doamnei Polixenia. Și, desigur, întotdeauna, Doamna îmi dădea bani pentru serviciile mele cavalerești. Deoarece, spunea ea, așa procedau regii și reginele: își răsplăteau cavalerii și supușii credincioși pentru loialitate și secrete importante, împărtășite. Asta până într-o zi, când am refuzat să mai iau bani de la ea.

– Nu am ce face cu ei, Doamnă. Am deja mulți bani adunați și, dacă tot nu pot spune despre ei nimănui, nici nu pot să-i folosesc. Mai bine nu-mi mai dați.

– Hm, ia-i și adună-i acolo, tinere domn. Nu știi când vei avea nevoie de ei. Orice om trebuie să aibă niște economii despre care să știe doar el, ăsta e tot un fel de secret.

Vizitele la Doamna rămâneau mereu captivante pentru mine. Îi plăcea să-mi povestească amintiri despre părinții și despre tinerețea ei, și-atunci pe chipul brăzdat de ani al femeii se așternea o lumină aparte, făcând-o din nou frumoasă cum fusese, cu siguranță, și cum era încă, în ciuda anilor care trecuseră peste ea. Sau îmi citea, apoi îmi dădea cărți pentru a le descoperi singur și discutam aprins ulterior, învățându-mă cum să extrag esențialul dintre paginile lor. Într-o zi, m-a inițiat în tainele șahului, mi-a arătat ce înseamnă strategia, cât este ea de importantă, de folositoare pentru gândirea noastră, dar și pentru viață, iar de atunci jocul de șah a devenit un hobby pentru mine. Jucam cu Doamna Polixenia ori de câte ori mergeam cu bunica la ea.

Sigur, pe măsură ce mă familiarizam cu viața în familia Doamnei, toată lumea se mira că preferam să petrec ore în șir cu ea, în loc să mă fi jucat cu Matei; dar credeam că el nu ar fi avut oricum timp să se joace cu mine, avea mereu multe lecții suplimentare, după ore făcea meditații la limbi străine, la matematică și mai lua și lecții de pian. Și parcă nici nu eram prea dornic să mă joc cu nepotul Doamnei, convins fiind că este un copil răzgâiat, cu atitudine superioară de țânc bogat, neprietenos, plin de el și cu nasul pe sus.

Dar m-am înșelat: Matei era foarte binevoitor și agreabil și ne-am înțeles minunat din prima zi în care ne-am cunoscut. Ne jucam împreună când era liber, iar uneori participam chiar la lecțiile de pian. Casa lor devenise un loc primitor, o evadare din viața singuratică dusă alături de bunica, o eliberare de gândurile mele, care se întorceau zi de zi către părinți, mai ales pentru că înțelesesem deja că nu-i voi mai vedea niciodată, că tot ce-a fost în viața mea de până la accident nu va mai reveni nicicând, oricât de dor mi-ar fi fost și oricât mi-ar fi lipsit.

Într-o zi, Doamna mi-a spus că trebuie să discutăm ceva serios. Am crezut că-mi va da încă o misiune importantă și eram pregătit să-i arăt că sunt în continuare demn de încrederea ei, dar nu a fost așa. Doamna m-a întrebat direct, cum îi era felul, dacă mi-ar plăcea să locuiesc în casa aceea, să fac parte din familia ei, să fiu nepotul ei și fratele lui Matei.

– Și bunica? am întrebat, contrariat și speriat. Bunica să rămână singură?

– Bunica ta vine oricum în fiecare zi aici și poți oricând să mergi la ea, dacă vrei să stați doar voi doi. Dar, tinere domn, Maria este în vârstă și ea, iar noi toți ne gândim la viitorul tău. Împreună cu bunica ta, am stat și am judecat lucrurile, am încercat să găsim cea mai bună soluție pentru tine.

Doamna mi-a spus că nu trebuie să dau răspunsul imediat, că pot să mă gândesc, să vorbesc și cu bunica despre lucrurile acestea și să fac ceea ce simte inima mea, pentru că inimile noastre dau întotdeauna răspunsul corect la orice întrebare. Când am ajuns acasă, bunica mi-a explicat cu blândețe că familia lui Matei voia să mă adopte, să-mi asigure un viitor bun, pe care ea nu ar fi reușit să mi-l ofere.

– Dar eu vreau să stau cu tine, i-am spus cu voce stinsă bunicii mele.

– Știu, puiule. Doar tu mi-ai mai rămas pe lume și ești singura mea bucurie, cum crezi că aș putea vreodată să mă lipsesc de prezența ta în viața mea? Dar sunt bătrână și bolnavă, dragul meu băiat, și dacă, Doamne ferește, pățesc ceva, atunci tu vei ajunge la orfelinat până se limpezesc apele și se lămuresc lucrurile. Iar asta nu-mi doresc, orice ar fi. Nu pot să accept să ți se întâmple așa ceva vreodată, nici măcar pentru o zi. Dar dacă familia Doamnei te va adopta, vei fi în siguranță și, mai ales, vei crește într-o familie respectabilă, cu valori, o familie frumoasă și bună care ține enorm la tine și îți va dărui o viață frumoasă, un viitor sigur, așa cum merită un copil ca tine și cum și-ar fi dorit părinții tăi pentru singurul lor fiu.

Mă înspăimânta gândul că puteam să o pierd și pe bunica și că aș fi putut ajunge la orfelinat, la fel ca tatăl meu. Mă gândisem uneori la asta și perspectiva era îngrozitoare: să fiu eu ca acei copilași cărora le duceam cu tata jucării, dulciuri și tot felul de daruri, să duc viața acelor suflete lipsite de iubirea unei familii și de îngrijire. Asta nu era drept să mi se întâmple!

Am pus în balanță viața în familia Doamnei Polixenia, alături de Matei, și viața tristă la orfelinat, așteptând și sperând la mângâierea unor vizitatori. A doua variantă mă teroriza. Era clar că aveam o șansă minunată și am acceptat cu înțelepciune să fiu adoptat de familia Doamnei, cu o singură condiție: să o văd zilnic pe bunica, să nu fim despărțiți. Așa că, înainte să înceapă anul școlar, m-am mutat în casa Doamnei, să locuiesc cu noua mea familie, să am din nou o mamă, un tată, dar și ceva în plus: un frate și două bunici – pe bunica adevărată și pe Doamna Polixenia, prietena mea.

Am fost primit cu brațele deschise și cu mare iubire în noua viață, iar casa minunată pe care o priveam, doar cu câteva luni în urmă, ca pe ceva de neatins a devenit căminul meu. Am primit o cameră numai a mea, aflată chiar lângă dormitorul lui Matei. Doamna mi-a comandat mobilă nouă și frumoasă, precum și tot ce-mi mai trebuia. Deja aveam o existență liniștită, aranjată, ordonată și privilegiată.

La început, nu știam ce părere va avea Matei despre faptul că devenisem fratele lui. Îmi era teamă că va fi gelos, că va suferi, că poate nu mă voia în casa lui, că poate nu dorea să-și împartă nici casa și nici familia cu mine. Dar într-o zi mi-a risipit temerile și îndoielile, spunându-mi că mereu și-a dorit să aibă un frate și că se bucură că sunt eu, deoarece n-ar fi putut avea unul mai bun ca mine. Și m-a îmbrățișat din tot sufletul. Iar din acea clipă Matei mi-a dovedit întotdeauna că s-a bucurat cu adevărat de prezența mea în viața lui. N-am văzut vreodată nicio urmă de gelozie, n-am simțit nici pentru o clipă că l-ar fi deranjat că trebuie să-și împartă cu mine casa, jucăriile, privilegiile, viața întreagă și, mai ales, iubirea părinților lui.

Existența mea curgea lin, intrase pe un făgaș normal. Bunica venea zilnic la Doamna și pleca doar seara, de multe ori toți rugând-o să rămână în camera de oaspeți, să nu mai bată drumurile în fiecare zi. Doar că bunica avea socotelile, casa, curtea, livada, florile și găinușele ei și nu a fost de acord, spunând mereu că mișcarea îi face foarte bine, că distanța nu e mare, că nu poate să-și abandoneze căminul unde trăise cele mai frumoase clipe din viață alături de toți cei dragi ei. Astfel fiind făcute toate aranjamentele, nu am simțit nici că am abandonat-o, nici că aș fi fost îndepărtat și părăsit, ci doar că acum aveam din nou o familie, una mare și frumoasă din care nu lipsea nici ea. Doar că, într-o zi, bunica n-a mai venit...

Doamna, care în seara aceea trebuia să meargă la un spectacol de operă, s-a necăjit, dar s-a și mirat că bunica întârzie.

Trecuse deja ora prânzului, bunica nu mai venea și nici nu răspundea la telefon. Așa că Doamna a trimis-o pe Oli să vadă ce s-a întâmplat. Nu era un semn bun. Și așa s-a și dovedit a fi: bunica mea murise noaptea, în somn. Făcuse infarct. Probabil că inima ei, prea greu încercată și îndurerată după moartea părinților mei, purtase în tăcere fiecare durere și dor, iar în cele din urmă cedase. Când eu și Matei am venit de la școală, Doamna, mama lui Matei și Oli ne așteptau în salon – așa cum obișnuia Doamna să numească încăperea mare unde se aduna mereu toată familia, camera de zi. Am știut de când i-am văzut că se întâmplase ceva cu bunica, altfel ar fi trebuit să fie și ea acolo. Inima mea simțise că e ceva în neregulă. Doamna, de data asta cu o voce gâtuită, nu puternică, cum era de obicei, a fost cea care mi-a spus că bunica a plecat la Cer să aibă grijă de părinții mei și că toți, de acolo de Sus, vor avea mereu grijă de mine și mă vor iubi în continuare. Iar ei, familia mea de adopție, aici, pe pământ, mă iubesc și mai mult de-acum încolo, dacă se poate mai mult decât mă iubesc deja.

Lumea mea se dărâmase din nou. Simțeam că am rămas orfan pentru a doua oară, prea curând și prea nedrept. Când Matei m-a îmbrățișat ca un frate adevărat și a plâns împreună cu mine, atunci am realizat dimensiunea sacrificiului pentru binele meu făcut de bunica: știa că va pleca mai devreme sau mai târziu – fusese prea devreme, din păcate – și tot ce-și dorise era să se asigure că voi avea o viață bună, asupra căreia să nu planeze niciodată spectrul hâd al orfelinatului, singurătatea, disperarea, lipsa iubirii și a sprijinului. Bunica, asemenea mamei și tatălui meu, fuseseră adevărați îngeri, oameni de care aveam de ce să fiu mereu mândru, pe care să-i iubesc și să-i respect întotdeauna, să nu-i uit niciodată.

Doamna Polixenia a plâns și ea foarte mult.

– N-o să mai găsesc eu femeie ca Maria, spunea Doamna cu tristețe când își amintea de bunica sau când avea nevoie de ceva ce numai ea știa să facă.

– Dar o avem și pe Oli, mamă, îi reamintea fiica ei ca să o mângâie. Nu te lipsi de ea, știi că e un om bun și că abia așteptă să-ți fie de folos.

– Știu, dar Oli e a voastră, Maria era numai a mea. Maria îmi era și prietenă, Oli n-are timp nici să respire.

Într-adevăr, Doamna Oli era cu totul a familiei lui Matei. Lucra în casa lor de când și ea, și Doamna Polixenia erau tinere, cu toții o considerau membră a familiei lor. O crescuse pe mama lui Matei, iar acum ne creștea și pe noi. Și mai ales ținea întreaga casă de când, fată tânără și în putere, alesese să vină și să locuiască împreună cu cei care-i deveniseră în ani familie, fără să se căsătorească sau să aibă vreodată copii.

Mama lui Matei nu avea timp de noi; nu că nu ar fi vrut asta, dar avea afaceri de administrat, călătorea mult și, când era acasă, trebuia să participe la nenumărate evenimente de afaceri, culturale și caritabile, așa că tot plecată era. Ne iubea foarte mult și se implica, atât cât îi permitea timpul, în educația noastră. Deși era foarte severă și avea așteptări mari de la noi, ne răsfăța cât de mult putea și avea grijă să nu ne lipsească niciodată ceva. Iar tatăl lui Matei era pâinea lui Dumnezeu. Când avea timp, mergea cu noi la pescuit, făceam împreună adevărate tabere de supraviețuire în pădure, ca între bărbați, ne plimba cu barca, ne învăța să vâslim și să alunecăm pe apă în caiacele noastre, ca sportivii care se antrenau pentru competiții pe lac. Ne sfătuia și ne dădea cele mai bune și frumoase îndrumări pentru viitor.

Astfel că am petrecut împreună cu părinții lui Matei vacanțe de vis, sărbători vesele și fericite, ca o familie adevărată. În plus, nu mi-au cerut niciodată să le spun „mamă“ și „tată“, doar că, la un moment dat, am simțit eu nevoia să-i numesc așa. Simțeam că sunt cu adevărat părinții mei și că Matei mi-este frate, pentru că au făcut totul ca să fiu parte a familiei lor, înconjurându-mă cu iubire, grijă, bunătate și toată afecțiunea de care aveam nevoie.

Paradoxal, însă, undeva în adâncul inimii mele m-am considerat mereu orfan și am trăit cu impresia că nu mi se cuvine tot ceea ce mi se oferea cu atâta iubire și generozitate. Mereu am crezut că-i iau lui Matei jumătate din ceea ce-i aparține de drept, că, într-un fel, nu era corect ca el să împartă totul cu mine. Ca să echilibrez cât de cât balanța din mintea mea, am încercat să-i ofer la rândul meu dragoste și sprijin, l-am ajutat mereu și l-am protejat cât am putut. Atât de mult, încât, atunci când mama l-a certat că eu am rezultate mai bune la învățătură, am făcut tot posibilul ori să nu mai iau note mai mari decât el, ori să-l ajut să-și îmbunătățească în vreun fel cunoștințele la materia respectivă.

Chiar și la șah sau la alte jocuri îl lăsam să câștige, numai ca să fie fericit – asta dacă nu putea să reușească, în pofida ajutorului meu și eforturilor lui. Îmi doream mult să fie fericit, să aibă totul, să nu simtă nicio clipă că eu, prin simpla prezență în casa și în familia lui, îl privez de ceva. Când mergeam la cumpărături, îl lăsam întotdeauna să-și aleagă el primul orice lucru dorește și abia apoi alegeam și eu ceva. Am făcut mereu tot posibilul să nu-l pun în umbră, să simtă mereu că este mai bun ca mine, că el are ce este mai valoros și mai frumos. Eu eram deja recunoscător pentru șansa de a fi în familia lui iubitoare. Și mi-era suficient.

Tata ne-a spus într-o zi, convocând o reuniune de familie, că dorește ca după moartea lui toată averea familiei să se împartă în mod egal între Matei și mine. Familia deținea mai multe case, terenuri, o firmă prosperă și bunuri foarte valoroase. Și toată lumea a fost de acord că asta este cât se poate de normal. Dar eu nu m-am bucurat, ci m-am simțit din nou împovărat. Ca de fiecare dată, am crezut că nu merit tot binele ăsta și că îi fac o nedreptate lui Matei, că îi iau jumătate din tot ceea ce i se cuvine de drept, fără să am vreun merit, fără să fiu sânge din sângele părinților lui, fără să fiu cu adevărat fratele lui.

Totuşi, el a acceptat bucuros dorinţa tatălui său şi nu m-a făcut niciodată să mă simt dator sau ca un tâlhar care-l jefuieşte de ceea ce-i aparţine. Poate şi de aceea am ajuns să-l iubesc şi să-l respect atât de mult şi să simt nevoia să-i ofer şi eu ceva în schimb, să-l ajut şi, mai ales, să-l protejez chiar cu preţul vieţii, dacă ar fi fost nevoie. Şi, nu, nu este o vorbă mare. Eram în stare să-i dau viaţa mea, dacă asta i-ar fi fost de folos, pentru că niciodată nu m-a făcut să mă simt ca un străin, ca un hoţ care i-a luat jumătate din drepturile sale, ci mi-a fost mai frate decât mi-ar fi putut fi un copil născut din sângele şi carnea părinţilor mei.

Anii au trecut, iar adolescenţa ne-a schimbat şi ne-a dus pe drumuri diferite. Pentru că eram diferiţi. Eu mă refugiam în cărţi şi eram pasionat de sport, iar Matei era ahtiat după distracţii de tot felul şi petreceri. Eu eram mai retras, în timp ce Matei, exuberant, nu lipsea din lumea mondenă a Capitalei şi din viaţa ei trepidantă şi plină de poleială. Iar dacă până atunci renunţam să câştig la jocuri şi la un loc întâi pe podium la tot felul de întreceri în favoarea lui Matei, de acum venise vremea să renunţ şi la fetele care îmi plăceau. Pentru că Matei nu era obişnuit să fie refuzat sau să piardă. I se părea firesc să i se ofere totul, să aibă prioritate absolută şi toţi să renunţe în favoarea lui.

O perioadă, la începutul anilor de studenţie, poate pentru că era vârsta la care orice om mai face câte o nebunie sau pentru că Matei avea o putere de convingere uriaşă, m-a atras şi pe mine în lumea lui haotică şi mondenă, în obiceiurile lui nesănătoase. Pierdeam nopţile prin cluburi şi făceam întrecere care dintre noi cucereşte mai multe fete. Evident, el câştiga de fiecare dată fiindcă renunţam în favoarea lui sau pentru că de multe ori nu prea avea scrupule. Nu-i păsa de sentimentele fetelor pe care le cucerea şi apoi le abandona, ci îşi urma cu inconştienţă strict ambiţiile de mascul alfa. Şi nu era greu să fie un mare cuceritor: frumos foc, educat, cu acces la lumea mondenă și cu bani de cheltuit fără măsură, Matei avea un succes nebun la fete.

La un moment dat – și momentul a venit destul de repede –, mă săturasem de viața agitată de noapte, de pierdut vremea cu persoane care nu însemnau nimic pentru mine și care nu aduceau nimic bun în viața mea și mi-am redus drastic cercul de prieteni la unul singur: Cosmin, fiul unor prieteni de familie ai părinților noștri. Aveam aceleași preocupări și împărtășeam o mare pasiune: motociclismul. În plus, fiind singurul bărbat din casă, așa cum Doamna spunea în glumă și nu prea, o ajutam pe Oli, care administra singură toate treburile gospodărești ale familiei. Făceam cumpărăturile, reparam pe unde era nevoie și unde mă pricepeam, mă ocupam de meseriașii care ne călcau pragul pentru diverse lucruri, gestionam regia vieții de familie cu tot ce-mi stătea în putere. Voiam să mă fac util, să merit tot ceea ce-mi oferiseră oamenii care mă smulseseră destinului meu trist, acela de copil orfan, singur pe lume. Așa cum gândisem mereu de când am intrat în familie, așa gândeam și atunci: trebuie să merit tot binele care mi s-a dăruit cu atât de multă iubire și trebuie să dau la schimb totul.

De la început, relația mea cu Doamna Polixenia – pe care o bănuiam a fi principalul vinovat care a pus la cale împreună cu bunica adopția mea – a fost cu totul specială. Era cea mai bună prietenă a mea și, pur și simplu, o adoram. Îi țineam companie ori de câte ori puteam, o duceam la biserică, la operă și la teatru, discutam cu ea despre cărți, spectacole, muzică. Duminica, obișnuiam să jucăm șah și poker, dar pe bani, era distracția ei favorită în doi. Într-o zi, am pierdut toți banii pe care-i aveam, iar Doamna era încântată și amuzată peste măsură, se aplauda singură, copilărește, cu palmele ei mici, cu degete lungi împodobite de bijuterii prețioase.

– Tinere domn, dacă vei continua să joci în halul acesta, îți iau în curând și apartamentul moștenit de la ai tăi, și casa de la draga mea Maria, mi-a spus Doamna grav, dar cu o sclipire de teribilă veselie în priviri.

I-am răspuns la rândul meu, râzând în hohote:

– Ah, ce necaz, Doamnă! M-am lăsat ademenit și păcălit... N-aș fi crezut vreodată că o doamnă atât de distinsă și de superbă poate fi în același timp și atât de avară!

O iubeam, da, pe Doamna! Se purtase minunat cu mine din prima clipă când pășisem în casa familiei sale. Am învățat enorm de la ea și am foarte multe amintiri frumoase împreună, inclusiv complicitățile noastre, vinovate sau nevinovate, despre care nu știa nimeni: eu îi cumpăram țigări și o ajutam să fumeze pe ascuns, iar ea îmi dădea bani, mă învăța să mă port ca un gentleman, îmi șlefuia nu numai manierele, ci și inteligența, îmi ascuțea spiritul. Ea era și confidenta mea, îi povesteam tot ce trăiam și-i împărtășeam visurile mele.

Într-o zi, Doamna m-a chemat în mare taină și mi-a șoptit misterios, de parcă ar fi tras cineva cu urechea, că vrea să vorbim despre femei.

– Ah, bun! Și ce anume ați dori să aflați, Doamnă? am întrebat-o, cu un zâmbet poznaș.

– Tinere domn, e cât se poate de simplu: vreau să știu dacă ai și tu o iubită. Matei a schimbat câteva. Tu ce faci și ce ai de gând referitor la subiect?

Într-adevăr, Matei venise acasă cu câteva fete de care crezuse că se îndrăgostise, dar pe care le-a uitat de îndată ce i-au plăcut altele.

– Încă n-am întâlnit-o pe fata visurilor mele, i-am răspuns serios, clar și hotărât Doamnei.

– Ei, nu mai spune! Și cam cum arată fata visurilor tale? mi-a zâmbit și ea ghiduș, deși simțeam că e cu adevărat curioasă și foarte implicată, interesată sincer de subiect.

– Nu știu, Doamna mea dragă. Nu cred că arată într-un fel anume. Cred că trebuie să mă facă pe mine să mă simt într-un fel anume.

– Adică? Și cam cum?

– Să mă facă să mă simt în largul meu, să fiu cu ea cel care sunt în interiorul meu, iar sinceritatea asta absolută să nu mă sperie, să nu-mi fie teamă că s-ar putea întoarce într-o zi împotriva mea. Ea să simtă la fel și să fie tot atât de sinceră cu mine, iar prin asta să mă facă să ador tot ce înseamnă ea, să o divinizez. Dar nu știu dacă există o asemenea fată…

Însă, atunci când eram mai convins ca niciodată că nu s-a născut deocamdată o femeie atât de specială încât să-mi sucească mințile și să-mi redeseneze complet traiectoria sentimentală, am cunoscut o fată ciudată și unică, frumoasă și care avea să-mi schimbe viața pentru totdeauna.

Mă aflam la vila familiei noastre din Poiana Brașov. Tocmai ieșisem să plimb câinele, când, dintr-odată, blănosul meu a rupt-o la fugă spre pajiștea din fața casei. Credeam că văzuse vreo pisică și avea chef de hârjoneală, dar câinele meu lup văzuse doar o fată în fața căreia s-a oprit și cu care a început să se joace de parcă erau prieteni dintotdeauna. N-aveam chef să merg după el, știam că urma să revină singur acasă când ar fi fost sătul de hoinărit, așa cum făcea, de altfel, mereu. Doar că mai târziu, văzând că prietenul meu nu se întorsese, m-am uitat pe geam să văd dacă este tot acolo, cu fata aceea. Ar fi fost prea puțin probabil, dat fiind că trecuse mai mult de o oră de când îl lăsasem afară, iar el își avea propriul ceas, care-l făcea să ajungă acasă mult mai repede.

Imaginea descoperită m-a amuțit... Mi se părea că Dumnezeu îmi așezase dinaintea ochilor cea mai senină, mai simplă și mai frumoasă poveste: fata era întinsă pe iarbă sub un pom uriaș, iar câinele meu stătea lângă ea. Dormeau amândoi de parcă erau doi îngeri. I-am privit cu o duioșie de care nu mă știam în stare, iar când m-am dezmeticit din visare, m-am gândit că fata este de prin vecini, fiindcă o mai văzusem o dată citind în același loc. Însă tot mi se părea straniu să doarmă acolo, afară, mai ales că era cam răcoare.

Am fluierat de la fereastră, crezând că așa voi aduce câinele acasă, dar el, deși de obicei răspundea imediat la chemarea mea, nu se clintea. Așa că am ieșit și m-am apropiat încet și grijuliu de ei. Dormeau amândoi, fata cu capul pe o geantă dintr-un material croșetat, iar câinele meu cu botul sprijinit pe piciorul ei, parcă păzindu-i odihna. Nu am văzut prea bine chipul ei, o parte din păr îi acoperea fața și dormea adânc, căzută într-un somn liniștit, fără vise, într-o dulce și blândă poziție fetală. M-am îndepărtat, convins că va veni și câinele după mine; însă el doar a deschis ochii, m-a privit și a rămas acolo. Parcă voia să-mi transmită că nu mă poate urma – ce fel de cavaler ar fi el dacă ar pleca și ar lăsa-o singură pe fata aceea străină, fără apărare, fără ocrotire, fără căldura trupului său? Așa că, zâmbind fără să-mi dau seama, mișcat de scena aceea atât de simplă, m-am dus în casă, am luat o pătură și am revenit lângă ei încet, să nu o trezesc pe fată sau să o sperii.

Dormea incredibil de adânc și respira încet, liniștit, de parcă niciun fel de grijă nu-i apăsa existența. M-am mai gândit că și-o fi pierdut noaptea prin vreun club, de era atât de obosită, deși nu părea a fi îmbrăcată de club. Am acoperit-o încet, cu teamă să nu o trezesc. Mi se părea ridicol ceea ce făceam, dar, influențat și de imaginea ei atât de plină de pace – care mi se părea a fi și cumva romantică –, nu m-am îndurat să o las să doarmă neacoperită. Fata nu s-a trezit, nici măcar nu s-a mișcat, somnul ei era cu adevărat profund și părea cufundată în lumea viselor frumoase. Am luat încet câinele, care ezita să vină după mine, și am plecat în casă; el a rămas totuși pe terasă, cu ochii la ea, fără să-i spun să stea ca s-o supravegheze. Eram împăcat că am învelit-o, fiind convins că, atunci când se va trezi, fata va aduce pătura – ar fi trebuit să-și dea seama că doar cineva din casa de lângă pajiște putea s-o vadă cum doarme și să o acopere.

Cu gândul la ea, preocupat de întâmplarea aceea blândă și neobișnuită, m-am tot uitat pe fereastră să văd ce face, iar la un moment dat, după vreo oră, am văzut că începe să picure.

Frumoasa adormită s-a trezit și tocmai împacheta pătura, privind cu îngrijorare în jur și sperând că va fi văzută de persoana care îi lăsase pătura. Ploua din ce în ce mai tare, iar ea a lăsat pătura la baza copacului și a început să alerge prin ploaie.

Parcă împins de la spate de o forță mai puternică decât rațiunea, am coborât în grabă, am smuls o umbrelă din cuier și am fugit să o ajung din urmă. Fata alerga prin ploaie în fața mea, ținându-și cu o mână geanta și cu cealaltă poalele rochiei sale vaporoase și lungi. Am ajuns-o din urmă abia în stația de autobuz. Era udă leoarcă, rochia i se lipise de trup, iar părul lung i se prinsese în șuvițe fine pe pielea diafană a feței, pe care i se prelingeau picături mari de ploaie. I-am întins umbrela fără să-i spun vreun cuvânt, iar când și-a întors fața și m-a privit drept în ochi, m-am intimidat atât de tare, încât am fost incapabil să mai rostesc o vorbă. Mă pierdusem în privirea ei limpede și directă într-un mod pe care nu mi-l puteam explica.

Ea a refuzat cu un zâmbet, însă am insistat întinzându-i din nou umbrela, pe care a luat-o într-un sfârșit, spunându-mi „Mulțumesc!“ cu o voce blândă și cristalină ca de copil. Zâmbetul ei ușor vinovat – probabil că se simțea așa pentru că mă lăsa în ploaie fără protecție – m-a topit, dar nu am apucat să mă dezmeticesc, că ea s-a întors brusc și a alergat spre un autobuz care părea că va părăsi stația. A urcat și s-a făcut nevăzută, lăsându-mă cu privirea după ea.

Speram că se întreba cine este cavalerul grijuliu și misterios, cu șapcă, salvatorul care-i dăduse umbrela.

Am mers după pled, pe care l-am găsit împăturit și aranjat frumos pe iarbă, și am descoperit că necunoscuta îmi lăsase și un bilet, prins de marginea păturii cu o clamă de păr. Am luat foaia de hârtie, care părea ruptă dintr-o agendă, și am desfăcut-o curios. „Mulțumesc mult pentru pătură! Apreciez acest gest frumos. Sper că nu o va fura nimeni, dar nu știu unde să o aduc. Irina.“

M-am bucurat de gestul delicat, am zâmbit și am plecat înapoi în casă, cu gândul la fata ciudată care adormise lângă copac, păzită de câinele meu chiar și după ce plecase de lângă ea. Am pus clama de păr pe marginea șemineului din living, întrebându-mă dacă o voi mai întâlni vreodată pe fată, să-i restitui agrafa în formă de fluture. Și, de ce nu, poate să o și cunosc, să înțeleg de ce adormise pe iarbă ca o altă Albă ca Zăpada, nevinovată și neînfricată, și cum reușise să îmi cucerească minunatul câine, care nu se mai dezlipise de ea.

Am revăzut-o în mod neașteptat după câteva săptămâni, când mă aflam în Poiană cu câțiva prieteni. Stătea în același loc și citea. Și am înțeles imediat ceea ce instinctul îmi spusese imediat după ce-i descoperisem biletul prins atât de delicat pe pătură. Nici vorbă ca oboseala de la vreo petrecere de club să o fi doborât în somn adânc atunci când am văzut-o prima dată, ar fi fost prea trist... Am căutat repede agrafa, dar nu am găsit-o. Am sunat-o pe femeia care avea grijă de vilă, dar aceasta mi-a spus că nu-și amintește să fi văzut vreo agrafă prin casă. M-am tot sucit, m-am gândit și răzgândit, am avut o pornire să merg la ea și să-i spun că eu sunt acela care o învelise atunci când a adormit în același loc, dar mi-am înfrânat-o – am socotit că ar fi deplasat și ridicol, mai ales că nu mai aveam nici agrafa, ca un pretext serios să năvălesc peste ea și să-i invadez spațiul, locul ei, plin de liniște, de sub copac. M-am mulțumit să o privesc de la fereastră și m-am gândit că precis locuiește prin vecini și îi este dragă pajiștea la care tot revenea.

Apoi lucrurile au reintrat în făgașul lor natural, iar eu am crezut că o voi uita. Însă mă trezeam adesea cu gândul la ea, la felul în care am văzut-o prima dată, când dormea în iarbă împreună cu câinele meu, sau la fața ei udă de ploaie, cu părul în șuvițe curgându-i pe față, întrebându-mă care ar fi posibilitatea s-o reîntâlnesc. Și parcă un sentiment ciudat tot mă trăgea înspre Poiana Brașov, ceva inexplicabil mă chema, parcă mă aștepta să revin... Așa că drumurile mele spre vila noastră de vacanță din Poiană s-au înmulțit.

Iar când mă așteptam mai puțin – deși eram mereu cu ochii pe copacul de pe pajiștea din fața casei, doar-doar o voi regăsi așezată sub el cu cartea în mână –, am reîntâlnit-o într-o seară, nu după mult timp, într-un club din Poiana Brașov. Și eu, și ea ne aflam acolo cu grupuri de prieteni, dar eu eram însoțit și de noua mea iubită, o fată extrem de caldă și de lipicioasă, de care îmi plăcuse mai mult decât de celelalte și începuserăm un fel de relație. Desigur, necunoscuta mea – „Irina“, conform semnăturii de pe biletul lăsat sub copac, împreună cu pătura frumos aranjată – nu știa nimic despre mine. Nu știa că eu sunt acela care o acoperise cu grijă când dormea sau acela care îi dăduse umbrela în ziua când ploaia o luase prin surprindere.

La un moment dat, în spațiul destul de intim și de mic al clubului, privirile ni s-au intersectat, dar ea nu a avut nicio reacție. Normal că nu avea cum să-și amintească de mine: în ziua în care îi dădusem umbrela purtam o șapcă, iar ea nici nu putea să vadă bine din cauza apei care-i curgea șiroaie pe față și a părului ud care-i tulbura privirea.

Am urmărit-o discret în noaptea aceea, curios să mai aflu câte ceva despre ea, să-i descifrez aerul misterios și gândurile ascunse sub fruntea înaltă și senină, sentimentele din spatele privirii care-mi părea, uneori, cam tristă. Ceva mă atrăgea la ea și nu-mi puteam explica ce anume. Nu era atracție fizică, parcă nici n-o vedeam pe femeia din ea, dar avea un aer aparte, o frumusețe copilărească, o drăgălășenie de fetiță. Iubita mea dansa, iar eu, pierdut în gânduri, o priveam pe furiș și vinovat pe Irina, fata de sub copacul din mijlocul ierbii...

La un moment dat, am văzut-o ieșind. Nu s-a mai întors. Eram convins că a plecat, însă, când am ieșit și noi să ne retragem spre casă, era afară și își lua rămas-bun de la prieteni. S-a urcat împreună cu o altă fată într-un taxi – și am pierdut-o din nou. Oricum, nici nu aș fi putut vorbi cu ea, eram însoțit. Și-apoi, ce-aș fi putut să-i spun, cum să mă prezint, cum să intru în vorbă cu ea așa, hodoronc-tronc? Îl cunoșteam, însă, pe taximetristul cu care plecase împreună cu prietena ei, un domn pe care-l solicitasem de câteva ori la vilă când avusesem musafiri, iar întâiul meu gând a fost să-l întreb cu prima ocazie când l-aş fi întâlnit unde o dusese pe Irina.

Am renunțat imediat la ideea cam nebunească, conştient că eram deplasat, însă după două zile, când l-am văzut pe taximetrist, parcă împins înainte de un resort mai puternic decât rațiunea, l-am abordat. I-am spus că un prieten vrea să-i facă o surpriză Irinei și că am nevoie de numărul ei de telefon sau de adresă. Omul n-a părut surprins și a dat crezare gogoșilor mele când a văzut că-i știu numele Irinei. Mi-a spus că mă poate ajuta doar cu adresa și mi-a spus-o.

Chiar și atunci, după ce am reușit să aflu detalii importante despre necunoscuta mea, am crezut că nu voi fi capabil să o caut vreodată. Dar m-am trezit a doua zi mergând la adresa respectivă. Irina locuia în Braşov, într-un bloc tip vilă, pe o stradă sub muntele Tâmpa. Am parcat mașina în fața blocului vecin, lângă niște copii care se jucau. Nu-mi venea să cred că făceam o asemenea nebunie și încercam să mă înțeleg, să-mi explic ce mecanism inexplicabil declanşase în mine fata aceea, de mă purtam atât de neobișnuit pentru un om cu firea mea discretă și retrasă, un om introvertit ca mine. Nici măcar nu-mi puteam răspunde la cea mai simplă întrebare: de ce o căutam, ce doream de la ea? Cum aş fi putut să-i explic? Am coborât din mașină și am intrat în bloc. Cum taximetristul nu știuse să-mi spună la ce apartament locuieşte Irina, am început să studiez lista cu locatari afişată pe casa scării.

– Căutați pe cineva? m-a întrebat un domn în vârstă care tocmai intra în bloc.

– Da, pe o domnișoară care se numește Irina. Este o fată cu părul blond spre șaten, care...

– Ah, da, Irina noastră. Stă la apartamentul 10. Dar e plecată, am văzut-o mai devreme ieșind și nu s-a întors încă.

– Am înțeles, atunci o să revin. Vă mulțumesc!

Am aruncat o privire pe listă să văd numele proprietarului de la apartamentul 10 și am ieșit imediat din bloc, ca să evit vreun eventual interogatoriu legat de vizita mea acolo. Oamenii în vârstă sunt în general curioşi, iar eu chiar nu-mi doream să dau explicaţii.

De îndată ce am urcat în maşină, mi-am dat seama cât de aberant mă port. Ce naiba căutam acolo? Dacă ea ar fi fost acasă, m-aş fi dus la uşa ei? Să îi spun ce? Că eu sunt ciudatul care a învelit-o cu pătura, care a fugit după ea prin ploaie să-i dea o umbrelă şi că, uite-aşa, de atunci mi-a venit mie să o urmăresc? Biata fată s-ar îngrozi.

Am plecat imediat de la blocul ei, mirat de purtarea mea nebunească şi convins că în sfârşit am înţeles că nu e bine ce fac, că mi-am venit în fire şi nu o voi mai căuta vreodată. Dar... imediat ce am ajuns acasă, toate deciziile mele solemne s-au evaporat şi au dispărut ca prin fum. Am pus mâna pe telefon imediat şi am sunat la informaţii, să aflu numărul familiei care locuia la adresa unde depistasem că stă Irina. Nu ştiam dacă locuia acolo cu chirie sau dacă acela era apartamentul ei.

După ce am aflat numărul de telefon, câteva zile bune la rând m-am tot gândit să o sun, dar ce aveam să-i spun? De ce să o sun şi ce să vorbesc eu cu fata necunoscută care nu-mi mai părăsea gândurile? Am renunţat. Totuşi, mă gândeam din ce în ce mai mult la ea, nu-mi puteam explica de ce. Știam doar că îmi doresc din tot sufletul să o cunosc. Căutam tot felul de motive să pun mâna pe telefon şi să o apelez, m-am gândit ba să mă scuz pentru agrafa pierdută, ba chiar să-i spun să-mi înapoieze umbrela sau că plânge câinele meu lup şi nu mai poate dormi fără ea şi o tot caută – ce penibil! Dar orice gest mi se părea lipsit de sens, deplasat, infantil, ridicol şi... nesincer. Nu aveam niciun motiv concret sau plauzibil să dau buzna în viaţa ei pe nepusă masă. Ce anume să-i spun adevărat, cu sinceritate şi să nu o îndepărtez, în loc să o apropii? Dar îmi doream enorm să-i aud glasul, să mă conving că într-adevăr are vocea aceea cristalină de copil cu care mi-a spus „Mulţumesc!" atunci când i-am dat umbrela.

Şi, într-o bună zi, fără să mă mai analizez, fără să-mi mai pun mintea să caute o motivaţie firească, am sunat-o, hotărât să închid de îndată ce-i voi auzi vocea. A răspuns cu un „Alo“ foarte vesel şi drăgălaş, iar eu am rămas ca trăsnit, amuţind şi uitând să închid apelul, aşa cum îmi propusesem. Da, fără niciun dubiu, avea cea mai frumoasă voce pe care o auzisem vreodată. Şi, cu siguranţă, era aceeaşi voce cu a fetei din ploaie.

– Alo? a zis ea din nou. De ce suni dacă nu vrei să vorbim? Păcat. Eu chiar aveam chef de vorbă.

Apoi a râs cu toţi clopoţeii de argint pe care-i avea în glas.

– Sau... ştii ceva? Salvează-te! Eu, când încep să vorbesc, nu mă mai opresc.

A râs din nou şi a pus capăt apelului închizând.

„Prea e simpatică fata asta“, mi-am spus, surprins în mod plăcut.

Era neaşteptat, încă ceva care mă atrăgea ca un magnet înspre ea. Aşa că am făcut ce-am simţit, fără să mă mai gândesc la ce se cade şi ce nu se cade: am sunat din nou. Voiam să o mai aud puţin, să mai descopăr ceva din ea, despre ea. De data aceasta, s-a enervat puţin, iar când a văzut că în continuare tac şi nu spun nimic, a început să turuie ea, amuzându-mă foarte tare. A încercat să mă manipuleze, să mă facă să vorbesc, să articulez ceva, orice, dar m-am ţinut tare şi am continuat să o ascult în tăcere. Când s-a săturat de linişte de la celălalt capăt al firului, a pus capăt convorbirii.

Într-un mod ciudat, inexplicabil, a doua zi îmi era dor de ea. Poate că eram curios, poate că aveam chef de joacă... Nu ştiam care este explicaţia nevoii mele de a o căuta, dar voiam s-o aud, asta ştiam cu certitudine. Am sunat-o seara înainte să mă culc. Nu a fost surprinsă deloc, dar vocea ei era altfel decât fusese cu o zi înainte, părea tristă şi plânsă.

– Mutulică, tu ai văzut filmul *La vita è bella*? m-a întrebat ea, de parcă era firesc să o sun şi să nu vorbesc. Dacă nu, te rog să te uiţi la el. Am plâns până acum. Este un film extraordinar. Este despre un tată minunat. Ştii, cam aşa era şi tata. Părea nebun pentru unii, dar era unic, era absolut incredibil. Tu mai ai tată? Dar mamă? Eu l-am pierdut pe tata acum trei ani.

Și a început brusc să plângă. Îmi doream să spun ceva care să-i aline durerea, dar știam că nu există cuvinte care să aline dorul de părinți sau durerea pierderii lor, cunoșteam prea bine suferința aceea, pe care nu ți-o poate îndepărta nimeni și nimic pe lume.

– Nu suntem niciodată pregătiți să ne pierdem părinții, Mutulică. Nici măcar când suntem foarte bătrâni, darămite când suntem doar niște copii. Mie mi-a fost foarte greu, nici nu-mi vine să vorbesc despre asta. Am fost crescută de tata. Și sunt un copil făcut la bătrânețe, cum se spune, fiindcă tata avea 50 de ani când m-am născut. N-am avut parte de el prea mult timp, a murit răpus de cancer și a fost cumplit, suferința lui a fost îngrozitoare. Of, scuze, m-a răvășit filmul și, uite, sunt jalnică. Tu probabil mă suni să mă superi, dar, uite, ca să vezi ce întâmplare, fără să-mi dau seama te supăr eu.

A tăcut câteva clipe. Mi se părea fantastică!

– Gata pentru azi, sunt obosită. Mă voi culca și sper că nu mă vei mai suna să mă deranjezi. Mai ales că la ora asta ar trebui să te odihnești și tu. Și... oricine ai fi, mai sper că nu ai necazuri. Sau vreo suferință care te face să mă suni, dar, dacă e așa, măcar spune-mi cum să te ajut. Mi-ar plăcea să pot să fac ceva pentru tine, dacă stă în puterile mele. Hm... tot nimic? Tăcere? Bine, am înțeles. Dar acum voi închide. Noapte bună! Să ai grijă de tine, oricine ai fi. Poate data viitoare voi fi mai veselă.

A închis apelul brusc. Mă răvășise și pe mine. Era incredibil ce mi se întâmpla! Mă așteptam să mă înjure, să ridice tonul, să se amuze, să mă certe, dar ea se purtase atât de frumos cu mine, nemernicul care suna să o deranjeze...

Am adormit cu glasul ei blând și trist în minte, de parcă ar fi fost un cântec drag pe care mintea mea îl fredona la nesfârșit. Nu încăpea nicio îndoială că vocea ei era a unui om foarte bun, sensibil și care știa ce înseamnă și durerea, și întristarea, şi bucuria, şi grija pentru alţii. „Probabil că este vocea sufletului meu pereche de vreme ce mă atrage şi mă linişteşte atât de tare“, mi-am spus în sinea mea; dar mi-am şoptit-o atât de încet, de parcă mi-ar fi fost frică să-mi aud sufletul. Probabil. Dar cine poate şti sigur asta, că şi-a găsit jumătatea, doar de la primele cuvinte schimbate cu cineva necunoscut, în eter, nici măcar faţă în faţă?

A doua zi am sunat-o din nou, eram neliniştit, voiam să ştiu dacă este bine, dacă mai este tristă, dacă momentul ei de durere sufletească se îndepărtase.

– Eram sigură că nu vei mai putea trăi fără mine, a spus ea râzând zglobiu. Asta înseamnă ori că mă iubeşti, ori că mă urăşti de moarte. Că doar sentimentele astea două nu te lasă să trăieşti fără cineva: iubirea sau ura. Şi stau şi mă întreb cine ai putea fi şi oare ce simţi pentru mine. Deci?

N-am spus nimic.

– Ştii, în cazul în care vrei doar să mă superi cu apelurile astea, îţi dau o veste proastă: nu o să reuşeşti. Pentru că mie îmi place să fiu sunată şi să vorbesc. Cine n-ar vrea să fie doar ascultat? Unii plătesc bani grei la psiholog pentru asta. Iar eu, după cum probabil că ai remarcat deja, am foarte multe prostii de spus.

A râs înfundat crezând că nu o aud, iar eu zâmbeam ca un prost, muşcându-mi buzele, abia reuşind să nu izbucnesc în râs. Irina are şi umor! Asta era încă o descoperire importantă despre fata aceasta plină de surprize, precum sacul lui Moş Crăciun.

– M-am tot gândit cine ai putea fi şi de ce nu vorbeşti. Şi ştii ce cred eu? Că eşti un om foarte singur.

Avea dreptate încă o dată. Fata care nu ştia nimic despre mine intuise la perfecţie: în adâncul sufletului meu, da, eram un om foarte singur. M-am întristat dintr-odată, realizând ceea ce ştiusem mereu: că, deşi aveam o familie minunată şi iubitoare şi câţiva prieteni foarte buni, după pierderea familiei mele m-am simţit mereu singur şi al nimănui.

– Cred că la un moment dat fiecare dintre noi are o perioadă de singurătate, a spus ea după o scurtă pauză în care îmi ascultase din nou tăcerea. Chiar și atunci când suntem înconjurați de oameni dragi, ne simțim, în mod inexplicabil, singuri. Și eu mă simt singură uneori, destul de des. Și nu sunt singură pe lume, nici pomeneală, mulțumesc lui Dumnezeu! O am pe mama, am prieteni care mă iubesc, am un iubit. Cu toate astea, uneori mă simt atât de singură, încât am impresia că nici toți oamenii de pe planetă la un loc nu pot umple acest gol din sufletul meu. Iar alteori am nevoie să fiu singură. Caut eu singurătatea. De ce? Poate pentru că avem nevoie câteodată să ne retragem în propriul suflet și să stăm de vorbă doar cu noi înșine. Sau să ne ascultăm doar glasul inimii. Dar... În fine, haide să nu te plictisesc, deși, dacă mă tot suni, înseamnă că o cauți cu lumânarea. Sunt curioasă: ia spune, ne cunoaștem? De ce mă suni? Vrei doar să mă superi? Ai făcut vreun pariu cu cineva că o să mă scoți din sărite? Zi-mi ceva. Sau ești mut? Uite, hai să facem un joc, vrei? Dacă mă cunoști, bate de două ori în receptor, iar dacă nu ne cunoaștem deloc, bate doar o dată. Măcar așa simt și eu că nu vorbesc singură.

Am bătut o dată cu degetul în receptor.

– Ah, așa deci! Răspunzi, exiști, mă asculți!

Apoi mi-a cerut să-i răspund la fel pentru fiecare întrebare: cu două bătăi în receptor pentru „Da“ și una singură pentru „Nu“. Când a înțeles că sunt dispus să intru în jocul ei și să-i și dau răspunsuri, a început să pună tot felul de întrebări, ca să afle tot felul de lucruri despre mine. N-am vrut să-i spun dacă sunt bărbat sau femeie, nici dacă sunt din Brașov. Nu voiam să o mint, așa că preferam să tac. Mi-a cerut să comunicăm cumva mai mult, să-i spun măcar de ce o sun. Și mi-a propus să o ajut să scrie ceea ce vreau să-i transmit.

– Uite, eu voi rosti încet literele alfabetului, iar tu bați o dată în receptor când spun litera la care vrei să mă opresc. Ești de acord?

I-am răspuns bătând în receptor de două ori, adică „Da“, eram de acord. Am intrat în jocul ei și astfel, literă cu literă, i-am transmis primele cuvinte pe care voiam să i le spun și care erau exact ceea ce simțeam, de parcă mi se făcuse brusc lumină în cap și înțelesesem ceea ce sufletul meu nici măcar nu mai încerca să ascundă: „Am nevoie de tine. Ești specială.“

– De unde știi tu că sunt specială dacă nu mă cunoști? Și cum, ai nevoie de mine doar așa? Să mă auzi vorbind?

Am bătut în receptor de două ori ca să-i confirm. Numai că ea nu era doar ceea ce auzeam, fraze, cuvinte înșiruite, ci mai mult ceea ce reușea să-mi transmită din tonul vocii ei și mai ales din ceea ce simțeam dincolo de vorbele ei.

– Încerc să înțeleg de ce, dacă tot nu ne cunoaștem, nu vrei să-ți aud vocea. De ce ascunzi asta? Nu vreau să cred că nu ai fost sincer, dar nu voi insista. Niciodată nu forțez un om să facă ceva ce nu-și dorește. Însă vreau să știi că nu ar trebui să te temi de mine. Sunt pașnică.

Dar eu eram înspăimântat de ea și nu-mi puteam explica de ce. Ceva mă atrăgea înspre ea într-un fel inexplicabil și altceva mă ținea la distanță. Era ciudat: Irina mă intriga, îmi plăcea, mă făcea să mă simt bine în pielea mea, îmi făcea la fel de bine să o aud; în același timp, însă, mă speria gândul de a mă apropia prea tare. De parcă ar fi declanșat în mintea mea o sută de alarme de calamitate.

După câteva apeluri telefonice, am ajuns să-i iubesc vocea aceea dulce, inocentă și cuceritoare în același timp, să fiu cumva dependent de ea. Era o persoană complexă, avea stări contradictorii și mă captiva cu personalitatea ei puternică, cu felul ei de a povesti, de a se dezvălui. Aș fi putut s-o ascult ore în șir cum vorbește și nu m-aș fi plictisit, iar în curând asta avea să se și întâmple: o sunam mereu, iar ea ajunsese să îmi vorbească despre tot ce face, ce simte și ce gândește. Am aflat astfel foarte multe lucruri despre ea, despre viața, gândurile, prietenii ei, ba chiar și despre iubitul ei german care locuia în Berlin și care îi fusese profesor la un curs.

– Cred că el mă iubește mai mult decât îl iubesc eu. Adică sunt convinsă. De fapt, adevărul e că în orice relație unul iubește mai mult decât celălalt. Hm... Și, dacă stau să mă gândesc mai bine, nici nu știu dacă îl iubesc sau dacă doar îl plac și îl respect foarte mult. Să știi că e un bărbat foarte deștept. Iar pentru mine asta este o calitate esențială la un bărbat. N-aș putea sta lângă un prost.

Irina mi-a povestit cum s-au cunoscut și cum el, la un moment dat, i-a propus să vină și să se înscrie la facultate în Germania. Doar că ei îi era teamă că nu se va putea adapta printre străini, cu toate că în Germania erau toate rudele pe care le mai avea, în afară de mama ei, care locuia la Brașov cu noul ei soț.

– Cred că-mi face bine să mă destăinuiesc ție, Mutulică. Vezi tu, sunt lucruri pe care nu le putem discuta mereu cu cineva cunoscut. Situații delicate pe care ne temem să le vorbim cu cei dragi, de teamă că ne-ar judeca sau ne-ar influența deciziile. Tu, însă, cum ai putea să mă judeci sau să mă influențezi de vreme ce nu scoți nici măcar un sunet?

Și râdea cu râsul acela numai al ei, răsunător ca un mănunchi de clopoței de argint veseli și jucăuși.

În cealaltă parte a vieții mele, cea „reală“, eu rămăsesem confidentul lui Matei, însă el nu mai era de mult omul la care să merg liniștit și să mă confesez. Aș fi vrut să-i povestesc despre fata necunoscută din Brașov care-mi plăcea nespus, dar am preferat să țin secret totul, să o păstrez pe ea doar în sufletul meu, pentru mine, mai ales că relația cu ea nu era normală deloc. Și mi-era clar că Matei, ale cărui teorii legate de fete le cunoșteam prea bine, nu m-ar fi înțeles niciun pic și m-ar fi crezut cel puțin ciudat, dacă nu chiar nebun de-a binelea.

În plus, Matei era absent și mult prea ocupat să-și coloreze viața, care luase o întorsătură nedorită atunci când una dintre femeile pe care le cucerise i-a încurcat toate planurile, obligându-l să se însoare cu ea. Silvia a fost doar o ambiție pentru Matei, așa cum i se întâmplase de foarte multe ori și cu alte fete. Ea era iubita lui Angel, un fost prieten de-al lui, cu care Matei se certase din cauza unor afaceri pe care Angel i le suflase. Atunci, Matei a pierdut pentru prima dată în viață și, ca și cum nu i-ar fi fost de ajuns eșecul și orgoliul rănit, tata i-a reproșat că nu este capabil de nimic, că în afară de petreceri nu-l interesează altceva. Iar asta l-a durut foarte tare: îl iubea enorm pe tata și ținea mult la părerea lui.

Ca să se răzbune, probabil, Matei a cucerit-o pe Silvia. Practic, i-a suflat iubita lui Angel, fata de care fostul lui prieten era foarte îndrăgostit. Au avut o relație de câteva luni, nimic deosebit. În niciun caz nu fusese vreo dragoste răvășitoare, cel puțin pentru Matei, iar când fratele meu a încercat să se despartă de Silvia, ea i-a dat vestea că este însărcinată. Nu era pentru prima oară când Matei mă ruga să „rezolv problema" în locul lui. Îmi mai ceruse să ajut și alte femei să facă întrerupere de sarcină, să le duc la medic, dar Silvia nu a vrut și pace.

Lucrurile s-au complicat pentru că tata era prieten și partener de afaceri cu tatăl Silviei, iar când a aflat că Matei o lăsase însărcinată pe fiica prietenului său, i-a impus, negru de supărare, să se însoare cu ea.

– Ai înnebunit, tată? Suntem cumva pe vremea când se aranjau căsătoriile?

– În niciun caz! Dar tu ai aranjat asta când ai lăsat-o gravidă! Eu nu o să pierd un prieten și un partener de afaceri pentru că tu n-ai știut să fii bărbat! Mi se pare că uiți, Matei, că suntem o familie onorabilă, nu fugim de responsabilități și ne asumăm consecințele faptelor noastre. Eu vreau doar să nu fim arătați cu degetul, atât!

– Eu nu mă însor cu ea! Nu o iubesc, tată, e foarte simplu.

– Te-ai culcat cu ea fără să o iubești?

– Da! Așa cum m-am culcat și cu alte zeci de femei. Tată, trăim alte vremuri, nu mai e cum știai tu.

– Cu alte zeci de femei nu ai avut o relație de câteva luni, eu asta știu.

– Da, dar tot nu mă însor cu ea. Nu înțelegi că nu o iubesc? Să renunțe la copil. Nu mă poate lega cu asta, este jenant să forțezi un bărbat în acest fel.

– Uite că nu vrea să renunțe la copil. Și nu o poți obliga să facă asta, Matei. E corpul ei, e decizia ei.

– Atunci să facă ce-o vrea. Eu nu mă însor cu ea doar pentru că-mi pune cuțitul la gât și un copil în brațe.

– Bine, Matei. Am înțeles. Numai că, dacă nu ești bărbat și nu-ți faci datoria de om de onoare însurându-te cu ea, îți iau tot. E simplu. Văd că nu știi decât să cheltuiești fără măsură, să pierzi nopțile și să distrugi viețile altora. Nu asta mi-am dorit eu de la fiul meu. Nu glumesc, Matei. Eu sunt bărbat și asta-ți cer și ție: fii bărbat până la capăt și asumă-ți ce s-a întâmplat, pentru că nu te-a obligat nimeni s-o încurci pe fata asta luni de zile și acum să dai bir cu fugiții ca ultimul laș. Altfel te las fără nimic și poți uita că sunt tatăl tău! Fă cum dorești, dar gândește-te bine la ceea ce ți-am spus.

Tata nu ar fi fost în stare de așa ceva și Matei știa asta. Pur și simplu, nu voia să se însoare cu Silvia, însă, până la urmă, tot ea l-a convins. L-a amenințat că se va sinucide, un alt lucru care lui i s-a părut odios, dar până la urmă a cedat presiunilor ei și insistențelor lui tata, pe care nu voia să-l dezamăgească.

– Stai, nu poți să te însori așa! i-am spus șocat când mi-a zis ce decizie a luat. Știu bine că nu o iubești. Ce faci? Trebuie să vorbești cu ea, să o convingi că nu veți fi fericiți, niciunul dintre voi. Și, ce e mai trist, poate că nici copilul nu va fi fericit între doi părinți în casa cărora nu există iubire.

– Ba da, Robert. Mă însor, frățioare, ca să scap de gura ei și ca să-l împac pe tata. Crezi că mă tem de un act, de o simplă hârtie? Sau de un copil? Asta vrea Silvia, mariaj cu forța? Ei bine, asta o să aibă! Dar o voi face să vrea să plece, îți garantez. Singură îmi va cere divorțul. Ea a plănuit totul ca să mă prindă în capcană – și va avea ceea ce merită. Cine sapă groapa altuia...

Atunci am văzut pentru prima oară acea latură a caracterului fratelui meu. Și nu mi-a plăcut deloc... A fost imposibil să-l conving sau să-l opresc din planul lui nebunesc. Până la urmă, s-a însurat cu Silvia.

Au făcut o nuntă mare, cu mult fast, așa cum îi plăcea lui. Și cum îi plăcea și ei, de altfel. Silvia s-a mutat la noi, dar tata a considerat că Matei și cu ea au nevoie de o casă a lor, de intimitatea care i-ar putea uni și care le-ar rezolva problemele. Familia noastră mai avea o casă la Snagov, pe care am renovat-o și am amenajat-o, dar, pentru că terenul era foarte mare, am decis să construim o casă nouă lângă cea veche.

Între timp, tata lăsase firma pe mâinile mele și ale lui Matei. Aveam drepturi egale, însă eu munceam și mă implicam cel mai mult, iar tata știa asta.

– Te rog să ai grijă de firmă și de tot, dragul meu băiat. Știu că Matei nu e capabil.

– Ba este capabil, tată! Crede-mă, nu o spun ca să-ți fac plăcere.

– Mulțumesc, fiule! Poate că ai dreptate, dar degeaba este capabil dacă nu-i stă capul la asta. Încă nu s-a maturizat, încă-i zburdă mintea pe coclauri.

Cu toții am sperat și am crezut nebunește că venirea pe lume a unui copil, copilul lui, îl va schimba pe Matei în bine și-i va da numai gânduri bune. Însă nu a fost așa. Matei chiar nu era pregătit să ia în serios asemenea responsabilități. Vorba lui tata, încă nu se maturizase suficient.

Venirea pe lume a fetiței lui ne-a umplut casa de bucurie. N-am fost niciodată până atunci mai fericit! Atât eu, cât și ceilalți membri ai familiei eram în al nouălea cer. Au ales s-o boteze Cesara, la fel ca pe mama tatălui nostru, și știam că va fi cel mai iubit și mai răsfățat copil.

Evident, mi-am propus să am grijă de ea. Pentru că, din clipa în care am ținut-o în brațe pentru prima oară, a devenit ființa pe care o iubeam cel mai mult pe lume. Era perfectă. Și Matei o iubea enorm. Era topit după ea, era îndrăgostit de micuță. Însă relația cu Silvia era la fel, ba poate chiar și mai rece, lipsită total de iubire – cum fusese chiar înainte de mariajul lor. Matei abia aștepta să se mute în căminul nou, asta ca să poată lipsi de acasă în voie, fără a ști părinții noștri că nu este un bun familist.

– Vreau să vii să stai cu mine în casa nouă, mi-a spus Matei într-o zi, când eram pe șantier ca să vedem cum se desfășoară lucrările la casa cea nouă.

– Matei, e casa familiei tale. A ta, a Silviei și a Cesarei. Cum să...

– Nici nu vreau să aud că o să stau fără tine! Ce-ți veni? Ești fratele meu. Casa asta mare va fi a amândurora. Vreau să-mi fii aproape, cum mi-ai fost mereu. Suntem deja bărbați în toată firea, cât vrei să mai stăm cu părinții?

Am acceptat doar pentru a fi lângă Cesara, de care știam că trebuie să am grijă, preocupat de cum vor decurge lucrurile când Matei și Silvia vor rămâne singuri.

Ne-am mutat abia după ce casa a fost amenajată și complet mobilată. Mama a hotărât să se mute și Oli cu noi, conștientă că suntem dependenți de ea. Era singura capabilă să aibă grijă de noi, ea ne cunoștea cel mai bine tabieturile, preferințele și ne iubea ca pe copiii ei. În plus, Silvia avea nevoie de ajutor la creșterea Cesarei, iar Oli era soluția perfectă: creștea deja a treia generație de copii ai familiei, după ce o crescuse pe mama și, apoi, pe noi. Mama s-a descurcat perfect, a angajat o fată tânără să se ocupe de Doamna și de restul treburilor casei lor, iar lucrurile au mers înainte așa cum puteau să meargă ele: mai șchiopătând, mai în pas alert, mai bine, mai rău.

O perioadă, am sperat că Matei va ajunge să o iubească pe Silvia, însă nu a fost deloc așa. Odată ce ne-am mutat în casa nouă, lipsea nopțile de acasă, iar pe soția lui o trata de parcă ar fi fost invizibilă. Când ea îi reproșa ceva, se certau foarte tare, iar el îi amintea întotdeauna că așa sunt căsniciile forțate – pentru că ea l-a obligat, ba chiar l-a șantajat sentimental, ca să-l ducă prins cu arcanul la altar și să se însoare cu ea.

Singurătatea și lipsa iubirii au aruncat-o pe Silvia, lipsită de orice sprijin sentimental, într-o depresie pe care nu reușea să o învingă. Găsise o evadare în consumul excesiv de alcool, începuse să bea din ce în ce mai mult și se certa tot timpul cu Matei. Mă simțeam captiv în povestea imposibilă dintre ei doi.

Într-o noapte, mama m-a sunat și mi-a spus să vin repede la ei, că tata se simte rău. Matei era plecat cine știe prin ce club sau își petrecea noaptea cine știe prin ce hotel cu vreo femeie, nu am reușit să dau de el. Am fugit înspre ei cât de repede am putut, gândindu-mă cu disperare că așa ceva nu se poate întâmpla, nu cu tata, care era sănătos tun. Ambulanța sosise deja când am ajuns eu la ai mei, dar tata nu a mai putut fi salvat. Făcuse infarct, exact ca bunica mea. Apucase doar s-o trezească pe mama și să-i spună că-i este rău și... atât. Totul se sfârșise în câteva clipe în brațele femeii pe care o adorase.

Matei și cu mine am fost devastați. Câteva zile, n-am fost capabili de nimic, parcă tot cerul se prăbușise peste noi. Am stat lângă mama, care spunea întruna că nu va putea trăi fără marea ei iubire și că nu poate accepta pierderea bărbatului ei, a jumătății ei. Părinții noștri au avut, într-adevăr, o relație de iubire perfectă. Tata fusese un bărbat adevărat, un domn, un familist convins și a iubit-o enorm pe mama. A respectat-o și a tratat-o mereu ca pe o regină. Și i-a oferit o viață și o poveste de vis.

Pe mine m-a alinat doar Irina, pe care o sunam și o ascultam povestind de-ale ei, tot fără să scot un sunet. Dar pe Matei nu-l consola nimeni. Căuta uitarea prin paturile altor femei, însă era mai nefericit și mai singur ca oricând. Iar eu, care-l cunoșteam cel mai bine, nu reușeam să-i alin durerea în niciun fel.

După câteva zile de la moartea lui tata, Matei i-a spus Silviei scurt și fără menajamente că vrea să divorțeze.

– Trebuia s-o fac mai demult, dar am stat atât în căsnicia asta de dragul lui tata, ca să nu-l supăr. Vreau să pleci, i-a spus Silviei. Copilul va rămâne aici.

– S-o crezi tu că-mi las copilul, e copilul MEU!

– Nu vei avea încotro, dragă Silvia. Îți voi face viața imposibilă și ție, și, dacă e nevoie, tuturor celor dragi ție. Nu uita că firma lu' tac-tu e în mâinile mele. Dacă nu vrei să rămâneți cu toții pe străzi, eu sunt de părere că e mai bine să nu mă superi. Mi-a ajuns că ți-ai bătut joc de mine și m-ai obligat să stau cu tine, să joc teatru față de toată lumea când știai prea bine – pentru că ți-am zis! – că nu te iubesc și că nu-mi doresc să mă însor. Acum primește ceea ce ai semănat, draga mea. Hârtia aceea pe care ți-ai dorit-o cu orice preț nu a schimbat absolut nimic între noi, nu ne-a legat și în curând nici nu va mai exista.

Silvia n-a vrut nici în ruptul capului să divorțeze, dar, așa cum deloc delicat i-a subliniat Matei, nu a avut încotro și a trebuit să fie de acord cu el. S-a opus cu vehemență și să i-o lase pe Cesara, dar el avea dovezi și martori că ea bea și a amenințat-o că o va acuza de alcoolism, că va susține că nu e capabilă să crească un copil și că oricum îi va lua fetița. Iar Silvia era conștientă că nici pe cale legală nu ar fi putut obține copilul. Nu avea o casă a ei, nu avea serviciu sau o sursă de venit, problemele cu depresia și cu alcoolul erau adevărate și, spre deosebire de Matei, care avea toate condițiile să crească un copil, ea nu era un părinte eligibil.

Am încercat să-l conving pe fratele meu să găsească o cale pentru ca Silvia să nu sufere, să o ajutăm să se vindece, însă a fost neînduplecat. Nu o putea ierta pentru că l-a atras în capcană, pentru că l-a forțat să fie cu ea. Și nu a mai fost nimic de făcut; hotărârea lui fusese deja luată și nu era deloc în favoarea ei.

La început, i-am dat Silviei apartamentul meu din București ca să stea acolo și m-am asigurat că nu-i lipsește nimic. Am aranjat și ca, atunci când Matei era plecat, să o ajutăm să vină și să stea cu Cesara. Suferea enorm că nu este noaptea lângă ea, însă o linișteam asigurând-o că Oli și cu mine ne ocupăm foarte bine de fetiță, că Matei o adoră, rugând-o în același timp să aibă grijă și să se facă bine, să facă pace cu Matei.

Când lucrurile s-au mai calmat, fratele meu i-a dăruit un apartament în București, o mașină și i-a promis că va avea grijă să nu-i lipsească nimic cât timp ea va fi liniștită, nu-l va deranja și nu va avea pretenția să ia fetița la ea.

Trebuie să recunosc că i-am promis Silviei că o voi ajuta să-și recapete copilul, însă am mințit-o ca să-i fac durerea mai suportabilă, iar vindecarea de alcool și ieșirea din depresie mai ușoare. Știam că Matei nu i-ar fi dat-o pe Cesara niciodată, dar am considerat că o mică speranță o va ajuta pe Silvia să lupte cu supărările și dependența de alcool cu mai multă încredere.

În tot acest timp, nu mai puteam trăi fără să o sun pe Irina. Când mi se făcea dor de ea, o sunam. Iar ea se obișnuise cu mine. O sunam și de câteva ori pe zi, numai să-i aud puțin vocea, era tratamentul meu vindecător, era refugiul meu, clipa mea de bucurie. Știam tot ce făcea și tot ce trăia, pentru că îi devenisem confident. Iar ea mă poreclise „Prietenul imaginar". Nu uita ca, de fiecare dată, să mă încurajeze cu vorbe bune, îmi spunea întotdeauna să am grijă de mine și să fac tot posibilul să fiu fericit. Și-mi povestea tot ce i se întâmplă. Așa am reușit să aflu că îi place să meargă dimineața foarte devreme să-și bea cafeaua în Piața Sfatului.

– Mă duc cu noaptea în cap, îmi iau cafea în termos, iau pâine și stau pe o bancă să hrănesc porumbeii. Îmi place să privesc clădirile și să mă bucur de liniștea de acolo. Sunt ciudată, știu. Cred că voi merge și mâine dimineață. Îmi e dor.

Aflând că este posibil ca ea să meargă în dimineața următoare în Piața Sfatului, am plecat la Brașov. Îmi doream mult să o văd și speram că o voi putea aborda. Nu am mai stat să analizez cât de stranie este purtarea mea, pur și simplu asta simțeam că trebuie să fac. Am căutat un loc retras din care puteam vedea băncile din Piața Sfatului și am așteptat. Nu știam dacă va veni, dar după câteva minute am văzut-o. S-a așezat pe o bancă și a început să rupă bucățele mici dintr-o pâine și să le arunce pe jos. În câteva clipe, a fost înconjurată de foarte mulți porumbei, care ciuguleau și se agitau în jurul ei.

Ca să par un simplu turist, mi-am luat aparatul de fotografiat și am pozat clădirile, muntele Tâmpa, Biserica Neagră. Și pe ea, fără să mă observe. Am avut pornirea să mă apropii de ea, însă am realizat că nu am niciun motiv să mă aflu acolo la ora 7 dimineața și poate că și-ar fi dat seama că doar prietenul imaginar știa că va merge acolo și m-aș fi dat de gol. M-am mulțumit să o privesc de la distanță cum hrănește porumbeii și cum își bea cafeaua privind în jur.

Am repetat istoria și am mai urmărit-o de câteva ori, când ea mi-a spus că va merge în oraș sau că se va întâlni cu vreo prietenă să mănânce undeva. Dar de fiecare dată m-am mulțumit să o observ de departe și să îi fac câteva fotografii. Nu am avut nicio ocazie să intrăm în vreun dialog și nu am îndrăznit să apar în fața ei, de teamă că voi eșua. Mă mulțumeam cu cele câteva fotografii, de care mă puteam bucura în taină până când se va ivi ocazia perfectă să o abordez. Eram uimit și eu de răbdarea mea, dar mai ales de felul nebunesc în care mă purtam.

Într-o zi, nu mi-a răspuns deloc la telefon. Nu știam nimic de ea, nu-mi spusese că va lipsi. Am sunat-o toată ziua, apoi toată noaptea. M-am îngrijorat, nu mai aveam liniște. Abia când s-au ivit zorii, după o noapte în care nu dormisem deloc, mi-am dat seama că ceea ce simt pentru Irina nu mai este de mult un simplu joc și poate că nu fusese niciodată unul, doar mă amăgisem. Am înțeles că nu am nevoie doar de vocea ei, de căldura ei, de gândurile ei – care simțeam că mă vindecă –, ci că mă îndrăgostisem total de ea. Mi se părea ireal, dar știam cu certitudine că o iubesc. Nu, poate nu era deloc ciudat. De fapt, ce iubim la un om? Felul în care arată? Nu. Îi iubim sufletul, iar eu adoram sufletul acestei fete. Era de o bunătate și de o frumusețe cum nu mai întâlnisem la nimeni. Și mă făcea fericit.

În ziua aceea, terorizat de gândul că aş fi putut să o pierd, am decis să-i povestesc Doamnei despre ea. Aveam nevoie de o minte limpede; a mea nu mai era așa, îmi devenise foarte clar.

Am sunat-o și i-am spus că-mi este dor de ea. Pentru că Doamna îmi lipsea cu adevărat de când nu mai locuiam în aceeași casă, de când puteam oricând să urc ca să văd ce face. Îmbătrânise mult și devenise complicat să mai coboare la masă, de aceea își trăia viața în camera ei, pe care o adora. Mama i-a propus să se mute la parter, însă Doamna a refuzat să-și părăsească universul. Camera ei plină de cărți, cu poze și cu lucruri de care o legau amintiri dragi, era lumea ei și lumea nu se mută când vrei tu, de colo până dincolo, e de sine stătătoare. Pentru că acolo era și atmosfera cu care se imprimaseră pereții. Și-atunci unde să pleci și ce să muți?

Am găsit-o așteptându-mă la fereastră, de unde, ca de obicei, mi-a făcut din mână. Iar când am intrat în cameră, primul lucru pe care l-am simțit a fost mirosul de parfum Chanel N°5, care plutea în aer, un miros caracteristic pentru Doamna. Era parfumul pe care îl purta mereu de când o știam, îi devenise o a doua piele, iar eu asociam acel miros unic și elegant doar cu ea, de parcă Madame Chanel îl imaginase și-l crease special pentru dânsa.

În mod straniu, în ziua aceea aveam senzația că sunt același băiețel speriat care a intrat pentru prima oară în camera Doamnei și că doar ea îmbătrânise. Ciudat, nu? Neputința ei m-a înduioșat peste măsură și cu greu am reușit să nu plâng. Nu era drept, parcă Doamna mea nu merita asta. Am îmbrățișat-o delicat, iar ea m-a poftit să mă așez pe scaunul pe care stăteam mereu, invitându-mă cu un gest grațios făcut cu mâna subțire, foarte fină și mai nou acoperită de mănuși cochete, din dantelă fină franțuzească, mănuși care ascundeau vederii petele maronii și uscăciunea pielii.

Mi-am făcut curaj și i-am povestit despre Irina, dar nu i-am spus că nu ne cunoaștem și că doar o ascult la telefon.

Îmi era teamă că nu ar putea înțelege o asemenea ciudățenie, ea era un om dintr-o bucată și din alte vremuri.

– Zi-mi mai multe despre fata asta, tinere domn. Ceva te-a impresionat la ea. Ce anume?

– E foarte blândă, e caldă și umană. E sensibilă, plânge la orice suferință a cuiva și e diferită, are alte preocupări. Îi place să citească prin păduri rezemată de copaci, se uită la filme vechi, are locuri unde sunt câini vagabonzi pe care merge să-i hrănească frecvent, îi cunoaște pe toți copiii din vecini, se joacă des cu ei, le face prăjituri și orez cu lapte. Și e ca o enciclopedie, știe atât de multe lucruri, nu te plictisești cu ea. Și mă mai face să râd foarte mult. E simpatică, e nebunatică, are un umor fantastic, spune glume, cântă, vorbește prostii. Doamnă, e teribilă!

– Aha, aha... E frumoasă?

– Da, e drăguță. E plăcută.

– Înseamnă că ești un norocos, tinere. Nu o pierde pe fata asta interesantă și unică. Eu așa zic. Te merită pentru strălucirea pe care o ai acum în ochi, iar lumina asta vine din adâncul sufletului, acolo unde domnița aceasta a sădit ceva frumos.

Însă eu am pierdut-o pe fata cea minunată înainte să o am. Asta pentru că tot vă spuneam la început despre norocul care mi-a zâmbit toată viața și în care, de neînțeles pentru alții, eu nu am crezut niciodată... Am pierdut-o din vina mea și, ca și cum n-ar fi fost de ajuns, i-am încurcat și ei existența, devenind responsabil pentru tot ce i s-a întâmplat nemeritat.

Totul a fost urmarea unui plan, al meu, bineînțeles, care a eșuat lamentabil.

Irina îmi povestise la telefon că va merge cu niște prieteni într-un club din Poiana Brașov, unde obișnuia să iasă frecvent. Cum viața mea se învârtea în jurul telefoanelor pe care i le dădeam zi de zi, m-am bucurat enorm, am considerat că este ocazia oportună să o întâlnesc acolo în club și să mă cunosc cu ea, fără a-i spune cine sunt, desigur. Să trec la alt nivel, să depășesc etapa „Prietenul imaginar", care ținea deja de prea mult timp. Pentru că nu mai puteam și nu mai voiam să stau departe de ea, îmi doream mai mult decât doar să o aud vorbindu-mi la telefon. Chiar și Doamna mă sfătuise să fac totul ca să nu o scap și-mi mai spusese ceva incredibil: că mă merită pentru fereastra spre soare pe care o deschisese în inima mea.

Când i-am spus lui Matei că voi merge în Poiană, m-a anunțat că va veni și el, deși nu era weekend și nu avea în plan o deplasare la vila noastră. Pur și simplu, îi venise cheful să mai schimbe decorul.

Planul meu, unul cât se poate de simplu și cu care eram convins că nu voi da greș, era să o întâlnesc pe Irina, să o abordez și poate să-i amintesc că eu îi oferisem umbrela, dar și că o învelisem cu pătura când adormise pe iarbă, la umbra copacului din fața vilei. Și că blănosul jucăuș este chiar câinele meu. Și poate așa, gândeam eu, am fi reușit să ne cunoaștem în sfârșit și să ne întâlnim și altă dată. Știam că nu este o fată pe care s-o poți cuceri într-o zi, dar dovedisem deja că am răbdare și că nu urmăresc să am doar o aventură.

Planul a funcționat perfect până când am ajuns în clubul respectiv. Era mai mult o discotecă mică din Poiana Brașov, unde am văzut că Irina, așa cum îmi povestise la telefon, era ca la ea acasă, cunoscându-l pe patron, dar fiind și în relații amicale cu toți angajații. Eram nerăbdător să o revăd, iar când am intrat în club, i-am observat imediat prezența. Stătea la bar cu prietena ei Simona, pe care deja o cunoșteam din povestiri.

Eram înmărmurit de emoție. Fata care-mi ocupa toate gândurile de-atâta vreme era acolo. Iar în seara aceea aveam de gând să fac pasul decisiv înspre ea, prezentându-mă în sfârșit. Poate chiar povestindu-i că, de fapt, suntem cunoștințe vechi, că ne-au unit un câine, o pătură, o agrafă în formă de fluture și o umbrelă. I-am zărit chipul în oglinda din spatele barului și nu mi-am putut lua privirea de la ea, abia acum o vedeam bine: eram fascinat de pielea ei fină, de ochii mari și verzi, de părul ei vălurit ca apele învolburate colorate de soare la apus. Iar ea, fără nicio urmă de ezitare sau de timiditate, mi-a susținut privirea în același fel: prin intermediul oglinzii. Doar prietena ei s-a întors când eu și Matei am trecut pe lângă ele și i-a spus ceva Irinei, care părea indiferentă și plictisită, nu în totalitate prezentă, dar nici absentă. La un moment dat, probabil că Simona i-a spus ceva despre Matei, fiindcă Irina l-a privit discret. Matei a observat-o și i-a zâmbit, dar Irina s-a întors imediat cu spatele.

– Cine o fi fata aceea? m-a întrebat curios Matei.

Nu știam dacă întreabă de Irina sau de prietena ei.

– Care dintre ele?

– Cea cu părul mai deschis, cu sânii mari.

– Nu știu. Auzi, nu mai bine mergem noi în altă parte? Aici pare cam plictisitor, nu e lume…

– Taci, Robert, lasă aiurelile! Aici e perfect. Tu mai bine află cine e fata.

Am înmărmurit. N-am apucat să refuz sau să-l conving să plecăm, că proprietarul discotecii, o cunoștință de-a lui Matei – pe care-l știau de petrecăreț toți patronii de cluburi și discoteci –, a venit la masă să ne salute, iar Matei l-a întrebat imediat dacă nu cumva știe cine este Irina. Acesta i-a spus că este o prietenă a lui.

La un moment dat, Irina și prietena ei s-au dus pe ringul de dans, iar Matei nu-și putea lua ochii de la ea. Într-adevăr, privind-o acum mai bine, vedeam și eu că Irina este o femeie mai mult decât atrăgătoare, iar cu ținuta ei provocatoare și sexy n-avea cum să nu se remarce. Dansa absentă, de parcă atât ea, cât și muzica erau o singură entitate și nu mai exista nimeni și nimic în jur. Când s-a oprit și a ieșit din încăpere, m-am dus hotărât după ea.

Am găsit-o în hol în fața unui perete de oglinzi. Se privea de parcă s-ar fi studiat cu atenție, dar cu aceeași expresie ba absentă, ba plictisită, nu-mi dădeam seama care dintre cele două. Când m-a văzut, a început să mă urmărească și ea cu privirea, așa că m-am oprit lângă ea, în oglinda mare cât peretele. Se uita serioasă la mine, iar la un moment dat mi-a zâmbit ușor. Parcă se deschiseseră cerurile și pluteam pe nori, deși eram țintuit în locul acela, nu mă puteam mișca și nici nu puteam rosti nimic, nici măcar un singur cuvânt. Eram vrăjit, topit, cu sufletul pierdut în ea, în ochii ei, cu mintea încâlcită în părul ei numai valuri, căzut la picioarele ei fine încălțate într-o pereche de pantofi roșii. Nu mă mai puteam desprinde să mă întorc la mine, eram al ei cu totul, răpit, cucerit, fermecat.

Când a întins ușor mâna dreaptă spre mine, de parcă ar fi știut cât de mult tânjesc să o ating, o forță mai presus de mine m-a ajutat și mi-a îndrumat mâna către ea, prinzându-i degetele subțiri, lungi și fine, croite parcă din cea mai prețioasă catifea, într-ale mele. Ne-am jucat câteva clipe cu degetele, apoi, ca trezită din somn, și-a retras imediat mâna, cu care a început să-și aranjeze compulsiv părul delicat, ca voalul de mătase de pe creștetul inocent al celei mai pure mirese. Iar eu, eu... Vai mie! Am rămas pironit în acel loc, incapabil să înțeleg ce mi se întâmplă, trezit brusc din cel mai frumos vis ce-mi fusese dăruit până atunci: atingerea Irinei.

M-a trezit din visare plecarea ei bruscă, dar și dorința de a nu o pierde din ochi. Iar când a intrat în club, am urmat-o imediat. Matei nu pierduse timpul, își pusese la bătaie artileria grea de cuceritor și îi trimisese deja la masa lor o sticlă de șampanie, cea mai scumpă care exista în club. Iar ea, elegantă, ca să se revanșeze, i-a spus ospătarului să ne ofere ceea ce bem noi.

Nu, asta nu se putea întâmpla, trebuia să-mi vin în fire și să acționez imediat: Irina nu putea deveni una dintre cuceririle lui Matei! Trebuia să o scot cât mai repede din club și să o duc cât mai departe de el, exact asta trebuia să fac.

Însă era deja prea târziu. Irina, cu un gest discret, a ridicat paharul de șampanie și i-a zâmbit lui Matei, în semn de salut pentru gestul lui. Slavă Domnului, nu a procedat la fel cum făceau alte femei, care s-ar fi înființat imediat la masa fratelui meu și nu s-ar mai fi dezlipit de el. M-am dus la bar și am cerut o hârtie și un pix. Am scris pe un bilețel „Te rog să pleci. Fugi cât mai repede de aici. Te implor!“ și l-am rugat pe un ospătar să i-l ducă Irinei. I-am dat o sumă mare de bani, rugându-l să nu-i spună vreodată cine i-a trimis biletul, iar acesta, discret cum îi cerea meseria și bun cunoscător în ale vieții, a înțeles și a plecat imediat spre ea. Am văzut-o citind biletul de la mine, pe care l-a băgat imediat în geantă. Însă Matei trecuse la faza a doua a atacului pentru a cuceri reduta care încă îi rezista: îi transmisese DJ-ului să pună o melodie lentă, *Wicked Game*, și, de îndată ce a auzit cântecul, s-a ridicat și s-a dus direct la masa Irinei, pe care a invitat-o ceremonios la dans.

Din felul în care o privea fratele meu, am știut că o pierdusem. Sigur, ea părea total indiferentă la farmecele lui, însă era doar o chestiune de timp până ce avea să-i pice în plasă. Matei fusese înzestrat cu toate atuurile de care avea nevoie ca să cucerească o femeie. Era un bărbat frumos, foarte manierat și incredibil de sexy, stăpânind la perfecție arta seducției...

După dans, Irina a ieșit afară, iar Matei s-a întors la masa noastră.

– Este foarte interesantă fata. O cheamă Irina. Inabordabilă, obrăznicuță, dar isteață, a mai spus fratele meu, cu un aer atotștiutor și foarte stăpân pe el.

– Bine, Matei. Acum n-ai vrea să mergem în altă parte? Fă-mi plăcerea asta.

– Acum, când sunt pe cale să mă îndrăgostesc? Fii serios, frățioare!

Matei a râs, iar eu știam că glumește. Era așa cum bănuisem: o pierdusem. Matei nu voia să plece pentru că nu voia să o scape. A ieșit afară după Irina, iar eu simțeam că înnebunesc. Încercam să mă consolez cu ideea că, dacă ea avea să-i pice în mreje, atunci nu era deloc așa deosebită cum credeam eu, ci la fel ca toate femeile cucerite de Matei în aceeași manieră: frivolă, oportunistă și cam prostuță. După câteva minute, Matei s-a întors la masă ușor nervos și mi-a spus că nu-l interesează cum fac, dar o vrea pe fata asta.

– Du-te afară, pentru că e pregătită să plece, și vezi cum rezolvi. Află-i numărul de telefon, adresa, tot ce poți. Premiază-i pe toți dacă trebuie, numai să afli ce ne interesează.

Am ieșit convins că încă voi putea salva ceva din visul meu, dar nu a fost așa. Doar eu, încă naiv, speram, doream, mă rugam să se întâmple. Trebuia să o abordez ca un om antipatic și obraznic, ca s-o fac să nu-și dorească să ne cunoască. Da, ăsta putea fi un plan câștigător!

Am găsit-o lângă mașina prietenei ei.

– Bună seara, frumusețe! Matei te roagă mult să-i dai numărul de telefon.

– Zău? Și tu cine ești? Valetul lui?

– Mă numesc Robert.

I-am întins mâna, iar ea, politicoasă, mi-a întins la rândul ei palma aceea delicată cu degete lungi și subțiri, cu manichiură perfectă, a cărei atingere de mai devreme îmi întorsese pe dos tot universul, dimpreună cu inima. Nu puteam să i-o eliberez, voiam să o simt încă, visasem îndelung la atingerea ei.

Abia am reușit să leg un dialog cu ea, însă nu am convins-o să-i dea lui Matei numărul de telefon – pentru că n-am făcut niciun efort pentru asta, era ultimul lucru pentru care aș fi luptat. La un moment dat, iritată și plictisită de dialogul nostru, și-a smuls mâna din palma mea, a intrat în mașină și a plecat. Eu m-am întors agale în club, mulțumit că demersul meu rămăsese fără ecou, și i-am spus lui Matei că fata n-a vrut nicicum să-mi dea numărul de telefon, că a fost foarte ofensată și că a plecat.

– Sigur are iubit, i-am spus, încercând să-l fac să renunțe.

– Hai după ea, a decretat Matei scurt, ridicându-se de la masă în viteză. Nu trebuia s-o lași să plece.

– Haide, Matei, unde pleci așa? Nici nu știm unde s-a dus...

– Unde putea să plece, decât spre Brașov? La cum conduci tu, o ajungem din urmă imediat.

– Matei, zău, e doar o fată ca oricare alta. De ce te încăpățânezi dacă nu vrea să...

– Robert, taci și mișcă-te mai repede!

Matei era de neoprit, nu-mi reușea sub nicio formă să-l împiedic să alerge după ea, orice strategie aș fi încercat. Am urcat în mașină și mi-a cerut să merg cât pot de repede, insistând chiar și la curbele de pe drumul spre Brașov să merg mai tare. Cunoșteam drumul ca în palmă și, cu ajutorul prețios al mașinii scumpe și puternice, n-a durat mult până când am ajuns în spatele mașinii în care se afla Irina. I-am făcut semn șoferului cu farurile să oprească, am încercat să le depășesc, dar prietena ei conducea din ce în ce mai tare, periculos și haotic, încercând să scape de noi.

– Asta e culmea! Nu cred că te face o femeie! Conduci ca o fetiță, Robert! Ce ai?! m-a întrebat Matei disperat, simțind că fata pe care o plăcea atât de mult îi alunecă printre degete.

Am accelerat și am reușit să le depășesc, apoi, cu o manevră periculoasă, am frânat brusc în fața lor și am oprit mașina pe mijlocul drumului ca să le blochez trecerea. Matei a coborât din mașină și imediat am văzut-o și pe Irina ieșind nervoasă din celălalt vehicul. S-a îndreptat spre Matei gesticulând și a țipat la el. Și-au spus ceva, apoi el a îmbrățișat-o și a ținut-o la piept câteva clipe, care mie mi s-au părut ore.

Văzându-i astfel, unul lângă celălalt, toată lumea mea frumoasă, clădită cu trudă, s-a dărâmat și a căzut peste mine, rănindu-mă atât de tare, că nici nu mai știam dacă inima mea va mai rămâne întreagă. Apoi, Matei a venit în mașină și mi-a spus să plecăm. Am pornit privind-o în oglinda retrovizoare pe Irina, care rămăsese în același loc, în lumina lunii, împietrită ca o statuie. Mi-am înghițit cu greu amarul și am continuat să conduc.

– Și, ai obținut numărul ei de telefon?

– Îl voi obține de la șeful discotecii.

Ne-am întors în club, de unde plecaserăm fără să achităm nota, dar ospătarul ne-a spus că nota este deja achitată de domnișoara Irina, lucru care chiar nu i se mai întâmplase vreodată lui Matei. Și nici mie sau altora.

– Apropo de Irina, am nevoie de numărul ei de telefon. Unde e şeful tău? a întrebat Matei.

Ospătarul l-a chemat pe şeful clubului şi acesta i-a dat numărul Irinei fără nicio ezitare. Aşa că, de îndată ce am ajuns la vila noastră, Matei a sunat-o şi au vorbit puţin. Am aşteptat să încheie el convorbirea şi am vrut s-o sun şi eu, în calitatea mea de prieten imaginar, ca să aflu ce se întâmplă; eram sigur că ea mi-ar fi povestit tot. Dar am renunţat când Matei a venit în dormitorul meu şi mi-a spus scurt, satisfăcut, cum decurseseră lucrurile:

– A mea e.

N-am mai putut adormi în noaptea aceea. Eram bulversat de felul în care eşuase tot planul meu şi de întorsătura pe care o luase întreaga situaţie. Mă cuprinsese tristeţea pierderii acelei fete care-mi mişcase şi-mi încălzise inima şi pentru care aveam să rămân doar un prieten imaginar, oricât de îndrăgostit eram de ea.

Matei era foarte hotărât să o revadă. A sunat-o câteva zile la rând, iar într-o zi mi-a spus că merge la Braşov să o întâlnească. Turbam de gelozie, încercam să ascund tot ceea ce simţeam şi făceam eforturi disperate să mă împac şi să accept ideea că o pierdusem pe fata aceea care îmi era atât de dragă şi care, fără să ştie, câştigase un loc important în inima mea.

Nu voiam să aflu detalii despre întâlnirea lor, însă, când s-a întors la Snagov, Matei a vrut neapărat să-mi povestească.

– Ea nu este ca alte fete, mi-a spus foarte încântat. Este deosebită. E isteaţă şi are un umor fantastic.

– Te-ai culcat cu ea, Matei?

– Nu. Nu ţi-am zis că e altfel? Şi nu este nici genul de fată cu care să te grăbeşti. O plac mult, serios vorbesc.

– Nu cumva e un refugiu, ca să scapi de cenuşiul din viaţa ta?

– Nu înţeleg ce vrei să spui cu asta, dar Irina este exact ceea ce-mi trebuie şi ceea ce am nevoie. Vezi că vineri vreau să mergi după ea la Brașov și s-o aduci aici. Eu trebuie să fiu la licitație dimineață. Mă ajuți?

– Sigur. Ai stabilit deja totul cu ea?

– Da, sigur. Va trebui să o așteptăm cum se cuvine. Și vezi ce discuți cu ea pe drum, nu trebuie să afle prea multe detalii despre Silvia.

– Bine, o să am grijă. Dar nu te-ai gândit că va fi curioasă cum de un copil atât de mic stă departe de mama lui? Știi, la opt luni alți copii sunt alăptați...

– Și ce vrei, Robert? Să-i spunem că Silvia nu a alăptat-o oricum pe Cesara sau că, și dacă ar fi vrut să o facă, n-aș fi lăsat-o din cauză că bea? Nu vreau să discuți cu ea detalii inutile și amănunte care s-o sperie și s-o îndepărteze de mine.

În seara aceea, mi-am luat inima în dinți și am sunat-o pe Irina ca de obicei, în calitatea mea de prieten imaginar. Rănit și bulversat, nu o mai sunasem de la întâmplările petrecute în noaptea când, plin de speranțe, plănuisem să ne cunoaștem. Și-mi lipsea și îmi era dor de ea! Dar mai ales voiam să aflu ce simte pentru Matei și ce gânduri are legate de el.

A fost foarte bucuroasă că o sun, mi-a reproșat că o uitasem și că dispărusem atât de mult timp. Mi-a povestit despre Matei cu lux de amănunte, ca și cum abia aștepta să se confeseze. Avea temeri de cenușăreasă, întrebându-se de ce un bărbat ca Matei ar vrea o fată simplă ca ea. Era sinceră, habar n-avea cât de seducătoare, specială și interesantă era simplitatea ei, deși Irina, fără să fi știut lucrurile astea despre ea însăși, numai o femeie simplă nu era, ci exact contrariul: extrem de sofisticată, cu o personalitate puternică și specială, care intriga, te cucerea și te făcea să cazi pe gânduri.

În ziua în care m-am dus după ea la Brașov, aș fi făcut orice, numai să nu i-o duc lui Matei. Drumul până la ea a fost o tortură, suferеam ca un câine, m-aș fi întors din drum de o sută de ori și mi-am repetat în gând tot de sute de ori că o pierdusem și că trebuie să o uit, să nu mai simt nimic pentru ea, să-mi iau sufletul la palme până o voi scoate afară din el și apoi voi fi iar omul care fusesem înainte să o cunosc. Poate nu mai bun, dar cu siguranță mai liniștit, împăcat cu mine și cu întreaga mea existență. Eram convins că voi reuși, că totul a fost o joacă nevinovată și că nu sunt atât de îndrăgostit de ea pe cât credeam că sunt. Mă amăgeam singur și mă încurajam, mă imaginam nepăsător la farmecele Irinei, rece ca un sloi de gheață, deasupra frământărilor atât de dureroase ale unei iubiri visate îndelung și totuși pierdute. Dar, în același timp, fremătam de nerăbdarea de a petrece în compania ei, în mașină, doar noi doi, cele câteva ore cât dura drumul până la Snagov.

Am ajuns la ora stabilită, nici măcar un minut mai târziu, la Brașov, în fața blocului, la adresa pe care o știam deja și care-mi amintea de ziua când încercasem să aflu mai multe despre ea. Știam că detestă lipsa punctualității – și aici era încă un punct în care gândeam la fel. Nici mie nu-mi plăcea ca altcineva să-și bată joc de timpul meu. Veselă și simpatică, nu mai voia cu orice chip să fie antipatică, așa cum încercase în noaptea aceea, la club, când ieșisem să-i cer numărul de telefon pentru Matei. Și-a făcut griji că mă deranjasem pentru ea, dar am mințit-o mormăind ceva, cum că am avut oricum o zi relaxantă în Poiană și că este o plăcere să am companie în drumul către casă. După ce fel de voce aveam, cu siguranță nu m-a crezut că aș fi atât de încântat.

Vorbea la fel de mult ca la telefon, iar eu mă străduiam să-i fiu antipatic cu orice preț. Îmi era teamă că mă voi da de gol și că va observa cât de mult o plac, de aceea am fost cam tot timpul ironic și-i dădeam exact răspunsurile pe care nu i-ar fi plăcut să le audă, străduindu-mă să nu-i fiu pe plac, dar, în același timp, fără să uit de faptul că sunt un domn educat.

O adoram. O adoram ca pe nimeni pe lume. Având-o atât de aproape de mine, simțeam că plutesc, că sunt iar întreg, o ființă completă. Îmi doream enorm să o ating, să o îmbrățișez, să o simt, să o lipesc de mine și să nu-i mai dau drumul niciodată să plece de la pieptul meu și din inima mea. Ea, fără să știe nimic despre zbuciumul meu interior, cânta, vorbea și punea întrebări despre Snagov, despre casă, despre familia noastră.

Îmi doream ca drumul acela pe care-l parcurgeam împreună să nu se sfârșească niciodată, să nu i-o duc niciodată lui Matei, să-i împiedic cu toate puterile mele să se reîntâlnească. Dar ea era nerăbdătoare să-l revadă, iar eu, cu durere în suflet, trebuia să accept că nu poate fi a mea niciodată, că o pierdusem, că îmi scăpase printre degetele mele nepricepute, care ar fi trebuit să o țină strâns și să nu-i mai dea drumul din prima clipă în care o întâlnisem.

Am ajuns pe seară la Snagov. Matei îi organizase o primire frumoasă, invitându-i pe câțiva dintre prietenii noștri să o cunoască, iar ei au plăcut-o din prima clipă. Cum să nu le cadă cu tronc, când era caldă și luminoasă ca o rază de soare? Cel puțin Sandra, prietena noastră care-și făcea veacul mai mult pe la noi și chiar primise un dormitor numai al ei, era fericită că va avea o nouă prietenă. Iar Irina zâmbea cu toată fața și parcă iubea pe toată lumea, radiind senin și bucurându-se de fiecare clipă. Se vedea că nu este deloc genul care să stea retrasă într-un colț, în umbră. Ea trebuia să strălucească, să fie în centrul atenției, să acapareze, să fascineze și să mobilizeze pe toată lumea, iar veselia și pofta ei nebună de viață erau contagioase.

Nu mi-am putut lua privirea de la ea nicio clipă, eram topit, pierdut, îndrăgostit fără de scăpare și fără de speranță, oricât încercam să mă conving că nu-mi pasă, că nu înseamnă și că nu a însemnat vreodată ceva pentru mine. Am încercat să-mi dau seama ce-mi place atât de mult la ea și am sperat că-i voi găsi o mie de defecte, unul mai urât ca altul, care să mă facă să nu o mai vreau, să nu o mai plac. Voiam să o minimalizez, să o reduc la banal și obișnuit, dar ea parcă îmi făcea în ciudă și-mi tot arăta câte ceva frumos la ea, unic, special, deosebit. Cunoscusem femei mult mai frumoase ca ea, unele dintre ele fiind fizic perfecte, însă fata asta avea ceva care mă atrăgea înspre ea ca un magnet de mare putere, ceva ce nu-mi puteam explica, de parcă fusese cândva desprinsă din mine și acum ființa mea toată se lupta să-și alipească din nou, în același loc, ceea ce-i fusese cândva smuls și îndepărtat prin forță.

Prietenii noștri au plecat abia după miezul nopții la casele lor, încântați de Irina și dornici să o revadă. I-au făcut tot felul de propuneri și invitații, iar Matei se mândrea ca un păun umflându-și penele.

– Ce părere ai? m-a întrebat când am rămas singuri în curte să strângem vasele și sticlele de pe masă, Oli dormind deja dusă cu Cesara.

– Despre...? m-am făcut eu că nu înțeleg.

– Despre ea, despre Irina.

– Păi, ce să-ți zic? Habar n-am. E simpatică.

– Doar simpatică? Pe bune? Altceva nu găsești să-mi spui?

– Nu știu, Matei, e OK, pare o fată bună, n-o cunosc. Sper că te vei purta frumos cu ea, atât.

– Mai frumos decât îți imaginezi, Robert. N-am dorit în viața mea atât de mult o tipă.

– Da? Dă-mi voie să mă mir. Ai avut tu femei mult mai frumoase ca ea.

– Mda, poate că așa o fi, dar ea are ceva aparte. Irina e o frumusețe specială.

Simțeam că înnebunesc, îmi venea să mă dau cu capul de toți pereții. Am plecat în camera mea și mi-am pus muzică la căști. Nu voiam să știu nimic, tot ce-mi doream era să nu cumva să-i aud pe ei umblând prin casă, chicotind. Mai ales nu voiam să știu dacă ea avea cumva să meargă în dormitorul lui, deși i se pregătise cea mai frumoasă cameră din casă. Turbam de gelozie, eram ca o fiară în cușcă. Am coborât doar când s-a așternut o liniște deplină și de afară se auzeau doar broaștele cântând pe lac.

Orice aș fi încercat să fac, nu puteam dormi, nu-mi găseam locul, sufeream, parcă mă durea tot corpul, nu doar inima mea sângera. M-am trântit nervos și iritat pe una dintre canapelele din living și am încercat să citesc, disperat să nu-mi mai aud gândurile, să uit că Irina este undeva la etaj și că venise acolo ca noua iubită a fratelui meu.

La un moment dat, nu mai știu după cât timp, după ce închisesem luminile și rămăsese aprins doar lampadarul de lângă canapea – pentru că era imposibil să mă pot concentra ca să înțeleg ceea ce citesc –, cum zăceam cu cartea în mână fără să pot adormi, am văzut-o pe Irina în penumbra din încăpere coborând treptele, învăluită în lumina de-afară a nopții înstelate și cu lună plină care pătrundea prin ferestrele mari. Purta un halat alb cu dantelă, aproape transparent, iar părul ei lung și frumos îi învăluia splendid spatele, ca o mantie. Era incredibil de frumoasă, de femeie, de atrăgătoare! Era un vis coborât în realitate, iar eu eram vrăjit.

Cum stăteam în întuneric, nu m-a văzut. S-a dus în bucătărie, a luat o sticlă mică de apă și un pahar și a început să urce treptele ușor, parcă plutind. Aș fi vrut s-o opresc, lucru pe care l-am și făcut.

– Trebuia să suni din clopoțel, i-am spus ușor ironic, convins că o să se sperie.

– Nu credeam că mai e cineva aici, la ora asta, a spus ea încet, aproape șoptit.

Nu se fâstâcea deloc, nu părea deloc să fie încurcată de faptul că defila aproape goală prin fața mea, un străin. Și nici măcar nu tresărise, surprinsă că mă găsește acolo.

– Ai nevoie de ceva? am întrebat-o, încercând din toate puterile să par rece și distant, neimpresionat de imaginea ei.

– Da, de un somnifer.

– Nu poți să dormi?

– Adorm mai greu în case străine. Tu? Citești? Nu m-aș fi gândit…

– Nici nu mă așteptam să gândești. Nu prea ai nevoie… Ai tot ce-ți trebuie.

Voiam cu orice preț să creadă că îmi este antipatică și că eu sunt un misogin convins. Și făceam tot ce puteam pentru asta.

– Mă bucur că mă placi, a replicat ea, zâmbind ironic. Cred că o să ne înțelegem foarte bine. Noapte bună!

– Noapte bună! Irina?

– Da.

– Ești foarte frumoasă.

– Doar noaptea.

– Ai dreptate, pentru că ziua ești superbă.

Mă detestam. Eram slab și mă uram pentru asta, pentru sentimentele mele amestecate, puternice și contradictorii. Îmi venea să o iau din casa aceea și să plecăm departe de toți și de toate, apoi îmi spuneam că nu-mi pasă, că e doar încă un trofeu din multitudinea de alte trofee, toate cuceriri ale fratelui meu, și că nu mă afectează.

Am mai stat în living fără să fac nimic, fierbând de furie, disperat că o pierdusem și apoi sperând că avea să coboare din nou, că poate va veni să stea de vorbă cu mine. Apoi, într-un târziu, am urcat în camera mea. Am făcut un duș, încercând să nu-mi imaginez că ea putea fi exact în clipele acelea în patul lui Matei. Mă gândeam cu groază că ceea ce trăiam era prima noapte de tortură în casa aceea. Suferința mea era cumplită și nu mai încercam să mi-o explic. Am stins lumina și m-am întins în pat să dorm, sperând că mă voi liniști.

Dar, când era să ațipesc, s-a întâmplat ceva incredibil. Am auzit ușa deschizându-se și am văzut în întuneric silueta ei în halat alb, unduitoare, apropiindu-se de patul meu. M-am prefăcut că dorm. Irina s-a oprit lângă pat și m-a privit, dar în cameră era prea întuneric încât să mă poată vedea limpede. Am înțeles imediat că ea încercase să ajungă în dormitorul lui Matei, dar confundase camera. S-a așezat foarte încet lângă mine, iar eu mi-am continuat jocul, simulând că sunt căzut într-un somn adânc. M-a îmbrățișat încet, abia simțit, dar cu o căldură cum nu mai trăisem vreodată în brațele cuiva. Mirosea atât de frumos, a flori proaspete, a ploaie și a soare, a vânt, a nisip și a mare, a femeie adorată.

Am stat nemişcat câteva clipe şi abia dacă mai respiram. Simțeam că, dacă nu o ating, voi muri; şi-atunci am îmbrățișat-o și eu ușor, fără mișcări bruște, începând să-i dezmierd încet şi delicat spatele, cu gingăşie şi mai suav ca atingerea unei flori de păpădie. O simțeam topindu-se sub mângâierile mele şi a început la rândul ei să mă mângâie pe spatele gol cu mişcări ritmice, abia simțite, delicate. Atunci m-am apropiat, îndrăznind mai mult – și am început să mă joc cu părul ei, răsfirându-l ca pe o boare răcoroasă de vară, trecându-mi degetele uşor printre şuvițe. Eram disperat să o iubesc. Nu să o am, nu să o posed, ci să o iubesc. Doar să-i ofer dragoste. Era pentru prima oară când aveam asemenea trăiri lângă o femeie şi aş fi vrut să nu se mai termine niciodată clipele acelea şi ceea ce simțeam pentru ea. Mi-a trecut prin minte şi ideea să fac dragoste cu ea, fie ce-o fi. I-am dat părul deoparte și am mângâiat-o cu gingășie pe gât și pe obrajii fini ca mătasea. Ea și-a apropiat obrazul de gura mea și, după ce i-am alintat pielea cu buzele, am sărutat-o ușor. Eram atât de răvășit și de dornic să o iubesc, încât simțeam că-mi pierd rațiunea. Poate că nu întâmplător greşise camera, poate că era ultima mea şansă ca ea să fie a mea, chiar şi dintr-o greşeală. Chiar dacă ar fi fost să alerg o viață întreagă după aceea sperând la iertarea fratelui meu. Sau poate chiar și la a ei.

– Nu te trezi, mi-a susurat uşor cu gura lipită de gâtul meu. Vreau doar să dorm cu tine.

În acel moment m-am dezmeticit, am devenit iar rațional și mi-am dat seama că ea nu era lângă cine-și dorea și că eu nu i-o puteam lua lui Matei. Pur şi simplu, trebuia să fiu puternic și să fac ceea ce se cuvenea să fac: să fiu un frate onest şi un bărbat corect.

– Știam eu că dormitorul ăla n-o să-ți placă, i-am spus încet.

Vorbisem intenționat, ca să o alung de lângă mine.

A sărit din pat ca arsă și s-a oprit în mijlocul dormitorului. Am aprins veioza de pe noptieră, m-am ridicat, mi-am aşezat perna la spate și m-am rezemat comod, privind-o cu obrăznicie şi cu un zâmbet plin de ironie. Pentru prima oară de când o cunoşteam, se pierduse cu firea.

– Ştii, credeam că... Matei mi-a spus că dormitorul lui e vizavi. Iartă-mă, nu am vrut să...

– Nu mă aşteptam ca o tipă ca tine să fie dezorientată. Camera lui Matei e lângă a ta.

– Dar mi-a spus vizavi.

– Depinde din ce poziţie ţi-a spus asta.

S-a înfuriat cu adevărat, iar eu abia reuşeam să-mi ascund amuzamentul. Doamne, o iubeam şi când era furioasă!

– Scuză-mă, plec. Îmi pare rău că te-am trezit, sper că nu te-am supărat.

A pornit spre uşă.

– De ce să mă supăr? A fost o onoare.

Tonul meu era ironic şi amuzat, ţineam cu tot dinadinsul să o scot din sărite.

– Ştii ceva? Hai sictir!

– Stai liniştită, Irina. Acesta va fi secretul nostru, am mai aruncat eu ceva gaz peste foc.

– Nu, mersi! Secretele costă, iar mie nu îmi place să rămân datoare.

Am sărit din pat şi m-am dus în faţa ei, blocându-i accesul la uşă. N-a părut mirată sau incomodată de faptul că purtam doar o pereche de boxeri albi.

– Ce faci, Zorro? Ai simţit puţin o femeie lângă tine şi nu îţi mai poţi controla hormonii?

– Ia te uită cine vorbea despre hormoni...

Îmi venea să-i iau capul în ambele mâini şi să o sufoc într-o ploaie de sărutări.

– Ce vrei?

– Doar nu o să strici tot farmecul spunându-i lui Matei că ai greşit dormitoarele. Te credeam mai isteaţă. Chiar vrei să îţi şifonezi imaginea?

Parcă îmi pierdusem raţiunea, o provocam, voiam să o scot din minţi, ca să pot să-i ocup eu gândurile, nu Matei.

– Nu mă gândeam că ești atât de inteligent.

– Nici eu că ești așa dezorientată.

– Auzi, tu ai ceva cu mine? Am impresia că nu mă suporți...

– Nici nu mă mir, la câte impresii ai tu...

– Noapte bună!

– Recunoaște că ți-a plăcut, am mai încercat eu încă o dată să o enervez, dar mai mult ca să-mi ascund trăirile și sentimentele.

– Ce? Bâjbâielile tale? Se vede că nu ai mai atins de mult o femeie.

– Bâjbâieli?

Mi-am apropiat mâna de gâtul ei și am început o mângâi la fel cum făcusem mai devreme.

– Nu te poți abține, văd…, mi-a replicat ea zâmbindu-mi într-un fel provocator, deși o simțeam încă tensionată și iritată; voia să-mi demonstreze că nu reușesc să o intimidez.

– Mă vrei, i-am răspuns eu calm și senin, dar cu același ton ironic și arogant, forțându-mi norocul cu o Irina nervoasă și luată prin surprindere.

– Hai că ești amuzant! Măcar m-ai făcut să râd. Ești bun pe post de clovn. Pa, Zorro în călduri!

– Apropo, interesantă ținută. N-ai fi scăpat din dormitorul lui Matei numai cu „Vreau doar să dorm cu tine“. Sau nici nu aveai de gând să scapi, nu? am supralicitat eu, deși chiar nu mai era nevoie să o scot din răbdări mai mult decât reușisem.

– Interesantă și ținuta ta, dar cam săracă. Tu sigur ești bărbat?

– Ah, cineva se oftică rău de tot. Haide, Irina, îți promit că va rămâne între noi această mică dezorientare a ta...

Mi-a aruncat o privire amenințătoare și a ieșit din camera mea. Am privit lung după ușa pe care o închisese în urma ei, am răsuflat ușurat și m-am așezat pe pat, încercând să-mi revin. Nu mă dădusem de gol că sunt topit și că-mi răscolise toate simțirile, ba chiar reușisem să o conving de contrariu, că nu o am deloc la inimă. Trebuia să fac ceva, nu știu ce, să scap de ea cu orice preț, să nu mai simt ceea ce simțeam pentru fata aceasta care intrase ca un vârtej în viața mea și îmi ocupase pe de-a-ntregul și mintea, și sufletul.

M-am convins și mai mult de asta a doua zi, când Matei mi-a spus că vom merge la mama la prânz. Purtarea lui mi-a întărit convingerea că Irina este mai mult decât o simplă cucerire. O voia în viața lui și se vedea asta, prea se grăbise să o aducă acasă, să le-o prezinte prietenilor și mamei.

În seara aceea am fost cu prietenii noștri într-un club din București. Am suportat cu greu să o văd atât de fascinată de Matei, atât de lipită de el, atât de fericită că e împreună cu el, privind mereu în ochii lui albaștri, parcă dornică să fie a lui. Așa că, atunci când în club am întâlnit o fată cu care mă văzusem de câteva ori, am plecat cu ea, hotărât să nu mai văd scenele drăgăstoase dintre fratele meu și Irina, imagini dureroase pentru mine și care-mi ardeau privirile. Undeva, în adâncul inimii, sperasem și să văd pe chipul Irinei puțină gelozie că sunt în compania unei femei frumoase, dar eu nu existam pentru ea și am înțeles asta imediat. Am plecat sperând că în brațele alteia o voi putea uita, însă întâlnirea aceea a fost un eșec. Nu știam cum să plec mai repede, să ajung acasă, acolo unde știam că este Irina, chiar dacă nu se afla acolo pentru mine.

În casă era liniște și nu aveam idee dacă nu cumva Irina este cu Matei, așa că m-am oprit în living, de teamă că, urcând în dormitorul meu, aș fi auzit din camera lui Matei că se iubesc. N-aș fi suportat asta, nu atunci, nu în clipele acelea, chiar dacă tot ceea ce trăiam în ultima vreme era prea mult pentru mine.

După puțin timp, exact ca și cu o noapte în urmă, Irina a coborât în living. Avea geanta pe una dintre canapele și se părea că are nevoie de ceva din ea.

– Iar nu poți să dormi? am întrebat-o.

– Dar tu ce faci aici? Nu mă așteptam să fii acasă. De fapt, mă așteptam. Cât putea să dureze...

Mă persifla în continuare, mă lua peste picior cu un aer zeflemitor, încă nu mă iertase pentru confuzia din noaptea trecută.

– Umbli noaptea ca o fantomă...

De fapt, eram fericit că o văd, că nu e în dormitorul lui Matei...

– Am nevoie de geantă.

– Dacă nu ți-e somn, mai stai cu mine.

Mă rugam, imploram în sinea mea să stea, să nu urce, să nu...

– Mă grăbesc.

– Unde?

Știam unde, dar încercam să mă amăgesc. Nu voiam un răspuns care să-mi confirme temerile, era mult prea dureros...

– Noapte bună, Zorro.

– Somn ușor...

A trecut pe lângă mine fluturându-și halatul cu nepăsare, lăsând în urma ei o adiere fină din parfumul amețitor pe care-l purta. N-am mai zăbovit nici eu. M-am dus în camera mea și am făcut un duș. Dar tot nu mă puteam liniști, simțeam că-mi explodează inima. O mie de gânduri nebune mi se perindau prin minte. „Ce-ar fi dacă aș merge acum și i-aș spune tot adevărul?“ Sau „Ar trebui să-i spun că m-am îndrăgostit de ea“. Apoi... „Nu, nu pot face asta. Ar fi total deplasat.“ „Ar crede că sunt nebun. Dar oare nu sunt?“ Și apoi venea concluzia cumplită: „E prea târziu...“

Am ieșit pe hol să o caut ca bezmeticul, sperând că poate avea să mai umble prin casă și să o văd, s-o opresc poate din ceea ce spunea că e o grabă... Tot ce mi-a reușit a fost să mă opresc doar pe mine lângă ușa dormitorului ei, unde am auzit-o făcând dragoste cu Matei. Am ascultat puțin ca să mă conving și ca să mă doară suficient de tare încât să nu o mai vreau, să nu o mai iubesc și să accept că gata, ea era a lui și nu va fi niciodată a mea. Mă uram pentru ceea ce simțeam, pentru slăbiciunea mea. Eram jalnic, ajunsesem să fac lucruri atât de penibile și... pentru ce? Pentru niște amărâte de sentimente?

Am plâns în noaptea aceea ca un copil, jurându-mi că Irina nu va mai însemna nimic pentru mine, niciodată. Ba chiar mi-am promis că o voi detesta.

Dimineață, aș fi vrut să fiu oriunde altundeva, numai să nu-i văd pe ei doi împreună. Matei, foarte volubil, era în living și, imediat ce m-a văzut, conform obiceiurilor lui, a început să-mi povestească despre noaptea minunată pe care o avusese și despre cât de pasională este Irina. Noroc că am fost întrerupți de ea, care a coborât cu un aer vesel. Era senină și atât de frumoasă! Părea a fi atât de fericită! Am uitat instantaneu că trebuia să fiu supărat pe ea, că trebuia să nu o plac, ba chiar și că mi-am promis că o voi detesta.

Am mâncat împreună, apoi Matei m-a rugat să o duc la Brașov. Fratele meu urma să lipsească două zile, iar Irina refuzase să rămână în lipsa lui. Am acceptat cu bucuria unui sadic căruia îi face plăcere să fie torturat. Fără să-mi arăt niciun sentiment, desigur.

Pe drum, am conversat în contradictoriu, eu mă străduiam să fiu sarcastic și antipatic, poate fără să-mi și reușească pe de-a-ntregul, iar ea nu se străduia deloc să-mi intre în grații, de parcă ar fi știut că sunt oricum nebun după ea și că efortul ar fi fost inutil. În mașină, iar a cântat, a dansat, a vorbit, s-a mirat, apoi a lăsat scaunul pe spate și a adormit. Îmi venea să plec departe cu ea, să nu mă mai opresc decât undeva unde puteam fi doar noi doi, împreună, pentru totdeauna.

Când am ajuns în Brașov, m-a invitat la ea să beau o cafea, să fac o pauză înainte de a pleca din nou la drum. Atunci am văzut pentru prima oară apartamentul în care locuia. Era amenajat simplu, dar foarte cochet, cu mult bun-gust. Se simțea spiritul ei acolo, între pereții aceia, se vedea de la distanță că și-a pus amprenta pe fiecare colțișor, pe fiecare obiect, care cu siguranță însemna ceva pentru ea. Chiar dacă era atât de tânără, știa să țină o casă, să o îngrijească și să o prețuiască, știa să o facă să devină numai a ei.

Cât timp am băut cafeaua, mi-a povestit tot felul de lucruri despre ea și despre prietenii ei, povești pe care le știam deja din lungile ei monologuri telefonice cu mine, prietenul imaginar. Am plecat poate un pic mai liniștit, știind-o departe de

Matei, însă tot cu inima frântă, pentru că acum era clar că este iubita fratelui meu, dar și cu o păpușă din porțelan pe care Irina o prețuia foarte mult și care avea fruntea spartă. I-am promis că voi găsi un restaurator să o repare.

Cu toate aerele mele și aroganța studiată, din clipa în care am ieșit pe ușă mi-a fost dor de ea. Nu-mi puteam înțelege sentimentele. Simțeam nevoia să vorbesc cu cineva despre ea, să-mi descarc sufletul, să mă destăinui, să-mi spună cineva cum să fac să nu mă mai chinui, dar nu aveam cu cine. Singura în care aveam încredere deplină era Doamna. Am luat un buchet de flori, un pachet de țigări și m-am dus la ea.

Era târziu deja, dar am găsit-o trează. S-a bucurat nespus când m-a văzut și a știut că nu o vizitam atât de târziu fără să fi avut un motiv serios. Cât de bine mă cunoștea!

– Eram curios dacă ți-a plăcut de noua prietenă a lui Matei, i-am spus aproape imediat, după introducerea obligatorie în care am întrebat-o ce face și în care m-a chestionat dacă sunt bine.

M-a privit lung. Probabil că îmi citise deja în suflet.

– Mi-a plăcut foarte mult fata, tinere domn. Păcat că Matei nu va ști să o prețuiască.

– Așa crezi?

– Tu crezi altceva? S-a schimbat fratele tău și nu am aflat eu?

– Poate că da. Sper că da. Irina chiar e o fată bună și o persoană specială și nu ar merita același tratament pe care l-au avut celelalte.

– Ce ai pe suflet, Robert?

– Mi-e că, dacă îți spun, o să mă crezi nebun, Doamna mea dragă.

– Și nebun dacă ai fi, tot te iubesc de nu mai pot, tinere. Credeam că știi asta de multă vreme.

– Sunt îndrăgostit, Doamnă, și sufăr ca un câine.

– De ce să suferi, dragul meu? Dragostea e o binecuvântare pentru sufletele care, în ciuda dezamăgirilor, mai pot să o simtă.

– Pentru că fata pe care o iubesc este Irina, Doamnă. Cea pe care tocmai ai cunoscut-o ieri. Sunt vinovat: sunt îndrăgostit fără speranță de iubita fratelui meu.

Am deșertat tot sacul cu taine în fața Doamnei, mi-am eliberat inima. I-am povestit cu lux de amănunte cum am cunoscut-o pe Irina, cum am devenit prietenul ei imaginar și cum am aranjat greșit totul, aruncând-o în brațele lui Matei. Doamna m-a ascultat cu răbdare, fără pic de mirare pe chip și fără să mă lase să-i citesc emoțiile – știu, nu dorea să mă influențeze.

– Complicată situația, tinere. Mă tem că nu ai decât două variante: s-o uiți definitiv sau să-i spui tot adevărul.

– Este deja îndrăgostită de Matei, s-a culcat cu el.

– Atunci, cu părere de rău, cred că nu prea mai ai ce să faci. Respectă-i alegerea, deși fata nu prea a avut de ales, din moment ce tu nu i-ai declarat sentimentele.

– Sper s-o pot uita, Doamnă. E chinuitor să fiu mereu în preajma lor, lângă ea și Matei.

– Încearcă să cunoști pe cineva, poate că te va ajuta s-o uiți. Lumea e mare, iubirile sunt de mai multe feluri și ni se întâmplă de mai multe ori în viață. Iubirile, dar... e drept, nu și Iubirea. Aceea e unică și irepetabilă.

– Doamnă, ți s-a întâmplat să iubești vreodată pe cineva fără de speranță, să nu fie niciodată al tău, să nu-l poți avea? Ai trăit o iubire de felul ăsta?

– Da, Robert. Am avut timp să trăiesc și asta. Mi s-a dăruit și fericirea, și nefericirea asta.

Doamna a zâmbit, cu aduceri aminte în ochii tulburați de lacrimi, apoi a întors ușor capul spre servantă, unde a țintuit cu privirea o fotografie în care era foarte tânără.

– Aveam douăzeci de ani. Eram toată un vis, o bucurie, o speranță și, nu că mă laud, o mare frumusețe. Toată lumea îmi aparținea, credeam că fericirea e inclusă în fiecare clipă a vieții. Până când a venit ziua în care realitatea a dat cu mine de pământ, când m-am îndrăgostit de un băiat. Un tânăr domn, un băiat simplu, fără niciun fel de avere, aparent fără un viitor strălucit în față. Iar așa ceva era nepermis în vremurile acelea, mai ales pentru o fată de condiția mea socială.

– Și?

– Și a trebuit să aleg altceva, să mă mărit cu cine au vrut părinții mei, cu un băiat de familie bună, cu o poziție socială solidă, cu un viitor sigur înaintea sa.

– L-ai uitat pe băiatul simplu?

– Niciodată, Robert. Cum să-ți uiți inima? Pentru că el a devenit inima mea din ziua în care l-am întâlnit. Mereu am tânjit după el, mereu m-am întrebat cum ar fi fost viața mea dacă aș fi putut să-l aleg pe el.

– Ce te-a făcut să-l iubești tocmai pe el? De ce nu l-ai uitat niciodată, Doamnă?

– Felul în care mă făcea să mă simt era unic, Robert. Mă simțeam specială, dorită, importantă, adorată. Mă simțeam singura femeie din lume și cea mai fericită ființă.

– Doamnă, Irina mă face să mă simt nimeni, nimic, invizibil, detestat, dar tot sunt nebun după ea. Ceva mă atrage la ea și nu-mi explic ce.

– Eu știu ce. Fata e deosebită. E foarte umană și caldă. Și are o seninătate cuceritoare. Și, în plus, cine-ar putea să explice de ce iubim atunci când iubim?

– Dar pe băiatul acela îl mai iubești?

– Da, Robert, îl mai iubesc.

– Mai știi ceva despre el? Mai trăiește?

– Trăiește în inima mea. Va muri deodată cu mine, când inima mea va înceta să mai bată.

Ochii doamnei deveniseră tineri din nou în timp ce-mi vorbea despre iubirea vieții ei, băiatul care i-a intrat în suflet când era tânără și care nu i-a mai părăsit inima niciodată după aceea, chiar dacă viața a purtat-o într-o altă direcție.

– Doamne!

Am îmbrățișat-o strâns și i-am privit ochii albaștri, care îmi păreau mai senini și mai strălucitori ca niciodată.

– Cum ai putut trăi fără omul iubit? am întrebat-o șoptit, așezându-mă înapoi pe scaun.

– Am putut, Robert. Am încercat să-i iubesc pe oamenii pe care mi i-a dat viața, iar pe el l-am ascuns undeva în suflet, fără să spun vreodată ceva în afara inimii mele, cu care am tot vorbit despre el toată viața, și când am fost fericită, și când am fost nefericită. Cred că amintirea lui m-a purtat cu bine înainte, m-a vegheat și a avut mereu grijă de mine.

– Oare voi putea trăi și eu fără Irina?

– Vei putea, dragul meu băiat. Omul poate trăi și fără aceia pe care-i iubește, nu mă întreba prin ce miracol. Problema este că nu-i poate uita. Păcat că Dumnezeu nu ne-a lăsat uitarea ca să ne salveze de suferințe inutile, cred că ne-ar fi fost de folos de multe ori. Deși, dacă stau să mă gândesc mai bine, nicio suferință nu e fără rost în viață. Fiecare necaz ne pregătește pentru ceva. Ceva mai bun, ceva mai frumos, ceva important cu adevărat.

Am plecat de la Doamna cu inima mai ușoară, dar la fel de plină de Irina. Ea ocupa fiecare spațiu din sufletul meu și aveam senzația că o simt în fiecare bătaie a inimii. Așa cum spusese și Doamna despre băiatul care-i locuia în inimă și care nu mai părăsise niciodată „domiciliul" acela pe care i-l stabilise soarta.

Matei a venit acasă aproape de miezul nopții și mi-a spus că va pleca imediat la Brașov.

– La ora asta? Abia ai venit de la drum lung. Nu ești obosit?

– Nu mai pot sta fără ea.

Parcă mă lovise cu un ciocan în moalele capului.

De îndată ce fratele meu a plecat spre Irina, m-am dus în camera mea și am sunat-o ca prietenul imaginar. Am tăcut și i-am ascultat destăinuirile, toate poveștile despre Matei, impresiile pe care și le-a făcut despre prietenii lui, toate trăirile pe care le avea în relația ei nouă. Mi-a spus că a făcut dragoste cu el și că s-a trezit dimineața cu un buchet de flori în pat și cu un bilețel în care Matei i-a scris că o roagă să nu se îndrăgostească de el. Era dezamăgită și derutată.

– Of, așa de mult mi-ar plăcea să mă iei în brațe, oricine ai fi... Vrei să dormi cu mine? Adică, să stai cu mine la telefon până adorm? Nu vreau să fiu singură...

Îmi venea să plec spre ea, să o iau în brațe așa cum avea nevoie, să o alin și să o alint, dar Matei alerga deja către ea. Am bătut în receptor de două ori și am ascultat-o povestindu-mi în continuare din gândurile ei, din frustrările și problemele ei, până când a adormit vorbind, ca un copil în timpul poveștilor de seară, dinainte de somn. Am decis în noaptea aceea că bărbatul îndrăgostit din mine va trebui să facă un pas înapoi, iar prietenul să facă unul înainte: Irina, femeia pe care o iubeam mai mult decât orice pe lume, avea nevoie de mine ca prieten. Și era drept să-i fiu alături, când și cum va fi nevoie. Chiar dacă avea un iubit, chiar dacă părea că se îndrăgostise de Matei, chiar dacă fratele meu părea, la rândul lui, îndrăgostit de ea.

N-am mai văzut-o pe Irina câteva săptămâni, iar eu speram cu fiecare zi care trecea că o voi uita, că nu o voi mai iubi și că-mi voi continua viața așa cum era ea înainte să o fi cunoscut. Matei, în schimb, era din ce în ce mai prins și pleca zburând spre Brașov ori de câte ori putea, ca să nu mai stea fără ea.

Într-o zi, când se afla la Arad cu treburi, Matei m-a rugat să merg s-o aduc pe Irina la Snagov.

– Se va muta la noi, mi-a spus el foarte încântat, fericit că fata pe care o iubește va fi alături de el zi și noapte.

Am înlemnit. Toate sentimentele mele de iubire pentru ea, pe care le speram a fi uitate, mi-au năvălit iar în suflet, dându-mă din nou peste cap. Am tras aer adânc în piept și am decis că trebuie să accept asta, să o am atât de aproape și, totuși, atât de departe pe cea pe care o iubeam și o doream. Trebuia să trăiesc cu fericirea și nefericirea.

M-am prezentat la ușa ei cu păpușa reparată, între timp, la un restaurator din București. A verificat-o cu ochi curioși, apoi a scos câteva sunete de bucurie și m-a pupat scurt pe obraz, ca un copil bucuros care primise un dar prețios. O făcusem fericită, îi citeam încântarea în ochi.

O studiam cu atenție, speram în adâncul inimii să descopăr la ea lucruri noi, unele care să-mi displacă total, ceva care să mă facă să o iubesc mai puțin, de parcă aveam nevoie de confirmări că nu este ea aceea care trebuia să-mi locuiască în suflet. Dar am descoperit o Irina și mai frumoasă și mai bună decât știam, chiar dacă în fața mea purta mereu o mască de femeie infatuată și narcisistă, reacția ei firească de apărare la aroganța mea, afișată ostentativ de câte ori mă aflam în preajma sa.

– Știi că Matei e la Arad? am întrebat-o pe drum ca să fac conversație.

Ea era tăcută și îngândurată.

– Da, sigur că știu. Mi-e cam foame. N-ai ceva de ronțăit în mașină?

– Nu, dar putem opri la Sinaia să mâncăm la un restaurant. Ce zici? Te inspiră?

– N-ar fi o idee rea, mi-e foame.

M-am gândit repede unde să o duc. Din poveștile ei turuite la telefon cu prietenul imaginar, știam că nu prea îi plac restaurantele rustice, unde se mănâncă „haiducește“, că nu agreează să meargă în restaurante unde miroase a mâncare, așa că am ales un loc elegant unde știam că și meniul, și servirea sunt excelente.

– Este OK aici, îți place? am întrebat-o când am intrat.

– Da. Îmi place că e aerisit. Detest restaurantele de unde ieși mirosind a bucătărie, de parcă ai fi fost acolo ca bucătar, nu în calitate de client, mi-a spus ea, ca și cum nu aș fi știut deja aceste detalii.

Și-a comandat pește, iar eu am ales la fel ca ea; socoteam în gând cât este de plăcut să fiu doar cu ea, să luăm masa împreună, ca un cuplu. Dar, contrar felului ei de-a fi, Irina era incredibil de tăcută. Poate că o neliniștea mutarea la Snagov, poate că o frământa ceva ce eu nu știam, deși mi-ar fi plăcut să aflu. Se uita afară la trecători, iar din când în când îmi zâmbea destul de absentă. La un moment dat, ceva i-a acaparat atenția și, urmărindu-i privirile, am înțeles că văzuse un bătrân care cerșea în fața restaurantului. Omul avea o tristețe nemărginită întipărită pe chip, iar ochii lui parcă strigau după ajutor. Stătea liniștit, fără să-i agreseze pe trecători, doar aștepta să se pogoare bunătatea omenească asupra lui și să-l binecuvânteze cu un pic de compasiune și grijă.

– Mă scuzi puțin, merg până afară.

– Stai că vin cu tine.

Am crezut că-i va da niște bani omului, dar ea l-a întrebat dacă nu-i este foame.

– Îmi este, domnișoară, n-am mâncat decât un ceai cu pâine dimineață. Mi-e foame, n-am mai avut de multă vreme de o masă bună, a spus omul cu o voce pierită, surprins de întrebare.

– Haideți înăuntru, vă rog. Vă comand ceva de mâncare.

Omul a ezitat, dar, încurajat de ea, de vocea ei blândă, a urmat-o docil și cuminte în restaurant.

– Vreți să stați cu noi la masă sau mai retras? l-a întrebat ea, zâmbind încurajator.

– Dar mă lasă să stau aici?

Era neîncrezător că l-ar fi putut primi înăuntru, într-un restaurant atât de elegant, pe el, cerșetorul.

– De ce să nu vă lase? s-a mirat Irina cu naivitate.

Omul, convins de încrederea ei, a privit spre o masă apropiată de ușa de la intrare și s-a așezat acolo cuminte.

– O să trimit ospătarul să vă ia comanda. Vă rog să cereți tot ce doriți, nu vă gândiți la bani. Voi plăti eu, a rostit ea, din nou cu o voce dulce și încurajatoare.

Bietul om era bulversat, nici nu știa dacă să fie bucuros sau să se îngrijoreze. Dar, privind-o, s-a liniștit imediat, decis să o asculte. Fata care-l invitase să mănânce părea un om foarte cumsecade, care cu siguranță știe ce spune și ce face, putea să aibă încredere în ea.

Irina s-a întors la masă și a scos din geantă portofelul. A ales câteva bancnote și le-a băgat în buzunarul blugilor pe care îi purta.

Am început să mâncăm, dar ea îl urmărea atentă pe bătrânul nevoiaș, care aștepta cuminte la masa retrasă. A văzut un ospătar mergând la el, numai că, în loc să ia comanda, acesta l-a poftit afară. Fără să se opună în vreun fel și cu capul plecat, bătrânul s-a ridicat de la masă și a dat să iasă. Numai că Irina s-a ridicat brusc și s-a repezit ca o furtună după acel om. L-a rugat să nu plece și l-a luat pe ospătar la întrebări.

– Nu înțeleg, l-ați dat afară? a întrebat ea, fierbând de mânie.

– Da. Este un cerșetor, domnișoară.

– Și ce dacă?

– Domnișoară…

– Stați puțin, că nu înțeleg. Cerșetorii nu au dreptul să mănânce în restaurantul vostru, chiar dacă plătesc? Care e motivul pentru care l-ați gonit? Nu e beat, nu e murdar, nu e zdrențăros. E un bătrân decent din toate punctele de vedere, care a înghețat afară și căruia îi este foame. Și va plăti până la ultimul ban ceea ce comandă.

– Ne pare rău, dar nu primim…

– Poftim?!

Irina se enervase vizibil și nu mai făcea niciun efort să-și ascundă indignarea și revolta. Credeam că-mi va cere să plecăm din restaurant, dar, înainte de orice, a făcut o scenă memorabilă acolo.

– Ce fel de restaurant este aici? Ce fel de oameni refuză să-i dea de mâncare altui om, flămând, când acesta plătește, când nu deranjează, când este civilizat?!

– Irina, te rog…, încercam eu să o calmez, văzându-i furia.

– Taci, Robert! În secunda asta plecăm, eu nu mai vreau să mănânc aici! a declamat ea tare, ca să o audă toată lumea din restaurant. Și mă întreb ce fel de oameni se mai pot bucura de masa lor știind că afară e un bătrân flămând, înghețat de frig, căruia acest restaurant a refuzat să-i dea de mâncare, deși ar fi plătit pentru ea. Ba mai mult, l-au și umilit! Iar asta este inadmisibil, grosolan, mizerabil, jenant, inuman!

Toate privirile celor din restaurant erau îndreptate spre ea. Iar Irina nu mai putea fi oprită, era hotărâtă să atragă atenția tuturor clienților asupra nedreptății suferite de omul în vârstă. La o masă aflată lângă noi erau niște străini care au întrebat pe cineva de la masa alăturată ce spune Irina. Când persoana le-a tradus și au înțeles, aceștia s-au ridicat imediat, au trântit meniurile pe masă și au ieșit din restaurant, aruncând priviri sugestive și dezgustate în jurul lor. Și de la o altă masă s-au ridicat două persoane în același fel, vizibil indignate. Ospătarul, depășit de situație și încurcat de incidentul pe care-l crease, i-a replicat Irinei că-l va chema pe șeful lui, că el doar execută niște ordine.

– N-am nevoie să chemați pe nimeni, domnule, i-a tăiat-o ea scurt. Nu ne interesează scuzele penibile. Plecăm imediat.

S-a îndreptat spre masă, și-a luat haina și geanta și a pornit spre ieșire. De la o masă unde erau două cupluri cărora tocmai le sosise mâncarea s-au ridicat toți, iar unul dintre bărbați a luat un platou cu mâncare și a ieșit hotărât cu el afară. Am ieșit și noi, iar Irina s-a oprit lângă bătrânul cu ochii în lacrimi, care primea acum platoul cu mâncare aburindă. Irina i-a mulțumit clientului pentru generozitate, iar el a felicitat-o pentru atitudine.

În fața restaurantului erau și cei care plecaseră în semn de protest, comentând dezgustați atitudinea patronatului, pentru că în mod sigur angajații urmau și respectau niște reguli impuse. Cu toții i-au dat bătrânului bani și au plecat privind-o pe Irina cu admirație și respect. Ea a strecurat discret bani în buzunarul bătrânului și i-a șoptit ceva la ureche, făcându-l să zâmbească. Dar, când să plecăm, lângă noi a apărut un bărbat îmbrăcat în costum, pus la patru ace și cu o figură arogantă. Probabil că era șeful restaurantului, însă Irina i-a întors spatele și nu i-a dat șansa să se explice.

– Hai să mergem, Robert. Să plecăm cât mai repede din locul acesta unde oamenii nu sunt tratați în mod egal, doar pentru că-și câștigă existența diferit, a spus ea. Să aveți grijă de dumneavoastră, i-a zis bătrânului, care cu o mână ținea platoul cu mâncare, iar cu cealaltă deja mânca ținându-și capul aplecat.

– Domnișoară, ne cerem scuze, dar suntem un restaurant respectabil și..., a început să spună șeful restaurantului în urma Irinei.

– Zău?

Irina s-a oprit brusc, parcă lovită de cuvintele care-i fuseseră adresate.

– Respectabil?!? Probabil că nu stăpâniți prea bine înțelesul cuvintelor, stimate domn. Dacă ați fi avut un restaurant respectabil, atunci l-ați fi respectat pe fiecare om, angajații voștri ar fi doar persoane care știu să-i respecte pe oamenii de toate condițiile și ați fi avut o masă undeva, deoparte, un separeu pentru cei nevoiași, cărora să le oferiți ocazional ceva de mâncare, și nu v-ați fi permis să alungați un bătrân de bun-simț, decent, un client ca oricare altul, care ar fi plătit pentru masa comandată. Asta înseamnă „respectabil" pentru mine și, după cum s-a văzut, și pentru alții, care au ieșit afară și nu au mai dorit să rămână în restaurantul dumneavoastră, care numai respectabil nu s-a dovedit a fi, tratându-l atât de urât pe un biet bătrân care nu vă greșise cu nimic. Vă doresc numai bine, puțină rațiune și neapărat mai mult suflet! Chiar aveți nevoie!

I-am deschis portiera ca unei regine a dreptății, iar ea a intrat în mașină cu aceeași seninătate dintotdeauna. O adoram! Eram foarte mândru și fascinat de ea. Irina mea pusese punct, cu eleganță, unei situații foarte urâte.

– Îmi pare rău, Robert. N-am vrut să te pun într-o situație jenantă, s-a scuzat ea.

– Glumești? Mie nu-mi pare rău deloc. Situație jenantă pentru cine? Poate pentru cei de la restaurant, care au meritat tot ce le-ai spus. Azi am învățat ceva frumos de la tine. Sincer, nu mi-am imaginat că ești atât de curajoasă.

Irina mea era un om bun, eram fericit că sunt îndrăgostit de o astfel de femeie!

I-am propus să mergem în altă parte să luăm masa, dar îi pierise pofta de mâncare. Mi-a spus că preferă să gătească ceva când vom ajunge la Snagov, că se pricepe foarte bine și chiar îi place să o facă.

Oli ne aştepta bucuroasă, Sandra era şi ea la noi şi i-a sărit de gât imediat cum a văzut-o. Când Oli ne-a spus că va pregăti cina, Irina s-a oferit imediat să o ajute. Am admirat-o desfăşurându-se în bucătărie şi povestind cu Oli vrute şi nevrute. Nu mai văzusem la nicio fată atâta energie şi o asemenea poftă de viaţă, o asemenea bucurie, inclusiv de a găti şi de a le fi de folos celorlalţi.

Am mâncat cu toții, apoi, după ce am rămas singuri, i-am spus Irinei că am pentru ea un dar de bun-venit în noul ei cămin. Îi desenasem o hartă a casei, ca să fac o glumă pe seama dezorientării ei din noaptea în care confundase dormitoarele.

– Ai vrut să te asiguri că nu mai intru peste tine? m-a întrebat ea, râzând, când a văzut harta.

Aşa a ajuns Irina să facă parte din familia noastră. Devenise încă din prima clipă stăpâna casei și doamna inimilor noastre. Ne cucerise. Din ziua în care s-a mutat la Snagov, viața noastră monotonă și destul de aridă s-a schimbat radical. În casă se instalase veselia, o atmosferă plăcută de familie, iar prietenii ne vizitau foarte des. Irina era o gazdă minunată și primitoare, gătea pentru toată lumea și îi plăcea să facă tot ce-i stătea în puteri ca oamenii să se simtă bine și să-și dorească fie să nu mai plece, fie să revină cât mai curând. N-avea stare. Nu suporta monotonia, iar plictiseala îi era străină, așa că tot timpul avea câte o idee nouă pentru a iniția cine știe ce activități, pentru a stimula comunicarea între noi, pentru a răspândi în casă starea de bine. Ne jucam, făceam karaoke și stăteam până noaptea târziu la povești, unele frumoase, romantice și pline de învățăminte. Dădea tonul distracției în familie și era inima casei, o inimă tânără, frumoasă, generoasă și foarte disponibilă pentru nevoile fiecăruia.

Casa noastră, atât de mare și de goală odinioară, era acum animată, plină de bucurie – căminul perfect. Irina avea grijă de toți, știa deja ce tabieturi are fiecare, ce alergii, ce ne place și ce nu. Ne învățase pe de rost toate mofturile, era grijulie și mereu îndatoritoare cu noi toți, ne făcea toate plăcerile. Mai ales pe Cesara o adora și era foarte atentă cu ea. Uneori dormea cu fetița, iar eu o surprindeam în ipostaza minunată de femeie completă, de mamă devotată, chiar dacă nu era vorba despre copilul ei.

Matei devenise și el alt om, o iubea enorm pe Irina. Era femeia perfectă pentru el și pentru copilul lui, pe care nici măcar în visurile lui nu și-o putuse imagina: iubitoare, blândă, cuminte și bună, o adevărată doamnă a casei.

Iar eu eram dependent de prezența ei. Crezusem că, văzând-o mereu cu Matei, voi sfârși prin a avea pentru ea doar sentimente prietenești, dar în continuare o iubeam nebunește. Nu reușisem să mi-o scot nici din minte și nici din suflet. Din clipa în care s-a mutat cu noi, chiar că n-am mai avut vreo noapte liniștită. Somnul și pacea mea sufletească se duseseră de râpă. Mă frământam încontinuu în patul meu știind că la câteva ziduri distanță femeia pe care o divinizam se iubea cu fratele meu.

Și, ca și cum nu mi-ar fi fost de ajuns, în fiecare dimineață când plecam amândoi spre birou, Matei, indiscret cum îi era felul, îmi povestea încântat și mândru despre iubita lui sau despre nopțile lor minunate, despre cât de frumos i se dăruia ea, despre cum îl surprindea cu tot felul de ținute provocatoare. Orbit de gelozie și cu inima în mii de bucăți, mă răzbunam pe ea ori de câte ori aveam ocazia. Eram rece, sarcastic, cinic, răutăcios și uneori o enervam intenționat. Toată lumea o trata ca pe o regină, numai eu făceam exact pe dos. Ne certam din orice prostie și uneori nu vorbeam unul cu celălalt câte o zi întreagă.

– Auzi, zi-mi şi mie de ce nu mă placi? m-a întrebat ea brusc într-o zi în care eram certați.

– De unde revelația asta?

Nu, Irina clar nu avea darul clarviziunii. Cum să nu o fi plăcut?!

– Nu mai evita răspunsul. Zi-mi că nu mă placi. Suport, să știi.

– Zău? Alteța dumneavoastră, atât de obişnuită să fie adulată de toată lumea...

„Și adorată de toată lumea, mai ales de mine", îmi continuam replica doar în mintea mea.

– Eviți răspunsul. Fii bărbat.

– Ești arogantă, înfumurată, obraznică și foarte răsfățată.

„Și te iubesc, ce pot să fac?" Întotdeauna continuam dialogul în mine însumi, măcar cu o frază despre care ea habar nu avea.

Doar atât?

– Crede-mă că e prea mult.

– Atunci de ce stai mereu în preajma mea?

– Ia ghici.

„N-aș alege pe altcineva pentru nimic în lume, minune de femeie! Dar ce știi tu? Habar nu ai ce ai stârnit în inima mea..."

– Pentru că, pe lângă toate astea, sunt și amuzantă, nu? Te distrezi foarte mult cu mine. Și sunt și frumoasă, și deșteaptă, a spus, râzând.

– Și de o modestie cum rar am văzut!

„Ești, dragostea mea, ești toate astea la un loc și mai mult de-atât: ești unică, te ador!"

– Știu de ce îmi cauți compania. Pentru că doar cu mine poți discuta. Cu alea cu care petreci câte o noapte te plictisești de mori. Trebuie să fie tare frustrant ca, după partida de sex – care sunt sigură că durează maximum două minute, cu tot cu preludiu și cu duș –, nu mai aveți ce face unul cu altul. Și atunci, vii la mine.

– De unde știi tu cât durează partidele mele de sex? i-am replicat eu imediat, minunându-mă și continuând dialogul în mintea mea: „Ce mult mi-ar plăcea să fac dragoste cu tine, să te iubesc așa cum n-ai fost niciodată iubită până acum și cum nu vei mai fi vreodată..."

– Se vede pe tine cât ești de frustrat și de nesatisfăcut. Și de plictisit.

Aici avea dreptate. Eram și frustrat, și nesatisfăcut. Dar plictisit, nu. Nu de ea. De ea, niciodată. Ba chiar mă simțeam cel mai bine când eram în preajma ei. Dar, da, restul vieții mele, cât și alte femei mă plictiseau îngrozitor...

Discuțiile dintre noi erau savuroase, niciodată plictisitoare, nici când duceam lupte grele, dialogând în contradictoriu sau împungându-ne reciproc în dueluri verbale. Ceilalți erau obișnuiți să ne vadă antrenați în tot felul de conflicte și uneori se amuzau copios pe seama noastră. Eu, nonșalant și aproape cinic, îi arătam că nu o suport, dar aveam grijă de ea ca de ochii din cap și îi eram servitor devotat și preaplecat. Era suficient să ridice o sprânceană și știam ce dorește, atât de bine ajunsesem să o cunosc. De parcă ar fi fost sufletul meu pereche...

Îi cunoșteam Irinei toate poveștile de viață, unele dintre ele făcându-mă să-mi doresc să o protejez de supărări chiar și cu prețul vieții mele și să fac orice pentru a o vedea fericită. Atât de îndrăgostit eram, atât de mult o iubeam.

Deși era încă foarte tânără, Irina nu avusese o viață ușoară. Până la anii ei, soarta îi făcuse deja „cadou" multe lacrimi și răpise de lângă ea cele mai dragi și mai apropiate ființe. A fost crescută de tatăl ei, un om deosebit, pe care l-a pierdut când avea doar 16 ani. Nu după mult timp, l-a pierdut și pe iubitul ei, un băiat bun pe care l-a iubit mult; pierise într-un cumplit accident de mașină. Eu o înțelegeam foarte bine, știam ce înseamnă să rămâi fără toți cei dragi și mă regăseam adesea în poveștile, în tristețile, în disperările și în singurătatea ei.

Încercam, pe cât era posibil, să o ajut să fie liniștită și fericită. Eram implicat total în ceea ce trăia, în felul în care se derula viața ei nu numai acasă, ci și dincolo de zidurile ei. Eu o duceam oriunde trebuia să meargă, la cumpărături, la coafor, la Brașov, la plimbare – devenisem umbra ei. Matei o lăsase cu totul în grija mea, rugându-mă să-i stau aproape și mereu la dispoziție, iar eu făceam tot posibilul să fiu cât mai mult acasă, pentru prima oară în viața mea nemaifiind devotat doar afacerilor.

Ziua, Irina era și a mea, dar noaptea era numai a lui. Mă bucuram și eu și profitam pe cât puteam de prezența, de atenția, de grija și de frumusețea ei. Dar numai el o avea cu totul. Iar eu mă surprindeam adesea gândindu-mă cum ar fi fost să fiu numai eu cu ea, să dorm cu ea, să o pot privi în voie cu toată iubirea care se ascundea în sufletul meu, fără teama că cineva mi-ar descoperi taina, fără gândul că ar putea ieși la suprafață ceea ce simțeam pentru ea.

Și visul de a o avea numai pentru mine s-a împlinit într-o zi, în care a trebuit să plec la ferma noastră din nordul țării. Gândul că voi sta câteva zile departe de ea mă întrista peste măsură, dar nu aveam de ales, nu puteam abandona complet partea mea de treburi din firmă. Și asta m-a făcut să-mi dau seama încă o dată cât eram de subjugat și dependent de Irina. Când i-am spus că trebuie să plec, dar și unde voi pleca, l-a întrebat pe Matei când vor merge și ei doi în zona aceea, pe care și-a dorit mereu să o vadă; însă el s-a scuzat, amintindu-i cât de ocupat este. Pe un ton neutru, chiar dacă sufletul îmi fremăta de bucuria șansei care mi se arăta, i-am propus să vină cu mine, iar Matei, mulțumit că-i poate îndeplini Irinei o dorință, a îndemnat-o să-mi accepte propunerea, motivând-o cu implicarea lui într-o afacere care îl ținea ocupat de dimineața până seara târziu și cu faptul că se simte vinovat că o neglijează.

Când Irina a acceptat, bucuroasă ca un copil căruia i se ivește șansa neașteptată a unei vacanțe, m-am abținut cu greu să nu-mi arăt fericirea care-mi invadase fiecare celulă. Eu cu ea, numai cu ea, noi doi, departe de toți și de toate – și mai ales de Matei! Eram nerăbdător să fiu doar eu cu ea, să nu o mai distragă nimic și nimeni, să nu o mai împart cu altcineva, să mai descopăr ceva din ceea ce însemna ea, fata minunată care-mi ocupase sufletul.

Dacă în fiecare dimineață Irina era în picioare înaintea tuturor și, harnică precum o furnicuță, pregătea micul dejun pentru toată familia, în ziua în care trebuia să plecăm în Maramureș eu am fost cel care a dat semnalul. Trebuia să plecăm foarte devreme, drumul era lung, așa că am fost nevoit să o trezesc la ora patru dimineața. Știam deja că va dormi în camera ei, ca să nu-l trezească și pe Matei cu noaptea în cap și să-i strice somnul. Am bătut încet la ușa budoarului ei – nu era o încăpere oarecare, Irina își crease în acea cameră o oază numai a ei, un univers personal în care-și pusese amprenta pe fiecare detaliu. Dar nu mi-a răspuns. Probabil că dormea adânc. Am deschis ușa încet, ca nu cumva să o sperii, și am intrat pășind ușor. Am așteptat câteva clipe să mă acomodez cu întunericul din dormitor și să pot zări ceva, apoi i-am văzut silueta întinsă pe pat. Nu m-a simțit, iar eu nu îndrăzneam să o trezesc. Am stat nemișcat preț de câteva clipe și am privit-o intens, cu toate că nu-i puteam distinge trăsăturile feței. M-aș fi așezat într-un fotoliu și aș fi stat acolo, doar privind-o, fără să rostesc niciun cuvânt, o veșnicie și ceva în plus.

M-am dezmeticit cu greu și abia m-am îndurat să-i șoptesc că se face dimineață și trebuie să plecăm. Când mi-a auzit vocea, mi-a cerut tot în șoaptă să aprind lumina. Luată pe nepregătite și încă aflată pe pragul dintre vis și trezire, Irina avea o față dulce de copil somnoros, deloc îmbufnată, și era de o perfecțiune care-mi tăia respirația... Mi se părea cea mai frumoasă imagine a ei de până atunci – sau, cel puțin, pe care o văzusem eu până atunci. De îndată ce s-a acomodat cu lumina, mi-a zâmbit, iar în clipa aceea am simțit că parcă toată lumea este a mea. Iar ea era fericită ca un copil de aventura în care pornea.

Am plecat spre Maramureș înainte de ivirea zorilor. Irina a mai adormit în mașină, iar eu mă bucuram de prezența ei, privind-o din când în când cu coada ochiului. Sufletul meu era în al nouălea cer, parcă eram singuri pe lume, noi doi și nimeni altcineva. Cu siguranță, ceva bun făcusem eu, din moment ce Dumnezeu îmi ascultase dorințele și pe una dintre ele mi-o și împlinise.

Am trezit-o doar când am ajuns în dreptul unui câmp plin cu maci, știind din poveștile spuse prietenului imaginar cât de mult îi plac macii. De îndată ce a văzut unde oprisem, a ieșit din mașină fermecată și a pășit grăbită printre maci, râzând fericită și având grijă să nu-i calce.

– Este minunat, câtă frumusețe, ce perfecțiune a creat natura pentru noi! Îți mulțumesc, Robert! Ador macii!

– Știu, am zâmbit eu enigmatic.

– De unde? Nu ai de unde!

S-a întors cu spatele la mine și a mai făcut câțiva pași, avântându-se pe câmpul înroșit de florile delicate.

O priveam fermecat și mă bucuram de încântarea ei copilărească, de fascinația care i se citea în ochi, de mâinile ei fine care mângâiau petalele sângerii, de buzele cu care săruta florile acelea efemere și atât de fragile. Parcă îmi priveam sufletul. Parcă inima nu-mi mai bătea în piept, ci ieșise în afara mea – și era toată în fața ochilor mei.

Irina mi-a surprins privirea, dar cu siguranță nu-și imagina ce simt pentru ea. Cum ar fi putut? De unde să fi înțeles ce se petrecea dincolo de aparențele pe care le așezam dinaintea tuturor și mai ales în fața ei?

A venit înapoi surâzând și am urcat amândoi în mașină. Când am pornit, ea a închis ochii, iar eu am crezut ori că va dormi în continuare, ori că vrea să păstreze în memorie imaginea perfectă a câmpului cu maci roșii ca sângele.

– Știi de ce dorm când sunt cu tine în mașină? m-a întrebat ea fără să deschidă ochii. Pentru că am încredere în tine. Te rog să nu-mi iei asta.

Am tăcut, nu am spus nimic, dar m-a cuprins un sentiment straniu de vinovăție și de teamă că aș putea să o dezamăgesc.

Mi-am propus să fiu mai atent, să nu-mi mai las sentimentele la vedere, gândindu-mă că poate a înțeles totuși câte ceva din zbuciumul meu sufletesc. Era foarte greu, trebuia să-mi păstrez rațiunea, în special când eram doar eu cu ea.

Am ajuns spre seară în Maramureș și am fost întâmpinați cu multă căldură și prietenie de gazda pensiunii cochete unde rezervasem doar o cameră, înainte să știu că Irina va veni cu mine. Iar apoi, de bucurie că vom fi împreună, doar noi doi, am uitat cu desăvârșire să sun ca să rezerv o cameră și pentru ea. Abia când i-am spus gazdei, cunoștință veche de-a familiei noastre, că Irina e iubita lui Matei, aceasta mi-a spus că, din păcate, nu mai are nicio cameră liberă și nu știe cum să facă. Dar tot Irina a liniștit-o și i-a spus că nu este nicio problemă.

– Sau este, Robert? m-a întrebat ea, cu o privire sugestivă și provocatoare.

– Nu, deloc, am răspuns, văzându-mi împlinit visul de a fi cât mai mult cu femeia pe care o divinizam.

Eram fericit și speriat în același timp, mai ales că tocmai îmi propusesem – din nou! – ca nu cumva să-mi dau sentimentele în vileag.

Ne-am cazat, apoi am cinat pe terasa pensiunii, povestind vrute și nevrute, uitând parcă de lumea întreagă. Irina mi-a vorbit mult în timpul acela despre tatăl ei, pe care îl adorase, iar eu începeam să înțeleg cui i se datorează educația frumoasă pe care o avea. Spre deosebire de alte femei pe care le cunoșteam, ea avea o eleganță aparte și era manierată, fără a fi ostentativă.

În seara aceea, a încercat să cotrobăie un pic prin sufletul meu, să afle dacă am vreo iubită sau dacă iubesc pe cineva, dar am divagat mereu, alunecând mereu cu șiretenie în afara subiectelor care o interesau.

Petrecusem o zi perfectă, o avusesem pe Irina, sufletul meu, numai pentru mine. Eram fericit, inima îmi era în sfârșit întreagă.

Tocmai de aceea, cu cât se apropia mai mult timpul să mergem la culcare, cu atât eram mai emoționat și tensionat. Am lăsat-o să meargă ea mai întâi la duș, apoi am intrat să mă spăl și eu, încercând ca, sub jetul binefăcător de apă, să-mi pun ordine în gânduri și să-mi planific comportamentul față de ea. „Și ce bine ar fi dacă mi-ar și reuși ceea ce-mi propun!“, îmi tot repetam în gând.

Când am ieșit de la duș, se străduia să-și descurce părul acela foarte des, lung și mătăsos. M-am apropiat și m-am oferit să o ajut, iar ea, neîncrezătoare, m-a întrebat dacă mă pricep. I-am oferit un scaun, pe care l-am așezat în fața oglinzii, și am luat din mâna ei peria, apoi am început să-i descurc șuviță cu șuviță părul acela pe care i-l iubeam. M-am oferit și să i-l împletesc, știind că obișnuia să doarmă cu părul împletit, și m-am jucat puțin încercând să-i fac o coadă, mai mult dezmierdându-i-l, însă ea m-a oprit, amuzată de stângăcia mea. Învins, am renunțat și m-am întins pe pat, cu sufletul tremurând de emoție. M-am prefăcut nepăsător, am pornit televizorul și abia când a venit spre pat am văzut cum este îmbrăcată. Purta o cămașă de noapte și un halat dintr-o mătase albă, foarte fină, cu dantelă. Era incredibil de frumoasă, iar amalgamul de mirosuri îmbătătoare în care se învăluise cu totul umpluseră întreaga încăpere. Și inima mea gemea de dorința de a o lua în brațe și de a nu-i mai da drumul de lângă mine...

Deși eram frânt după o noapte dormită pe sponci înainte de plecare și după drumul lung, știam că nu mă va lua somnul. Cum aș fi putut dormi când o aveam, printr-un noroc nesperat, pe ea lângă mine, pe femeia aceea care-mi devenise indispensabilă ca aerul și pe care o iubeam fără speranță?

Ne-am uitat împreună la televizor, apoi, într-un târziu, mi-a șoptit somnoroasă că se va culca. Am închis televizorul și am așteptat în liniște să adoarmă. Abia după câteva minute, când respirația i-a devenit liniștită și ritmică, încet și cu grijă să nu o trezesc, am îndrăznit să mă întorc cu fața spre ea. Îmi doream enorm să o privesc, cu toate că abia îi puteam distinge trăsăturile dulci în camera luminată doar de o sursă de pe stradă. O aveam lângă mine pe fata pe care o iubeam nespus, stăpâna inimii mele, cea pe care o doream inexplicabil de mult și de vinovat totodată, dar nu aveam voie să o ating decât cu privirea. Și poate nici așa...

Totuși, convins că doarme adânc și că nu ar fi știut niciodată ce fac, am îndrăznit să îi mângâi părul revărsat, care ajunsese până la perna mea. Parcă alintam cea mai delicată mătase, iar senzațiile pe care le trezea în mine atingerea aceea sublimă mă făceau să-mi doresc să explorez mai mult. Am mângâiat-o încet și pe mână, iar la un moment dat ea mi-a răspuns la fel. Mi se părea că am ajuns în Rai. Nu știam dacă o făcea involuntar, în somn, sau dacă era conștientă. Îmi plăcea să cred că își dorește același lucru la care visam eu. Dar ce-mi dădea dreptul să pot să sper la asta?...

Apoi s-a oprit, dar eu am continuat să o mângâi încet pe mână, ca și cum i-aș fi vegheat și îndulcit somnul. Atingerea fetei pe care o iubeam mă împlinea într-un fel ciudat, cum nu mi-aș fi imaginat vreodată că este posibil. Nu mai știu când am adormit, fericit ca un zeu, trezindu-mă din când în când să o privesc în penumbră, să mă bucur de prezența ei.

Dimineață, când s-a luminat de zi și când m-am trezit cu totul, ea dormea cu capul pe umărul meu, iar eu aflam pentru prima oară în viață cum este să deschizi ochii și să fii extrem de fericit, să nu-ți mai dorești nimic altceva pe lume...

Nu m-am mișcat, ca să nu-i deranjez somnul, dar în scurt timp s-a trezit singură, cu tot chipul luminat de razele soarelui care pătrunseseră prin ferestre.

– Bună dimineața, i-am spus șoptit, cu sufletul plin de încântare.

– 'Neața... Iartă-mă, m-am urcat pe tine. Ți-am spus că nu știu ce fac în somn…

– Este frumos ceea ce faci în somn, i-am spus la fel de încet, cu sinceritate, la fel de topit de prezența ei lângă mine, de vocea ei încă toropită.

S-a retras pe perna ei, iar eu am pornit televizorul, știind că îi place să asculte muzică dimineața. Apoi, ca și când nu se întâmplase nimic nelalocul lui, i-am expus planurile mele din ziua aceea, scuzând-mă că va trebui să o las singură. Dar ea, veselă, mi-a spus că-și va dedica sieși întreaga zi, că se va bucura de solitudine ca să se plimbe și ca să scrie în jurnal, care-i era dintotdeauna cel mai bun prieten și confident. Între noi fie vorba, îmi propusesem să-i invadez intimitatea și să-i citesc jurnalul, însă nu avusesem încă ocazia să o fac. Simțeam nevoia să știu totul despre ea, despre gândurile ei, despre ceea ce se ascundea în inima ei, în cotloane unde nu pătrunsese nimeni până atunci. Speram în taină să reușesc cât de curând să-i descopăr trăirile pe care le ținea departe de ochii tuturor, voiam să o cotropesc în întregime, să nu existe nici măcar o parte mică din ea pe care să nu o știu, care să-mi rămână străină.

După micul dejun, am plecat să-mi rezolv treburile și am lăsat-o singură la pensiune, gândindu-mă totuși, de departe, în fiecare clipă la ea – ce face, ce scrie, cu cine stă de vorbă, în ce direcție privesc ochii ei. M-am întors spre seară, iar ea m-a întâmpinat bucuroasă, de parcă i-ar fi fost dor de mine. Eram din nou fericit! După cină, a vrut să ne plimbăm și am plecat împreună pe ulița pensiunii, în asfințit, pierzând noțiunea timpului. Irina se oprea și vorbea cu oamenii care ne zâmbeau de la porți, mângâia câini și abia am reușit să o iau de lângă un cal, pe care l-a mângâiat și drăgălit minute în șir.

O priveam și mă întrebam cum de este posibil ca o ființă să aibă atâta iubire de dăruit pentru tot ce o înconjoară. Datorită ei, observam lucruri pe lângă care altă dată treceam fără să le văd, fără să le privesc sau fără să le înțeleg cu adevărat, de a căror existență nici că-mi păsa, pentru că le consideram firești, deloc extraordinare: pomi, flori, animale, oameni, cer, nori, stele, lună și soare, zi, noapte, bucurie sau tristețe. Ea se bucura de orice îi ieșea în cale, chiar și de un simplu măr pe care-l primea, de parcă pășise pentru prima dată pe lumea în care viețuia și totul era uimitor.

Abia când s-a întunecat bine de tot ne-am întors la pensiune. După ritualul dușului, i-am propus să-i periez din nou părul și de data asta să i-l și împletesc, spunându-i că știu cum să o fac, că am studiat problema. În ascuns, sigur că voiam să profit de oportunitatea de a o atinge din nou și, mai ales, să iubesc fie și o bucățică din ea. M-am străduit să nu simtă cât de îndrăgostit sunt, să-mi ascund emoțiile, trăirile și sentimentele, însă, cu fiecare clipă care trecea, o doream nebunește și mi-era teamă că-mi voi pierde cumpătul dacă nu mă controlez din toate puterile.

Îi descurcam șuvițele de păr și îmi imaginam că o voi săruta pătimaș, că ea nu mă va respinge, că în sfârșit voi putea să o îmbrățișez așa cum mi-am dorit mereu, cu setea și dorința aprinsă a unui om dependent de căldura trupului ei. Iar ea, în timp ce îi periam părul, îmi arunca priviri jucăușe în oglindă, zâmbea, se întrista, ba chiar am avut la un moment dat strania senzație că mă dorește, dar mai plauzibil era că mintea mea înfierbântată de gânduri și de propriile dorințe îmi juca feste. Cel mai probabil era că, în jocul meu interior, îmi proiectasem înspre ea toate dorurile, încercând să mă împrietenesc cu gândul nebun că și ea simte aceleași lucruri pentru mine, că îmi răspunde în același fel, cu aceleași sentimente și cu aceeași intensitate. I-am împletit părul, care mi-aș fi dorit să fie atât de lung încât să nu termin ce aveam de făcut niciodată, apoi am condus-o la pat. Am învelit-o grijuliu și a adormit repede, iar eu am privit-o cu nesaț, conștient că este ultima noapte în care mai aveam șansa și fericirea să dorm lângă ea.

Aș fi vrut să opresc timpul în loc, să rămân acolo cu ea pentru totdeauna, să nu o mai împart cu nimeni. Dar, în același timp, știam că trebuie să revenim la realitatea vieților noastre. Și mai ales la realitatea vieții mele fără ea, o realitate tristă, lipsită de fericirea de a o iubi pe față, fără ascunzișuri.

La întoarcere, în drum spre Snagov, m-am gândit întruna la o modalitate prin care să mă pot detașa de Irina, să nu mai simt ceea ce simțeam pentru iubita fratelui meu. Știam că va trebui să mă desprind și de propriile mele sentimente, să văd în ea doar o prietenă, un membru al familiei și-atât, să uit tot ceea ce știam despre ea și să accept doar ceea ce îmi arăta din postura de iubită a lui Matei. Mi-am propus să nu mai stau atât de lipit de ea, să fiu mai distant, să o evit, să-mi caut mereu de lucru în afara casei, dincolo de zidurile unde locuia. Dar era ca un drog. Deciziile mele ţineau până când mintea-mi fugea înspre ea, până când o vedeam, iar când nu o vedeam, căutam prin casă şi nu aveam pace până nu o regăseam din nou în faţa ochilor.

Într-o seară, am privit-o ieşind din casă şi îndreptându-se spre grădină. Mă uitam de la fereastra dormitorului meu. Mergea încet pe aleea pietruită care ducea spre leagăn, îmbrăcată într-o rochie lungă de culoarea prunelor coapte, care contrasta de minune cu părul ei blond arămiu. Îmi doream să ştiu ce gândeşte, ce simte, ce i lipseşte... Paşii îmi păreau melancolici, iar felul în care-şi ţinea înclinat capul mă făcea să cred că este abătută. M-aş fi dus lângă ea, dar trebuia să învăţ să o privesc de la distanţă, să devin cât mai invizibil, oricât de greu mi-ar fi fost.

Am urmărit cu privirea cum, în drumul ei prin grădină, se oprea să admire florile de pe alee şi cum s-a aşezat alene în leagăn. Avea cu ea o carte, pe care a început să o citească, aplecându-şi deasupra filelor fruntea senină şi înaltă. Am deschis fereastra să respir acelaşi aer cu ea, iar când am simţit că s-a făcut răcoare, m-am gândit că trebuie să-i duc neapărat ceva să îmbrace peste rochia aceea subţire de vară.

Am intrat în camera ei, sperând că voi găsi un pulover sau un şal, dar nu am văzut nimic la îndemână. Era foarte ordonată şi parcă n-ar fi fost frumos să mă apuc să-i scotocesc printre haine. Nu că n-aş fi făcut-o ca să mă îmbăt cu parfumul ei... Dar pe patul ei mi-a atras atenţia jurnalul în care ştiam că îşi scrie gândurile. O curiozitate nebună mă îndemna să-l subtilizez şi să citesc ceea ce ştiam că nu e destinat altor ochi, ci numai şi numai sufletului ei. Credeam că o voi descoperi între rândurile lui pe acea Irina pe care nu o cunoaşte nimeni şi, cu toate că bunul simţ îmi spunea că nu este corect ce fac, nu am rezistat tentaţiei să nu îl răsfoiesc măcar, mai ales că ştiam că de obicei îl ține încuiat. Probabil că de data aceasta îl uitase sau poate nu se aștepta să intre cineva în camera ei fără a-i cere voie.

Am luat jurnalul și m-am dus în camera mea, să o pot urmări în același timp de la fereastră, ca nu cumva să se întoarcă și să surprindă gestul meu lipsit de logică, să mă prindă invadându-i intimitatea. Am deschis caietul gros și am început să-l răsfoiesc febril, îngrijorat că aș putea fi surprins asupra faptului. M-am oprit asupra unei pagini și am citit gândurile ei:

De câte ori nu suntem convinși că nu vom putea trăi fără o persoană sau fără vreun lucru anume și suntem disperați și înspăimântați crezând că viața noastră nu va mai fi la fel fără acel cineva sau ceva, că nu vom putea depăși situația și că nu vom face față suferinței? Și totuși, putem trăi și fără toate cele sau toți aceia de care suntem atât de convinși că depinde viața noastră.

Putem trăi și fără părinți, chiar dacă ne vom întreba mereu de ce n-am avut același noroc ca alți copii, să ne bucurăm ani mulți de a-i avea în viața noastră. Putem trăi și fără o mamă grijulie și iubitoare, fără îmbrățișările unui tată protector, fără o bunică blândă care să ne pregătească ou moale cu pâinică în căniță, fără un bunic simpatic, sfătos și răbdător care să ne ducă de mână la grădiniță și la joacă în parc. Putem.

Putem trăi chiar dacă știm că nu suntem cei mai frumoși copii, chiar dacă frații noștri sunt mai iubiți de oameni și de soartă decât noi.

Putem trăi chiar dacă alții mai puțin merituoși ne-au luat-o înainte și au mai mult decât le trebuie, mai mult decât noi, mai mult decât li se cuvine și mai mult decât ar fi drept să aibă un singur om.

Putem trăi fără prieteni, fără ajutorul lor, fără mângâierile care să ne aline atunci când sufletul nostru tânjește după un umăr pe care să putem plânge în voie și când n-avem un punct de sprijin nici pentru fruntea noastră ostenită, nici pentru inima noastră rănită. Putem.

Putem trăi și fără oamenii care ne-ar ridica de jos, de acolo unde viața ne trântește uneori, ca să ne pună la încercare capacitatea de a ne ridica și de a o lua de la capăt cu mai multă forță. Putem trăi și singuri.

Putem trăi și fără afecțiune, fără mângâieri, fără cineva aproape, căruia să îi pese de soarta noastră, fără cineva care să se bucure și să sufere sincer împreună cu noi.

Putem trăi și fără un ochi, fără mâini sau fără picioare. Putem trăi cu orice handicap, cu orice diformitate, cu orice complex. Putem.

Putem trăi și fără un cămin, fără căldură, cu hrană puțină, cu orice fel de lipsuri materiale.

Putem trăi fără soare, stele și lună, fără un cer senin sau acoperit de nori, fără copaci, flori sau animale, fără mare și munte, fără lacuri și râuri. Putem trăi într-un deșert, putem trăi pe o creastă de munte, în sălbăticie.

Putem trăi cu toate nedreptățile care ni se fac, cu temeri, cu sufletul împovărat de vină, fără libertate și dreptate, însingurați și triști.

Putem trăi așteptând la nesfârșit un „Iartă-mă", un „Te iubesc", un „Mulțumesc" pe care probabil că nu le vom auzi niciodată. Putem.

Putem trăi și fără a ni se recunoaște meritele, fără a primi ceea ce ni se cuvine, fără a avea parte de ceea ce ne-ar putea face fericiți, de ceea ce ne-ar putea salva sufletul.

Putem trăi și fără să depindem de ceva sau cineva, fără să avem așteptări, fără să avem visuri, fără să avem comori adunate în suflet și liniște coborâtă în inimă.

Putem trăi și fără iubire și chiar și fără noi înșine...

Putem.

„Ce text ciudat!", am gândit, cu toate că m-am regăsit în el mult prea bine. De ce o fi scris ceva atât de trist?

Am mai dat câteva pagini, tot trăgând cu ochiul înspre grădină, și am găsit un text în care Irina scria ceva despre Matei. Am închis imediat caietul, nu am vrut să-l citesc, de teamă că mă va răscoli și gândindu-mă cât de rău îmi va pica să descopăr cât de mult îl iubește pe fratele meu sau cine știe ce alte grozăvii. Dar, cum deja uitasem de rușinea de a-mi băga nasul neinvitat în intimitatea ei, mi-am propus să-i citesc tot jurnalul când va fi posibil. Chiar și pasajele despre Matei – când voi fi pregătit pentru asta.

Am dus repede caietul înapoi, în camera ei, apoi am coborât în curte. Nu puteam sta departe de ea, mi-era imposibil. Am găsit-o citind, întinsă pe leagăn.

– Nu ți-e rece? am întrebat-o.

– Nu. Ce faci, vrei să stai?

Fără să aștepte răspunsul meu, s-a ridicat și mi-a făcut și mie loc să mă așez lângă ea. Era frumoasă ca bucuria de a trăi, în lumina aceea specială de înserare care se lasă peste zi. Am luat cartea pe care o citea și am răsfoit-o. Mă interesa până și asta, ce cărți îi plac, așa cum mă interesa tot universul ei.

– Ești OK? m-a întrebat ea, văzându-mă tăcut și îngândurat.

– Da.

– La ce te gândești?

– Nu cred că ai vrea să știi.

„Și nici nu cred că am curajul să-ți mărturisesc“, mi-am continuat eu ideea în gând.

– Ba aș vrea.

– Ești sigură, Irina?

– Foarte sigură.

I-aș fi spus că, de când o cunosc, ea e stăpâna gândurilor mele, că îmi este cumplit de greu să stau departe de ea, că am atâta nevoie de o îmbrățișare de la ea…

– Mă gândeam că... de câte ori mă aflu aproape de tine, fac eforturi disperate să nu te îmbrățișez, i-am spus încet.

Nu mai înțelegeam nimic despre cum îmi funcționează mintea. De unde se ivise curajul acela nebun de a-i face o astfel de declarație? Eram uimit și în același timp speriat de vorbele care explodaseră în afara mea, în ciuda rațiunii, care-mi spunea mereu să fiu atent, să tac, să am grijă, să nu-mi dezvălui sentimentele față de ea, atât de bine și îndelung ținute în mare secret.

Nu mai îndrăzneam să o privesc. Și nu aveam curaj să aștept un răspuns de la ea. Mă înspăimânta gândul că putea să aibă o reacție negativă, iar a fi respins de ea era ultimul lucru de care sufletul meu zbuciumat ar fi avut nevoie. Nu voiam să-i văd ochii, să-i citesc dezaprobarea în ei. M-am ridicat și am plecat în casă, iar ea a rămas acolo, privind în urma mea. Habar nu aveam ce-ar fi putut să gândească sau ce avea să urmeze.

O mie de ciocane îmi băteau în tâmple și, încă sub imperiul cuvintelor pe care tocmai le rostisem, mă agitam ca un leu în cușcă. Am sfârșit prin a-mi face o autocritică severă când am ajuns în casă, de parcă m-aș fi trezit abia atunci din somnul care-mi cotropise mințile în timp ce eram în grădină, conștient că afirmația mea a fost foarte deplasată, luând în calcul toată situația, care era, de fapt, cât se poate de simplă: eram fratele iubitului ei...

Ce avea să gândească Irina despre mine de-acum înainte?

Mă temeam să dau ochii cu ea și, mai ales, nu voiam să pierd ceea ce câștigasem în timp, cu greu: acea prietenie frumoasă care exista între noi.

Însă Irina era o actriță desăvârșită. Era imposibil să știi ce gândește și ce simte, dacă ea nu voia să afli toate lucrurile care i se învălmășeau în mintea aceea complexă. S-a purtat de parcă nimic straniu nu s-ar fi întâmplat vreodată. Sau, mai știi, poate că pentru ea nu fusese neobișnuită afirmația mea. I se părea un lucru normal să fie lăudată, alintată, adulată, adorată. Toți cei apropiați îi spuneau că este minunată și îi declarau iubirea. Așadar, poate că și declarația mea i se părea absolut firească și poate că doar eu făcusem o dramă din asta...

Mi-am propus după seara aceea să nu mai comit vreodată neglijența de a-mi arăta sentimentele față de ea. Îmi repetam obsesiv în gând că ea este a lui Matei și că nu va fi niciodată a mea, că nu trebuie și că nu am voie să o iubesc. Doar că alteori, uituc, sufletul meu se revolta și parcă urla către univers întrebându-l: „Dar cine îmi poate interzice să o iubesc?! Dacă există cineva care are această putere, atunci să mă ajute în primul rând să nu mai simt nimic pentru ea!"

Am făcut eforturi supraomenești să fiu mai distant cu ea o perioadă. Aveam mereu treabă la birou, ieșeam în oraș chiar dacă mă plimbam ca un prost al nimănui prin cine știe ce parc, numai să ajung cât mai târziu acasă și să dau ochii cât mai puțin cu Irina. Iar faptul că ea și Matei defilau zi de zi cu fericirea lor prin fața ochilor mei ar fi trebuit să mă ajute să înțeleg că este cazul să-mi reevaluez sentimentele. Dar puteam? Sigur că tot nu reușeam. Orice strategie pe care o puneam la punct se dovedea a fi inutilă. O iubeam cu fiecare respirație. O iubeam cu fiecare bătaie a inimii. Și mă uram pentru că, fără să vreau, am aruncat-o în brațele lui Matei și am pierdut-o pentru totdeauna.

În mine să dădea o luptă crâncenă. Voiam să mă bucur pentru fericirea lui Matei, dar, în același timp, nu puteam să nu plâng pentru nefericirea mea, pentru dragostea mea pierdută și rămasă neîmplinită.

Disperat că nu reușeam să nu o mai ador și nici să mă eliberez ca să nu mai depind sufletește de ea, m-am hotărât să-i caut toate defectele posibile. Devenisem artăgos, eram cel mai aspru critic, îi căutam nod în papură, săpam cu disperare după orice motiv m-ar fi ajutat să nu o mai plac. Și atunci când găseam un detaliu salvator, credeam eu, Irina făcea ceva drăguț sau îmi arăta încă o parte minunată a sufletului ei și-mi strica toate planurile. Cum să nu iubești o ființă care adună melcii din cale și îi pune în iarbă ca să nu-i calce trecătorii? Cum să nu iubești o femeie care se revoltă și plânge când vede câini legați cu lanțuri și cai puși să muncească? Și cum să nu o iubesc atunci când inima mea cunoaște pe de rost doar chipul și numele ei?

Citisem undeva că semnificația numelui Irina este „Pace". Într-adevăr, i se potrivea perfect: ea era pace și, drept dovadă, aducea pace în sufletul oamenilor. Era blândă, caldă, iubitoare și avea mereu o vorbă bună pentru oricine. Avea o viziune umanistă asupra vieții, uneori utopică și idealistă, și apăra cu mult curaj și determinare orice ființă defavorizată. Trăia în armonie cu universul și universul îi trimitea mereu la schimb armonie.

Uneori, mă amăgeam că nu iubesc femeia din ea, ci doar omul. Că o iubesc doar ca pe un om deosebit, doar ca pe o prietenă, doar ca pe o membră a familiei. Dar noaptea, când știam că ea doarme în brațele lui Matei, iar eu înnebuneam de gelozie, înțelegeam încă o dată – de parcă nu știam asta, oricât m-aș fi chinuit să o neg – că o iubesc cu toată ființa mea. Încercam cu disperare să prelungesc fiecare zi, să nu plece devreme la culcare, iar când totuși urca scara interioară, mă încuiam în dormitorul meu și plângeam, imaginându-mi cum îl iubește pe Matei, cum i se dăruiește, cum el, fratele meu, o are cu totul pe cea pe care eu o iubeam atât de mult.

Neputința mă sufoca. Adormeam în fiecare noapte cu același gând: să mă detașez de ea, ba chiar să o urăsc, dacă s-ar putea, convins că într-o zi voi reuși. Dar, de îndată ce mă trezeam în zori, eram disperat să o văd. Eram dependent de energia ei, de zâmbetul ei, de vocea ei, de lumina ei.

„Poate că nu o merit, dacă nu a fost scris să fie a mea“, îmi spuneam câteodată, pedepsindu-mă. „Poate că eu merit doar jumătăți de măsură, așa cum am o familie doar pe jumătate, de adopție, nu a mea.“ Poate că și iubirea trebuia s-o împart, așa cum am împărțit totul cu Matei, din copilărie. Sau poate că doar prin bunăvoința lui eu mă puteam bucura de Irina, așa cum m-am putut bucura de o casă, de un frate, de părinți și de o familie. Poate că așa era croit destinul meu: să nu am nimic doar al meu și să fiu nevoit să renunț la ceea ce este mai bun și mai frumos în favoarea celor care, credeam eu, merită mai mult decât mine.

Uneori, o priveam recunoscător că a apărut în viața noastră. De fapt, de fiecare dată. Cum aș fi putut altfel? Irina era sufletul casei și avea grijă de noi toți. Ne simțeam în siguranță, protejați, îngrijiți, alintați și iubiți. Era matinală, se trezea înaintea tuturor, pregătea micul dejun făcându-ne toate mofturile. Ne aștepta cu muzică, mereu cu un zâmbet și cu masa plină de bunătăți. Ținea foarte mult să mâncăm cu toții împreună, măcar micul dejun și cina, când era posibil, pentru că oricum în cursul săptămânii Matei și cu mine eram plecați la birou de dimineața până seara. În weekenduri, îi plăcea să invităm prieteni la masă, să facem grătare în curte sau să ieșim la restaurant. Formam cu adevărat o familie, iar casa noastră era plină de viață, de bucurie și armonie. Era locul unde ne grăbeam cu toții să ajungem, fiindcă mereu ne aștepta ceva bun și frumos în căminul pe care ea îl făcuse atât de cald și în care iubirea își arăta fața binefăcătoare în fiecare clipă.

Din ziua în care Irina s-a mutat la Snagov, Matei i-a interzis categoric Silviei să mai vină pe la noi. Nu voia ca ea și femeia pe care o iubea să se întâlnească. Dar eu și Oli i-o duceam mereu Silviei pe Cesara ca să o vadă, încercând să facem toate astea fără știrea lui Matei.

Irina a încercat de nenumărate ori să discute cu Matei despre mama Cesarei, dar el i-a replicat de fiecare dată că nu vrea să aibă această conversație, pentru că Silvia este o femeie fără caracter, care l-a forțat să se însoare folosindu-se de sarcina păstrată doar ca să-l lege de ea, și că o ține departe de fetiță pentru că este alcoolică.

– Faptul că este alcoolică nu e un motiv să o ții departe de copilul ei, a încercat Irina să-l convingă.

– Iubita mea, te rog. Subiectul acesta nu e de discutat.

Decizia lui Matei era de nezdruncinat.

– Să crezi tu că vom discuta doar ce-ți convine ție! Ai făcut ceva s-o ajuți pe mama copilului tău să nu mai fie alcoolică sau te-ai mulțumit să te debarasezi de ea? se înverșuna Irina.

– Am grijă de ea și mă voi asigura că va scăpa și de patima aia.

– Ai grijă de ea?

– Da. Nu-i lipseşte nimic.

– Nu-i lipseşte nimic? Eu cred că-i lipseşte totul dacă nu are copilul. Tu chiar nu gândeşti? Ce fel de om eşti?

Irina chiar suferea că nu-l putea aduce pe Matei la sentimente mai bune.

Așa era de fiecare dată: se certau mult când ea încerca să deschidă o discuție despre mama Cesarei.

– Vreau să o cunosc pe Silvia, mi-a spus într-o seară, după o discuție aprinsă cu Matei.

– De ce?

– Pentru că vreau să mă asigur că nu sunt părtașă, fără să vreau, la vreo nedreptate, la suferința ei.

– Eu nu pot să te ajut. Nu i-aş ascunde nimic lui Matei.

– Nimic? Chiar nimic?

– Absolut nimic.

– Bine, Pinocchio.

Cât de bine mă cunoştca! Deja îi ascundeam destule fratelui meu: începând cu vizitele pe care i le făceam Silviei împreună cu Oli și Cesara și terminând cu dragostea nebună pe care o simțeam pentru iubita lui...

Știam că Irina va face tot posibilul să o întâlnească pe Silvia. Și speram mai ales să reușească să o ajute. Asta mi-ar fi salvat și mie conștiința încărcată că nu am reușit să fac mai mult pentru ca Cesara și mama ei să nu fie separate. Și poate că ar fi pus și punct suferințelor Silviei.

Deşi Irina era femeia perfectă pentru Matei, el nu era bărbatul perfect pentru ea. Nu știa cum să se poarte sau poate că nu era pregătit încă pentru o femeie ca ea în viața lui. Irinei nu avea ce să-i reproşeze. Era o iubită perfectă, dar mai ales o mamă perfectă pentru copilul lui, o iubea pe Cesara ca pe ochii din cap. Fetița devenise prioritatea ei și i se dedica în totalitate, având în același timp inteligența, dar și disponibilitatea sufletească, de a nu-l neglija nici pe el, nici pe cei dragi lui.

Matei, deşi o iubea enorm pe Irina, o cam neglija. Nu era nici destul de atent şi nici destul de prezent, nu se străduia să ofere mai mult timp doar pentru ei doi, aşa cum ar fi fost normal pentru un cuplu. Dar pentru nimic în lume nu m-aş fi aşteptat ca Matei s-o înşele cu altă femeie...

Eu am aflat întâmplător, iar când i-am reproşat, el m-a asigurat că Irina nu va şti niciodată.

– Despre asta e vorba, dacă va afla sau nu? l-am întrebat, încercând să nu ridic tonul, ca să nu fiu auzit de secretara noastră; eram la birou.

– Dar despre ce?

– Despre faptul că o înşeli pe Irina!

– Aiureli. Nu o înşel. Ştii bine că pentru mine nu înseamnă nimic chestiile astea.

– De ce o faci?

Asta nu reuşeam cu niciun chip să pricep! De ce să-ţi rişti relaţia care contează pentru o aventură care nu contează? Care era logica? Şi cum să mai vezi că există şi alte femei dacă eşti îndrăgostit şi iubeşti cu patimă?

– A fost o întâmplare, nu mai exagera.

– Te-ai gândit ce se va întâmpla dacă va afla?

Dar ceva îmi spunea că nici prin cap nu-i trecuse aşa ceva, era prea sigur pe el şi, poate, chiar nepăsător la gândul că ar fi putut-o răni.

– Nu va afla.

Şi, da, aşa a fost: Irina nu a aflat de acea escapadă a bărbatului pe care-l iubea.

Dar eu abia mă mai puteam uita în ochii ei, îmi era mie ruşine de comportamentul fratelui meu. Iar purtarea lui Matei îmi adâncea şi mai mult sentimentul de vinovăţie, pentru că doar eu şi planurile mele prosteşti o aduseseră pe fata aceea minunată într-o poveste nemeritată, care se anunţa deja dureroasă pentru ea. O fată ca fiinţa aceea bună, dulce şi iubitoare chiar nu merita să fie înşelată şi sufeream că nu o pot salva de ceea ce mai putea fi salvat... Tot ce puteam face era să fiu în continuare umbra ei, să o protejez, să-i fiu de ajutor, să am grijă de ea atunci când Matei era absent, să nu se simtă singură, neglijată sau, Doamne ferește, nefericită. Și iar am început să merg la birou din ce în ce mai rar și doar atunci când nu se putea altfel. La urma urmei, îmi puteam rezolva afacerile și prin telefon, fax sau internet.

Iar ei nu i se părea nefiresc să-i fiu tot timpul în preajmă, să o ajut uneori la pregătirea meselor, să-i țin companie când stătea cu Cesara, să o duc oriunde avea nevoie: la cumpărături, la coafor, la cosmetică, la doctor. Serile, când Matei „nu reușea" să ajungă la cină, mâncam împreună cu Oli și cu fetița, eventual și cu Sandra, mergeam să o îmbăiem și să o adormim pe Cesara, apoi ne uitam la filme, jucam șah sau povesteam. Uneori, ne plimbam prin Snagov, ea tăcută și absentă, iar eu doar o umbră a ei. Ori stăteam pe ponton, îi priveam pe canotori cum se antrenează, ascultam broaștele sau admiram, muți de încântare, asfințitul și lucirile lui printre nuferi și pâlcurile de papură. Nu-mi trebuia nimic mai mult decât ea.

Orice făcea și oriunde se afla, pentru mine era bine, îmi dădea un sentiment de împlinire și fericire totală. Datorită ei, nu mă mai simțeam singur și inutil. Irina îmi umplea viața și sufletul până la refuz cu tot ce-mi doream. Ceea ce-mi lipsea era puțină tandrețe din partea ei, o dovadă de afecțiune. Dar nu am primit nimic, nici măcar o îmbrățișare. Până într-o seară, când m-a surprins cu un gest care m-a răvășit complet.

Mă pregăteam în camera mea să merg la culcare și am auzit bătaia ei în ușă, gest neobișnuit pentru Irina, care intra în orice încăpere fără a cere permisiunea. Fără să știu cine e, i-am deschis și, uimit de aerul ei grav, am invitat-o înăuntru. Eram perplex, nu înțelegeam ce caută în dormitorul meu. Încet, ca într-un ritual, a închis ușa și s-a apropiat de mine.

– Închide ochii, mi-a spus încet, privindu-mă fix.

Am privit-o și eu, puțin nesigur, apoi am închis ochii, fără să-mi imaginez ce avea să urmeze. Poate și pentru ca să nu mă trezesc din visul sublim în care ea pășise la mine în dormitor.

Am simţit dintr-odată că-mi atinge dosul palmei cu mângâieri foarte fine şi timide. Am încremenit! Niciodată nu am fost mai înspăimântat. Mă temeam că bubuielile inimii, care mai avea un pic şi-mi spărgea pieptul, vor fi atât de puternice, încât se vor auzi ca un zgomot de ciocan pneumatic în liniştea din încăpere. Îmi era frică şi să mai respir, să nu fac ceva care să o sperie şi să o îndepărteze, ca pe o ciută înspăimântată de plutirea unei frunze ce cade uşor, dusă de vânt, dinspre cer pe pământ.

Când m-a dezmierdat şi pe cealaltă mână, am început să răspund timid mângâierilor în acelaşi fel. Inima îmi bătea nebuneşte în continuare şi pentru nimic în lume n-aş fi vrut să deschid ochii, iar visul meu ireal de frumos să ia sfârşit.

Ne atingeam degetele abia simţit şi delicat, într-un joc pe care numai sufletele noastre îl ştiau. Eram copleşit. Niciodată, dar niciodată în viaţa mea nu m-am simţit mai iubit ca în momentele acelea. Şi niciodată nu am simţit o dorinţă mai puternică de a iubi o femeie.

Degetele ei au urcat pe braţele mele cu mişcări care-mi trimiteau fiori în tot corpul, apoi s-au oprit uşor, ca o zbatere de aripi de fluture, pe umerii mei... şi m-a îmbrăţişat. Iar când i-am simţit tot trupul lipit de al meu, am îmbrăţişat-o la rândul meu cu putere. Am stat lipiţi unul de celălalt, de la vârful degetelor de la picioare până la ultima celulă a trupurilor noastre, câteva clipe sau poate o eternitate. Iar eu, cel mai fericit om din univers, am simţit cum în sângele meu şi în carnea mea, în fiecare colţ de minte, inimă şi suflet, trăieşte deplin şi pentru totdeauna o iubire perfectă şi totală, aşa cum nu aş fi crezut că poate exista pe pământ. Dacă preţul pe care ar fi trebuit să-l plătesc pentru ceea ce am trăit în acele clipe ar fi fost viaţa, aş fi acceptat fără să preget să-l achit şi aş fi plecat în Rai fericit. Şi o la fel de nesperată minune a fost că orice-aş fi crezut până atunci şi toate îndoielile cu privire la sentimentele mele faţă de ea s-au spulberat în cele patru zări. Şi am înţeles deplin că ea este sufletul meu pereche, jumătatea mea, că fără Irina nu voi fi niciodată întreg, fericit și împlinit cu adevărat.

Nu aș mai fi eliberat-o niciodată din îmbrățișare și voiam să pot opri timpul în loc, să o iau prizonieră pentru totdeauna, să o închid în inima mea, în carnea mea. Înlănțuirea și strânsoarea brațelor ei, atât de sincere, de puternice și de pline de iubire, mi-au dăruit parcă tot ceea ce îmi lipsise în anii aceia în care m-am simțit al nimănui. Iar când s-a desprins, parcă mi-a luat tot, simțeam că am rămas iar un orfan, al nimănui, că mi-a luat viața întreagă și sufletul cu ea, că m-a sleit de puteri și că nimic nu mai există în lipsa ei.

Nu am îndrăznit să mă mișc, nici să deschid ochii. A ieșit ușor din cameră, închizând ușa în urma ei, ca și cum ar fi închis cu încetinitorul coperta unei cărți a cărei enigmă nu o voi descoperi niciodată...

Nu știu cât timp am stat ca o stană de piatră, în același loc. Știu doar că mi-am revenit cu greu, că zorii m-au surprins zvârcolindu-mă în pat cu o mie de gânduri, încercând să înțeleg gestul ei, să găsesc o explicație logică a ceea ce trăisem. Asta în cazul în care nu visasem, adormit de-a-n picioarelea.

Dimineață, am dat din nou nas în nas cu realitatea cea de fiecare zi și am surprins-o în brațele lui Matei. Iar eu, desigur, m-am trezit din basmul în care plutisem toată noaptea. Mi-am propus atunci să uit îmbrățișarea ei, care, probabil, fusese doar una prietenească și căreia doar mintea mea nebună și îndrăgostită peste măsură îi dăduse alt înțeles, altă valoare. Cu siguranță, fusese o îmbrățișare în semn de mulțumire că sunt atât de atent cu ea, că o ajut, că-i sunt loial și un prieten pe care se poate bizui pentru orice-ar fi avut nevoie. Sau poate era felul ei de a-și cere iertare pentru momentele în care fusese mai puțin bună cu mine ori imposibilă, capricioasă, arțăgoasă, obositoare și ne certaserăm din cine știe ce motiv minor. Da, cu siguranță aveam nevoie să mă mint că acea îmbrățișare nu a fost ceea ce a părut, pentru a putea suporta mai ușor realitatea, pentru a putea lupta să mă distanțez din nou de ea.

Însă când mă simţeam mai dispus şi mai capabil să mă detaşez de fata care-mi ocupa sufletul şi mintea, am fost ispitit din nou.

În ziua aceea, fuseserăm la o nuntă, iar noaptea, când ne-am întors acasă, am mai zăbovit în living să povestim despre petrecere împreună cu prietenii noştri, Sandra şi iubitul ei, Cosmin, cei care în ultima vreme stăteau mai mult la noi în weekenduri, fiind de-ai casei, aproape membri de familie. La un moment dat, Irina a urcat în camera ei, iar eu am văzut că şi-a lăsat pantofii lângă o canapea. Ştiind-o foarte ordonată, am luat încălţările şi am urcat la etaj. Am bătut la uşă şi glasul ei cristalin m-a invitat imediat să intru.

Am găsit-o în faţa oglinzii, cu mâinile ridicate să-şi desfacă fermoarul rochiei.

– Ţi-am adus pantofii, Cenuşăreaso.

– Mulţumesc. Credeam că sunt comozi, dar mă dor picioarele…

– Nici nu e de mirare, după cât ai dansat. Ce faci?

– Mi-au amorţit mâinile de când mă chinui să desfac tâmpenia asta de fermoar.

– Lasă-mă să te ajut.

M-am apropiat de ea şi am încercat să-i desfac fermoarul, care părea blocat.

– E blocat. Nu o poţi scoate fără să-l deschizi?

– Nu. Abia am îmbrăcat-o cu el deschis.

A început să râdă aluziv, cu râsul ei de fetiţă răsfăţată, la ideea că rochia este prea strâmtă pentru silueta ei voluptuoasă, care o complexa uneori. M-am străduit să-i desfac fermoarul, iar ea îmi zâmbea vinovată din oglindă. Nu ştiu prin ce minune – pentru că mintea şi toate simţurile mele o luaseră deja razna şi nu mai aveam niciun control asupra lor –, fermoarul încăpăţânat a cedat până la urmă şi l-am tras până jos, în talie, dezgolindu-i spatele... Fără să mă gândesc că este suficient să trec de partea unde era blocat, ci urmându-mi instinctul care mă împingea să-mi doresc mai mult.

Ar fi trebuit să mă opresc, misiunea mea era încheiată, dar, ca și cum nu-mi era îndeajuns că aproape o dezbrăcasem, o dorință puternică și incontrolabilă m-a făcut să o mângâi pe spate. Mi-am plimbat degetul ușor, în sus și în jos, pe șira spinării ei, iar ea a închis ochii. Mă dorea, eram sigur, în momentele acelea mă dorea! Iar mie îmi era imposibil să mă opresc, pluteam – cel mai fericit om de pe lume respira lângă femeia pe care o iubea și o dorea nebunește!

Mi-am lipit toată palma de spatele ei cald și am început să o mângâi apăsat, irațional și inconștient, fără să mai realizez că ar fi putut intra oricine sau că Irina nu și-ar fi dorit asta.

– Mulțumesc. Noapte bună, Robert, a spus ea încet la un moment dat, înainte ca lucrurile să o ia razna și să înainteze mai mult.

– Noapte bună, Irina, am reușit să îngaim și eu sacadat, retrăgându-mi imediat mâna, trezit la realitate și îngrozit de simțurile care o luaseră înaintea rațiunii.

I-am căutat privirea în reflexia oglinzii, dar ea nu părea tulburată, ci mai degrabă distantă și cu o atitudine impenetrabilă.

M-am dus în camera mea fără să văd pe unde pășesc, dar nu aveam stare să dorm sau să zac, să stau pironit într-un loc. Cu un duș aproape rece, am încercat să mă dezmeticesc, să-mi pun gândurile în ordine, apoi am vrut să merg jos, în bucătărie, să beau apă. Trecând pe lângă dormitorul ei, am făcut greșeala să ascult la ușă. Irina și Matei făceau dragoste...

Nu mai suportam, îmi venea să fug cât mai departe de casa aceea, să-mi iau lumea în cap și să nu mai știu nimic de ea, de ei. Am înțeles atunci – pentru a câta oară? – că Irina nu va fi niciodată a mea, că era a lui Matei și că eu trebuie să-mi văd de viață. Simțeam nevoia să mă răzbun, să-mi dovedesc că pot trăi și fără ea și, căzut într-o neagră și adâncă disperare, m-am gândit că trebuie neapărat să mă leg măcar fizic, dacă nu și sufletește, de o altă femeie.

Deși era trecut de miezul nopții, am sunat-o pe Oana, o fată cu care mă întâlnisem o perioadă, până să apară Irina în viața mea și să-mi ocupe tot timpul, toată mintea și tot sufletul. Oana a fost fericită că mă aude și m-a chemat la ea, bucuroasă că nu am uitat-o. Am plecat în toiul nopții la București, sperând că, departe de casă, voi uita că Irina și fratele meu se iubesc și că în brațele altei femei voi descoperi dintr-odată că nu sunt atât de dependent de Irina.

Oana nu mi-a reproșat nimic, nu m-a întrebat de ce nu am mai căutat-o, doar mi-a deschis larg ușa, zâmbindu-mi, iar eu, ca un lup, hămesit și sălbatic, am început să o dezbrac cu foame, cu disperare, cu o nevoie imensă de a ține în brațe o femeie. Niciodată nu mi-a fost mai greu să fac sex, mă simțeam mizerabil, odios. Mă foloseam de Oana și de faptul că mă place pentru a-mi dovedi ceva ce era deja evident de multă vreme: o iubeam pe Irina atât de mult și în ciuda a orice, încât nu puteam fi al alteia.

Întâlnirea cu Oana a fost un fiasco și încă un motiv de durere și rușine. Am plecat cerându-i iertare pentru momentul meu prost, pentru felul în care m-am purtat cu ea.

– Știu cum e să iubești pe cineva care nu te vrea și să cauți iubirea în brațele altcuiva, mi-a spus ea, zâmbind printre lacrimi.

– Iartă-mă, nu am vrut să te rănesc...

Eram un ticălos.

– Nu te mai gândi la mine, te înțeleg. Du-te la ea, m-a îndemnat Oana cu înțelepciune, pe un ton plin de bunăvoință și înțelegere.

– Nu pot. E în brațele altcuiva.

– Atunci să știi că eu nu o pot înlocui, oricât îmi doresc.

Oana avea dreptate. Nimeni și nimic pe lume nu mi-o putea scoate pe Irina din minte, orice durere mi-ar fi provocat, la oricâte chinuri m-ar fi supus. Am condus prin București până s-au ivit zorii. Am rătăcit pe străzile pustii, ascultând muzică în neștire, având-o în minte doar pe Irina în brațele lui Matei, apoi m-am întors acasă odată cu dimineața, decis să-mi schimb comportamentul și sentimentele față de ea. Plănuiam să fiu plecat de acasă cât mai mult timp și, cu puțin noroc, să fac tot posibilul ca să-mi găsesc o iubită care să mă țină ocupat și să mă ajute să o uit încetul cu încetul, la un moment dat, pe cea care nu-mi fusese hărăzită și care era doar iubita fratelui meu.

Irina a observat răceala mea, dar nu a existat niciun reproș. Ori poate că nu îi păsa, poate că nu o afecta faptul că nu mai sunt la fel de prezent și la fel de atent cu ea. Mă străduiam să nu mă mai las impresionat de nimic din tot ceea ce făcea, să nu mai văd lucrurile deosebite pentru care o plăceam atât de mult, să nu mă mai las influențat de sentimentele celorlalți, care o adorau.

Pentru că așa se întâmplă de multe ori în viață, exact Matei era singurul care nu știa să o prețuiască așa cum ar fi meritat. Era fericit că o are, dar nu renunțase la viața lui libertină. Uneori, venea acasă foarte târziu, în toiul nopții, și o mințea că are întâlniri de afaceri și obligații față de parteneri cu care trebuie să iasă la restaurant, la nesfârșite mese oficiale. Într-o noapte, l-am așteptat în living și i-am reproșat că o neglijează pe Irina, că nu este normal ce face și că este lipsit de cel mai elementar bun-simț să o înșele.

– Măcar te protejezi? l-am întrebat, îngrijorat și cu tristețe.

– Mă subestimezi? Știi bine că nu-s tâmpit, mi-a răspuns el, foarte ofensat.

– Eu nu te înțeleg. Dacă tot nu poți renunța la viața asta și la libertatea de a face numai prostii, de ce nu o lași pe Irina să-și vadă de drumul ei?

– O iubesc enorm pe Irina. Știi bine că escapadele astea de doi lei nu înseamnă nimic pentru mine. Nu mai exagera, încetează! m-a pus el la punct, destul de iritat.

– Te-ai gândit la ce se va întâmpla dacă ar afla?

– De la cine să afle? Nu are cum, am eu grijă, mi-a mai spus, liniștit și cu superioritate, apoi mi-a întors spatele, semn că discuția aceea care nu-i convenea deloc luase sfârșit.

Însă nu a mai durat mult și Irina a aflat absolut întâmplător de una dintre escapadele lui Matei. Ne aflam la o petrecere, unde, fără să vrea, a surprins o discuție între câteva femei din cercul lui Matei, care nu o cunoșteau și nu știau că Irina este iubita lui. Una dintre ele le-a povestit celorlalte, râzând, cum Matei fusese de curând la o petrecere cu o fată care chiar se credea iubita lui.

Zadarnic am încercat să o conving să-l ierte pe Matei. A vrut să-l părăsească imediat, iar el nu a reușit nicicum să o facă să rămână. A plâns, a implorat-o, s-a justificat, i-a spus că o iubește, însă ea a rămas neclintită. Mi-a cerut plângând să o duc la Brașov, cu toate că mă ura și pe mine, considerându-mă complice la tot ceea ce făcuse Matei.

Nu am avut de ales și am dus-o la Brașov, numai să nu o las singură. În noaptea aceea nu m-am mai întors la Snagov, am rămas să dorm la ea, cu toată împotrivirea ei – știa că-i ascunsesem trădarea lui Matei și nu mă mai considera prietenul ei. I-am făcut ceai, am încercat să o consolez, am ascultat-o ore în șir cum îl condamnă pe Matei și cum plănuiește să-l uite. Deși îmi spunea că am mințit-o și că nu așa fac prietenii, am fost omul pe umărul căruia putea să-și plângă durerea și dezamăgirea.

Chiar dacă nu-mi doream, a trebuit să mă întorc la București a doua zi, cu sufletul gol. Gândul că ea nu mai este acasă, că nu aveam s-o mai văd mă întrista foarte tare. Asta pe de-o parte. Pe de alta, mă simțeam ușurat că nu mai este lângă Matei, că nu mai trebuie să asist la manifestările lor de iubire. Mă consola gândul că pentru ea este mai bine așa, că merită mai mult și cu totul altceva decât ceea ce putea să-i ofere Matei.

Casa era pustie fără Irina și niciunul dintre noi nu-și mai găsea locul. Acum, ne pregătea Oli micul dejun, dar diminețile noastre nu mai erau la fel. Lipsea energia ei, buna ei dispoziție, veselia ei, muzica din ce în ce mai diversă și mai surprinzătoare cu care ne aștepta, dragostea ei, felul în care ne alinta, ne îngrijea, ne provoca la discuții, ne apropia unul de celălalt. Matei era abătut, iar Oli plângea pe ascuns.

Îmi era atât de dor de ea, încât cu greu reușeam să mă stăpânesc în fiecare seară și dimineață să nu plec la Brașov ca să o văd. Am sunat-o de câteva ori, dar nu mi-a răspuns.

Nici lui Matei nu-i răspundea la telefon, iar el era din ce în ce mai disperat și neajutorat. Îmi cerea să o caut, să o conving să se întoarcă la el și îmi promitea până și mie că o va prețui și că nu o va mai dezamăgi niciodată. Mă durea suferința lui, dar pur și simplu nu voiam să-l ajut. Nu puteam să i-o aduc și să i-o așez în brațe pe femeia pe care o iubeam atât de mult, era mai presus de puterile mele.

Într-o zi, însă, lui Matei i-a venit ideea să-i întindem o capcană Irinei, pentru a se putea întâlni cu ea. Am încercat să-l conving că nu este o idee bună, explicându-i că e indicat să-i mai dea timp Irinei, ca ea să-l poată ierta, dar fratele meu nu mai avea răbdare. Am plecat împreună la Brașov, cu mașina plină de buchete de trandafiri roșii, cu carc Matei plănuia să o aștepte. Dar, pe mine, gândul că el avea să o recâștige mă teroriza. Oricât de mult îmi doream să o am din nou în aceeași casă cu mine, să mă bucur zilnic de zâmbetele, de glasul și de prezența ei, indiferent de starea sufletească pe care o avea, nu suportam să o știu din nou a lui Matei.

Nu am vrut să mă duc la Irina și să dau ochii cu ea fără să aflu în ce stare emoțională este, așa că am urcat la vila din Poiană și am apelat la jocul cu prietenul imaginar, de care, desigur, Matei nu știa nimic. Nu știam nici dacă va mai dori să-i vorbească prietenului imaginar, cu care legătura oarecum se rărise de când se mutase la Snagov, dar am făcut o încercare și am sunat-o. S-a bucurat tare mult când și-a dat seama cine o caută. Și mi-a povestit despre experiența ei cu Matei.

Am ascultat-o cu atenție, în liniștea deplină cu care o obișnuisem ca prieten imaginar, deși cunoșteam deja mult din ceea ce-mi spunea. Poate mai puțin lucrurile pe care nu mi le destăinuise mie, gândindu-se că sunt, totuși, fratele lui Matei.

– Știi ce este frustrant? Că, după ce ai fost înșelat, îți este foarte greu să mai crezi în oameni. Cei care ne înșală nu ne iau numai povestea de iubire și visurile, ne iau și liniștea sufletească, și încrederea în noi înșine. O femeie înșelată nu va mai fi niciodată la fel. Nu va mai avea încredere în ea, va crede mereu că nu e suficient de bună, că există altele mai bune ca ea, va trăi mereu cu teamă și cu complexe de inferioritate.

Câtă dreptate avea, cât de mult o durea ceea ce trăise, câte implicații sufletești nebănuite avusese trădarea lui Matei!

În timp ce o ascultam, fratele meu a venit lângă mine să îmi spună că terminase de aranjat toate buchetele de flori pe care le-a pus în living, dar, când m-a văzut cu telefonul la ureche, a plecat, ca să nu-mi invadeze intimitatea, fără să știe pe cine am sunat. Am ascultat-o în continuare pe fata pe care o iubeam și a cărei lipsă din viața mea îmi sfâșia sufletul, iar ea mi-a dat o veste care m-a speriat și îngrijorat totodată: intenționa să plece definitiv în Germania. Știam de când am cunoscut-o că plănuia să studieze în Germania și să se stabilească acolo, dacă ar fi reușit să se acomodeze, însă întâlnirea și mai apoi relația cu Matei i-au dat toate planurile peste cap. Acum, din nou singură, revenise la acele planuri și era foarte hotărâtă să plece și să lase totul în urmă. Crezând că vorbește cu prietenul imaginar, mi-a dat numărul de telefon și adresa unde va locui în Germania, sperând că o voi suna și acolo sau că măcar îi voi scrie din când în când, ca să știe că sunt bine. Nu mai aveam timp să o ascult, dar nu voiam să-i închid apelul. Am ascuns telefonul sub pernă, am încuiat ușa dormitorului meu cu cheia pe care o aveam doar eu și am plecat la Brașov, plănuind să o iau prin surprindere.

Când am ajuns în fața ușii ei, inima îmi bătea nebunește. Am sunat și mi-a deschis prietena ei, Simona, care m-a lăsat să intru în dormitorul Irinei. Ea încă vorbea la telefon cu prietenul imaginar, iar eu mă simțeam vinovat pentru felul în care am mințit-o de fiecare dată când am sunat-o fără să vorbesc. Mă consola totuși gândul că ea avea o mare nevoie să-și descarce sufletul în fața cuiva care nu o judeca, să știe că cineva o ascultă și că are în fața cui să se elibereze de poverile adunate în inimă, de fiecare tristețe și durere.

Nu părea deloc bucuroasă că mă vede, deși i-am spus că am venit cu treabă în Poiană, că trebuia să-l plătesc pe domnul care avea grijă de vila noastră și că, fiindu-mi dor de ea, m-am gândit să trec să o văd și să o scot la o plimbare. Până la urmă, s-a îmbrăcat și a venit cu mine, crezând că vom merge până la vilă să mă întâlnesc cu administratorul.

I-am propus să ne plimbăm puțin prin Poiană, fiindcă îmi doream enorm să mai fiu cu ea înainte de a continua cu planul meu și al fratelui meu și să i-o duc lui Matei.

– Ești supărată pe mine, așa-i?

Știam că este, nu-și putea ascunde sentimentele, i se citeau în ochi. Și era și normal să fie, credea în continuare că am știut totul și că i-am ascuns intenționat trădarea lui Matei, mințind-o.

– Nu știu. Ar trebui să fiu?

– Crezi că sunt răspunzător pentru ceea ce face Matei?

Nu puteam să-i spun că am vrut să o protejez, să o scutesc de o suferință inutilă, mai ales că faptele se consumaseră deja și că fratele meu era oricum irecuperabil când era vorba despre femei.

– Ești răspunzător pentru ceea ce mi-ai făcut tu mie.

– Ce ți-am făcut?

– M-ai trădat. Știai că Matei m-a înșelat, dar m-ai lăsat să cred că mă iubește.

Exact cum bănuisem, considera că și eu o trădasem. Și, mai mult de-atât, că aveam același caracter ca al bărbatului care o înșelase.

– Matei chiar te iubește.

Nu o mințeam deloc. Matei o iubea exact așa cum credea el că este iubirea. Și, având în vedere felul lui de-a fi, o adora chiar.

– Aș vrea să nu mai vorbim despre Matei. Nu-mi face bine.

– Îl urăști?

Nu știu ce răspuns speram să aud, nici nu mai știam dacă ar fi bine să-l urască sau să-l iubească.

– Aș vrea eu. Ce bine ar fi să putem trece de la iubire la ură atât de ușor!

Aici avea din nou dreptate. Și eu îmi dorisem de un milion de ori să nu o mai iubesc, ba chiar să ajung să o urăsc. Și totul se năruise. De fiecare dată, realizam că o iubesc la fel de mult, fără să reușesc să mi-o scot din minte și din suflet.

Am tăcut amândoi până când am ajuns la vilă. I-am spus să intre în casă și să mă aștepte acolo până parchez și pun niște lichid de parbriz. Convinsă că în casă nu putea fi altcineva decât administratorul, a intrat, iar eu am rămas afară, sperând și rugându-mă cu cerul și cu pământul ca ea să nu-l ierte, ca Matei să nu reușească s-o convingă să se întoarcă la el. Au trecut câteva ore, iar eu am stat în mașină așteptând, imaginându-mi tot felul de scenarii și simțind o teamă din ce în ce mai mare. Ba chiar mi-a trecut prin gând să-i mărturisesc tot ce simt pentru ea și să-i povestesc despre calvarul prin care am trecut de când planul meu de a fi cu ea a eșuat, în cazul în care ea nu ar fi reluat relația cu fratele meu.

Așa cum bănuiam și cum îmi dorisem, Matei nu a reușit să o convingă să se întoarcă la el, cu toată artileria grea pe care o pusese la bătaie ca s-o aducă înapoi. Am știut asta când am văzut-o ieșind din casă, urmată de Matei, care vorbea și gesticula disperat.

– Gata plimbarea. Mă duci acasă?

– Sigur.

Într-un fel, eram fericit. Încă rănită, Irina nu se lăsase înduplecată de niciun argument. Eram fericit că nu o voi mai vedea în brațele fratelui meu, dar nefericit să o știu departe de mine.

– Robert, te rog, convinge-o să se întoarcă la mine, mi-a spus Matei când a văzut-o urcând în mașină.

– Tu ce-ai făcut până acum?

Nu, asta nu avea să se întâmple, asta chiar nu puteam să fac, chiar dacă mă raliasem planului lui de a o întâlni și de a face măcar un pas înainte spre iertarea ei și împăcarea lor.

– Nu am cu cine. Iubita, te rog...

– Pornește mașina, mi-a spus ea. Acum. Pa, Matei! Să ai o viață fericită!

Am plecat de acolo. Matei privea neputincios în urma noastră, cu brațele atârnându-i pe lângă corp, expresie a dezolării, a înfrângerii, a singurătății.

Conduceam încet și așteptam ca ea să-mi reproșeze – binemeritat, de altfel – că i-am întins o capcană, dar nu mi-a imputat decât că merg prea încet. Însă nu avea nici chef de vorbă, iar eu, în tăcere, nu știam cum să fac să prelungesc clipele și să stau cât mai mult cu ea, lângă ea.

Când am ajuns în fața blocului, am coborât și am îmbrățișat-o strâns, cu disperare, cu iubire, cu durere. În minte se luptau o mie de senzații, toate născute din dragostea imensă pentru ea. Aș fi vrut să nu-i mai dau drumul din brațe, să o țin lipită de mine până la sfârșitul lumii, să nu o mai las niciodată să stea departe de mine, să respir pentru totdeauna același aer cu ea, cu inima mea lângă inima ei, cu trupul meu lipit de trupul ei, cu sufletul meu îngenuncheat în fața sufletului ei, fluture liber în zbor înalt. Nu știam dacă aveam să o mai văd vreodată, dacă va mai dori asta. Și toată ființa mea nu era pregătită să se despartă de ea.

– Ai grijă de tine și de cei de la Snagov, mi-a mai spus, zâmbind, dar cu ochii plini de lacrimi.

Am rămas țintuit, încercând din toate puterile să nu urlu, și am privit-o cum se îndepărtează. Inima mea se zbătea neputincioasă, legată de Irina cu niște lanțuri pe care fiecare pas al ei le tensiona. Mă sfâșia să o văd cum se îndepărtează de mine, parcă o pierdeam pentru totdeauna. Am stat și am plâns în mașină. Dar nici măcar de luxul de a plânge în voie nu mă puteam bucura: Matei mă aștepta cu sufletul la gură să mă întorc la vilă și știam că vor urma câteva ore în care trebuia să-i ascult toate lamentările și toate disperările, pe care, Dumnezeu să mă ierte, le merita. Și le provocase singur-singurel, toate cele ce i se întâmplau erau consecințe ale purtării lui nesăbuite și pline de aroganță.

Ca să-l liniștesc și pentru a avea și eu liniște, i-am spus că Irina mai are nevoie de timp pentru a accepta și a-l ierta. Și i-am promis că voi face tot posibilul, ca frate și prieten, să îl ajut s-o recâștige.

Când a aflat că Irina a plecat în Germania, Matei și-a pierdut mințile. M-a acuzat de indiferență față de prioritățile lui, de lipsă de interes în fața problemelor lui, de nepăsare în fața suferinței sale. L-am mințit spunându-i că mă acuză degeaba, că habar nu aveam de ceea ce era în mintea ei și că nu știam nimic despre planurile Irinei de plecare. Iar el, disperat, a sunat-o pe Simona, făcând presiuni asupra ei pentru a afla numărul de telefon al Irinei din orașul german unde se afla.

Simona, femeie, sensibilizată de lacrimile și vocea stinsă, de martir, ale fratelui meu, a cedat destul de ușor șantajului emoțional și i-a dat numărul, iar Matei a început s-o asalteze pe Irina cu apelurile și s-o implore să se întoarcă la el. De câteva ori, am vorbit și eu cu ea, însă nu pentru că și-ar fi dorit să mă audă, ci pentru că Matei mă chema să o ascult sau mi-o dădea la telefon, sperând probabil că, din exterior, mintea mea va fi mai limpede decât a lui și voi găsi vreun argument cu care s-o convingem să se întoarcă în țară.

Între timp, eu continuam să o sun ca prietenul imaginar. Prima oară când i-am telefonat în Germania, nu i-a venit să creadă, i-am produs o mare surpriză. Își făcea probleme că voi plăti prea mult pentru acel apel, însă i se simțea bucuria în voce.

– Mă simt foarte singură aici. Îți mulțumesc că m-ai sunat. Mă faci să mă simt mai aproape de casă. Să știi că uneori plâng foarte mult. Am nevoie să vorbesc cu cineva, să împart mâncarea, să împart perna, să fiu luată în brațe. Simt nevoia să spun „Te iubesc". Sunt jalnică, nu? O să mă mai suni? Nu te costă prea mult? Mă asculți deja de o oră... Ai putea să închizi, iar eu să mă prefac că nu am auzit și să vorbesc în continuare de una singură...

Mi-a rupt inima... Unde era Irina cea care deborda de veselie și ne aducea tuturor zâmbetul pe buze? Atât de multă nevoie avea de mine, atât de tare se chinuia sufletul ei... Îmi venea să mă urc în primul avion și să zbor la ea, s-o iau în brațe și să nu o mai las singură.

Din acel moment, am sunat-o aproape în fiecare seară. Știam că-i face bine să stea de vorbă cu cineva care nu o dezamăgise niciodată, că apelurile mele o ajută să mai uite de gândurile triste și de distanța care o despărțea de cei dragi. Îmi povestea tot ce făcea, despre colegi, despre vecini, despre orașul în care locuia. Îmi mărturisea cât de dor îi este de mama ei, de prieteni, de Cesara și chiar de Matei, pe care încă îl iubea. Nu-mi vorbea însă niciodată și despre Robert și, chiar dacă asta mă întrista și îmi doream să știu ce simte și ce gândește despre mine, mi-am imaginat, cu inima frântă, că probabil nu sunt atât de important pentru ea.

Crăciunul la Snagov, fără Irina, a fost sumbru. Casa ni se părea pustie, iar Matei, deprimat, părea pentru prima oară că suferă cu adevărat, că nimic nu-i poate umple golul din viață și din inimă lăsat de ea. Mi-a spus că îi trec gânduri negre prin minte, că îi este teamă că, într-o noapte, își va pierde cumpătul și se va sinucide, iar eu începeam să-mi fac griji pentru starea lui. Știam că nu vorbește niciodată despre ceea ce e cu adevărat în sufletul lui și nu era în regulă deloc dacă ajunsese să spună asta, ba chiar era grav de-a binelea, și mă dureau durerea și disperarea lui.

În seara de Crăciun, am sunat-o ca prietenul imaginar și am stat cu ea la telefon mai mult de două ceasuri. Era tristă, singură, abătută și nu știam ce și cum să fac să o scot din starea aceea, atât de străină de Irina pe care o știam eu.

– Am impresia că nu-mi plâng doar singurătatea mea, mi-a spus ea cu voce sugrumată de lacrimile pe care și le controla, să nu-i inunde glasul. Simt nevoia să plâng azi singurătatea întregii lumi, a tuturor femeilor care au rămas singure de Sărbători, trădate, mințite, neiubite și neobservate, a tuturor copiilor năpăstuiți de soartă, care nu au un brăduț, bunătăți și un Moș Crăciun și care privesc ca niște spectatori la fericirea și abundența din viața altor copii. Plâng azi singurătatea tuturor bătrânilor uitați și abandonați, neputincioși și triști, a fiecărui om din lumea asta care se simte al nimănui, uitat de oameni, persecutat de un destin orb și surd...

Realizam în momentele acelea că îi spusesem că o iubesc de milioane de ori, dar numai în gând, numai în inimă, în zilele și nopțile în care visam la ochii, la sufletul ei, la cântecele ei, la bunătatea ei și la tot ceea ce avea legătură cu ea. Iar Irina nu știa cât este de iubită, de dorită, de așteptată. Habar nu avea că este adorată. Eu, Robert, fratele fostului ei iubit, aveam ceea ce-i lipsea ei cel mai mult: iubirea. Dar nu i-o puteam dărui.

După experiența unui Crăciun lipsit de bucurie și mai ales după convorbirea cu ea din seara care-ar fi trebuit să fie una de sărbătoare, plină de veselie și iubire, îmi era din ce în ce mai clar. Cum să pot să mai stau fără ființa care-mi era necesară ca aerul și ca bucuria de a fi? Cum să mai respir încă o zi fără să-i văd ochii, fără să-i simt căldura pe care o emana prin fiecare por, fără să-i mângâi cu ochii surâsul acela atât de iubit?

Nu, chiar nu mai aveam cum să îndur lipsa ei, trebuia să fac ceva, orice, ca să o văd, ca să o ating, ca să mă bucur de simpla ei prezență. Și ca să-i alin tristețea aceea profundă pe care i-o simțisem în glas, în cuvintele și în respirația din timpul convorbirii telefonice. Așa că am decis să plec în Germania. Dar Matei nu trebuia să știe de planul meu și l-am mințit că merg într-o vacanță cu o femeie. O *new entry*, o necunoscută, cineva despre care el nu știa nimic. Și, de fapt, nici nu-i păsa, le avea destul pe ale lui, numai chef de poveștile mele cu femei nu avea el atunci, mai ales că istoriile mele amoroase nu-l interesau în general.

Cum nu voiam să plec atâta drum cu mașina, mai ales pe o iarnă atât de neprietenoasă, am găsit ca soluție salvatoare un tren, cu care am ajuns la Irina chiar cu o zi înainte de Revelion. Odată aflat în orașul în care femeia pe care o iubeam fără speranțe se stabilise, nu mi-a fost deloc greu să-i găsesc adresa și m-am bucurat ca un copil când am văzut că există o cabină telefonică chiar la colțul străzii ei. Evident că nu avea habar de surpriza pe care i-o pregăteam, nici prin cap nu i-ar fi trecut că tocmai eu, antipaticul de serviciu, cel care nu o plăcea deloc, ar fi în stare de o asemenea nebunie. Am sunat-o să văd dacă este acasă.

– Ce faci? am întrebat-o de îndată ce mi-a răspuns.

– Bine, tu?

– Bine și eu. Mă gândeam să-ți urez de pe acum „Un an nou fericit!".

A tăcut. Mi se rupea sufletul, eram sigur că o va podidi plânsul, îi simțeam tristețea până în adâncul inimii...

– Irina?

– Da...

– Eu privesc un cer frumos cu stele.

– Drăguț...

Era absentă. Sau îngândurată. Ori toate la un loc. Sau tăcea pentru că nu voia să-mi arate din nou singurătatea și slăbiciunea trădate de ea în seara de Crăciun.

– La tine sunt stele? Du-te la geam și uită-te la cer.

– Sunt și aici ceva stele, dar astea sunt nemțești, deci sunt mai frumoase.

– Zău? Imaginează-ți atunci că fiecare stea reprezintă câte o urare de-a mea pentru tine. Sunt multe?

– Sunt foarte multe. Sper că sunt urări de bine, da?

Am simțit-o zâmbind. Trebuia să o fac să zâmbească! Încetul cu încetul, trebuia să o însuflețesc pe fata nu numai romantică, dar și veselă – de aceea mă îndrăgostisem și pentru ea făcusem nebunia de a pleca la un drum atât de lung doar ca să-i văd ochii, să-i aud râsul cristalin și să-i mângâi clipele de solitudine pe care le trăia departe de casă.

– Mai ești? am întrebat-o când am înțeles că nu o să mai spună ceva prea curând.

– Da.

Irina, vorbăreața mea iubită, era monosilabică de-a dreptul, trebuia să-i scot cu un cleşte vorbele din gură.

– E zăpadă la voi?

– Este, Robert...

Era tristă. Nu-mi ieşea din minte conversația din seara de Crăciun, parcă nu mai era ea. Iar acum părea la fel. Tristețea o stăpânea deja, nu fusese doar un moment trecător.

– Casele sunt împodobite?

– Da, toate. Fiecare fereastră are lumini și pomii din curți sunt împodobiți... Este foarte frumos.

Dar, în ciuda lucrurilor plăcute pe care le spunea, vocea îi era stinsă.

– Într-adevăr, foarte frumos. Mai ales casa din față, cu obloane albastre și multe lumini.

– Da..., a răspuns ea absentă și visătoare, fără să realizeze că noi doi vorbeam despre aceeași bucată de cer, despre același decor și despre aceeași casă cu obloane albastre, pe care eu, de la mii de kilometri depărtare, nu aveam cum să le văd. Îmi plac mult ornamentele luminoase de la ferestrele de vizavi de tine, am mai încercat eu încă o dată. Și moșul acela cu scara care atârnă pe casă, i-am mai zis vesel, așteptând ca dintr-un moment în altul să-i pice fisa.

– Și mie. Dar să știi că și eu am ornamente la geamuri.

Dintr-odată, s-a lăsat tăcerea. În sfârșit, își dăduse seama că eram acolo și vedeam tot. Apoi, una dintre ferestrele casei în care locuia s-a deschis și ea s-a aplecat în afară, să cerceteze trotuarul și strada. Fericit să o văd chiar și de la distanță, am ieșit zâmbind din cabina telefonică și i-am făcut cu mâna, dar în următoarea clipă, ca o nălucă, a dispărut de la fereastră. Am așteptat nedumerit pe trotuar, întrebându-mă ce s-a întâmplat, gata-gata să cred că prezența mea nu este dorită. După câteva clipe, însă, am zărit-o ieșind pe poartă și alergând nebunește spre mine. Inima îmi bătea cu putere, plină de iubire și bucurie. Nu-mi mai trebuia nimic, eram în al nouălea cer. Mi-a sărit în brațe ca un copil fericit. Era desculță și nu mai știa ce să spună de-atâta încântare.

– Ce cauți aici, zăpăcitule? Ești singur?

– Da, sunt singur.

– Iartă-mă, sunt grea, lasă-mă jos, văd că ai ditamai geanta.

– Nu te las, ești desculță, copilă nebună!

Parcă totul dispăruse și rămăseserăm numai noi doi pe lume. O aveam în brațe pe femeia care-mi pârjolise sufletul, în lipsa căreia nimic nu mai avea gust, culoare, sunet. Cea fără de care mă pierdusem, ca un om fără direcție, fără sens, fără rațiune și rămas fără de inimă. Cum să pot să-i dau drumul când inima mi se întorsese din nou la locul ei, în piept?!

Am dus-o în brațe până în casă, ca pe cel mai prețios tezaur, și de-abia în sufragerie m-am așezat să-mi trag sufletul, năucit încă de primirea ei splendidă, atât de caldă și plină de iubire.

– Ce cauți aici? m-a întrebat iar, de parcă nu-i venea să creadă că sunt acolo.

Încerca probabil să câștige timp ca să se dezmeticească, să priceapă că ceea ce trăiește este realitate, nu rodul unei imaginații bogate și de prea mult timp ținute sub control.

– Îmi era dor.

– Nu ai voie să-ți fie dor de mine, mi-a răspuns imediat, zâmbind copilărește și recăpătându-și în același timp aerul acela ghiduș și drag, de dorul căruia mă topisem.

– Păi, nici nu îmi era dor de tine. Îmi era dor de mine.

Într-adevăr, văzând-o, parcă mă regăsisem pe mine. Pe cel pierdut odată cu plecarea ei.

Zâmbeam năucit. Eram atât de plin de ea, încât aveam impresia că toate sentimentele de iubire puteau să-mi fie văzute pe chip de-o lume întreagă, că fața mea era expresia pură a fericirii depline. Și nu știam ce vreau mai întâi: să o privesc, să mă satur de imaginea ei, să o ascult, să-mi umplu mintea de sunetul de clopoțel al glasului ei, să o ating, să-mi odihnesc mâinile în părul și pe pielea ei? Lângă ea, lumea era un loc perfect, unde nu lipsea nimic, din care dispăruseră grijile, necazurile, gândurile negre și durerile. Ajunsesem în Rai. Irina era Paradisul meu.

Revenindu-și din surpriza pe care i-o făcusem, fata mea mult și neștiut de nimeni iubită a redevenit imediat îngerul preocupat doar de confortul celorlalți, responsabilă mereu cu binele și bucuria tuturor. Mi-a pregătit imediat baia, mi-a adus prosoape – miroseau de parcă mă îmbrățișa și mă învelea cu ea toată! – și m-a anunțat că între timp va încropi o gustare, gândindu-se că sunt obosit de pe drum și am nevoie să se îngrijească cineva de mine.

Bucuros să fiu iar alintat de ea, mi-am făcut un duș rapid, grăbit să ajung cât mai repede și real lângă Irina din sufletul meu, de parcă ar fi dispărut dacă aș fi întârziat mai mult. Când am revenit în sufragerie, ea așeza farfuriile și tacâmurile pe masă, iar în casă se auzea în surdină Randy Crawford. În sufletul meu se instala o pace minunată, pacea aceea deplină, pierdută poate chiar din ziua când înțelesesem că nu va fi a mea niciodată, că e a fratelui meu și că o iubesc fără speranță. Pacea simțită doar în prezența ei, liniștea aceea dăruită doar de sentimentul că te-ai întors acasă și că ți-ai regăsit bucuria în omul pe care-l iubești și, mai ales, jumătatea aceea care te împlinește.

Am mâncat împreună, iar ea m-a întrebat despre cei de la Snagov și despre prietenii noștri, curioasă să afle vești despre fiecare în parte. Se vedea că le dusese dorul tuturor, că-i păsa de ceea ce lăsase în urmă, că-i iubea și-acum, de la distanță, și că-i ținea strâns îmbrățișați în suflet, chiar dacă hotărâse să nu se uite înapoi. În plus, era absolut sigură că mă aflam acolo doar pentru că mă trimisese Matei ca s-o conving să se întoarcă.

– Irina, nu știe nimeni că sunt aici. Am venit pentru că voiam să văd dacă ești bine. Pentru că nu vreau să fii singură de Revelion.

Și pentru că o iubeam mai presus de orice pe lume, dar asta nu i-am spus-o. Pentru că fără ea eram doar o jumătate de om. Venisem să fiu iar întreg, nesfâșiat de lipsa ei din zilele vieții mele.

– Și ca să mă convingi să vin în țară.

– Și asta.

Da, chiar și asta. Cu Irina departe de mine, eram o umbră, un robot fără suflet care-și târa după el zilele fără să înțeleagă nimic din ceea ce trăia, fără să guste nicio bucurie dintre cele pe care i le oferea viața. Pentru că eram capabil de orice sacrificiu, numai să o văd, să stau lângă ea și să o privesc, să-mi umplu sufletul doar uitându-mă cum își netezește cu palma ei fină părul la tâmple.

– De ce să vin? Parcă îmi voiai binele...

– Tocmai pentru că îți vreau binele. Pentru că nu am liniște știindu-te singură aici. În țară ai familia, ai casa ta, ai prieteni...

– Și pe Matei?

Nu puteam să nu-l apăr pe Matei. Îl aveam în fața ochilor deprimat și vorbindu-mi despre sinucidere. Matei chiar o iubea. Așa cum știa el să iubească, dar o iubea.

Oricât mă durea să o știu a lui, mă durea mai rău să o știu singură, a nimănui, departe de tot ceea ce o împlinea și o făcea fericită.

– Te iubește. Știi bine asta, i-am spus cu sinceritate.

– Mă iubește, dar mă înșală, mă sufocă, îmi ia libertatea...

– O să se schimbe. De ce nu înțelegi că ești ceva nou pentru el? Nu a iubit pe nimeni așa. Ești și o persoană foarte complexă.

Irina era o lecție pentru Matei, probabil că nici măcar unul dintre ei nu-și dădea seama de asta. O lecție pe care el putea încerca să o învețe, poate chiar se străduia să o înțeleagă măcar. Una dificilă, grea pentru el, un bărbat cu obișnuințe diferite de ale ei, cu o structură sufletească atât de îndepărtată de construcția ei morală și spirituală. Iar Irina, omul care se dăruia cu naturalețe punând atât de multă dragoste în tot, nu avea cum să știe cât de importantă este prezența ei pentru echilibrul lui

Matei, măcar pentru a-l ajuta să înțeleagă și alte fațete ale vieții și ale iubirii, dacă nu pentru altele.

– Nu vin în țară. Rămân aici și îmi voi construi o viață nouă.

– Departe de tot ce iubești? Nici tu nu crezi...

Nu am insistat s-o conving să se întoarcă, poate că nu era momentul. În plus, îndrăgostit nebunește și disperat după prezența ei, care-mi lipsise dureros, voiam doar să mă bucur, să mă amăgesc egoist că este doar a mea, că existăm doar noi doi pe lume.

Se făcuse târziu, nu știam când și cum se topise timpul în prezența ei, parcă visam. O priveam fascinat și ascultam topit cum sporovăiește cu veselie, cum îmi mângâie auzul cu râsul acela zglobiu ca un mănunchi de clopoței cristalini și voioși. Eram foarte obosit, dar nu voiam să mă despart de ea nici măcar în somn, prea îmi lipsise. Iar când mi-a spus că mă va lăsa să dorm în patul ei și că ea va dormi pe colțarul din sufragerie, am ripostat imediat, aproape inconștient, fără să mă gândesc că aș putea să o supăr sau să o pun în gardă.

– Irina, mi-a fost dor de tine. De prietena mea cea mai bună. De singura ființă care îmi face sângele să fiarbă de nervi și care mă face să râd în hohote. Vreau să dormim împreună. Am bătut mii de kilometri și nu dorm de două zile. Sunt prea obosit și prea imun la farmecele tale, OK? i-am spus zâmbind, cu un ton convingător.

Încercasem o ironie dintre acelea de care cu siguranță își amintea, din discuțiile noastre. „Fie ce-o fi. Dar nu pot să mă dezlipesc de tine, te iubesc, sunt aici numai ca să fiu lângă tine. Nu pot să dorm dacă știu că ești în camera cealaltă“, mi-am spus în gând, implorând parcă înțelegere și acceptare din partea ei.

Ea nu a mai comentat, doar m-a privit cu atenție, a zâmbit candid și ne-am dus amândoi în dormitor la culcare. Iar eu, oricât de mult doream să mă mai bucur de prezența ei lângă mine, prea obosit fiind, am adormit imediat cu ea în brațe, ca un copil nevinovat și protejat, învăluit în aroma parfumului seducător care-mi lipsise precum aerul într-o grotă din care nu mai vezi lumina soarelui.

Dimineață, când m-am trezit, zâmbind, în sufletul meu era pace. Înțelesesem că am tot ce-mi trebuie, că Irina este liniștea mea, că doar ea mă împlinește, cum nimeni nu a făcut-o vreodată, că nimic pe lume nu contează mai mult pentru mine așa cum contează ea.

– Știai că sforăi? m-a întrebat ea zâmbind, sprijinindu-se pe cot și cu fața ei iubită înspre mine.

Da, eram sigur că așa arăta deșteptarea după o noapte dormită în Paradis: exact precum chipul ei senin. Și mai frumos dimineața decât la orice oră a zilei și a nopții.

– Daaaa, așa mi-au spus toate femeile cu care dorm, i-am replicat alintat și privind-o drept în ochi. Bună dimineața, soare!

„Pentru că tu ești soarele meu, Irina", am continuat în gând.

– Eram sigură că doar asta poți face lângă o femeie. Să dormi. Bună dimineața, domnule călător!

Apoi a început să râdă și s-a ridicat veselă din pat, parcă plutind în cămașa ei de noapte albă și vaporoasă.

– Ești singura femeie lângă care am dormit. Lângă altele nu am rezistat, am făcut și eu o încercare să o necăjesc, dar zâmbindu-i cu toată fața și din tot sufletul.

– Să înțeleg că nu sunt așa atrăgătoare ca altele...

– Lasă, nu te întrista. Nu le putem avea pe toate în viață.

– Măgarule!

Apoi a luat o pernă mică și a aruncat-o spre mine, iar eu, gata de joacă, am azvârlit pilota de pe mine, m-am ridicat și, pentru că a fugit din cameră, am alergat după ea. Am prins-o în hol, am îmbrățișat-o strâns și, îmbătat de mirosul ei de femeie frumoasă abia trezită din somn, i-am sărutat părul.

– Mi-a fost atât de dor de tine, de șicanele noastre, de felul în care mă faci să râd! i-am mărturisit cât se poate de serios.

– Altele nu te fac să râzi?

– Mi se pare mie sau simt puțină gelozie în afirmația ta? mi-am revenit eu imediat din dispoziția sentimentală matinală, întorcându-mă la șicanele noastre simpatice dintotdeauna.

– Geloasă pe cine? Te-ai mai dus după vreuna două mii de kilometri?

– Nu te flata. Narcisisto!

Am râs din nou, am pupat-o apăsat pe frunte și am început ziua în cel mai frumos mod posibil: lângă ea, fata pe care o adoram, sufletul meu.

Am luat micul dejun împreună, povestind și glumind, privindu-ne, iar eu eram fericit să mă bucur de prezența ei și de atenția dedicată numai mie. Apoi am mers să facem cumpărături, căci Irina nu se așteptase la musafiri, nu era pregătită să serbeze Revelionul și nu prea avea cine știe ce alimente în casă.

Localitatea în care alesese să se mute era un orășel tipic german, foarte îngrijit și cochet, cu case vechi și perfect întreținute. Era frumos împodobit, cu flori la ferestre, cu brăduți, Moși Crăciuni, jucării, globuri, luminițe – ornamente care mă făceau să cred că nimerisem în orașul Crăciunului, care tocmai trecuse –, precum și plin de oameni care se plimbau alene, lipsiți de orice fel de griji. Cu Irina de mână, fericit cum poate nu mai fusesem niciodată, am rătăcit o jumătate de zi pe străzi și prin magazine. La un moment dat, cu tot soarele de afară, obosiți și înghețați, dar veseli, ne-am oprit într-o cafenea unde Irinei îi plăcea să bea cappuccino.

– Nu ți-e dor de casă? am întrebat-o, văzând că dintr-odată privește îngândurată prin fereastră la trecătorii înfrigurați.

– Cum să nu-mi fie? Sau mă crezi lipsită de inimă? a răspuns cu tristețe.

– Ce-ți lipsește cel mai mult, Irina?

– Voi. Acasă nu înseamnă neapărat un loc, un oraș sau o clădire. Acasă înseamnă oamenii dragi. Dacă îi ai lângă tine, te simți acasă oriunde în lume.

Cât de bine o cunoșteam! Înțelegeam prea bine tot ceea ce-mi spunea, bănuisem că nu este fericită printre străini și avusesem dreptate să risc totul și să vin după ea. Dar am continuat să-i pun întrebări, încercând în felul ăsta să o fac să înțeleagă că locul ei nu e în Germania și să o determin să accepte să vină înapoi acasă cu mine.

– Cine îți lipsește cel mai mult?

– Cesara. Visez uneori că sunt la Snagov și mă trezesc în toiul nopții ca să mă duc în camera ei, să văd dacă e totul în regulă. Iar când îmi dau seama cât este de departe și că nu pot ajunge la ea…

Ochii i s-au umplut de lacrimi, iar eu i-am căutat mâna și am mângâiat-o. O adoram! Era tot ea, fata de care mă îndrăgostisem, avea exact sufletul pe care inima mea știa că-l are.

– Și nouă ne este foarte dor de tine. Casa aceea e ca un muzeu fără tine.

A întors capul să privească din nou afară. Sau ca să nu-i mai văd eu privirea încețoșată de lacrimile pe care abia și le mai stăpânea.

– Ai fost vreodată în situația în care să te întrebi dacă prezența ta într-un anumit loc e oportună sau nu? m-a întrebat fără să mă privească. Dacă prezența ta lângă anumiți oameni le face bine sau mai mult rău?

– Da, am fost.

Poate că sosirea mea surprinzătoare în Germania era chiar unul dintre acele momente, dar asta nu i-am mai spus-o ei.

– Dar tu, Irina, ai fost măcar o dată în situația în care să te gândești doar la ceea ce ți-ar face ție bine?

– Nu. Pentru că eu nu așa relaționez. Mă gândesc și la ceilalți.

– Mai întâi de toate la ceilalți...

Întotdeauna la ceilalți, așa era Irina. Iar eu știam asta prea bine.

– Poate, uneori.

– Dar există situații în care trebuie să te gândești doar la tine, la ceea ce vrei tu, la ceea ce îți face ție bine, Irina.

– Și cum să fac asta fără să mă simt vinovată?

Am tăcut. O înțelegeam foarte bine. Știam cum este să renunți și să te sacrifici doar pentru a nu trăi cu un oribil sentiment de vinovăție.

Ce-aș fi putut să-i mai spun? Că-mi sufoc sentimentele de iubire pentru ea doar ca să nu mă mai simt vinovat în fața lui Matei? Că sunt dispus să mă chinui doar ca să o știu pe ea acasă, liniștită și fericită, chiar dacă va fi iubita fratelui meu?...

Timpul petrecut alături de ea zbura cu iuțeala fulgerului, orele parcă se evaporau, secundele alergau de două ori mai iute. Vorbeam câte-n lună și-n stele, luam împreună fiecare masă, ne plimbam prin oraș, glumeam, ne ironizam unul pe celălalt cu simpatie, apoi ne prindeam mâinile, ne priveam și tăceam, bucurându-ne unul de prezența celuilalt.

Revelionul l-am petrecut afară, în centrul orașului, pierduți prin mulțimea de oameni euforici, adunați unul într-altul de parcă ne-ar fi fost teamă să nu ne pierdem și să nu ne mai regăsim.

– Vreau să fii fericită, i-am urat la cumpăna dintre ani, când ar fi trebuit să-mi pun o dorință.

O țineam strâns în brațe, fără să-i dau drumul din îmbrățișare, privind-o drept în ochi.

– Și eu vreau să fii fericit, mi-a spus și ea, ghemuindu-se mai bine la pieptul meu.

– Atunci, hai acasă!

Îmi doream să fiu doar cu ea, așa cum îmi doream cu toată ființa ca ea să fie fericită. Chiar dacă asta ar fi însemnat să fie cu Matei, chiar dacă aș fi suferit în tăcere și neștiut de nimeni că este a fratelui meu. Ba chiar aveam să încerc să trăiesc cu asta și, în plus, chiar să mă bucur pentru ea. Eram dispus la orice sacrificiu pentru a o ști protejată, iubită, în siguranță și aproape de cei dragi, care o prețuiau, și nu printre străini. Pentru că, până la urmă, despre asta este iubirea: despre a-l iubi pe celălalt mai mult decât pe tine însuți, despre a pune binele și fericirea lui înaintea fericirii tale. Iar eu o iubeam atât de mult, încât nu mă mai înspăimânta gândul că voi suferi din cauză că nu poate fi a mea.

Mă simțeam capabil acum să asist ca un spectator la viața ei lângă alt bărbat, la fericirea ei deplină, în care eu nu mai însemnam nimic, ci ocupam doar un loc neimportant. O iubeam mult, pentru a fi fericit chiar nu aveam nevoie de tot ceea ce avea ea de dăruit ca femeie, ci mă mulțumeam și cu foarte puțin, cu un loc codaș pe lista ei de priorități. Dar, în același timp, voiam să-i dau toată inima mea și să o așez numai și numai pe ea, cu o prioritate absolută, pe locul principal din viața mea.

Nu am reușit s-o conving să vină cu mine în România, ba chiar încerca să schimbe acest subiect, pe care eu îl abordam cu insistență, mereu și mereu. Apoi a făcut tot posibilul să meargă împreună cu vecina ei să-mi cumpere biletul de tren, temându-se, probabil, că aș fi luat două bilete și atunci nu ar mai fi putut refuza să plece cu mine înapoi spre țară.

Iar când a sosit noaptea dinaintea plecării, ultima noapte în care am dormit împreună cu ea, sufletul mi s-a fărâmițat în mii de cioburi. Eram îngrozitor de trist, iar gândul că urma să fiu din nou atât de departe de ea îmi trimitea cuțite în inimă. Când ne-am dus la culcare, am încercat din nou să o conving să vină acasă, aducându-i toate argumentele posibile, încercând să-i demontez fiecare motiv care o făcea să rămână departe de cei dragi, mângâind-o cu stângăcie, prea ocupat fiind să o determin să se întoarcă împreună cu mine, ținând-o cu dragoste de ambele mâini, de parcă încercam să-i transmit prin piele energia mea binefăcătoare și dorința mea de a o avea din nou în România.

– Robert, pe cine iubești cel mai mult pe lumea asta? m-a întrebat la un moment dat în bezna din dormitor, fără legătură cu ceea ce discutaserăm până atunci.

– Nu știi?

– Nu.

– Ba știi. Fii sinceră cu tine.

Nu am idee ce-mi imaginam. Poate că o să spună „Cel mai mult pe lumea asta tu mă iubești pe mine“?

– Bine, știu. Pe Matei.

M-am dezumflat brusc și nu m-am putut abține să nu o iau peste picior.

– Mă uimești. Știam că ești isteață, dar văd că te întreci pe tine. Am auzit eu că geniile au de obicei niște scăpări...

Mi-a întors spatele ofensată și a adormit, iar eu, ținând-o în brațe, m-am gândit toată noaptea cu disperare cum să fac să o iau cu mine. Am numărat orele și minutele pe care le mai aveam de petrecut împreună, nu m-am dezlipit de ea, am mângâiat-o din când în când cu timiditate. Iar dimineață aș fi dat orice să nu fie ziua când plec din locul care pentru mine însemna ea și să fiu cu ea.

Cât timp Irina mi-a pregătit câteva gustări pentru drum, i-am lăsat niște bani, fără să știe, într-un dulăpior; apoi, căutând ceva de scris, am dat peste jurnalul ei. Fără să-mi pot controla impulsul care mă împingea să citesc ce scrie în caietul ei de suflet, ca de obicei când venea vorba despre gândurile ei secrete, l-am deschis la ultima pagină scrisă:

Oare cât timp din viața noastră suntem cu adevărat noi înșine și cât timp purtăm măști? Unii dintre noi trăiesc atât de mult cu măștile pe suflet, până când, într-o bună zi, ajung să se confunde cu ele și uită chiar și ei înșiși cine sunt cu adevărat.

Avea dreptate. Nu știam la ce sau la cine se gândise scriind asta, cu siguranță nu la mine, dar și mie îmi veneau ca turnate cuvintele ei... Am lăsat pe noptieră jurnalul, încet și dus pe gânduri, și am căutat o hârtie pe care să-i pot scrie ceva. Ceva care, culmea coincidenței, avea o legătură puternică exact cu ceea ce scrisese ea în jurnal ultima oară. Am găsit un carnețel de notițe din care am rupt o foaie și am scris „PE TINE“, dorindu-mi să-i răspund astfel la întrebarea pe care mi-o pusese în ultima noastră noapte. Nu știam dacă voi avea curajul să-i dau biletul, dar l-am ascuns în buzunar. Poate că venise timpul să arunc masca, oricât mă înspăimânta gândul de a-i mărturisi iubirea pe care o simțeam pentru ea. Ca să nu ajung să mă confund cu minciuna și înșelătoria proprie, ca să nu uit cine sunt cu adevărat...

M-a dus la gară împreună cu vecina ei cumsecade, care s-a scuzat civilizat că trebuia să călătorim înghesuiți de geanta mea așezată lângă noi, pe banchetă, fiindcă avea portbagajul plin cu anvelopele de vară, pe care nu apucase să le depoziteze. Însă chiar nu-mi păsa, putea să-mi târască geanta și legată cu o sfoară de mașină, ca pe tinichelele atârnate de mașinile tinerilor americani căsătoriți; pe mine mă durea sufletul că trebuie să plec și să o las singură pe Irina, să mă întorc la viața mea searbădă și lipsită de orice perspectivă de a fi măcar în preajma ei, dacă nu cu ea.

– Te mai las o vreme și vin după tine, i-am spus, ținând-o de mână.

Că nu mă mai răbda inima să tac și să accept depărtarea de ea.

– Ba nu. Rămân aici.

Nu știu de ce, dar mi se părea că nu e convinsă nici ea de ceea ce tocmai îmi răspunsese.

– Nici tu nu crezi ce spui. Dacă nu te-aș cunoaște... Ah, vezi că ți-am lăsat în dulăpiorul ăla plin cu bomboane niște bani. Știam că nu-i vei accepta nici în ruptul capului.

Orice mi-ar fi spus, se vedea clar că nu are chef de ceartă. În alte împrejurări mi-ar fi scos peri albi pentru un astfel de gest.

– De ce ai făcut asta?! Am tot ce îmi trebuie! Știi că nu suport să primesc bani de la bărbați.

– Eu nu sunt un bărbat oarecare, eu sunt prietenul tău și chiar un membru al familiei.

Și, mai ales, eram bărbatul care o iubea mai mult decât orice pe lume și căruia îi păsa de bunăstarea și nevoile ei. Dar ea nu știa asta și poate că nu avea să o afle niciodată.

– Nu trebuia. Măcar mi-ai lăsat destui ca să-mi iau un iaht?

A zâmbit copilărește și m-a pupat împăciuitoare pe obraz. Intuisem perfect: chiar nu avea niciun gând să se despartă de mine cu supărare, mai ales că bătusem atât drum numai ca să nu se mai simtă a nimănui la trecerea dintre ani. Era destul că după plecarea mea se întorcea la viața ei singuratică.

– Ți-am lăsat ceva. Mă gândeam că poate te hotărăști brusc să vii acasă și nu ai de avion, de tren, de taxi...

Niciodată nu am detestat mai mult un tren și o gară. Am urcat în el chinuit și greoi, de parcă eram împins forțat pe scările unui eșafod de pe care urma să fiu trimis direct la moarte. De fapt, asta se și întâmpla: eu fără Irina nu trăiam, ci îmi târam zilele mecanic, fără să le găsesc niciun rost și niciun sens, fără să simt nimic în afara unei adânci deznădejdi, fără să mă bucur de nimic din ce mi-ar fi putut aduce în dar viața.

Irina m-a condus până în compartiment, iar când am îmbrățișat-o cu tristețe și disperare că o pierd din nou, i-am strecurat bilețelul în buzunarul paltonului, cu gândul că trebuie să o fac, fie ce-o fi. Ce-ar fi putut să se mai întâmple? Nu putea fi mai rău decât ceea ce trăiam deja: o pierdeam și urma să trăiesc departe de ea.

A coborât grăbită, parcă nepăsătoare și veselă, spunându-mi că nu poate rămâne să-mi facă din mână, fiindcă vecina ei se grăbește foarte tare să-și ia unul dintre copii de la părinți. Resemnat și cu sufletul plin de amărăciune, m-am așezat pe locul meu și am așteptat să plece trenul ca să pot plânge în voie. Mă simțeam sleit, lipsit de putere și de voința de a mai spera în minunea de a o avea din nou aproape. Și parcă tot ceea ce era mai bun în mine lăsasem în urmă. În compartiment, a intrat o doamnă în vârstă, iar eu, politicos, dar absent și mecanic, am ajutat-o să-și așeze bagajele. Încercam să mă gândesc la orice altceva, numai să nu mă mai doară plecarea de lângă ea. Dar nu-mi reușea.

Când trenul s-a pus în mișcare și a părăsit gara încet, i-am privit trist pe oamenii de pe peroane care își luau rămas-bun de la cei aflați în tren, pe care îi conduseseră la plecare. Niciunul nu părea la fel de trist și de singur ca mine. Niciunul nu avea atâta disperare în suflet, atâta deznădejde în ochi.

– E liber locul de lângă dumneavoastră? am auzit dintr-odată vocea cristalină și pusă pe șotii a Irinei.

Am tresărit, brusc, ca trezit dintr-un somn adânc, iar când am întors capul și am văzut-o stând în ușa compartimentului, mi s-au tăiat genunchii. Nu-mi venea să cred, nu putea fi adevărată o astfel de minune! Am întors privirea să mă conving că trenul este într-adevăr în mișcare și că ea nu mai putea coborî. Era atât de frumos, încât mi se părea că nu e adevărat că se întoarce în țară, că visez cum că e în același compartiment cu mine. Aș fi sărit să o îmbrățișez, să-i acopăr fața cu sărutări și să-i spun cât de mult o iubesc, dar, șocat, abia am reușit să mă ridic în picioare și să-i iau geanta grea de pe umăr. Apoi, încercând să-mi revin, i-am adus și restul bagajelor de pe hol, le-am înghesuit pe unde am putut și m-am așezat să-mi trag sufletul, privind-o cu uimire, fericit.

– Ești o nebună, i-am spus, abia șoptit, când s-a așezat lângă mine.

– N-aș fi ratat pentru nimic în lume să te văd călătorind cu trenul, mi-a răspuns, râzând copilărește, bucuroasă că a reușit să mă surprindă.

Apoi m-a luat de mână și, încet, și-a rezemat capul pe umărul meu. În sufletul meu se instala din nou pacea. Fericirea de a o simți lipită de mine apăruse iar și-mi umpluse la loc inima golită de gândul de a o fi lăsat în urmă, singură.

– Când ai făcut bagajele? Și cum le-ai adus în tren?

– Le-am făcut cât timp ai fost tu plecat pe afară să-ți calmezi nervii, când te-ai supărat că am luat doar un bilet de tren, a hohotit ea, încântată că mă păcălise. Apoi le-am dus repede la vecina mea. Sigur că ea le avea azi în portbagaj, de aceea nu a fost posibil să îți pui geanta în portbagaj.

– Femeile astea…

M-a topit cu inventivitatea asta a ei. Din nou! Reușise să mă uluiască și, în același timp, să mă facă fericit, așa cum se întâmplase mereu de când o cunoșteam. Așa cum eram mereu când se afla în preajma mea.

Trenul, detestat doar cu câteva minute în urmă, avea să-mi aducă amintiri minunate despre noi doi. Nu am fost obosit, nu am simțit că drumul e prea lung ori că bancheta pe care eram așezați devine incomodă. De fapt, nici nu știu când a trecut timpul. Lângă ea nu simțeam decât încântare. Am povestit, am râs, ne-am jucat, ne-am ținut de mână, ne-am uitat împreună pe fereastră admirând locurile pe care le străbăteam și am înghețat în gara din Budapesta, cât timp am așteptat să schimbăm trenul spre România. Era un ger năprasnic. Când ne-am urcat în trenul spre casă, Irina mi-a spus să rămân să am grijă de bagaje, că ea trebuie să coboare puțin înapoi pe peron. Am urmărit-o nedumerit de la geam cum a mers până la o bancă pe care dormea cineva, și-a dezbrăcat paltonul și, grijulie, l-a acoperit pe omul care dormea în frigul acela, precum își învelește o mamă pruncul. Apoi, zgribulită, a alergat spre tren și a venit înghețată în compartiment.

– Era un om al străzii? am întrebat-o cu blândețe.

Încercam să nu par impresionat de gestul ei. Dar eram din nou. Și uimit, și topit de bunătatea ei.

– Era un om care dormea în frig. Ce contează dacă era al străzii sau nu? Era un om al lui Dumnezeu, Robert. Atât.

– Așa faci mereu? Îți dai haina de pe tine?

Da, era în stare de asta, știam deja răspunsul. Pentru că-i știam sufletul.

– Dacă văd pe cineva care are mai multă nevoie de ea, da, o dau. Cu siguranță el avea mai multă nevoie ca mine de ea și era normal să i-o dau. Eu te am pe tine să mă încălzești și suntem și în tren, unde e adăpost, o temperatură plăcută și bine.

El era singur pe un peron înghețat ca un congelator și măturat de crivăț, fără nimic care să-l protejeze. Atât am putut, îmi pare rău că nu am avut cum să-i așez un acoperiș deasupra capului.

Mi-a zâmbit cu tristețe, dar și cu dulceața ei, de care nu mă mai săturam, apoi s-a așezat lângă mine, iar eu am cuprins-o cu brațele să o încălzesc. O adoram. Bunătatea ei era molipsitoare și învățasem multe de la ea, îi influența pozitiv pe oamenii care o cunoșteau și care vedeau în jurul lor, poate pentru prima oară, lucruri pe care altfel nici nu le-ar fi observat.

– Ia, zi-mi, de când n-ai mai fost cu trenul? m-a întrebat la un moment dat.

– Până să vin la tine, de foarte mult timp. Cred că eram copil. Înainte să-și cumpere ai mei mașina, mergeam destul de des cu trenul. Apoi nu a mai fost cazul. Cu părinții mei adoptivi se călătorea mai mult cu mașina sau avionul.

– Nu ai o poză cu părinții tăi?

– Am. Vrei să-i vezi?

– Da.

Mă mângâia faptul că vrea să știe detalii atât de intime despre părinții mei, despre viața mea. Am scos portofelul și am luat din buzunarul secret poza cu părinții mei. Erau ei doi și cu mine când aveam vârsta de un an. Irina a luat poza și a studiat-o.

– Ce frumoasă era mama ta!

Zâmbea în timp ce se uita la mine și sunt sigur că încerca să găsească asemănări cu trăsăturile mamei.

– Era, într-adevăr. Frumoasă, bună și blândă. A fost învățătoare, un dascăl adevărat, își iubea profesia, pentru care avea o adevărată vocație. Iar copiii țineau mult la ea. Când a murit, n-am fost singurul copil care a plâns după ea... Din păcate.

– Și tatăl tău?

– Tata? Eh, povestea lui de viață ar putea fi subiect de film. Nu am spus-o nimănui, nici măcar lui Matei. Dar într-o zi, când voi avea puterea să rememorez totul, poate îți povestesc ție. Ți-ar plăcea, sunt sigur.

– Ți-e dor de ei?

– Foarte dor.

Îmi era. Mi-ar fi plăcut să fi fost în viață, să le-o prezint pe Irina. Ar fi iubit-o, cum și ea i-ar fi îndrăgit pe amândoi.

Mi-a dat poza și a așteptat să o pun la loc în portofel, apoi m-a îmbrățișat.

– Cei care ne-au dat viață ne bat în piept, mi-a șoptit ușor. Inima noastră este bucată din inimile lor. Așadar, îi avem aproape. Când ne este dor de ei, ne putem asculta și mângâia inima. Iar prin sângele nostru curge sângele lor, așa că sunt mereu cu noi.

Pentru mine, amintirea lor era dureroasă, dar și plină de bucurie, în același timp. Irina avea dreptate: mama și tata îmi băteau în piept. Îi simțeam. Îmi curgeau prin vene, erau lângă mine, în mine, cu mine. De unde nu plecaseră niciodată. Mă însoțiseră și mă vegheaseră mereu, oriunde aș fi fost, orice-aș fi făcut. Mi-am înghițit și lacrimile, și cuvintele pe care i le-aș fi spus, deși aveam impresia că ei îi puteam spune orice. Pentru că înțelegea dincolo de cuvinte. Doar cât o iubeam nu puteam să-i spun...

– Matei unde știe că ai fost zilele acestea? m-a chestionat dintr-odată, curioasă, dar și ca să schimbe subiectul, văzându-mă tulburat de amintirea părinților mei.

– I-am spus că fac o ieșire cu o amică.

– Și nu a cerut detalii? a zâmbit ea, cumva enigmatic.

– Nu cere niciodată, mai ales despre femeile mele.

„Femeile mele", ce absurd suna! „Femeile mele" nu existau, exista doar ea, Irina. Era doar așa, un mod de a-i spune că nu sunt chiar un sfânt, instinctiv acoperindu-mi oarecum urmele care ar fi putut să ducă la ceea ce simțeam pentru ea.

– I-auzi! Dar tu îi ceri lui despre femeile lui?

Ei bine, da, aici se potrivea expresia perfect. Matei avusese mereu „femeile lui". Nenumărate, niciodată uitate, chiar și atunci când în viața lui se instalase relația specială cu Irina.

– Nu. Nu avem genul ăsta de raport. Dacă vreunul dintre noi vrea să povestească ceva, o face, dar nu suntem indiscreți și nici curioși.

Ceea ce chiar era adevărat. Singurul care se mai lăuda câteodată cu minunatele lui cuceriri era Matei, fără să-l întreb vreodată ceva. Însă, e drept, nu-mi punea niciodată întrebări despre relațiile mele, dar nu pentru că nu ar fi fost curios, ci pur și simplu pentru că nu-i păsa de ceea ce mi se întâmplă în raport cu femeile.

– Și dacă va afla că ai fost în Germania la mine?

– Nu fac din asta un secret. Matei va fi recunoscător că i te-am adus înapoi.

Abia când m-am auzit mi-am dat seama ce i-am spus și că eu exact asta făceam: i-o duceam înapoi lui Matei pe Irina. Nu discutaserăm nimic despre asta în tren, pe drumul de întoarcere, dar era practic la mintea cocoșului că așa va fi. Iar ea, când cumpărase biletul fără ca eu să știu ceva, decisese, convinsă de mine, să se întoarcă la el. Însă cum altfel aș fi putut să o am atât de aproape? Cum aș fi putut să o văd zilnic, să fiu lângă ea, iar ea să nu mai fie singură printre străini? Cum să o știu în siguranță, protejată și iubită?

Când încercasem să o conving să revină, îi vorbisem mereu despre iubirea lui Matei și despre o întoarcere a ei la Snagov, nu la ea acasă, la Brașov. Ea era a lui, oricum, și, chiar dacă nu ar mai fi fost, a mea nu putea să fie niciodată. Trebuia să accept asta și să mă bucur de singurul mod în care o puteam avea: în aceeași casă cu mine, dar ca iubită a fratelui meu. Iar în Germania, în timp ce eram convins că voi pleca singur, că ea nu se va întoarce și sufeream ca un câine, aș fi dat orice numai să revină, dispus fiind să-mi îngrop sentimentele în inimă, să tac și să îndur, numai să o știu fericită pe ea. Chiar dacă asta s-ar fi întâmplat doar în brațele lui Matei și cu prețul nefericirii mele.

Dar acum nu mai conta: Irina era lângă mine, își sprijinea capul pe umărul meu, venea din nou acasă. Iar eu o voi vedea zilnic, voi fi în preajma ei mereu, voi avea grijă de ea ca de o comoară, voi veghea să fie fericită, să nu mai fie singură, să nu mai sufere. Era bine.

Fără știrea ei, i-am trimis un mesaj lui Matei și i-am spus că o voi aduce pe Irina acasă. Voiam să mă asigur că nu era plecat și că nu s-ar fi întors de la vreo femeie prin patul căreia căuta consolare și aventură. Iar timpul petrecut cu Irina până la sosirea în București parcă s-a scurs într-o clipă, ultima parte a lui trecând în liniște, cu mine ținând-o strâns în brațe, iar ea stând cuminte cu fruntea rezemată de pieptul meu, parcă ascultându-mi inima plină de iubire și, dintr-odată, din nou învăluită în disperare. O iubeam și simțeam că parcă o pierdeam aducând-o aproape de mine...

În clipa în care am ajuns în curte și Irina a alergat în brațele lui Matei, am simțit că, în graba ei de a-l îmbrățișa, mi-a smuls inima din piept și fugea cu ea, târând-o prin peticele de iarbă, izbind-o de pietre, tăvălind-o din loc în loc prin zăpada înghețată. Nu puteam nici măcar să mă bucur pentru bucuria lui Matei. Da, fusesem fericit în Germania, îmi dorisem să o aduc din nou acasă. Pentru ea, pentru fericirea ei. Pentru siguranța și pentru confortul ei, pentru bucuria de a nu o mai ști singură printre străini. Mă sacrificasem din nou ca să-i fie ei bine. Pentru că știam cât de mult voi suferi iar văzând-o lângă Matei, știind-o în brațele lui. Dar nu mai conta. La Snagov, toată lumea era fericită de revenirea ei, iar Irina nu știa de cine să se bucure mai întâi. Cumva, cu prețul durerii mele, despre care habar nu avea, era din nou fericită. Îmi reușise și miracolul acesta.

Imediat cum am ajuns, chiar a doua zi, când Irina încă dormea epuizată după drumul lung cu trenul și emoțiile revederii cu toți cei dragi, fiind decis să mă asigur că Matei va avea grijă de ea, că nu o va mai dezamăgi și că se va purta ireproșabil, l-am abordat provocându-l la o discuție foarte serioasă. Iar fratele meu, fericit că Irina este din nou acasă și că totul va reintra în normal, mi-a promis că nu o va mai răni niciodată, asigurându-mă cu cerul și cu pământul că o iubește enorm, că e fericit și că nu va face nimic nelalocul lui care să o transforme într-o femeie nefericită, mulțumindu-mi că datorită mie fata pe care o iubește s-a întors la el și că i-am adus-o acasă.

Numai că, așa cum se întâmplă întotdeauna, trezindu-se și coborând spre bucătărie, Irina a auzit ceva frânturi din discuția noastră... apoi și-a schimbat dintr-odată comportamentul față de mine. Mi-a căzut tot cerul în cap. Încercam să înțeleg ce se întâmplase, așa că am căutat-o imediat să-i vorbesc și am găsit-o plângând în camera ei – care rămăsese neschimbată, așteptând-o să revină. Nu a vrut să mă asculte, mi-a spus că mă urăște și m-a amenințat că, dacă nu fac tot ce spune ea, va pleca, lăsându-l pe Matei să se sinucidă. Era plină de furie și avea ochii înroșiți de lacrimi. Am realizat atunci că auzise când i-am spus lui Matei că, dacă o mai face să sufere, nu-l voi mai ajuta, nu voi mai face nimic ca să i-o aduc înapoi și-l voi lăsa să se sinucidă. Și am înțeles de ce era atât de pornită: era convinsă că doar lui Matei i se datora vizita mea în Germania, că totul a fost un aranjament între mine și el. Și nu m-am mai mirat că e atât de supărată pe mine: credea că o mințisem când i-am spus că am venit din proprie inițiativă și că Matei nu știe nimic despre asta. Îi înțelegeam starea, era îndreptățită să mă acuze de manipulare și minciună.

M-am dus în camera mea spășit, gândindu-mă cum să o conving și să o fac din nou să zâmbească. Dar, la scurt timp, am văzut ușa dându-se de perete și pe Irina intrând ca o tornadă. Mi-a aruncat în față biletul pe care i-l strecurasem în buzunar când am urcat în tren. Tăiase „PE TINE“, textul meu, și scrisese dedesubt „PE MATEI!!!“.

– Irina, te rog să...

Degeaba o rugam, nu era dispusă să mă asculte.

– Taci. Nu ești cine credeam că ești.

Da, acum era convinsă că sunt un mincinos, un fals. Un nemernic care o păcălise.

– Îți vreau binele.

– Pe al meu? Ești sigur de asta?

Oh, da! Cât de sigur eram! Mai sigur de-atât nici că se putea. Eram dispus să mă las ucis pentru ea, atât de mult doream să fie fericită.

– Ce vrei să insinuezi? i-am răspuns în schimb, încercând să pricep ce e în mintea ei.

– Nimic. Nu știu ce vrei tu de fapt. Ce vrei să cred, ce vrei să știu și ce vrei să nu știu? Pentru că am impresia că între noi sunt lucruri nespuse. Oricât de apropiați am fost, noi nu am comunicat deschis niciodată.

Da, din nou avea dreptate. Între noi erau multe lucruri nespuse. Mai ales cel mai important dintre ele: că o iubesc. Dar cum să-i fi spus asta? Cum puteam să o fac? Cu ce drept să o tulbur, când ea fusese de la bun început iubita fratelui meu? Pentru ce să-i întorc viața pe dos când ea îl iubea pe Matei? Cui i-ar fi fost de folos asta?

– Ce-ai vrea să știi?

– Zi-mi tu ce ai vrea să știu. Pentru că sunt sigură că, dacă ți-aș pune eu întrebări, ai ezita să-mi spui adevărul.

Înnebuneam! Avea dreptate, iar eu nu găseam curajul s-o înfrunt, deși aș fi dat orice să-i spun tot adevărul. Să pot să o fac. M-am ridicat și m-am apropiat de ea, nu voiam ca imediat după întoarcerea ei, practic de a doua zi, să se ivească norii deasupra capetelor noastre. Și mai ales să coboare și să-i întunece ochii, pe care-i iubeam nespus de mult. Am vrut să o mângâi pe față, dar mi-a respins mâna.

– Te rog să nu mă atingi. De câte ori o faci, mă rănești.

Da, asta era: o răneam. Ăsta eram eu pentru ea, cineva care o rănește mereu, chiar și atunci când nu-i dorește decât binele... Cineva care-i face rău, care-i strică armonia pe care o trăia lângă Matei. Atunci trebuia să o fac până la capăt, ca nu cumva să știe că o iubesc și să-i tulbur fericirea.

– Atunci când am avut acele rătăciri, când, fără să vreau, ți-am dat de înțeles că aș avea pentru tine sentimente nefirești, am greșit. Au fost scăpări de moment... Oamenilor li se mai întâmplă să confunde lucrurile, înțelegi?

Dintr-odată, chipul i s-a înseninat. Parcă genele ei fluturate peste ochii verzi alungaseră doar într-o clipă norii. Însă mă privea dintr-odată de sus, ironic, ca pe cel mai mare mincinos pe care-l văzuse vreodată. Fără nicio urmă din furia aprigă de mai devreme.

– Te înțeleg perfect, Robert.

– Țin foarte mult la tine. Am găsit în tine ceva ce-mi lipsea. Tu nu?

Găsisem nu doar „ceva", ci totul în ea. Totul. Dar cum să-i spun asta?

– Ba da. Și eu am găsit în tine protecția părintească de care am nevoie. Cred că amândoi aveam nevoie de părinți și am confundat lucrurile. Prieteni? m-a întrebat, zâmbind.

– Până la sfârșit.

S-a întins și m-a pupat pe obraz, iar eu, cuprinzându-i fața între palme, am avut o clipă de rătăcire în care porneam să o sărut nebunește. Însă rațiunea m-a făcut să ezit, m-am oprit și, în schimb, doar am pupat-o părintește pe frunte. Ca pe un copil drag. Ca pe o soră. Ca pe o bună prietenă.

– Plec în camera mea, Robert. Vreau să mai dorm puțin.

Se liniștise, făcuserăm pace – chiar dacă încă nu mă credea, chiar dacă avea în continuare impresia că o mint, că nu-i spun adevărurile pe care le ascund.

– Somn ușor! Irina, crezi că mai este ceva de făcut? De îmbunătățit? Mă refer la relația noastră...

– Da. Să ne străduim să ne mințim mai bine. Să fim mai convingători, mi-a spus.

Apoi a închis ușa în urma ei, lăsându-mă perplex...

Timpul scurs de la întoarcerea Irinei trecuse cu repeziciune, iar Matei, nesigur, era din ce în ce mai posesiv cu ea. Plecarea și mutarea ei în Germania îl speriaseră atât de tare, încât era terorizat de ideea că ar putea să o piardă din nou și că, de data asta, Irina o să plece pentru totdeauna. Parcă înnebunise: o voia numai a lui și devenise extrem de gelos pe oricine o privea sau petrecea timp cu ea. Chiar și pe cei din casă era gelos, când îl apucau furiile.

Dependența Irinei de socializare și faptul că lui nu-i convenea asta a provocat nenumărate certuri. Încerca să o țină încuiată cu șapte lacăte și nu-i mai plăceau nici prietenii lui și nici prietenii ei, oameni de care aproape că nu o mai lăsa să se apropie. Era gelos fie și numai dacă o vedea că se comportă civilizat cu vreun bărbat și să ferească Dumnezeu să fi îndrăznit să stea de vorbă mai mult cu el sau să râdă la glumele lui, că se dezlănțuia iadul.

În timpul unei vacanțe în Grecia, orbit de gelozie, într-o ceartă furibundă, a bruscat-o, iar Irina, dezechilibrându-se, aproape că s-a înecat căzând de pe o stâncă. Degeaba a încercat Matei să-și pună cenușă în cap după aceea, Irina se simțea din ce în ce mai oprimată. Fratele meu s-a cumințit o perioadă, apoi crizele lui de gelozie au început din nou să-și arate colții, cu și mai multă înverșunare. Nici hainele pe care le purta ea nu-i mai erau pe plac, găsindu-le mereu indecente, deși nu avea niciun motiv să spună asta, ea nu s-ar fi îmbrăcat niciodată astfel.

Iar Irina, obosită și iritată, se plângea tot timpul de posesivitatea lui, de faptul că se simte sufocată și controlată. Și exact așa era: Matei scăpase frâiele și exagera în toate. Era clar că aveau nevoie de o pauză, iar ocazia potrivită s-a ivit atunci când Matei a trebuit să plece câteva săptămâni în America, la prietenul și partenerul nostru de afaceri.

– Vreau să fii umbra ei, mi-a spus turbat Matei înainte să plece. Să nu o scapi din ochi. Și să nu-i lipsească nimic. Asigură-te că are la dispoziție orice vrea, orice prostie, orice nebunie. Dar urmărește-o și ziua, și noaptea, fii atent dacă sună pe cineva, să știi mereu cine o caută, cât, ce și cu cine vorbește. Și chiar dacă visează cu ochii la stele, vreau să știu ce formă au și din ce constelație fac parte. Ai înțeles, Robert? Te rog!

Matei o luase razna. Chiar nu avea ce să-i reproșeze Irinei, nu exista niciun motiv să o suspecteze. Și oricum aș fi fost umbra ei. Dar nu ca să o spionez, conform indicațiilor primite, ci pentru că eu respiram doar în lumea ei. Îmi era atât de dragă și o iubeam cu o asemenea deznădejde, încât noaptea mă duceam pe furiș în camera ei să o privesc cum doarme, să mă satur privind-o. Atât. Să mă uit la chipul ei în lumina lunii care pătrundea prin fereastră și să am grijă de ea și când călătorește în lumea viselor. Iar ea habar nu avea. Intram tiptil pe întuneric, mă așezam pe fotoliul de lângă patul unde dormea liniștită, îi ascultam ritmul respirației și eram fericit.

Evident că mi-am imaginat de o mie de ori cum mă strecor lângă ea, cum o mângâi și cum facem dragoste. Visul nu era interzis, nu mi-l putea spulbera nimeni, îmi aparținea și nu trebuia să-i dau socoteală cuiva pentru el. Stăteam mai rău cu speranța că el s-ar putea preschimba în realitate. Eram sigur că Irina este doar dragostea mea dureroasă și neîmplinită, că așa va rămâne mereu. Dar mă mângâiam cu gândul că se-ntorsese acasă și că mă puteam bucura de prezența ei în fiecare zi – și, din când în când, noaptea, când mă furișam în dormitorul ei.

O iubeam. Tocmai de aceea, când o priveam, nu vedeam doar femeia din ea, ci tot ce însemna Irina întreagă, toată povestea. Retrăiam de zeci de ori emoțiile pe care mi le provoca, toate lucrurile pe care le învățasem de la ea, binele, lumina și căldura omenească pe care le răspândea în jur. Nu-mi puteam scoate din minte imaginea ei îmbrățișându-i pe copiii dintr-un orfelinat, unde merseserăm împreună în vizită să le ducem daruri, cum făceam și cu tata. Nu ținea cont că unii dintre ei erau murdari – îi strângea la piept de parcă ar fi fost pruncii ei. Sau cum îl învelise cu haina ei pe omul care dormea în Budapesta pe banca din gară. Ori cum îl pusese la punct pe proprietarul restaurantului care-l alungase de la masă pe un bătrân doar pentru că era cerșetor.

Irina era bucuria mea cea mai mare și chinul meu cel mai aprig. Totul gravita în jurul ei. Fericit când o știam fericită, mă cufundam în disperarea cea mai neagră când o vedeam înlăcrimată sau îi ghiceam sufletul greu. Nu-mi era ușor. Cu toată apropierea de ea, gândurile negre mă încolțeau uneori, mă simțeam singur și pustiit, parcă destinul meu era să fiu mereu ca o frunză în bătaia vântului, fără cineva al meu, fără cei dragi, fără femeia iubită. Îmi doream să fiu cu ea și, în același timp, să fug de ea, să încerc să o uit, să-mi găsesc liniștea lângă cineva, oricine, dar să nu mă mai doară. Astfel că, aproape de finalul perioadei când Matei era plecat, am încercat din nou să o alung din gândurile mele, să mă înstrăinez de ea.

Paradoxal, însă, m-am bucurat enorm de perioada în care Matei a fost plecat. Parcă se întorseseră toate zilele senine de altădată, când Irina, într-un fel, era doar a mea. Ziua rezolvam problemele celor două firme pe care le aveam, câteodată mai plecam de la birou într-o pauză ca să o scot la masa de prânz în oraș sau să mai rezolvăm diverse treburi administrative: cumpărături, vizite la stomatolog ori la medic, ba chiar să mergem și la o cafea cu prietenii. Iar serile stăteam întotdeauna cu ea, i le dedicam întotdeauna și îi aparțineau în totalitate. Mă regăseam în lumea ei simplă, minunată și atrăgătoare, croită exact după calapodul lumii mele. În vreme ce alte femei de vârsta ei aveau preocupări frivole și alergau după distracții prin cluburi, Irinei îi plăcea să stea acasă, în familie, să se uite la filme, să asculte muzică, să citească și să gătească. Oli ne stătea mereu alături și, în sfârșit, avea și ea răgaz să se îngrijească de sănătate, să se bucure de o cină, de un film, de povești spuse pe îndelete. De când se mutase la noi, Irina o ajuta și o menaja foarte mult, nu o trata ca pe un angajat bun de hămălit, care trebuie să-i fie la dispoziție și să-i aducă totul la pat, ca unei prințese răsfățate. Ci cu dragoste și respect, ca pe o mamă.

– E atât de harnică și de bună fata asta! spunea Oli mereu. Suntem niște norocoși că o avem. Iar pentru mine este o adevărată minune, nu știu ce m-aș fi făcut fără ea.

Credeam că perioada de pauză va fi benefică pentru Irina și Matei, însă nu a fost așa. Chiar și după întoarcerea lui din America, se certau din ce în ce mai des. Ea era nemulțumită de faptul că el nu o lasă să fie independentă, să aibă un job, să fie independentă financiar. Iar el nu o lăsa să facă ceea ce-și dorea, doar din gelozie și dintr-o fixație de a o controla, nu neapărat din convingerea că femeia trebuie să stea acasă. Iar Irina nu se putea adapta „lumii noastre de risipă și indiferență față de cei care nu au". Ne ținea lecții de morală despre cum se trăiește cu puțin în lumea „normală", reproșându-ne că suntem rupți de realitate și „îmbuibați". Ceea ce, pe undeva, era destul de adevărat, chiar dacă, spre deosebire de alte familii prospere, ne dovedeam echilibrați și cu bună-cuviință.

Întoarcerea lui Matei acasă, așa cum era de așteptat, mi-a răpit-o pe Irina. Serile le petreceau acum împreună, ieșeau în oraș, iar eu eram din ce în ce mai singur, fără puterea de a-mi căuta un rost care să nu o cuprindă și pe ea, debusolat, mereu căzut pe gânduri, suferind și deznădăjduit. Chiar și ea îmi părea a fi mai distantă cu mine. Aveam impresia că se îndepărtează, că o pierd cu fiecare zi ce trece, că era rece, că avea o viață din care mă dăduse la o parte, că mă evita cu nepăsare. Că mă uita. Suferеam enorm, nu aveam pace, îmi era foarte dor de ea, de zilele în care făceam totul împreună, de serile liniștite, de prânzurile noastre vesele între patru ochi, de proiectele legate de copiii instituționalizați și chiar de banalele noastre liste de aprovizionare, cumpărături pe care le făceam împreună la supermarket.

Într-o noapte în care ea s-a culcat în dormitorul ei, și nu cu Matei, m-am strecurat din nou în cameră, numai ca să o privesc dormind și să-mi umplu sufletul cu imaginea ei senină din timpul somnului. Am stat câteva minute pe fotoliu și mi-am plâns neputința de a o avea, de a fi cu ea și de a trăi împreună după placul inimii, fără să rănim pe nimeni, fără să-i dăm socoteală cuiva. Devenea din ce în ce mai greu de suportat să o iubesc atât de mult, însă pe ascuns, în tăcere, fără de speranță.

La un moment dat, s-a trezit, s-a întors cu fața spre mine și m-a văzut. S-a speriat, cum era și firesc. Am încercat să o liniștesc, să înțeleagă că nu făceam nimic rău.

– Iartă-mă, nu am vrut să te sperii, i-am spus încet.

– Ce faci aici?

– Ştiai că plângi şi strigi în somn?

Căutam o scuză, nu voiam să-i par un ciudat, cu un comportament aberant şi bizar. Dar parcă nici nu-mi venea la îndemână să o mint, mi se părea a fi deja târziu pentru asta. Până la urmă, eram convins că ştie ce simt pentru ea, îmi dăduse destule semnale că înţelesese.

– Da, când am coşmaruri. Vrei să spui că am ţipat de m-ai auzit din camera ta?

– Nu.

– Atunci? m-a întrebat nedumerită, încercând să-şi linişteasca probabil spaima pe care o trăise când văzuse o siluetă urmărind-o din întunericul camerei.

– Fă nani.

Ce să-i spun? Adevărul e că nu mai puteam suporta să o iubesc fără speranţă, că nu mai puteam fi eu în lipsa ei şi că suferam îngrozitor, oricât îmi propusesem să lupt şi să-mi sacrific sentimentele pentru liniştea şi fericirea ei. N-am bănuit însă că se va trezi, pentru că nu-mi doream să o sperii sau să o tulbur.

– Robert, e ciudat ce faci.

– De ce?

– Nu ştiu. E prima dată când faci asta?

– Nu.

– Mă sperii. De ce faci asta?

– Nu ştiu.

Ba da, ştiam prea bine. Voiam doar să o privesc, să-mi umplu sufletul de ea, să simt că fac parte cel puţin aşa din nopţile ei, din somnul ei. Voiam să o veghez, să-i ocrotesc visele, să simt măcar în felul acesta, poate straniu pentru ea, că este a mea.

– Dacă vine Matei şi te găseşte aici?

A vrut să aprindă veioza de lângă pat, dar m-am ridicat imediat şi am prins-o de mână. S-a pus la loc pe pernă, iar eu m-am aşezat înapoi pe fotoliu. Avea dreptate: eram atât de obsedat de ea, încât devenisem inconștient. Matei putea oricând să mă surprindă în camera Irinei dacă, din întâmplare, s-ar fi trezit.

– De acum înainte o să mă încui pe dinăuntru, a mai spus.

– Te ajută la ceva?

– Da. Să nu mă mai trezesc cu musafiri în toiul nopții.

– Aha. Te ajută cumva și să mă ții la distanță?

Nu, nu-mi scăpase porumbelul. I-o spusesem conștient de toate implicațiile. Pentru că nu puteam să o mint. Să mă mai mint. Și pentru că totul trebuia să ia sfârșit, într-un fel sau altul.

– Poftim? Robert...

– Taci. Culcă-te.

Nu aveam habar ce era în sufletul ei, nu voiam să-i fac rău. Poate că mă grăbisem. Poate că, odată ce scosesem pe gură cuvinte născute din furia sentimentelor care-mi inundau sufletul, îmi dădusem seama că nu aceasta e calea.

– Te porți ciudat. Ce ai?

– Te rog să taci și să dormi. După ce adormi, voi pleca. Îți promit.

Dacă puteam, dacă mă țineau picioarele, dacă inima mea accepta să o facă în liniște, ca și cum nimic nu s-ar fi întâmplat. Dacă luam o decizie prin care să o scot cu adevărat, pentru totdeauna, din sufletul meu, atât de chinuit de propriile sentimente.

Irina, ascultătoare, mi-a întors spatele și s-a ascuns sub plapuma mare și pufoasă. A stat liniștită preț de câteva minute, dar nu știam dacă adormise sau nu. La un moment dat, habar n-aveam cât timp trecuse, s-a ridicat foarte încet, ca o umbră diafană, și a venit lângă mine. S-a așezat pe covor în fața mea, iar eu mi-am ținut capul aplecat, ca nu cumva să vadă, chiar și în întuneric, că plângeam. Dar a observat. Fața mea era inundată de lacrimi, a căror curgere năvalnică nu mai reușeam să o stăvilesc ca altădată.

– Ce se întâmplă cu tine?

M-a întrebat încet, blând, șoptind fiecare cuvânt cu o voce caldă, plină de înțelegere. Și, parcă, de iubire... Sau cel puțin așa am perceput-o eu.

Mi-a atins mâna de pe marginea fotoliului, iar asta a fost pentru mine ca un semnal care m-a electrizat și mi-a trimis în tot corpul mii de fiori. Am prins-o cu putere de mâini, am ridicat-o și am tras-o în brațele mele. Purta o cămașă de noapte scurtă și mirosea minunat, parfumul ei mă amețise și simțeam că mă pierd, că nu mă mai pot controla. Părul ei mătăsos îmi acoperise brațul și cu greu mă stăpâneam să nu o mângâi. Frumusețea ei și a clipei pe care o trăiam, un amestec de iubire infinită și disperare, mă făcuseră să simt că plutesc, că mă pierd în ea și că e una cu mine, că suntem o singură ființă. Că am redevenit acel întreg pe care-l năzuisem neștiut întreaga mea viață și conștientizat exact din clipa când ochii ni s-au întâlnit pentru prima dată.

– Robert...

I-am pus mâna pe buze, dându-i de înțeles că voiam să tacă. În clipele acelea, cuvintele cu adevărat erau de prisos. M-a îmbrățișat la rândul ei, timid, dar eu o strângeam din ce în ce mai tare la piept, de parcă aș fi vrut să mă topesc în ea, să redevenim acel TOT, acea ființă perfectă care se desprinsese la începutul omenirii din univers. Simțeam nevoia să o iubesc. Nu să o posed, ci să o iubesc. Să o aduc înapoi în mine, la mine, de acolo de unde plecase cu milioane de ani în urmă, când Dumnezeu ne croise să fim doi, dar să ne căutăm și să ne reunim perfect în unul singur. Am început să o mângâi blând pe spate – stătea cuminte cu capul rezemat pe umărul meu. M-am jucat cu părul ei, iar ea și-a lipit obrazul de fruntea mea și s-a relaxat, primindu-mi mângâierile într-un abandon total. Pluteam! Supunerea ei m-a făcut să o strâng și să o mângâi din ce în ce mai apăsat, cu puterea pe care ți-o dă o dorință unică, o iubire completă, totală. Tremuram amândoi de frică și de dorință.

– Spune-o..., i-am zis în șoaptă.

Simțeam că mă iubește, dar, în același timp, aveam atâta nevoie să-mi spună asta! Era minunea de care mă agățam, pe care o visam în clipele mele de nebunie totală. Venise momentul pe care nici măcar nu avusesem curajul să îl aștept, fără de care, acum, simțeam că voi muri.

– Ce să spun?

– Spune-o, Irina, te rog...

Mă iubea și ea, dar trebuia să mi-o spună, aveam nevoie de asta ca de aer, ca de speranța aceea a unui muribund care vrea o asigurare că Raiul și o întreagă lume există dincolo de moarte și că nu e totul pierdut.

– Robert, aș vrea să nu te mai văd singur. Vreau să te îndrăgostești și tu, să te văd fericit lângă o femeie.

M-am prăbușit. Era totul pierdut. Eram doar nebun. Asta era TOT, nimic altceva. Nu mai știam ce fior simțisem venind dinspre ea către mine, poate că doar fantezia primise un semnal. Speranța nu exista, exista doar disperarea mea. Exista doar o închipuire febrilă, alintată de mintea mea și ajutată să crească aberant și nerealist.

Cuvintele ei au fost ca un duș rece pentru mine. M-am ridicat brusc, cu tot cu ea, și am așezat-o încet pe pat, ca pe o povară pe care nu mai aveam forța să o duc nici în brațe, cu atât mai puțin în suflet. Pentru ea totul era un simplu joc, unul asemănător cu acele ironii pe care mi le arunca mereu când era supărată pe mine, numai ca să mă necăjească.

– Tu ești sinceră numai când dormi. Atât! i-am spus amar, cu inima înghețată ca după o baie în copca unui lac aflat în bătaia crivățului.

Apoi am ieșit din cameră.

„Ce tâmpit sunt! Doamne, ce-a fost în mintea mea?! Doar mi-am promis că nu o voi mai iubi, că mă voi depărta de ea, că-mi voi înfrâna toate sentimentele! Și, când colo, ce-am făcut? Cum am putut să-i cer să-mi mărturisească iubirea? De fapt, care iubire? Irina îl iubește pe Matei, iar restul există doar în mintea mea. Că ar putea să fie îndrăgostită de mine e doar o închipuire, ea nu simte nimic pentru mine, doar se joacă. Flirtează cu mine, se amuză, sunt util numai când se plictisește, sunt fratele iubitului ei, atât. Și o jucărie care-i stimulează curiozitatea. Sau, cine știe, poate că este puțin atrasă de mine, dar nimic mai mult. În niciun caz nu mă iubește. Ce-am sperat oare? Și ce-ar fi putut să-mi spună, cum să mi se destăinuie? Poate doar ca să-mi spună ce simte pentru iubitul ei, în niciun caz pentru mine."

M-am așezat pe fotoliul din camera mea să-mi revin. Îmi venea să urlu de ciudă. Și îmi era necaz pe mine, pe inconștiența mea, pe ceea ce în străfundurile sufletului speram aberant, fără nicio logică, dincolo de rațiune. Nu mai puteam să dorm, sufeream din nou, mă durea tot corpul, care țipa după ea, după iubirea pe care nu o va simți niciodată pentru mine. De fapt, din ziua când Matei și-a pus în cap să o cucerească și-i reușise, sufeream necontenit. De când deveniseră o pereche, iar eu eram doar cineva din familie, băiatul bun la toate și-atât, din când în când o manta de vreme rea. Sau șoferul care o ducea unde avea nevoie, sclavul care-i stătea la dispoziție Prințesei, prietenul care o consola când Matei o făcea să sufere. Nimic nu doare mai tare decât neiubirea.

Dintr-odată, am văzut-o intrând în camera mea. Am închis ochii. Nu voiam să o mai privesc, să-i mai văd ochii aceia de dragul cărora eram sfâșiat pe dinăuntru, părul acela în care visam să mă înfășor ca în cel mai prețios veșmânt. Nu voiam milă, nu voiam jocurile și ironiile ei, chiar dacă-mi meritam soarta.

Am simțit-o apropiindu-se de mine, dar am rămas cu ochii închiși. Mă rugam să mi se închidă și inima. Și-atât. Să nu mai știu de ea, să mă lovească brusc o amnezie. S-a așezat din nou jos, în fața fotoliului pe care zăceam, cum făcuse mai devreme în camera ei.

– De ce nu mă privești? mi-a șoptit blând, ucigându-mă iar și iar numai la auzul vocii ei.

– Pleacă.

Și am continuat în mintea mea: „Pleacă, nu ți-e de-ajuns ce mi-ai făcut? Pleacă departe de mine, nu mă mai ispiti, nu mă mai schingiui. Accept, uite: fie-ți milă măcar. Și pleacă..."

Am simțit că mi-atinge încet, cu degetele ei lungi, delicate și pe care eram topit să le simt sub palmele mele, mâna pe care o sprijineam pe brațul fotoliului. M-a mângâiat câteva clipe, iar eu, cu încăpățânare, strângeam lemnul cotierei din ce în ce mai tare. Ca și cum aveam nevoie să mă ancorez puternic, să nu mă ia din nou valul iubirii și să mă scufunde, să nu-mi pierd mințile și să o iau din nou în brațe, uitând care-mi este locul. Probabil că a simțit încordarea și lupta mea cu mine însumi și, la un moment dat, buzele ei mi-au atins dosul palmei. Încet, cu grijă, de parcă i-ar fi fost frică să nu mă rănească cu sărutările ei. Apoi și-a lipit ușor buzele fierbinți și moi, ca atingerea unui puf din aripa unui înger, pe fiecare dintre degetele mele... Eram în Rai și în Iad deopotrivă, nu mai știam ce-i cu mine, dacă mă doare sau sunt iar în al nouălea cer.

– Dacă nu o spun, nu înseamnă că nu simt, mi-a susurat apoi încet. Însă sunt lucruri pe care e mai bine să le încui în adâncul sufletului, să arunci cheia, să le ții prizoniere și să nu le mai dai drumul de-acolo niciodată.

Mi-a spus totul abia rostit, ca și cum fiecare cuvânt pe care-l șoptea era destinat să sape o rană adâncă în noi, și-atunci trebuia să o facă ușor, cu multă grijă, în așa fel încât leziunile să se închidă cândva, să producă foarte puține daune.

Parcă eram paralizat, imobilizat de o vrajă îngrozitoare, care nu-mi dădea voie să schițez nici cel mai mărunt gest. Nici măcar ochii nu i-am putut deschide până când nu am auzit-o închizând ușa în urma ei. Eram răvășit, confuz, năucit. Da, noaptea aceea fusese cumplită, plină de atât de multe înțelesuri! Mai multe chiar decât puteam suporta.

Pentru că am adormit, chinuit și măcinat de gânduri, abia în zori, m-am trezit mai târziu decât de obicei. M-au deșteptat vocile celor din casă, care vorbeau și râdeau în living, fără măcar să bănuiască drama pe care o trăiam.

Am bătut la ușa Irinei, dar nu mi-a răspuns. Nici nu știam ce vreau de fapt de la ea și ce-aș fi putut să-i spun. Simțeam nevoia, salutând-o, să mă asigur că măcar ea este bine în urma celor întâmplate între noi și să văd ce s-a schimbat în felul în care mă privește. Am deschis încet și am băgat capul după ușă, să văd dacă este în cameră sau în baie. Nu era. I-am zărit în schimb jurnalul, odihnindu-se riscant, la vedere, în fotoliul pe care în urmă cu câteva ore stătuserăm amândoi. Și atunci am intrat furișându-mă ca de obicei, cu teama de a nu fi surprins. Trebuia să aflu dacă scrisese ceva despre noaptea trecută, poate aveam să găsesc un răspuns care să mă liniștească deplin, poate cheia relației dintre noi era deja acolo și mă aștepta, să-și facă datoria și să mă elibereze.

Doamne, te implor, ajută-l să mă uite. Adu-i în viață o femeie minunată, care să-l facă fericit. Iar dacă eu sunt o piedică în calea fericirii lui, îndepărtează-mă de el. Îl iubesc!

Asta scrisese în jurnal...

Am lăsat încet caietul din mână și am înțeles – oare pentru a câta oară? – că trebuia să-mi văd de viața mea și numai a mea, să nu mai trăiesc viața și povestea ei. Nu mă voia pentru ea, era clar. Își dorea în schimb pentru mine, cu generozitate, fericirea. Dar una departe de ea, în brațele altei femei. Nu putea fi mai clar de-atât, ce răspuns și ce eliberare mai bună ca asta voiam?

Oricât aș fi fost de trist, am înțeles adevărul și am decis să-mi dau o șansă să fiu iubit de cineva ca mine, de o femeie care mă voia pe mine, al căreia puteam fi și care dorea și putea fi a mea cu adevărat. Cu siguranță, Irina nu mă iubea așa cum credeam eu, dacă implora să mă știe iubind pe alta și iubit la rândul meu de ea. Probabil își dorea pentru mine exact ceea ce ea nu putea să-mi ofere: iubire și fericire. Da, era un răspuns onest la toate gândurile mele, la noaptea de coșmar pe care o trăisem, la frământările care-mi bulversaseră întreaga existență de când o întâlnisem, de când își începuse relația cu Matei. Totul era adevărat: trebuia să-mi continui viața, trebuia să-mi iau gândul de la ea și să mi-o smulg din inimă cu forța, brusc, dacă nu mergea să mi-o scot din suflet încetul cu încetul, sigur și pentru totdeauna.

Și, așa cum se întâmplă mereu în viață, orbit de Irina și de sentimentele mele profunde pentru ea, uitasem că exista o femeie care părea a mă iubi, cu care îmi puteam construi o relație frumoasă și căreia nu-i dădusem nicio șansă, comportându-mă cu ea rece și ținând-o la distanță. În ziua aceea, am sunat-o. O chema Lavinia, era o fată frumoasă, inteligentă și care nu-mi displăcea. Mă vizitase cu câteva zile în urmă la birou, așa că am întrebat-o dacă vrea să ne vedem seara. A acceptat bucuroasă, uimită de pasul neașteptat pe care-l făceam înspre ea. Am mers amândoi la un restaurant, apoi ne-am plimbat până după miezul nopții. Fusese o seară în care încercasem din răsputeri să mă liniștesc, să mă conving că fac ceea ce trebuie, iar Lavinia s-a purtat cu mine extrem de blând și de frumos, parcă știind ceva despre lupta care se dădea în sufletul meu. I-am propus cu delicatețe să vină la mine acasă, să mai stăm de vorbă și a acceptat bucuroasă, mai ales că simțisem că mă place foarte mult, ba chiar că se îndrăgostise oarecum de mine. Dar, în ascuns, voiam cu tot dinadinsul să îndeplinesc ruga Irinei, să o pun față în față cu dorința ei, devenită realitate, de a mă vedea cu o femeie. Era momentul să-i dau ocazia să fie mulțumită, să vadă că sunt ascultător și fac tot ceea ce trebuie ca să fie ea liniștită și să se poată bucura în pace de iubirea cu Matei.

Am ajuns la Snagov foarte târziu și nu știam dacă doarme sau nu, dar nu conta, oricum avea să o vadă pe Lavinia dimineața, la micul dejun. Și va fi în sfârșit mulțumită că am intrat și eu în rândul lumii, că am o relație suficient de serioasă încât să-mi aduc iubita acasă, în familie. Numai că, atunci când am intrat în living, Irina era așezată pe una dintre canapele, se uita la televizor.

– Bună seara, duceso, i-am spus, apropiindu-mă de ea. Ți-o prezint pe Lavinia.

Îi urmăream cu atenție reacțiile, voiam să aflu din privirea ei, din tonul și din gesturile ei dacă e luată prin surprindere și, mai ales, dacă e mulțumită că rugămintea din jurnal i-a fost atât de repede ascultată.

– Irina, s-a prezentat ea, întinzându-i mâna Laviniei, care o privea zâmbind cu drăgălășenie și plină de amabilitate. Scuze că nu mă ridic, dar sunt în ținută de somn. Nu mă așteptam la musafiri în toiul nopții.

Irina era iritată și nervoasă. Din atitudinea ei, îmi era foarte clar că n-o simpatizează deloc pe femeia cu care venisem acasă. În ciuda diplomației, pe care i-o admirasem mereu, Irina era antipatică de-a dreptul și nici că-i păsa dacă-i lasă o impresie urâtă musafirei mele.

– Mă bucur să te cunosc. Robert mi-a vorbit atât de mult despre tine! a gângurit iar Lavinia, încercând din răsputeri să-i intre Irinei pe sub piele.

– Iartă-l. Să știi că e un bărbat cult, dar uneori e plictisitor, i-a retezat-o scurt invitatei mele.

În timp ce Irina începuse un duel nevăzut cu Lavinia, care era total nepregătită pentru un astfel de atac, am văzut că pe insula din bucătărie era un vas de yena plin cu tiramisu și am realizat, cuprins de o duioșie surprinzătoare în situația confuză în care mă aflam, că îl făcuse special pentru mine, știind cât de mult îmi place. „Eu lipsesc toată ziua, nu-i dau niciun semn de viață, iar ea mă așteaptă la ora asta cu tiramisu. Și eu vin cu o femeie de mână..."

Irina mă bulversa în continuare, mă făcea să nu mai fiu sigur de nimic, de niciuna dintre acțiunile mele, îmi întorcea inima pe dos și apoi mi-o așeza blând iar la locul ei, ca și cum nimic nu s-ar fi întâmplat.

– Într-adevăr, ești frumoasă. Mi-a povestit Robert că ești minunată, a spus, din nou emoționată, Lavinia, încercând o conversație cu Irina, care, ca niciodată, nu era prea ospitalieră.

– Și tu crezi tot ce spun bărbații? Ai grijă. Sau tu ești obișnuită cu pasagerii, nu? Am auzit că ești stewardesă, a replicat ea acid, cu un ton atât de răutăcios, încât aproape că m-a lăsat cu gura căscată.

Lavinia a privit-o puțin încurcată, iar eu i-am zâmbit dezaprobator. Irina își dădea toată silința să fie rea și, trebuie să recunosc, până acum îi ieșise de minune. Se năpustise pur și simplu asupra Laviniei, care nu încerca decât să fie drăguță cu ea, complimentând-o și zâmbindu-i emoționată și cu sinceritate. Nu o recunoșteam, nu era Irina pe care o știam eu, cea mereu bună cu oricine ne călca pragul, o gazdă perfectă de fiecare dată și cu oricare musafir.

– Hai să mergem sus. Se pare că am prins-o pe prințesă într-o toană de-a ei! am încercat eu să evit un conflict ce părea imposibil de ținut sub control. Am uitat să-ți spun că, pe cât e de frumoasă, pe atât poate fi de imposibilă.

– Mi-ar fi plăcut să mai stau de vorba cu Irina, a zis dulce Lavinia, continuând cu insistență să se facă plăcută.

– O să vorbim altă dată. Nu e o oră potrivită pentru conversații. În plus, Robert e disperat, e cam de multă vreme singur. Glumesc. Noapte bună!

– Noapte bună, i-a spus Lavinia, urmându-mă spre camera mea, cam dezamăgită de primirea făcută de către doamna casei.

Irina era geloasă, îmi era cât se poate de clar, altfel nu se putea explica purtarea ei total aiurea cu un om care nu-i greșise cu nimic. Iar mie nu numai că îmi plăcea asta, dar parcă mă mângâia pentru tot chinul îndurat când îmi respinsese iubirea și când, în jurnal, în mare taină, se ruga să scape de mine, sperând să-mi găsesc o femeie ca să poată să se elibereze de mine și de iubirea mea, care stătea în calea fericirii ei cu Matei.

– Îmi cer scuze pentru Irina. Nu se poartă așa de obicei, i-am spus Laviniei când am ajuns în dormitorul meu.

– Nu-i nimic. E OK, mi-a răspuns ea înțelegătoare.

– E o fată de milioane, dar cred că s-a certat cu Matei sau ceva, nu știu.

Ce-aș fi putut să-i spun? Nu aveam alt argument pentru felul în care o întâmpinase Irina. Și nu era nicidecum vina ei că nu o plăcuse. Poate că, dacă s-ar fi cunoscut în alte împrejurări, când Irina ar fi avut o altă stare, ar fi devenit chiar prietene, cine știe?...

Lavinia a făcut un duș și m-a așteptat apoi în pat. Am îmbrățișat-o și am mângâiat-o, dar nu puteam face dragoste cu ea, îmi era imposibil. Nu sub același acoperiș cu Irina, nu simțind ce simțeam pentru ființa care-mi ocupase sufletul și care era pentru mine, chiar și fără vrerea ei, cea mai importantă femeie din lume. Ne-am uitat puțin la televizor, apoi eu am făcut un duș. Când am revenit, fata adormise. Avusese o zi grea, iar plimbarea noastră pe jos fusese una destul de lungă.

Am ieșit încet din dormitor și am coborât în living, să văd dacă Irina mai este acolo. Adormise pe canapea cu televizorul aprins. Fără să mă gândesc de două ori înainte, m-am așezat lângă ea, îmbrățișând-o și înghesuind-o sub pătura cu care se acoperise.

– Gata noaptea nebună? m-a întrebat ea în șoaptă, fără să deschidă ochii.

– Da.

– Și musafira?

– Doarme.

– Ai obosit-o rău?

Întrebările ei îmi transmiteau clar un mesaj pe care altfel nu-l rostise: „Ai făcut dragoste cu ea?“

– Era obosită din oraș. Am umblat foarte mult.

Încercam să-i răspund în același fel în care îmi pusese întrebarea, dar îmi doream să înțeleagă că „Nu, nu am făcut dragoste cu ea“.

– De ce nu dormi cu ea?

– Tu de ce nu dormi cu Matei?

– Of, ești imposibil!

– Imposibil fără tine.

Asta era adevărul, oricât încercam să-l anihilez. Fără ea, nu mai eram eu. Și nici măcar eu nu mă plăceam, nu-l plăceam deloc pe Robert fără Irina în suflet. Fără ea, nu puteam fi nici fericit și nici nu puteam iubi o altă femeie, pentru că inimii nu-i poți da niciun ordin, ea își are propriile legi după care se guvernează și nimic pe lume nu poate interveni în felul în care-și conduce sentimentele. Nici măcar voința noastră nu are puterea să schimbe ceva.

– Știu că te-ai obișnuit cu mine, dar în dormitor nu te pot însoți atunci când ești cu vreuna, mi-a spus încet Irina, fără să-mi respingă îmbrățișarea.

– Nu ai încotro. Ești în mine tot timpul.

Și era adevărat. Nu o puteam scoate din sufletul meu, pentru că acolo era casa ei. Așa o iubeam. Și nu făcusem niciun efort pentru asta, pur și simplu dragostea pentru ea se născuse și crescuse în mine, ocupându-mă abuziv, pe de-a-ntregul. Iar încercările de a o uita erau inutile. Cum să te uiți tocmai pe tine, cu tot ce ai mai bun în tine?

– Pfui, ești culmea! Taci, te rog! Într-o zi, o să fug atât de departe, încât n-o să mă mai găsești.

Mi-a întors spatele, chipurile îmbufnată, iar eu am îmbrățișat-o fericit să fiu iar lângă ea, ținând-o lipită de mine și uitând de toată durerea. Am adormit amândoi cu pacea coborâtă în inimi, iar spre dimineață am urcat în camera mea, înainte să se trezească toată lumea. Parcă-mi revenise inima la loc, parcă eram pregătit iar să înfrunt toate greutățile. Lângă ea, totul părea atât de simplu!

Singura persoană care știa că o iubesc pe Irina era Doamna. Când îi mărturisisem dragostea pe care o simțeam pentru iubita lui Matei, nu mă judecase și rămăsesem cu sentimentul că m-a înțeles. Într-o seară, m-a sunat, cum făcea adesea și cum o făceam și eu mereu, și m-a întrebat dacă nu-mi este dor de ea. I-am spus că o voi vizita cu bucurie, am stabilit o zi și o oră anume și m-a rugat să o iau și pe Irina cu mine. Știam că o place.

– Sper că nu mă dați de gol în vreun fel...

– Nu fi copil, tinere. Mai bine mor decât să-ți aduc vreun prejudiciu, mi-a spus Doamna și am simțit-o prin telefon cum zâmbește, contrariată de o asemenea idee năstrușnică.

I-am spus Irinei că vreau să o vizitez pe Doamna și am întrebat-o dacă i-ar plăcea să vină cu mine. Fiind încântată de idee, ne-am pregătit de vizită și am mers împreună într-o seară, după cină.

Doamna, ca o adevărată stăpână a casei și ca o lady veritabilă ce era, ne aștepta în salonașul ei intim și plin de amintiri, îmbrăcată elegant, iar pe măsuța cochetă stăteau aranjate fursecuri proaspete și un ceainic din porțelan fin, plin cu o licoare aromată, fină și savuroasă, din plante amestecate. Iar Irina, așa cum învățasem deja despre ea și care nu putea merge niciodată într-o vizită cu mâna goală, i-a dus în dar Doamnei o cremă „magică“ de mâini.

– Crema asta face minuni, a rostit Irina entuziasmată, scoțându-i Doamnei o mănușă, punându-și apoi puțină cremă în palme și masându-i cu delicatețe pielea. Eu o folosesc noaptea, înainte de culcare, și o ador. Este atât de plăcută și are un parfum sublim!

Era o atmosferă caldă și senină în micuțul budoar al Doamnei Polixenia, o atmosferă familiară mie și pe care o iubeam dintotdeauna. Iar Doamna mi-a zâmbit încântată peste măsură de gestul drăgălaș al Irinei, care îi masa acum și cealaltă mână.

Am stat puțin de vorbă despre generalități și lucruri drăguțe, dar lipsite de importanță. La insistențele ei, am degustat fursecurile și-am sorbit din ceaiul divin preparat, aprinzându-i cochetei mele Doamne eterna țigară de protocol, pe care încă o fuma pe ascuns, fără știrea nimănui altcuiva din familie. Numai că, surprinzător, la un moment dat, mi-a aruncat acea privire pe care o cunoșteam pe de rost: îmi transmitea că trebuie să dispar pentru o vreme. M-am scuzat că merg să stau puțin de vorbă cu mama și le-am lăsat singure, nedumerit că Doamna își dorise, se pare, o întrevedere privată și cât se poate de discretă cu Irina.

Însă, după ce am lăsat să se scurgă suficient timp în care să le las să vorbească în liniște, am revenit și le-am găsit plânse pe amândouă.

– Sunteți bine?

– Da, a zâmbit Doamna, ștergându-și ochii cu nelipsita batistă, pe care o avea mereu la îndemână. Irina m-a emoționat foarte tare. Inima mea e încă sensibilă la oameni frumoși, la povești de demult și mai ales la bucuriile simple și curate ale vieții. Inima nu are legătură cu vârsta, ea rămâne mereu tânără și impresionabilă, oricâți ani am avea, în special când vine vorba despre emoții curate și senine.

Nu știam despre ce au vorbit și probabil că nu aveam să aflu vreodată. Nici nu aș fi întrebat, de vreme ce niciuna dintre ele nu era dispusă să-mi povestească fără ca eu să insist în sensul acesta. Cert era că doamna se dovedea a fi încântată peste măsură de Irina, iar asta se observa cu ochiul liber, de la distanță. Exista o comunicare perfectă între ele, sufletele lor se înțeleseseră imediat unul pe celălalt, iar asta mă făcea din nou fericit și foarte mândru de Irina.

– Neapărat să mai veniți pe la mine, tinere domn și preafrumoasă domniță, ne-a spus Doamna când am plecat. Irina, te rog să ai grijă de copilul acela, da?

Irina a îmbrățișat-o strâns, a privit direct în ochii Doamnei și am plecat împreună spre casă.

– Nu voi fi indiscret să întreb de ce ați plâns amândouă, dar aș putea întreba despre care copil vorbea doamna?

Ceva îmi spunea că nu despre Cesara era vorba.

– Despre copilul din mine, a zâmbit Irina.

Expresia mea confuză și întrebătoare a făcut-o pe Irina să mă lămurească.

– Am povestit împreună cu Doamna despre copilărie, despre cum ai apărut tu în viața ei când erai mic, abia rămas orfan, și am ajuns astfel să vorbim și despre copilăria mea. I-am spus că nu prea am avut copilărie, că am avut responsabilități și griji de adult, că acum cred – de fapt, știu sigur – că a trecut copilăria pe lângă mine și nu am apucat să mă bucur de tot ceea ce ar merita să aibă și să trăiască un copil. I-am mai povestit și că am suportat răutățile gratuite ale lumii, că m-am condamnat pentru toate acestea și că, în mod straniu, uneori simt că poate nu am reușit să mă iert nici până acum.

– Să te ierți? Pentru ce anume să te ierți, Irina?

– Da, chiar așa, să mă iert. Toată copilăria m-am învinovățit pentru faptul că mama nu a stat cu noi, m-am culpabilizat pentru singurătatea lui tata, pentru tot. Un copil nu înțelege de ce nu este dorit, de ce este singur, de ce nu poate avea o familie cum au alți copii, de ce sărbătorile lui nu sunt la fel ca ale vecinilor, colegilor sau prietenilor săi.

Am oprit mașina în afara carosabilului și am îmbrățișat-o scurt. Dacă nici eu nu înțelegeam ce fusese în sufletul ei, atunci chiar nimeni nu putea să o înțeleagă.

– Cu mine oamenii nu au fost răi, Irina, însă am avut mereu senzația că le este doar milă de mine pentru că sunt orfan, nu că mi-au dat atenție și că au făcut ceva doar pentru că m-ar iubi. Nu am știut niciodată dacă tot ceea ce primeam era pentru că meritam sau eram favorizat doar din milă. Copilăria mea a fost la fel de încercată ca a ta, știi bine că-ți vorbesc despre lucruri reale și e cel mai clar semn că înțeleg tot ceea ce simți.

Privea tăcută prin geamul mașinii, de parcă ar fi putut distinge ceva în întunericul de afară, și numai Dumnezeu știe pe unde-i alergau gândurile.

– Irina, din păcate, copilăria nu ne-o mai poate da nimeni înapoi. Nu vom trăi niciodată acele bucurii de care am fost privați când eram mici și aveam atât de multă nevoie de ele, i-am spus, mângâindu-i cu bunătate și multă dragoste părul.

– De fapt, a rupt ea tăcerea, să știi că putem. Prin alți copii. Oferindu-le lor toată dragostea, atenția și încrederea de care noi nu am avut parte. Nu-ți pot spune cât de fericită mă face bucuria unui copil... De fapt, știi. Ai văzut. Pentru mine e o împlinire, pentru mine e ca și cum aș retrăi acei ani. Numai că acum, privindu-i pe micuți cât sunt de fericiți, am parte de tot ceea ce mi-a lipsit atunci.

Câteva clipe, am tăcut amândoi. Ca de obicei, sufletele noastre comunicau și fără ca noi să folosim prea multe cuvinte.

– Dacă ai putea să redevii copil, ce ai schimba în experiențele tale din copilărie? am întrebat-o, curios ce-ar fi putut să-mi răspundă.

– Tot ceea ce ar sta în puterea mea. Dar ce putere are un copil? m-a întrebat ea cu tristețe.

– Însă acum nu mai ești acel copil, acum ai puterea să schimbi tot ceea ce nu îți place, am încercat eu să o scot din starea aceea de melancolie.

– La fel și tu, Robert. Nu mai ești copilul orfan de odinioară, nu mai trebuie să depinzi de cineva și să te simți îndatorat pentru că ți s-a oferit șansa să ai o viață normală. La urma urmei, nu tu ai cerut ceva, pur și simplu ei au dorit să-ți ofere lucrurile acelea.

– Dar nu mă simt îndatorat.

– Ești sigur? Toată loialitatea asta față de Matei ce este? Că mie mi se pare uneori cam mult...

– Dragoste de frate, Irina. Matei merită să-i fiu loial. Matei a împărțit totul cu mine și nu m-a făcut niciodată să simt că i-aș lua ceva cu forța. Mi-a oferit jumătate din tot ce avea el, pornind de la familie, părinți, afecțiune, jucării, casă, avere...

– OK, de acord cu tine, normal că merită să-i fii loial. Dar merită să i te dai cu totul?

– Ce vrei să spui?

– Zilele acestea am avut o discuție cu Matei. I-am reproșat că lasă prea multe în grija ta, inclusiv pe mine. Că ar trebui să te lase în pace, că poate ai și tu o viață a ta și numai a ta, în care uneori nu e loc pentru el și problemele lui.

– Dar pe mine nu mă deranjează asta, eu fac totul cu drag, știi bine...

– Știu, însă nu e normal ca Matei să te folosească atât. Chiar trebuie să-ți amintești din când în când că ai și tu viața și problemele tale, că la un moment dat va trebui să te desprinzi de el. Și nu e normal să lase în seama ta lucruri personale, pe care ar trebui să le rezolve singur, eu asta chiar nu reușesc să pricep. Mă nemulțumește delăsarea asta a lui.

– Te referi la faptul că eu am grijă de tine, așa-i?

– Da, exact. Tu ești mult mai prezent lângă mine, mai implicat în ceea ce mă privește și mult, chiar mult mai atent cu mine decât este el.

– Ți-am mai spus și o știi prea bine și tu: o fac cu drag.

– Și el de ce nu ar face-o cu drag? Pentru că nu o mai face deloc, nici cu drag și nici fără drag. Eu cred că tu îl transformi într-un om comod și iresponsabil, ca să nu spun într-un handicapat.

– Exagerezi, Irina.

– Nu exagerez niciun pic. Tu ai observat că multă lume crede că eu și cu tine suntem un cuplu? Asta pentru că tu mă duci la doctor, tu mă duci la cumpărături, la coafor, în vizite. Sunt văzută peste tot mai mult cu tine decât cu Matei, de parcă tu ai fi iubitul meu.

– Irina, dar de ce te deranjează asta, că am grijă de tine? O fac cu atât de mare drag și cu atât de multă bucurie!

– Nu mă deranjează că ai tu grijă de mine, te rog să nu mă înțelegi greșit, Robert. Pur și simplu, mă deranjează că nu face Matei asta, așa cum ar fi normal într-un cuplu. Mă deranjează că am petrecut mai mult timp cu tine decât cu el. Că am văzut cu tine mai multe filme decât cu el, am vorbit cu tine mai mult decât cu el și că tu mă cunoști mai bine decât mă cunoaște el. Ce fel de relație e asta dintre mine și Matei?! Chiar nu ți se pare că avem o problemă? Asta ca să nu spun că avem de fapt mult mai multe. Că el se folosește de tine ca să suplinească în acest fel tot ceea ce nu are chef sau nu e în stare să-mi dăruiască. Eu aș zice că e destul de grav...

– Are o perioadă foarte încărcată acum, Irina, atâta tot. Se străduiește să recupereze și să repare niște greșeli pe care le-a făcut.

– Ce greșeli? Legate de ce?

– Legate de firmă. Nu are rost să te încarc cu asta, nu ar ajuta la nimic. Dar tot ce știu e că te iubește foarte mult, chiar dacă nu întotdeauna știe să ți-o arate.

– Și cu ce mă ajută pe mine iubirea unui om absent? Robert, suntem doi în relație, el și cu mine, nicidecum trei: el, niciodată prezent, tu, mereu alături de mine, și eu.

– E doar o perioadă, te asigur că...

– Doar o perioadă... De parcă viața omului sau inima lui ar avea buton de pauză pentru perioadele dificile ale celuilalt. De parcă ar fi cineva dator să aștepte să primească atenția și dragostea de care are nevoie și pe care le-ar merita. De parcă timpul s-ar opri în loc până ne vine nouă mintea la cap. În fine... Hai să mergem acasă, te rog, Robert.

Avea dreptate, nu mai puteam să adaug nimic. Am pornit mașina și am condus liniștit până acasă.

– Unde ați umblat până la ora asta? ne-a întrebat Matei, întâmpinându-ne în living.

– La bunică-ta, i-a răspuns acid Irina. Ar trebui să mergi să o vezi și tu într-o zi, că nu poate face Robert și asta în locul tău.

– Ce are? m-a întrebat Matei, zâmbind nedumerit și arătând cu capul spre Irina.

– E frustrată că nu îi acorzi atenție și timp și că lași totul în seama mea. Ce altceva să aibă?

– Iar avem discuția asta, iubita mea? s-a posomorât brusc Matei. Și la ora asta?

– Nu, vai. Să ne prefacem că totul e minunat la orice oră. Știi ceva? Eu mă duc la culcare. Noapte bună.

Matei n-a schițat nici cel mai mic gest s-o oprească și era clar că nu părea să aibă de gând s-o împace.

– Nu te duci să vorbești cu ea? l-am întrebat când l-am văzut cum se așază confortabil pe canapea, mânuind energic telecomanda, pregătit să se uite la televizor.

– Robert, te rog. Chiar nu am chef de discuții.

– Să știi că are dreptate, Matei. Nu pot să-ți țin locul tot timpul.

– Da' ce-i cu toate mofturile astea, frate? Ce-i lipsește?

– Tu.

– Mda, asta-i chiar culmea! Uite-mă, aici sunt! Vin seara acasă, nu lipsesc din peisaj. Tu știi prea bine câte am pe cap.

– Știu, dar acum, în loc să stai aici, ai putea să urci în dormitor și să petreci puțin timp cu ea. Așa ar fi frumos. Și nici n-ar fi atât de greu, i-ai face o bucurie.

– Păi, nu cred că vrea. Mă cam respinge, nu ai văzut că doarme mai mult în camera ei? Ce pot să-i fac, dacă așa vrea ea? Nu insist, o las în pace.

– Pentru că se culcă mai târziu și nu vrea să te deranjeze, pentru că noaptea se mai duce la Cesara în cameră să se asigure că e bine și iar nu vrea să te deranjeze…

– Ori pentru că citește și are nevoie să țină lumina aprinsă sau pentru că îi place să stea ore în șir în cadă. Și alte asemenea motive, toate niște mofturi. Dar e OK, n-are decât, eu am înțeles genul ăsta de probleme și nu m-am supărat. Ea de ce nu mă înțelege?

Nu am mai insistat. Cu Matei era inutil să discuți în contradictoriu sau să încerci să-l convingi că greșește, mai ales atunci când toate păreau a fi bune și nu-i ajungea cuțitul la os. Ca de obicei, extrem de încăpățânat, o ținea pe-a lui.

Am urcat și eu la culcare, dar înainte m-am oprit să-i spun Irinei „Noapte bună", știam că nu e în apele ei. Ușa camerei era întredeschisă și am văzut-o stând în genunchi. Inițial, am crezut că îi căzuse ceva și am intrat să o ajut. Surprinsă de prezența mea, s-a ridicat imediat și s-a așezat pe pat. Avea ochii încă înlăcrimați, ca în salonașul Doamnei.

– Ești bine? am întrebat-o, îngrijorat.

– Da, de ce mă întrebi?

– Pentru că te simt. În plus, te-am văzut în genunchi și...

– Mă rugam, Robert.

– Pe bune? Asta e ceva nou.

– Da, pe bune. Și nu, nu e deloc ceva nou. Tu nu te rogi?

– Nu. Nu știu să mă rog.

Nu știu cum făcea Irina, dar de fiecare dată găsea unul dintre cele mai sensibile puncte ale mele și punea degetul pe rană.

– Nu trebuie să știi să te rogi, ci să simți, Robert. Rugăciunea nu este o poezie pe care e musai s-o știi pe de rost.

– Și de ce m-aș ruga?

– Din același motiv pentru care mănânci, dormi, te plimbi, râzi, plângi. Adică pentru că e normal. Rugăciunea e hrana sufletului, Robert. Din același motiv pentru care mie îmi mulțumești pentru mâncare când gătesc, ar trebui să-I mulțumești și lui Dumnezeu pentru tot ceea ce îți dăruiește.

– Să-I mulțumesc și pentru că mi-a omorât părinții?

Aici era conflictul meu cu El, conflict pe care inima mea nu-l închisese niciodată și pe care nici rațiunea mea nu voia să-l stingă.

– Ești supărat pe Dumnezeu? Crezi că El e vinovat de moartea părinților tăi? Te-ai întrebat vreodată dacă El a provocat accidentul sau omul iresponsabil care nu a acordat prioritate și avea viteză prea mare?

Nu știam ce să-i răspund. În mintea mea încă auzeam vocile adulților, ale celor care, veniți la înmormântarea părinților mei, repetau întruna „Așa a vrut Dumnezeu...". Și, copil fiind, o luasem ca atare, fără să caut înțelesurile ascunse ale expresiei.

– Haide să stăm de vorbă, sigur ai nevoie de asta, mi-a spus ea. Amândoi avem. Ia loc!

Și mi-a arătat cu un gest drăguț și copilăros fotoliul. M-am așezat cuminte și ascultător în locul acela, pe care-l cunoșteam atât de bine, locul de unde, de multe ori, îi vegheasem somnul și unde, tot de multe ori, mă simțisem liniștit. Cât de mult iubeam discuțiile noastre, pline de sens și de învățăminte! Aș fi stat toată viața să o ascult. Îmi vorbea cum poate doar mama ar mai fi făcut-o, spunându-mi lucruri importante pentru sufletul meu, dacă ar mai fi fost în viață. Cu dragoste și blândețe, cu înțelegere și înțelepciune.

– Gândește-te la cea mai frumoasă parte din viața ta, la cea mai mare bucurie, la ceva ce e minunat în existența ta și pentru care te simți recunoscător.

Primul gând m-a dus la ea. Ea era partea frumoasă a vieții mele, bucuria și minunea din fiecare clipă.

– Nu simți nevoia să mulțumești pentru ceea ce ai primit bun și frumos?

– Nu știu.

Nu pentru că mi s-ar fi cuvenit să o întâlnesc pe Irina și să mă bucur de toate darurile pe care le purta cu ea, asta chiar nu-mi trecea prin cap. Doar că nu aveam habar dacă este meritul cuiva că există în viața mea și automat să-i și mulțumesc pentru asta.

– Eu, spre deosebire de tine, simt nevoia să o fac. Eu mulțumesc pentru orice, chiar și pentru o floare cu a cărei frumusețe îmi bucur privirea și sufletul. De fapt și de drept, exact asta înseamnă să te rogi, și nu să ceri. Să mulțumești pentru ce ai, să ceri iertare pentru greșeli, pentru ceea ce nu ai reușit...

– Și nu ceri nimic niciodată?

– Oh, ba da, Îi cer. Cum să nu-I cer? De obicei, Îi cer să aibă grijă de oamenii dragi, apoi Îl rog să mă ajute să fiu un om bun, să nu fac rău, să nu stric ceva, să nu rănesc pe cineva, să nu jignesc, să nu-i aduc vreun prejudiciu cuiva...

– Asta este cea mai mare dorință a ta și pentru asta te rogi? Să fii un om bun?

– Da, Robert. Vreau să fiu împăcată cu mine, să nu mă rușinez de ceea ce sunt, să nu fac pe cineva să sufere, să nu provoc niciun rău cu intenție. Poate că nu ne dorim să greșim, dar ispite sunt la tot pasul, întâlnim tot felul de provocări, iar eu știu cum e să te condamni și să nu te poți ierta pentru o greșeală. Nu mai vreau să trec prin așa ceva. Sentimentele de vinovăție sunt pietre de moară agățate de sufletul cuiva. Iar eu vreau să am pace în suflet și să agăț de el poate un curcubeu, nicidecum poveri.

Ceea ce-mi spunea m-a trezit brusc la realitate. Poate că nu conștientizasem până atunci, dar brusc am simțit că mi se luminează toate cotloanele întunecate ale minții. Eu eram acela care, prin iubirea mea, o făceam să greșească, să ia decizii care să-i fure pacea sufletească. Eu eram vinovat de relele pe care ar fi putut să le facă. Eu eram acela care putea să-i răpească liniștea și să-i schimbe viața într-o luptă pe care ar fi dus-o cu propria ei conștiință. Nu voiam să fiu acela care să o ispitească, nu voiam să fiu sursa sentimentelor ei de vinovăție.

– Ești cam îngândurat.

– Da, mă gândeam la tine. La aspirațiile tale ciudate.

Oare chiar erau atât de ciudate? Erau doar dorințe pline de senin, aducătoare de bine și împăcare. Poate că doar eu și felul meu de a vedea lucrurile nu eram în regulă.

– Nu sunt ciudate, Robert. Eu vreau doar să fiu... iubire. Să fiu ceva bun în viața oamenilor, să le fiu pace, bucurie și mângâiere. Să fiu o amintire frumoasă pentru cei care mă întâlnesc. Să fiu sursa lor de bine și de liniște. Să fiu o binecuvântare.

„Doamne, cât pot să te iubesc!“, am gândit cu sufletul plin de dragoste și frânt de o adâncă deznădejde. Irina nu putea fi niciodată a mea; cu felul în care gândea, n-ar fi putut răni pe nimeni și, dacă ar fi fost a mea, ar fi declanșat un dezastru...

– Tu chiar ești o binecuvântare pentru cei care te cunosc, Irina. Am învățat atâtea lucruri frumoase de la tine...

Învățasem, în primul rând, să iubesc profund, adevărat, total. Și să fiu un om mai bun decât cel care știam că sunt. Să înțeleg că oamenii au nevoie de ajutor, că sunt dependenți de o vorbă bună, de un zâmbet și că cineva le poate lua greutățile de pe umeri cu iubire și prin iubire. Dragostea pentru ea găsise în mine cea mai bună variantă a lui Robert.

– Învață și să te rogi, Robert. Nu pentru că trebuie, nu pentru că ți-e teamă că Dumnezeu s-ar supăra dacă nu o faci, ci pentru că ai nevoie de asta. Dumnezeu este o necesitate, habar nu ai câtă pace, putere și bucurie poate aduce prezența Lui în sufletul omului. Dacă Îl ai pe Dumnezeu în inimă, nu te vei simți niciodată singur.

„Și nici nu voi greși", am gândit. „Pentru că, atunci când Dumnezeu îmi va locui în suflet, nu voi mai putea să greșesc, îmi va fi imposibil."

Mă cuprinsese o durere sfâșietoare, de parcă o vedeam pentru ultima oară. O pierdeam. Eram decis să-mi iau rămas-bun de la ea. O iubeam atât de mult, încât nu-i puteam lua tot ceea ce conta mai mult pentru ea, tot ceea ce-și dorea să fie: un om bun. Așa era drept, așa era iubirea pe care o simțeam pentru ea. Până la urmă, așa eram construit, chiar dacă aflam asta cu un preț copleșitor de mare.

– Mă duc la culcare.

Atât am mai putut să-i spun, cu glas pierit, înainte de a pleca din camera ei. Voiam doar să plâng în singurătatea mea, în camera mea, cea care-mi adăpostise mereu între pereții ei toate durerile neștiute de nimeni, toate gândurile, toate speranțele, dorurile, visurile și toate căderile. Și niciodată nu am simțit mai mult ca atunci că Irina parcă începe să se îndepărteze de mine încet, să se estompeze ca un abur și că o pierd. Dacă prin absurd ar fi existat vreo șansă să mă așez între ea și Matei, să mă pun la mijloc între ea și conștiința ei, aflasem că nu puteam să fac asta niciodată. Pentru că aș fi simțit, de fapt, că mă insinuez între ea și Dumnezeu, care nu i-ar fi permis să-i facă vreun rău fratelui meu.

Mă simțeam sleit de puteri, nu eram în stare nici măcar să mă dezbrac. Toată construcția mea inconștientă despre cum ar fi fost viața lângă ea se destrămase ca un castel efemer din fum. M-am întins pe pat și am stat în întuneric, gândindu-mă la ea. Şi la ce lovitură îmi dăduse fără să-şi dea seama. Însă, după câteva minute, am auzit o bătaie în uşă. Nu voiam să o văd şi nu voiam nici să mă vadă aşa. Eram la pământ, secat de puteri, distrus.

Nu am răspuns, sperând că va crede că am adormit şi că va pleca, dar ea a deschis încet uşa şi a intrat cu grijă.

– Dormi? m-a întrebat în şoaptă.

Nu i-am răspuns, însă probabil că în lumina difuză din cameră a putut vedea că sunt întins pe pat îmbrăcat.

– Robert?

– Ce este?

Glasul ei mă tortura. Era cel mai dulce pe care-l auzisem vreodată, iar numele meu rostit de gura ei nu sunase niciodată mai frumos şi mai bine spus de altcineva.

– În noaptea asta voi dormi cu Cesara. Am impresia că are febră, nu ştiu, dar e mai bine să o supraveghez.

– Vrei să dorm eu cu ea?

– Nu, dorm eu. Nu am linişte altfel.

– Bine.

„Iar eu nu voi reuşi să am un somn liniştit", mi-am spus. Peste toate, se adăugase şi grija asta.

– Eşti bine?

– Da.

A aprins brusc lumina, orbindu-mă.

– Nu mă minţi. Ce este cu tine?

Era îngrijorată, îi simţeam preocuparea în voce.

– Poţi stinge lumina, te rog?

– OK.

A stins lumina, dar s-a aşezat pe colţul patului. Nu reuşisem nici de data asta s-o păcălesc şi să-mi ascund chinul de ea.

– Te pot ajuta cu ceva?

– Nu, Irina.

– Robert, de ce plângi? Spune-mi, sunt aici pentru tine.

Era lângă mine, pentru mine, e adevărat. Dar atât de departe...

– Am doar un moment prost, Irina, nimic mai mult. Nu-ți face griji.

– Există un motiv care a provocat acest moment prost, nu-i așa?

– Te rog mult, am nevoie să fiu singur. Atât. Nu te supăra. Voi fi bine.

– Ești sigur?

– Da.

– Bine. Dacă ai nevoie de mine, sunt aproape, știi unde mă găsești.

Că voi fi bine știam că nu e posibil. Cum să fiu bine când realizasem că am pierdut-o definitiv, că nu pot și că nu am voie să mă așez în calea lucrurilor care nu erau în natura ei? Când înțelesesem că în dorința ei de-a fi un om bun își găsise cel mai puternic aliat, pe Dumnezeu?

După ce a ieșit, am rămas cu gândul la situația imposibilă în care mă aflam. Târziu, printr-o minune, cu toate frământările mele, am reușit să adorm, dar m-am trezit pe la patru dimineața. Iar primul meu gând a fost la ea, dar și la Cesara. Am căutat-o în camera copilului, dar nu erau acolo nici ea, nici fetița. Le-am găsit pe amândouă în dormitorul Irinei, cufundate într-un somn adânc. Iar femeia pe care o iubeam fără speranță se odihnea ghemuită lângă Cesara, protejând-o chiar și când ar fi trebuit să fie departe, în lumea viselor.

Imaginea Irinei cu fetița lângă ea era copleșitoare. Mi-am dat seama atunci că-mi doream enorm o familie a mea, o soție blândă și bună ca ea și un copil al nostru, un sufletel care să ne contopească într-o unică ființă, să ne îmbogățească viața cu surâsul său, pe care să-l ținem în brațe și să-l ocrotim până la capăt. Și din nou am înțeles că Irina avea dreptate: trebuia să-mi trăiesc viața mea, nu pe a lui Matei, nici pe a altcuiva.

Le-am privit un timp, cuprins de duioșie, pe cele mai dragi fete, iar când să ies, am zărit jurnalul Irinei pe una dintre noptiere. Fără să mă gândesc de două ori, l-am luat încet și am plecat tiptil (ca nu cumva să le trezesc și să le sperii), să-l citesc în camera mea. Voiam să văd ce mai scrisese sau poate speram că voi găsi vreun răspuns la frământările și incertitudinile mele. Întotdeauna descoperisem între paginile caietului ei o soluție pe care nu reușeam să o aflu singur. Și... am citit ultimele rânduri rupte din inima ei pe care le așternuse pe hârtie:

Uneori, vreau să plâng până se va scurge toată durerea din mine odată cu lacrimile care mi s-ar porni să-mi coboare năvalnic pe obraji. Vreau să plâng pentru fiecare dată când am simțit nevoia să o fac, dar am fost nevoită să zâmbesc, de parcă aș fi fost cea mai fericită ființă. Vreau să plâng pentru fiecare dată când am ascuns ceea ce simțeam, când am crezut că masca de om puternic mă va proteja de suferință și-mi va piti bine sentimentele și neputința. Vreau să plâng pentru fiecare clipă de singurătate, pentru fiecare moment în care m-am simțit a nimănui, nedorită și neiubită. Vreau să plâng pentru fiecare vorbă rea spusă, pentru fiecare mângâiere pe care nu am oferit-o, pentru fiecare „Te iubesc!" pe care nu l-am rostit, deși inima mea exploda de-atâta dragoste trecută sub tăcere. Vreau să plâng pentru fiecare lucru pe care mi l-am refuzat, pentru fiecare clipă în care am fost aspră cu mine, pentru că nu m-am iertat la timp pentru greșeli, pentru eșecuri, pentru pierderi și pentru că nu am reușit mereu să fiu așa cum îmi doream. Vreau să plâng pentru că nu pot dărui mai mult, pentru că nu pot primi mai mult, pentru că nu pot iubi mai mult, pentru că nu sunt iubită mai mult. Vreau să plâng pentru mine, pentru cei dragi, dar și pentru toți oamenii care nu pot plânge – și nu neapărat pentru că sufletul lor s-ar fi transformat în piatră. Pentru oamenii singuri, pentru femeile care n-au șansa să țină un copil la pieptul lor, pentru tații de duminică, pentru părinții care nu mai au copii, pentru copiii care nu mai au părinți, pentru bătrânii care nu au nici măcar ulei pentru candelă, pentru cei suferinzi, pentru cei care au plecat neîmpăcați și fără de speranța că undeva ar exista o lume mai bună.

Cât de bine o înțelegeam! „Voi plânge eu în locul tău", am gândit atunci. „Și în nici un caz nu-ți voi da și eu motive ca ochii tăi să nască lacrimi, dragostea mea! Nu voi face asta niciodată. Iar dacă voi putea, voi lua asupra mea toate grijile tale, toate durerile tale, toate motivele care te-ar putea face să verși fie și o singură lacrimă."

Numai că, exact așa cum se întâmplă mereu în viață, când eram mai convins că o voi putea proteja pe Irina de orice suferință, am primit o veste cumplită. Prietena ei cea mai bună, Luminița, care locuia în Italia și pe care o iubea ca pe o mamă, mi-a scris o scrisoare în care mi-a mărturisit că este în fază terminală și că avea să moară de leucemie. În scrisoarea destul de lungă, o mărturisire în care-și descărca sufletul, Luminița mi-a scris povestea ei de viață și m-a rugat să am grijă de Irina.

În stare de șoc, am sunat-o de îndată ce am terminat de citit cele câteva pagini în care mi se destăinuise. Nu puteam să accept asta, trebuia să mai fie o șansă pentru ea, o soluție, măcar o singură speranță la un milion de deznădejdi.

– Nu se poate încerca nimic ca să te faci bine? am întrebat-o, încercând să nu par afectat, dar abia reușind să-mi păstrez o voce normală, ca să nu o supăr mai rău decât era deja.

– Nu. Din păcate, nu, mi-a răspuns resemnată și cu lacrimile în gât.

– Noi dispunem de bani și de relații la cei mai buni medici, putem să mergem oriunde în lume, la orice nivel.

– Nu se mai poate face nimic, Robert.

Nu știam ce să-i spun. Ce-i poți spune unui om care îți mărturisește că va muri? Că îți pare rău? Că nu e adevărat ceea ce el știe oricum sigur, ceea ce simte în definitiv despre cum îl părăsesc puterile de a lupta cu boala?

– Robert, Irina nu trebuie să afle nimic. Te rog. O să-i spun personal când vin în țară, știu eu cum să o iau și să-i dau vestea. Voi mai veni o dată acasă și îi voi spune. Oricum, își va da seama, arăt tare rău, dar nu vreau să afle decât de la mine.

– Îți promit că nu va afla. O să țin pentru mine ceea ce mi-ai scris, ceea ce mi-ai spus.

– Să-i dai să citească scrisoarea. Și pe cea pe care ți-am scris-o ție, dar și pe cea pe care ți-am dat-o pentru ea, dar numai după ce eu nu voi mai fi. Asta e rugămintea mea și, în plus, te mai rog să ai grijă de ea. În general, nu numai ca să o alini când mă va pierde.

După ce am încheiat apelul, am plâns ca un copil. Nu o cunoșteam prea bine pe Luminița, dar felul în care o iubea Irina mă făcea să o iubesc și eu.

Irina era doar o copilă când o cunoscuse pe Luminița, o fată cu 10 ani mai mare decât ea. S-au întâlnit datorită faptului că Luminița, gonită de acasă de părinții ei pentru că se îndrăgostise de un băiat neacceptat de ei, s-a mutat în gazdă la tatăl Irinei. I-a fost ca o mamă și ca o soră mai mare și au rămas nedespărțite până când Luminița s-a căsătorit și s-a mutat în Italia. Lovitura pierderii ei din cauza bolii de care suferea avea să o devasteze pe Irina, știam prea bine, și asta îmi întorcea inima pe dos.

Am ascuns scrisoarea într-o mapă cu acte din dormitorul meu, un loc unde Irina nu avea acces, convins fiind că nu ar fi avut niciodată motiv să umble acolo, dacă i-ar fi trecut vreodată prin cap să o facă. Însă, într-o zi, deși nu am idee ce a apucat-o și ce anume a căutat în camera mea, a scotocit în fiecare dulap și în toate sertarele și, din păcate, a găsit scrisoarea.

Nu eram acasă, mă aflam în apartamentul meu din București, împreună cu o femeie în brațele căreia căutam să-mi alin singurătatea și să-mi dovedesc că nu sunt atât de legat de iubita fratelui meu. O fată oarecare, pentru că și relația cu Lavinia, pe care încercasem să o fac să meargă, eșuase cu mare succes. La un moment dat, am auzit soneria, dar am ignorat-o, convins că nu are cine să mă caute acolo și că sigur era vreun vânzător ambulant.

Însă cel care apăsa butonul suna insistent și nu se mai oprea. Am îmbrăcat în grabă perechea de blugi aruncată pe jos și am deschis ușa. În prag stătea Irina ca o întruchipare a durerii. Plânsă, furioasă, transfigurată, aproape isterică. M-am speriat îngrozitor când a năvălit în casă pe lângă mine, fără să mă privească și oprindu-se abia în dormitor. A gonit-o fără menajamente pe partenera mea, care se întreba, probabil, cine este femeia care dăduse buzna peste noi, apoi a revenit în sufragerie.

În timp ce-mi îmbrăcam cămașa, am încercat să aflu ce se întâmplase, totuși, și ce anume declanșase starea în care se găsea. Nu-mi plăcea deloc postura în care mă găsise, eram jenat și, în același timp, șocat de venirea ei intempestivă la apartamentul meu. O întrebam întruna ce s-a întâmplat și dacă Matei și ceilalți sunt bine, dar nu reușeam să scot nimic de la ea, doar îmi repeta încontinuu că mă urăște și că sunt un nenorocit.

Musafira mea a plecat în grabă, confuză și speriată de reacția femeii care intrase peste noi ca o furtună și pe care, cu siguranță, văzuse nu numai că o cunosc, ci și că mă leagă ceva de ea. După ce am rămas singuri, când am întrebat-o din nou ce se întâmplă, a scos din geantă scrisoarea de la Luminița și mi-a aruncat-o în față, isteric și disprețuitor, hohotind de plâns. Am încremenit.

Reacția ei era cât se poate de explicabilă: intrase în șoc. Mi-a reproșat apoi că i-am ascuns ceva atât de grav, iar eu m-am străduit cât am putut să o liniștesc. Era distrusă. A plâns, a urlat, a aruncat și a spart un pahar cu apă pe care i-l adusesem ca să se liniștească. Iar eu eram neputincios în fața furiei și durerii ei.

Când, într-un târziu, a obosit, a căutat alinare în brațele mele și am plâns amândoi năvalnic, aruncând afară din sufletele noastre poate doar o parte din durerea care ne sfâșia. Aș fi dat orice ca să nu treacă prin acele chinuri, rar întâlnisem un asemenea fel de a suferi și o disperare atât de cumplită cum am văzut atunci la ea.

Câteva zile, nu a fost bună de nimic. A stat în camera ei și a plâns până la epuizare, iar cei din casă i-au înțeles nevoia de izolare și au susținut-o așa cum au putut. Matei umbla în vârful picioarelor, o lăsa în pace la ea în dormitor și nu-i cerea nimic, Oli îi gătea ceea ce știa că-i place și-i aducea tava la pat, fără să insiste sau să o roage să mănânce, iar Cesara, parcă înțelegând drama prin care trecea fata bună care-i era ca o mamă, nu s-a îmbolnăvit, nu a plâns după ea, nu a creat nicio problemă. Cu toții am lăsat-o pe Irina să-și plângă durerea.

Mi-a fost foarte greu să o conving să nu-i spună Luminiței că aflase despre boala ei, dar a înțeles încetul cu încetul că asta ar fi întristat-o pe buna ei prietenă. Și a fost de acord să se prefacă, de dragul ei, că nu știe nimic. Cum Luminița o suna frecvent, Irina se purta normal cât timp vorbea cu ea. După fiecare convorbire, însă, plângea foarte mult, iar suferința ei era un chin și pentru mine, pentru că aveam mâinile legate și nu puteam să fac nimic ca să-i alin rana săpată în suflet de acea veste îngrozitoare.

Neputința de a-și ajuta în vreun fel prietena, teama, nedreptatea situației și durerea au schimbat-o pe Irina. Devenea tot mai irascibilă și aproape intolerantă. Nici măcar de dragul aparențelor nu încerca să fie mai simpatică, ba chiar nu se străduia nici să fie plăcută. Era ea, pur și simplu nu-și așezase nicio mască pe față, spunea exact ce gândește și nu mai ascundea ceea ce simte. Și o făcea cu riscul de a atrage antipatia celor sensibili la adevăr.

Din păcate, se închisese în ea și nu voia nici să mai socializeze. Nu mai ieșea din casă și nu-i mai invita pe prietenii noștri la Snagov, așa cum obișnuia înainte. Se sălbăticise și părea să-i placă lucrul ăsta. Am încercat de câteva ori să o duc la teatru și la spectacole, dar a refuzat de fiecare dată, spunându-mi direct că țara arde și mie-mi arde de tot felul de distracții.

Drama Luminiței devenise oarecum și drama ei și avea mereu ochii înroșiți de plâns și încercănați. Cu greu am convins-o să vină cu mine la o nuntă pe care Matei o lăsase în grija mea, fiindcă lui nu-i plăcea să meargă la nunți. „Nimic nu mi se pare mai plictisitor decât o nuntă unde asiști la aceleași clișee", spunea el ori de câte ori se ivea ocazia de a participa la un astfel de eveniment. M-a rugat să merg împreună cu Irina, argumentând că i-ar prinde bine să socializeze puțin, să mai iasă din casă. Și cu atât mai mult că trebuia să iasă și din starea în care se afla în ultima vreme. Nu mi-a fost ușor să-i țin piept și să o fac să accepte, dar până la urmă, printr-o minune, am reușit să o scot din ale ei.

Nunta aceea mi-a oferit amintiri minunate. Legate de Irina aceea numai a mea, care-mi lipsise de când aflase despre boala Luminiței. Și, mai ales, a născut amintiri de neșters despre noi. Momentul în care a coborât din camera ei aranjată pentru petrecere m-a lăsat fără aer. Îmbrăcase o rochie spectaculoasă și diafană, lungă până la pământ, croită din multe voaluri suprapuse, care creau un joc splendid de nuanțe violet. Mânecile lungi păreau a fi niște aripi de fluture și fiecare mișcare a brațelor ei dădea iluzia că mătasea se însuflețește brusc și e gata de zbor peste lume, de parcă ar fi vrut să bucure ochii tuturor oamenilor cu frumusețea atât de efemeră a unui fluturaș. Sub bustul amețitor al Irinei, rochia era prinsă cu o panglică lată de culoare mov închis, iar faldurile gingașe de mătase ale rochiei alunecau pe trupul ei abia ghicit – și tocmai de aceea cu atât mai mult visat și dorit. Tabloul era completat de picioarele ei fine, încălțate în sandale argintii, și de părul care-i curgea pe spate năvalnic, ca o apă în cascadă, însă cumințit și strunit simplu, într-o parte, cu o mică bijuterie prețioasă ce repeta tema ținutei: un fluture mic, argintiu.

Eram amuțit. Cine născocise zânele din povești probabil că o avusese drept model pe Irina, doar astfel se putea explica fascinația lumii pentru ele. Adică, implicit, și pentru frumusețea femeii pe care o iubeam, căci mi-era imposibil să cred că cineva ar fi putut să nu fie cucerit de ea. În simplitatea ei, Irina mi se părea ireal de frumoasă, de feminină și delicată, de misterioasă, elegantă și sofisticată. Și la fel au perceput-o și cei care au întâlnit-o la nuntă. Erau fermecați, dar nu numai de înfățișarea ei uluitoare, ci și de căldura și de umorul ei plin de curaj. Cei care nu ne cunoșteau erau convinși că noi doi formăm un cuplu și ne complimentau cu admirație, chiar cu o oarecare invidie, ușor de detectat în priviri.

Și tot la nunta aceea am avut parte de cel mai frumos dans din viața mea. Normal, nici nu putea fi altfel de vreme ce parteneră mi-a fost femeia vieții mele. Era un cântec pe care am avut impresia că l-a trăit cu tot sufletul, așa cum simțea fiecare clipă care-i aducea fericire: *Fallen*, cântat de Lauren Wood. În timp ce dansam, Irina mi-a spus că știe cântecul din filmul *Pretty Woman* și că-l adoră. Iar eu pluteam de fericirea de a fi cu ea, de a o avea, fie și numai o seară, pentru mine. Era a mea și în întregime numai a mea.

– Ai văzut *Pretty Woman*? m-a întrebat, visătoare și dulce, în timp ce dansam.

– Nu.

– Nu? Nu pot să cred! Eu l-am văzut de câteva ori!

– Despre ce este vorba în film?

– Despre o iubire imposibilă.

A zâmbit cu subînțeles și, cu ea în brațele mele, am zâmbit și eu.

– Ce anume face ca o iubire să fie imposibilă, Irina?

– Multe lucruri. În filmul acesta, el și ea vin din lumi diferite, incompatibile. S-au întâlnit din întâmplare, când lumile lor, dintr-o eroare, s-au intersectat.

– Există mai multe lumi și nu știu eu?

Pentru mine, lumea nu putea fi decât una singură, cea pe care o cunoșteam. Iar în seara aceea, ținând-o în brațe pe fata pe care o adoram, lumea devenise un loc perfect.

– În mintea unora, da. În realitate, există o singură lume. Și numai noi facem ca lucrurile să pară imposibile...

Am plecat de la nuntă abia pe la ora două noaptea. Eram fericit. Irina părea euforică și fredona *Fallen*, iar eu mă bucuram ca un copil, văzând că reușise să se relaxeze, să se deconecteze de la problemele care o îngrijoraseră și o întristaseră în ultima vreme. Mi-a spus că este obosită, dar că nu ar vrea să doarmă. Se simțea bine, nu îndrăzneam să sper, însă chiar părea a fi fericită la rândul ei.

– Dar ce ți-ar plăcea să faci, Irina?

– Nu știu... Să visez. Așa nu m-aș duce acasă...

Cine își dorea să ajungă acasă? Eu nu, cu siguranță! Aș fi răpit-o, să fug cu ea în brațe în lumea largă, atâta bucurie aveam în inimă, atât de multă speranță că lumea ei și a mea s-ar putea contopi și ar deveni una singură...

– Păi, și unde ai vrea să mergi?

– Habar n-am. Oriunde și nicăieri. Mi-ar plăcea să fiu acum la mare, să aud valuri, să simt nisipul...

S-a așezat comod lângă mine în mașină și a închis ochii. I-am lăsat scaunul pe spate și i-am aranjat rochia lungă, care o învăluia ca o mantie foarte prețioasă, apoi am început să conduc, dar nu spre Snagov. Și de ce n-aș fi făcut asta, de ce nu i-aș fi împlinit visul? Am plecat spre marea aceea la care visa cu dor, pentru că dorințele ei se traduceau, pentru mine, în bucuria de a i le împlini. Voiam ca la capătul unei nopți perfecte, în zori, să-i preschimb în realitate visul de a vedea pe neașteptate marea și de a simți nisipul pe piele. Am condus în liniște deplină, privind-o din când în când cum doarme. Era împăcată, iar imaginea ei splendidă îmi umplea sufletul de pace și de bucurie.

Am ajuns la Mamaia pe la cinci dimineața și am oprit în fața unui hotel de pe plajă. Am descălțat-o încet de sandalele argintii cu toc înalt, dar nu s-a trezit decât atunci când am deschis portiera de pe partea ei și a simțit răcoarea de afară. Nu era pentru prima oară când o duceam în brațe, iar ei îi plăcea la nebunie să fie răsfățată așa și „să-mi îngreuneze viața". Iar pentru mine era cea mai prețioasă povară și singura pe care mi-aș fi dorit-o.

S-a cuibărit ca un copil alintat în brațele mele, crezând probabil că suntem deja la Snagov și că o duc în casă. Am pornit cu ea în brațe spre plajă, iar ea a deschis ochii.

– Unde suntem? m-a întrebat, ținându-se bine de gâtul meu.

– O să te las din brațe, bine? Pune-ți picioarele pe pământ.

Am lăsat-o ușor, iar când picioarele ei goale au atins pământul, a privit în jur nedumerită, încercând să înțeleagă ce suprafață este aceea și să-și obișnuiască ochii cu întunericul. Apoi a simțit nisipul sub tălpi și a văzut marea, în care se reflectau razele unei minunății de lună maiestuoasă și enigmatică.

– Nu pot să cred! Nu pot să cred!! a strigat, încântată.

Mi-a sărit în brațe și m-a strâns tare, apoi a început să pășească pe nisipul rece.

– Ce nebun ești! Îți mulțumesc din suflet!

Lucrurile acestea o făceau pe Irina extrem de fericită. Nu petrecerile opulente, averile, luxul și o viață plină de privilegii. Frumusețea simplă a gesturilor născute din suflet, locurile care pentru ea însemnau ceva sau o surpriză de genul acelei escapade la mare.

– Irina, merg să aduc o pătură din mașină, bine? Să nu te îndepărtezi, te rog!

Am lăsat-o să se bucure de uimirea de a fi pe neașteptate pe o plajă, la malul mării, și am plecat spre mașină, însă fără a o scăpa din ochi.

Fericirea ei era contagioasă. Nu mai simțeam oboseala, aveam doar inima plină și o stare de încântare care mă odihnea, bucuros că am putut să fac ceva pentru ea. Am stat amândoi pe pătură, am vorbit cu sufletul, am glumit, am tăcut și am așteptat răsăritul. Apoi ne-am plimbat pe plaja încă pustie, de parcă am fi fost pe lume doar noi doi, cerul și marea. Irina pășea cu greu, din cauza rochiei lungi, iar eu o urmam supus și răbdător.

La un moment dat, s-a oprit și a privit îngândurată spre apele întinse și ușor vălurite. M-am oprit și eu, în spatele ei, să o protejez de vânt. Îmi era imposibil să stau atât de aproape fără să o ating, mai ales că tot sufletul îmi era plin de ea și de încântarea de a fi împreună. Am început să o mângâi delicat pe dosul palmelor, am urcat încet pe brațe, apoi am coborât abia simțit și m-am jucat cu degetele ei. Era mângâierea noastră, a mea pentru ea și numai pentru ea. Lângă mare, nisip și un soare care, odată născut, creștea în fiecare clipă. Vântul, complice, îi răvășea părul și, peste lumea mea, devenită a noastră, îi împrăștia parfumul pe care-l inspiram însetat...

Irina s-a întors cu fața înspre mine, s-a ridicat pe vârfuri și mi-a tras ușor capul către ea. Pentru o secundă, am crezut că mă va săruta, însă doar și-a lipit fruntea de fruntea mea.

– Am auzit că eschimoșii se sărută cu năsucurile, mi-a zis.

– Noi nu suntem eschimoși.

– Nu. Dar putem inventa un sărut al nostru. Vrei?

Cum să nu-mi doresc un sărut doar al nostru, al ei și-al meu? Pluteam de încântare!

– Da, vreau.

– Închide ochii.

Ascultător și emoționat, am închis imediat ochii, iar ea s-a ridicat pe vârfuri și m-a prins de mâini ca să nu se dezechilibreze. I-am simțit obrazul catifelat atingându-mi foarte ușor obrazul și nu știam ce avea de gând să facă, însă ea doar mă mângâia în felul acesta, evitându-mi buzele. Am intrat în joc și m-am abținut cu greu să nu o opresc și să nu-i prind capul între mâini pentru a o săruta pătimaș. Inima îmi bătea puternic și aveam senzația că mă voi desprinde de nisipul plajei, că mă voi ridica de la pământ înspre nori. Nu mai simțisem niciodată și pentru nimeni o asemenea dorință. Îmi era ciudă pe stăpânirea ei de sine, dar și pe lipsa ei de curaj de a face ceea ce simțea, fiindcă era evident că mă dorea cu toată ființa, așa cum o doream și eu. Apoi s-a întors cu spatele, iar eu am cuprins-o strâns cu brațele și am ținut-o lipită de mine.

Probabil că-mi simțea bătăile inimii, dar nu mă îngrijora asta. I-aș fi spus în fața mării și a cerului cât de mult o iubesc, i-aș fi declarat dintr-o suflare tot ce aveam pe inimă, mi-aș fi cerut iertare... Nu am avut curaj să fac nimic. Am lăsat-o să se bucure de acele clipe, să aibă o amintire frumoasă, mai ales după atâtea zile încărcate de tristețe.

Îmi luasem doza de fluturi și eram pregătit să o duc înapoi acasă, în povestea ei cu Matei, la care eu aveam doar dreptul să asist neputincios și chinuit.

Matei nu renunțase la obiceiurile lui proaste și periculoase. Știam că o înșelase din nou pe Irina, dar nu am mai discutat cu el despre asta. Era inutil, oricum nu m-ar fi ascultat și mi-aș fi bătut gura de pomană, era incorigibil. De data aceasta, știam că Irina nu avea de unde să afle și eram dispus să fac orice pentru a o proteja și a o feri de o durere inutilă. Pentru că îmi doream să nu aibă mai multe griji și motive de tristețe în plus și mi-era frică de o nouă ruptură între ei doi.

Însă nu doar relația cu Matei era un factor de stres pentru Irina, iar necazul s-a ivit exact de unde m-aș fi așteptat cel mai puțin. Prietena noastră Sandra, despărțită deja de Cosmin, mi-a spus într-o zi că trebuie neapărat să-mi mărturisească ceva, între patru ochi. Am chemat-o la birou, știind că vom putea vorbi în liniște. Habar nu aveam ce anume voia să-mi spună, însă m-a surprins când am aflat că subiectul era inelul Irinei, pe care ea îl pierduse cu câteva zile în urmă și din cauza căruia a creat o adevărată isterie în familie. Cu toții am căutat inelul în casă, în curte și în mașini, dar nu am reușit să-l găsim.

– Știi tu unde e inelul? am întrebat-o, mirat de tot misterul ăsta.

– Da. Însă va trebui să-ți povestesc totul. Fac asta pentru că am mare încredere în tine și pentru că nu am la cine să apelez. Sper să mă înțelegi și să nu mă condamni…

– Sandra, unde e inelul? Ce se întâmplă? Ce ai să-mi spui?

– Este la Angel.

– La Angel?!

Voiam să mă asigur că ea vorbea despre singurul Angel pe care îl cunoşteam, un fost prieten al meu şi al lui Matei, cu care nu mai aveam relaţii bune de când Matei îi cucerise iubita, pe mama Cesarei. Evident că Angel nu l-a putut ierta pe Matei, iar ei doi se duşmăneau în continuare, deşi povestea deja era veche.

– Da, la Angel.

– Cum naiba a ajuns inelul Irinei la el?

– Povestea e cam aiurea. Ştii, într-o zi, când trebuia să-i fac o vizită lui Angel…

– Trebuia să-i faci o vizită? Tu eşti în relaţii bune cu el?

– Da, Robert. Ne vedem din când în când.

Eram şocat. Nu ştiam că ea are o relaţie cu Angel. Şi nici nu pot să spun că-mi plăcea asta foarte tare. Bănuiam că pentru Angel nu era decât o aventură oarecare, că o va face să sufere, iar ea nu merita asta.

– Cum ziceam, eu trebuia să merg la el, dar maşina mea era la reparat. Irina, drăguţă cum o ştii, s-a oferit să mă ducă.

– Zi-mi că nu ai dus-o pe Irina la ăla!

Îmi venea să sparg ceva de nervi. Cum să ajungă Irina tocmai la duşmanul lui Matei?!!

– Îţi dai seama că nu aş fi dus-o, dar ea a insistat să mă conducă la el cu maşina. Am acceptat, crezând că mă va lăsa la poartă şi va pleca. Dar Angel a văzut-o şi a invitat-o să bea o cafea cu noi…

Simţeam că-mi pierd minţile. Angel era în stare de orice ca să se răzbune.

– I-ai spus Irinei cine e Angel?

– Da, i-am spus.

– OK, şi? Ce s-a întâmplat?

– Se pare că Angel o place pe Irina. În ziua aceea, a încercat să o seducă şi, cumva, nu ştim cum, i-a furat inelul de pe deget. Acum o şantajează să se vadă cu el, altfel cică îi va aduce inelul lui Matei şi îi va spune că el şi cu iubita lui Irina s-au văzut…

– Ce face?! Îl strâng de gât!

M-am înfuriat atât de tare, încât simțeam că tot sângele mi se urcase în cap. Eram turbat de gelozie și nu suportam gândul că cineva este în stare s-o șicaneze pe Irina. În plus, exact cum bănuisem, Angel nu putea fi un bărbat care să o iubească și să o facă fericită pe Sandra. Ticălosului îi fugeau ochii după Irina, prietena ei!

– N-am vrut să se ajungă aici, îți dai seama.

– Bine, Sandra, am înțeles. Să nu-i spui Irinei că mi-ai povestit toate acestea.

– Nu-i spun, dar te rog să mă ajuți cumva. Am impresia că Angel se joacă acum cu Irina, n-am idee, poate vrea să se răzbune pe Matei, nu știu ce să cred.

– Voi discuta eu cu el.

Bine că aflasem! Abia așteptam să stau față în față cu el, ca de la bărbat la bărbat. Ori poate lui îi plăcea să facă pe deșteptul doar cu femeile care nu se puteau apăra de sâcâielile și tertipurile lui. Voiam să-l văd cum o să se joace cu mine.

– Dar nu-i spune că știi de la mine, nu vreau să mă cert cu el.

– Mă mir că-ți pasă, sincer. Ce iubești la un asemenea om, Sandra? Tu aveai gusturi mai bune la bărbați.

– Știi bine că Angel e un tip de nota zece…

– O fi fost, dar ceea ce-i face Irinei nu e deloc de nota zece. Dacă te respecta măcar, nu făcea așa ceva, să se dea la ea și să-i facă astfel de probleme chiar unei prietene dintre ale tale. Dar... treaba ta. Ce să-ți spun mai mult? Ai aflat părerea mea, mai departe fă ce te taie capul, i-am spus, furios.

I-am mai promis Sandrei că voi avea grijă să nu o dau de gol și, după ce ea a plecat, l-am sunat pe Angel și i-am spus cu o voce calmă că vreau să ne întâlnim. M-a invitat la el acasă și am ajuns la ora stabilită.

Nu a părut mirat de vizita mea, deși nu mai aveam niciun fel de tangențe de când el și Silvia se despărțiseră.

– Ia loc, Robert, mi-a spus amabil, dar destul de rece, când am intrat în livingul lui.

– Nu stau, mă grăbesc. Am venit după inelul Irinei, i-am ripostat și eu cu răceală dublă, scurt și categoric.

– În calitate de... ?

Părea enervat.

– În calitate de prieten. Dar tu ce calitate ai de i-ai confiscat inelul? Pot să te întreb cum de ți-ai permis să faci așa ceva?

– M-am jucat cu ea puțin, doar atât.

– Te rog să nu te mai joci cu ea.

Fierbeam. Tupeul lui mă scosese din minți, dar m-am abținut și i-am vorbit în continuare calm și tăios.

– Îmi place fata.

– Sincer, chiar nu mă interesează. Sper că știi că „fata" – „Irina" este numele ei – e iubita lui Matei.

– Să înțeleg că frățiorul te-a trimis să rezolvi problema în locul lui?

Avea ce-avea cu Matei, dar era de înțeles, aici chiar nu puteam să-l condamn. Nici pe mine, era clar, nu mă simpatiza cine știe ce. Dar pe Irina nu avea dreptul să o amestece într-o poveste în care ea chiar nu era vinovată.

– Matei habar nu are de situația asta și nici nu va afla. Nu vreau ca el și Irina să aibă discuții doar pentru că tu ai găsit o oportunitate să te joci și să te răzbuni.

– Nici nu mă joc și nici nu mă răzbun. Mi se rupe de Matei. Îmi place Irina și atât.

Turbam. Nu suportam ideea că un alt bărbat este atras de Irina, că putea încerca să o cucerească. Simțeam că încep să-mi pierd cumpătul și chiar nu trebuia să se întâmple asta.

– Bine, am înțeles, îți place Irina. Și ce ai de gând să faci?

– Să o cuceresc.

Eram în culmea furiei!

– N-ai nicio șansă. Îl iubește pe Matei.

– Biata fată, ce păcat! Stau și mă întreb ce iubește la el...

– Uite, nu am timp să mai stau la palavre cu tine, aștept inelul. Să nu irosim vremea cu discuții inutile, Angel.

S-a ridicat și s-a îndreptat către un birou impozant din lemn masiv de nuc. Era o piesă de mobilier rară și prețioasă, iar inelul se afla pe birou. L-a luat și mi l-a adus, l-a privit lung, apoi mi l-a pus în palmă cu un zâmbet sugestiv.

– Frumos obiect! Decorativ, ca și stăpâna...

– Te rog să stai departe de Irina, i-am spus, zâmbind la rândul meu, dar feroce.

– Mă rogi sau mă amenințí?

– Te rog, i-am zis, menținându-mi cu greu calmul.

Pe dinăuntru fierbeam, dar pe fața mea nu se putea citi nimic din furia care mă răscolea.

– Ca de la bărbat la bărbat te rog, Angel. Irina e un om deosebit, nu merită să fie atrasă în jocuri și ambiții stupide. Dar dacă e nevoie, pot și să te ameninț. Pot orice când este vorba despre liniștea unei femei lipsite de apărare.

– Vezi? Nu faci altceva decât să-mi confirmi că Irina este specială, dacă o protejați așa.

M-am îndreptat spre ușă, iar Angel m-a urmat.

– Să ai o zi bună, i-am urat scurt și am ieșit din casă.

Eram supărat pe Irina că nu a avut încredere să-mi spună adevărul. O Irina care se ferea de mine era o noutate. Și nu una plăcută. M-am dus să-i duc inelul, pornit să-i reproșez că-mi ascunsese povestea cu Angel și să o avertizez cu privire la faptul că nu reprezenta pentru el decât un mijloc de a se răzbuna pe Matei. Însă, când am văzut-o, mi-au trecut supărarea, teama, totul. Era frumoasă, calmă și blândă, cum o știam eu. De parcă niciun pericol nu plana asupra ei, de parcă viața îi surâdea fără încetare.

După ce mi-a reproșat că nu am bătut la ușă și m-a invitat zâmbind să intru, s-a așezat pe scaunul din fața măsuței de toaletă, iar eu m-am așezat la picioarele ei.

– Ce faci, Irina?

– Știi, mi-a surâs ea dulce, uneori am impresia că tu îmi pronunți numele diferit. Altfel decât ceilalți. Spus de tine, numele meu pare altfel. Oare de ce?

I-am luat mâna stângă și i-am mângâiat-o, privind-o atent de parcă aș fi văzut-o pentru întâia oară. Mâinile ei mi se păreau atât de delicate, cu degete lungi, subțiri și fine. I-am sărutat ușor încheietura, apoi i-am pus palma pe obrazul meu, dornic ca întotdeauna de atingerea ei caldă. Ea m-a mângâiat privind-mă cu drag, topindu-mă sub atingerea diafană a ochilor ei.

– De ce oftezi? m-a întrebat șoptit.

– Nu oftez. Mă lași fără aer...

A zâmbit și și-a retras mâna, schimbând imediat vorba.

– Ce se întâmplă cu tine? De unde vii?

– M-am plimbat.

– Singur?

– Cu tine.

A evitat să mă privească, de parcă nu-i plăcea ceea ce-i spusesem, de parcă o incomoda răspunsul meu. Am scos inelul din buzunar, i l-am pus încet în palmă, apoi i-am strâns pumnul, privind-o necontenit în ochi. L-a deschis imediat, surprinsă, curioasă să vadă ce-i lăsasem în mâna închisă. Nu și-a mai ridicat privirea înspre mine, evita să se uite în ochii mei. Probabil că se întreba cum ajunsese inelul ei la mine și dacă știam despre jocul lui Angel. Și înțelegea că știam tot ce se întâmplase, deci și că se ferise de mine.

M-am ridicat, m-am dus în spatele ei, am răsucit-o și am îndemnat-o din gesturi să rămână cu spatele la mine și cu fața spre măsuța plină de obiectele ei feminine și fragile. M-a ascultat supusă, iar eu, privind-o în ochi prin oglindă, i-am prins părul și am început să mă joc ușor cu el. Mi-a susținut privirea, și-a scos încet cerceii, apoi, brusc, dintr-o singură mișcare, a tras cu putere de mărgelele pe care le purta la gât. Ața care ținea la un loc sferele colorate și încălzite de atingerea pielii ei s-a rupt, iar bilele, cu un zgomot limpede și pur, s-au împrăștiat pe măsuță și pe jos.

Am tresărit, ca trezit dintr-un somn adânc, și m-am aplecat repede să le adun. Am renunțat abia când am înțeles că Irina, pur și simplu, se jucase, iar acum se amuza pe seama mea. Și m-am oprit imediat din căutarea febrilă a zecilor de globuri minuscule, zâmbind. Am continuat să o privesc cum își periază părul și parcă îmi era imposibil să plec de lângă ea. Irina putea să-mi facă orice: să mă iubesc, să mă urască, să mă mângâie sau să mă tortureze. Îi priveam reflexia în oglindă și mă gândeam că ea este tot ce iubeam pe lume, că este pacea și zbuciumul meu, mângâierea și durerea, fericirea și nefericirea mea toată. Era jumătatea mea perfectă, cu bunele și cu relele ei.

– Ce vezi? m-a întrebat, parcă fără să aștepte vreun răspuns.

– Ce văd acum?

– Da.

– Văd... restul vieții mele.

Irina a oftat adânc și a închis ochii imediat, ca și când ar fi vrut să uite că sunt acolo. Iar eu am ieșit din cameră, fără curajul de a-i înfrunta privirea după ce tocmai îi mărturisisem, și în acest fel, dragostea și devotamentul, speranța și nebunia mea.

Din ziua aceea, Irina și-a schimbat atitudinea față de mine. Era rece și aproape nu mă vedea, ba chiar îmi arăta cu orice preț cât îl iubește pe Matei și ce relație minunată au, de parcă aș fi fost o bucată de lemn neînsuflețită, pe care nimic n-ar fi putut să o doară.

Și, ca și cum nu-mi era de ajuns indiferența ei, nu știu ce-l apucase și pe Matei, care îmi confirma ori de câte ori avea ocazia cât de fericit este cu Irina. Ba chiar dându-mi detalii picante despre nopțile lor amoroase, lucruri care mă scoteau din minți mai întâi, ca mai apoi să mă afunde într-o adâncă deznădejde. Dimineața, în drum spre birou, îl apuca o dorință nestăvilită de a mi se destăinui și îmi împuia capul cu povești despre cum i se dăruia ea, despre cum nicio altă femeie nu-l făcuse să se simtă atât de iubit. Iar eu, deși îmi crăpa inima de gelozie și de o durere ascuțită, încercam să-l ascult detașat, încercam din răsputeri să-mi imaginez că fratele meu vorbește despre altă femeie, una oarecare, una dintre cele multe, nu despre cea pe care o iubeam cu toată ființa mea.

Dar îmi era din ce în ce mai greu. Pur şi simplu, nu mai suportam şi simţeam că mă sinucid lent. Eu nu mai aveam o viaţă, iar cea pe care o trăiam devenise un coşmar. Mă trezeam şi mă bucuram că sunt viu doar pentru ea şi doar când eram lângă ea, iar nopţile îmi erau cel mai urât vis care i se putea întâmpla cuiva, unul plin de obsesii înfricoşătoare. Gândul că se află în braţele lui Matei mă înnebunea şi-mi chinuia fiecare clipă. Eram obosit şi foarte, foarte nefericit. Devenisem doar o umbră a celui care fusesem cândva. Doar Oli a observat că nu sunt în apele mele şi mă privea cu îngrijorare, neliniştită şi cu teamă. M-a abordat alarmată de câteva ori, dar de fiecare dată i-am spus că sunt doar obosit şi că nu am nimic în afara problemelor uzuale şi inerente de la birou.

Cu ultima fărâmă de raţiune şi cu ultimele puteri, trebuia să admit că unica soluţie e să-mi iau din nou adio de la Irina, să mă rup definitiv de ea, să accept că femeia aceasta, iubita fratelui meu, nu putea fi niciodată a mea şi să fac tot posibilul să-mi văd de viaţă fără ea, fără să-mi mai construiesc iluzii că pot să îndur la nesfârşit situaţia aceea fără ieşire. Câteva zile, am făcut un exerciţiu de imaginaţie şi am încercat să-mi închipui cum ar fi viaţa fără ea. Mi se părea de neconceput, însă, aşa cum văzusem scris de ea în jurnalul pe care-şi nota conştiincioasă gândurile, năzuinţele şi visurile, speram că într-adevăr putem trăi şi fără aceia pe care-i iubim. Că putem să ne bucurăm de fericirea lor chiar dacă nu suntem o parte din ea. Că imposibilul poate deveni posibil.

Trebuia să am o discuţie cu ea, să stabilim împreună ce fel de relaţie vom avea în viitor. Trebuia să mă asigur că nu i-am dat lumea peste cap cu declaraţiile mele nebuneşti, că nu ştie cât o iubesc, că nu-i tulburasem sentimentele în vreun fel şi că totul va putea reintra în normal dacă mă îndepărtez de ea şi-mi iau din nou viaţa în mâini, trăind-o doar pentru mine. Aşa mi se părea mie normal să procedez, să nu plec mai departe nepăsător, lăsând în urmă un suflet pustiit ca o casă arsă.

Într-o seară, înainte de culcare, am bătut la ușa ei. Am găsit-o la măsuța de toaletă, cufundată în gânduri, cu fruntea înaltă și senină aplecată deasupra caietului ei și scriind. M-a invitat să intru în sanctuarul ei și, când i-am spus că vreau să vorbim, a zâmbit calmă, a deschis sertarul și a băgat acolo jurnalul, abia apoi s-a întors spre mine.

M-am așezat cuminte, ca un copil, pe colțul patului și mi-am luat tot curajul să abordez subiectul atât de delicat care-mi măcina inima: relația noastră. Am început cât se poate de blând, dar și hotărât să plec din camera ei cu toate răspunsurile de care aveam nevoie.

– Știi, m-am gândit foarte mult la tot. La noi. Am încercat să înțeleg ce se întâmplă și unde s-a ajuns. Pentru că ceva parcă nu e OK. Știi cât te prețuiesc și știi că...

Îmi smulgeam cuvintele din inimă și i le așterneam la picioare ca pe odoare prețioase prezentate pe o pernă de ceremonie, din catifea. Dacă mai aveam un pic de respect pentru viața mea, trebuia să fac asta. Să-i spun cu adevărat „Adio!".

– Lasă preludiul, Robert. Treci direct la subiect.

Irina părea enervată și, lipsită de răbdare, mi-o tăiase scurt, voia să fiu concret. Am simțit imediat, așa că mi-am scurtat discursul și am explicat la obiect și concis, cum dorea ea.

– Mi-am reevaluat sentimentele. Aveam impresia că te iubesc mai mult decât ca pe o prietenă, dar nu e așa. Țin la tine doar ca la o prietenă foarte bună, ca la cineva din familie. Te plac, ești minunată, mi-ai schimbat viața și poate de aceea am crezut asta și am confundat lucrurile.

Mințeam, desigur. Știam prea bine că nu e deloc așa, dar la fel de bine știam că trebuie să pun capăt unei situații confuze și dureroase pentru mine, care dura de prea multă vreme. Și să fac tot posibilul să nu o rănesc, să nu lovesc în sentimentele și în orgoliul ei.

– Le-ai confundat?

– Da. Am confundat dragostea cu sentimentele de prietenie. Adică, știi și tu, un bărbat îndrăgostit de o femeie nu ar putea să o știe în aceeași casă cu el făcând dragoste cu altul. Or, pe mine asta nu mă deranjează. Mă simțeam singur și ai fost doar un refugiu...

Mințeam cu nerușinare în continuare, dar ce altceva puteam să fac? „Refugiu"? Ce patetic puteam fi! Cât suferisem și suferam în continuare, știind-o a fratelui meu! Irina fusese întregul meu univers, aerul meu, sufletul meu...

– Refugiu... Bine. Ce vrei să spui mai exact?

– Că, în sfârșit, am înțeles ce simt pentru tine. Dragoste prietenească – și nimic mai mult.

Irina s-a răsucit cu spatele la mine, s-a întors cu fața către oglindă, iar eu încercam să observ dacă o afecta ceea ce tocmai îi spusesem. Părea foarte calmă și sigură pe ea. Și-a desfăcut părul încet și a început să și-l perieze cu multă liniște în mișcările ample.

– Știam asta, a spus încet.

– Ce anume?

– Că nu mă iubești decât ca pe o prietenă. Știam că sunt doar un refugiu. Era și normal...

Vocea părea, cumva, a-i fi schimbată, dar rămăsese în continuare foarte sigură pe ea. Și zâmbea. Zâmbea sfâșietor pentru mine, inima mea era bucăți.

– Ne-am lăsat păcăliți de niște chestii, nu?

– Da.

– Știi, am avut impresia că și tu mă iubești altfel.

Trebuia să știu, trebuia să aflu, să fiu sigur că nu i-am făcut răul acela de care mă temeam. Că nu i-am bulversat existența și că nu-i tulburasem sentimentele și pacea.

– Știi bine cât îl iubesc pe Matei! Poate că și tu ai fost un refugiu. Poate că te comparam. Aveai chestii pe care el nu le avea, am luat de la tine lucruri și momente pe care el nu mi le oferea. Ai fost mereu alături de mine și...

Fiecare cuvânt rostit de ea mi se părea ca un cuțit răsucit în inimă. Sufletul meu parcă era panoul spre care un artist de circ versat și periculos își trimitea, țintind la punct fix, pumnalele ascuțite și mortale. Eram tot numai o rană. Dar sosise momentul adevărului și trebuia să accept că nu mă iubea așa cum îmi închipuiam eu, trebuia să rupem acea lege nescrisă a tăcerii dintre noi. Mai ales, trebuia să-mi spulber în cele patru vânturi iluzia că mă iubește și să nu mai continui să mă comport aberant.

Am mai vorbit puțin, asigurându-ne unul pe celălalt că suntem cei mai buni prieteni, apoi am plecat din camera ei, cu senzația clară că de data asta chiar o pierdeam pentru totdeauna și că lucrurile sunt definitive. Chiar dacă mai încercasem asta, chiar dacă mi mai promisesem că o las pe Irina în urmă, inima mea nebună simțea că a venit momentul potrivit pentru o despărțire reală și își făcea curaj, crezând că va supraviețui încercării.

Speram, ca de fiecare dată, să o pot înlocui în sufletul meu cu o altă femeie, una care să mă iubească și pe care să o iubesc. Și am încercat să mă țin de cuvânt. Am reluat legătura cu o fată care mă plăcea de mult, dar căreia, ca și altora ca ea, nu i-am dat nicio șansă.

Pe Alexandra o cunoscusem la o petrecere în București, într-o seară în care, ca de obicei, sufeream de singurătate. Nu-mi displăcuse: era o fată înaltă și suplă, cu păr lung, roșcat și cu ochi mari și căprui; cu un comportament decent, cald, de fată veselă și cumințică. Rămăsesem singurul bărbat treaz care ar fi putut-o conduce acasă, prilej cu care am stat mai mult de vorbă și am făcut schimb de numere de telefon. Compania ei era plăcută, nu obositoare și stresantă, mă liniștise și mă făcuse să mă simt relaxat, mă ajutase să uit de problemele mele. A insistat să se revanșeze cu o cafea și ne-am întâlnit într-o zi la o cafenea elegantă, apoi mi-a trimis mesaje drăguțe și eu îi răspundeam la fel, dar total dezinteresat și doar din politețe. Era o fată cu adevărat simpatică, veselă și plină de viață, nu deranja, nu mă plictisea și nici nu mă scotea din răbdări cu insistențe nelalocul lor. Dar nici nu-mi pusese inima pe jar, din păcate.

Într-o seară, la scurt timp după ce o cunoscusem, m-a sunat și mi-a spus că are nevoie să discute cu cineva și că nu are pe nimeni, că se simte singură și părăsită de toată lumea și că are nevoie de un umăr pe care să-și pună capul și să plângă. M-a impresionat, parcă vorbea despre mine... M-am dus la ea și am ascultat-o până ce și-a descărcat sufletul, apoi s-a cuibărit neajutorată în brațele mele, a plâns și a cerșit mângâiere ca un cățel al nimănui. Nu aș fi vrut să mă culc cu ea, însă a făcut tot posibilul să se întâmple asta și m-am lăsat dus de val. Eram și eu om, bărbat până la urmă.

În perioada următoare, am mai sunat-o ca să mă asigur că este bine, dar am refuzat să ne întâlnim, scuzându-mă credibil că sunt extrem de ocupat, în același timp dându-mi seama că nu mă simt în stare să am o relație cu ea. Nu voiam nici să o mint, nici să-i dau speranțe. Dar ea, perseverentă și mereu înțelegătoare și drăguță, nu a renunțat. Mi-a scris mereu mesaje și mă suna din când în când, să vadă ce mai fac și dacă sunt bine. Apoi s-a oprit și nu m-a mai căutat deloc, probabil înțelegând că nu sunt interesat să construim o relație.

Însă a revenit într-o zi, pe neașteptate.

– Hai să ieșim în oraș, îmi e dor de un prieten ca tine, mi-a zis, entuziasmată.

Nimerise exact momentul potrivit, aveam nevoie de veselia ei. Am acceptat și, spre mirarea mea, prezența ei mi-a făcut bine.

Am ieșit câteva zile la rând, de data asta eu eram cel care o suna mereu. Nu voiam să fac nicio pauză, de teamă că mă voi răzgândi în ceea ce o privește și că mă voi întoarce la deprimare și singurătate. Serile le petreceam împreună, la ea, dar nu rămâneam niciodată peste noapte. Poate pentru că nu reușeam, încă, să stau atât de mult timp departe de Irina – după plecarea în Germania, când lipsa ei din viața mea fusese cumplită, voiam să profit mereu de prezența sa binefăcătoare. Dar nici nu mai ajungeam la cină, așa cum obișnuiam. Iar Irina, consecventă în grija ei pentru noi toți, îmi punea mereu deoparte o porție din ceea ce pregătea pentru cină. Avea tot felul de trucuri de gospodină pentru a-mi păstra mâncarea caldă, iar uneori îmi ținea companie în timp ce mâncam.

– Nu trebuie să stai mereu cu mine, i-am spus într-o seară, în timp ce luam o cină târzie în compania ei.

Era trecut de miezul nopții, iar eu abia ajunsesem de la Alexandra. Mă simțeam vinovat că Irina aștepta după mine, dar, de ce să nu recunosc, îmi plăceau în continuare alinturile ei de acest fel, preocuparea asta numai a ei pentru ca toată lumea să fie bine.

– Stau cu drag. Oamenii nu ar trebui să mănânce singuri. Nu ți se pare că mesele luate în singurătate sunt foarte triste? În copilărie, îi invidiam pe cei care aveau o familie numeroasă și mâncau împreună, îndemnându-se astfel unii pe ceilalți. Mi se părea minunat să ai șansa să mănânci la grămadă, să povestești, să râzi, să discuți. N-ai observat și tu că în ziua de azi oamenii nu mai știu să se bucure de mese împreună? Fiecare mănâncă în grabă ce și pe unde apucă, familiile nu mai petrec timp laolaltă, ca pe vremuri, când se strângeau cu toții în jurul mesei și, reuniți în acest fel, creau o legătură mai puternică între ei.

Ca de obicei, avea dreptate. Dar îmi părea tristă. Încercam să-mi imaginez cum va fi dacă o voi aduce pe Alexandra acasă. Irina trebuia să o placă pe femeia cu care aveam de gând să fiu, altfel n-ar mai fi existat armonie în familie. Așa că mi-am luat inima în dinți:

– Știi, voiam să-ți spun ceva. Ies cu o tipă.

– Mi-am dat seama. Lipsești cam mult în ultima perioadă. Mă bucur pentru tine. Cum e?

– Este simpatică. Ai vrea să o cunoști?

– Desigur.

– I-am povestit despre tine, despre voi, e curioasă să vină și vă cunoască pe toți, să vadă tot clanul din care fac parte.

Irina mi s-a părut încântată că nu mai sunt singur, că am și eu în sfârșit pe cineva care-mi place suficient cât să o prezint familiei. Durea încă depărtarea mea de ea, dar nu mai putusem continua, mă distrugeam singur și i-aș fi ruinat și ei viața și toate principiile.

Când am adus-o pe Alexandra acasă pentru prima oară, mă așteptam să văd o urmă de gelozie în atitudinea Irinei, ca atunci când venisem cu Lavinia. Dar nu a fost deloc așa. A primit-o cu acea căldură pe care i-o cunoșteam și pe care i-o adoram, cu bunătatea specifică ei, iar Alexandra a îndrăgit-o pe loc, în timp ce o privea ca un copil curios. Era fascinată de felul Irinei de a fi, de puterea și siguranța de sine pe care le emana, îi aprecia gusturile și își dorea să-i fie prietenă, iar eu mi-am dat seama de asta imediat și m-am bucurat, cumva, în sinea mea. Nu total, desigur. Nu aveam cum, dragostea pentru ea încă îmi bântuia visele și dorințele. Și undeva, în adâncul sufletului, poate că încă speram că Irina simțea ceva mai mult pentru mine decât prietenie. Dar, cu toate astea, era un bun început de normalizare a situației dintre noi și, mai ales, un start corect pentru povestea pe care încercam din răsputeri să mi-o construiesc cu Alexandra.

Irina a pregătit în seara aceea o cină delicioasă și ne-a făcut să râdem cu tot felul de istorioare amuzante, care ne-au antrenat să povestim și noi tot felul de lucruri simpatice. Așa că am avut o seară minunată în familie. Purtarea Irinei mi-a luat de pe suflet atât greutatea speranței, cât și bolovanul îngrijorării că ar putea să nu-i placă să mă vadă cu o femeie.

Însă noaptea a făcut un gest neașteptat de nebunesc, absolut de necrezut: am surprins-o privindu-mă prin ușile care dădeau pe terasă, în timp ce făceam dragoste cu Alexandra. Credeam că am vedenii, că imaginația îmi joacă feste, nu eram convins că văzusem bine, așa că, în timp ce iubita mea era la baie, am ieșit din cameră pe terasă, acolo unde mi se păruse că o zăresc. Ușa camerei de oaspeți care se afla lângă camera mea și cu care împărțeam spațiul exterior era deschisă, iar când am intrat, am văzut papucii Irinei pe jos. Nu mai încăpea nicio îndoială că fusese pe terasă și că ne spionase.

Eram șocat. Am așteptat nerăbdător să adoarmă Alexandra și am mers să o caut pe Irina. Am găsit-o în living, dormea pe o canapea, dezvelită. Am luat-o în brațe să o duc în camera ei și s-a trezit.

– Vrei să răcești? am întrebat cu blândețe, urcând treptele cu ea în brațe.

– Nu mi-era frig, mi-a răspuns cu o voce răgușită, ținându-se de gâtul meu ca un copil alintat peste măsură.

– Nu mă refer la faptul că dormeai dezvelită.

– Dar la ce? m-a întrebat nevinovată.

– Lași uși deschise, stai în curent, umbli desculță pe terase și îți lași papucii aiurea prin casă...

N-a spus nimic, dar și-a ascuns fața lipind-o de gâtul meu. Am dus-o în camera ei, am așezat-o încet pe pat și am învelit-o cu grijă, ca pe o comoară. Eram, ca întotdeauna, topit după ea.

– Vrei să stau puțin cu tine?

– Nu. N-o lăsa singură pe Alexandra.

M-am așezat pe pat și am început să o mângâi încetișor pe păr. Încercam să înțeleg ce era în mintea ei și de ce mă spionase. Încercam să-mi spun că nimerise din întâmplare pe terasă, dar era un argument mult prea șubred. Ea nu intra niciodată în camera de oaspeți, cu atât mai puțin pe balconul acela comun cu dormitorul meu.

– O iubești? am auzit-o întrebându-mă printre gândurile contradictorii care mi se ciocneau în minte.

– Da.

Nu o iubeam pe Alexandra, îmi plăcea doar. Îmi era bine în preajma ei. Era o relație care-mi umplea singurătatea, îmi devenise necesară. Dar ea nu trebuia să știe asta.

– Mă bucur pentru voi. Noapte bună! Mi-e foarte somn.

Avea ochii închiși și părea că stă să adoarmă la loc.

– Îmi dai voie să te pup pe frunte, aşa cum făceam înainte?

– Înainte, când confundai lucrurile? a şoptit cu glasul ei dulce.

– Da.

– Bine.

M-am aplecat şi am pupat-o cu duioşie pe frunte, dar mi-a fost imposibil să mă îndepărtez de ea fără să-i mângâi obrazul cu obrazul meu. Sărutul nostru, cel de la mare...

– Cred că ai ceva ciudat, o energie aparte, i-am spus. Pentru că, de câte ori vin atât de aproape de tine, rămân fără aer...

– Pleacă, până nu confunzi iar lucrurile, m-a gonit ea cu glas pierit.

S-a întors cu spatele către mine, iar eu, cuminte şi ascultător, am plecat.

Era geloasă pe Alexandra, dar nu voiam să admit asta. Sau adevărul mi se părea incredibil.

Pe măsură ce relaţia noastră părea să se sudeze, Alexandra s-a mutat încetul cu încetul la Snagov. La început, rămânea doar câte două, trei nopţi, apoi a început să-şi aducă din lucruri.

Dar prietenia dintre Irina şi Alexandra nu a durat prea mult, deşi la început mi se păruse că a pornit la drum cu dreptul. Alexandra era diferită de Irina, era împrăştiată, nu era punctuală, nu avea iniţiativă, nu făcea nimic în casă în afară de dezordine. Irina se ocupa de casă, gătea şi avea grijă de Cesara, conform programului ei obişnuit. Alexandra dormea până târziu, lenevea în pat cu telecomanda televizorului în mână, nu respecta ora cinei, iar pe Irina începuseră să o deranjeze nepăsarea, indolenţa şi lipsa ei de interes pentru căminul care devenise şi al ei. De câteva ori i-a făcut observaţie, iar Alexandrei desigur că asta nu-i plăcea şi se victimiza, plângându-se la mine.

– Aşa m-am săturat de fiţele ei! mi-a spus nervoasă într-o zi, după ce Irina îi reproşase că lasă prin casă paharele pe care le folosea și diverse lucruri. Se poartă de parcă ar fi stăpâna casei și toată lumea trebuie să fie la picioarele ei.

– Încearcă să te calmezi. Irina chiar este stăpâna casei. Nu numai pentru că e iubita lui Matei, dar, așa cum știi și tu, ea are grijă de casă și de noi toți.

– Și ce? Asta înseamnă că trebuie să-i fim supuși și să nu deschidem gura în fața ei? Numai voi sunteți de vină, ați alintat-o prea mult cu „Maiestate în sus“ și „Maiestate în jos“, încât mai are puțin și chiar crede că e vreo regină.

– Va trebui să te înțelegi cu ea, Alexandra. N-am cum să te ajut, am adăugat și eu, zâmbind candid și făcând-o să înțeleagă că nu am de gând să-i țin partea.

Alexandra nu s-a străduit prea mult timp și prea tare să-i intre Irinei în grații. Iar Irina o tolera probabil doar de dragul meu, dar și pentru a nu strica armonia din casă.

Vremea trecea și începeam să mă întreb dacă îmi doresc cu adevărat o relație cu Alexandra sau doar mă folosesc de ea pentru a nu fi singur. De fapt, adevărul e că nu rezonam deloc cu fata aceea și mă simțeam foarte singur lângă ea. Nu o iubeam, doar eram convins că am nevoie de mai mult timp cu ea și că la un moment dat va veni și dragostea. Însă, cu cât relația mea înainta așa cum înainta, cu atât mai dor îmi era de Irina și parcă tot mai mult o iubeam și simțeam nevoia să mă întorc la Raiul (dar și Iadul) meu, când puteam măcar să fur momente unice pe care să le trăim amândoi. Involuntar, o comparam pe Alexandra cu ea și îmi doream să aibă cel puțin câteva dintre calitățile Irinei, măcar pe acelea care puteau fi copiate.

Însă Alexandra era superficială, invidioasă și devenise răutăcioasă. Își dorea să fie ca Irina. De fapt, își dorea să aibă tot ce avea Irina: simpatia și respectul tuturor, un anturaj bun, lucruri frumoase, personalitate, curaj. Numai că dorința ei nu venea la pachet și cu sacrificiile Irinei: nu o interesa și nu se îngrijea de căminul nostru, de armonia și curtoazia dintre noi, cei care formaserăm o familie extinsă.

Cele două fete erau diferite ca ziua și noaptea. În vreme ce Irina era prietenoasă și-i iubea pe toți oamenii, Alexandra făcea diferențe între clasele sociale. Ea nu concepea să fie prietenoasă cu vânzătoarele din piață, cu care Irina vorbea și se pupa de parcă ar fi fost egale. Irina era umană și avea grijă de toți, le ducea cafele și prăjituri muncitorilor care reparau ceva prin casă. Dacă vedea pe cineva muncind în soare, îl oprea și îi dădea o sticlă cu apă. În schimb, Alexandra considera că toți sunt plătiți pentru munca lor, că fiecare și-a ales soarta și că nu are nicio datorie față de ei, nu trebuie să se dea peste cap ca să le fie lor mai simplu sau mai ușor. „Fiecare cu ale lui“, spunea. Și ridica nepăsătoare din umeri.

– Nu eu sunt de vină că unii n-au învățat și nu au muncit ca să aibă mai mult, a spus Alexandra într-o zi, când se discuta la masă despre bacșișuri.

Știam că Irina va reacționa – și bineînțeles că așa s-a și întâmplat.

– De unde știi tu că unii chiar au avut de ales, că nu au vrut să învețe sau că nu ar vrea să facă mai mult? Și de ce desconsideri munca unor oameni? De ce crezi că a fi zidar sau barman înseamnă a fi mai prejos decât, nu știu, un învățător sau un medic? Crezi că tu ești mai presus de ei fiindcă nu faci nimic și ești întreținută de „Iubi“?

– Și tu ce faci? a sărit imediat Alexandra.

– Eu nu sunt întreținută, am banii mei, am o proprietate închiriată și vreau să și muncesc. Și, în afară de asta, oricum nu ard gazul de pomană și nu butonez televizorul încontinuu. Încerc cum pot să mă fac utilă și să fiu de ajutor, mă implic în problemele casei și ale familiei.

– Și eu vreau să muncesc, dar, scuze, nu am făcut o facultate ca să fiu ospătăriță sau vânzătoare.

– Mă abțin.

Irina se abținea cu adevărat, i-ar fi demontat argumentul pueril din două fraze, dacă și-ar fi pus mintea cu ea.

– Scuze, prințesa bunătății, apărătoarea claselor sociale defavorizate, a copiilor și animalelor...

Alexandra mă făcea să o plac din ce în ce mai puțin. Nu mă cucereau nici ironia ei ieftină, născută, clar, din invidie, și nici răutatea, pe care la început nici măcar nu i-o bănuiam.

– Educ-o pe-asta, altfel o vei găsi într-o zi fără păr în cap, mi-a spus Irina, vizibil iritată de răspunsurile afurisite și lipsite de tact ale iubitei mele.

– OK. În concluzie, lăsăm bacșiș de minimum zece la sută dacă am fost mulțumiți de calitatea serviciilor, a intervenit Matei, încercând să aplaneze conflictul dintre Irina și Alexandra.

– Eu nu sunt de acord, a sărit imediat Alexandra, înverșunată și pusă pe harță. Sunt plătiți pentru munca lor. Cei care lucrează în birouri nu primesc bacșișuri și nu mai mor.

– Tu ce părere ai, Irina? am întrebat-o liniștit, sperând în același timp că nu va sări la gâtul Alexandrei și că se va stinge de la sine conflictul dintre ele.

– Mie nu-mi pică bine nicio bucurie dacă nu se bucură și celălalt. Nu mă bucur nici de mâncare, nici de plimbare, nici de părul coafat sau de răsfățul unui tratament cosmetic dacă cei care mi-au fost de ajutor și de folos nu sunt și ei încântați. Eu cred că a da bacșiș este o binecuvântare. Ce e mai luminos decât faptul că ai și că să poți oferi la rândul tău, din inimă, oricât de puțin ar fi? Mereu dăruiesc ceva cu drag, gândindu-mă că, în timp ce eu mă bucur, mă distrez, mă plimb, cel care mă servește e la muncă. Dacă ai bani să mănânci la restaurant și să mergi cu taxiul, înseamnă că ai și un leu sau doi în plus ca să lași bacșiș. Bine, un leu, doi e un fel de-a spune, bacșișul nu trebuie să fie o bătaie de joc, ci un gest de curtoazie.

– Gata, ne-ai dat pe spate! a completat-o Alexandra ironică. Ești bunătatea întruchipată. Ce păcat că nu pot fi și eu ca tine. Nu că mi-aș dori...

– Nu-i așa? i-a răspuns Irina, zâmbind. Doar că tu, Alexandra, nu-ți dorești să fii ca mine, ci îți dorești doar să ai ce am eu. E o diferență. Una imensă. Deh, ambiții mici. De copile necoapte.

Nu puteam să nu le compar pe cele două femei. Nu aş fi vrut să o fac, dar era imposibil, când le aveam pe amândouă în fața mea, să nu cântăresc personalitățile lor atât de diferite şi să nu trag nişte concluzii. O îndrăgeam pe Alexandra, e drept, dar pe Irina o adoram. O iubeam atât de mult, încât mă uram pentru asta. Și tot datorită ei viața avea alt gust, lumea era îmbrăcată în haine de gală. Parcă toată iubirea de care eram capabil i se cuvenea ei şi numai ei, nu eram în stare să-i mai dăruiesc niciun pic de dragoste altcuiva. Cu atât mai puțin unei persoane care era mai prejos de ea.

Mă simțeam neputincios şi nefericit. Și foarte singur, chiar dacă aveam o relație. Eram convins că o să mor iubind-o, iar ea nu va fi ştiut cât de mult a însemnat pentru mine şi că aş fi sărutat în orice secundă pământul pe care călca.

Dar, într-o seară, fără voia mea, a aflat tot ce simțeam cu adevărat pentru ea...

Ne aflam la o cabană, la munte, împreună cu câțiva prieteni. Iar în una dintre seri, târziu, când toți cei din grup se duseseră la culcare, eu și prietenul meu Cosmin am rămas în living să bem ceva și să mai povestim de-ale noastre, ca băieții. Cu toate că el era cel mai bun prieten al meu, în ultima perioadă nu reușeam să ne întâlnim foarte des. De aceea, când apucam să ne vedem, aveam multe de povestit. Și de toate felurile, inclusiv despre problemele noastre, nu numai de viață, ci și sentimentale. El mă cunoştea foarte bine și a observat că nu sunt în largul meu, că nu păream a mă simți prea bine.

M-a întrebat dacă sunt în regulă și, cu toate că la început am vrut să-l mint și pe el – așa cum mințeam pe toată lumea –, nu am putut. Simțeam nevoia să împărtășesc cu cineva care să mă înțeleagă și să nu judece greşit ceea ce simțeam, durerea mea, neputința mea, singurătatea mea. I-am mărturisit atunci că motivul tristeții mele este iubirea pentru o femeie pe care nu o pot avea. Și, deși ştiam că el nu m-ar fi trădat vreodată, parcă tot nu îndrăzneam să-i spun pe cine iubesc atât de mult, deşi insista nu din curiozitate, ci pentru că simţea că am nevoie să-mi descarc sufletul în faţa cuiva.

– Zi-mi pe cine iubeşti, nu mă mai fierbe atât! O cunosc?

– O cunoşti, i-am zis, incapabil să mai ţin în mine secretul care mă devora de-atât timp.

– Pe cine? Zi-mi odată!

Mi-am luat inima în dinţi. Trebuia să arunc afară din inimă ceea ce mă transformase atât de mult.

– Pe Irina.

– Poftim? Pe Irina? Pe Irina a lui Matei?!

Cosmin nu-şi putea crede urechilor, repeta încontinuu de parcă aştepta o confirmare că nu a înţeles greşit, fiindcă îi pronunţasem numele foarte încet.

– Da. Şi taci, poate să apară cineva şi să ne audă!

– Nu se poate! Ti-ai pierdut minţile?

– Cred că da.

– Frate, nu pot să cred! Ea ştie?

– Nu. Am avut grijă să nu mai ştie.

Cosmin mă privea siderat. I se părea că nu mă mai recunoaşte. Robert pe care-l ştia el nu putea să facă aşa ceva, nu se putea îndrăgosti de iubita fratelui său. De parcă ar fi fost vorba despre controlul sentimentelor, de parcă aş fi putut să mă îndrăgostesc de cine voia raţiunea mea...

– A fost ceva între voi doi? m-a întrebat în şoaptă, tulburat de o asemenea întrebare şi o astfel de grozăvie.

– Nu. Ce să fie? Mă crezi nebun?

– Poate că doar o placi, n-ar fi de mirare, dar de iubit...

– Sunt îndrăgostit nebuneşte de ea, frate! Şi nu de ieri, de azi. De când o cunosc!

Gata, îmi vărsasem cufărul cu secrete şi comorile inimii în faţa lui Cosmin. Parcă mă simţeam oarecum eliberat după mărturisire.

– Nu pot să cred! Băi, tu ești nebun de tot, cum naiba ai putut să te-ndrăgostești tocmai de ea? Din câte tipe ți-au trecut prin mână?!

– Mai bine nu-ți spuneam, văd că nu îți mai revii…

Cosmin era în continuare șocat, la asta chiar nu s-ar fi așteptat. Și nu putea să accepte.

– Fratele meu, trebuie să faci ceva, trebuie să-ți treacă, nu poți s-o iubești pe Irina! Nu ești un copil, ești un bărbat în toată firea!

– Și ce să fac? Hai să încheiem discuția asta de femei patetice!

– Păi, ești patetic! Ce naiba e în capul tău?

De parcă eu nu știam că sunt un bărbat matur. Și ce-aș fi putut să fac mai mult decât încercasem deja în toate felurile ca să mi-o scot din suflet? Epuizasem toate modalitățile de a o uita, iar acum mi se părea că mă vait și că aștept să fiu consolat și îndrumat, mi se părea că sunt ca o femeie plângăcioasă. Și nu asta era ideea, să mă victimizez, ci pur și simplu să-i spun cuiva ce greutate îmi apasă inima.

– Crezi că n-am încercat să mi-o scot din suflet? Parcă n-ai ști cu cine stai de vorbă! La început, credeam că doar mă simt atras de ea, mă gândeam c-o să-mi treacă. Dar, iată-mă, după atât timp, foarte îndrăgostit de ea. Și, în loc s-o uit, o iubesc din ce în ce mai mult, nu mi-o pot scoate din cap și din suflet, orice-aș face. Simt că ea este jumătatea mea, Cosmin. Știi ce-i aia? Simt în toată carnea, în oasele, sângele, inima și mintea mea.

Cosmin tot nu-și putea reveni. Mi-a sugerat să mă mut de la Snagov, dar i-am spus că nu puteam pleca de lângă toți cei pe care-i iubeam și, oricum, plecarea mea nu m-ar fi ajutat să nu o mai iubesc pe Irina.

La un moment dat, Cosmin s-a ridicat să-și mai toarne whisky în pahar – ceea ce-i mărturisisem îl năucise. Dar s-a oprit brusc. Am întors capul... și am văzut-o pe Irina în pragul ușii. Probabil că asistase la toată confesiunea mea.

– Deranjez? a întrebat ea, zâmbind și pășind încet spre noi, în încăpere.

– De când ești acolo? am întrebat-o speriat, încercând să-mi păstrez cumpătul.

– Știți, eu mă duc sus, că mi-e un somn... Noapte bună! a însăilat Cosmin la repezeală o scuză penibilă, plecând imediat din living ca să ne lase singuri.

Irina s-a așezat în cealălalt capăt al canapelei, de parcă își dorea să stea cât mai departe de mine, și nu spunea nimic. Privea îngândurată focul din șemineu, iar fața îi era luminată de flăcări, care-i conturau atât de frumos obrajii și fruntea, încât îmi venea să plâng de fericirea că pot măcar să o admir.

– De cât timp erai acolo, Irina?

Am întrebat-o de parcă mi-ar fi fost teamă să-i aud răspunsul. Și chiar îmi era. Mi-era frică de reacția ei.

Abia am venit, deci n-am auzit nimic, dacă ești îngrijorat.

Eram. Dar numai pentru că n-aș fi vrut să-i fac vreun rău, grija mea cea mai mare era să nu-i distrug pacea sufletului. Însă, în același timp, știam că, într-un fel sau altul, era greu de evitat să nu afle totul până la urmă.

– Nu ai auzit sau nu ai vrut să auzi? am întrebat-o cu blândețe.

– Ce variantă îți convine mai mult?

– Ceva din ceea ce ai auzit te-a deranjat.

O știam pe de rost și mult prea bine ca să nu fi înțeles deja.

– De ce crezi asta?

– Pentru că te cunosc.

A izbucnit în plâns și și-a acoperit fața cu mâinile. Am înțeles imediat tot zbuciumul ei: auzise totul.

Acum știa cât de mult o iubesc. Nu mai puteam să mă ascund, să neg, să țin totul ferecat în inima mea. Adevărul, ascuns de mine cu atâta chin și cu prețul atâtor suferințe, ieșise la suprafață, nici nu mai contează cum și în ce fel.

M-am așezat în fața ei, jos, pe podea, și am început să-i mângâi cu iubire infinită mâinile cu care își ascundea chipul.

– Nu mai plânge, Irina. Simt fiecare lacrimă a ta ca pe un cuțit în inimă, i-am șoptit cu duioșie.

– Pleacă, te rog. Pleacă!

– De ce, Irina? Mă ai la picioarele tale și mă alungi?

O imploram să nu mă gonească. Eram îngenuncheat, avea o putere uluitoare asupra mea.

– Te rog... Te rog să pleci.

M-am ridicat ca un condamnat și am pornit către ieșire.

Nici eu nu mai puteam sta acolo. Nu știam ce să fac, ce ar fi trebuit să spun. Nu mă puteam scuza că o iubesc, nu puteam nega, nu puteam să-mi iau înapoi vorbele pe care le auzise. Suferința mea era cumplită și, totuși, mă simțeam eliberat, de parcă sufletul meu evadase dintr-o închisoare în care își aștepta moartea.

– Iartă-mă, am auzit-o șoptind în urma mea.

– Să te iert? Pentru ce?

Pentru că nu mă iubește? Știam de mult, chiar dacă uneori sperasem nebunește că mă înșel.

– Pentru că... Nu știu.

– Irina...

– Taci, să nu spui nimic, te rog!

Voiam s-o îmbrățișez și să-i șterg lacrimile, dar parcă ceva mă țintuia în loc. Și-mi spusese să plec. Mă rugase. Dar tot nu puteam să mă desprind de ea și să o las să plângă singură. Și nici nu mă lăsa să mă apropii, să plângă pe umărul meu.

Am stat și am privit-o câteva minute, fără să-i pot spune ceva. La un moment dat, s-a ridicat ea și a plecat, trecând pe lângă mine. Iar eu, la fel cum făcusem de multe ori, i-am mângâiat umbra. Măcar umbra.

Nu eram capabil să merg lângă Alexandra. Am stat singur în living, apoi am ieșit afară pe terasă. Acum, nici eu nu mă puteam opri din plâns. Îmi aminteam ce răspuns i-a dat Irina unei fetițe care a întrebat-o de ce unii oameni sunt grași, după ce fetița făcuse o remarcă răutăcioasă la adresa oamenilor grași.

– Știi ce se adună acolo în grăsimea oamenilor? Toate cuvintele frumoase pe care nu le-au spus. Dacă nu spui un „Mulțumesc“ atunci când trebuie, el se depune pe burtică. Oamenii grași au multe „Mulțumesc“-uri și „Te iubesc“-uri pe care nu le-au spus.

M-a amuzat atunci afirmația ei copilărească, dar acum simțeam toate „Te iubesc“-urile pe care nu i le spusesem ca pe niște bolovani care îmi îngreunau sufletul, ca pe niște stânci uriașe sub care inima mea fusese prinsă și de sub care nu se mai putea elibera, să iasă la lumină.

M-am întins pe una dintre banchetele din ratan de pe terasă și am stat singur în întunericul și liniștea nopții. Încercam să-mi imaginez cum va fi viața mea lângă Irina de acum înainte. Nu o mai puteam privi la fel, iar ea cu siguranță nu avea să se mai poarte la fel. Secretul meu fusese aflat, acum putea să găsească toate răspunsurile care-i lipseau de multe ori și pe care, cu siguranță, pe atunci nu le căuta, nu le bănuia, deci nu aveau cum să-i tulbure pacea. Până în seara când aflase totul din întâmplare...

La un moment dat, am auzit niște pași ușori și nesiguri și am văzut-o apropiindu-se de mine. În întunericul acela, abia îi zăream conturul, însă îi simțeam parfumul, care mă înnebunise întotdeauna. Probabil că și ea căuta un loc unde să stea singură și în liniște, doar cu propriile-i gânduri. A căutat pe bâjbâite un fotoliu și s-a așezat, privind în sus, către cer. Nu știa că sunt acolo și nu avea cum să mă vadă. Poate că abia după ce i s-ar fi obișnuit ochii cu bezna aceea din mijlocul pădurii ar fi putut să zărească ceva.

Am așteptat liniștit și nu m-am mișcat, ca să nu o sperii. Abia respiram. Însă deja mă liniștisem întrucâtva, prezența ei îmi aducea toată pacea de care aveam nevoie în clipele acelea.

Plângea și ea. Nu am rezistat în fața lacrimilor ei și, încet, să nu o sperii, i-am căutat mâna. Nu a tresărit și nu s-a ferit – știa că sunt acolo, poate că deja mă văzuse. Ori mă simțise. Am mângâiat-o ușor pe mână, iar ea, ca prin minune, mi-a răspuns la mângâieri. Poate că eram nebun, dar simţeam multă iubire în atingerile ei. Poate că era ceea ce speram şi doar visam că se întâmplă. I-am reţinut mâna şi am început să-i desenez inimi în palmă.

S-a ridicat brusc şi a dat să plece, dar m-am ridicat şi eu odată cu ea şi am oprit-o tocmai când ajunsese la uşă. Am prins-o de umeri şi am întors-o spre mine, iar ea s-a rezemat de tocul uşii. Îmi doream enorm să o sărut şi luptam din răsputeri cu dorinţa mea, înăbuşită atâta amar de vreme. Am mângâiat-o pe faţă, i-am desenat conturul buzelor cu degetele tremurânde şi am sărutat-o cu drag şi gingăşie pe frunte, sperând că aşa nu greşesc, că nu mă voi simţi vinovat şi că nu o voi face să se simtă vinovată. Doar că îmi devenise imposibil să mă opresc. Am alunecat în jos dinspre frunte, am sărutat-o copilăreşte, cast şi cu teamă pe obraz, apoi i-am căutat buzele cu buzele mele. Inconştient poate, fără să plănuiesc nimic, fără să forţez soarta. Am sărutat-o apoi uşor şi pe buze, iar ea nu s-a împotrivit. Dar nu am avut curaj să o sărut aşa cum îmi doream şi să merg mai departe, ci abia îi atingeam buzele acelea pe care le divinizam şi pe care îmi dorisem atâta vreme să i le simt.

Probabil că s-a speriat de gândul că ar fi urmat un sărut adevărat, pentru că s-a întors dintr-odată şi a dat să plece. Dar în secunda următoare, disperat că puteam să o pierd şi să nu o mai am în braţe vreodată, am oprit-o, am întors-o spre mine şi am sărutat-o cu adevărat. Cu pasiune, cu nebunie, cu iubire, cu abandon, cu frenezie, cu fericire şi cu toate sentimentele care-mi năvăliseră dintr-odată afară din inimă şi care nu mai puteau fi oprite în niciun fel. Iar ea... ea... Pluteam! Ea mi-a răspuns la sărutări cu atâta iubire, cum nu am crezut că voi primi vreodată! Ne-am sărutat plângând amândoi, ne-am devorat gurile flămânde unul de celălalt.

Te iubesc! i-am spus disperat. Te iubesc enorm! i-am repetat plângând, ca un om la capătul puterilor, aflat pe marginea unei prăpastii.

Îmi doream să-mi răspundă la fel, să-mi spună că și ea mă iubește, dar s-a smuls, plângând la rându-i, din brațele mele care o îmbrățișau și o iubeau cu disperare. Și a plecat. Niciodată nu m-am simțit mai liber ca atunci când ne-am sărutat și i-am spus ce simt pentru ea. Dar nici mai gol ca atunci când a plecat din brațele mele...

În ziua următoare, am văzut o Irina mai tristă ca niciodată. Iubirea mea îi făcea rău, îi ștersese zâmbetul din priviri și de pe chip. Mă ocolea și stătea cât mai retrasă, iar eu nu am îndrăznit să o abordez, simțindu-mă vinovat pentru tristețea ei.

Întorși la Snagov, câteva zile abia dacă ne-am văzut. Mă evita din toate puterile, de parcă eram ciumat; știam asta prea bine, chiar eu eram cauza schimbării stării ei de spirit. Faptul că auzise total întâmplător că o iubesc și mai ales sărutul și declarația mea pătimașă îi întorseseră lumea pe dos. Dormea mult și petrecea și mai mult timp cu Cesara. Prietena ei Simona a venit să stea cu ea câteva zile, iar eu am sperat că asta o va ajuta să iasă din starea în care se afla.

Însă, într-o dimineață, la micul dejun, fără nicio legătură cu ce se discuta la masă, i-a spus lui Matei că vrea să plece definitiv de la noi. A fost rândul lumii mele să fie întoarsă pe dos. Și a lui Matei s-a năruit. Amândoi ne-am ieșit din minți.

Și-a justificat dorința cu faptul că nu este fericită, că nu se simte liberă, că nu este împlinită, că nu poate evolua. După ce Matei a eșuat argumentând că nu e cu putință să facă una ca asta și că așa ceva nu poate accepta, i-am cerut fratelui meu să mă lase să discut cu ea, iar el a fost de acord, recunoscător că mă oferisem să-l salvez de la ruptura cu Irina.

Am dus-o aproape pe sus în dormitorul meu ca să discut cu ea.

– De ce faci asta, Irina?

Eram pur și simplu înnebunit de durere că ar putea să plece iar. Simțeam că-mi pierd mințile.

– Adică de ce sunt un om corect?

– Lasă-mă naibii cu corectitudinea ta închipuită! Ești corectă cu toți și incorectă cu tine. Nu te-ai săturat să fii zâna bună, care se sacrifică pentru toți?

– Tu vorbești?!

– Lasă-mă pe mine!

Eu chiar nu contam, importantă era ea. Știam că plecarea ar fi fost un sacrificiu și pentru ea, nu numai o durere pentru mine. Sau pentru Matei. Sau pentru Oli și Cesara.

– Păi, te las! Tu de ce nu mă lași? Robert, nu mai pot continua. Nu mă mai țineți aici, asta nu e viața pe care mi-o doresc, nu vreau să fiu duală, nu vreau să greșesc. Te rog! Am fost crescută cu valori, nu vreau să mă transform.

Așadar, asta era... Dualitatea ei avea legătură cu declarația mea de dragoste, dar și cu greșeala că răspunsese la sărutul meu pasional, dezlănțuit. Iar valorile în care fusese crescută nu încurajau, în niciun caz, o relație ascunsă și una oficială în același timp.

– Nu-ți cere nimeni să te transformi. Dar viața nu e mereu ușoară. Nu poți fugi ori de câte ori dai de greu. Trebuie să te adaptezi. Ai idee ce lași în urma ta?

– Cum să mă adaptez aici? Cum?! Nu înțelegi că nu pot? Sunt nefericită! Plec. Și nimic nu mă va opri.

– Nu te las.

– Ți se pare că sunt obiectul tău?

– Nu, Irina. Ești sufletul meu.

Nu am reușit s-o conving să nu plece, deși i-am adus o mulțime de argumente. Îi intrase în cap ideea că trebuie să fugă de mine și de Matei. Altfel, dacă ar fi rămas, ar fi făcut greșeli de neiertat. Știam că logica ei este corectă, că are dreptate. Dar, în același timp, aș fi renunțat la ea numai să știu că rămâne. Mi-aș fi închis din nou iubirea în inimă, nu i-aș mai fi vorbit niciodată despre ea, numai să pot s-o văd, s-o am în preajmă.

După discuția cu mine, s-a certat cu Matei, iar eu a trebuit să-i ascult lui frustrările până la birou.

– Nu știu ce-i cu ea de câteva zile, parcă este altă femeie. E rece, e absentă, nu-mi dau seama ce are.

– Ai răbdare, are doar o perioadă. Așa sunt femeile.

Așa am crezut și m-am gândit că va renunța la ideea plecării, dar ea plănuia să fugă pe ascuns în Germania. Matei, sceptic din fire și precaut peste măsură, i-a urmărit fiecare mișcare.

– Trebuie să fim cu ochii pe ea, mi-a spus. Nu mai vreau o surpriză ca atunci când am pierdut-o și s-a mutat în Germania.

Nici eu nu-mi doream o asemenea surpriză. Eram disperat, aș fi făcut orice ca să o țin lângă mine.

– Cred că ar trebui să angajez un om ca să o păzească nonstop, mi-a zis Matei.

– Nu exagera. Mai bine îi luăm actele. Fără acte nu poate pleca nicăieri.

– Ești genial! Te rog să te ocupi de asta.

Numai un om orbit de disperare era în stare să se gândească la așa ceva! Iar eu eram surd și orb la gândul că ea suferă și că nu e drept să o țin cu forța lângă mine. Am căutat ca un nebun în camera ei în timp ce era cu fetița pe afară și i-am luat pașaportul, permisul de conducere, certificatul de naștere, toate actele. Nu mă recunoșteam deloc în ceea ce făceam, însă mă înspăimânta ideea că ar fi fugit de mine și nu aș mai fi găsit-o.

Când i-am spus lui Matei că am toate actele ei, m-a rugat, foarte mulțumit, să le pun în seif.

Nu eram convinși că-și făcuse vreun plan cu plecarea, însă bănuiala ne-a fost confirmată într-o zi, nu mult după aceea, în care și-a căutat actele și nu le-a găsit. Eu și Matei ne aflam în biroul amenajat la parterul casei, când Irina a venit să îl întrebe pe Matei dacă știe cumva unde este pașaportul ei. Era clar, avusesem dreptate: voia să dispară. Acum urma să afle că nu putea avea acces la niciun act și că îi era practic imposibil să-și ducă planul până la capăt. Știam că nu este corect ceea ce-i făceam, dar era mai bine așa, chiar și pentru ea, nu numai pentru mine sau Matei. Unde să plece singură în lume când la Snagov era adorată?

– De ce ai nevoie de pașaport tocmai acum? a întrebat-o Matei.

– Nu am nevoie de el, însă nu e la locul lui. Făceam ordine și am observat că nu e. Nu ți se pare ciudat?

Mințea. Simțeam că pune ceva la cale, o cunoșteam prea bine.

– Nu, iubita mea. Actele importante stau în seif.

– Deci, este în seif?

– Da, iubita mea. L-am pus acolo, ca să fie în siguranță.

– Eu decid unde-mi țin lucrurile personale, clar?

Irina era înnebunită de ceea ce i se întâmpla, nu-i venea să creadă.

– De ce ești atât de iritată?

Matei jubila pentru că-i dejucaserăm Irinei planurile de plecare.

– Pentru că nu mi se pare normal să-mi cotrobăi prin lucruri și să sustragi ceea ce ai tu chef.

– Ce vrei, de fapt, acum? Am treabă.

– Vreau să-mi dai pașaportul, pe care îl voi ține în sertarul din camera mea, nu în seif, unde numai tu și Robert știți codul.

– În seif, toate lucrurile sunt în siguranță, iar dacă vreodată vei avea nevoie de pașaport, ți-l voi da.

– Uite că eu vreau să mi-l dai acum, nu vreodată, a ripostat ea, în pragul unei crize de nervi.

Matei era deja iritat peste măsură.

– OK, iubita, ți-l dau imediat.

S-a îndreptat către seif, l-a deschis și a căutat printre lucruri. A scos un pașaport, s-a uitat să vadă dacă este al Irinei, apoi a prins câteva foi și le-a rupt. Imediat, a luat o foarfecă și a tăiat prima pagină, cea pe care erau datele personale.

– Poftim, iubita, pașaportul tău! i-a spus triumfător fratele meu, aruncându-i pe birou pașaportul pe care-l distrusese în fața ei. Tot aici sunt și buletinul și certificatul tău de naștere, poate ai nevoie și de ele. Ah, și permisul. Ia-le și pe astea! a continuat cu furie Matei, întorcându-se la seif.

Cu aceeași foarfecă, i-a tăiat și buletinul, permisul și certificatul de naștere, lăsând-o fără niciun act. O privea cu un aer de superioritate, ca cineva care are drept de viață și de moarte asupra altui om.

Irina nu mai putea să scoată niciun sunet. Era șocată, pe drept cuvânt. S-a rezemat de ușă și părea incapabilă să mai facă vreun gest sau să riposteze.

– Cel mai mult mă deranjează când sunt subestimat, iubita mea! i-a spus Matei dur, trântind foarfeca pe birou.

Drept răspuns, Irina s-a scuturat ca dintr-un coșmar, a ieșit imediat din birou și, în scurt timp, am auzit zgomote de lucruri sparte. Făcuse o criză de nervi și preschimba în cioburi tot ce găsea în cale, spărgând orice-i cădea sub mână, izbind cu vaze de podele sau de pereți, cu farfurii, cu obiecte de decor. Când am ieșit din birou, am surprins-o cu o statuetă cu care spărgea geamurile dinspre terasă. Cu greu am prins-o și am imobilizat-o.

– Mai sunt geamuri și la etaj, i-a spus Matei cu un ton ironic, deloc impresionat de criza Irinei.

– Matei, tu ești nebun?! Îți dai seama că putea să se rănească? l-am întrebat.

Îmi era frică pentru ea, niciodată nu o văzusem într-un asemenea hal de nervi și de isterie. Irina nu mai era Irina, ci o fiară care se dezlănțuise într-o cușcă pe care o refuza ca domiciliu forțat.

Fratele meu m-a ignorat și s-a întors în birou indiferent la dezastrul din jurul lui.

– O să mă răzbun pe tine, nenorocitule! Și o să te fac să plătești înzecit toate lacrimile mele! a strigat Irina.

– Zău? Și cum o să te răzbuni? O să pleci pe ascuns în Germania? a întrebat-o Matei disprețuitor, întorcându-se din nou în living.

– Mi-ai distrus viitorul! Din cauza ta nu pot merge la facultate!

– O să mergi la facultate aici, clar?

– Nu decizi tu pentru mine!

– Pui pariu că vei face numai ce vreau eu?

Matei era încântat, se vedea pe fața lui că se crede șeful suprem al iubitei lui nărăvașe.

– Javră ce ești! O să-ți arăt eu cine e Irina! Dacă ție nu-ți place să fii subestimat, o să-ți arăt eu ce pățesc cei care mă subestimează!

– Vai, mor de frică! O să te fac să-mi ciugulești din palmă, prințesă îngâmfată ce ești!

Era de necrezut ce se întâmpla! Irina își apăra libertatea ca o leoaică, iar Matei, ca niciodată, se simțea stăpân pe situație. El deținea puterea, o pusese cu botul pe labe pe femeia care plănuia să-l părăsească încă o dată, poate pentru totdeauna.

Irina a plecat în camera ei, dar nu înainte de a lua o fotografie înrămată a lui Matei, pe care a trântit-o cu putere pe jos. Nervoasă că nu a reușit să o spargă, a aruncat-o cu forța unui uragan în ușa biroului, unde s-a făcut praf.

Mă ura. Faptul că nu-i luasem apărarea în fața lui Matei și că nu-i dădusem dreptate, ba mai mult de-atât, că realizase că am complotat amândoi să o reținem împotriva voinței ei nu mă putea face iubit. Pe bună dreptate, devenisem dușmanul ei. Iar eu știam că, după tot ce se întâmplase, liniștea din casă avea să fie doar un vis și o amintire frumoasă din trecut.

În zilele următoare, Irina s-a purtat ca o teroristă. Era imposibilă. Nu ne mai gătea, iar dacă totuși o făcea, gătea doar ceea ce știa că nu ne place. Ne ținea sub teroare dând drumul la muzică de operă cu noaptea în cap și făcea tot posibilul să deranjeze, să fie nesuferită și antipatică. Matei își asumase asta și încerca să o ignore. Uneori se amuza de ideile ei, care mai de care mai trăsnite, alteori se enerva, dar, una peste alta, se stăpânea foarte bine. Alexandra, în schimb, nu mai suporta, turbase. Irina glumea pe seama ei și nu rata nicio ocazie să o șicaneze. Sub pretextul unor lecții de etichetă, conduită și bune maniere, Irina o învăța pe Alexandra, chipurile, secretele feminității. Eu și Matei asistam involuntar la aceste „cursuri“, care se petreceau în timpul meselor, când Irina era foarte plictisită și cu chef de joacă. Ușor naivă, Alexandra a crezut la început în bunele ei intenții, apoi a realizat că doar se juca și se distra pe seama ei.

Într-o zi, nu a mai suportat și i s-a plâns lui Matei, dar el, impasibil, i-a spus că Irina este stăpâna inimii lui și că îi acceptă orice nebunie.

– Va trebui să ai răbdare cu ea, se poartă copilărește ca să ne supere pe toți, dar știi că e o fată minunată, i-a spus Matei zâmbind.

El era prea galant ca să-i spună Alexandrei că, dacă nu-i convine purtarea Irinei, n-are decât să se ducă unde vrea, că sigur nu o va reține nimeni. Și nu voia nici să mă supere pe mine.

Însă Irina voia cu tot dinadinsul să ne supere. Voia să ne obosească, să ne sâcâie, să ne scoată din răbdări. De parcă în felul ăsta ar fi găsit un răspuns la problemele ei, ca și când, enervându-ne, ar fi aflat alinarea pentru toate durerile ei nespuse. Ori poate că ele s-ar fi risipit în satisfacția pe care i-ar fi adus-o necazurile pe care ni le provoca. Irina, copilărește, încerca să ne înfurie, să se răzbune pentru tot ceea ce-și dorea și nu putea avea din cauza noastră, a lui Matei și a mea în egală măsură: libertatea de a ne părăsi, care-i fusese refuzată.

Într-o noapte, după ce împreună cu Alexandra am plecat la culcare, ne-am trezit cu Irina în camera noastră. A dat pur și simplu buzna peste noi, fără să bată la ușă și fără să-i pese că ne invadează intimitatea și că ar fi putut să ne surprindă îmbrățișați. Avea într-o mână o carte deschisă, din care părea că citește ceva, iar cu cealaltă gesticula impresionant, teatral.

– Băi, ia auziți aici!

Alexandra, extrem de indignată, s-a acoperit imediat cu plapuma, iar eu, presimțind ce avea să urmeze, m-am așezat comod pe pernă, pregătit să asist la spectacolul pe care Irina hotărâse să ni-l ofere.

– Deci, ascultați aici ce interesant, ne-a spus ea, fără să-și ridice privirea din cartea pe care o avea în mână și din care a început să declame cu voce stridentă, cu o intonație apăsată, de parcă tocmai făcuse descoperirea secolului. „Cu cât îți merge mai rău, cu cât sunt greutățile mai mari, cu cât ești mai lovit, mai împresurat ori mai supus atacurilor, cu cât nu mai întrevezi vreo nădejde probabilistică și rațională, cu cât cenușiul, întunericul și vâscosul se intensifică, se puhăvesc și se încolăcesc mai inextricabil, cu cât pericolul te sfruntează mai direct, cu atât ești mai dornic de luptă și cunoști un simțământ crescând de o inexplicabilă și covârșitoare euforie. Ești asaltat, din toate părțile, cu forțe infinit mai tari ca ale tale: lupți. Te înfrâng: le sfidezi. Ești pierdut: ataci."

S-a așezat apoi comod în fotoliu, trântindu-se nepăsătoare și foindu-se prefăcut neliniștită peste hainele Alexandrei, altfel aranjate frumos, ca să nu se șifoneze, privindu-ne firesc, natural, ca și cum era absolut normal să năvălească în dormitorul nostru ca să ne citească un pasaj din cartea aceea și dându-ne de înțeles din atitudine că așteaptă un răspuns. Sau nu.

Scopul era altul și mie îmi era clar: voia să deranjeze, să ne toace mărunt-măruntel toți nervii.

Alexandra, iritată la culme, i-a reproșat Irinei că a dat buzna peste noi când tocmai făceam dragoste.

– Dragoste? Cu ăsta? a întrebat-o Irina râzând, dar aruncându-mi în același timp o privire scurtă și plină de înțelesuri.

Parcă am întrezărit și o oarecare urmă de ciudă în verdele amețitor al ochilor ei, dar nu eram sigur, cum nu aș fi putut să bag mâna în foc vreodată atunci când era vorba despre ceea ce-mi spunea din priviri, în tăcere, iubirea, liniștea și neliniștea mea, Irina.

– Dacă aveai măcar decența să asculți la ușă, ai fi auzit, i-a replicat Alexandra, serioasă și plină de nervi, fără să realizeze penibilul replicii pe care tocmai o scosese pe gură.

Ar fi fost de râs dacă nu era de plâns: de când era decent sportul ăsta cu ascultatul pe la uși?!?

– Am auzit niște miorlăieli. Ce-ți făcea, te gâdila? Îți citea din *Albă ca Zăpada*?

Irina, în schimb, era incorigibilă. A început să râdă, ignorând privirile pline de furie ale Alexandrei. Iar eu, trebuie să recunosc, mă abțineam cu greu să nu izbucnesc în hohote, cu gura până la urechi. Era adorabilă, o iubeam! Nu știu de unde le scotea, dar nu reușea decât să mă facă să o îndrăgesc înmiit. Spre deosebire de Alexandra, ca și de multe alte femei prea pline de propria importanță, Irina nu era doar frumoasă și deșteaptă, ci avea și un umor spumos.

La un moment dat, fără să mă mai controlez, m-am lăsat dus de val și am izbucnit într-un râs nebun, spre iritarea vădită a Alexandrei.

– Robert, mie nu-mi place ce face Irina, a sâsâit printre dinți Alexandra, fără umbră de zâmbet și foarte categoric.

„Așa, și?", mi-am spus în gând, continuând să râd în hohote.

Ca și cum nici nu ar fi existat, Irina a ignorat-o total, nu i-a aruncat nici măcar o privire. Era hotărâtă să o scoată din minți măcar pe ea, dacă la mine nu ținea strategia. Îmi era foarte clar. Bănuiam și că pe mine își dorea să mă vadă enervat la culme, dar era slabă speranța asta. Ca să reușească, nu știu ce-ar fi trebuit să facă. Eu eram aproape imposibil de scos din sărite când venea vorba despre orice ar fi făcut ea.

– N-aveți chef să mâncăm niște slăninuță cu ceapă? Mă duc să aduc! Nu vă mișcați! Vă servesc la pat! Ce foame mi-e! a mai ciripit, veselă ca o vrăbiuță, ieșind ca o vijelie din dormitorul nostru și lăsând în urma ei ușa deschisă vraiște.

Nu știam dacă se va întoarce și încă râdeam când, după câteva minute, a apărut Matei în pragul ușii, pe care Irina o lăsase dată de perete. Părea buimac de somn.

– Ce faceți la ora asta, voi sunteți normali? M-a trezit Irina, cică faceți chef.

– Care chef, de unde atâta chef? a sărit Alexandra ca arsă. Ce naiba să facem? Stăm la dispoziția prințesei, pe care tu nu ești capabil s-o educi! i-a mai reproșat ea, aproape isterică. N-avem pic de liniște în casa asta!

– Alexandra, te rog să mă slăbești cu chestiile astea dintre voi. Chiar nu am chef de nemulțumirile tale la ora asta. Rezolvă-ți problemele cu prințesa, că eu nu sunt avocatul ei, i-a tăiat-o scurt Matei, sătul de observațiile iubitei mele.

– A venit peste noi în dormitor! Matei, e posibil așa ceva?

Fratele meu parcă vorbise la pereți. Alexandra turuia încontinuu și o ținea pe-a ei.

– Cât să-i mai răbdăm toate apucăturile astea de nebună? Face tot posibilul să ne enerveze! Într-o zi, n-o să mai suport și o s-o împing pe scări, să-și rupă gâtul, idioata naibii!

Mi-a stat inima.

– Cuuum? Ce-o să faci?!? am strigat simultan și eu, și Matei.

Alexandra s-a îmbufnat și a lăsat privirea în jos. Îmi era foarte clar că nu-i pare rău pentru ce a spus, că a tăcut doar din cauza șocului pe care ni-l provocase și că nu se așteptase la reacția noastră severă în ceea ce-o privește.

– Calmează-ți iubita, mi-a spus Matei, aproximativ liniștit, însă tocmai de aceea vocea lui sunase amenințător.

Dar Alexandra o luase de la capăt, de parcă-și pierduse rațiunea:

– Este incredibil câte puteți să-i acceptați. Vă joacă după cum vrea ea, face ce vrea din voi! De ce i se permit toate astea, de ce o tolerați și o mai și răsfățați?

Deja îmi era lehamite de toate lamentările și reclamațiile ei. Încă o dată îmi dovedise că, de fapt, este geloasă pe Irina, pe faptul că este atât de iubită de toți cei din casă, de toți cei care o cunoșteau. Alexandra era de fapt invidioasă pe tot ceea ce era și însemna Irina.

Apoi, actrița mea favorită a apărut victorioasă cu un platou pe care erau tăiate bucăți de slănină și ceapă roșie și cu o pungă în care erau câteva felii de pâine. Fără să ne bage în seamă, s-a urcat nonșalantă și zâmbitoare în mijlocul patului, făcându-și apoi loc, dând din coate, între mine și Alexandra. Și-a așezat zâmbind triumfătoare platoul în fața ei, pe plapumă, și a început să mănânce cu poftă, dar dezordonat și gesticulând, făcând firimituri în jurul ei și însoțindu-și mișcările ample din mâini cu gemete de plăcere și încântare.

– Mamă, ce bună e slăninuța asta! plescăia încântată și cu gura plină. Haideți, luați!

Matei și Alexandra o priveau uluiți, iar eu abia reușeam să nu izbucnesc din nou în râs. Mă dureau fălcile, pe care le țineam încleștate ca să nu umplu camera cu hohotele mele sănătoase. Fata pe care o adoram era cu adevărat amuzantă în încercarea ei de a ne strica dispoziția tuturor, iar mie chiar îmi făceau plăcere nebuniile ei, le găseam simpatice, pline de inventivitate. I-am ținut isonul și am gustat și eu o bucățică de slăninuță, sub privirile consternate și în continuare furioase ale Alexandrei. Însă Irina nu-i băga în seamă ochii ucigași, de parcă nici n-ar fi existat. A mai mâncat puțin, și-a șters tacticoasă degetele pline de grăsime și de ceapă de plapuma noastră, apoi a lăsat platoul în mijlocul patului, dimpreună cu tot dezastrul făcut, și s-a ridicat oftând satisfăcută.

– Noapte bună! Merge mai bine sexu' cu ceapă! ne-a mai aruncat din vârful buzelor, îndreptându-se spre ușă.

– Nu ești normală la cap! a strigat Alexandra, furibundă, în urma ei.

Uitându-mă la ea, chiar o credeam în stare să-i facă rău Irinei. Pur și simplu, o ura din adâncul inimii. Și, cu asta, pe mine chiar mă pierduse. N-aș fi acceptat niciodată ca Irina să pățească ceva. De la nimeni, nu conta cine era omul acela.

– Auzi, dacă nu reușește ăsta să te satisfacă, vino la noi în dormitor, i-a mai susurat Irina, cu un aer nevinovat și surâzătoare. Te rezolvă Matei în două secunde. E bun rău!

Mi-a făcut complice semn cu ochiul și l-a luat veselă pe Matei de braț ca să-l scoată din cameră.

Chiar și el părea năucit de gesturile și afirmațiile ei, deși cam știa ce-i poate capul. Și, cu ultima ei replică, îmi ștersese și mie zâmbetul de pe buze. Eram trist că pleacă, eram trist că rămân lângă o femeie care nu-mi spunea nimic, în vreme ce femeia pe care o adoram pleca să doarmă lângă fratele meu.

Și, exact cum știam că se va întâmpla, am fost nevoit mai mult de o oră să ascult reproșurile și o adevărată criză de logoree, plină de mania persecuției, cu care Alexandra m-a tocat în timpul în care a deschis geamul să scoată mirosul de ceapă, a schimbat așternuturile murdărite de Irina sau și-a netezit și rearanjat hainele boțite de pe fotoliul pe care stăpâna inimii mele se așezase clar cu intenția de a i le șifona.

– Ai face bine să duci farfuria jos, nu vreau să cobor eu. Că, dacă o văd în cale pe idioata aia, îi dau cu ea în cap.

Alexandra reușea de minune, cu doar câteva cuvinte, ceea ce nu reușise Irina: să mă enerveze la culme – evident, pentru că vorbea așa despre cea care-mi umplea inima cu iubire.

– Hei, ai grijă cum vorbești, i-am spus calm, dar fierbând pe dinăuntru. Te rog să n-o jignești pe Irina. Oprește-te. În plus, mi se pare că, pentru o singură seară, ai amenințat cam mult.

– Poftim?! Ții cu ea? O să plec, ca să rămâi cu ea!

Chiar îmi doream asta, dar ea habar n-avea. Ceea ce nu știa iubita mea era că femeile proaste și rele mă scoteau din minți, iar Alexandra numai inteligentă și bună nu era când se comporta astfel.

Cu tot calmul din lume, am luat farfuria și am coborât în bucătărie. Nu aveam de gând să mai urc în dormitor, eram sătul de crizele și răutățile Alexandrei. Auzisem destule pentru o singură noapte și găseam că e firesc să încerc să mă odihnesc, nu să ascult în continuare cum se victimizează. Am căutat ceva interesant la televizor, dar am adormit destul de repede pe una dintre canapelele din living.

Dimineață, am simțit că cineva mă învelește. Știam cine face astfel de gesturi, știam cui îi pasă... Iar când am deschis ochii, bineînțeles că am văzut-o pe Irina. Nu m-am ridicat, ci m-am cuibărit mai bine sub pătura moale și călduroasă, cu sufletul plin și zâmbind fericit. Ca de obicei, se trezise din somn foarte devreme ca să se ocupe de fetiță – Cesara, precum orice copil mic, era foarte matinală – și, ca o adevărată doamnă a casei, să ne pregătească tuturor micul dejun. Pentru că așa era Irina: dincolo de toate încercările ei de a ne supăra, ne iubea și ne purta de grijă.

– Mă mir că mă învelești, am murmurat încet, cerșind parcă să-mi confirme că-i pasă de mine.

Eram dependent de ea și fiecare gest din partea ei, oricât de mărunt ar fi fost, îmi confirma că încă sunt în inima ei, fie și numai ca membru de familie, ca prieten.

– Dacă răcești, tot eu o să am de tras cu tine, așa că nu fac altceva decât să-mi apăr interesele. N-am chef să te dădăcesc și pe tine, mi-a răspuns ea, oarecum rece.

Dar am ghicit, dincolo de cuvinte, exact ceea ce conta cel mai mult: că ține la mine și că nu m-ar lăsa niciodată de izbeliște dacă aș avea nevoie de ea.

A plecat în bucătărie, iar eu am căzut din nou într-un somn adânc și liniștit. Mă simțeam în siguranță, femeia pe care o iubeam veghea. Mă veghea.

După povestea cu slăninuța și ceapa din noaptea aceea, era de așteptat ca Alexandra să simtă nevoia să se răzbune pe Irina. Ghicisem asta după privirile ei, furișate din când în când hoțește înspre Irina. Chiar dacă o perioadă, deloc lungă, a pretins că a îngropat securea războiului și că nutrește încă un oarece respect pentru sfaturile ei pline de înțelepciune – care uneori veneau pe un ton amuzant și lejer –, o aștepta la cotitură, simțeam asta. Însă nu mă așteptam să se folosească mișelește de un zvon pe care-l auzise în cercul nostru de prieteni, despre o aventură pe care o avusese Matei. I-a aruncat Irinei vestea proastă în mașină, ca pe o palmă pe care i-ar fi ars-o peste ochi pe neașteptate, în timp ce ne întorceam de la o petrecere și ele două se contraziceau, ca de obicei, pe diferite teme – una și cea mai importantă dintre ele fiind aceea a rasismului, de care, stupefiat, realizasem că Alexandra dădea dovadă din plin.

Irina nu a reacționat pe loc. Când am ajuns acasă, însă, s-a dus direct în camera ei, urmată de Matei, nevoit să-i dea explicații. Șocat încă, dar mai ales dezgustat de răutatea celei care se pretindea a fi jumătatea mea, am urcat împreună cu Alexandra în dormitorul nostru, unde ne-am certat serios. Oricum, părea să nu înțeleagă nimic din tot ceea ce-i spuneam, orbită de ura pe care o simțea pentru iubita fratelui meu.

La un moment dat, am fost întrerupți chiar de Irina, care terminase discuția cu Matei. Cu un calm ieșit din comun, deși avea ochii umflați de plâns, Irina a avut o discuție cu Alexandra, iar eu am asistat la dialogul deloc prietenesc dintre ele, luându-i apărarea Irinei atunci când era cazul. Și cam era cazul, căci Alexandra nu putea sau nu voia să priceapă nimic. Îmi era foarte clar că relația le era compromisă definitiv, iar dacă Alexandra o supăra și o incomoda pe Irina, eram decis să renunț la ea. Știam că nu mai pot continua, atâta vreme cât între ele era un conflict fără sfârșit. Irina era cea mai importantă femeie din lume pentru mine, nici nu se punea problema să aleg între ele două.

După ce a plecat Irina la culcare, Alexandra a plâns până când a adormit. Iar eu n-am avut nicio dorință să o consolez, mi se părea că are parte exact de ceea ce merită. Ea stârnise acel scandal, din care bineînțeles că ieșise șifonată. Atunci când semeni vânt, cu siguranță vei culege furtună.

Am plecat tiptil să o caut pe Irina. Voiam să știu dacă este tristă, dacă suferă din cauza aventurii lui Matei. Ochii ei luminoși nu trebuiau să plângă, sufletul ei nu trebuia să se chinuie, să doară.

Am găsit-o în living, întinsă pe o canapea, cu ochii închiși, ascultând muzică în surdină. M-am așezat pe jos lângă ea și am privit-o câteva clipe. Părea adormită, nu dădea niciun semn că ar fi trează. Și nu m-am putut abține să nu o mângâi și să nu-mi lipesc buzele cu duioșie și infinită dragoste de mâna ei. A deschis ochii, m-a privit cu iubire și a început să mă mângâie la rândul ei pe obraz. Știam, simțeam că ar fi făcut orice să-mi fie mie bine, chiar și să-i ierte Alexandrei nemernicia. Apoi, m-a îndemnat să mă așez pe canapea, lângă ea.

– Poţi să mă iubeşti puţin, fără să faci nimic greşit? m-a întrebat în şoaptă.

– Da.

Eram în al nouălea cer! Parcă urcasem cu un lift de mare viteză din Iad direct în Rai: Irina mea avea nevoie de dragoste, de puţină tandreţe şi, în sfârşit, recunoştea asta!

Eram fericit pentru că eu eram alesul, acela căruia Ea îi îngăduia să fie bărbatul care să-i ofere ceea ce-i lipseşte. Iar eu i-aş fi dat şi viaţa mea, dacă asta ar fi făcut-o fericită. Mi-am strecurat mâna sub halatul fin din satin pe care-l purta şi am mângâiat-o pe spate cu toată dulceaţa pe care i-o putea dărui iubirea mea întreagă. M-a mângâiat şi ea şi ne-am atins obrajii, fără să ne sărutăm. Pentru mine, chiar şi numai atât era totul. Ceea ce trăiam împreună cu ea era o iubire sublimă, a face dragoste era deja mai puţin important când sufletele noastre se atingeau în felul acela total, definitiv.

Dar, în tot acel timp petrecut sub mângâierile pe care ni le dăruiam reciproc, poate că, pe undeva, raţiunea mă făcea să mă simt şi vinovat: sub acelaşi acoperiş cu fratele meu şi cu femeia din viaţa mea, eram tentat să o iubesc şi fizic pe Irina.

Însă nu s-a întâmplat nimic, nu am făcut altceva decât să o mângâi, să mă las mângâiat şi să o ţin lipită de mine. Sufletele noastre oricum erau un întreg.

– Te iubesc, i-am spus la un moment dat, atât de încet, încât abia m-am auzit, iar ea mai degrabă mi-a simţit şoapta, decât s-o audă.

– Până când?

– Până la sfârşit. Şi după aceea.

În noaptea aceea, a fost pentru prima oară când am avut-o pe Irina fără niciun fel de mască. A fost ea însăşi, blândă şi supusă, dulce şi domoală. Femeie întreagă. Nu am făcut dragoste, oricât ne-am fi dorit amândoi asta, ci doar ne-am mulţumit cu senzaţia aceea de împlinire dincolo de carne, ne-am îngăduit simţurilor să se iubească deplin şi ne-am mângâiat unul pe celălalt triști, vinovați și speriați că puteam face ceva care ne-ar fi condus mai târziu către o viață plină de regrete.

Într-un târziu, a adormit sub mângâierile mele, iar eu m-am mulțumit să o privesc, să mă bucur de imaginea ei fragilă și împăcată. Eram fericit. Iar asta mi se putea întâmpla doar cu ea, sufletul meu pereche.

Îmi doream enorm să fim doar noi doi. Să plec cu ea, numai cu ea, departe de Matei și de Alexandra, să ne bucurăm în tihnă unul de prezența celuilalt. Mi-a trecut prin minte să o duc în Italia, ca să-și vadă prietena, pe Luminița. Irina avea din nou pașaport și acte, dar le ținea ascunse de noi, ca nu cumva să i le sustragem din nou și să i le distrugem.

I-am spus lui Matei că Irina are mare nevoie de o ieșire și că ar însemna enorm s-o vadă pe prietena aceea dragă, pe care avea să o piardă.

– Nu o las să plece de capul ei. O să mergem când mă mai eliberez și eu…

– Matei, te-ai gândit că prietena ei nu mai are foarte mult timp? Iar Irina este tristă, doborâtă de rutina zilelor pe care și le petrece ca un mic robot. Nu înțelegi că are nevoie de o vacanță? Ți-ar fi recunoscătoare pentru un astfel de gest, mai ales că ar avea ocazia să petreacă niște timp cu Luminița. Și, în plus, ar vedea că-ți pasă de ceea ce simte, de nevoile ei...

– Știi bine că nu pot pleca acum.

Știam prea bine și nici nu-mi doream să plece el. Speram că îmi va propune să o duc eu, dar nu a făcut asta. Cred că și-a imaginat că, dacă el nu are chef să facă un astfel de sacrificiu, eu nici atât nu aș avea și că nu era drept să-mi ceară asta.

– Și dacă aș duce-o eu? l-am întrebat, aparent din senin, dar cu frica de refuz bine ascunsă în suflet.

– Ai tu chef să bați atât drum? mi-a răspuns plictisit Matei.

– Da. Pentru Irina, am.

– Fie. Dacă spui tu că asta ar face-o fericită… Doar să ai grijă de ea.

Cum să nu am, când ea este totul pentru mine?!

Am pus la cale planul de călătorie fără să-i spunem nimic despre asta Irinei. Cu atât mai puțin Alexandrei, care a aflat abia în seara dinaintea plecării. Și, așa cum m-am așteptat, a reacționat vehement. Eram de multă vreme sătul de crizele ei. Degeaba i-am explicat că Irina are mare nevoie să-și vadă prietena bolnavă, că Matei este prea ocupat pentru a pleca într-o astfel de călătorie. Pe Alexandra nu a convins-o niciun argument. Iar la capitolul ăsta stăteam foarte bine – chiar aveam cu ce să o conving de necesitatea acestei călătorii pentru binele Irinei. Nici măcar boala Luminiței nu a înduioșat-o. Era clar că, pentru ea, Irina este ca un cui în talpă și că nu putea să o mai suporte. Chiar dacă știam în adâncul sufletului că are motive să fie geloasă pe Irina, îmi erau din ce în ce mai insuportabile ieșirile ei lipsite de eleganță sau omenie.

– O să plec din casa asta. Eu nu mai pot continua așa, m-a amenințat ea.

– Așa cum?

– Să am un iubit care e slugă pentru alta, mi-a aruncat cu dispreț, apăsând intenționat pe cuvântul „slugă".

– Sunt prietenul ei, nu slugă, dar tu habar n-ai ce înseamnă o prietenie.

Era limpede: Alexandrei îi plăcea la nebunie să jignească atunci când nu mai avea argumente. Boala omului și rău, și prost.

– Are și alți prieteni, de ce nu o duc ei? s-a rățoit din nou.

– Pentru că Matei are încredere doar în mine.

Și asta chiar era adevărat, nu era o minciună.

– De-aia nu mai poate Matei de ea! Dacă i-ar păsa așa de mult, nu ar înșela-o. O înșală de bună ce e!

Alexandra era din ce în ce mai penibilă. Mi se părea că se urâțise brusc. Răutatea pur și simplu îi schimonosea trăsăturile. Mi se părea suficient ce ascultasem. Trebuia să înceteze cu mahalagismele.

– Uite ce e, nu-ți mai permit să o jignești pe Irina. Dacă nu poți accepta relația mea cu ea, ne despărțim și gata. Nu vreau să fii nefericită și nici eu nu mai suport să ne certăm. În plus, este iubita fratelui meu, mamă pentru fetița lui și stăpâna acestei case. Dacă nu poți să accepți lucrurile astea simple și să ai o relație civilizată cu ea, chiar e mai bine să ne luăm rămas-bun. În niciun caz nu te țin cu forța lângă mine.

– Dacă tu crezi că vreo femeie va accepta vreodată să stai atât de lipit de Irina, te înșeli, mi-a replicat Alexandra, dând oarecum un pas înapoi, când înțelesese că nu am nicio problemă dacă ne despărțim.

– Irina este familia mea. Țin enorm la ea și mi se pare normal să o susțin și să o ajut, cât timp am cum să o fac. Și, așa cum ți-am mai spus, e doamna casei și are grijă de noi toți.

– Atunci rămâi cu ea, s-a înfuriat ea la culme, încă sperând că o voi opri și că nu o voi lăsa să plece dacă trece de la amenințări la fapte, așa cum văzuse că se întâmplă când Irina voia să ne părăsească. Și nu înțeleg de ce nu pot să merg și eu cu voi? a continuat ea, făcându-mă să mă gândesc că, de fapt, oful ei cel mai mare era că nu se plimbă și ea puțin prin Italia.

– Pentru că nu e o vacanță. Păcat că nu ai înțeles despre ce este vorba. Și nu o să-ți mai repet. Irina are sufletul bucăți, nu are starea necesară să-ți suporte ție nevrozele, când ea trebuie să facă, într-un timp foarte scurt, cele mai importante lucruri: să petreacă puțin timp cu prietena ei, care va muri curând, să o facă fericită. Și nimeni și nimic să nu-i poată umbri asta. Vor fi, poate, ultimele lor zile împreună.

– Mda, ce motivație penibilă... Te părăsesc. Am impresia că m-ai luat de proastă. Nu încerca să mă faci să-mi schimb decizia, s-a răstise Alexandra la mine, ascuțit și autoritar, vrând, ca de obicei, să aibă ultimul cuvânt.

Numai că nu a oprit-o nimeni și nici nu am încercat să-i schimb decizia. Mai ales că era una dintre puținele ei hotărâri bune și cu care eram 100% de acord...

Alexandra și-a adunat o parte din lucruri și a plecat chiar în seara aceea, trântind și bufnind, fără să-și ia rămas-bun de la cei din casă. Mi-a spus că va veni altă dată după restul lucrurilor, dar şi că este dispusă să-mi facă o concesie şi să se întoarcă la mine – dacă nu voi mai fi atât de ataşat de Irina.

Plecarea ei nu m-a întristat, ci m-a eliberat. În sfârşit, respiram uşurat. Îmi luase, odată cu plecarea ei din casă, şi un bolovan de pe inimă.

Irina a aflat despre călătoria noastră în Italia doar în dimineaţa plecării, când am trezit-o cu noaptea în cap şi i-am spus că vom merge să o vizităm pe Luminiţa. A fost pe cât de uimită, pe atât de încântată de surpriză. Parcă tot nu-i venea să creadă că o va strânge în braţe curând pe cea care-i fusese cândva mai mult decât o prietenă, o mamă. Și care, din nefericire, avea să-i fie răpită curând...

– Să ai grijă de ea, mi-a repetat Matei când Irina a urcat, încă nedumerită, dar fericită, în camera ei, să-şi facă bagajele.

– Voi avea, stai fără grijă.

– Poate aşa se va îmbuna. Este foarte rece cu mine în ultima vreme. Poate că aşa nu mă mai acuză că o ţin încuiată aici şi că o sufoc.

Matei se gândise la toate. Pentru el, era foarte important să aibă un beneficiu personal de pe urma mărinimiei de a o lăsa pe iubita lui să meargă să-şi vadă prietena care nu mai avea multe zile de trăit.

Dar nu conta. Până la urmă, se întâmpla cel mai important lucru: o duceam pe Irina la Luminiţa! Eram fericit că pot să fac asta şi, în acelaşi timp, mă încerca o bucurie egoistă, că voi fi doar eu cu ea. Că vom fi singuri în timpul călătoriei, că mă voi bucura deplin de prezenţa ei.

Și, astfel, am pornit la drum doar noi doi. Eram hotărât să-i împlinesc toate dorinţele, să o fac să lase în urmă toate gândurile şi întâmplările care o întristaseră. Dar eram şi mândru şi încântat că îi voi face o bucurie şi Luminiţei, pentru care fericirea revederii cu Irina va fi copleşitoare, atunci când o va avea în pragul casei, în carne şi oase.

Irinei îi pregătisem în maşină tot ce ştiam că i-ar plăcea şi că i-ar fi de trebuinţă la drum: gustări, dulciuri, şerveţele umede, cafea, apă, pahare, fructe, o pungă specială pentru gunoi și nelipsita pernă, fără de care nu putea dormi nicăieri. I-am spus totul despre planul meu pus la cale împreună cu soțul prietenei ei, inclusiv că Luminița nu știa că o vom vizita. Și, mai ales, am rugat-o să fie puternică și să facă tot posibilul să nu o trateze ca pe o muribundă. Să se obișnuiască treptat cu ideea asta cât timp vom călători spre Milano și să încerce s-o facă fericită pe Luminița, să-i aducă numai pace și bucurie în suflet, să se bucure una de prezența celeilalte, să trăiască împreună clipe minunate și să nu-i amintească nicio secundă și în niciun fel că e bolnavă, că nu mai are multă vreme de petrecut pe pământ.

Aș fi condus fără întrerupere ca să o duc pe Irina cât mai repede la prietena ei, însă eram foarte obosit, spre deosebire de ea, care a mai dormit liniștită pe drum, știindu-se în siguranță cu mine. Ne-am oprit într-un hotel în Maribor, în Slovenia, iar dimineață, foarte devreme, am pornit spre Milano, cu gândul la bucuria întâlnirii nesperate și neașteptate, fără să ne dorim să facem nici măcar un tur rapid al frumosului oraș în care ne petrecuserăm noaptea. La urma urmei, nu plecase niciunul dintre noi într-un voiaj turistic, iar Irina era din ce în ce mai nerăbdătoare să ajungă la destinație, emoționată și îngrijorată de cum aveau să decurgă cele câteva zile petrecute împreună cu prietena ei.

Soțul Luminiței, tovarășul meu de complot, știa că vom veni și ne-a ieșit în întâmpinare, așteptându-ne în fața unui hotel aflat în drumul nostru. Irina, precautǎ și plină de grijă, l-a întrebat imediat dacă nu cumva Luminița va suferi un șoc când ne va vedea. Dar Mario a liniștit-o, mărturisindu-ne că a fost nevoit să-i spună, fiindcă soția lui își pusese în gând să plece în vizită la o prietenă, într-o localitate foarte frumoasă de pe malul lacului Como.

– Cum se simte? l-am întrebat, știind că Irina își dorea să afle vești despre starea ei de sănătate, dar nu îndrăznea să întrebe.

– Azi este mai bine, iar când i-am spus că veniți, a fost foarte fericită. Are zile în care este mai energică și zile în care doarme mult și nu se simte grozav. Dar e puternică, ne-a spus Mario, în ochii căruia puteam să citesc ca într-o carte deschisă.

Tristețea pusese stăpânire pe el. O ascundea, însă, de dragul soției, încerca din răsputeri să fie și el puternic.

Altfel, era un italian tipic, vesel, mereu zâmbitor și foarte vorbăreț, mare amator de mese bune, de taclale cu prieteni voioși. Ca să detensioneze atmosfera, ne-a povestit pe drum câte ceva despre Milano, despre obiectivele pe care trebuie neapărat să le vizităm și ne-a promis că, în funcție de starea Luminiței, ne vor însoți cu bucurie, să ne fie ghizi și companioni.

Când am ajuns acasă la ei, o căsuță veche din piatră, romantică și cochetă – o raritate în peisajul aglomerării urbane din metropola industrială italiană –, Luminița deja ne aștepta în curtea micuță, plină de verdeață și flori, foarte bine îngrijită, iar Irina ardea de nerăbdare să opresc mașina, ca să coboare și să alerge către prietena ei de-o viață.

S-au îmbrățișat și au plâns amândouă, iar eu le priveam tăcut, încercam să nu plâng și eu, în timp ce prin cap îmi treceau o mie de gânduri – cel mai important fiind că am făcut cel mai bun lucru din lume ajutându-le să se revadă și să fie din nou împreună. Știam că au multe să-și spună, că își doresc să fie doar ele două, așa că eu și Mario ne-am făcut de lucru prin curte, încercând să nu le invadăm intimitatea, să le lăsăm să se bucure una de cealaltă, să-și depene amintirile. În schimb, am încercat să aflu cât mai multe despre boala Luminiței, sperând totuși la o soluție salvatoare și vindecătoare, dar Mario a clătinat trist din cap și mi-a spus că doar o minune o mai poate salva, că soarta ei este deja pecetluită...

Seara, fetele au spus că vor să doarmă împreună, cum obișnuiau în copilărie, așa că mi-am petrecut timpul jucând șah cu Mario și stând de vorbă cu el. Deși eram frânt de oboseală, am adormit târziu, după o convorbire telefonică destul de lungă cu Matei, care ceruse nişte lămuriri cu privire la nişte contracte.

Ştiam, simţeam că în noaptea aceea, în care dormeau împreună, Irina îi va povesti Luminiţei şi despre mine şi mă aşteptam să fiu interogat de prietena ei la un moment dat. Era oarecum îndreptăţită să o facă, în special pentru că, deşi foarte tânără, îi fusese Irinei ca o mamă.

Aşa cum bănuisem, acel moment nu a întârziat să apară. S-a întâmplat în seara următoare, în timp ce Irina era la duş, iar Mario spăla vasele şi făcea ordine în bucătărie, unde ne gătise nişte paste cu care se lăudase încă de la sosire că ne va da pe spate. Noi ne-am aşezat în livingul micuţ şi intim al casei, iar Luminiţa m-a servit cu un pahar de vin roşu, dulce şi *frizzante*, aşa cum îi plăcea Irinei în rarele ocazii când bea o gură de alcool, dar total opusul gusturilor mele în materie de vin.

– Îţi mulţumesc că ai adus-o, mi-a spus ea oftând.

– Cu drag, a fost din inimă. Aş face orice pentru ea. Îmi pare rău că nu pot mai mult.

– Chiar nu poţi, Robert?

Da, Irina discutase despre mine cu Luminiţa. Mi-am dat seama imediat în ce direcţie deviase intenţionat discuţia.

– Nu, atât timp cât este Matei la mijloc, i-am răspuns cu durere şi sinceritate, pentru că acesta era adevărul.

– Matei nu o merită, ştii bine.

Era înţeleaptă prietena Irinei, înţelesese imediat lucrurile, dar nu puteam să-i spun asta, nu aveam cum să-i dau dreptate decât în sinea mea.

– Nu neapărat. Poate că nu s-a maturizat încă, dar o iubeşte, l-am scuzat imediat pe fratele meu.

Pentru că era adevărat: în nebunia lui, Matei chiar o iubea.

– O iubeşte aşa cum ar avea ea nevoie, aşa cum ar merita? Eşti împăcat cu faptul că ea nu are un bărbat aşa cum i s-ar cuveni? mi-a replicat sugestiv Luminiţa, pe deplin îndreptăţită.

– Nu, nu sunt împăcat, dar ce pot să fac? i-am zis şi eu, aplecându-mi privirea, fără să mai am puterea să o privesc în ochi.

– De ce nu-i mărturisești totul lui Matei?

Luminița, ca un om care nu mai are nimic de pierdut, vedea lucrurile clar și le spunea pe nume: direct, fără niciun strop de diplomație, dar și fără niciun pic de răutate. Poate pentru că era împăcată cu soarta ei ori poate pentru că așa fusese ea mereu, de o sinceritate dezarmantă.

– Nu pot face asta, Lumi. Matei ar fi distrus și chiar nu aș putea suporta să-l rănesc atât de tare. Este fratele meu.

– Dar o rănești pe Irina, a subliniat ea apăsat, hotărâtă să taie în carne vie.

– Faci să pară totul de parcă am ales intenționat așa, am șoptit, neputincios și trist.

Aș fi dat orice ca Luminița să mă înțeleagă și să fie de partea mea. Era un om drept și onest, era înțeleaptă și, în plus, era prietena de suflet a Irinei.

– Și nu este așa? A ales altcineva în locul tău? O sacrifici pe Irina și te sacrifici și tu de dragul lui Matei, m-a admonestat și ea la fel de încet, de parcă i-ar fi fost teamă să nu ne audă cineva.

– Lumi, ai idee ce este în sufletul meu? Ar trebui să aleg între familia mea, între oamenii care mi-au oferit totul, care au fost atât de buni cu mine și nu m-au lăsat de izbeliște, și femeia pe care o iubesc cel mai mult pe lume. Cum să fac asta fără să rănesc pe nimeni? Cum să aleg fără să mă simt un ticălos și fără să sufăr? Cum să fac și ce să aleg ca să le fie bine tuturor și să nu-i provoc durere nimănui?

– Se pare că totuși ai ales…

Am tăcut. Luminița avea dreptate. Asta făcusem de la bun început, alesesem. Cu riscul să-mi frâng inima.

– Știi că te iubește, da? a întrerupt ea tăcerea.

– Sincer, nu știu. Și dacă nu m-ar iubi, tot aș iubi-o, tot mi-aș petrece viața alături de ea, cu ea, i-am răspuns, foarte sigur de afirmațiile mele.

– Robert, acum ești copil. Te iubește enorm, dar îi este teamă să recunoască, nu vrea să-ți influențeze alegerile, nu vrea să faci ceva ce vei regreta, se sacrifică de dragul tău. Nu cred că nu ai simţit asta. Sau că, în adâncul inimii tale măcar, nu ai intuit adevărul.

Am lăsat să se aştearnă iar tăcerea, încercând parcă să ne bucurăm de clipa aceea pe care o trăiam împreună. Din bucătărie, îl auzeam pe Mario fredonând un cântec, iar Luminiţa, dintr-odată, a zâmbit mulţumită. Cred că se simţea fericită: el era acolo, lângă ea, Irina venise să o vadă, iar dinspre partea mea intuise imediat respectul şi dragul pe care le simţeam pentru ea.

– Lumi, povesteşte-mi despre ea, te rog. Cum era minunea asta de fată când era doar o copilă? Vreau să aflu tot, parcă îmi e ciudă că nu am făcut parte din viaţa ei de la bun început, că am ratat atâţia ani pe care i-am fi putut petrece împreună. Şi sunt trist că nu mă pot întoarce în trecutul ei, ca s-o apăr de tot ce a rănit-o şi să am grijă de ea.

A zâmbit şi câteva clipe a rămas pe gânduri.

– Robert, cred că aş putea scrie o carte întreagă despre copilul Irina. Cum era? Ai fi iubit-o de la prima vedere. Era o belea de copil!

– Ca şi acum, am zâmbit şi eu, cu veselie, gândindu-mă deja la nebuniile fetiţei de odinioară.

– Exact!

– Am nişte amintiri incredibile cu ea, Lumi, dar mai ales despre ea. N-a fost un copil obişnuit, sunt convins de asta, altfel n-ar fi avut cum să fie adultul neobişnuit şi minunat de astăzi. Cum era tatăl ei? Mi-a povestit câte ceva despre el, cred că a fost un părinte grozav.

– Nenea Wili? Robert, crede-mă, era un om senzaţional! Avea un suflet pur, de copil, deşi trecuse de 60 de ani. Sensibil, romantic şi foarte generos. În acelaşi timp, şi nebun de legat: nu ne refuza nimic, se cobora la mintea noastră, ne făcea toate mofturile, se distra cu noi, ne plimba, avea un spirit de mare aventurier. Uită-te la Irina, îi seamănă. Ştii vorba aia: ce naşte din pisică... Cât timp am locuit cu ei, am fost ca o familie, chiar m-au făcut fericită.

– Apropo de familia ta, ai mai luat legătura cu ei? Ei știu despre…

– Nu. Ai mei sunt prea orgolioşi ca să facă vreun pas înspre mine. Habar nu au că voi muri. Iar în cazul în care mă întrebi dacă am de gând să-i anunț sau să-mi iau rămas-bun, n-aş putea să-ți răspund acum. Pentru că nu știu cum e mai bine. Pentru ei și pentru mine... În fine, s-a scuturat Luminița de gânduri triste. Lasă-mă pe mine, să revenim la Irina, la copilul năstrușnic despre care vrei să afli. Că tot m-ai întrebat, mi-am amintit de o poveste. Și, apropo, știi ce m-a impresionat mereu la ea? Grija față de ceilalți. S-a născut cu ea în suflet.

– Ce frumos ai zis! Chiar că da, așa este, am remarcat și eu.

– Ți-a povestit că a hrănit câteva luni, pe ascuns, calul unui vecin?

Luminița a început să râdă.

– Serios?

Am râs împreună cu ea, abia așteptam povestea.

– Daaaa! L-a văzut într-o zi trecând pe stradă înhămat la o căruță și i s-a făcut milă de bietul animal, căruia i se vedeau coastele și părea sleit de puteri. Și ce crezi că a făcut? În fiecare seară, se furișa în gospodăria omului și-i ducea bietului animăluț pâine, fân îndesat în sacoșe, bomboane, mere, biscuiți, ce mai găsea prin curte și prin casă.

Parcă o și vedeam: privind cu ochii ei de primăvară înverzită și copilăroasă în toate direcțiile, ca să nu fie surprinsă asupra faptului, și îndemnând în șoaptă calul să mănânce, ca să prindă puteri.

– Tatăl ei nu știa?

– Nu, nici vorbă. N-a știut nimeni. Era secret mare între ea și amicul ei, călutul, mi-a răspuns Luminița, cu un licăr ștrengăresc în priviri.

– Măcar a reușit să-l îngrașe pe bietul animal?

– Daaa, să fii sigur de asta, te pui cu Irina?! Când își propune ceva, nu se lasă până nu-i iese tot ce și-a pus în minte! Și să vezi întâmplare amuzantă: într-o zi, când Irina stătea la poartă cu tatăl ei, calul venea cu stăpânul pe stradă și a încercat să meargă către ea. Stăpânul nu înțelegea de ce calul trage căruța spre Irina. Cred că nenea Wili ar fi bănuit ceva dacă s-ar fi uitat cu atenție la căluțul întremat ca după boală, că-i cunoștea sufletul fiicei lui, dar n-a pus nicio întrebare.

Am râs amândoi. Da, Irina nu se schimbase prea mult, era la fel de poznașă și mai ales plină de compasiune, aveam și eu destule de spus despre asta.

– Hai să-ți povestesc și eu o aventură a Irinei, vrei? Ca să vezi că nu s-a schimbat prea mult de-atunci încoace…

– Sigur, ia spune! și s-a așezat mai comod, pregătită să asculte povestea mea.

– De când s-a mutat la noi, ne-a tot reproșat că suntem risipitori, rupți de realitate, că nu avem habar cum trăiesc oamenii în lumea reală – așa îi spune ea, „lumea reală“ – și tot încearcă să ne aducă cu picioarele pe pământ. Ne zice mereu că noi trăim într-un basm.

– Da, se gândește mereu la toată lumea, mai ales la cei năpăstuiți. Știu ce spui.

– Exact. Într-o zi, am mers cu Matei pe șantier. Avem o clădire în construcție, firma noastră a câștigat o licitație pentru construcția respectivă. În fine, nu e important. Doar că, spre deosebire de alte dăți când am ajuns pe șantier și muncitorii nici nu ne băgau în seamă sau doar se limitau la simple saluturi și își vedeau în continuare de ale lor, acum erau numai lapte și miere, ne zâmbeau și din „Să trăiți!“ nu ne scoteau. Ne-am mirat un pic de purtarea lor cordială și prietenoasă, dar am deslușit misterul când Matei l-a întrebat pe șeful de echipă dacă vor reuși să toarne o placă de beton, că aveam un termen-limită destul de strâns. Și nu mică ne-a fost mirarea când acesta i-a răspuns foarte prompt și plin de avânt: „Sigur, șefu', se poate?! Dacă e nevoie, venim și sâmbătă, numai să fiți mulțumit. Păi, cum vine asta, dumneavoastră ați fost așa de omenos și ne-ați dat prime, iar noi să vă lăsăm cu placa neturnată?“ Stupoare! Noi nu le däduserăm prime. Fără să priceapă mare lucru, Matei a pus mâna pe telefon și a sunat pe toată lumea: pe asistenta noastră, pe contabilă, la Resurse umane. Dar nimeni nu știa nimic despre vreo primă. Am elucidat misterul după câteva zile, când am avut nevoie de niște bani pe care-i țineam în seif. Erau câteva mii de dolari, nu știu exact ce sumă; banii aceia erau cash, să-i avem la îndemână pentru diverse nevoi, iar acum nu mai erau acolo. L-am întrebat pe Matei dacă știe ceva despre bani, deși el anunța, de obicei, dacă lua o parte consistentă din ei, mai ales că obișnuiam să avem mereu o rezervă de bani în casă, în valută de obicei, pentru orice eventualitate. Dar el habar nu avea, nu luase din seif niciun ban. „Nu-mi spune că i-a luat Irina!“, mi-a zis Matei, oprindu-se brusc, ca lovit de trăsnet. „Păi, cine altcineva? Eu nu i-am luat, tu nici atât.“ N-am întrebat-o nimic, nu am vrut să fiu grosolan cu majestatea sa, dar am aflat ce s-a întâmplat după două zile, când am revenit pe șantier. Ne-a povestit șeful de șantier că Irina fusese acolo, că i-a chemat pe toți muncitorii și i-a dat fiecăruia câteva sute de dolari. Primă!

– Doamne, mi-o și imaginez împărțind banii, a comentat Lumi, râzând cu gura până la urechi.

– Cică i-a chemat pe toți muncitorii, i-a numărat și a început să împartă: „Ia și tu, poftim și ție, vino încoace că tu n-ai primit nimic, stați frumos la coadă că am pentru toată lumea.“ Și uite-așa sunt istoriile cu Irina adultă... asta dacă aveai cumva vreo îndoială cum că n-a rămas aceeași cu Irina copilă, mi-am încheiat eu povestea, râzând cot la cot cu Lumi.

– Și Matei? A aflat?

Luminița încă se îneca de râs.

– Aaa, desigur! S-a amuzat oarecum, dar a încercat și să o pună la punct. Însă poți să fii sigură că n-a avut pe cine. Irina, așa cum o știi, ne-a făcut din nou o teorie lungă, ne-a acuzat de egoism și îmbuibare și ne-a întrebat cum suportăm să avem atâta confort și să trăim în abundență, fără să simțim nicio compasiune pentru oamenii aceia care muncesc din greu, în frig sau în călduri insuportabile pentru noi. Doar știi că are tot felul de crezuri alături de texte aferente legate de a împărți, de a dărui…

– Bănuiesc că ați schimbat codul seifului, mi-a făcut Lumi cu ochiul, amuzată.

– L-am schimbat când Matei a decis să-i ținem actele ascunse, ca să nu mai poată fugi de la noi, am mărturisit eu rușinat, neștiind dacă Luminița cunoaște povestea aceea dureroasă.

– Of, Matei ăsta!

– Nu-mi vine să cred că v-am lăsat un pic singuri și voi vorbiți despre Matei! ne-a întrerupt Irina, proaspătă ca o floare înmiresmată, după obișnuita ei oră dedicată seara ritualurilor de curățenie și înfrumusețare.

– Ah, nu, în niciun caz. Robert doar mi-a povestit cum le-ai dat prime muncitorilor de pe șantier.

– Vai, Lumi, nu-mi aminti de bieții oameni. Trebuia să-l iau de ciuf pe Matei și să-l duc să-și compare mâinile fine cu manichiură perfectă cu ale acelor oameni, cu palmele și degetele distruse de muncă fizică grea!

Eu și Luminița ne-am aruncat câte un zâmbet scurt, iar Irina s-a așezat lângă ea și a pupat-o mulțumită pe obraz.

Zilele următoare au zburat cu repeziciune, dar au fost pline de bucurie pentru fiecare dintre noi, mai ales pentru fete. Am râs împreună, am mâncat și am povestit cu toții, am petrecut clipe de neuitat vizitând frumosul oraș care o adoptase pe Luminița și-i devenise „acasă“, am hălăduit prin magazine – totul în compania gazdelor noastre minunate, care au insistat să ne fie alături atât cât vor putea, fără a o obosi prea tare pe Luminița. Iar într-o seară, ca o prietenă adevărată și înțeleaptă, Lumi m-a îndemnat să ies doar cu Irina, știind câtă nevoie aveam să fim doar noi doi împreună.

Privind înapoi în timp, pentru mine a fost cea mai frumoasă vacanță – deși la început nu am considerat-o vacanță –, iar cele cinci zile petrecute la Milano cu Irina, Luminița și soțul ei au însemnat un vis preschimbat în realitate, mai ales pentru că am fost alături de fata pe care o iubeam și m-am putut bucura în voie de prezența ei.

În ziua în care am plecat de la ei, Irina, care în toate zilele petrecute lângă Luminița se abținuse de la gânduri negre și se forțase să nu plângă, nu și-a mai ascuns tristețea. Prietena ei a asigurat-o că se vor revedea în curând, promițându-i că va veni în România și că vor mai avea ocazia să se bucure una de prezența celeilalte.

Așa că i-am înțeles starea, am lăsat-o să plângă în voie și am condus liniștit pe drumul spre casă. Bineînțeles că m-aș fi dus oriunde în lume cu ea, numai la Snagov, nu. Îmi era groază de întoarcerea acasă, eram conștient că pierdeam intimitatea dintre noi, cea atât de necesară și de dragă mie.

– Îmi este atât de greu să mă despart de Luminița! a spus la un moment dat, dorindu-și parcă să se justifice pentru că nu se mai putea opri din plâns, de parcă i se revărsau abia acum direct din suflet râurile de lacrimi stăvilite în zilele când ar fi putut să o vadă prietena ei.

Firește că nu se referea la despărțirea de moment, ci la cea definitivă, atunci când Luminița avea să părăsească lumea aceasta pentru totdeauna.

– Te înțeleg...

– Dacă stau bine să mă gândesc, orice îmbrățișare poate fi ultima pe care o oferim sau ultima pe care o primim. N-avem nicio certitudine că-l vom revedea pe omul de care ne despărțim pentru câteva minute, ore, zile sau luni și că vom avea o altă ocazie să-l strângem în brațe, să-i spunem tot ce simțim pentru el, să-i facem o bucurie, să-i aducem fericirea în ochi. N-ar trebui să mai amânăm nimic, nici măcar o singură dată. N-ar trebui să ne luăm rămas-bun niciodată fără ca omul de care ne despărțim să nu știe cât de mult îl iubim. N-ar trebui să lăsăm nicio ființă dragă în urma noastră fără să-i confirmăm că este prețuită și că este în siguranță în sufletul nostru. Și n-ar trebui să plecăm din lumea asta cu lucruri nespuse, cu secrete îngropate adânc în inimă.

Mi-a trecut prin minte dintr-odată că e posibil ca și eu să mor în orice secundă, luând cu mine tot ceea ce simt. Și m-am surprins vorbind repede, sacadat, de parcă n-aș mai fi avut nicio clipă de pierdut.

– Te iubesc enorm, Irina! Dacă mi se va întâmpla ceva, să nu uiți nicio clipă că n-am iubit pe nimeni așa cum te iubesc pe tine, i-am spus, cu glas gâtuit de emoție.

– Iar dacă mie mi se va întâmpla ceva, să nu uiți că eu cred cu tot sufletul că tu ești un om minunat și că îmi doresc să fii fericit. Și să nu plângi, lacrimile tale nu mă vor aduce înapoi, ci doar să-ți amintești că aș fi vrut să fii fericit de dragul meu.

Nu mi-am mai putut stăpâni lacrimile. Numai gândul că aș fi putut să o pierd mă înspăimânta, de parcă autostrada pe care rulam înspre casă ar fi fost un drum înspre un destin necunoscut și crud. Au urmat câteva clipe de tăcere adâncă între noi, ca și cum ne pierduserăm brusc unul de celălalt, rămânând singuri și rătăciți pe un pământ pustiu, doar cu gândurile noastre sumbre. Voiam să-i alung tristețea și spaima, aș fi făcut orice ca s-o văd zâmbind și râzând, îmi doream să prelungesc cât mai mult drumul spre casă, să profit de șansa pe care o primisem: de a o avea numai pentru mine. Și-mi dădeam seama că, dacă cineva din trecut mi-ar fi spus că voi ajunge într-o zi să iubesc atât de mult pe cineva încât singurul meu scop să fie fericirea acelei persoane, cu greu aș fi crezut. Eram decis să trag de timp, să lungesc fie și măcar cu o singură zi vacanța noastră.

– Zi-mi unde vrea maiestatea sa să o duc, i-am spus hotărât, sperând în adâncul sufletului că nu vrea să o duc acasă.

– Păi, nu mergem acasă?

Se mai liniștise, i se întorsese zâmbetul pe buze și-i vedeam ochii luminoși urmărind parcă un vis pe care dorea cu ardoare să-l prindă din urmă și să-l transforme în realitate.

– Credeam că vrei să mai faci un popas undeva pe aici. Ai vreun vis legat de Italia? Am mustăcit, ispitind-o ca pe un copil așezat în fața unei cutii pline ochi cu praline.

– Veneția. Dar nu e momentul..., a murmurat ca pentru ea.

– Altceva?

– N-o să vrei, mi-a spus, zâmbind.

– Ascult.

„Nimic mai simplu, pune-mă la încercare", mi-am zis în sinea mea. Zâmbeam. Habar nu avea că aș fi dus-o până la capătul lumii și dincolo de el dacă așa i-ar fi fost vrerea.

– Verona. Romeo și Julieta!

– Acolo mergem. Harta, vă rog, *mia principessa*!

– Ești așa un nebun!

– Există o vinovată pentru nebunia mea...

Cât de simplu fusese să o fac să viseze, ce suflet curat avea! Reușisem să alung toți norii negri de pe cerul inimii ei. Iar Verona era chiar foarte aproape, nu ne abăteam de la traseul nostru spre casă. Irina nici măcar nu voia mult de data asta, mă așteptasem la cine știe ce nebunie din partea ei, poate să ajungă în Sicilia, la 1 400 de km distanță. Și, când colo, până în orașul unde-și dorea să meargă nu erau mai mult de 170 de km. Și Verona?!? Nu mi-ar fi trecut niciodată prin minte... Ce frumos, cât de simplu și romantic visa stăpâna inimii mele!

Și, astfel, am dus-o în Verona, să vadă celebrul balcon al Julietei. Ce zi minunată a fost, de poveste! Doar ea și cu mine în orașul iubirii, între zidurile căruia s-a născut acea unică poveste de dragoste, frumoasă și tristă. O legendă în care și noi doi ne regăseam oarecum, din păcate, mă gândeam eu.

Am stabilit că vom înnopta la Verona și că, apoi, vom pleca dis-de-dimineață, după ce ea avea să-și cumpere o pereche de sandale cu fluturași, zărită în vitrina unui magazin deja închis la plimbarea noastră de seară.

Totul mi se părea perfect, aș fi dat orice să pot opri timpul în loc, să-l înghet, iar clipele acelea să rămână veșnice. Am fost trezit brusc din reveria mea sentimentală de către Irina.

În timpul plimbării noastre liniștite și romantice, în timp ce eu aș fi dat orice să știu la ce se gândește, m-a întrebat dacă aș putea să fac dragoste cu ea și apoi să mă port ca și cum nu s-a întâmplat nimic între noi.

– Dacă nu ai însemna atât de mult pentru mine, ți-aș spune că aș putea, doar pentru a-mi îndeplini scopul. Nu că mi-am stabilit un scop din a face dragoste cu tine. Poate că e mai mult un vis, nu știu. Dar, nu, nu aș putea să mă prefac că nu s-a întâmplat nimic. Tu?

Eram sincer, așa gândeam pentru că așa simțeam: scopul meu nu era un simplu act fizic. Desigur, a o iubi și fizic, a face dragoste cu ea ar fi fost egal cu visul suprem, cucerirea Paradisului. Dar știam că o iubesc dincolo de trup, mai presus de carne, și aș fi iubit-o mereu, chiar dacă n-am fi ajuns vreodată să facem amor. Pe când ea... Oare ea cum vedea lucrurile?

– Eu? Habar nu am. Dar nu te flata, era doar o ipoteză, așa, ca să te cunosc mai bine.

– Sigur, maiestate, i-am răspuns, amuzat și puțin ironic.

Ca de obicei, alunecând cu grație din capcană, Irina se eschivase și nu-mi răspunsese. Cum făcea mai mereu, de altfel. Am râs amândoi ca de o glumă bună și ne-am continuat plimbarea, până când oboseala ne-a gonit la hotel. Probabil că aceea era ultima noapte de libertate în care mai puteam dormi cu ea în brațe, fără frica de a fi surprinși, și aveam de gând să mă bucur de șansa dinainte de întoarcerea acasă.

Și, da, la sfârșitul acelei ultime nopți de vacanță petrecută împreună sentimentul meu era același: voiam să pot opri timpul, să nu-l mai las să alunece neiertător, să nu fim nevoiți să ne întoarcem la existențele noastre banale, să nu fiu obligat să o duc înapoi pe Irina în brațele lui Matei, iar eu să asist neputincios la povestea lor de iubire.

O perioadă scurtă de timp, lucrurile au decurs normal în familia noastră. În casă a fost liniște și armonie, totul părea a fi reintrat pe făgașul obișnuit și pacea învăluise existențele tuturor. Până când, la petrecerea organizată de Sandra cu ocazia aniversării ei, Irina a aflat că Matei a înșelat-o din nou. Și a primit vestea cum nu se poate mai neplăcut, tocmai de la cea cu care o înșelase fratele meu, o amică mai veche a lui, care locuia în Germania.

În noaptea aceea, Irina a dispărut din clubul unde petreceam și nimeni nu a mai știut de ea, unde plecase, unde dispăruse. Eram de-a dreptul disperat. Am căutat-o, am sunat-o, dar era de negăsit, parcă intrase în pământ. Nimeni nu știa să-mi spună ceva, nimeni nu o văzuse – aflasem că nici măcar nu se urcase în vreun taxi, nici băieții de la paza clubului nu o văzuseră plecând. Când am înțeles că nu se dusese acasă, la Snagov, că nu era nici la Brașov, am intrat într-o stare de panică vecină cu isteria. La un moment dat, nici telefonul nu-i mai suna și m-a cuprins o deznădejde cumplită. Eram înnebunit, nu știam unde să merg să o caut și îmi era teamă că ar putea păți ceva rău sau că ar face vreo nebunie, mai ales după ce am aflat ce se întâmplase.

Matei era turbat ca un leu înfuriat închis în cușcă, iar în noaptea aceea a fost pentru prima oară când ne-am certat cu adevărat.

– N-am nevoie de teoriile tale, adu-o acasă și nu mă mai stresa cu o mie de prostii.

După ce că era vinovat de plecarea și dispariția Irinei, Matei încă avea tupeul să bată din picior și să ceară să i-o aduc înapoi. Simțeam că mă sufoc, trebuia să-i spun în față ce cred despre comportamentul lui în relația cu ea.

– Nu ridica tonul la mine, nu sunt eu vinovat că ți-ai bătut joc de ea! Să ți-o găsești și să ți-o aduci singur acasă, eu m-am săturat să-ți rezolv treburile personale după ce o dai în bară. Matei, tu chiar nu mai ai un strop de minte, o limită și puțină rușine?

– Unde naiba poate fi, doar nu o fi înghițit-o pământul?! Sună la toți prietenii și cunoscuții, trebuie să fie la careva, sigur s-a plâns cuiva, s-a repezit el, fără să audă niciun cuvânt din cele rostite de mine, de parcă vorbisem cu pereții.

– Irina are prea mult bun-simț și e prea mândră ca să se ducă în toiul nopții pe capul cuiva sau să se plângă! Ce-ți imaginezi, că a sunat pe cineva și i-a spus că ai înșelat-o și că vrea adăpost? Pe bune? Așa de puțin o cunoști tu pe iubita ta?!?

– Și atunci unde e? Ia gările la rând, hotelurile, pe toată lumea. Nu mă interesează ce și cum faci, ești fratele meu, ajută-mă și găsește-o!

Matei făcea exact ce știa el să facă: să ceară. Merita o mamă de bătaie, asta merita. Nu să i-o aduc acasă pe Irina, ca să o chinuie în continuare.

– Sunt fratele tău, Matei, dar nu te mai ajut. Nu te mai ajut să îi faci rău acestei ființe care ne iubește și care are atâta grijă de noi. Nu voi mai fi complice la suferința ei. Ar trebui să o ajut pe ea să plece cât mai departe de tine, tu nu meriți o astfel de iubită.

– O iubesc, știi bine! N-am vrut să o înșel, m-am văzut cu Beatrice la o cafea, suntem amici, ce naiba, dar a tras de mine! Sunt și eu un om, n-am rezistat, de ce dramatizezi? și-a găsit imediat explicații Matei.

– Bietul de tine! A tras de tine, auzi! Foarte convenabil! Dacă ar veni și Irina acasă după o aventură și ți-ar spune că ăla cu care te-a înșelat a tras de ea?! Sunt convins că n-ai dramatiza, ai mângâia-o amical pe frunte și i-ai zice că nu e nicio problemă, nu s-a întâmplat nimic, să mai facă asta și altădată, nu?

L-am lăsat pe Matei să se lamenteze – oricum știam că predic în deșert – și am plecat în camera mea să-mi adun gândurile. I-am trimis mesaje Irinei, implorând-o să-mi spună măcar că este bine, dar telefonul ei era tot închis. Și nu a fost de găsit două nopți și două zile. Eu eram disperat, Matei era turbat, iar în casă parcă aveam podeaua minată, Oli călca cu grijă ca să nu declanșeze vreo explozie. Am sunat la toți cunoscuții, la câteva hoteluri din București, dar nimeni nu știa nimic de ea. Eram străveziu de atât nesomn și stres.

Și, când nu mai așteptam să se întâmple nimic bun, Irina ne-a făcut surpriza și a apărut după cele două nopți și două zile. Și nu a făcut-o oricum, ci împreună cu nimeni altul decât Angel, bărbatul pe care Matei îl detesta. Și care nu-mi era nici mie prea simpatic.

Irina mă sunase să deschid larg poarta și Angel a intrat cu mașina în curte până în fața casei, deși sunt convins că știa că asta avea să-l înnebunească pe Matei. Cu toate că afară ploua torențial, Irina a coborât relaxată, nonșalantă și, când și-a luat rămas-bun de la Angel, l-a sărutat în fața mea și a lui Matei. În plus, ca și cum n-ar fi fost de ajuns, când ea s-a întors cu spatele ca să se îndepărteze de el, domnul Angel a prins-o de mână, a întors-o cu fața la el și a sărutat-o din nou lung. Eram paralizați, siderați de ce ne văzuseră ochii și turbați de gelozie. Apoi, Angel s-a urcat din nou la volan, a pornit mașina și a ieșit cu spatele, fără să-și ia ochii de la Irina, conștient și el că scena aceea nu avea cum să rămână fără repercusiuni.

L-am așteptat să iasă din curte, am închis poarta în urma lui și m-am îndreptat spre casă și spre Matei, pe care știam că trebuia neapărat să-l liniștesc. Era clar că se va dezlănțui iadul.

– De ce ai făcut asta? a întrebat-o Matei pe Irina, strigând la ea cu ură când s-a apropiat de intrarea în casă.

– Ca să te umilesc. Să vezi și tu cum e, i-a răspuns Irina cu fruntea sus, orgolioasă și mândră, simțindu-se cumva răzbunată.

Numai că, în momentul imediat următor, Matei i-a tras o palmă atât de puternică peste față, că a făcut-o să cadă peste un strat de flori.

– Te omor! a mai urlat el, scos din minți, apucând-o aproape instantaneu de păr și târând-o pe jos, prin noroi și ploaie, ca să o bage în casă.

– Matei, oprește-te! am strigat, fugind spre ei.

L-am prins în brațe și am încercat să-l îndepărtez de Irina. Doamne, trebuia să-l îndepărtez de ea cu orice preț, înnebunise complet!

– Lasă-mă! O omor!

– Ești nebun? Dai în ea?!

Cu greu l-am urnit din loc și l-am rugat să intre în casă. Trebuia să-l fac să nu se mai apropie de Irina, distanța era soluția salvatoare în momentele acelea, în care fratele meu părea a-și fi pierdut mințile.

– Trage-i-o și tu o tură și dimineață să nu o mai văd aici! mi-a spus Matei printre dinți, cu un ton plin de ură, golănește. Aaa! Și trece-o pe listă! La un loc cu toate târfele!

Am așteptat să intre Matei în casă, apoi am luat-o pe Irina în brațe și am intrat cu ea în living. Era udă și plină de noroi, iar Matei, învârtindu-se pe loc ca un nebun, o privea cu dispreț.

– Îți place de tine? Ești mândră de halul în care ai ajuns?! i-a mai strigat el, fără să se mai apropie de ea, din fericire.

– Aurul nu-și pierde valoarea doar pentru că e murdar de noroi, i-a spus ea cu un ton calm, zâmbind.

Am sperat din tot sufletul ca Matei să nu fi auzit, cine știe ce s-ar mai fi putut întâmpla – iar eu, oricât îl iubeam, l-aș fi călcat în picioare dacă o mai atingea, fie și cu un singur deget. Înainte de toate, era o femeie, nu numai iubita lui. Oricare ar fi fost motivul care-l determinase să facă asta, nu așa se dovedea bărbăția.

Am dus-o în brațe pe Irina până în dormitorul meu și am rugat-o să mă aștepte acolo liniștită. Am plecat în camera ei, de unde am luat câteva dintre cosmeticele pe care știam că le folosește – o văzusem de atâtea ori când se demachia, așa că nu era nicio problemă, știam ce trebuie făcut.

Am demachiat-o cu grijă, iar ea plângea încet, în surdină, ca un copil plin de amărăciune și imposibil de împăcat. Eram supărat pe ea, dar asta nu însemna că o iubeam mai puțin. Voiam s-o întreb dacă s-a culcat cu Angel, dar îmi era teamă de un răspuns afirmativ – și, chiar dacă știam că motivația ei ar fi fost răzbunarea, nu m-ar fi durut mai puțin. Sau cel puțin așa îmi plăcea mie să cred, că s-ar fi culcat cu Angel doar ca să-l supere pe Matei, nu pentru că l-ar fi plăcut. Mai ales pentru că nici eu nu-l prea aveam la suflet, în special după ce-i luase inelul ca să o șantajeze.

După ce i-am șters fața, am încuiat ușa și am dus-o în baia mea. Nu s-a opus. Părea inertă și indiferentă la ceea ce se întâmpla, de parcă pur și simplu nu-i mai păsa de nimic, cu atât mai puțin de ea. Știam că e devastată, nu era nevoie să-mi spună nimic. Îi simțeam sufletul prins ca într-o menghină, zbătându-i-se neputincios, captiv ca într-o capcană meșterită cu pricepere de către un suflet hain. N-a reacționat nici măcar când am intrat cu ea în cabina de duș și i-am scos toate hainele. Era pentru prima oară când o vedeam goală și încercam să nu par tulburat de imaginea ei, deoarece în clipele acelea, chiar dacă o iubeam la fel de mult ca întotdeauna, în sufletul meu se strecurase un soi de duioșie, pe care nu o mai simțisem până atunci. Irina mi se dezvăluia și neajutorată, fragilă, dependentă de mine, poate chiar de noi toți, de Matei, de Cesara, de Oli, de familia noastră întreagă, chiar așa ciudată cum părea. Era ca un copil în brațele mele, un copil speriat și copleșit care avea mare nevoie de mine, de ocrotirea unor brațe puternice și bune.

Am pornit dușul, am potrivit temperatura și am intrat cu ea sub jetul de apă caldă, ea dezbrăcată complet, iar eu îmbrăcat. Cu multă grijă, i-am șamponat părul, atent să nu-i intre spuma în ochi, apoi i-am întins gel de duș pe corp, iar ea a stat nemișcată, supusă, o stană de piatră cu ochii închiși, ca o păpușă neînsuflețită, fără nicio putere. În timp ce o țineam sub apă și-mi treceam palmele peste părul ei, care devenea din ce în ce mai greu, s-a trezit dintr-odată la viață și m-a prins de tricoul ud leoarcă, strângându-l cu putere, ca și cum ar fi vrut să-l rupă. Am îmbrățișat-o și am ținut-o lipită de mine, să înțeleagă că este în siguranță, lăsând apa să curgă ca o ploaie binefăcătoare peste ea, până când în părul frumos și lung n-a mai rămas nicio urmă de șampon. Apoi am ieșit de la duș și, vorbindu-i încet, de parcă mi-ar fi fost teamă să nu o trezesc dintr-un vis și să o sperii, am rugat-o să mă aștepte. Mi-am schimbat repede hainele ude cu o pijama curată, am luat un prosop mare în care am înfășurat-o ca pe un copil și am dus-o în brațe până la pat, învelind-o cu plapuma până la bărbie. Apoi am stins lumina și m-am așezat ocrotitor și cu blândețe lângă ea.

– Te-ai culcat cu el? am întrebat-o, mai mult ca să rup tăcerea aceea grea dintre noi, dar și ca să-mi alung toate spaimele din suflet.

Speram că va fi în continuare bine, că vom reuși cu toții să lăsam în urmă coșmarul acelor zile și nopți în care Irina dispăruse, dar și ceea ce se petrecuse la întoarcerea ei acasă.

– Tu ce crezi? m-a întrebat la rândul ei șoptit, cu glasul stins.

– Nu știu ce să mai cred..., i-am răspuns, deși sufletul meu îmi striga adevărul.

– Zi-mi ce crezi. Spui că mă cunoști...

Îi simțeam reproșul mut în fiecare silabă.

– Că nu.

– Așa este. Nu am făcut-o, deși, la un moment dat, mi-am dorit.

Recunoșteam doar în sinea mea că o înțeleg, chiar dacă mă durea alegerea ei de a fugi inclusiv de mine.

M-a întrebat de ce o înșală Matei și, pentru prima oară, am văzut o Irina complexată și nesigură, o Irina care pierduse busola și nu mai găsea drumul către adevăr. Mai ales înspre adevărul despre ea însăși, despre cine e, cum e și ce merită, nu neapărat despre faptele fratelui meu. Iar argumentele mele, știam și eu asta, nu erau destul de convingătoare ca să-i scuze lui Matei obiceiurile proaste și comportamentul aberant, lipsit de morală și de valoare.

A adormit într-un târziu, iar eu i-am vegheat somnul ca unui copil bolnav, care are nevoie să simtă și în vis că e în siguranță, iubit, la adăpost de toate relele. Dimineață, m-am dus să văd care este starea lui Matei și l-am găsit vorbind la telefon. Comandase multe buchete de flori cu care plănuia să-i umple camera Irinei, încercând să-i cumpere iertarea și să o întoarcă din nou, cu adevărat, la el.

– S-a trezit? Că mi-aș dori să ajungă florile până atunci, să le găsească în camera ei. Vine curierul în 10 minute, mi-a spus febril și emoționat când m-a văzut, încercând să-mi vorbească fără să fie auzit de Sandra și Cosmin, care, din nou împreună, rămăseseră la noi de când dispăruse Irina de la club.

– Nu s-a trezit. Tu ce faci? Te-ai calmat?

Arăta cu adevărat neliniștit, vedeam pe fața lui că regretă sincer ceea ce făcuse și că-și dorește din tot sufletul să fie iertat.

– Nu-mi vine să cred că sunt atât de bou, frate. Sunt un dobitoc, mi-a luat Dumnezeu mințile... Ai aflat cumva dacă s-a întâmplat ceva între ea și Angel?

– Știi bine că nu s-a întâmplat nimic. Cum poți să crezi asta despre Irina?

– Dar s-au sărutat, ai fost acolo, ai văzut totul, mi-a răspuns Matei pe un ton revoltat, dar umil în același timp.

– Hai, Matei, a fost doar teatru ca să te scoată din minți. O știi pe Irina, a vrut numai să-ți dea o lecție. Una pe care știi prea bine că o meriți, pentru că ai făcut totul ca să o aduci pe fata asta în stare să recurgă la gesturi extreme.

Matei a căzut pe gânduri. Știam că mă crede, știam că-i pare rău pentru ce s-a întâmplat. Dar și eu știam că nu mai puteam permite să se întâmple așa ceva.

– Uite ce e, Matei. Vreau să-ți spun ceva și te asigur că sunt mai serios ca oricând. Dacă o singură dată o mai lovești pe Irina, voi pleca definitiv din casa și din familia noastră și nu mă mai vezi niciodată. Știi bine că nu arunc cu vorbele, că nu te șantajez sentimental și că nu sunt un copil care amenință. Pentru că nu este o amenințare, ci o promisiune. Și de obicei mă țin de cuvânt.

– Nu o mai lovesc, îți dai seama că-mi pare rău. Dar m-a scos din minți, am fost sigur că m-a înșelat cu Angel.

– Asta nu e o scuză, Matei. Ai făcut o greșeală de neconceput lovind-o. Ești bărbat, ești o persoană responsabilă sau ce ești tu?

– Știu… și îmi pare atât de rău…, a oftat din nou fratele meu, cu privirea în pământ.

Oli a auzit discuția noastră și i-a aruncat lui Matei o uitătură plin de reproș.

– Cum ai putut să faci așa ceva, Matei? Cum să dai în biata fată? Cum s-o lovești pe ființa aceasta care ne iubește pe toți și ne dedică viața ei? Ce fel de om ai devenit, Matei? Nu te mai recunosc, nu știu unde ai învățat să faci astfel de lucruri, că la noi în familie în niciun caz nu ai văzut așa o mizerie...

Nu știu dacă eu am reușit să-l sensibilizez ori nu, dar dojana blândă și sinceră a lui Oli l-a făcut să plângă. Și-a ascuns fața între palme și plângea rușinat, ferindu-se să nu fie văzut de Sandra și Cosmin.

– Îmi pare rău, o să-i cer iertare. Mă va ierta, ea este atât de bună… Și vă rog să mă iertați și voi.

– Noi? Tu să poți să te ierți, Matei. Iar Irina poate că te va ierta, la rândul ei. Dar cum rămâne cu rănile din sufletul ei? Crezi că vor dispărea peste noapte, pur și simplu, ca și cum nimic nu s-ar fi întâmplat? Gândește-te la asta pe viitor, înainte de a te lăsa condus de furie.

Însă Irina exact așa s-a purtat: de parcă rănile ei s-au vindecat peste noapte. În timp ce noi credeam că va sta ascunsă în cameră să-și plângă durerea și ne gândeam cum să o ajutăm fără să o sâcâim, ea a coborât în living îmbrăcată în rochia ei cu maci sângerii, de sărbătorit fericirea. Și aranjată frumos, parcă mai senină ca niciodată, ne-a surprins pe toți cu o atitudine calmă și cu priviri curate și limpezi, fără nicio umbră sau resentimente.

Iar ceea ce ne-a uimit cel mai mult a fost că l-a îmbrățișat pe Matei într-o secundă, de parcă între ei doi n-ar fi existat niciun conflict, ca și când cu o seară înainte nu s-ar fi întâmplat nimic rău între ei. Nu știam dacă se purta așa doar pentru că erau de față Sandra și Cosmin, deși, după cum o cunoșteam, nu ar fi jucat teatru doar de dragul lor, care erau oricum la curent cu escapadele lui Matei. Sau dacă buchetele de flori și bilețelele cu „Te iubesc!“ și „Iartă-mă!“ cu care Matei îi umpluse camera au impresionat-o într-atât de mult încât să-l ierte și să uite că a înșelat-o, că a lovit-o și că a tratat-o ca pe ultimul om. Irina rămânea un mister greu de dezlegat pentru mine...

– De ce am impresia că ne pregătești o lovitură de teatru? am întrebat-o cu îngrijorare când am rămas puțin singur cu ea.

– Pentru că ești prea sigur că mă cunoști, mi-a zâmbit ea, în continuare enigmatic.

– Și nu te cunosc?

– Știi doar atât cât am vrut eu să știi.

Înclinam să-i dau dreptate, dar nu în totalitate. Știam de multe ori și ceea ce nu voia sub nicio formă ca eu să știu. Și mai știam uneori despre ea și ceea ce nu se aștepta să știu. Eram sigur de asta.

– Mă subestimezi, i-am spus, zâmbind la rândul meu.

– Unde e Alexandra? a atacat ea brutal, luându-mă pe nepregătite; sau poate era doar sincer nedumerită că nu o mai vede venind pe acasă.

– La țară. A plecat cu părinții ei la bunici, am mințit-o eu cu seninătate.

Nu voiam să-i spun că Alexandra mă părăsise din cauza ei. Și nici că mie puțin îmi păsa de asta, atât timp cât ea era din nou lângă mine, chiar și ca iubită a fratelui meu.

În ziua aceea, Irina ne-a spus că vrea să meargă la Brașov. Îi era dor de orașul ei, de mama și de prietenele ei. Matei nu s-a opus, înțelegându-i nevoia de a schimba puțin decorul. Îi era recunoscător că îl iertase și că se purta frumos, nu era cazul să stârnească o nouă furtună, mai ales că abia se liniștiseră apele, tulburate tot din vina lui.

– Ești sigur că nu va pleca pe undeva ca să nu mai știm de ea? m-a întrebat el îngrijorat.

– Sunt sigur. Fii înțelegător cu ea și cu rugămințile sau nevoile ei, las-o să plece liniștită, are nevoie să fie puțin singură. Și fii mulțumit că doar atât dorește, după nebunia pe care a trăit-o în ultimele zile din cauza tâmpeniilor tale.

De îndată ce am închis poarta în urma ei, m-am simțit cumplit de singur. Eram dependent, nu mai știam să trăiesc fără să o știu prin preajmă. Spre norocul meu, mă salva și de data aceasta prietenul imaginar. Știind că ajungea acasă, la Brașov, am sunat-o seara târziu pe telefonul fix, așa cum făcea prietenul imaginar. Măcar să o aud, să știu că e bine, să simt cumva că sunt aproape de ea.

– Credeam că m-ai uitat. M-ai mai sunat între timp? mi-a răspuns ea cu o voce în care am simțit încântarea că încă o caut, că nu am renunțat să o contactez. Eu m-am mutat la Snagov, vin rar acasă. Dar am telefon mobil, dacă vrei să mă mai suni; sau, poate, de ce nu?, să discutăm prin mesaje. Așa vei putea spune și tu ce ai de spus, iar eu n-o să mai am sentimentul că vorbesc singură și o să mă bucur că-ți cunosc la rândul meu părerile.

Mi-a dictat imediat numărul telefonului ei mobil, apoi mi-a vorbit despre Matei. Am simțit că-i lipsise confidentul ei, prietenul imaginar. Am ascultat-o liniștit cum se frământă din cauza fratelui meu, a plâns ca un copil, s-a învinovățit că nu fusese suficient de atentă cu el, că poate era chiar ea cauza a tot ceea ce se întâmplase urât între ei și mi-a mărturisit că este complexată, că poate nu este destul de bună și de frumoasă pentru un bărbat cu pretențiile lui Matei.

„De ce mai stai lângă el după tot ce ți-a făcut?“, i-am scris într-un mesaj de pe numărul de telefon alocat special prietenului imaginar, un număr de care nu știa nimeni. Ea a citit imediat mesajul, dar nu mi-a răspuns tot în scris, ci verbal, la telefon.

– Pentru că îl iubesc. Și, când iubești un om, îl iubești și cu bune, și cu rele. Îl iubești și când a decăzut. Și în niciun caz nu-l abandonezi atunci când are mai multă nevoie de tine. Un om care greșește trebuie ajutat, nu părăsit. Nu-l abandonezi fără să-i oferi măcar o șansă, fără să-i întinzi o mână ca să-l ridici de jos. Dacă aș pleca de lângă el și l-aș lăsa așa, defect, cu ce aș fi mai bună? Voi încerca să-l schimb, să-l ajut să fie omul minunat care cred eu că poate fi dacă cineva i-ar da ocazia să arate ce are în inimă.

„Îți doresc succes. Sper doar să nu te irosești și să nu regreți dacă nu vei reuși să-l ajuți“, i-am scris imediat, rugându-mă sincer să reușească să-l schimbe în bine pe Matei. Dar nu puteam să nu fiu sceptic, să nu mă îndoiesc de reușita demersului ei.

– Niciodată nu-mi voi regreta încercarea de a face un bine, de a salva un om, dragul meu prieten imaginar. Mai ales dacă trebuie să-l salvez de el însuși, de toți demonii care-l mănâncă pe interior. Dacă nu voi reuși, măcar nu mă voi simți vinovată că am plecat fără să încerc, voi ști că am făcut tot ce-am putut eu pentru omul respectiv. Mulți dintre noi aleg calea cea mai ușoară, adică fuga, în loc să aleagă lupta. Cu precădere când este vorba despre binele altuia. Uneori ni se pare mai comod să abandonăm drumurile dificile – de ce să ne complicăm dacă nu e salvarea noastră la mijloc? Ba chiar și atunci când este vorba despre noi facem la fel, darămite când este vorba despre cel de lângă noi. Eu cred că iubirea înseamnă mai mult decât să te pui pe primul loc și că, uneori, poate atunci când cel de lângă tine merită cel mai puțin, tu să-l copleșești cu bunătate și cu dragoste. Perfect dacă ar fi, l-ar iubi o lume întreagă. Însă cine ar face asta cu cineva imperfect?

Acum îmi devenise clară atitudinea ei: era hotărâtă să-l salveze pe Matei. Se considera vinovată pentru comportamentul lui aberant. Avea impresia că nu este suficient de bună și de frumoasă, că el era neînțeles și se simțea singur lângă ea. Deși credeam cu totul și cu totul altceva despre ceea ce se întâmpla între ei doi, singura mea consolare era că nu va pleca de la Snagov, că va rămâne cu Matei și că eu, implicit, nu voi risca să pierd prezența ei din casă, nu voi rămâne fără bucuria de a o ști cumva și lângă mine.

După ce s-a întors la Snagov, am continuat să comunic cu ea prin mesaje și să o sun noaptea târziu, când știam că este singură. Prietenul imaginar nu mai avea de gând să dispară, mai ales fiindcă era limpede că îi dăduse numărul de telefon mobil pentru că avea nevoie de *el*. De un prieten apropiat și onest care să nu o judece, care să o înțeleagă și să-i asculte toate problemele și toate întrebările fără răspuns pe care le ținea ascunse adânc, în inimă – în caz că le-ar fi scos afară și le-ar fi adus la suprafață.

Când nu eram în preajmă, îi trimiteam câte un mesaj și, astfel, mă simțeam mereu conectat la sufletul ei, știam ce gândește, ce neliniști sau bucurii are, fiindcă alesese să fiu norocosul căruia i se destăinuia, omul de încredere căruia îi putea divulga fără teamă toate tainele. Niciodată însă nu-mi vorbea despre Robert, de parcă nici nu exista în viața și în sufletul ei. Mă menționa doar în treacăt, atunci când îi spunea prietenului secret că va pleca împreună cu Robert la cumpărături sau cine știe pe unde. Dar nici vorbă să-i mărturisească celui aflat la capătul firului că ar fi avut vreun sentiment pentru fratele lui Matei.

Numai că, într-o seară, joaca de-a prietenul imaginar a luat o întorsătură nedorită și aproape absurdă. Dacă până atunci mă înspăimânta gândul că Irina putea afla că eu sunt prietenul ei imaginar – ceea ce eram sigur că ar fi făcut-o să mă urască pentru totdeauna și să mă considere dement –, cel care a aflat de existența mea a fost Matei, din nefericire. Irina își lăsase telefonul mobil în living, iar el a avut dintr-odată curiozitatea să-i verifice mesajele, să o controleze. Eu nu eram acasă, ci în mașină când am văzut că sună Irina pe telefonul prietenului imaginar. Am tras pe dreapta și am sunat-o înapoi.

– Sunt Matei, iubitul Irinei. Am aflat de voi doi. Vreau să știu cine ești și ce vrei de la ea, asta dacă nu vrei s-o omor!

Am înlemnit. Simțeam că înnebunesc. Am pornit imediat motorul – trebuia să ajung acasă cât mai repede – și am început să conduc cu o viteză nebună. Știam că Irina nu are nicio șansă să-l convingă pe Matei că nu îl înșală cu alt bărbat, ci că doar discută amical cu un om pe care nu-l văzuse și pe care nici măcar nu-l auzise vreodată. Însă Matei nu ar fi crezut asta niciodată, orice-ar fi fost și oricum i-ar fi prezentat Irina situația. Și, cum îmi cunoșteam fratele, gândul că se certau sau, și mai rău, că putea s-o lovească din nou mă înfricoșa.

Am încercat, totuși, și i-am trimis un mesaj pe telefonul Irinei, sperând că îl voi calma: „Nu este nimic între noi, nu ne-am văzut, nu o să ne vedem, e doar o prietenie. Ea nici măcar nu știe ce voce am, nici dacă sunt bărbat sau femeie. Te iubește, nu-i face rău."

Matei mi-a răspuns la mesaj, așa că, pentru a putea comunica mai bine cu el, am oprit mașina. Nu puteam să tastez și, în același timp, să gonesc cu viteză spre casă. Și speram să-l țin pe loc, să nu-i facă nimic rău Irinei. Mi-a scris: „Vreau să știu totul despre tine, cine ești și de când ai o relație cu iubita mea."

I-am răspuns imediat: „Nu am o relație cu ea!!! Îți jur. Nu am văzut-o niciodată și nici ea pe mine. Știu că are un iubit pe care îl adoră, fata aceea chiar te iubește, să nu faci vreo prostie!"

Ce nu știam eu și am aflat abia când am ajuns acasă era că Matei făcuse deja prostia: o lovise din nou pe Irina. Nu știu cum, nu știu de câte ori, dar am găsit-o încuiată de Matei în camera ei, stând pe jos cu fața ascunsă într-o pernă. Când i-am luat perna din mâini, am văzut că este vânătă și cu fața murdară de sânge. Imaginea aceea m-a făcut să plâng instantaneu... Cred că mă va urmări toată viața fața ei frumoasă învinețită, ochii ei plânși, durerea mută din privirea ei. Iar din punct de vedere fizic, ceea ce vedeam nu putea fi rezultatul unei singure palme... N-am mai simțit vreodată o durere asemănătoare. Și niciodată nu m-am detestat mai mult ca atunci...

Imaginea ei prăbușită pe podea, acoperindu-și fața plină de sânge și de lacrimi, avea să fie coșmarul conștiinței mele. Eu eram vinovat pentru tot și mă culpabilizam pe bună dreptate. Fiindcă jocul aparent nevinovat de-a prietenul imaginar era cel mai mare rău pe care i-l făcusem celei pe care o iubeam și pe care aș fi apărat-o de orice suferință cu orice preț. Pentru că, orbit de iubirea mea nebună pentru ea, nu m-am gândit la consecințele pe care le-ar avea jocul acela stupid și absurd, care i-a schimbat Irinei cursul vieții.

Da, eu eram vinovat pentru toată nefericirea ei, dar și pentru nefericirea mea, în același timp. Și pentru nefericirea celor din casă care o iubeau și care, la un moment dat, aveau să o piardă.

Am îmbrățișat-o cu grijă și teamă să nu-i fac vreun rău fizic și am plâns împreună cu ea.

– Mă ajuți să plec de aici? m-a întrebat suspinând.

– Da.

În clipele acelea, chiar aș fi ajutat-o, cu riscul de a o pierde, numai să știu că așa ceva nu avea să i se mai întâmple și că Matei nu o s-o mai lovească vreodată. Nu mai voiam să mă fac vinovat de cele ce i se întâmplau.

– Îl urăsc.

– Acum și eu îl urăsc, crede-mă. Hai să vedem ce ți-a făcut...

I-am studiat fața să văd dacă nu cumva avea nevoie de îngrijiri medicale. Aveam sufletul bucăți...

– Ai venit? a întrebat Matei, dând buzna în cameră. Ți-a spus ce-a făcut? Ți-a spus că mă înșală, chipurile, cu un prieten imaginar?

Era încă isteric.

– Ieși afară, Matei! De data asta ai mers prea departe. Discutăm mai târziu. Ieși afară, acum! am urlat la el, fără să mă mai pot controla.

– I-am dat doar o palmă, dar a căzut.

– Ieși naibii afară!

Era incredibil! Pentru el, o palmă devenise un lucru normal. L-am prins de braț și l-am împins afară din cameră, apoi am încuiat ușa în urma lui. Era pentru prima oară când îl uram pe Matei și preferam să nu-l mai văd, îmi era frică de ce reacții puteam avea. Și trebuia să-l țin departe de Irina.

Dar pe mine mă uram cel mai mult, mă detestam și m-aș fi umflat de pumni dacă aș fi putut. Simțeam nevoia să-mi fac rău fizic, doar să nu mai simt cumplita durere sufletească ce mă copleșea. Să mă doară tot corpul, numai să mi se liniștească inima.

I-am umplut Irinei cada, știind că-i va face bine să stea în apă caldă, să o ajut astfel să se relaxeze puțin. Am lăsat-o să se dezbrace și să se afunde în apă, iar eu am coborât în bucătărie să-i fac un ceai. Matei era în living, citea mesajele dintre Irina și prietenul imaginar de pe mobilul ei. I-am smuls telefonul și m-am dus în bucătărie. A venit după mine și mă privea fără să spună nimic. Vedeam că-l doare, vedeam că nici el nu e prea bine. Avea o față de om bolnav și era clar că nu se aștepta la nimic bun de la mine.

Privindu-l, îmi venea să-i mărturisesc totul, să-l cert, să-l lovesc, însă îmi era milă de el. Pentru că eram convins că doar din vina mea suferea și el.

– Ea este OK? m-a întrebat Matei cu grijă, speriat.

– Va trebui să chemăm un medic.

Am sunat un medic neurolog care ne era prieten de familie, iar acesta a venit după vreo oră, timp în care am ajutat-o pe Irina să facă baie și să se liniștească. Nu avea răni majore, dar sufletul ei era făcut țăndări – și contuzia asta era anevoie de vindecat. Poate chiar imposibil. Pe copila minunată despre care îmi povestise prietena ei Luminița că n-a avut o copilărie fericită și că a avut neșansa să fie rănită și abuzată de prea multe persoane care au trecut prin viața ei nu o găsise norocul nici acum. Avusese neșansa să-i cunoască pe cei mai răi oameni din lume: pe Matei și, mai ales, pe mine, cel care i-a influențat destinul. Îmi venea să urlu, să mă dau cu capul meu cel prost de pereți și să termin cu toate. Numai gândul că aș lăsa-o pe Irina fără nicio apărare m-a ajutat să mă calmez și să nu mă mai gândesc la astfel de prostii. Pentru că, oricât de vinovat eram de tot ceea ce se întâmplase, o iubeam și trebuia să fac totul ca pe viitor să-i fie bine, să nu mai permit să i se întâmple nicio nenorocire.

Pe de altă parte, nu-mi mai puteam imagina viitorul ei lângă Matei, știam că toate teoriile Irinei despre iubire și iertare nu mai aveau niciun fundament. Totul se spulberase ca o colibă fragilă așezată în calea unui uragan.

Cum era și firesc, m-am așteptat să încerce să fugă din nou de acasă și, cu toate că am fost destul de atent, a reușit să-și planifice fuga în Germania. Singurul meu noroc a fost că-i trimisese un mesaj prietenului imaginar căruia i-a scris că se afla în gară și că urma să plece definitiv din țară, așa că am avut timp suficient să ajung la gară și am surprins-o pe un peron, așteptând. Am încercat tot posibilul, dar n-a fost chip s-o conving să se întoarcă acasă. Bineînțeles că la un moment dat mi-am pierdut răbdarea și am luat-o cu forța din gară, trăgând-o de mâini până la mașină.

– Crezi că, dacă nu plec azi, voi rămâne? Cât ai să mă poți păzi? O să stai nonstop cu mine? O să mă legi?

Tremuram de nervi și de spaimă. Și mă detestam pentru ceea ce eram nevoit să fac. Numai că ceea ce nu știa ea era că, dacă aș fi lăsat-o să plece, Matei i-ar fi făcut viața imposibilă. Pentru că îi treceau prin minte tot felul de nebunii, mă amenința întruna că o va distruge dacă nu i-o aduc înapoi, că-i va înscena un furt sau un consum de droguri, numai să-i distrugă viața. Ori cu el, ori nimic – așa vedea fratele meu lucrurile, atât de disperat era și nu concepea sub nicio formă să o piardă.

Iar eu eram prins între ei doi, în povestea imposibilă dintre ei, forțat să o apăr împotriva nebuniei lui Matei, chiar dacă asta ar fi însemnat ca, aparent, să pariez pe adevărul lui, să mă poziționez de cealaltă parte a baricadei. Adică împotriva ei. Dar nu eram. În adâncul sufletului, în inima mea nu puteam fi decât de partea Irinei, pentru că ea era viața mea, ea însuma tot ce era mai important pe lume pentru mine. Pe el îl iubeam, era familia mea, dar știam că undeva depășise măsura și că nu era ceea ce merita ea, chiar dacă o iubea. Pentru că fata aceea devenise obsesia lui, nebunia lui.

– Robert, de ce-mi faci asta? De ce mă ții prizonieră?

– Te rog să taci.

– O să te urăsc. Vrei să mă faci să te urăsc?

– Prefer să mă urăști, dar să te văd în fiecare zi.

Era adevărat, nu cred că în clipele acelea gândeam altfel. Credeam despre Matei că e nebun, dar eu cum eram? De două ori mai nebun ca el.

– Ești nebun! Să mor dacă tu nu ești nebun!

Avea dreptate. Era răspunsul corect: eram nebun. Nebun după ea și nebun de îngrijorare pentru ce putea să i se întâmple. Și pentru că puteam s-o pierd.

Am așteptat puțin să mă calmez, apoi am pornit spre Snagov.

– Sper să mă ierți pentru ceea ce voi face.

– Ce vei face?

– O să vezi tu.

– Robert, mă sperii. Zi-mi ce ai de gând!

– Stai liniștită. Te iubesc prea mult ca să-ți fac vreun rău.

– Mă iubești? Mă iubești?!

– Da!

– Hai, sictir! Distrusule! Nonsensule! Fantomă ce ești!

Ajunsesem bine. Era minunat. Fata pe care o adoram mă ura. Mă insulta. Probabil că, dacă ar fi fost un alt fel de om, m-ar fi și lovit. Și pe bună dreptate, meritam asta. Iar mie îmi era și mai groază să mă gândesc cât de tare m-ar fi urât dacă ar fi aflat că eu sunt vinovat pentru tot ceea ce i se întâmpla.

În timp ce șofam ca un inconștient către Snagov, i-a scris cuiva un mesaj și am înlemnit. Uitasem că aveam telefonul prietenului imaginar în buzunar și că, dacă ea l-ar fi sunat sau i-ar fi trimis un mesaj, telefonul ar fi sunat în buzunarul meu. Dar nu s-a auzit nimic. Scăpasem ca prin urechile acului. Trebuia să fiu mai atent să nu mă deconspir în fața ei.

Matei ne aștepta acasă turbat de furie. I-am spus despre planul ei când am plecat spre gară și, cu toate că și-a ieșit din minți, mi-a jurat că nu o va mai lovi, orice s-ar întâmpla. Oricum, eram de față și nu aș mai fi permis să se întâmpla una ca asta. Sigur că îmi promisese și că nu se va certa cu ea, dar nu s-a putut abține și a trecut la amenințări: i-a spus foarte clar că, dacă mai are de gând să dispară de acasă, îi va face rău și ei, dar și tuturor celor pe care-i iubește, începând cu mama și terminând cu toți prietenii ei. Inclusiv ceea ce știam deja: că îi va strecura substanțe interzise în poșetă și că o va da pe mâna poliției.

Pentru Irina a fost prea mult, era de așteptat. Dintr-odată, a început să tremure din tot corpul. I se făcuse rău. Imaginea cu ea vânătă la față, cu respirația sacadată și cu mâinile și picioarele amorțite, cu degetele înțepenite și strâmbate m-a înspăimântat de moarte. Eram la fel ca Matei: un nemernic, un nenorocit. Irina devenise victima noastră, uitaserăm cu toții că o iubim și că nu este decât o fată. Singură și neajutorată împotriva noastră, ticăloșii.

Ne-am speriat îngrozitor și am sunat după ambulanță, dar nu am avut răbdare să aștept. Am luat-o pe sus, am băgat-o în mașină împreună cu Matei și am dus-o la spital. Din fericire, făcuse doar un atac de panică, însă medicul a insistat să o interneze două zile în spital, pentru niște investigații. Știa că implicarea lui va fi răsplătită cu vârf și îndesat de fratele meu, iar eu m-am bucurat că, în felul ăsta, Irina avea să fie liniștită. Fiindcă era nevoie de timp – să se vindece de toate traumele sufletești trăite în ultimul timp.

Am stat cu ea în spital și plecam acasă doar seara, ca să dorm, deși nici așa nu aveam pace, știind-o singură noaptea în spital. Când au externat-o, doctorul mi-a spus că va avea nevoie de liniște și de odihnă, fiindcă a descoperit niște probleme la inimă. Nu grave, pentru că era o fată tânără, dar nu se știe niciodată ce se poate întâmpla în astfel de situații și cum pot evolua lucrurile, mai ales pe un fond de stres.

– Și de bătaie, nu, dom' doctor? De asta nu am nevoie? l-a întrebat cu ironie Irina. Că iubitul meu îmi administrează doze din ce în ce mai mari!

Doctorul mi-a aruncat o privire cu subînțeles. M-am simțit mizerabil.

– Dacă mai dă în tine, dă și tu înapoi. Chiar și un sac de box ripostează dacă-l lovești.

– Așa voi face. Vă promit că, la prima încercare a lui de a mă lovi, va deveni cel mai grav pacient pe care-l veți avea. Va arăta ca lovit de tren, a glumit, chipurile, din nou Irina.

– Va trebui să facem niște investigații. Deocamdată ți-am prescris un tratament și va trebui să revii la un control. Ți-am scris toate detaliile pe scrisoarea medicală. Ai grijă de tine și... cum ți-am spus: nu te da bătută și păstrează-ți calmul. Sănătatea e lucrul cel mai de preț pe care-l avem pe lumea asta.

Întoarsă acasă, câteva zile Irina a stat mai mult în camera ei, cu fetița. Matei o evita, așa cum îmi promisese. În casă era o atmosferă tristă, nu mai mâncam împreună, fiecare își vedea de viața lui. Nu ne mai purtam ca o familie. Dar măcar era liniște, chiar dacă una apăsătoare. Matei nu a făcut niciun gest ca să se apropie de Irina, lăsând în seama mea să o înduplec, să o ajut să-i treacă supărarea și să depășească momentul dificil pe care relația dintre ei doi îl traversa din nou.

Încercam să aflu de la ea ce planuri are, ce simte, dar refuza să comunice cu mine. Sufeream cumplit și nu puteam să o condamn pentru asta. Eram dușmanul ei, exact asta credea despre mine. Și nu aveam cum să o fac să-și schimbe părerea. Nici măcar cu prietenul imaginar nu avea chef să discute, se adâncise în tăcere și nu mai lăsa pe nimeni și nimic din afara ei să o tulbure. Iar în timp ce eu speram să se recupereze, pe zi ce trece ea devenea din ce în ce mai absentă și mai apatică. Dormea foarte mult și nu-i păsa de ceea ce se întâmpla în casă ori cu noi, în afară de Cesara. M-am bucurat în ziua când am văzut că o chemase pe prietena ei Simona să stea cu ea, cea care speram că va reuși s-o scoată din starea vegetativă în care se afla. Într-o seară, Simona l-a abordat pe Matei, căruia i-a reproșat că s-a purtat cu Irina ca un nemernic.

– De ce nu-ți vezi tu de viața ta? i-a tăiat-o Matei scurt și răstit.

– Irina face parte din viața mea, imbecilule. Mai ai și tupeul să fii obraznic. Vezi că mie nu mi-e frică de tine și de amenințările tale de mafiot închipuit.

Simona juca tare, în sinea mea îi admiram curajul cu care-l înfrunta pe Matei. Chiar îi era prietenă Irinei.

– Auzi, nu vrei tu să pleci și să ne lași în pace? a sărit iar Matei, să o pună la punct.

Numai că nu prea avea pe cine: Simona era greu de așezat în banca ei dacă trebuia să-și apere prietena.

– Nu plec nicăieri. Cineva trebuie să aibă grijă de Irina și s-o păzească de voi. Iar dacă vrei să plec, atunci o iau cu mine. N-o mai las singură cu voi, a continuat ea să-și joace cartea cu tupeu.

– În cazul acesta, ești binevenită să te muți aici. Ne-am obișnuit deja cu o nebună, putem suporta încă una, i-a replicat Matei foarte hotărât, sperând că, lăsând-o în plata Domnului, va reuși să-i stăvilească apetitul pentru ceartă.

Nu avea rost să se pună cu gura bogată a Simonei, n-ar fi ajuns la niciun rezultat, ba poate chiar ar fi înrăutățit lucrurile tocmai acum, când tot ce spera era să o aducă pe Irina la gânduri mai bune în ceea ce-l privește.

Discuția lor a fost întreruptă de apariția Alexandrei, care tocmai intra în living pe nepusă masă și fără să-și fi anunțat sosirea în vreun fel. Ca tot omul care se știa părăsit, credeam că venise să-și ia restul lucrurilor, însă ea se întorsese cu gândul să ne împăcăm și să rămână la mine. Într-o scurtă discuție, mi-a explicat că timpul petrecut departe de mine a ajutat-o să înțeleagă cât de mult mă iubește. Apoi, fără să o invit, s-a instalat confortabil în dormitorul care fusese cândva al nostru, spre disperarea mea, care numai timp și chef de ea nu aveam, mai ales că deja știam că nu o iubesc și nici n-o voi iubi vreodată. Iar în condițiile existente acum în casă, o relație cu ea sau cu altă femeie era tot ce-mi mai trebuia... Nu eram pregătit în niciun fel să o iau de la capăt cu ea și cu nimeni altcineva. Dar nici chef de ceartă cu ea nu aveam. Mă simțeam sleit de puteri, drama din casă mă secătuise.

– Ia te uită! Mai ești încă aici? a ironizat-o imediat Alexandra pe Irina când aceasta i-a apărut în cale.

Foarte drăguț, începeau din nou crizele acelea de răutate ale fostei mele iubite – redevenită actuală – și numai de ele nu era nevoie. Și-așa, de la un timp, trăiam într-o criză care părea fără sfârșit. Și, nu, nu mă obișnuisem și nici nu-mi doream să mă obișnuiesc să trăiesc așa.

– Îmi dai voie să-i scot ochii ăsteia? i-a sărit instantaneu la jugulară Simona, care o însoțea pe Irina la fiecare pas prin casă, ca o veritabilă gardă de corp.

– Sunt încă aici, Alexandra. Eu nu vreau să fiu aici, dar sunt ținută cu forța. Spre deosebire de tine. Pe tine nu te ține și nu te vrea nimeni, dar te încăpățânezi să rămâi. Bine ai revenit în Iad, i-a răspuns Irina, cu mult calm și amărăciune, fără să aibă vreun chef de harță sau de împunsături, chiar dacă îi putea răspunde inteligent și cu aceeași măsură oricând, dacă era cazul.

– Văd că ai rămas la fel de simpatică, a continuat Alexandra, fără să priceapă nimic din toată atmosfera urâtă prin care treceam cu toții, ca familie, nu numai Irina, și fără să înțeleagă că doar arunca gaz peste un foc care deja pârjolise totul în cale.

– Vezi prea multe. Nu mai bine îți scot io ochii ăia? a intervenit din nou Simona, cu aceeași înverșunare de leoaică furioasă care-și apără puiul, determinare cu care o apăra pe Irina de când revenise la Snagov.

– Doamne, fetelor, voi chiar nu vă puteți înțelege? Locuiți sub același acoperiș, ar trebui să fim ca o familie, le-am spus împăciuitor, decis să nu las încă un conflict să escaladeze.

– Ce familie ar fi aia, cu Irina care provine dintr-una dezmembrată și habar nu are ce înseamnă o familie? a sărit de îndată și total deplasat Alexandra.

De ce trebuia ca familia Irinei să fie amestecată cu atâta lipsă de respect în discuții generate doar din ură și invidie?!

În clipa următoare, Simona s-a năpustit asupra Alexandrei, apucând-o de păr. E drept, o căutase cu lumânarea, dar am oprit-o cu hotărâre. Asta ne mai lipsea, să o ciufulească zdravăn pe inconștienta și răutăcioasa mea colegă de dormitor – nu, iubită nu simțeam că-mi mai poate fi. Ca să pun capăt disputei, am condus-o forțat pe Alexandra în cameră, în timp ce, în urma noastră, Simona o mitralia cu tot felul de epitete și amenințări.

Însă, după câteva minute, Simona a dat buzna, fără să bată la ușă, în dormitorul unde ne aflam.

– Vreau să vorbesc ceva cu Robert, deci fă pași, i-a spus tăios Alexandrei.

Iar eu i-am aruncat iubitei mele o privire rugătoare și, cu toate că nu-i convenea deloc, a ieșit din cameră. Nu era cazul să se ia la ceartă și cu mine, mai ales că-și dorea să ne împăcăm.

Simona a adoptat o poziție sobră și, stând în picioare lângă ușă, mă studia cu atenție.

– Știi, de la tine aveam așteptări, a pornit ea brusc discuția.

– Și eu aveam așteptări de la mine, Simona, dacă asta te consolează cu ceva, i-am răspuns cu sinceritate, simțindu-mă vinovat.

Pentru că așa era: mă dezamăgisem inclusiv pe mine, nu numai pe ea. Sau pe Irina.

– Cum ai putut permite toate astea? Cum ai putut, Robert?

Simona o spunea cu tristețe. Nu era numai nedumerită că eu am putut să fac așa ceva, era descumpănită de purtarea mea total neașteptată. Iar eu știam că nu are cum să mă înțeleagă. Uneori, nici măcar eu nu reușeam să pricep ce se petrece în sufletul meu și în mintea mea.

– Crezi că pot controla tot ce se întâmplă între ei? am încercat eu să-i argumentez, de parcă ea nu ar fi știut asta.

– Asta pot să înțeleg, dar explică-mi și mie de ce-i faci toate jocurile lui Matei. Ca să fie și mai clar, deși nu cred că e cazul, știi bine că, atunci când spun asta, mă refer la cele mizerabile.

– Te-ai gândit că, de fapt, nu-i fac jocurile, ci încerc să-l apăr de el însuși? Este ca un copil prost care-și face rău și în urma căruia trebuie să repar tot ce strică.

Și nu exageram cu nimic, exact așa era. Binele lui Matei era responsabilitatea mea, așa gândeam, și în funcție de asta acționam de foarte multe ori. Inclusiv în relația lui cu Irina.

– Nu-mi pasă de ceea ce-și face Matei din cauza minții, a felului lui de a fi și prin faptele sale. Mă interesează doar prietena mea. Iar ceea ce i s-a întâmplat în ultima vreme este inacceptabil.

Simțeam cum în vocea ei creștea revolta. Și nu puteam să nu-i dau dreptate. Irina avusese parte de prea multă suferință în ultimul timp.

– Am protejat-o cât de mult am putut, însă nu pot sta legat de ea, i-am răspuns, cu fruntea aplecată.

Avea dreptate: Irina trecuse numai prin șocuri în ultima perioadă, iar Matei nu făcuse niciun efort să-și stăpânească pornirile deplorabile. Și, de stat legat de Irina, aș fi făcut-o cu bucurie. Doamne, cum aș fi stat! Nedezlipit de ea. Dar asta nu era cu putință, din nefericire pentru mine.

– Dar o ții legată de Matei, Robert. De ce? m-a întrebat ea, făcând o observație de bun-simț și pertinentă.

Eu eram acela care o aducea mereu înapoi la el, era adevărat. Iar ultima oară o făcusem chiar cu forța.

– Nu o țin eu legată de el, m-am scuzat, destul de pueril și cu o voce scăzută.

– Dacă Irina ar vrea să plece, ai ajuta-o?

Simona încerca să afle dacă era cu putință să găsească un aliat în mine.

– Nu.

– De ce?

– Pentru că nu pot.

Eram sincer, nu o mințeam pe Simona. Chiar nu puteam să fac asta. Aproape că ar fi însemnat să mă sinucid.

– De ce nu poți? m-a interogat ea în continuare fără nicio milă, de parcă ar fi vrut să-mi smulgă din adâncul inimii toate tainele.

– Simona, lasă-mă.

Pusese degetul exact pe rană. Cred că aici voise să ajungă de la începutul discuției.

– Știi, tu mă cam subestimezi…

Încercam să mă țin tare și să păstrez la distanță de subiectul care-mi ardea inima. Dar la fel de tare voiam să știu ce gândea. Ce știa sau ce-și închipuia? Oare bănuia că sunt îndrăgostit de Irina? Oare Irina îi povestise despre noi?

Am fost întrerupți, poate chiar la timp, exact de către Irina, subiectul discuției noastre. O căuta pe buna ei prietenă, singura persoană din casă pe care se mai putea baza.

– Acum, dacă tot ți s-a întors iubita, te-aș ruga să stai mai mult cu ea și las-o pe Irina în grija mea, mi-a mai aruncat peste umăr Simona cu subînțeles și deloc simpatică, apoi a ieșit din cameră privindu-mă drept în ochi și fără niciun fel de zâmbet, nici măcar unul diplomatic.

Povestea dintre Irina și Matei, care degenerase în toate întâmplările oribile din ultima vreme, întoarcerea nedorită a Alexandrei, disperarea mea că aș putea s-o pierd pe fata la care visam în tainițele inimii – toate la un loc m-au determinat să mă gândesc serios să îi spun lui Matei adevărul. Să am curajul și nebunia să fac asta. Am încercat să-mi imaginez cum ar fi reacționat dacă i-aș fi mărturisit că o iubesc pe Irina mai mult decât știe el, mai mult decât ca pe o membră a familiei noastre și ca pe iubita lui, mai mult decât pe cea mai bună prietenă.

Singurul răspuns pe care am putut în mod logic să-l primesc la toate astea a fost că știam că Matei nu ar fi suportat așa ceva. Că m-ar fi urât și m-ar fi gonit din viața lui, din viața tuturor celor apropiați. Cu siguranță, aș fi ajuns un paria, nimeni nu ar fi înțeles, m-ar fi considerat un trădător și i-aș fi pierdut pe toți, ca ultimul nemernic.

Dezorientat și incapabil să iau o decizie, îmi era din ce în ce mai greu să văd un final fericit pentru întreaga mea zbatere, pentru situația aceea fără ieșire. Eram blocat, închis într-o închisoare de maximă siguranță, eram terminat. Viața mea părea a fi devenit un coșmar din care nu reușeam să mă trezesc.

Trebuia să discut despre asta cu Irina, numai ea putea să mă ajute, să mă sfătuiască ce ar fi fost mai bine. Nu pentru mine, ci pentru toată lumea. Știam și singur ce ar fi fost corect să fac. Problema era că adevărul ar fi măturat totul în cale, ca un uragan de gradul 5, și ar fi lăsat în urmă un dezastru greu de estimat. Sau de reparat, de reconstruit.

Când i-am spus că am de gând să-i mărturisesc lui Matei tot adevărul despre ceea ce simt pentru ea, Irina a reacționat neașteptat pentru mine. Era firesc să o sperie această posibilitate, mai ales că văzuse și partea întunecată a personalității iubitului ei – și nu era deloc una cu care să te poți pune. Însă ea a încercat din răsputeri să mă convingă că nicidecum nu ar nutri pentru mine sentimentele pe care le aveam eu pentru ea, a încercat să mă facă să văd limpede faptul cum că pentru ea nu am fost decât o provocare. Și, desigur, comportamentul ei fusese unul aberant, doar aparent al unei femei îndrăgostite, fiindcă a fost influențată și, mai apoi, bulversată de purtarea mea.

– Vrei adevărul, Robert? mi-a spus atunci foarte tranșant.

– Da.

Aveam nevoie de adevăr ca să pot merge mai departe, ca să am de unde să-mi iau curajul și să decid o dată pentru totdeauna ceea ce aveam de făcut în legătură cu focul care-mi ardea sufletul: să-i mărturisesc tot adevărul lui Matei sau să fac în așa fel încât imposibilul să devină posibil, adică să continui să încerc din toate puterile să o dau uitării pentru totdeauna.

– Țin la tine. Cândva m-am și aprins puțin. Poate din curiozitate, poate din cauză că Matei s-a purtat aiurea uneori și am găsit în tine un refugiu, poate că și încurajată de tine... Dar nu te iubesc. Nu așa cum crezi și cum credeam. Între timp, am înțeles ce simt.

Cerul se prăvălise peste mine. Simțeam cum o durere cumplită îmi crește din piept și mi se împrăștie în fiecare os, în toată carnea.

– De ce faci asta, Irina?

Mă terminase... Mă spulberase în câteva cuvinte.

Îmi doream doar să mor și să scap de chinul pe care-l resimțeam în fiecare por, în toate celulele. Fiecare cuvânt prin care se lepăda de ceea ce eu sperasem nebunește că putea fi iubire și din partea ei tăia hălci mari din inima mea și le arunca la gunoi.

– Ce fac? Sunt sinceră. Haide să nu ne mai amăgim cu iubirea noastră închipuită.

„Închipuită“? Cum putea să creadă așa ceva, mai ales despre sentimentele mele?! Iar ale ei... ale ei mă făcuseră să plutesc uneori. Reușise, oare, să mă păcălească, atât de naiv să fi fost, atât de orbit de iubirea pentru ea?

– Nu pot să cred că spui asta...

– Trezește-te, Robert! Mă cunoști, nu? Zi-mi, mă cunoști?

– Așa cred...

Sau, mai bine zis, am crezut că o cunosc. Acum nu mai aveam habar cine e. Cineva o răpise pe cea mai bună fată din lume și-mi lăsase în schimb o alta, crudă și neiertătoare, care mă chinuia cu bună știință.

– Atunci, dacă te-aș fi iubit pe tine, aș fi putut să-l iubesc și pe Matei? Aș fi putut să dorm alături de el, să fac dragoste cu el? Aș fi putut să te știu cu altă femeie?

Mă ucidea cu fiecare cuvânt. Îmi doream să se desfacă pământul sub picioarele mele și să dispar în măruntaiele lui. Dar nu înainte de a înțelege de ce. Ce-o făcuse să devină atât de rea cu mine?...

– De ce faci asta? Te întreb din nou!

– Pentru că trebuie să fim sinceri. Pentru mine a fost doar o rătăcire. Doar niște capricii, nu știu... Dar nu te iubesc. Dacă te iubeam, aș fi încercat să te conving să vorbești cu Matei, nu? Sau aș fi vorbit eu cu el. Nu crezi?

Argumentele ei păreau a fi logice și tocmai asta m-a aruncat într-o disperare neagră. Plângeam ca un prost în fața celei care îmi mărturisea că nu mă iubește, că nu mă iubise niciodată, nici măcar pentru o clipă. Gândul că nu am însemnat nimic mai mult decât o toană, o dorință fantezistă mă dărâmase. Eram doar fratele iubitului ei și atât. Prostul bun de păcălit.

Plângeam ca un copil căruia cineva, cu toată cruzimea, îi explicase foarte frumos, dar limpede și argumentat, în pragul Sărbătorilor de iarnă că nu există Moș Crăciun.

– Nu mai plânge, te rog. Iartă-mă dacă te-am rănit, mi-a spus cu răceală, detașată complet de suferința mea.

– Nu-mi vine să cred...

– Robert, cât credeai că poate dura o relație atât de bolnăvicioasă?

Nu putea fi bolnăvicioasă. Nu iubirea pe care o simțeam pentru ea. În general, iubirea nu putea fi decât înălțătoare, benefică, nicidecum ceva atât de urât cum lăsa Irina să se înțeleagă.

– Știi, uneori am impresia că ai ceva rău în tine...

Nu simțeam nevoia să o rănesc, poate că doar îmi ieșiseră vorbele direct din sufletul meu mâniat, prea rănit fiind.

– Poate că am.

– Irina, tu chiar nu mă iubești?

Refuzam cu îndârjire să cred asta, o întrebam încontinuu același lucru. Rațiunea mea avea nevoie să fie convinsă, să preia puterea asupra inimii, care spunea contrariul. Pentru că mă simțisem iubit de ea și mi se părea imposibil să pretindă că doar s-a jucat cu mine și cu sentimentele mele.

– Țin la tine, așa cum țin la toți oamenii din casa asta. Dar nu te iubesc așa cum crezi tu. Să nu confundăm lucrurile...

– Nu mă pot înșela atât de mult, nu am cum!

Negam, negam, negam. Nu voiam și nu concepeam că-mi spune adevărul. Nu înțelegeam ce joc face cu mine...

– Uite că te-ai înșelat. Poate că și eu ți-am transmis mesaje greșite, nu știu... Dar e bine să lămurim lucrurile o dată pentru totdeauna. Încearcă să fii fericit cu Alexandra...

– Du-te naibii!

Am ieșit imediat din camera ei, era prea mult să-mi ureze să fiu fericit departe de ea, lângă o altă femeie. Mai mult și decât puteam eu să suport, cel care îndurase atâtea. Și lângă cine îmi dorea să merg mai departe? Lângă cea care, pe lângă că nu o iubeam, o mai și ura atât de mult pe ea.

M-am ascuns pe holul de sus, din mansardă, pentru a plânge în voie. Nu puteam accepta că Irina nu mă iubește... Parcă tocmai îmi luase tot ce aveam bun în mine și îmi aruncase fără milă inima la gunoi. Mă simțeam trădat, folosit, batjocorit, umilit și fraierit. Dar… Dar dacă mă mințea? Ce-mi ascundea sub masca aceea a nepăsării, așezată cu atâta măiestrie pe chip și pe suflet? Ce trecea sub tăcere respingându-mă cu atâta hotărâre? Ce o determina să întoarcă totul la polul opus, să-și schimbe radical atitudinea față de mine?

Parcă mi se luase un văl de pe ochi: Irina urmărise ceva când mă îndepărtase rănindu-mă. Și nu puteam lăsa lucrurile așa, trebuia să-mi spună adevărul. M-am întors în dormitorul ei să o înfrunt și nu mică mi-a fost surpriza să o găsesc plângând. Am simțit brusc un soi de furie și mi-a fost limpede că nu mă înșelasem: se ascundea de mine, încercase să mă păcălească, jucase magistral un rol neverosimil chiar și pentru talentul ei.

– Ce faci, plângi? Plângi?! De ce plângi?

– Pleacă și lasă-mă! Învață să bați la ușă!

– De ce plângi, Irina? Ce ai? Îl iubești pe Matei, ești fericită, ai tot ce ți-ai putea dori! De ce plângi?

O ironizam aproape isteric – și ea știa asta. Pentru că nu plângea de bucurie, știam și eu cum arată lacrimile de fericire, îmi curseseră și mie pe obraji de câteva ori în viață. Și de fiecare dată în legătură cu ea...

– N-auzi să pleci?

S-a ridicat și mi-a deschis ușa, invitându-mă să ies, fără să mai scoată un cuvânt și fără să mă privească, fără să aibă puterea să mă sfideze, cum făcea atunci când se simțea stăpână pe situație. Numai că am închis-o brusc și am lipit-o de ușă, încercând s-o fac să se uite în ochii mei. Dar s-a ferit. Am încercat să o sărut. M-a respins. Nu voiam să renunț, inima mea știa – poate că dintotdeauna – adevărul. Mintea îmi mai jucase feste, rațiunea aceea omenească. Dar nu și inima.

Am sărutat-o cu forța, încercând să înțeleg din gesturile ei ce simte, dacă în vorbele ei nu mai puteam avea încredere.

– Mă iubești! Recunoaște! De-aia plângi! Spune-o, mincinoasă ce ești!

– Nu te iubesc! Lasă-mă în pace și pleacă!

Nu mă mai lăsam dus de nas. O țineam lipită de ușă, încercând să smulg de la ea adevărul.

– Nu mă iubești? De-aia tremuri când ajung atât de aproape de tine? Mă dorești cu fiecare celulă din tine!

– Te înșeli amarnic!

– Mă înșel? Zici tu că mă înșel?

M-am năpustit asupra ei cu sărutări și mângâieri pătimașe, dar ea mă respingea încontinuu. Iar peste toate suferințele mele s-a adăugat și gândul insuportabil că nu mă vrea. Eram nervos, rănit în inimă, cumva și în orgoliu, dar mai presus de orice eram hotărât să o determin să renunțe la masca pe care insista să și-o păstreze.

În furia mea necontrolată, i-am rupt cămașa de noapte și simțeam că nu mă voi mai putea opri, înnebunit de dorință și de iubirea pentru ea. Dar femeia adorată plângea speriată de această față a mea pe care nu o mai văzuse niciodată și se zbătea să se elibereze din brațele mele. Când am realizat ce nebunie făceam, m-am oprit. Nu, nu așa o iubeam. Nu așa îmi doream să aflu adevărul. Eu nu puteam fi chiar atât de nemernic.

– Ticălosule ce ești! O să ajungi în Iad! a strigat când, înfrânt, am deschis ușa să plec, renunțând să mai aflu ceva de la ea.

Ieșeam din cameră și mă retrăgeam în mine însumi, având imprimat pe buze pateticul gust al sărutărilor pe care încercasem să i le smulg cu forța.

– Perfect! Pentru că n-aș putea trăi nici acolo fără tine! am mai bolborosit înfrânt și am plecat.

Acel episod a căscat un hău imens între mine și Irina, prăpastie peste care nu se întrezărea nicio șansă de a construi o punte. Eu, mai mult ca oricând, voiam să mi-o scot din suflet, chiar şi cu forţa, dacă aş fi putut. Mă ajuta enorm şi purtarea ei, fiindcă era rece, distantă, mă evita. Oricum, nici relaţia ei cu Matei nu era diferită. Abia dacă se întâlneau seara, când el venea acasă, şi puţinele lor dialoguri se încheiau mereu cu ceartă. Nu-şi mai vorbeau cu iubire şi nu se mai priveau cu drag. Casa noastră frumoasă, unde ne adăpostiserăm de lipsa dragostei din afara zidurilor ei, devenise un loc pustiu şi fără inimă, în care nişte străini duşmănoşi păreau a se suporta cu greu unii pe ceilalţi, pregătiţi mereu să se înfrunte.

– Sunt îngrijorat pentru tine şi Irina, am deschis discuţia cu fratele meu într-o dimineaţă, când am plecat împreună la firmă.

– De ce? a ridicat el din umeri cu nepăsare.

– Parcă sunteţi doi străini.

– Păi, dacă are gărgăuni în cap! Are un prieten imaginar, nu mai are nevoie de mine.

Matei rămăsese neînduplecat și era în continuare convins că fusese înșelat.

– Înțelege că acel prieten imaginar este doar un om cu care stă de vorbă. Poate fi o femeie, te-ai gândit la asta? am supralicitat eu, sperând să-l pun pe gânduri și să-l fac să înțeleagă că Irina nu-i greșise cu nimic.

– De unde știi tu că nu este bărbat și că nu s-au întâlnit? mi-a pus el întrebarea decisivă.

– Și când să se vadă cu el? N-a lipsit nici măcar o secundă de acasă. Oriunde a plecat, unul dintre noi a fost cu ea.

Și așa și era. Oricum, Irina nu era genul care să facă așa ceva. Dar cum să-i explici asta unui om obișnuit să-și înșele iubitele? Conform gândirii lui, toată lumea făcea exact ceea ce, de fapt, i se reproșa lui.

– Zilele trecute a fost cu scârba aia de Simona în București. Poate s-a întâlnit cu ăla. Era de așteptat. A căutat un refugiu, a căutat la altcineva consolare pentru că eu am înșelat-o.

Matei a găsit imediat un răspuns avantajos pentru teoriile lui...

– Eu nu cred că Irina te-a înşelat vreodată. Sunt sigur că nu a făcut-o.

Şi aş fi băgat mâna în foc pentru asta. Numai fratelui meu îmi era imposibil să-i deschid ochii.

– Atunci, de ce nu mă mai lasă să mă ating de ea? De ce nu mă mai vrea? Ca să nu mai spun că, în ultima vreme, chiar înainte de circul de-acum, ori de câte ori am făcut dragoste, parcă era plecată pe altă planetă. Era absentă, parcă nu mai era ea.

Mi-ar fi plăcut să cred că Irina nu i se mai dăruia cu dragoste şi pasiune pentru că mă iubea pe mine, iar asta m-ar fi făcut oarecum fericit, dar îmi aminteam imediat cum mă respinsese şi cât de distant se purta cu mine. Dacă n-aş fi ştiut exact cine este prietenul imaginar, m-aş fi lăsat cuprins la rândul meu de braţele paranoici şi i-aş fi văzut pe amanţii Irinei pândind la fiecare cotitură.

Am luat hotărârea că trebuie să o ajut să-i dovedească lui Matei că nu s-a întâlnit niciodată cu prietenul imaginar. Aşa că am plănuit să-i trimit un mesaj în care să-i spun că nu ne vom întâlni niciodată, însă Matei nu putea fi dus de nas şi ar fi bănuit că s-au înţeles să scrie acel mesaj ca să-l păcălească pe el. Fiindcă era suficient de sigur că logica lui este de fier, nu putea fi urnit din convingerile sale când îi intra ceva în cap. Automat, deveneau toate idei fixe.

– Am şi eu o curiozitate, i-am spus într-o dimineaţă, când am surprins-o singură pe terasă, cum rar se întâmpla în ultima vreme.

– De-aia nu mai pot eu, de curiozităţile tale, mi-a răspuns ea, vizibil deranjată şi decisă să fie antipatică.

– Văd că eşti foarte bine dispusă şi extrem de amabilă, i-am reproşat oarecum, insistând cu încăpăţânare să-i vorbesc şi încercând să o fac să-şi schimbe atitudinea.

– Iubita ta nu-ţi satisface curiozităţile de apelezi la mine? m-a lovit ea răutăcios unde ştia că mă doare; Alexandra era ultimul om care mă putea ajuta cu ceva...

– Nu te flata. Eram doar curios să aflu cine este prietenul tău imaginar și ce vrea de la tine, mi-am îmblânzit brusc vocea, hotărât să nu cedez și să evit încă o ceartă cu ea.

– Este doar un om bun. Cred că Dumnezeu, în generozitatea și mila Lui nesfârșite, s-a gândit să-mi dea și mie un om bun lângă mine – printre atâția cretini cu care îmi ispășesc păcatele, mi-a zis ea aparent îmbunată, dar, desigur, îmbrăcându-și sinceritatea cu altă împunsătură.

– De unde știi că e un om bun? Ai grijă să nu te dezamăgească, i-am atras atenția, știind prea bine că și eu o dezamăgisem și că uneori nu eram deloc un om bun.

– Îmi asum asta. Încă o lecție în plus nu strică, a oftat, convinsă că poate face față unei decepții suplimentare.

– Matei crede că prietenul imaginar este amantul tău.

– Matei crede orice, numai să se disculpe el de vina de a mă fi îndepărtat. Caută alți vinovați pentru tot ce a stricat el.

Aici nu aveam cum să nu-i dau dreptate. Matei făcea asta de multe ori, ca un copil care întinde mereu degetul spre alții, numindu-i vinovați, în timp de el se ascunde în spatele propriilor scenarii.

– Nu-l mai iubești?

– Dacă nu-l iubeam, nu eram aici.

– Cum spui, maiestate.

Eram rănit și, în același timp, uimit. Încă pretindea că-l iubește, după tot ceea ce se petrecuse între ei! Nu mai înțelegeam nimic. Ori poate că așa era, îl iubea cu adevărat. Cine mai putea să o înțeleagă?

– Ai putea, te rog, să-mi spui pe nume? Știi bine că nu suport să-mi spui „maiestate".

– Tocmai de aceea îți și spun așa. De ce crezi că aș fi dispus să-ți fac pe plac, maiestate?

Eram din nou furios. Declarându-mi cu atâta nonșalanță că-l iubește încă pe Matei, în timp ce cu mine devenise rece și răutăcioasă, mă scosese din pepeni.

– Frustratule! N-ai decât să-mi spui cum vrei. Oricum mi-ai spune, se vede de pe Marte că mă adori. Ești cel mai slab actor.

Irina exulta de fericire. Reușise iar să mă pună la colț.

– În timp ce tu ai toate șansele să iei Oscarul pentru cea mai bună actriță, i-am trântit-o și eu, fără mă las mai prejos, în loc să tac.

Dar, ca să nu degenereze totul iar într-o ceartă, pentru care nu aveam nicio putere, am lăsat-o singură pe terasă și am intrat în casă, unde Oli părea că mă așteaptă.

– Ești OK? am întrebat-o, pupând-o pe frunte, așa cum obișnuiam să fac în fiecare dimineață.

O adoram pe Oli, martor iubitor, înțelept, dar mut și neputincios, al tuturor nebuniilor noastre.

– Da, dar cred că Irina nu e bine.

– De ce crezi asta?

Oli nu vorbea niciodată pentru a se afla în treabă, ceva o îngrijora dacă deschisese subiectul.

– Pare că nu se simte bine. Azi-noapte și-a făcut ceai și nu prea mănâncă.

– Păi, știi bine că e obsedată de siluetă, se plânge mereu că a pus pe ea. Dar încearcă să afli tu dacă este bine, cu mine nu este prea prietenoasă.

Nu eram foarte convins nici eu de ceea ce-i spusesem lui Oli, dar bănuiam că proasta dispoziție a Irinei era doar o consecință a atmosferei triste în care ajunseserăm cu toții să trăim.

– Copii, nu știu ce tot aveți de împărțit. Ce frumos era la început, ce armonie era în casa asta…

Tonul și durerea din vocea femeii care ne iubea pe toți ca pe copiii ei m-au pus în gardă și am fost mult mai atent la comportamentul Irinei. Într-adevăr, Oli, fără să fie orbită, ca noi, de propriile probleme, avusese timp să observe că fata noastră atât de dragă era apatică, palidă, stătea retrasă, îi lipsea energia cu care ne terorizase mereu și dormea foarte mult.

Am aflat cauza stării ei ciudate, pe care eu i-o atribuisem problemelor dintre ea și Matei, abia după câteva zile, când am plecat împreună cu câțiva dintre prietenii noștri într-o vacanță la munte. Vacanță în care Irina refuzase de la bun început să meargă și în care era evident că nu se simte bine. Anturajul nu era deloc pe placul ei și nici nu mai avea răbdarea și diplomația ca să reușească să o ascundă.

Într-una dintre seri, am observat că Matei este extrem de nervos, iar Irina nu era de găsit. Am căutat-o în camera ei, în toată cabana și pe afară, dar nu era pe nicăieri. Simona se îngrijorase, mai ales că o auzise mai devreme certându-se cu Matei și, în plus, se înserase.

– Ai idee unde este Irina? l-am întrebat pe Matei, care părea că bea compulsiv.

– În pădure. Acolo unde e locul sălbăticiunilor.

Am crezut că nu aud bine.

– Cum adică e în pădure?

– Am lăsat-o puțin să se reculeagă, poate îi vin mințile la cap.

Mi s-au tăiat picioarele! Matei nu glumea și nici măcar nu-i păsa de ceea ce a făcut, fără să se gândească vreun pic la eventualele consecințe ale purtării lui.

– Poftim?! Tu vorbești serios? Unde ai lăsat-o?!

– Pe drum, încolo, a fluturat el din mână cu nepăsare, plictisit de insistențele mele.

N-am mai stat la discuții, deși i-aș fi crăpat capul cu plăcere în clipele acelea, măcar să văd ce naiba ține el în cutia aia craniană – că minte nu mai avea, în niciun caz; nu părea să mai aibă vreun strop.

Timpul era prețios, așa că am căutat cheia mașinii și am plecat ca un nebun pe drumul forestier, după Irina. Afară se întunecase complet și gândul că ea este singură în pustietate mă îngrozea. Am condus încet și, cu cât înaintam mai mult, cu atât deveneam mai înspăimântat. Cu siguranță, ea și Matei se certaseră, iar el, furios și inconștient, o lăsase singură în pădure. Fără să ia în calcul pericolele, animalele sălbatice, frigul și tot ce-ar fi putut să-l pândească pe un om neajutorat pe munte, într-o pădure, în întunericul nopții. Speram doar că nu o lovise din nou, că nu este rănită, căzută pe undeva unde nu puteam să o văd în bezna aceea.

Tremuram și mă rugam din toate puterile să o găsesc întreagă și nevătămată, să-mi ajute Dumnezeu și să-mi lumineze calea care m-ar fi dus direct la ea. Am oprit mașina, am ieșit afară și am început să strig cât puteam de tare. Dar nu se auzea nimic, niciun răspuns. Am continuat să înaintez din ce în ce mai panicat, mai disperat. Mi-am propus să opresc mașina la distanțe mici, să închid motorul ca să pot detecta și cel mai slab sau îndepărtat sunet. Dacă nu se afla pe drum, ci undeva prin pădure, nu aveam cum să o văd, clar. Eram terifiat, știind-o singură și fără apărare, părăsită cu nepăsare chiar de omul pe care-l iubea. Nimeni, cu-atât mai puțin ea, nu merita nimic din toate astea, iar în ochii mei, oricât de dureroasă era descoperirea, fratele meu începea să se transforme și să devină un monstru.

Am făcut câteva opriri și am strigat-o în continuare, dar nu primeam niciun răspuns. Nici urmă de ea. Eram pierdut... Nu găseam altă soluție decât să o caut așa, orbește, singur, în noapte. Aș fi sunat la Salvamont, însă nu aveam semnal la telefonul mobil. Eram în pragul nebuniei și al disperării, conduceam câteva sute de metri, apoi opream și strigam.

La un moment dat, ca prin vis, mi s-a părut că am auzit-o. Am ascultat din nou cu atenție și am auzit-o din nou! Era un glas îndepărtat și foarte slab. Era vocea ei, dar nu știam de unde vine. Am strigat și eu din toate puterile, apoi din nou... și, când imediat după aceea am detectat un soi de răspuns, mi-am dat seama că mă auzise și ea, că nu putea fi prea departe. Aș fi apăsat pedala accelerației până la fund, dar am continuat să merg foarte încet, înainte, cu mașina, cu luminile pe fază lungă și cu toate ferestrele deschise, pentru a asculta fiecare foșnet.

Când în sfârșit am văzut-o, la un moment dat, pe mijlocul drumului, le-am mulțumit Cerului și tuturor sfinților! Acum îi înțelegeam pe toți cei care cad în genunchi și-I mulțumesc plângând în hohote Domnului. Era întreagă, era în viață! Și nimic altceva nu mai avea importanță.

Am coborât și am alergat cei câțiva pași până la ea... și aproape că s-a prăbușit în brațele mele. Era udă și înghețată bocnă, nu-mi venea să cred în ce hal o găsisem. Tremuram din toate încheieturile, de groază, gândindu-mă ce s-ar fi putut întâmpla dacă nu aș fi reușit să o găsesc...

Am urcat-o imediat în mașină, i-am scos de pe ea cât am putut de repede rochia rece ca gheața și udă leoarcă, am îmbrăcat-o cu tricoul pe care-l purtam pe sub cămașă și am învelit-o în pătura Cesarei, pe care o aveam permanent cu mine. Am dat drumul căldurii la maximum, frecându-i spatele, picioarele și brațele, să o încălzesc mai repede. Am așteptat câteva minute să mă liniștesc, apoi am pornit spre cabană. Eram încă în stare de șoc, nu-mi ieșea din minte ceea ce făcuse Matei, abandonând-o în noapte, în frig, în pădure, fără nicio remușcare, fără să se gândească la ceea ce i s-ar fi putut întâmpla femeii pe care, altfel, pretindea că o iubește.

Când am ajuns la cabană, Simona ne aștepta afară, fumând îngrijorată, uitându-se după noi, disperată să ne vadă imediat cum apăream. Am dus-o împreună pe Irina în camera ei, fără să fim văzuți de prietenii noștri, care se distrau în living, iar cât timp ea a făcut un duș lung și fierbinte, ca să se încălzească, Simona și-a vărsat toată furia asupra mea. Mi-a reproșat că nu am grijă de prietena ei și mi-a cerut să o ajut să plece de lângă Matei.

– Așa nu se mai poate!!! Ăsta nu-i normal la cap! Ce vrei, s-o omoare într-o zi?

– Nu o va omorî, stai liniștită, nu e un criminal.

Eram pe pilot automat – îi luam apărarea fratelui meu aproape fără să mai gândesc, din obișnuință.

– Cum nu?! E un nenorocit fără inimă! Cum a putut s-o lase acolo?!?

Simona nu reușea să se împace cu gândul că Irina fusese abandonată, cu bună știință, noaptea, în pădure, udă și înghețată, la zeci de kilometri de cabană.

Când Irina a ieșit din baie și s-a întins pe pat, părea extenuată. Am vrut să merg să-i aduc ceva de mâncare, dar Matei a venit în camera ei și am decis să rămân, ca să evit să se mai întâmple ceva.

– Cât de nenorocit poți fi, mă, să o lași udă în pădure? l-a întrebat Simona pe Matei de îndată ce l-a văzut. Chiar așa, cum s-a udat, că afară nu plouă?

– M-a trântit într-un râu, a răspuns Irina în locul lui, fără să mai aibă puterea de a zâmbi enigmatic, cum făcea de obicei în ultima vreme.

– Ce?! Te omor! Ți-am spus că, dacă mai dai în ea, te omor!

Simona parcă-și pierduse mințile. S-a repezit asupra lui Matei și a încercat să-l lovească, dar el i-a prins mâna și a trântit-o pe pat.

– Ia vezi, că îți dau și ție o mamă de bătaie de nu te vezi! Numai tu îi bagi prostii în cap! a încercat Matei să-și impună punctul de vedere cu forța.

Numai că asta nu mergea deloc cu Simona.

– O să te sufoc în somn, tâmpitule!

– Terminați! Scoate-l pe ăsta afară! mi-a spus Irina, sperând că va închide astfel conflictul.

– O să regreți într-o zi, nemernicule! a continuat Simona, care nu își mai putea stăpâni nervii. Ai lăsat-o în pădure să înghețe, în starea ei?!

– În ce stare, tu? a întrebat Matei, plictisit de istericalele ei și amețit de băutură.

– Gata, Simo, termină, a intervenit imediat Irina, încercând să-i acopere glasul prietenei.

Atunci mi-am dat seama că Irina ne ascunde ceva. Și mi-am adus aminte de Oli și de ceea ce încercase să mă facă să văd.

– Nu termin, inconștiento ce ești! O să-i spun. Că, dacă nu află, cine știe ce îți mai face!

Simona nu mai putea fi oprită, din moment ce nu reușise să facă asta nici măcar Irina.

– Ce să-mi spui? a ironizat-o în continuare Matei.

– Simo, taci din gura aia! Gata, toată lumea afară!

Irina spera să scape și să o facă pe Simona să se oprească.

– Ce să-mi spui, nebuno? a întrebat din nou Matei, enervat de țipetele Simonei, care nu se mai oprea din urlat la el.

– Că e gravidă cu tine, boule! Și i-ai pus sarcina în pericol! a trântit Simona adevărul, brusc, tăios și categoric.

– Poftim?!

Vestea a picat ca un trăsnet peste mine...

Așadar, Irina mea, bucuria și iubirea mea, era însărcinată cu Matei.

Parcă îmi căzuse lumea în cap, toate speranțele mele aiuristice s-au evaporat ca un fum. Matei, în schimb, ajuns brusc cu picioarele pe pământ și, trezit la realitate, a trecut de la furie, nepăsare și ironie la un soi de rușine absolută. Era transfigurat. Probabil că niciodată nu s-a simțit mai prost și mai vinovat ca atunci.

– Felicitări, maiestate! Felicitări, dobitocule! am mai reușit să îngaim, cu sufletul făcut ferfeniță, și am ieșit din cameră ca din pușcă.

Nu mai puteam sta în fața lor, nu voiam să mai asist la discuția dintre ei. Știam că Irina nu mai este acum în pericol, că Matei o va trata ca pe o comoară și că o va copleși cu o grijă exagerată, pentru că-i purta copilul. Își dorise enorm ca ea să rămână însărcinată, îmi mărturisise de multe ori asta, mai ales că sperase mereu că un copil ar suda relația lor, știind cât de responsabilă și de iubitoare este Irina cu copiii și că nu ar fi conceput să aibă o fiică sau un fiu care să nu se bucure de o familie unită și fericită.

Așa și era, iar Matei ieșise din nou învingător. În schimb, eu pierdusem cu adevărat. Totul. Chiar și cele mai nebunești și nerealiste speranțe. Mi se năruiseră toate visurile legate de ea și m-am resemnat într-o clipă cu gândul că Irina nu va fi niciodată a mea, că așa fusese scris în cine știe ce carte a vieții mele.

Dar nu puteam să nu o iubesc, sentimentele mele nu dispăreau. O divinizam. Eram umbra ei și aveam grijă de ea ca de ochii din cap, oricât mă durea să o știu pierdută de mine pentru totdeauna.

Din fericire, toți o tratau cu multă grijă și dragoste, era mereu protejată și tratată cu prioritate. Iar Matei exagera de multe ori cu atenția față de cum se alimenta, cum se odihnea, dispus să-i facă pe plac în toate. Însă, din păcate, nu renunțase la proastele lui obiceiuri, iar asta l-a costat. Fiindcă Matei a înșelat-o din nou – pentru că ăsta era el și nimic nu l-ar fi determinat să se schimbe. Irina l-a surprins de data asta în fapt și au urmat niște scene cum s-ar putea vedea numai în cele mai dramatice filme.

Matei și cu mine ne aflam la Sinaia, unde aveam o întâlnire cu niște parteneri de afaceri, străini. Erau de la o firmă din Cipru cu care ne doream de mult să colaborăm, dar nu ne-a fost ușor să-i convingem să încheiem un contract. Ca să le câștigăm simpatia, i-am dus la Sinaia, la vila unui prieten. Matei a invitat și câteva fete, recomandate de către un amic de-al lui, care cunoștea dame de companie „de lux". Ca să zic așa, fratele meu a trecut la argumente care nu mai aveau nicio legătură cu procentele, cu fezabilitatea sau cu profesionalismul. Dar erau, după cum zicea el, chestii între bărbați, mai puternice decât discuțiile într-o sală de consiliu.

Bineînțeles că nu am angajat femei doar pentru ei, ci mai multe, să aibă oamenii de unde alege, dar să avem și noi câte o parteneră, nu de alta, dar trebuia să-i încurajăm și să nu facem notă discordantă cu apucăturile lor indecente. Nu era nici pe departe cazul să fim noi mai catolici decât Papa și lupii moraliști ai situației, mai ales că voiam să facem totul pentru ca invitații noștri să se simtă bine și să ne vedem cu afacerea parafată și semnată. Le-am spus musafirilor noștri că le-am organizat o petrecere și desigur că ei habar nu aveau că fetele sunt plătite de Matei să fie amabile și drăgăstoase. Ideea a avut succes, partenerii noștri de afaceri au fost foarte încântați de ospitalitatea noastră și, aflându-se departe de casă și, automat, departe de ochi indiscreți, s-au lăsat ușor cuceriți de disponibilitatea fetelor, fiind în același timp și amețiți bine de băutura de calitate și din belșug cu care aranjaserăm să fie stropită petrecerea.

Irina știa că aveam o întâlnire de afaceri, dar în București, nicidecum că petreceam de zor în Sinaia. Ne-a dat de gol un prieten de familie, care ne văzuse la munte și o sunase pe Irina, crezând că suntem împreună. Asta numai după ce-l apelase mai întâi pe Matei și acesta, ocupat, nu îi răspunsese. Așa că noi habar n-aveam că Irina aflase că o mințisem și că se îndrepta spre noi. Mai ales că Simona plecase de la Snagov și nu mai avea cine să o tempereze sau cu cine să se sfătuiască.

Ne-a surprins așa cum nu mi-aș fi dorit vreodată și cum cred că nici ea nu se aștepta: mai întâi pe mine, într-o cameră cu una dintre fete. Nu aveam de gând să fac sex cu ea, nu simțeam niciun fel de atracție pentru o fată plătită, însă în vilă nu mai erau camere libere ca să putem dormi separat. După ce și-au ales ceilalți camerele, a rămas numai un singur dormitor liber, așa că i-am spus tipei că-i cedez camera și că voi dormi în living, pe canapea. Însă ea a insistat să dormim împreună și eu am cedat, fiindu-mi jenă să-i spun că nu vreau să împart camera cu ea. Nu era cazul să par sălbatic și mitocan, să o tratez ca și cum ar fi fost ciumată. Mai mult decât atât, Matei mi-a sugerat că n-ar fi bine să rămân singur în living, să nu mă vadă vreunul dintre musafiri și să se simtă aiurea. Noi, vorba aia, trebuia prin exemplul propriu să-i încurajăm pe oaspeții noștri să se simtă bine...

Am urcat cu respectiva femeie în dormitor și am vorbit numai banalități, în timp ce ea încerca să mă seducă. Și nu doar pentru că venise acolo să-și facă meseria, ci pentru că mi-a mărturisit că se simte atrasă de mine. Culmea e că nu am fost deloc flatat, dacă pe asta mizase. S-a dezbrăcat și s-a așezat pe pat doar într-o lenjerie intimă sexy, aleasă special pentru o noapte petrecută cu un bărbat.

– Bănuiesc că nu ai mai fost cu femei plătite, mi-a zâmbit din nou, văzând că nu sunt interesat de farmecele ei.

– Bănuieşti bine.

– De ce nu? Prietenii tăi nu par a avea o problemă cu asta. Este un serviciu aproape ca oricare altul.

– Nici eu nu am nimic împotriva nimănui și nici împotriva alegerilor pe care le face. Fiecare e liber să trăiască așa cum își dorește.

– Ești însurat? Ai o iubită?

– Am o iubită.

– Este frumoasă?

– Este foarte frumoasă.

– Și tu ești foarte frumos, m-a privit șăgalnic, cu subînțeles.

– Îți mulțumesc.

Eram cam sec, nu știam să comunic cu o asemenea femeie, chiar dacă nu-i judecam alegerile și nu făceam pe sfântul. Și nici nu aveam chef de vorbă. Tot ce-mi doream era doar să treacă noaptea mai repede și să mă întorc acasă, la Irina. În plus, postura de complice la infidelitatea lui Matei mă făcea să mă simt ca ultimul om, nu-mi plăcea să văd cu câtă inconștiență trata relația cu iubita lui, însărcinată acum. Mă consolam cu gândul că, de data asta, puteam fi sigur că Irina nu va afla de aventura lui mizerabilă și stăteam cât de cât liniștit din punctul ăsta de vedere. Știam că faptul că Matei o înșela cu o prostituată ar fi fost peste puterea ei de înțelegere și, cu siguranță, i-ar fi zdruncinat definitiv încrederea în el, dar mai ales în ea însăși. Și numai de așa ceva nu avea nevoie, în starea în care se găsea.

Numai că, din nefericire, Irina a aflat totul. Și, în timp ce povesteam plictisit cu femeia cu care urma să-mi petrec noaptea, m-am trezit, pur și simplu, cu ea în pragul ușii. Când am văzut-o, am avut un șoc. Mi se părea imposibil ca ea să se afle acolo, îmi venea să mă ciupesc, să fiu sigur că nu dorm, că visez, obsedat cum eram de tot ce era legat de ea.

Irina n-a zăbovit, a plecat imediat ce m-a văzut. Am mers imediat după ea, sperând că nu a apucat să intre și în camera lui Matei, că o voi putea opri, măcar să nu vadă cu ochii ei ce se întâmpla, cum era Matei cu altă femeie. L-a găsit însă exact în ipostaza de care îmi fusese atât de frică. Atunci când am ajuns-o din urmă, era în pragul ușii camerei lui, privindu-l, iar Matei, așezat pe un fotoliu, își ascundea fața în palme. Femeia se îmbrăca deja tacticos pe marginea patului și își încheia indiferentă nasturii bluzei.

– De ce nu mă privești, Matei? Uită-te acum în ochii mei și spune-mi că mă iubești numai pe mine. Că eu sunt cea lângă care vrei să-ți petreci toată viața, s-a auzit, dureroasă și mirată, vocea Irinei.

Matei nu îndrăznea să-și miște palmele de pe față, iar eu nu știam cum să o duc de acolo cât mai repede.

– Te rog, ia-o de aici! mi-a spus Matei înfundat, cu voce pierită, fără să-și arate fața.

Am încercat să o iau de mână, dar ea mi-a lovit imediat peste degete cu putere.

– Nu mă atinge! Matei, uită-te la mine! Fă asta și plec! Spune-mi acum că mă iubești!

– Iartă-mă!

– Uită-te la mine, nenorocitule!

– Irina, hai să plecăm de aici, am încercat eu din nou să o prind de mână și să o trag din pragul ușii.

– Stai la distanță! Să nu mai pui mâna pe mine, că nu știu ce voi face!

Irina nu putea fi oprită – și pe bună dreptate!

I-am făcut semn femeii să iasă din cameră, iar aceasta s-a strecurat rapid pe lângă noi. Nu era locul ei acolo.

– Ce are asta și eu nu am? Ce ți-a lipsit? Vrei să fiu vulgară? Vrei să mă port ca o curvă? Zi-mi! Spuneai că sunt minunată, specială și că mă iubești!

Irina era devastată. Vocea îi părea calmă, dar neînduplecată. Și nu i-aș fi dorit nimănui pe lume furtuna pe care i-o simțeam în suflet.

– Robert, te rog, scoate-o de aici! a strigat din nou Matei, ascuns în dosul palmelor.

Nu o putea privi.

– Să vă ia naiba pe amândoi! Oare ce caut în viața voastră? Voi doi, care susțineți că țineți la mine, că vă pasă de mine! De ce naiba mă vreți lângă voi? Ca să vă bateți joc? s-a înfuriat Irina imediat ce i-a auzit din nou vocea.

– Haide să plecăm acasă, i-am spus, cu un ton rugător, fără să mai știu ce să fac, ce să-i spun și cum să o îndepărtez de locul acela nenorocit.

– Acasă? Care e casa mea, idiotule? O să-mi caut un loc de veci, ca să scap de voi! Vă urăsc! Pe amândoi!

Irina își ieșise din minți cu adevărat. Efectul șocului se atenuase, acum trecuse la etapa următoare: furie.

– Matei, fă ceva! Spune ceva! am strigat la fratele meu, care stătea nemișcat.

Irina a plecat brusc din pragul camerei, abandonând ideea de a-l mai înțelege pe Matei, de a găsi o explicație logică și normală pentru comportamentul lui.

Iar eu, bineînțeles, am alergat după ea. Nu știu pentru ce: să o consolez, să o împac, să am grijă de ea, să o mângâi sau să tac lângă ea. Pentru că orice aș fi spus era inutil și de prisos.

S-a urcat în mașină și s-a încuiat, iar ceea ce a urmat a fost un coșmar care cred că mi-a mâncat câțiva ani din viață. Nu voiam să o las să conducă în starea aceea și o imploram să deschidă mașina, măcar să fiu lângă ea. Matei ar fi trebuit să rămână înăuntru, să aștepte să treacă furtuna, dar a făcut greșeala să iasă pe treptele vilei. Când l-a văzut apărând cu fața aceea vinovată, Irina și-a pierdut mințile. Și-a legat centura de siguranță și a accelerat, izbind cu putere mașina lui Matei, parcată foarte aproape. Era pornită să facă rău ori să-și facă rău, poate ca să se simtă răzbunată, în felul ăsta. A dat puțin cu spatele, apoi a accelerat din nou până la podea, lovind iar cu forță.

Eram disperat și nu știam cum s-o opresc. Irina conducea mașina mea și nu știam dacă trebuia să mă bucur că airbagul mașinii era defect și nu o putea lovi sau dacă să-mi fie teamă că nu o poate proteja nimic și că se va răni din cauza impactului cu mașina lui Matei. A repetat figura, sub privirile unui Matei care stătea inert pe treptele vilei, incapabil să reacționeze. Eu alergam, strigam la ea, băteam disperat în geam, rugând-o să se oprească. Însă ea, cu siguranță, își dorea să ne distrugă mașinile amândurora, deși nu avea spațiu suficient pentru manevrele dorite.

Din cauza zgomotelor puternice, vecinii au început să iasă în stradă, probabil gândindu-se la un accident, dar Irina a plecat în viteză. Eram îngrozit, trebuia să fac tot posibilul s-o opresc. Am intrat în vilă și am căutat disperat cheia mașinii lui Matei.

– Vin cu tine! a strigat, când m-a văzut alergând spre mașina lui.

Am șofat nebunește ca s-o ajung din urmă. Am reușit la un moment dat, însă conducea cu o viteză amețitoare, îngrozitor de periculoasă, și nu-mi doream să continue în felul acela doar ca să scape de noi, urmăritorii ei. Am claxonat, sperând că va încetini, dar ea accelera din ce în ce mai tare.

– Dacă i se va întâmpla ceva, te rog să mă omori, să nu aflu! a țipat disperat Matei, înspăimântat de gândul că iubita lui își risca viața, iar el era singurul vinovat de asta.

– Taci, numai de lamentările tale nu am chef acum! l-am repezit printre dinți, să-l oblig să tacă.

Norocul nostru a fost că, fiind noapte, drumul era liber. Matei o suna întruna pe Irina. Era disperat.

– Las-o, vrei să răspundă la telefon când conduce cu viteza asta?! continuam să urlu la el, la fel de disperat.

– N-are un far… Trebuie s-o oprim, a găsit el o explicație ridicolă, de parcă Irinei îi mai păsa de ceva.

Uram faptul că o învățasem să conducă așa. Făcusem de câteva ori întrecere cu ea, știam ce poate, nu îi era teamă de viteză. Am reușit să o depășesc și am determinat-o să reducă viteza. Când m-am îndepărtat suficient, am frânat, forțând-o și pe ea să frâneze. Ar fi putut intra în noi, dar a oprit brusc, cu un zgomot asurzitor.

– Eu voi merge cu ea acasă, tu te întorci la musafiri, i-am spus categoric lui Matei, sperând că va înțelege și motivul pentru care era mai bine să nu se apropie de ea.

– Nu mă mai întorc nicăieri. O să se descurce ei.

M-am dat jos de îndată din mașină și m-am apropiat de Irina. Eram atât de nervos, încât tremuram vizibil.

– Coboară imediat! am zbierat la ea din toate puterile.

– Nu! Pleacă de aici! și-a țipat și ea răspunsul către mine.

– Irina, deschide ușa imediat!

Îmi pierdusem răbdarea, eram negru de furie, mă gândisem tot drumul la ce s-ar fi putut întâmpla cu ea pe serpentine. Și pentru ce? Pentru că Matei era un nenorocit?! Merita ea să pățească ceva din cauza lui?

M-am întors la mașina cu ajutorul căreia blocasem drumul și am căutat în portbagaj ceva cu care să-i sparg parbrizul, luneta, orice. Am găsit o cheie de cric și m-am întors nervos lângă mașina în care stătea încuiată. Am spart geamul portierei din spatele ei, am deblocat ușile și am scos-o cu forța.

– Ești nebună?! am urlat la ea ca un dement, să o trezesc la realitate, să o fac să înțeleagă la ce riscuri s-a supus.

– Da! a mușcat ea afirmația cu ură și cu o privire rătăcită.

Matei, fără să asculte, a făcut greșeala să coboare din mașină și, când s-a apropiat de noi, Irinei, la simpla lui vedere, i s-a declanșat o criză de isterie. Am ținut-o cu putere în brațe, iar el a abandonat ideea de a se mai apropia, s-a urcat în mașina cu care ajunsese ea până aici și a plecat. Am luat-o pe Irina de mână și am urcat-o în cealaltă mașină.

Am mai stat pe marginea drumului să-mi revin, nu eram în stare să mai conduc. Îmi tremurau mâinile și picioarele, simţeam că nu am suficient aer, mă sufocam. Am lăsat capul pe tetieră şi am închis ochii. Trebuia să mă liniştesc. Trecusem prin momente înspăimântătoare şi mă gândeam în continuare ce s-ar fi întâmplat dacă aş fi văzut-o pe Irina având un accident în faţa mea. Din vina mea, pentru că o urmăream şi încercam să o ajung din urmă şi să o fac să oprească.

Ea nu spunea nimic. Stătea liniştită şi privea în faţă. Ştiam că va veni momentul în care va face o criză şi că mă va învinovăţi pentru tot ce s-a întâmplat. Şi exact aşa a fost. Când mi-a cerut s-o duc la Snagov ca să-şi ia actele şi cheile apartamentului din Braşov, i-am spus că nu o vom lăsa să plece şi că Matei, culmea!, chiar o iubeşte.

– Serios? Ce mod interesant de a-mi arăta iubirea! Cum îţi permiţi tu să vorbeşti despre iubire, nonsensule? Tu habar nu ai ce-i aia! mi-a azvârlit Irina cu dispreţ, împroşcându-mă dispreţuitor cu fiecare cuvânt rostit.

– Ce-ai spus? am şoptit ca pentru mine, refuzând să accept sila pe care i-o simţisem în cuvinte şi pe care ştiam că o nutreşte faţă de mine.

– Ce-ai auzit! Habar n-ai ce înseamnă iubirea! Nu ştii să iubeşti şi nu eşti iubit! Eşti prea preocupat să-i fii fidel lui Matei, să meargă bine afacerile şi să-i mulţumeşti pe toţi! Nu ştii să iubeşti şi trăieşti singur şi nefericit! Mi-e milă de tine! Şi uite în ce hal decazi!

– Taci!

Irina nu mai era dispusă să-mi facă nicio concesie, era necruţătoare şi nu se ferea să-mi arunce în faţă cele mai dureroase lucruri, ştiind prea bine în ce rană să-şi înfigă cuţitele, ca şi cum nu ar fi fost suficient ce simţeam şi fără ca ea să mă înjunghie.

– O să tac, Robert. Oricum, asta a fost ultima noastră discuţie. Nu avem ce vorbi, suntem din universuri diferite! Eşti jalnic! Eşti varză! Confunzi lucrurile: iubirea cu obsesia, dragostea cu sexul! La tine totul se rezumă la afaceri – ca dovadă, vinzi şi cumperi iluzii!

Cuvintele ei îmi străpungeau ca niște pumnale sufletul deja sângerând, însă era îndreptățită să mă disprețuiască. I-am ascultat toate reproșurile, i-am înghițit toate jignirile și aș fi suportat orice, dar ura din fiecare cuvânt mă durea cumplit.

Drumul spre Snagov s-a dovedit a fi un calvar pe care nu mi l-aș fi imaginat vreodată. Cum n-aș fi crezut nici că Irina poate fi atât de crudă și lipsită de inimă. Sau... totul se întâmpla pentru că avea prea mult suflet? Nu mai știam, eram amorțit, devastat și călcat în picioare ca niciodată în viața mea de până atunci.

Când am ajuns acasă, Oli ne aștepta îngrijorată. Probabil că văzuse mașina lovită cu care sosise Matei și aflase ce se întâmplase. Sau măcar o parte din poveste, dacă fratelui meu îi fusese prea rușine să-i spună întregul adevăr.

Oli a condus-o pe Irina în camera ei, ca pe un copil pe care-l duci la culcare, iar eu am încuiat ușile casei. Când a revenit în living, Oli i-a preparat un ceai Irinei.

– Nu știu ce să mă mai fac cu voi, a murmurat ea încet, frângându-și neputincioasă mâinile.

– Lasă-mă pe mine să-i duc ceaiul. Matei unde e?

– În camera lui. A spus că nu va ieși de acolo, că nu poate da ochii cu ea.

– Foarte bine. Alexandra s-a trezit? Știe de circul ăsta?

– Nu cred.

– Te rog, du-te să dormi puțin, mai e un pic și se face dimineață.

Am luat ceaiul și i l-am dus Irinei în cameră. L-a băut imediat, apoi s-a întins pe pat și a închis ochii. Eu m-am așezat pe fotoliu.

– Stinge lumina. Mă ustură ochii, a șoptit, cu o voce sfârșită.

Am ascultat-o, am închis imediat toate becurile și m-am așezat în același loc. Nu voiam s-o las singură. Nu puteam. Orice mi-ar mai fi spus, oricât ar mai fi avut puterea să mă rănească, eram hotărât să nu o las singură cu gândurile ei negre.

– O să mă poţi ierta vreodată? am întrebat-o încet, cu riscul asumat că răspunsul ei ar fi fost încă o împunsătură în inima mea.

– Nu ştiu. Am impresia că sunt prea multe de iertat pentru puţinul timp pe care-l am, a oftat Irina.

– Măcar ai putea să nu mă urăşti? am întrebat-o din nou, cu fruntea plecată, deşi n-ar fi avut cum să vadă asta în bezna din încăpere.

– Nici măcar ura mea n-o meriţi. Nu meriţi nimic. Meriţi doar nefericirea asta în care te scalzi cu atâta măiestrie, cu masochism.

A adormit după aceea, iar eu am stat şi i-am vegheat somnul până când, răpus de oboseală, am adormit în fotoliu. M-a trezit Matei, care pleca la birou, şi mi-a făcut semn din prag să ies din camera Irinei, să vorbim.

– Plec la muncă. Nu voi veni acasă, nu vreau s-o agit. Ai grijă de ea? m-a întrebat rugător.

– Da, stai liniştit, i-am răspuns. Oricum nu m-aş fi dezlipit de ea.

Alexandra a ieşit chiar atunci din cameră şi, când m-a văzut în faţa uşii Irinei, a venit lângă noi. Şi-a dat seama că dormisem în camera ei.

– Auzi, Matei, de ce nu-i angajezi un paznic sau un bodyguard Irinei, dacă e aşa de nărăvaşă şi tot încearcă să evadeze din palat? Ţi se pare normal ca iubitul meu să stea s-o păzească? s-a ambalat ea de îndată ce a dat cu ochii de noi.

– Vezi-ţi de treaba ta, i-a replicat Matei cu voce obosită, care numai chef de pretenţiile ei tâmpite nu avea.

– Păi, e treaba mea, atât timp cât iubitul meu doarme cu iubita ta. Mă mir că tu nu ai o problemă cu asta, a insinuat ea cu parşivenie, încercând să-l învenineze pe fratele meu.

– Gata, Alexandra. Du-te în camera ta, i-am tăiat-o scurt, enervat de mizeriile pe care continua să le spună, parcă fără să-i pese de ceea ce-ar putea stârni în jur.

Mi-a aruncat o privire plină de reproș, apoi s-a dus în cameră, trântind demonstrativ ușa în urma ei.

– Să știi că nu e o idee rea cu paznicul, mi-a spus Matei în șoaptă. La nevoie, am putea apela și la o asemenea soluție.

– Termină cu prostiile, parcă te-ai tâmpit și tu, i-am retezat-o plictisit.

Irina s-a trezit hotărâtă să plece definitiv de la noi. Și-a adunat lucrurile și mi-a cerut să-i chem un taxi care să o ducă la Brașov. Iar eu am amenințat-o că, dacă iese pe poarta casei, voi face ceva regretabil. S-a enervat că o șantajam – nu știu ce-și imagina că aș putea face –, dar amenințarea mea a prins bine, pentru că a determinat-o să nu se mai grăbească atât de tare să plece. A băut o cantitate considerabilă de whisky, prea mult pentru ea, căci nu era obișnuită să bea alcool, dar și pentru starea în care se afla, și s-a amețit imediat. A trebuit să-i ascult toate acuzele și lamentările – și am făcut-o, mulțumit că totuși îmi vorbește, că nu mai pomenește nimic despre dorința de a ne părăsi.

Trecea de la o stare la alta, a încercat chiar și să mă provoace să fac dragoste cu ea, ca să se răzbune pe Matei, a plâns, mi-a ținut teorii despre viață și despre iubire, apoi a căutat alinare în brațele mele. Mi se părea cea mai complicată, mai dramatică și mai nebună ființă din câte văzusem. Doamne, cu toate astea, cât de mult o iubeam! Aș fi îndurat orice, numai să o știu lângă mine, în casă.

– Robert, nu te lăsa otrăvit de Matei. Tu nu ești așa... Tu ai un suflet atât de frumos! Nu te lăsa târât în urâțenia lumii. Și caută să te detașezi de el, nu-l mai slugări, înțelege că nu-i datorezi atât de mult pe cât crezi! Da, îi datorezi respect, îi datorezi prietenie sinceră, dar nu-i datorezi viața ta, nu ești obligat să devii la fel ca el, să-l susții în toate tâmpeniile! Caută să-l ajuți să se schimbe, dar, dacă nu poți și dacă nu vrea, nu te duce în râpă după el.

Știam că acela este discursul ei de rămas-bun. Aș fi preferat să țipe, să urle la mine, să mă calce în picioare în fiecare zi, dar să rămână. A stat câteva minute şi m-a privit tăcută cum plâng de ciudă că nu am niciun argument cu care să o conving că noi o iubim şi că la Snagov este casa ei, apoi a ieşit din cameră şi s-a dus să-şi ia rămas-bun de la Oli, care era sfâşiată de durere. O iubea enorm pe Irina şi iubea ideea de familie unită şi fericită care eram cândva doar datorită ei şi muncii ei de a ne ţine pe toţi laolaltă, îngrijiţi, iubiţi şi răsfăţaţi.

Alexandra jubila, iar eu numai de răutăţile ei nu aveam chef.

– Pleacă maiestatea sa? s-a bucurat ea, sarcastică şi cu mult venin în voce.

– Te rog, n-am chef de prostii acum. Şi nu-i mai spune „maiestate".

Dispreţul cu care vorbea despre Irina mă făcea să mă uit la ea cu milă, dar fără niciun pic de înţelegere.

– Păi, nu voi îi spuneţi aşa? „Maiestate" în sus, „maiestate" în jos, de-a ajuns maidaneza să şi creadă că este vreo regină.

Am crezut că mi se pare, că nu am auzit bine.

– Cum ai spus?

– Cum ai auzit.

Alexandra era veninoasă ca un şarpe cu clopoţei şi-i plăcea enorm să jignească, i se citea satisfacţia în vocea ascuţită. De ce naiba nu pleca odată, să mă lase în pace?

– De ce o urăşti? am întrebat-o, încercând să înţeleg.

– Nu o urăsc, doar că nu-mi place de ea.

– Oare? Şi ce anume nu-ţi place la ea? am chestionat-o, încercând să aflu, cu surprindere, că poate mă înşel asupra caracterului ei şi că nu e aşa de rea cum pare.

– Aerele de divă. Aroganţa. Narcisismul. Felul în care vă joacă pe degete pe toţi.

O ascultam şi nu înţelegeam de unde le scoate. Nimic din ceea ce spunea nu avea legătură cu Irina.

– Am înţeles. Dar de plăcut nu-ţi place nimic la ea? Chiar n-are nicio calitate care să contrabalanseze ceea ce nu agreezi la ea, n-are nimic de apreciat? Sau eşti tu prea subiectivă şi prea orbită de gelozie şi invidie?

Discuția neplăcută cu Alexandra a fost întreruptă brusc de soneria telefonului mobil al Irinei, care se afla în posesia mea. I-l confiscasem ca să mă asigur că nu poate suna pe nimeni care să vină după ea. Am răspuns apelului și, din păcate, am primit o veste rea: un prieten drag al Irinei, un profesor octogenar pe care ea îl iubea ca pe un tată, se afla în spital. M-am dus repede și i-am comunicat Irinei să se pregătească de plecare, ca să reușim să ajungem cât mai repede la Brașov, să vedem cu ce putem fi de folos.

L-am găsit într-o stare gravă, fapt care a întristat-o cumplit pe fata mea cea mai dragă. Încă o lovitură pentru ea – și chiar nu mai avea nevoie de așa ceva...

Am stat în spital toată ziua, încercând să aflăm detalii despre starea domnului profesor și sperând că va fi conștient ca să putem vorbi cu el. Abia seara am plecat de pe holurile acelea pline de durere și am dormit în apartamentul Irinei, eu în sufragerie, iar ea în dormitor, cu Simona, care venise imediat la noi. Urma să ne odihnim și să mergem la el din nou dimineață la prima oră.

Și am avut parte de vești ce păreau bune: domnul profesor își revenise puțin și a putut sta de vorbă cu Irina. Însă a fost doar liniștea dinaintea furtunii. În noaptea aceea a murit.

Irina era devastată, dar s-a ținut cât a putut ea de tare. Ne-am ocupat de înmormântare, împreună cu Simona și cu femeia care îl îngrijise în ultimii ani, căci domnul profesor nu mai avea rude. Însă am fost mulțumiți că, respectându-i memoria, au venit să-l conducă pe ultimul său drum mulți prieteni, vecini, colegi și mulți dintre elevii cărora le fusese dascăl. Om prețuit și iubit, se bucurase de stima tuturor celor care avuseseră norocul să-l întâlnească și să-l cunoască. În urma lui au rămas câteva lucruri pe care le îndrăgea, fotografii și multe cărți – ce rămâne după o viață de om? –, pe care i le-a lăsat Irinei, considerată copilul lui de suflet.

Iar eu aș fi făcut orice ca să-i alung tristețea, mă temeam pentru sănătatea ei și a copilului pe care-l purta în pântec. Și cum o nenorocire nu prea vine niciodată singură, frica mea s-a adeverit după două zile, când Irina a făcut o hemoragie atât de puternică, încât a pierdut sarcina. Medicul ne-a spus că nu era cu siguranță o problemă de ordin fizic care să-i fi provocat avortul și că tocmai de aceea nu are motive de îngrijorare, că este foarte tânără și va avea copii sănătoși și frumoși. Că astfel de lucruri se întâmplă frecvent.

– Va trebui să te odihnești mai mult, i-am zis când am luat-o din spital.

Nu știam cum să o consolez, ce să-i spun ca să o mângâi.

– Mă voi odihni. Te rog să-l ții pe Matei departe de mine.

– Voi încerca. Dar eu nu pot să te las singură.

– Sunt mai singură ca oricând, chiar dacă ești lângă mine. Înăuntrul meu au rămas niște goluri pe care nu le va putea umple nimeni, niciodată, mi-a răspuns, cu un glas atât de trist, de parcă toată durerea i se adunase în sufletul și așa chircit de durere.

Am plecat cu greu de lângă ea și doar pentru că mi-a spus insistent că are nevoie de solitudine, să rămână cu gândurile ei. Iar Simona mi-a promis că nu o va lăsa singură nicio clipă, că va avea grijă de ea și că trebuie să o înțelegem că are nevoie să se rupă puțin de noi ca să-și pună ordine în suflet. Așa că mie nu-mi mai rămânea decât să-i fiu doar prieten. Unul imaginar.

Lui Matei i-am spus doar când am ajuns acasă că Irina pierduse sarcina.

– Ești sigur că a pierdut-o și că nu a făcut întrerupere de sarcină ca să scape de mine?

Îi căzuse cerul în cap. Era devastat, avea sufletul sfâșiat, se învinovățea în ascuns pentru tot ce-i greșise Irinei. Dar întotdeauna căuta o portiță de scăpare. Ca acum, când se gândea că poate e mințit și înșelat și că Irina intenționat a vrut să scape de copil și de el.

– Matei, nu fi paranoic. Am stat cu ea nonstop, s-a ocupat de domnul profesor, apoi de înmormântare, n-a rămas singură nicio secundă. Eram în cealaltă cameră când i s-a declanșat hemoragia și chiar eu am chemat ambulanța.

– E vina mea, așa-i? Nu mă menaja. Eu sunt de vină? se lamenta fratele meu, disperat.

Încerca să găsească la mine un răspuns care să-i ia vina apăsătoare de pe umeri. Ori măcar o parte din ea.

– Nu știu, Matei, dar cu siguranță că toată suferința din ultimul timp nu i-a făcut bine, i-am zis cu sinceritate.

Și chiar era adevărul: nebunia dintre ei din ultima vreme sigur nu o ajutase să ducă sarcina până la capăt.

– Mă duc la ea! s-a repezit el înflăcărat, fără să se gândească prea mult la ce ar fi însemnat asta, dornic doar să-și repare în vreun fel erorile.

– Nu te las să faci asta. Prezența ta i-ar face rău și ar periclita și mai mult relația voastră. E tristă, furioasă și confuză. Poate chiar în depresie. Fii bun și acordă-i puțin spațiu. Înțelege, nu mai fi copil, atât de răsfățat. Nu e despre tine ce se întâmplă acum, e strict despre ea.

– Tocmai, că e despre ea. Cum s-o las singură în astfel de momente? Ea trebuie să fie aici, cu familia ei, să avem grijă de ea, nu să stea singură în apartamentul ăla! s-a întristat iar Matei, izbucnind în lacrimi.

– Este Simona cu ea. Înțelege că are nevoie de o perioadă ca să se liniștească. Dacă o iubești, las-o în pace. Măcar pentru o vreme.

„Nu mai am nimic!", i-a scris Irina prietenului imaginar, când a simțit că are nevoie să o asculte și altcineva în afară de tranșanta și mult prea directa Simona.

„Te ai pe tine!", i-am răspuns imediat, fericit că-și amintise de mine măcar în acest fel.

„În câteva zile am pierdut totul. Absolut totul", a continuat ea, cu o tristețe cumplită în fiecare cuvânt.

„Vrei să te sun?"

„Nu. Să nu mă mai suni niciodată. Vreau să te pierd și pe tine și tot ce îmi mai amintește de trecut."

Nu am insistat, deși sufeream îngrozitor pentru fiecare refuz al ei de a mă lăsa să-i fiu în preajmă. Nu voiam să o supăr, trebuia să am răbdare, oricât m-ar fi secat la inimă depărtarea de ea. Era clar: trecea de la o stare la alta, era înnebunită de durere, era încă total tulburată. Dar știam în același timp că este puternică și că, după ce-și va plânge pierderile și își va pansa rănile, va redeveni fata plină de viață și de iubire pe care o cunoscusem.

Încercam să aflu de la Simona care este starea Irinei, sunând-o de câteva ori pe zi. Și de fiecare dată mă implora să nu vin la Brașov și nici pe Matei să nu-l las să ajungă să o vadă pe prietena ei. Ca un veritabil câine de pază și protecție, pusese monopol absolut și răspundea numai ea la toate telefoanele Irinei, refuzând să mă pună în legătură cu femeia pe care o iubeam.

Mă adânceam acum în cea mai neagră disperare. Trecuseră câteva zile, iar eu nici măcar vocea nu i-o auzisem, lucru cu care nu eram obișnuit – iar cu absența asta nu doream sub nicio formă să mă obișnuiesc. Bănuiam că așa își dorește Irina, deci chinul era și mai mare pentru mine.

În schimb, Matei era din ce în ce mai nerăbdător și mai pornit să meargă s-o caute, dar am făcut tot ce mi-a stat în puteri să-l opresc, nu l-am lăsat. Și eu, și mama, și prietenii noștri apropiați au încercat să-i arate și să-l convingă că greșise foarte mult în relația cu ea, că trebuia să-i acorde Irinei tot timpul de care avea nevoie ca să se poată vindeca și, eventual, să-l ierte. Pentru că nu era chiar atât de simplu cum își imagina el. Rănile pe care i le provocase iubitei lui nu erau unele chiar atât de superficiale, încât să se poată cicatriza ușor.

– Dacă te iubește, va veni singură la tine, i-a spus mama cu înțelepciune. Iar dacă nu va veni, înseamnă că nu te mai iubește și va trebui să accepți asta. Viața merge înainte.

– Da, dar nu va mai fi la fel fără ea, a zis Matei, cu amărăciune.

– Poate că aveai nevoie de lecția asta ca să înveți să-i prețuiești pe oameni, nu l-a iertat mama.

Pentru că ăsta era adevărul: Matei prea credea că totul i se cuvine și că toți oamenii trebuie să se adapteze și să se încline în fața capriciilor și nevoilor lui.

Îmi lipsea enorm Irina. Abia adormeam nopțile, o căutam prin casă, mergeam în camera ei, mă așezam de nebun, singur, în dormitorul care-i păstrase parcă umbra, în fotoliul unde-mi petrecusem atâtea nopți veghindu-i somnul. Eram disperat să-i simt măcar parfumul, să mângâi obiectele care mai aveau imprimată atingerea mâinilor ei fine, adorate. Să o regăsesc fie și doar în detaliile devenite, în absența ei, atât de importante.

În biblioteca din living exista o carte în care, într-o perioadă, Irina și cu mine ne mai lăsam bilețele. Era un joc infantil, știu, dar nouă ne plăcea și, mai ales, ne bucura. De fiecare dată când găseam ceva pitit printre file numai pentru mine, aveam senzația că descopăr o comoară neprețuită. Ca să-mi alin dorul de ea după ce plecase, îi lăsam acolo, când nu reușeam să mă liniștesc altfel, câteva bilețele pe care-i scriam ceea ce simt. Asta îmi dădea senzația că se va întoarce cândva, că bucățile de hârtie pe care-mi așterneam trăirile o vor aduce înapoi, că vor acționa cumva telepatic asupra ei și îi vor transmite dorul, iubirea, nevoia mea de ea, dar și tristețea și suferința pe care le trăiam.

Însă toate speranțele mele secrete erau dublate oarecum și de un sentiment de zădărnicie – pentru că aveam destule momente în care nu mai puteam întrezări sosirea ei înapoi acasă. Și mă gândeam, copleșit de neputință, că mesajele din locul nostru secret vor rămâne neștiute pentru totdeauna, că Irina nu va mai putea să le mai citească vreodată.

Trecuseră câteva săptămâni de când plecase de la Snagov și, în tot acest timp, a refuzat să comunice cu noi. Dar Oli mi-a mărturisit la un moment dat că Irina o sună aproape în fiecare zi și o întreabă de fetiță, de care îi era foarte dor. Nu ne uitase. Sau, cel puțin, nu le uitase pe Cesara și pe Oli.

Matei, așa cum știa el să depășească o cumpănă, își găsise refugiul perfect în jocurile de noroc și prin paturile femeilor ușoare, iar eu mă afundasem într-o existență ternă, lipsită de bucurii și plină de responsabilități. Mă străduiam să fac față tuturor problemelor din firmele noastre, să mă ocup și de casă, și de mama și, din când în când, și de Doamna, bunica lui Matei și prietena mea. Ba chiar și bunica mea, nu-i așa? Ea știa toată povestea, exceptând aventurile murdare ale lui Matei, pe care oricăruia dintre noi i-ar fi fost jenă să i le povestească. Dar înțelesese, poate doar cu instinctul mereu viu de femeie, că Matei o înșelase pe Irina.

– Nu oricine poate prețui o asemenea fată, a oftat ea într-o seară în care am vizitat-o, privindu-mă sfredelitor în ochi. Dar tu, dragul meu, tu ce simți acum? Ce e în sufletul acela al tău, tinere domn?

– Mi-e foarte dor de ea.

– Du-te s-o vezi. Poate că te așteaptă, m-a încurajat ea, încercând să-mi dea o speranță.

– Nu cred. Nu a dat niciun semn de câteva săptămâni. Ne-a uitat.

– Ah, nu, nu. În niciun caz. Nu cred așa ceva și nici tu nu ai crede asta dacă n-ai fi atât de trist. Eu te îndemn să mergi la ea. Încearcă. Du-te și fă ceea ce simți. Lasă-l în plata Domnului pe Matei, el are ce merită, nu trebuie să afle nimic despre vizita asta.

Parcă-mi citise gândurile. Voiam să fac asta, ea doar mi-a dat curaj și încredere.

Și m-am dus. Dar nu la Irina, ci la vila noastră din Poiana Brașov. Iar acolo s-a întâmplat o coincidență stranie: am găsit-o pe Irina. Dormea în living, pe una dintre canapele, ținând o pernă în brațe. Am deslușit misterul prezenței sale acolo abia când am văzut câteva lucruri de-ale ei, pe care era evident că venise să le ia. Numai că aveam credința că ajunsesem acolo în același timp cu ea cu ajutorul divinității. M-am mișcat cât de încet am putut, m-am așezat pe un fotoliu și am privit-o. Ca pe vremuri, când îi vegheam somnul.

Doamne, cât de dor îmi fusese de ea! Aș fi dat orice s-o pot îmbrățișa, să se trezească și să fie caldă și dulce, să nu mă respingă, să-mi arate că i-am lipsit. S-a trezit după vreo oră și nu a părut mirată că sunt atât de aproape. Iar eu visasem la ea în tot acest timp, cu ochii deschiși, mulțumindu-i îngerului meu păzitor că mă purtase către Poiană în timp ce pașii o aduseseră și pe Irina în același loc.

– N-ai renunțat la prostul obicei de a-i spiona pe oameni când dorm? a îngăimat ea, somnoroasă încă, ridicându-se încet, fără să pară deloc surprinsă că mă găsește acolo.

– Tu nu ești om, i-am spus cu blândețe.

– Dar ce sunt?

– Nu știu. Alien, poate.

A luat de pe masă o bomboană și a început să o ronțăie cu poftă, privindu-mă cu atenție.

Matei nu e cu mine. Știu că asta te întrebi, i-am răspuns la întrebarea nepusă, dar cu siguranță gândită.

– Dar tu ce cauți aici? Ți-a spus Simona că vin după lucruri? m-a chestionat ea, neîncrezătoare în destinul care ne adusese din nou împreună.

– Nu. Am simțit nevoia să vin.

– Tocmai acum?

– Crezi că e o coincidență?

– De parcă ar conta. O să-mi iau lucrurile și o să plec.

– Mai rămâi puțin cu mine, am rugat-o încet, disperat că o voi pierde din nou cine știe pentru cât timp.

– De ce aș rămâne, Robert?

– Nu știu. Răspunde-ți singură, i-am zis.

Neverosimil sau nu, credeam că nu-i sunt indiferent, că încă simte ceva pentru mine. Și în niciun caz ură.

S-a apropiat de canapeaua pe care se aflau lucrurile ei, semn că vrea să le ia și să plece. M-am dus grăbit lângă ea și am întors-o cu fața la mine, înnebunit de ceea ce-mi spunea sufletul: că o pierd, că poate nu o voi mai întâlni niciodată.

A închis ochii de parcă nu ar fi suportat să mă vadă.

– De ce nu mă priveşti, Irina?

Nu avea curajul să o facă? Sau mă înșelasem eu și mă ura atât de tare, încât îi era silă să se uite la mine?

– Pentru că îmi aminteşti de lucruri triste și urâte.

– Ce dor mi-a fost de tine! am mers eu până la capăt, spunându-i adevărul dintr-o singură răsuflare.

Trebuia să-i spun ce port în inimă, să ştie cât de neagră fusese existența mea fără de ea, cât mă duruse absența ei din viața mea.

Am îmbrățișat-o, dar m-a respins și a încercat să se îndepărteze. Simțeam că nu asta-i spune sufletul, ba chiar o știa până și ultima mea fibră. Dar a reușit să se elibereze din brațele mele și a mers grăbită către ieșirea din vilă. Am urmat-o și, când am ajuns lângă ea, am oprit-o și am lipit-o cu fața de perete. Nu cu forță, dar nici cu blândețe, doar făceam exact ceea ce simțeam, ca într-un joc al dragostei pe care nu-l mai puteam stăvili. Pentru mine nu mai conta altceva în afară de iubirea pentru ea și important era să reușesc s-o opresc, s-o determin să nu plece.

Am început să o mângâi și să o sărut pe gât cu pasiune și dorință, dar ea, cu toate că mă dorea la rându-i, a apelat la tehnica aceea convingătoare cu care n-a dat greş niciodată: lacrimile. Iar când m-am îndepărtat, și-a luat cheile mașinii și a plecat. Am rămas acolo imobil, împietrit de durerea de a o fi pierdut atât de repede, sperând că se va întoarce, că va face și ea ceea ce simte.

Dar nu s-a întors. A plecat fără să privească ce lasă în urmă. Căutam o cale s-o aduc iar lângă mine, să-i conduc pașii înapoi, dar știam că este prea orgolioasă și prea lașă, în același timp, ca să-și recunoască sentimentele.

Eram atât de disperat, încât mi-a trecut prin cap o nebunie pe care am pus-o în aplicare fără să stau prea mult pe gânduri, ca să nu-mi schimb ideile și să nu abandonez. Dacă aș fi analizat puțin situația, aș fi renunțat imediat, însă nu m-am așteptat ca planul meu să ia o asemenea întorsătură.

Am sunat-o pe o amică din Brașov cu care mă întâlnisem pe vremuri de câteva ori și am rugat-o să mă ajute cu un joc. Cami era discretă, nu punea întrebări și era dispusă să-mi facă pe plac fără să stea la îndoială. Am rugat-o să o sune pe Irina și să-i spună că am chemat-o la vilă în Poiană, dar că ea nu poate să plece întrucât nu are o scuză plauzibilă pentru iubitul ei ca să dispară de acasă.

– Să-i spun Irinei că m-ai chemat în Poiană? a întrebat ea uimită.

– Exact. Și o rogi să te acopere la iubitul tău, să-i spună că ești la ea, am aprobat eu.

Cami a făcut întocmai ceea ce am rugat-o, iar eu așteptam să văd dacă Irina va reacționa cumva. Pentru că, dacă era așa cum credeam eu și dacă mă iubea, la rândul ei, sigur aș fi aflat în vreun fel sau altul lucrul ăsta. Ar fi durut-o să știe că mă întâlnesc cu o altă femeie după ceea ce se întâmplase la revederea noastră.

Însă Irina avea o doză de nebunie și tehnici de manipulare cu care întorcea mereu oamenii și situațiile în favoarea ei. Nu a căzut în plasa Cameliei, ci, dimpotrivă, a atras-o pe ea într-un joc nebunesc. Eu îi spusesem Cameliei că nu trebuie să vină cu adevărat în Poiană, ci că este suficient să o mintă pe Irina că va veni și atât.

– Însă mi-ar plăcea să vin, s-a alintat ea.

– Sunt obosit și nu stau mult pe-aici… , m-am eschivat eu cât se poate de penibil.

– Îmi e dor de tine. Chiar vreau să vin, a insistat Cami cu drăgălășenie.

– Cami, ne vedem cu altă ocazie, nu te supăra, am răspuns ceva mai categoric, cât să nu o rănesc.

– OK, trebuie să-ți spun adevărul, a adăugat ea hotărâtă.

– Ce adevăr?

– Irina mi-a propus să fac schimb cu ea. Deci trebuie neapărat să vin, fiindcă am acceptat propunerea ei.

– „Schimb"?

Părea incredibil ceea ce-mi spunea! Eram șocat, dar asta trebuia să reușesc să o țin pentru mine. Nu știu la ce mă puteam aștepta și ce-mi dorisem să obțin când îi propusesem Cameliei jocul, poate doar să-i reamintesc Irinei ce simte pentru mine. Dar reacția ei era, ca de obicei, una nebănuită și care mă lăsase mască.

– Da. Mi-a cerut să îi arăt ce voi purta, ca să poarte și ea ceva asemănător, adică rochie, să ne dăm amândouă cu același parfum, să ne prindem părul și, când ajung în pat cu tine, să te leg la ochi cu o eșarfă – mi-a și dat eșarfa. Apoi să vină ea în locul meu și eu să plec.

– Nu cred așa ceva! mi-a ieșit porumbelul din gură fără să mă pot controla.

Era greu să joc cartea indiferenței. Eram cu adevărat uluit de imaginația Irinei!

– Îți jur că asta vrea.

– De ce crede ea că te-aș lăsa să mă legi la ochi? am încercat eu să mă repliez și să fac pe neștiutorul.

– Mi-a spus să te conving că vreau să ne jucăm, că am chef de ceva inedit și faze dintr-astea.

Eram surprins de întorsătura situației. Și flatat, desigur. Irina nu doar că nu suporta ideea să-mi petrec noaptea cu o femeie, dar voia chiar să o înlocuiască! Doamne!

Eram fericit, nici prin cap nu-mi trecuse că Irina mea își dorește în primul rând să mă revadă, darămite să plănuiască să petreacă o noapte cu mine. Poate chiar să facem dragoste...

I-am spus Cameliei să-i facă jocul.

– Dar să nu mă dai de gol că știai, te rog! Nu vreau să creadă că sunt nașpa, m-a rugat ea, fără să mai comenteze.

– Nu te voi da de gol, Cami. Faceți schimbul când vrea ea, apoi pleci acasă, bine? Dar trebuie să-ți joci rolul foarte bine, Irina e foarte șmecheră. Prefă-te că ai emoții, că-ți este teamă că mă voi supăra. Pentru nimic în lume să nu știe că am aflat de planul ei, am adăugat eu.

Știam că pot să am încredere în amica mea, căci între noi a fost întotdeauna un raport corect și prietenesc, dincolo de celelalte lucruri. Iar ea chiar era un om de cuvânt.

Mi se părea ireal ceea ce plănuise Irina și nu am crezut până în momentul în care nu am trăit totul aievea. Cumva, îmi era teamă că se va răzgândi.

Cami a ajuns la ora stabilită în Poiană, am servit-o cu un pahar de *prosecco*, am stat puțin de vorbă prietenește, apoi ne-am dus direct în dormitorul meu. Am lăsat-o să mă lege cu eșarfa la ochi, conform planului, și să mă mângâie. Îi spusesem de la început că nu vreau să mă dezbrace, iar ea s-a conformat, totul decurgând ca la carte, așa cum ne-am înțeles încă de la telefon.

La un moment dat, am simțit-o îndepărtându-se de mine, dar nu eram convins că făcuse schimbul cu Irina. Apoi, o mângâiere ușoară mi s-a așternut pe braț și, ca să mă lămuresc cine este, am întins mâna să o ating pe cea care mă atingea. Dar s-a ferit.

– Ești cam timidă în noaptea asta... Nu ți-e teamă că așa, legat la ochi, îmi voi imagina că sunt cu alta? i-am zis încet, în așa fel încât să nu o sperii și să nu creadă că știu ceva despre jocul ei.

Nu mi-a răspuns. Mi-a pus degetul pe buze, apoi a început să-mi descheie nasturii cu mișcări ușoare, dar sigure. Știam deja că este Irina. Eram în extaz! O simțeam, îi simțeam energia și, apoi, chiar și parfumul mirosea diferit pe pielea ei, chiar dacă era același cu cel purtat de Cami. S-a așezat deasupra mea, iar eu am mângâiat-o ușor pe mâna cu care îmi atingea pieptul dezgolit. Apoi i-am cuprins fața între palme și am sărutat-o apăsat pe buze. Voiam să văd dacă are de gând să mă sărute și ea. Am mângâiat-o pe păr, iar când am dat de agrafa cu care-și ordonase buclele rebele, am desfăcut-o, eliberându-i părul.

– Te iubesc! i-am spus șoptit.

Nu mai rezistam, trebuia să-i mai spun o dată asta, să o fac să înțeleagă că pentru mine e cea mai importantă ființă de pe pământ.

M-am ridicat și am strâns-o în brațe cu toată dragostea și cu toată puterea. Aveam senzația că adunasem lumea întreagă la pieptul meu, toată fericirea pe care o așteptasem, toată bucuria de a fi. Am mângâiat-o și am sărutat-o pe frunte și pe obraji, iar ea stătea calmă și supusă. Mi-a desfăcut eșarfa, dar am continuat să-mi țin ochii închiși pentru câteva clipe. Îmi era teamă că, dacă-i vedeam privirea, mi-aș fi pierdut tot curajul. Ori aș fi speriat-o și îndepărtat-o – și m-ar fi părăsit iar. Nu știam dacă și cum să joc uimirea că este ea, și nu cealaltă femeie. Îmi era atât de teamă să nu o pierd, încât m-am abandonat complet sentimentelor pe care le aveam pentru ea. Nimic nu era mai important ca fericirea de a o ține în brațe, ca bucuria pe care o trăiam, inclusiv la gândul că ea își dorise să fie în brațele mele, recurgând chiar la o mică înșelătorie pentru asta.

– Dacă ai ști cât de mult îmi doresc să fiu al tău... Și să simt că ești a mea și numai a mea..., i-am șoptit, mângâind-o ca și cum n-ar mai fi existat ziua de mâine.

– De ce? Ai alte femei...

– Alte femei? Niciuna nu mă face să trăiesc ceea ce trăiesc lângă tine.

Cât de adevărat era! Câtă durere era în sufletul meu că nu pot să fiu cu cea care reușise să se facă iubită în felul în care o iubeam eu pe ea – și, din cauza asta, din disperare, să mă arunc sinucigaș în brațele unor străine!

– Haide să facem dragoste acum, mi-a susurat la ureche, sărutându-mi pasional gâtul.

Mă sufocam de dorința de a o iubi și fizic, dar...

– Nu, Irina. Nu ești pregătită...

– Tu ești?

– Hai în brațele mele. Cândva o să înțelegi cât te-am iubit de mult...

Chiar dacă o doream nebunește, nu puteam face dragoste cu ea. Merita mai mult decât ceea ce îi puteam eu oferi în acel moment și în acel loc și nu voiam să-i dăruiesc jumătăți de măsură, nu când o iubeam total.

Am rugat-o să doarmă cu mine și să mă lase să mă bucur de prezența ei, să-mi iau doza de fluturi. Să-mi dăruiască măcar iluzia unei fericiri care nu avea să se sfârșească odată cu lumina zilei ce urma să vină.

– Doar dacă îmi promiți că de mâine totul va reveni la normal. Că vei uita de noaptea asta și că nu mă vei mai căuta, mi-a spus.

În noaptea aceea, ne-am mângâiat și am stat îmbrățișați. Cu duioșie, cu iubire, cu bucuria de a ne ști o singură ființă, dar cu un trup despicat exact în două, jumătate femeie, jumătate bărbat. Știam că în zori va pleca și că nu o voi revedea prea curând, căci Irina mea voia să fie liberă, să ne uite, să-și continue viața fără noi. Și nu puteam să mai fac nimic ca s-o împiedic – nu dacă o iubeam cu adevărat. Trebuia să o las să fie liberă. Poate așa ar fi înțeles că o iubesc atât de mult, încât pot să renunț la fericirea mea pentru fericirea ei.

Cu toate astea, nu mă simțeam în stare să îmi iau rămas-bun de la ea. Dimineață, când a plecat, m-am prefăcut că dorm, dar am plâns până am simțit că-mi seacă sufletul. Nu-mi mai rămăsese decât să-i fiu în continuare doar un prieten imaginar.

„Mi-e dor de tine!“, i-am scris de pe numărul de telefon al personajului pe care-l inventasem.

„Și mie. Azi noapte am dormit cu el“, mi-a răspuns ea aproape imediat.

„Care el?“

„EL. Cel pe care îl iubesc.“

Știam eu! Poate că știusem dintotdeauna că mă iubește, poate că nu era totul pierdut dacă înțelesese asta!

„Și? A fost bine?“

„Nu. Fiecare întâlnire cu el mă omoară câte puțin... El spune că își ia doza de fluturi. Dar eu cred că fluturii sunt de fapt niște molii care ne distrug sufletele, puțin câte puțin..."

Am înghițit amarul și am lăsat-o să aleagă ea ce este de făcut. Mie îmi mai rămânea dorul.

După câteva zile, am aflat de la Simona că Irina plecase în Germania. Nu-mi venea să cred că fugise ca o hoață, fără să-mi spună și fără ca măcar să-și ia rămas-bun! Plecarea ei mi-a confirmat că nu mai simte nimic pentru mine, deși îi scrisese prietenului imaginar că eu sunt acela pe care-l iubește. Poate că-și dorea numai să-l țină la distanță pe acel om, declarându-i că iubește pe cineva.

Când i-am dat vestea lui Matei, m-a acuzat că doar eu sunt vinovat că l-am ținut departe de ea și că a pierdut-o numai din cauza mea.

– O să merg după ea. Eu nu renunț, mi-a spus hotărât.

În schimb, eu eram mai decis ca oricând să o uit. Obosisem să alerg după himere și să visez la iubirea ei, a fetei care mă făcuse să mă simt un nimic, nedorit și neiubit. Nu am mai căutat-o. Nici din postura prietenului imaginar nu i-am mai scris și speram să nu cedez ispitei de a o face. Era evident că nu-l mai voia nici măcar pe el, cu toate că la un moment dat chiar am simțit că-i era drag și-l iubea pe acel necunoscut.

Îmi doream cu disperare să-mi recapăt liniștea și echilibrul de altă dată, din vremea când nu o cunoșteam. Voiam să-i respect dorința și să o las liberă, așa cum își dorise. Voiam mai ales să-mi respect și mie decizia de a o descătușa de povara iubirii mele.

Speranțele mele că o voi putea înlocui cu Alexandra se dovediseră a fi deșarte. Țineam la Alexandra, dar nu o iubeam și nu o iubisem nicicând. Ca să o pot înlocui pe Irina cu o altă femeie, aceea ar fi trebuit să aibă cel puțin calitățile ei umane, însă Alexandra nu le avea nici măcar pe jumătate; era doar snoabă și de foarte multe ori rea și închipuită, o fetiță răsfățată obișnuită să bată din picior și să se facă voia ei. Și Doamne ferește ca cineva să fi îndrăznit să se opună dorințelor ei! Reușise să-și dea arama pe față inclusiv în conflictele pe care le avusese cu Irina.

Însă într-o seară, la o petrecere, am cunoscut o fată frumoasă care aproape că mi-a luat mințile. O chema Rebeca și din prima clipă m-am simțit extrem de atras de ea. Era fascinantă. Mi-am pus în joc toate atuurile ca s-o cuceresc, pentru că era cu adevărat o femeie remarcabilă. Toată lumea întorcea capul după ea, dar eu, în loc să mă bucur de prezența ei, mă gândeam doar la cât de geloasă ar fi Irina dacă m-ar vedea cu un asemenea exemplar feminin reușit. Știam că Irina era extrem de complexată după ce Matei o înșelase de atâtea ori, fiind convinsă că se întâmplase din cauză că nu este suficient de frumoasă, că nu are o siluetă perfectă sau calitățile necesare ca un bărbat să fie înnebunit după ea. Iar orgoliului meu rănit i-ar fi făcut bine ca Irina să mă vadă cu o femeie-trofeu, ca Rebeca. În mintea mea, credeam că așa, poate, m-aș fi simțit răzbunat pentru toate momentele în care Irina m-a făcut să cred că nu sunt suficient de bun pentru ea, dar și pentru toate împrejurările în care, cu o satisfacție aproape bolnavă, și-a făcut un titlu de glorie din a-mi provoca gelozia.

Primele întâlniri cu Rebeca au fost de tatonare. Nu voiam să mă arunc orbește într-o relație, după eșecul, nu numai sufletesc, numit „Alexandra". Și îmi era teamă că aș putea să mă îndrăgostesc. Uram asta. Parcă în mine se dădea o bătălie: nu voiam să-i dau altei femei ceea ce simțeam că îi aparține doar Irinei. Pentru că nu era drept. Oricum, realizam și singur că iubirea mea pentru femeia aceea era patologică și îmi era ciudă pe mine, pe cât de slab deveneam când venea vorba despre ea.

Disperat să mă vindec, am grăbit mersul lucrurilor dintre mine și Rebeca, crezând că, dacă se va întâmpla asta, Irina și iubirea mea pentru ea vor dispărea ca un abur luat de vânt. M-am culcat cu Rebeca după doar câteva întâlniri, într-o seară când am condus-o acasă. Eram zorit să-mi dovedesc că pot simţi pentru altă femeie ceea ce credeam că simt doar pentru Irina şi să ajung o dată pentru totdeauna la concluzia că nu sunt dependent de ea.

Însă n-am putut fi cu adevărat şi în totalitate al Rebecăi. Chiar şi în acele momente în care ar fi trebuit să uit de toate, Irina mi-a apărut în faţa ochilor, iar asta m-a inhibat. Şi-atunci am devenit conştient – pentru a câta oară? – că doar mă folosesc de Rebeca pentru a-mi dovedi ceea ce refuzam să cred, şi anume că încă o iubesc pe Irina şi că nu este doar o pasiune trecătoare. Şi m-am simţit mizerabil.

– Eşti OK? m-a întrebat Rebeca, văzându-mă îngândurat.

– Da, sunt doar puţin obosit, m-am scuzat eu penibil.

Rebeca mi-a cerut să rămân cu ea în noaptea aceea, dar nu am făcut-o. M-am mai scuzat încă o dată, pretextând că trebuie să fiu într-un loc dimineaţa foarte devreme, şi am plecat.

Când am ajuns acasă, Alexandra mă aştepta în living cu o privire urâtă şi cu o voce ascuţită, stridentă. M-a luat în primire imediat, fără vreo introducere.

– Mă înşeli, aşa-i?

– Da, i-am răspuns şi eu sec.

– De ce faci asta?

M-am aşezat pe un taburet, cât mai departe de ea, şi mi-am întors privirea spre televizor. Discuţia asta îmi mai lipsea...

– De ce mă înşeli, Robert? a insistat ea, fără să înţeleagă că nu îmi doream şi nu aveam niciun chef de vreo dramă.

– De fapt, nu te înşel pe tine, ci mă înşel pe mine, dacă asta te consolează, am şoptit eu, mai mult pentru mine.

– Poftim?

– Nu mă regăsesc lângă tine, Alexandra. Am încercat, dar...

Ăsta era adevărul, nu avea niciun rost să i-l mai ascund.

– Şi când aveai de gând să-mi spui?

– Îmi pare rău, Alexandra. Nu am vrut să te rănesc. Am vrut să îţi acord timp, nu m-am grăbit să decid că nu va merge relaţia noastră, dar...

Dar nu mă mai puteam amăgi.

– Gata. Nu mai spune nimic. Voi pleca, mi-a declarat tăios, probabil ca să-și acopere emoțiile.

– Te rog, nu pleca noaptea. De fapt, nici măcar nu trebuie să pleci, i-am zis, cuprins de remușcări.

– Cum nu? Ce să mai caut aici?

Era nedumerită, nu înțelegea ce-i în mintea mea. Dar nu era de mirare. Nici măcar eu nu pricepeam ce vreau, în mine totul era contradictoriu.

– Nu știu, eu…

– Oi avea tu nevoie de o prietenă, dar eu am nevoie de mai mult. În ultimul timp, ți-am fost mai mult colegă de cameră, nici nu te-ai mai atins de mine, a sărit ea imediat cu reproșurile, întemeiate de altfel, când mi-a intuit momentul de slăbiciune.

– Să știi că eu am o problemă, nu tu. Nu este nimic în neregulă cu tine, doar că eu am o perioadă foarte ciudată, i-am zis cu blândețe.

Pentru că așa și era, nu avea nicio vină că nu o puteam iubi. Probabil că pentru persoana potrivită ar fi fost chiar o parteneră minunată.

– Pe tipa cu care mă înșeli o iubești?

– Nu.

– Și atunci? De ce o faci? Ce cauți tu, de fapt?

„Pe Irina o caut. În voi toate, dar nu o găsesc, lua-m-ar naiba!“

Am tăcut. Cum să-i fi zis adevărul? Dar nici nu era drept să-i încurc viața și să o țin lângă mine fără să-i pot dărui ceea ce pe drept aștepta de la mine, iubitul ei.

Alexandra a plâns mult în noaptea aceea, iar eu am ținut-o în brațe și am mângâiat-o ca pe o bună prietenă. Acum vedeam și eu cât de greșit era să mă folosesc de oameni și câtă suferință putea provoca disperarea mea de a mă vindeca de Irina. Mă simțeam mizerabil și neputincios și, în același timp, nu puteam să mai dau timpul înapoi, răul fusese deja făcut.

Alexandra a plecat în ziua următoare, spunându-mi că mă iubește și că, dacă voi dori vreodată să se întoarcă, atunci să o caut – însă numai dacă voi putea să o iubesc. I-am mulțumit pentru tot ceea ce îmi dăruise în timpul relației și am rugat-o să mă ierte dacă poate. Încercam să o conving pe de-acum fosta mea iubită să înțeleagă că va avea în mine întotdeauna un prieten și că, dacă vreodată crede că o pot ajuta cu ceva, să nu ezite să mă sune, voi fi fericit să-i pot fi de folos.

Nici pe Rebeca nu am mai căutat-o câteva zile, nu voiam să aibă exact soarta Alexandrei. Dar, cum îmi spusese deja că urmează să fie aniversarea ei, nu puteam fi atât de lipsit de educație să nu o vizitez și să o felicit.

M-a primit zâmbitoare, fără nicio urmă de reproș în privire sau în ton, iar asta trebuie să recunosc că mi-a plăcut. Mă aștepta într-o cămașă de noapte provocatoare, aprinsese câteva lumânări parfumate care răspândeau o aromă dulceagă, iar în surdină se auzea o muzică ambientală foarte plăcută. Involuntar, gândul mi-a zburat din nou la Irina, care nu suporta lumânările parfumate dacă nu erau de bună calitate și nu aveau o mireasmă foarte fină, ca o adiere. Mi-am alungat-o de îndată din gând și am urmărit-o cu privirea pe Rebeca în timp ce umbla prin fața mea.

Da, mă atrăgea fizic, era splendidă și foarte sexy, însă eu aveam nevoie de mult mai mult decât atât. Știam că nu m-ar fi satisfăcut doar trupul ei, chiar dacă aveam de-a face cu o femeie extrem de seducătoare. Eu eram însetat de iubire, de acea iubire pe care o simțisem doar lângă Irina și numai în brațele ei. Și eram însetat de cât de iubit m-am simțit aproape mereu de către ea, chiar și atunci când o supăram și se străduia din răsputeri să își ascundă sentimentele de dragoste pe care le avea pentru mine.

Mi-a venit în minte o seară în care avusesem o durere cumplită de cap, iar Irina m-a îngrijit cu devotament și m-a mângâiat ore în șir, jucându-se cu părul meu și ținându-și mâna caldă pe fruntea mea până m-a luat somnul. Am dormit atunci cu capul în brațele ei, iar când m-am trezit, aveam senzația că îmi luase toate durerile și grijile lumești, simțeam că am scăpat de toate necazurile și că mă aflu în Rai.

Eram jalnic. Doamne, de ce m-ai lăsat pe Pământ atât de dobitoc? Mă aflam lângă fata aceea superbă, însă mă gândeam iar la Irina, căreia cu siguranță nu-i păsa de mine și care își vedea liniștită de viața ei, cine știe pe unde prin Germania! Voiam să fac dragoste cu Rebeca și să mă revanșez pentru prima dată când m-am culcat cu ea și m-am purtat ca un străin. Trebuia să-i arăt că pot fi răbdător și pasional, că nu caut doar să mă folosesc de trupul ei, că nu sunt doar un bărbat oarecare, nemernic și lipsit de scrupule.

Am băut, cu speranța că mă voi ameți suficient cât să nu-mi vină în minte năluci care să-mi distragă atenția de la frumusețea aceea de fată. Și, pe undeva, chiar am reușit pentru câteva ore să mă detașez și să-i ofer Rebecăi o noapte plină de pasiune. Dar știam în același timp că nu m-am dăruit ei în întregime, așa cum numai în brațele Irinei aș fi putut să mă abandonez. Pentru ea existau anumite lucruri puse deoparte și îmi era ciudă că nu mă simțeam pe deplin liber să-i dăruiesc altei femei tot ceea ce aveam mai bun.

Rebeca, fără să știe ce era în sufletul meu, a fost fericită și mi-a mărturisit că nimeni nu o mai iubise așa cum o făcusem eu. Am adormit ținând-o în brațe, dar prin gândurile mele tot Irina dădea iama. O uram pentru că o iubeam. Și de atâta vreme nu voia și pace bună să-mi părăsească inima, pe care mi-o ocupase despotic și fără milă.

Numai că destinul, căruia îi place să ne joace feste și să ne dea câte un bobârnac când ne e lumea mai dragă, ne-a adus într-o zi pe amândoi, pe mine și pe Irina, în același timp, în același magazin. Mi s-au tăiat genunchii. Încercam să parez lovitura, să nu las să se vadă nimic în afara mea din furtuna cu fulgere și trăsnete din sufletul meu.

Irina? În București? Nu în Germania? Venise doar în vizită? Și de ce nu trecuse măcar pe la Snagov, să ne vadă? Apăruse luminoasă și senină, mă uitam la ea ca la o minune, încercând din răsputeri să nu par atât de picat în cap în fața frumuseții ei. Era însoțită de veșnic prezenta ei prietenă Simona și nu a părut deloc încântată că mă vede. Ceea ce, trebuie să recunosc, nu mi-a picat deloc bine. I-am spus, amabil precum un lup care și-a încolțit prada, că, dacă nu bea o cafea cu mine, îi voi spune lui Matei că am văzut-o în București. Așa că a acceptat invitația cu aceeași amabilitate, după ce m-a complimentat cu câteva epitete specifice ei.

Am mers într-un bar din apropiere și ne-am comandat câte o cafea. Nici ea, nici Simona nu erau prietenoase.

– Tu ce mai faci? Te-ai însurat? m-a întrebat Simona sarcastică, să spargă tăcerea.

– Încă nu. Dar mă pregătesc, i-am răspuns și eu cu același ton.

– Vezi ce repede i-a trecut iubirea pentru tine? a rânjit Simona, privind-o semnificativ pe Irina.

– Ce iubire, tu? Fantezia aia? i-am dat și eu replica imediat. Nu am iubit-o niciodată. Eram doar sub efectul unei vrăji. M-am simțit atras de ea, dar, cum nu am mai văzut-o bântuind prin casă îmbrăcată cu halatele ei diafane, cum am și uitat-o...

– Pe bune? m-a întrebat Irina ironic, iar din privirea ei am înțeles că este convinsă că mint.

Apoi mi-a luat încet mâna și a studiat-o câteva clipe. Mă străduiam să par calm, dar tremuram vizibil.

– Nu mai bea atâta cafea, Robert. Te agită. Tremuri..., a zâmbit ea cu subînțeles.

– Tremur de nervi în preajma ta, i-am zis și eu, ca să nu o las să câștige duelul ironiilor.

– Așa efecte negative am asupra ta? s-a minunat ea, privindu-mă adânc în ochi.

– Da. Te detest.

– Mă detești? De ce? Ce rău ți-am făcut?

– Exiști. E suficient.

Noi doi nu puteam avea o conversație fără înțepături, asta era clar. Pentru că doar așa reușeam să ne ascundem sentimentele de ochii și urechile altora și chiar de noi înșine.

Am stat câteva minute în barul acela, apoi Irina a cerut să plecăm. Iar mie îmi era cât se poate de clar că prezența mea nu-i făcea plăcere. Ne-am luat rămas-bun ca niște străini și fiecare a plecat în direcția lui, ducându-și povara gândurilor în suflet și în tăcere.

„Ce faci? M-ai uitat?“, i-a scris Irina prietenului imaginar în seara aceea.

„Sunt OK. Am fost foarte ocupat“, i-am răspuns eu aproape imediat.

„Îmi lipsești.“ Mesajul ăsta m-a mirat foarte tare.

„Ce ți-ar putea lipsi de la un om care nu ți-a dat nimic niciodată?“

„Uneori, oamenii care nu-ți dau nimic îți oferă cel mai mult. Culmea, nu-i așa?“, a filosofat ea în continuare.

„Te simți singură cumva?“

„Da“, mi-a trimis ea răspunsul, cât se poate de sec.

„EL ce mai face?“

„L-am văzut azi. Se pare că este OK.“

„Îl mai iubești?“, am supralicitat eu, înnebunit de întâlnirea cu ea, cu cea care nu-mi părăsise inima nici măcar o zi în timpul în care am stat departe unul de celălalt.

„Îmi e frică să mă gândesc la asta. L-am încuiat undeva ascuns în sufletul meu și nu mă mai duc pe acolo să văd ce face“, a venit răspunsul trist al Irinei.

„Și îți este bine așa?“

„Nu am de ales“, a mai zis ea. Și parcă fiecare frază pe care mi-o trimitea avea un gust din ce în ce mai amar.

„Mereu avem de ales, Irina“, am încercat eu să o încurajez.

„Nu mereu putem alege.“

„Mi-ar plăcea să te țin în brațe acum. Pur și simplu“, am dat eu frâu liber adevărului din mine.

„Tu chiar nu vrei să ne cunoaştem niciodată?“, a întrebat brusc Irina.

„Nu vreau decât să conversăm aşa. Nu o să ne cunoaştem niciodată, pentru că nu se poate. Te deranjează asta? Am nevoie doar de prietenia ta. Promit că nu te voi dezamăgi.“

Îmi era teamă să nu o sperii, trebuia să se simtă în siguranţă cu vechiul ei prieten imaginar. Dacă el ar fi devenit prea concret, poate că vraja s-ar fi destrămat. Iar eu ştiam sigur că asta ar fi fost o catastrofă.

„Vezi că nu am de ales? Exact ce-ţi spuneam. Nu mereu putem alege. În povestea noastră, tu eşti cel care alege pentru amândoi“, a închis ea brusc discuţia.

În weekendul acela, eu şi Matei am plecat în America. Prietenul lui cel mai bun şi partenerul nostru de afaceri se căsătorea şi ne-a invitat la nuntă. Cu această ocazie, am decis împreună cu fratele meu că nu ne-ar strica o vacanţă plină de aventuri şi că, dacă tot băteam atât drum, era păcat să nu profităm de ocazie şi să nu vizităm Las Vegas şi alte câteva oraşe pe care ne doriserăm mereu să avem timp să le vedem.

Am stat aproape o lună în State şi, dacă nu ne-ar fi lipsit amândurora Irina, poate că am fi avut o vacanţă minunată. Însă, de câte ori vedeam ceva impresionant, Matei spunea că Irinei i-ar plăcea foarte mult, iar eu vedeam, gândeam şi simţeam totul prin ochii ei, cu mintea şi cu sentimentele ei.

Nu aveam nicio veste după întâlnirea noastră neaşteptată, dar Matei aflase de la Simona că se mutase din vechea locuinţă pe care o avusese închiriată în Germania, undeva în alt oraş.

– Trebuie să-i aflăm adresa, mi-a zis Matei dintr-odată când ne-am întors în ţară. Mă voi duce după ea. I-a ajuns perioada de pauză. S-o fi vindecat de toate…

– Şi dacă nu te mai vrea? Dacă nu te mai iubeşte? l-am întrebat cu sinceritate, dar şi curios să aflu ce gândeşte.

– O facem să mă vrea. Dar sunt sigur că încă mă iubește. Nimeni nu m-a iubit așa de mult. Sunt sigur, a găsit el imediat răspunsurile care-l avantajau.

– Cum spui tu, am renunțat eu să-i mai înțeleg argumentele.

– Te agiți tu să-i afli adresa? m-a pus el imediat la munca de copoi, cu care nu-și murdărea niciodată mâinile.

– Da, voi încerca, i-am răspuns și eu imediat, părând plictisit de subiect.

Dar mințeam cu bună știință. Nu aveam de gând să-i dau lui Matei adresa în cazul în care ea chiar trăia în Germania și se mutase. Dacă aș fi aflat-o, evident. Voiam s-o țin cât mai departe de noi, sperând că așa vom reuși să o uităm toți. Și Matei, dar mai ales eu.

Desigur, la mine hotărârea de a sta departe de ea ținea de obicei câteva ore, apoi căutam cu disperare o cale să ajung la ea, să o găsesc, să-mi alin cumva dorul. Am sunat-o de câteva ori, dar nu mi-a răspuns. Nu știam dacă este în țară sau în Germania, iar Simona refuza să-mi spună.

În tot acest timp, Rebeca devenise refugiul meu, chiar dacă nu-mi doream foarte mult compania ei. Oricât era de frumoasă, de spectaculoasă, de dulce, de bună și de feminină, mintea mea bântuia mereu în căutarea iubirii pierdute – și, de fapt, niciodată avute cu adevărat. Alegeam să merg întotdeauna seara târziu la Rebeca, însă nu rămâneam niciodată peste noapte. Voiam să dorm singur, ascuns în camera mea, cu Irina în gând. Nu suportam să-mi deranjeze nimeni visele cu ochii deschiși sau închiși, legate de ea.

Cu toate acestea, într-o seară în care am ieșit cu prietenul meu Cosmin în oraș, m-am întâlnit cu o fostă iubită, Diana, cu care avusesem cândva o relație de câteva luni. Pe vremuri, când Irina nu apăruse în viața niciunuia dintre noi, a mea sau a lui Matei. Deși m-am înțeles bine cu Diana, relația noastră s-a răcit când ea s-a dedicat în totalitate studiilor. Visa să ajungă medic stomatolog și nu am vrut să-i distrag atenția de la prioritățile ei. Acum, revăzând-o printr-o pură întâmplare, mi-am amintit de ce îmi plăcuse atunci de ea: era diferită de toate femeile uniformizate, stridente și vulgare care se învârteau în cercul nostru. Mă atrăsese simplitatea ei, firescul ei, chiar dacă nu era o frumusețe ieșită din comun. Pur și simplu, mi se părea e că naturală, plăcută și foarte drăgălașă.

Diana, de cum m-a văzut, nu s-a mai dezlipit de mine, iar mie îmi convenea să nu fiu singur, deși de compania Rebecăi, nu știu de ce, mă feream. Ne-am întâlnit în București câteva zile la rând, apoi a început să vină la Snagov. I-a câștigat destul de repede simpatia lui Matei, care, spre uimirea mea, i se destăinuia, povestindu-i cât suferea după Irina. Poate pentru că Diana era genul de interlocutor care știa să-i spună ceea ce-i plăcea să audă și-l încuraja? Cert e că ea a grăbit și a forțat cumva lucrurile dintre noi, iar după câteva zile era instalată cu totul în familie.

Așadar, aveam de-acum două femei cu care îmi ocupam timpul și mintea, tot sperând că o voi uita pe cea la care îmi era inima. Iar când am realizat că nici măcar zece femei nu mă pot face să n-o mai iubesc pe Irina, am renunțat la Rebeca. Pur și simplu, nu am mai căutat-o și nu i-am mai răspuns la mesaje și la apeluri. Cu alte cuvinte, m-am purtat ca un fustangiu, ca un nemernic. Nu eram deloc mândru de mine.

„Ce părerea ai avea dacă ți-aș spune că mă voi căsători?“, i-a scris într-o zi Irina prietenului imaginar.

„Cu cine?“, i-am răspuns imediat, iar inima îmi bătea să-mi spargă pieptul.

„Cu iubitul meu. M-a cerut cu inel.“

Deci avea un iubit. Ce repede ne-a uitat! Ce repede a dat deoparte suferința!

„Îl iubești?“

Mă durea sufletul când i-am pus întrebarea asta.

„Da. E un om minunat.“

Nu-mi venea să cred citindu-i mesajele! Cum putea să se îndrăgostească de altcineva așa, cum ai bate din palme? Ori poate că o lovise Cupidon fulgerător, astfel încât trecutul era deja lăsat în urmă, iar noi nu mai însemnam nimic pentru ea.

„Nu ajunge, Irina. Dacă îl iubeai cu adevărat, ai fi spus «Da» imediat."

Din clipa aceea, n-am mai avut liniște. Trăiam ceas de ceas cu un fier înroșit înfipt în creier și în inimă. Nu concepeam ca Irina să fie a altui bărbat. Nu, niciodată! Asta nu se putea întâmpla! Turbam de gelozie și de ciudă. Nu era adevărat ce-mi spusese, refuzam să cred că e cu putință. Era un coșmar din care nu reușeam să ies și să mă întorc în realitate. Trebuia să aflu neapărat cine era bărbatul care o avea, dar, totodată, să am grijă ca Matei nu afle că Irina are un iubit. O asemenea veste l-ar fi scos din minți și m-ar fi stresat îngrozitor, făcând crize și presiuni asupra mea ca s-o aduc înapoi.

Mi-am imaginat că iubitul ei este vreun tip din Brașov și că în niciun caz nu se mutase în Germania, mai ales de când reluasem cu ea schimbul de mesaje în calitate de prieten imaginar și era clar că are același număr de telefon ca întotdeauna. Dar am avut șocul vieții mele când am aflat că tipul este din București și că îl mai și cunoșteam. Era, culmea, un fost coleg de facultate de-al lui Matei, așadar avocat, dar nu profesa nici el, ci avea o afacere proprie.

Și, pentru că lumea e mică – ba chiar, la un anumit nivel, este chiar minusculă –, surpriza a fost că i-am întâlnit pe amândoi la o nuntă în București, la care, din nefericire, a fost și Matei. Iar totul s-a transformat într-un adevărat dezastru, mai ales că n-a fost chip să-l conving pe Matei să nu facă vreo scenă acolo. Puțin i-a păsat de toți și de toate. S-a dus direct la masa lor și i-a spus foarte senin lui Alex că Irina este iubita lui.

Evident că fostul lui coleg era surprins: nu știa nimic despre trecutul Irinei alături de Matei. Am încercat să discut cu ea când a ieșit afară, dar a avut o atitudine foarte ostilă, rece și disprețuitoare, chiar trufașă. Ba mai mult, comportamentul ei m-a lăsat să înțeleg că trecutul alături de noi nu mai însemna nimic pentru ea, în afară de durere.

Ea și Alex nu au mai stat mult la nuntă, iar când au plecat, Matei a ieșit după ei și a avut o discuție scurtă, dar jignitoare, cu schimburi tăioase de replici, atât cu Irina, cât și cu Alex. Am intervenit și i-am oprit, altfel lucrurile ar fi degenerat, ceea ce nu era de dorit în public, mai ales acolo, unde ne cunoștea toată lumea.

Apoi am plecat spre casă și noi, nu mai aveam chef să rămânem la nuntă. Matei era prea afectat de ceea ce aflase.

– Cum naiba a ajuns să umble cu Alex? se frământa el și se învârtea prin living ca o fiară.

– Lumea e mică, ce te miri așa? am încercat eu să-l liniștesc, mai ales că nici nu conta cum au ajuns să se cunoască.

– Atât de mică? Nenorocita! Eu am menajat-o și i-am dat timp să se regăsească, iar ea umblă cu alții! spumega el, din ce în ce mai furios.

– Calmează-te, Matei.

– Cum să mă calmez?! Dacă tu ți-ai vedea iubita cu altul, ai putea să te calmezi?! a continuat el să urle.

– Are dreptate Matei, a spus Diana, deși nu o invitase nimeni să-și dea cu părerea.

– Robert, du-te și adu-o acasă. N-o pot lăsa cu ăla!

Era clar: se declanșase războiul. N-avea de gând nici să renunțe și nici să lase lucrurile să se așeze, reacționa iărași la primul imbold. Iar impulsul lui imposibil de stăvilit îi spunea să o aducă înapoi acasă pe Irina, chiar și de păr, împotriva voinței ei.

– Matei, poartă-te rațional. Rezolvăm, dar ai puțină răbdare, am încercat din nou să-l liniștesc și să calmez lucrurile.

– Dacă iubita ta era acum cu ăla, ai fi putut să fii rațional? Ai fi avut răbdare cu gândul că în noaptea asta face dragoste cu el? a strigat iar la mine, fără să înțeleagă nicidecum că-i voiam doar binele.

– Eu cred că în noaptea asta ăia doi se vor certa, a spus Diana încântată, spre totala mea uimire.

Cu greu l-am calmat atunci pe Matei – și am reușit doar după ce i-am promis că voi face orice ca s-o despart pe Irina de Alex.

– Fii atent aici. Fă orice, mi-a zis când am rămas singuri. Fără scrupule. Irina e a mea. E a noastră. Toți o iubim, nu o putem lăsa cu ăla. Locul ei e aici, îmi repeta încontinuu.

Abia așteptam să rămân puțin singur, să pot gândi în liniște. Diana adormise, Matei își îneca amarul într-un pahar de whisky, iar eu îmi plângeam soarta care mi-o luase pe Irina. Mai ales că înțelesesem prea bine că Alex era acela care o ceruse de soție și cu care avea de gând să se căsătorească. Deja aveam tot filmul în cap.

Norocul meu în acea noapte a fost că, după întâlnirea noastră neașteptată, Irina avea chef de povestit cu prietenul imaginar. Ocazie cu care am aflat câteva informații despre relația ei cu Alex. Și așa mi-am ținut și mintea ocupată, ca să nu o iau razna. Am întrebat-o dacă-l iubește și a urmat un șir lung de mesaje în care încerca să-mi explice – ori poate mai mult ca să-și explice ei – pe cine iubește. În concluzie, ne iubea pe toți: și pe Matei, și pe mine, și pe Alex.

„Nu te voi înțelege niciodată – cum poți iubi mai mulți bărbați în același timp. Cred că ești superficială...“ Nu m-am putut abține să nu fiu un pic răutăcios. Mă durea tot ceea ce-mi spunea despre alții.

„Eu, superficială? Ești tu limitat. Află că îl iubesc pe orice om cu care împart bucăți din viața mea. Așa sunt eu. Nu pot relaționa fără să iubesc, chiar dacă iubirea are câte o altă formă pentru fiecare“, mi-a răspuns ea, vizibil iritată de remarca mea.

„Aici vorbim despre bărbați, despre *iubirea aceea...*“, am încercat din nou să delimitez lucrurile, ca să înțeleg cum, pentru cine și ce fel de sentimente avea.

„Știu foarte bine despre ce vorbim. Da, pot iubi mai mulți bărbați, în același timp. Asta poate din cauză că nu îl am pe acela care să-mi umple inima... Care să facă să nu mai fie loc și de alții. Acum, lasă-mă! Mă judeci prostește. Află, idiotule, că te iubesc până și pe tine! Și nu te mai strădui să mă înțelegi...“, mi-a trântit ea un mesaj care ar fi trebuit să-mi așeze inima la loc.

I-am răspuns, dar nu mi-a mai scris. M-am dus la culcare, conștient că mă aștepta o zi foarte grea. Adormisem abia de câteva minute bune când am auzit telefonul sunând. Era Irina.

– Robert, Matei m-a luat de la Alex și mă duce undeva! Ajută-mă!

– Unde? Zi-mi exact ruta, i-am cerut înnebunit.

Mi se tăiaseră picioarele, habar nu aveam ce prostie făcuse fratele meu.

– De la Alex înainte, de pe strada principală în dreapta, apoi înainte. Apoi a intrat pe o stradă, parcă se numea Toboșarilor, și tot înainte, e un drum neasfaltat, sunt niște case..., striga Irina la telefon, încercând să-mi explice unde se află.

– Zi-mi adresa lui Alex! i-am spus, străduindu-mă să rămân calm și logic.

– Stai calm, Robert! Nu o omor! l-am auzit apoi pe Matei râzând nervos.

– Robert, te rog! a țipat iar Irina.

– Ce vezi acum? am întrebat-o cu voce liniștită.

– E beznă, e un câmp.

– Dă-mi-l pe Matei.

– Alo! am auzit vocea fratelui meu.

Părea cel puțin nebun.

– Matei, te rog, nu face vreo prostie! Jură-mi că nu te atingi de ea! am încercat eu să-l determin să-și vină în fire și să nu comită cine știe ce nebunie.

– Mda. Vezi-ți de treabă, m-a pus el la punct imediat, fără să fie interesat de nimic din ceea ce-i spuneam.

– Te rog! Ce ai de gând? Unde o duci? am insistat, sperând ca o să-mi și răspundă.

– O scutur puțin, atâta tot. Îi bag mințile în cap, a sosit răspunsul lui Matei, scurt și categoric.

– Dacă îi faci ceva, nu mă mai vezi în viața ta! Te rog, vino acasă!

Mă temeam de ceea ce putea să-i mai dea prin minte. Era complet scăpat de sub control, furia îi întunecase judecata.

– O aduc la Snagov, m-a liniștit el.

– Dă-mi-o pe Irina,

– Nu. Hai, mă lași?!

Mi-a închis apelul. Gândul că era băut și singur cu Irina mă îngrozea. Cum am putut crede că Matei se va culca liniștit, știind-o pe Irina cu Alex? Ce-o fi fost în mintea mea întunecată de durere? Cum putusem să uit ceea ce-i mai făcuse Matei în alte împrejurări, cum o lăsase singură și udă, în frig, noaptea, în pădure? Și oare cum aflase unde locuiește Alex? De la vreo cunoștință comună, dar de la care? Pe cine să sun în miez de noapte?

Eram agitat ca un leu în cușcă. Nu știam în ce parte să o apuc, cum să îi găsesc și cum să previn cine știe ce i-ar fi dat prin cap să-i facă Irinei. L-am sunat pe Cosmin, care mi-a promis că va afla adresa în câteva minute. L-am apelat iar pe Matei de câteva ori, dar nu mi-a răspuns, iar la un moment dat și-a închis telefonul. Am format și numărul Irinei, dar, după câteva încercări, și telefonul ei era închis.

Așteptam ca pe ace să mă sune înapoi Cosmin, însă a venit un apel neașteptat chiar de la Matei.

– Suntem în mașină. O duc la Alex, să-și ia lucrurile, și venim la Snagov, mi-a zis el cu o voce în care am ghicit că se mai potolise oarecum.

– Sigur? Irina e OK?

– Da.

– Vă aștept. Te rog, nu face vreo prostie, vino acasă!

– Bine. Pa, mi-a închis el gura și apelul.

Îmi era greu să cred că fusese totul atât de simplu și i-am așteptat cu sufletul la gură. Dar Matei s-a întors cum plecase, adică singur.

– Unde-i Irina?! m-am mirat eu.

– La Alex. Dar e o chestiune de ore. N-o va mai vrea, te asigur. Am avut eu grijă de asta, a afirmat el convins.

– De ce? Ce ai făcut? Irina e OK?

– E foarte OK. I-am dat chiar și o porție de sex, a zâmbit el triumfător, ca un dobitoc.

– Tu vorbești serios?

Îmi era teamă că lucrurile nu stăteau chiar așa cum încerca el să le prezinte.

– Da, mă. Ți se pare că glumesc?

Nu, chiar nu mi se părea deloc o glumă tâmpenia pe care cu siguranță o făcuse.

– Dar cum naiba ai ajuns acolo?

– M-am dus la poarta ăluia și i-am scris ei un mesaj că, dacă nu coboară în 60 de secunde, fac un circ monstruos, de trezesc tot cartierul. Și a coborât. În halat. I-am zis că vreau să vorbim puțin, iar când s-a urcat în mașină, am tăiat-o de acolo.

Și iar a zâmbit ca cineva care făcuse o mare vitejie.

– Și Alex?

– Habar n-am și nici nu-mi pasă. Dar după asta i-am dus-o plocon în casă și i-am spus că tocmai am făcut dragoste cu ea.

Matei era foarte încântat de aventura lui, iar eu îmi imaginam cu groază toată întâmplarea. Știam că Irina nu i s-ar fi dăruit de bună voie lui Matei și îmi doream cu tot sufletul ca el să nu o fi agresat.

Am sunat-o, dar avea telefonul închis. Matei a plecat la culcare, iar eu am coborât să verific și să fiu sigur dacă în mașină sunt urme ciudate, de sânge sau cine știe ce altă dovadă a violenței lui asupra Irinei. Pe bancheta din spate am găsit telefonul ei, pe care l-am luat și am intrat în casă. Nu am mai urcat în dormitor la Diana și, așezat „comod“ pe canapeaua din living de parcă stăteam pe ace, în noaptea aceea i-am citit toate mesajele. Bineînțeles că multe mistere au fost astfel dezlegate și am aflat tot ce mă interesa despre relația ei cu Alex. Orbit de gelozie pentru că era deja iubita altui bărbat, nici măcar n-am mai avut timp să-mi spun că ceea ce fac e mizerabil.

Am găsit și un schimb de mesaje între ea și Simona, care o întreba dacă nu cumva prietenul imaginar aș putea fi eu. Dar Irina a lămurit-o că nu aș avea cum, fiindcă prietenul imaginar a apărut în viața ei cu mult înainte să mă cunoască pe mine și că, de multe ori când a sunat-o, Robert se ivea în fața ei. Îmi aminteam că, de fiecare dată când făceam asta, era cu intenție, special ca să-i adorm orice bănuială, dacă ar fi avut vreuna. Ca să o derutez, o sunam, o ascultam câteva minute, apoi lăsam telefonul ascuns în camera mea, fără să-i închid apelul, ca ea să creadă că prietenul imaginar se află în continuare pe fir, iar eu mă duceam să vorbesc cu ea.

Și tot din mesajele dintre ea și Simona am aflat că nu fusese deloc în Germania. Ne mințise ca să ne țină la distanță și ca să-și poată vedea de viața ei, departe de noi. Furios, i-am șters toate mesajele primite de la Alex, de parcă puteam șterge și trecutul și sentimentele lor. Trebuia s-o scot din viața lui și mi-a trecut prin minte un plan diabolic, iar telefonul ei putea fi chiar cheia succesului ideii mele. Una urâtă, nu eram mândru de ea, dar, cum scopul scuză mijloacele, mi-am alungat imediat din minte orice scrupul care m-ar fi împiedicat să o recâștig și s-o aduc înapoi acasă. Am selectat câteva mesaje dintre Irina și prietenul imaginar, mesaje de care m-aș fi putut folosi în cazul în care aveam nevoie de argumente cu care să-l conving pe Alex să renunțe la Irina. Apoi am șters fără ezitare restul mesajelor care nu mi-ar fi fost de folos și care ar fi disculpat-o.

Dimineață, Matei l-a sunat pe Alex și l-a invitat la noi la birou. Să discute, vezi Doamne!

Alex a venit pe la prânz, iar noi l-am poftit în biroul lui Matei. Am încercat să fim ospitalieri și simpatici, dar Alex n-avea niciun chef de amabilitățile noastre false și ne-a spus să fim conciși, că se grăbește.

– Deci, ce vrei? De ce m-ai chemat? a început el, cât se poate de sec.

– Vreau să o îndrumi, ca să zic așa, pe Irina să plece de la tine, i-a zis Matei pe un ton sfătos, încă foarte calm.

– Şi de ce crezi tu că aş face asta? Doar pentru că tu nu poţi accepta că nu te mai vrea? a continuat Alex, la fel de calm.

– Azi-noapte nu părea că nu mă mai vrea, i-a rânjit în faţă, cu obrăznicie, fratele meu.

– Matei...

– Nu te amesteca, Robert. Alex, pe scurt: Irina mă iubeşte. Dacă nu mă iubea, nu o mai voiam. Tu nu eşti decât un refugiu şi o marionetă de care se foloseşte ca să se răzbune pe mine, a încercat el să-l manipuleze.

– Tu crezi că toată lumea are preocupări haiduceşti, ca tine, Matei?

– Nu ştiu. Dar te anunţ că nu voi renunţa la ea.

– De ce nu o laşi pe ea să aleagă? a întrebat Alex, logic şi firesc.

– Pentru că e imatură şi însetată de răzbunare şi nu am chef de jocurile ei, l-a lămurit Matei, vorbind iarăşi scurt şi cuprinzător.

– Cred că ar trebui să înfrunţi realitatea şi să accepţi că ai pierdut-o.

– Nu am pierdut-o. Eu nu pierd niciodată.

– Te credeam bărbat, Matei.

– Întreab-o pe Irina cât sunt de bărbat, s-a împăunat iar ofensator fratele meu.

– Nu este nevoie, mi-a povestit. Eşti atât de bărbat, încât nu eşti capabil să cucereşti o femeie, ci apelezi la forţă.

Dacă nu l-aş fi urât pe Alex pentru că mi-o luase pe Irina, l-aş fi admirat pentru demnitate şi bărbăţie. Avea caracter.

– Irina minte. Nu am forţat-o.

– Mai ai ceva de spus? Fiindcă mă grăbesc. Nu toţi au timp de prostii, ca tine.

– Vreau doar să ştii că eu nu voi renunţa la ea, a adăugat Matei, categoric.

– De parcă ar fi alegerea ta sau a mea. Ea va alege. La revedere.

A ieşit din birou şi a închis uşa în urma lui.

– Dacă nu mi-o aduci azi acasă, nu știu ce voi fi în stare să fac, mi-a spus Matei după plecarea lui Alex, azvârlind cana de cafea de pe birou înspre ușă.

Fierbea de nervi. Da, fratele meu chiar nu știa să piardă. Poate pentru că niciodată nu se întâmplase asta și nu cunoscuse gustul înfrângerii până la povestea cu Irina.

Doamne, nu se mai termina odată coșmarul ăsta?

Trebuia să-i pun eu punct. De data asta, Irina ajunsese prea departe: cum să se căsătorească?! Și mai ales cu un bărbat pe care, peste toate, eram sigur că nici măcar nu-l iubește.

Ca să o despart pe Irina de el, hotărâsem chiar cu o noapte înainte că voi renunța la orice principiu. Așa că m-am dus în seara aceea la Alex, ca să-i duc Irinei telefonul mobil, dar și ca să pun în aplicare planul urât pe care-l gândisem în detaliu și care – eram aproape convins – nu ar fi dat greș. Asta în cazul în care nu se întorcea la Snagov de bunăvoie.

Când am ajuns la adresă, logodnicul ei – odios îmi era gândul acesta, dar cum să nu-l numesc așa dacă o ceruse cu inel? – m-a invitat în sufragerie, unde era și Irina, care părea speriată și deranjată de prezența mea. Mi-am început discursul apelând la tehnici de manipulare ușoare și i-am spus lui Alex că Irina are probleme de sănătate pe care le neglijează și că noi trebuie să avem grijă de ea. Dar el, impasibil, m-a liniștit imediat, spunându-mi că se va asigura că Irina va face tot ce este necesar pentru sănătatea ei și, din punctul ăsta de vedere, să nu-mi fac eu probleme. Apoi a urmat un dialog în care i-am spus lui Alex că Irina îl iubește pe Matei și că este doar confuză și caută un refugiu. Dar Irina, furibundă, mă contrazicea și îmi repeta întruna că va rămâne cu Alex și că se va căsători cu el.

Atunci am apelat la armele grele cu care venisem pregătit și, chiar dacă nu eram deloc mândru de mine și de adevărurile trunchiate pe care aveam să i le livrez, i-am citit lui Alex schimbul de mesaje dintre Irina și prietenul imaginar. Irina, șocată, s-a ridicat și a încercat să-mi ia telefonul, dar Alex, cu siguranță curios să afle ce voiam să-i spun și ce credea că îi ascunde

Irina, a oprit-o. Reuşisem să-i zdruncin încrederea în ea, manipularea mea triumfase. Cel puţin în acel moment, Alex cam juca după cum îi cântam eu.

– Să vedem, am spus liniştit. Prietenul imaginar a întrebat-o pe Irina dacă te iubeşte. Iar ea i-a spus aşa, citez: „Îl iubesc, dar nu cu toată inima. Nu aşa cum ştiu că pot iubi.“ Apoi un alt mesaj de la prietenul imaginar, care o întreabă: „Îl mai iubeşti pe fostul, nu?“ Iar Irina răspunde: „Da. Nu cred că îl voi putea uita vreodată. Cred că nu voi scăpa niciodată de el şi de aceea nu voi putea iubi pe nimeni cu adevărat.“

Irina mă privea cu o dezamăgire cum nu mai văzusem până atunci în ochii ei. Însă ştiam că e doar începutul şi că aveam să o dezamăgesc şi mai tare de îndată ce aş fi continuat cu planul mârşav pe care-l aveam. Asul meu din mânecă era construit tot pe baza unor mesaje pe care i le trimisese prietenului imaginar, căruia îi povestise amuzată că Alex a crezut că ea este damă de companie când s-au cunoscut. Şi tot astfel aflasem că actualul ei iubit făcuse această regretabilă confuzie doar pentru că o cunoscuse printr-o fată care se vindea pentru bani, o prietenă a unui amic dintre ai lui pe care Irina o cunoştea pur întâmplător. Alex a asociat-o pe Irina cu acea fată şi, gata, eroarea lui de judecată fusese făcută, jignind-o pe Irina îngrozitor când îi oferise bani pentru prima lor noapte de dragoste. Ca un mizerabil orbit de scopul său, am şters acele mesaje, pentru ca Irina să nu poată dovedi că aşa aflasem de confuzia pe care o făcuse Alex.

Irina plângea de nervi în timp ce-i citeam lui Alex mesajele în care ea îi povestea unui necunoscut că îl iubeşte şi nu prea. Şi mă privea cu ură. Fără să ştie că mârşăvia cea mai mare nici nu se întâmplase încă...

Am avut un schimb de replici dure, m-a insultat şi ne-am certat până când Alex ne-a întrerupt, iritat şi vizibil rănit.

– Gata, Irina! Gata, Robert! Ajunge! E prea mult. Nu mă mai interesează nimic. Mulţumesc că m-ai avertizat, Robert.

– Pot să te întreb ce ai de gând? l-am întrebat, ridicându-mă și sperând că o va alunga și că nu voi fi nevoit să trec la ultima soluție și cea mai odioasă dintre ele.

– Va alege ea. Nu pot face nimic. Ea alege...

– Iar eu te aleg pe tine, Alex! a spus Irina, ridicându-se și îmbrățișându-l.

Asta a pus capac la tot și am văzut negru înaintea ochilor. Dacă tot îmi aruncase în față că sunt o javră și un om josnic, atunci chiar venise momentul să fiu! Nu puteam să o pierd, trebuia să o recâștig – chiar dacă pentru Matei – cu orice preț. Chiar cu prețul urii ei.

– Bine, Irina. Tu ai vrut-o, am spus liniștit, ca un om împăcat cu decizia de a se sinucide. Alex, mai e ceva ce ar trebui să știi.

– Ce naiba ar putea să mai fie? a întrebat Alex, plictisit de toată situația aceea nebună și obositoare.

– Știai că Irina a fost înainte prostituată?

Cuvintele mele au căzut în mijlocul lor cu puterea unei bombe atomice. Irina a înmărmurit, amuțită.

– Poftim? a reușit să întrebe Alex, luându-și mâinile de pe ea, de parcă atingerea aceea, iubitoare până atunci, l-ar fi ars ca o flacără.

– Nu știai, nu? Pe Aura o cunoști? Colega ei de serviciu…, am zâmbit eu, malițios și triumfător.

– Da, o știu, dar...

– Alex, te credeam băiat mai isteț... Dar văd că nu ești, am continuat eu să pun tirul pe el, simțindu-mă stăpân pe situație, fiindcă tocmai le aplicasem lovitura de grație. Desigur că Irina, cu talentul ei actoricesc demn de Oscar, te va îmbârliga acum..., am conchis filosofic, ca unul care le văzuse deja pe toate și-i cunoștea „logodnicei“ tot arsenalul de seducție din dotare.

Irina, tremurând, a luat telefonul mobil lăsat de Alex pe fotoliu și a început să caute febril și înnebunită printre mesaje, dar și-a dat seama imediat că ștersesem tot ceea putea să o disculpe. Brațele i-au căzut pe lângă corp inerte. Înțelesese abia acum amenințările și tot jocul meu murdar. Telefonul i-a alunecat printre degete și s-a izbit cu un zgomot sec de podea.

– Alex, spune-mi că nu-l crezi, a mai reușit ea să îngaime cu voce pierită, în stare de șoc.

– Tu ce ai crede în locul meu? o privea el scrutător, parcă încercând să afle adevărul doar privind-o.

– Vă doresc o seară plăcută. Sună-mă când vrei să te iau la Snagov, am încheiat eu discuția senin, hotărât să mă retrag.

Puteam acum să-i las să-și scoată ochii unul altuia, să urle, să țipe, să se certe ca nebunii. Nu eram mândru de mine deloc, dar reușisem, scopul meu era atins. Simțeam asta.

I-am întins mâna lui Alex, dar el nu a vrut să dea noroc cu mine. Nu m-am mirat deloc, o meritam. Trebuia să-mi recunosc, cu gelozie, că Alex era un bărbat demn.

– Auzi, Robert? Matei își dorește o prostituată în viața lui? a întrebat Alex în urma mea, cu o licărire de speranță în ochi.

– Da, vrea. Inima nu întreabă de cine te îndrăgostești. Iar când iubești, speri că îi vei îndrepta defectele celuilalt. I le acoperi, le uiți..., i-am răspuns eu hotărât.

Aveam răspunsurile pregătite.

– De ce o iubește tocmai pe ea?

– Ar trebui să știi deja asta. O seară plăcută!

Am ieșit pe ușă convins că planul meu diabolic reușise. Mă detestam și nu înțelegeam cum ajunsesem să decad într-atât încât să mă pretez la cele mai abjecte minciuni, la cele mai ticăloase tactici. Îmi era silă de mine.

Dar știam și că, dacă nu aș fi iubit-o atât de mult, n-aș fi făcut pentru nimic în lume așa ceva, mai ales fiindcă Alex chiar era un bărbat de nota zece, potrivit pentru ea, un om lângă care Irina putea să aibă o viață frumoasă. Nu știu dacă neapărat și fericită, din moment ce nu-l iubea cu toată ființa, cum chiar ea îi spusese prietenului imaginar. Iar eu, nenorocitul de mine, deși o adoram ca pe nicio altă ființă de pe pământ, îi făceam atât rău!

Îmi era imposibil să-mi înțeleg rațiunea și pornirile atât de grosolane și de netrebnice. Și, nu, nu mă puteam minți că făceam totul numai pentru că eram împins de Matei. Știam că o fac pentru mine. Nu voiam ca Irina să fie cu alt bărbat. Nu suportam asta. Punct.

L-am sunat pe Matei și i-am spus că e doar o chestiune de timp până când Irina va pleca de la Alex, eram foarte sigur că schema îmi reușise. Voiam în același timp să mă asigur și că nu o va mai hărțui, că nu-i va mai face rău și că va avea răbdare.

În seara următoare, i-am trimis un mesaj de pe telefonul prietenului imaginar, ca să aflu ce mai face. Eram îngrijorat. Mi-a scris că e tristă și că este un mare haos în viața ei. Se afla deja la Brașov. Așadar, Alex, alt dobitoc care habar nu avea cine e iubita lui și ce fel de om este, mușcase momeala mea otrăvită.

Am fost cât se poate de bun cu ea și mai ales i-am propus să o sun pe telefonul fix, ca să-mi povestească totul, să se elibereze cumva de apăsătoarele ei poveri, asigurând-o că eu îi voi răspunde în scris prin mesaje pe telefonul mobil. Mi-a vorbit despre Alex, mi-a povestit tot ce făcuse Matei și cum „nenorocitul de Robert“ – pe care-l ura de moarte – a pus la cale un plan necurat, de-a dreptul infernal, ca s-o despartă de Alex.

– Știi ce mă doare cel mai tare? mi-a zis ea cu vocea sugrumată de lacrimi. Nu că l-am pierdut pe Alex, nu umilința și răul fizic la care m-a supus Matei, nu tot circul acesta dezgustător, ci faptul că l-am pierdut pe Robert. Robert al meu, pe care îl adoram, pe care îl divinizam și în care aveam atâta încredere, nu mai există. Și nu-ți pot spune câtă nevoie aveam de acel Robert în viața mea! El era tot ce aveam mai frumos, era pacea mea, era alinarea mea, era certitudinea mea că în lume există oameni minunați.

Eram învins. Bătut cu propriile arme.

În loc să o despart de Alex, nu făcusem altceva decât să mă alung singur din inima ei. Poate chiar pierdusem iubirea ei, aceea profundă și unică, despre care prietenului imaginar nu-i spusese nimic. Și pe care nu mi-o mărturisise nici mie, deși simțeam că o am.

Irina plângea și suspina de mi se rupea sufletul. A făcut o pauză, apoi a continuat:

– Robert era forța mea. Știam că, orice se va întâmpla, oriunde aș fi fost în lumea asta, el nu m-ar fi lăsat singură, m-ar fi protejat și nu m-ar fi rănit, pentru nimic în lume. Dar, de fapt, acel Robert nu există, a fost doar o iluzie, o făcătură fantezistă a minții mele.

„Și totuși a existat", i-am scris printre lacrimi.

Durea, dureau ca naiba cuvintele ei.

– Da, a existat. Și există încă în amintirile mele, dar nu și în sufletul meu. S-a smuls de acolo. Sper să-i fie bine în viață.

„Spuneai că te iubește, poate că a făcut totul din dragoste..."

– Din dragoste? Din dragoste nu facem rău. Tocmai dragostea ne împiedică să fim egoiști și ne ajută să punem binele celuilalt mai presus de dorințele noastre.

Știam că, teoretic, avea dreptate, dar iată că pe mine iubirea pentru ea mă transformase într-un monstru. Fiindcă asta devenisem, altfel cum am putut să-i fac atât de mult rău doar ca să-mi fie mie bine și să o știu aproape?

Vocea ei părea obosită și stinsă. A adormit în scurt timp, iar eu am plecat spre Brașov. Trebuia să merg la ea, să nu o las singură în toată nebunia în care-i transformasem viața. Tot drumul m-am frământat încercând să găsesc răspunsuri la întrebările care dădeau năvală în mintea mea. Nu știam ce mai era bine și ce nu. Știam doar că, dacă era aproape de mine, puteam să am grijă de ea, iar eu respiram liniștit. Egoismul meu atinsese cote alarmante și nici măcar bănuite de mine până atunci.

Am ajuns după miezul nopții și am intrat tiptil în casă. Aveam o copie a cheii de la încuietoarea de sus, pe care o folosea mereu atunci când era înăuntru. Am găsit-o dormind adânc, purtând pe chipul ei frumos urmele zbuciumului sufletesc, chiar și în somn. M-am așezat pe marginea patului și am mângâiat-o ușor pe mână până s-a trezit. Aveam atât de multă nevoie de căldura ei, de privirea ei plină de iubire! Poate ca să-mi recapăt omenia și noblețea, pe care nici eu nu mai știam pe unde le rătăcisem...

Dar, așa cum era firesc și cum meritam, am avut parte doar de răceală și dispreț. Pe bună dreptate, Irina mi-a reproșat tot ceea ce făcusem și mi-a arătat ce ajunsesem ca om. De parcă eu nu eram conștient... Aș fi vrut să mai stau cu ea, de asta venisem plin de speranță, dar m-a gonit. Și nu puteam să nu-i dau dreptate. Îmi anulasem singur orice șansă de a rămâne măcar un biet slujitor al fericirii ei.

Matei nu știa că am vizitat-o la Brașov. I-am spus doar că Irina plecase de la Alex.

– Ești sigur că s-a terminat totul între ei? m-a întrebat el, neîncrezător.

– Da.

Și încă ce sigur eram! Nu-i povestisem despre planul mizerabil cu care l-am convins pe Alex că Irina este altfel decât și-a proiectat el în minte că ar fi. Prin urmare, Matei nu era lămurit că reușisem să-i despart definitiv. Așa că, mai mult ca să fie sigur că va izbândi, a gândit un plan de rezervă, pueril și nedemn pentru niște oameni normali. Da, bine... oare eu mai eram normal?...

Nu l-am putut convinge să renunțe. I-a înscenat Irinei o porcărie de situație, adică să o găsească Alex în patul lui Matei.

– Haide, nu ești tu fratele meu? Cine să mă ajute? Vrei să mor cu zile până când o aduc înapoi acasă? Vezi și tu cât sunt de singur și de nefericit. Știi bine că Irina mă ajută să fiu bun, îmi dă echilibru, am nevoie de ea ca de aer. Ca să nu mai spun câtă nevoie are Cesara de ea. Ba chiar și tu – nu era ea prietena ta cea mai bună, cu care te împungeai și te tachinai mereu? Vreau să fim o familie frumoasă, să fie ca la început.

– E ultima murdărie pe care o mai fac pentru tine, i-am retezat-o scurt lui Matei, care a ridicat din umeri nedumerit, fără să înțeleagă ce mă apucase.

În planul lui, sarcina mea era să o aduc pe Irina la vila din Poiană. Ea îi spusese prietenului imaginar, care o ajutase în toată perioada asta dementă fiindu-i alături, că va ieși în centrul orașului să facă niște cumpărături. Iar eu i-am apărut în cale dintr-odată.

– M-ai urmărit, nu-i așa? Nu e o pură coincidență...

– Sincer? Da, te-am urmărit, am recunoscut eu.

– Băi, nu crezi că ar trebui să mergi la un psiholog?

– Hai să vorbim, te rog...

Am încercat să-i argumentez pentru ce o urmărisem și s-o conving să mă însoțească la vila din Poiană.

– Are vreun rost?

– Da. Trebuie să lămurim totul și să găsim o soluție ca să scăpăm toți de coșmarul ăsta interminabil.

A acceptat, crezând probabil că regret tot ceea ce-i făcusem și că vreau să îndrept lucrurile. Abia când am ajuns la vilă și l-a văzut pe Matei a înțeles că îi întinsesem din nou o capcană.

– Ce fraieră sunt! Cum de nu m-am gândit? a spus, râzând nervos.

O dezamăgisem din nou. Probabil că se întreba cum de a putut să fie atât de prostuță și să se mai încreadă în mine.

– Mai ai și tu scăpările tale. Chiar și cu IQ-ul ăla uriaș..., i-am răspuns.

– Fii atent la mine. Asta e ultima carte pe care ai jucat-o, m-a amenințat ea.

– Atunci o să profit de ea, ca să câștig.

Nu eram mândru de mine, absolut deloc, dar îmi promisesem și mie, nu numai lui Matei, că e ultima ticăloșie pe care o fac pentru el. Trebuia doar să mă mai și țin de cuvânt.

– Ce faci, iubita mea? Ce surpriză frumoasă! i-a spus Matei, venind către ea cu un aer nonșalant.

– Hai, sictir! l-a ocărât Irina cu sinceritate.

– Nu mă pupi? Uf, ce tremurăm... Haide, că nu te taie nimeni. Am vrut doar să stăm puțin de vorbă, s-a gudurat el pe lângă ea, mieros tot, dar în același timp și ironic.

– Apoi mă tranşaţi şi mă îngropaţi în grădină? l-a completat Irina, cu năduf.

Ne-am aşezat în living şi am aşteptat ca Matei să-şi susţină pledoaria pregătită special pentru acest moment, cu care spera să o convingă pe Irina că o iubeşte. Dar discuţia a degenerat, cum era de aşteptat, şi ea nu părea dispusă să-i dea nicio şansă ca să se justifice sau ca s-o convingă să se întoarcă la el. Susţinea întruna că-l iubeşte pe Alex şi că va fi cu el, isterizându-l pe Matei, a cărui limită de suportabilitate nu era oricum prea elastică. Iar când el i-a spus că nimic nu-l va convinge să renunţe la ea, Irina a apelat la o motivaţie cu care a crezut că-l va determina pe Matei să nu o mai vrea.

– OK. O să-ţi spun adevărul, Matei. Am plecat de la tine pentru că mă îndrăgostisem de Robert, i-a trântit-o ea drept în obraz, sperând Dumnezeu ştie la ce din partea lui.

Eu eram uluit de curajul ei, dar, în acelaşi timp, ştiam că Matei, care credea orbeşte în mine, nu s-ar fi bizuit niciodată pe o astfel de explicaţie tembelă.

– De Robert? a zâmbit el.

Apoi a început să râdă şi o privea ca pe un copil mincinos şi ghiduş, de parcă iarăşi s-ar fi urcat cu farfuria cu slană şi ceapă în pat, între mine şi fosta mea iubită, Alexandra, numai ca să ne scoată din răbdări. Cu alte cuvinte, bună poanta, dar nu ţine.

– De ce râzi? l-a întrebat ea furioasă.

Nu se aştepta ca el să nu o ia în serios.

– Eşti simpatică foc! Dar parcă erai mai isteaţă. Chiar nu te mai duce mintea aia să inventezi ceva mai credibil?

– *Nu* e invenţie!

Şi l-a subliniat pe „Nu“ cu toată convingerea.

– Bine, cum spui tu. La naiba, de doi ani aştept să mai creşti, ca să scapi de copilăriile astea!

– Vorbesc serios, idiotule!

– Te admir pentru mintea ta dibace, dar nu mă subestima. Irina, nu te mai juca aşa cu mine...

Evident că Matei nu credea o iotă din ce spunea ea. Nu o cunoştea cu adevărat, nu ştia când vorbeşte serios, când glumeşte, când le spune lucrurilor pe nume. Ăsta era adevărul.

Apoi, pentru prima oară de când îmi aminteam eu, plin de amabilitate, Matei i-a pregătit un ceai Irinei, iar ea l-a băut mai mult de nervi decât pentru că avea chef să ia ceaiul în compania lui. Sau a noastră, că eram și eu acolo.

– Iubita, hai să lăsăm tot ce a fost și să revenim la normal, bine? s-a îmblânzit brusc Matei. Eu te iubesc și vreau să fim fericiți. M-am săturat de tot circul ăsta ieftin. Te-am înțeles, te-am aşteptat, am făcut compromisuri crezând că ai nevoie de o pauză, dar gata! Nu mai am răbdare să alerg după tine și să te scot din toate prostiile în care te arunci orbește.

– Nu pot fi fericită lângă tine. Nu înțelegi?! a strigat Irina la el, fără să mai reuşească să găsească alte argumente cu care să-l determine să o lase în plata Domnului.

– De ce? Din cauza lui Robert? Îl împușcăm, a hohotit el, încă amuzat de ideea că Irina m-ar putea iubi.

Lucru care a enervat-o la culme pe Irina, care-şi pierduse răbdarea. Au continuat să vorbească aiurea şi în contradictoriu, iar mie îmi era din ce în ce mai ciudă că Matei nu ştie cum să o abordeze. După atât timp alături de ea, chiar nu avea habar cine este femeia pe care, altfel, dorea să o țină cu forța în viața lui.

Numai că la un moment dat am observat că Irina se moleşise, părea ameţită şi nesigură pe ea. A dat să se ridice de pe canapea, dar s-a aşezat imediat înapoi, ca să nu se prăbuşească pe podea.

M-am dus speriat lângă ea şi mi-am dat seama că abia îşi putea ține ochii deschişi.

– Se poartă ciudat, i-am spus îngrijorat lui Matei.

– Las-o că e OK, s-a uitat el la mine senin.

– Ba nu e! Are ceva. Ce dracu' ai făcut, Matei? Băi, eşti nebun? I-ai pus ceva în ceai? Zi-mi! Ai făcut asta?

Credeam că-mi pierd mințile! Fratele meu deraiase grav, ajunsese să-i pună sănătatea în pericol!

– Ssst, taci, că e OK, mi-a șoptit el, ca și cum n-ar fi dorit să-i alunge somnul Irinei.

– Cum dracu' să fie OK?! A adormit instantaneu. Ce naiba i-ai dat? Băi, ești cretin? Are probleme cu inima, ce naiba i-ai dat? am țipat iar la el, disperat.

– Ceva lejer, nu te mai agita atât. Știu ce fac...

Să-i pună în ceai ceva care s-o adoarmă nu făcea parte din planul pe care-l știam eu! Dar faptul era deja consumat și nu mai puteam face nimic: Irina adormise. Abia atunci am înțeles că fratele meu nu plănuise doar să o găsească Alex la vila noastră, ci era musai să o găsească într-o postură compromițătoare. Și, cum nu avea nicio șansă să ajungă în pat cu Irina, a adormit-o și i-a înscenat totul. Și trebuie să recunosc că, oricât a fost de mizerabil, planul i-a reușit perfect – nu ca al meu, care dăduse greș, evident, din moment ce Alex o căuta în continuare și nu rupsese relația cu ea.

În schimb, acum, cu o Irina goală în pat lângă Matei, Alex a fost convins că ea nu este femeia care pretinde că ar fi și nu a mai vrut-o în viața lui.

A fost prea târziu când Irina a descoperit planul lui Matei, la care am fost și eu coautor, fără voie. A înțeles că pierduse totul și că nu mai avea sens să lupte ca să-l convingă pe Alex. În plus, nici nu era convinsă că Matei poate fi oprit. Și numai Cel de Sus avea cum să știe ce blestemăție îi mai putea făta mintea lui Matei.

– Acum, că am eliminat cauza principală a separării noastre, te rog să-ți iei catrafusele și să te muți la Snagov. Ți-a ajuns vacanța plină de aventuri, i-a comunicat el foarte scurt și cuprinzător.

– S-o crezi tu că vin la Snagov, a continuat ea să se împotrivească.

– Ba vei veni, iubita mea. Sau vrei să continuăm cu prostiile? Eu m-aş opri, am treburi importante, nu să joc în telenovelele tale.

Exact cum bănuisem şi eu, Matei era atât de nebun, că cine ştie de ce-ar mai fi fost în stare ca să o aducă înapoi...

– Ce ai mai putea să faci? L-ai îndepărtat pe Alex, a adăugat ea cu tristeţe.

– Aş putea să fac multe. Dar tu eşti o fată minunată şi nu vrei să sufere cei pe care-i iubeşti, nu-i aşa? a zâmbit ameninţător Matei.

Mă înspăimânta şi pe mine. Parcă nu-l mai recunoşteam pe omul alături de care crescusem şi pe care-l numeam „frate". Şi, spre surprinderea mea, pentru prima oară am văzut o Irina resemnată şi neputincioasă. Renunţase, cel puţin pentru moment, să mai lupte. Deşi eram convins că punea la cale un plan de răzbunare, că va fugi în lume, în noaptea aceea Matei a convins-o să se întoarcă la noi. A plâns, a implorat-o, şi-a justificat comportamentul nebun cu dragostea neţărmurită pentru ea şi a apelat la cea mai sensibilă parte a Irinei: sentimentele ei unice pentru Cesara.

Când am văzut-o mutată din nou la Snagov, m-am liniştit. Însă ştiam că mă bucur doar de calmul dinaintea furtunii, asta dacă în Irina nu murise tot ce avea ea mai de preţ: dreptatea şi dorinţa de a fi fericită. Matei, şmecher şi înţelept în acelaşi timp, i-a cerut şi Simonei să se mute la noi, conştient că Irina avea nevoie de o prietenă aproape şi că, având-o alături, se va simţi în siguranţă. Şi poate că i-ar fi venit mai greu să-şi dorească să plece iar dacă cineva în care credea cu tot sufletul că e de partea ei ar fi fost mereu lângă ea.

O studiam foarte atent la fiecare mişcare şi am observat imediat că Irina era foarte schimbată. Toate experienţele trăite în ultima perioadă o maturizaseră. Era obosită, palidă şi nu mai vedeam la ea strălucirea şi voioşia fetiţei fericite de odinioară, de la începuturi. Se vedea şi cât de mult îi lipsise Cesara, fiindcă nu se mai putea dezlipi de ea, spre deosebire de Diana, care doar o alinta puțin când o vedea, dar nu se implica deloc în creșterea ei și nu-i păsa în niciun fel de copil, de parcă n-ar fi existat în casă.

Întoarcerea Irinei a schimbat atmosfera din căminul nostru, pe undeva în bine, chiar dacă aerul acela de veselie și lipsă de griji de altădată dispăruse ca un fum. Eram din nou o familie, e adevărat, mâncam împreună micul dejun și cina, iar serile le petreceam uitându-ne la filme, jucând tot felul de jocuri și povestind. Dar... ceva se schimbase. Ceva esențial.

Iar față de mine, totul era diferit. Mă confruntam cu o Irina foarte distantă și rece ca o stâncă. Am căutat cu disperare o dovadă de iubire în ochii ei, dar nu am mai găsit nici măcar umbra a ceea ce descoperisem cândva în adâncul lor. Eu gravitam numai în jurul ei, ca un satelit năuc care sărise de pe ax și rătăcise direcția, dar ea parcă nici nu mă vedea. Cred că, dacă aș fi dispărut complet din casă, nici nu mi-ar fi observat lipsa, atât de neînsemnat eram acum pentru ea.

După întoarcerea ei la Snagov, am crezut că totul fusese lăsat în urmă, că Irina renunțase la Alex după înscenarea pusă la cale de Matei în casa noastră din Poiana Brașov. Dar s-a mai întâlnit cu el de câteva ori. Știam toate astea din jurnalul ei, pe care încă reușeam să-l subtilizez din când în când, ca să-i citesc cele mai intime trăiri și să aflu ca un mișel – dar unul îndrăgostit la nebunie – ce ascunde în suflet. Din rândurile ei am înțeles că voia doar să-l împace și să-l ajute să treacă mai ușor peste despărțirea lor, pentru care se învinovățea foarte mult; deci nu voia neapărat să mai fie împreună.

Într-o zi, nenorocul a făcut ca Matei să afle de una dintre întâlnirile lor și m-a rugat să stau cu ochii pe ea, să nu-l mai las pe Alex să se apropie, să le zădărnicim planurile de a se mai vedea. Dar, cum nu o puteam păzi nonstop – deși mi-aș fi dorit! –, ea s-a dus la fostul ei logodnic într-o zi când eu și Matei ne aflam la birou și nici măcar nu s-a sinchisit să se întoarcă la Snagov înainte să ajungem noi. Am sunat-o, dar își închisese telefonul, apoi, bănuind unde e, l-am apelat direct pe Alex. Abia după miezul nopții, când, furios, Matei își ieșise complet din minți, m-am dus după ea.

Am găsit-o acasă la Alex, plânsă și într-o stare jalnică. Părea distrusă. Probabil că-l iubea pe Alex sau pesemne că în sufletul ei doar se simțea vinovată că i-a produs o suferință nemeritată. Ori poate că era nefericită la Snagov, lângă Matei și, cumva, lângă mine, pentru că și eu locuiam acolo și făceam parte din existența ei. Sau, cine știe?, chiar toate la un loc o făceau să se simtă atât de mizerabil. Și asta era explicabil... Viața ei, din cauza noastră, a tuturor, devenise de prea multă vreme un haos emoțional total și, evident, se transformase încet și sigur într-un coșmar.

Când am plecat de la Alex împreună cu ea, Irina l-a asigurat că va mai trece să-l vadă. Știam însă că asta nu se va mai întâmpla – și eu, și Matei aveam de gând să luăm măsuri drastice ca să-i împiedicăm să se mai întâlnească. Era prea mult, iar nebunia asta a ei, conform convingerilor lui Matei, nu mai putea fi tolerată. Devenise obligatoriu să fim stricți și să o controlăm cu mai mare atenție. Iar eu, gelos și înnebunit de lipsa ei, eram de acord cu el, numai să o știu acasă, în siguranță. Oarecum lângă mine.

În mașină, în drum spre casă, Irina a fost foarte tăcută. Aș fi dat orice să intru în mintea ei cu aceeași ușurință cu care aveam pe vremuri acces la gândurile-i de taină și, astfel, să aflu ce vrea și ce i se întâmplă, adică tot ceea ce acum trecea sub tăcere, într-o liniște care o consuma și-i distrugea pacea. La un moment dat, mi-a cerut să opresc și m-a întrebat dacă am bani cash la mine. I-am întins portofelul, iar ea a luat întreaga sumă pe care a găsit-o, a coborât și s-a dus lângă un om care mătura strada. A avut o conversație scurtă cu el, apoi i-a întins toți banii, o cifră considerabilă, deloc de neglijat – probabil câteva salarii de-ale bărbatului, un vârstnic care trăgea un tomberon plin după el. Măturătorul era uluit. În privirea cu care o urmărea îndreptându-se spre mașină îi citeam stupoarea, dar și bucuria; își imagina probabil că binefăcătoarea lui este o fată foarte bogată, dar în același timp și bună la suflet, impresionată că-l vede muncind noaptea, la anii lui.

– Să știi că nu am de gând să-ți dau banii ăia înapoi, mi-a spus încet, dar țâfnoasă.

– Nici nu trebuie să mi-i dai. Irina, zi-mi și mie, ce vrei de fapt? Unde vrei să ajungi cu atitudinea asta distructivă? Speri că așa îl vei îndepărta pe Matei? am încercat, pentru a nu știu câta oară de la întoarcerea ei, să înțeleg ce se petrece cu ea.

– Nu mai sper nimic. Nu mă mai interesează nimic. Mă crezi? a șoptit ea, dintr-odată abătută, fără niciun pic de agresivitate.

– Trebuie să ieși din starea asta.

– Trebuie să mă lași în pace, a mai murmurat ea.

– Nu pot. Văd cum te distrugi și cum îi distrugi și pe alții, am certat-o eu cu blândețe, sperând să o fac să-și vină în fire.

– Pe Matei? N-a vrut-o el? Nu el și-a luat beleaua în casă? mi-a spus cu amărăciune, aducându-mi astfel aminte că nu-și dorise deloc să se întoarcă la Matei, în caz că uitasem.

– Te iubește și tu îl înșeli! Zău așa, cum îl poți înșela?

– Nu îl înșel. Deloc, a declarat ea categoric.

– Cum nu? Vrei să spui că nu te-ai culcat azi cu Alex? am adăugat, cu nădejdea că voi primi răspunsul pe care mi-l doream: că nu, nu făcuse dragoste cu el.

– Și dacă aș fi făcut-o, nu l-aș fi înșelat pe Matei.

– Cum nu? am repetat, nedumerit.

Chiar nu înțelegeam ce vrea să spună.

– Ești atât de prost! Vrei adevărul? Află că pe tine te-aș fi înșelat! Pe tine! De fiecare dată când alt bărbat m-a atins, eu pe tine te-am înșelat! mi-a aruncat brusc și cu furie în obraz adevărul ei, unul atât de nesperat pentru mine, netrebnicul care se folosise de cele mai murdare tactici pentru a o avea din nou aproape...

Irina mă iubea? Mă mai iubea?!

Afirmația ei, rostită cu atâta sinceritate și durere, m-a lovit ca un trăsnet. Am oprit mașina și am îmbrățișat-o. Mă hrăneam cu astfel de bucurii, erau tot ce aveam, din ele îmi luam forța de a merge înainte. Trebuia să o împac, să îi arăt că o iubesc la fel, chiar și atunci când purtarea ei mă rănește și mă dezamăgește. Până la urmă, știa și ea cum este: mă iubea, deși comportamentul meu lăsase atât de mult de dorit. Mă iubea chiar și atunci când meritam cel mai puțin.

Matei îmi promisese că nu se va certa cu ea și, spre uimirea mea, s-a ținut de cuvânt. Dar escapada Irinei l-a făcut să ia o decizie pe cât de dură, pe atât de nebunească: a angajat pe cineva s-o păzească, i-a plantat o „umbră" care să nu se dezlipească de ea.

Zadarnic am încercat să-l conving să renunțe la ideea lui, niciun argument nu l-a putut face să se răzgândească. Matei era de o încăpățânare cruntă când venea vorba despre propriile-i convingeri; iar când, în plus, era vorba despre Irina și relația lor, nimic nu-l clintea din hotărârile pe care le lua, indiferent unde l-ar fi purtat acestea.

– Nu mai pot cu ea, mă crezi? Mă fierbe de câteva luni, e imatură, iresponsabilă, se expune aiurea și mă compromite. Trebuie s-o opresc cumva, mi-a dat Matei imediat explicații pentru ceea ce deja era decis să facă, fără să țină cont de sfatul meu.

– Matei, o vei pierde. Irina nu va accepta niciodată așa ceva! am mai făcut eu o încercare de a-l determina să renunțe, gândindu-mă la șocul pe care-l va avea femeia pe care o iubeam în secret.

– Nu va avea încotro. Ori va fi cu mine, ori o distrug. Îți jur. M-a înnebunit, a făcut din mine neom. Nimeni nu m-a stresat atât cât m-a stresat dracul ăsta de femeie, mi-a replicat nervos, poate și iritat de opoziția mea.

– Eu nu te las să faci așa ceva. Cum să aduci un străin în casa noastră, în viața noastră, să aibă acces la intimitățile noastre?! i-am argumentat din nou, convins de adevărul spuselor mele și enervat de toate deciziile tâmpite pe care le lua fratele meu, de parcă așa ar fi putut să-i controleze Irinei nu numai existența, ci chiar și sentimentele.

– Voi aduce un profesionist și îl voi motiva să ne fie loial. Ar trebui să te bucuri că scapi de ea, nu vei mai fi nevoit s-o duci tu la cumpărături, la coafor sau la Brașov; va merge ăla cu ea peste tot, ca să te poți bucura și tu de viața și de iubita ta, a închis scurt discuția Matei, dându-mi de înțeles că lucrurile sunt deja bătute în cuie și că orice i-aș spune e în zadar.

Iar eu, cu lașitate, am abandonat lupta și toate argumentele pe care i le-aș fi adus în speranța că voi câștiga bătălia cu el. Decizia lui Matei era oricum definitivă.

Însă în sufletul meu se dădeau lupte și mai grele. Voiam cu orice preț să aflu dacă Irina se culcase cu Alex și i-am scris un mesaj ca prietenul imaginar. Am întrebat-o ce face și mi-a mărturisit că a fost la Alex și că este dezorientată, singură și tristă.

„Te-ai culcat cu Alex?"

„Am făcut dragoste cu el. E o mare diferență."

Mi-a căzut cerul în cap. Eram furios și, în același timp, voiam să înțeleg ce naiba e în mintea ei, pe cine iubește sau nu iubește. Și de ce, până la urmă, ne chinuie pe toți. Încercam din răsputeri să-mi păstrez calmul, deși îmi venea să sparg tot ce-mi cădea sub mână. Sufeream îngrozitor.

„De ce ai făcut asta?"

„Pentru că am nevoie să fiu iubită. Am nevoie să mă simt a cuiva, să simt că însemn ceva pentru cineva, să simt că acel cineva are nevoie de mine și că iubirea pe care sunt capabilă să o dăruiesc poate face un om fericit..."

„Nu te simți iubită?"

„Nu."

Nu? Dar sentimentele mele pentru ea ce erau? Apă de ploaie? Chiar nu simțea ce și cât înseamnă pentru mine, ce și câtă nevoie am de ea și cât de fericit aș fi dacă m-ar iubi?! Adică dragostea mea pentru ea nu conta?

„Alex te face să te simți iubită?"

„Da. Poate că mă judeci pentru asta, poate crezi că sunt o femeie ușoară, poate că nu mă înțelegi, dar, în tot griul acesta din viața mea, un pic tandrețe îmi aduce alinare. Am nevoie de un pic de iubire adevărată, arătată în fapte, în priviri și în gesturi, nu doar de iubire declarativă. De vorbe suntem toți sătui..."

„Și te mulțumești cu iubirea oricui?"

„Poate că da. Deocamdată, nu am de ales. Toți cei care m-au făcut să mă simt neiubită m-au trimis în brațele acelui «oricui». Chiar și tu."

Eu? Prietenul imaginar o făcuse să se simtă neiubită? Când o căuta ca un nebun de peste patru ani fără să-i ceară nimic, pur și simplu pentru ca să nu se simtă singură, ca să nu se creadă abandonată atunci când oamenii din realitatea ei o dezamăgeau?!

„Eu?!"

„Da, tu. Prin simplul fapt că nu îți dorești să mă vezi și să mă îmbrățișezi măcar o dată, mă faci să mă simt nedorită și neiubită. Nu-ți doresc să cunoști acest sentiment."

„Crezi că nu te iubesc, Irina?"

„Dacă mă iubeai, aveai încredere în mine și te arătai, indiferent cine și cum ai fi. Dar ești laș și egoist. Bine ai venit în gașca celor care nu mă iubesc, dar care nici nu mă lasă liberă!", a concluzionat ea amar.

Am tăcut. Ce-aș mai fi putut să spun? Din perspectiva ei, lucrurile erau cât se poate de clare și corecte. Din a mea, însă... Cum să mă deconspir fără să stârnesc un taifun devastator?!...

În ziua în care Matei i l-a prezentat Irinei pe noul ei bodyguard, ea a avut un șoc. Și pe bună dreptate! Nu se aștepta la așa ceva. Iar Matei nu i-a spus nimic până în dimineața în care l-a chemat acasă să i-l prezinte pe viitorul ei înger păzitor. Mă rog, mai mult înger de pază și protecție pentru interesele lui, în niciun caz pentru ale ei.

– Iubita, de azi înainte Claudiu va fi umbra ta. Va sta cu tine atunci când eu voi fi plecat și te va însoți peste tot, a zâmbit fratele meu.

– Poftim? De ce?

Irina era siderată. Încă nu reușea să priceapă dacă este o farsă ori dacă Matei chiar vorbește serios.

– Mai și întrebi de ce? s-a mirat el.

– Ce glumă proastă e asta?

– Nu e nicio glumă, a continuat el, la fel de zâmbitor.

Când Irina a înțeles pe deplin despre ce e vorba, s-au certat de față cu noi. Apoi, s-au închis în camera ei și au continuat confruntarea și discuțiile în contradictoriu, Irina făcând eforturi disperate să-l convingă pe Matei că ideea de a-i angaja un paznic este o aberație. Eu am ascultat la ușă, dar nu din curiozitate, pentru că le cunoșteam fiecăruia argumentele, ci doar ca să mă asigur că Matei nu o să-și iasă iarăși din minți și să o lovească. Îmi era teamă de reacțiile lui, iar a ști că e posibil să apară iar o situație ca cele din trecut, cu ea lipsită de apărare, nu reprezenta deloc ceea ce îmi doream.

– Nu accept să am „codiță“ după mine! a pus ea punctul pe i.

– Nu te-am întrebat dacă accepți, doar te-am anunțat, i-a comunicat foarte sec fratele meu.

– Pui un străin să stea tot timpul cu mine?! a continuat ea să-l interogheze, de parcă nu-i era deja totul foarte clar.

– Nu e un străin, ci un profesionist. E un om de încredere, a supralicitat el, pe jumătate ironic, pe jumătate serios.

– Matei, nu face asta! Nu-ți dai seama că exagerezi?! Ai întrecut orice limită! a strigat din nou Irina.

– Ba da, iubita mea, îmi dau seama. Sunt conștient că sunt penibil, patetic, că îmi calc pe mândrie, dar nu mi-ai dat de ales. Crezi că mie îmi convine situația asta? Măcar îți dai seama în ce postură mă pui față de toată lumea? Am ajuns să angajez pe cineva să-mi păzească iubita, ca să nu mă mai înșele!

i-a trântit-o el de-a dreptul, deja enervat, pe un ton uşor ridicat şi implacabil.

– Eu plec, Matei. Nu accept aşa ceva! Mă umileşti de faţă cu toţi şi nu e cu putinţă! a ţipat şi ea, neîmpăcată cu ceea ce-i pregătise iubitul ei neînduplecat.

– Nu o să pleci decât dacă vrei să nu mă mai vezi în viaţa ta! Să ştii că nu glumesc. Dacă pleci, o faci pentru totdeauna. Nu o să mă mai vezi – nici pe mine, nici pe Cesara, nici pe Robert, nici pe Oli. N-o să-i mai vezi pe niciunul dintre prietenii noştri. După ceea ce ai făcut, nu eşti în măsură să mă condiţionezi – şi să zici „Mersi" că am recurs doar la această metodă! Îţi dau timp de gândire ca să te decizi ce vrei să faci. Când te hotărăşti, te rog să mă anunţi şi pe mine. Până atunci, Claudiu te va păzi nonstop, fie că îţi place sau nu. Mi-am pierdut orice răbdare cu tine!

Chiar şi dincolo de pereţii care ne despărţeau, simţeam disperarea Irinei şi privirea rugătoare pe care şi-o îndrepta spre Matei. Dar pentru nimic în lume nu trebuia să ştie că sunt de partea ei, aşa că, atunci când au coborât, m-am străduit să par impasibil.

– Claudiu, probabil că nu-ţi va fi uşor la început, i-a spus Matei. Irina are un temperament mai aparte. Îmi cer scuze anticipat pentru eventualele ei ieşiri. Este un om cu o personalitate foarte puternică.

Fratele meu încerca să-i prezinte bodyguardului situaţia destul de subţire, îmbrăcând-o în haine lejere, de aşa manieră încât să nu jignească pe nimeni şi nici să nu dea prea mult din casă.

– Nu vă faceţi griji, domnule Matei. Sunt imun, vă daţi seama că m-am confruntat cu tot felul de situaţii, a răspuns foarte decent Claudiu, altminteri un om pe cinste şi de o discreţie rară, care i se citea pe faţa imobilă, aparent lipsită de orice sentimente.

– Bine. Te rog şi să fii discret. Îţi dai seama, cred, că postura în care ne aflăm nu e tocmai plăcută, însă, ştii, iubita mea este un pic cam rebelă. Trecem printr-o perioadă mai dificilă, face copilării ca să mă enerveze..., a căutat el iar să-i atragă atenția, decent, că jobul lui nu e atât de ușor cum pare.

– Vă înțeleg, i-a spus Claudiu, scurtându-i lista de justificări inutile.

– OK, deci o însoțești peste tot, stai cu ea și la coafor, și la dentist, iar dacă observi ceva ciudat, iei măsurile necesare așa cum am stabilit, da?

– Măsuri? a întrebat Irina, așezându-se pe fotoliul de lângă Matei. O să mă bată sau ce? a azvârlit ea cu nonșalanță, special ca să provoace.

– Nu, iubita. Cum te poți gândi la așa ceva? Claudiu este aici ca să te protejeze. Ar trebui să fii încântată de prezența lui. De acum, poți pleca unde vrei, zi și noapte, a subliniat încă o dată Matei, răutăcios și cu un aer de superioritate.

– Eu parcă încep să fiu încântată..., a intervenise hodoronc-tronc și Simona, zâmbind drăgăstos, în bătaie de joc, și făcând aluzie la fizicul lui Claudiu, care era un bărbat tânăr, cu alură sportivă și destul de atrăgător.

„Fii atent. Ai fix 24 de ore ca să-l convingi pe Matei să renunțe la Claudiu. Altfel...“, mi-a dat Irina un ultimatum într-un mesaj.

„O să te culci cu el?!? Ha ha! *Never ever*!“, am ironizat-o imediat, deși numai eu știam ce e în sufletul meu. Mai nou, o credeam în stare de orice numai ca să ne scoată din sărite și să se elibereze de noi.

„*Watch me*!“, m-a amenințat foarte sigură pe ea.

În zilele următoare, iubita fratelui meu – dar și somnul și nesomnul meu – a încercat fără succes tot felul de tertipuri ca să scape de bodyguard. Apoi, văzând că Matei este neînduplecat, a făcut apel și la mama, care l-a certat pentru o asemenea idee ofensatoare. Lui Matei nu i-a păsat câtuși de puțin, apostrofările mamei l-au lăsat rece, fără să-l convingă să renunțe la ideea lui de a o pune pe iubita lui cea nărăvașă cu botul pe labe.

Dacă până atunci am crezut că Irina ne amărâse viața, greul abia începea – și se anunțau vremuri dificile. Se purta ca o copilă capricioasă care voia cu tot dinadinsul să ne transforme existența într-un calvar de nesuportat. Pe Matei nu-l deranja cu nimic, însă Diana era în culmea disperării. O ura pe Irina și era tot timpul în competiție cu ea, simțindu-se mereu în inferioritate. Într-o noapte, ne-am trezit cu Irina în dormitorul nostru. Aveam un *déjà-vu*, doar că de data aceasta nu mă mai aflam sub plapumă, ci m-a surprins în toată splendoarea mea, adică gol, când tocmai ieșisem de la duș. Diana mai avea puțin și făcea apoplexie de nervi. Săraca, dacă ar fi știut ce avea să urmeze, s-ar fi calmat imediat, ar fi înțeles că suntem de-abia la aperitiv...

– Poți, te rog, să nu mai dai buzna așa? am întrebat-o, șocat că nu avea nicio problemă cu faptul că mă aflam gol în fața ei.

În același timp, mă abțineam să nu râd, bănuind că spectacolul nu începuse încă.

– Dar am visat urât, a spus Irina, cu o privire de copil speriat și pe un ton răzgâiat.

Era o maestră emerită a alintului și a disimulării.

– Pe tine chiar nu te mișcă nimic? Vezi un om în pielea goală! am încercat eu să salvez ce se mai putea salva.

– Pe tine te mișcă? Vrei să mă dezbrac și eu, ca să vorbim de la egal la egal, sau ce? Deci, am venit să vă rog să mă primiți câteva minute aici. Îmi e urât singurică. Până mă liniștesc..., s-a răsfățat ea mai abitir.

S-a așezat pe pat lângă Diana și m-a urmărit cu privirea cât timp m-am îmbrăcat. Fără nicio jenă. De parcă m-ar fi studiat. Diana era amuțită de obrăznicia Irinei, ar fi strâns-o de gât cu mare plăcere, vedeam asta în ochii ei bulbucați de stupoare și iritare.

– La ce ne uităm? Că Robert s-a îmbrăcat, a oftat ea nevinovată, așezându-se comod pe perna mea, nemulțumită că eu, adică spectacolul ei, nu mai prezentam niciun interes după ce-mi pusesem hainele pe mine.

Am crezut că doar se joacă un pic cu nervii noștri și că va pleca în scurt timp, dar, senină și inocentă, după ce a înfuriat-o zdravăn pe Diana, care nu-și mai revenea din șoc, a dormit între noi doi. „Doar“ până la ora 6.00 dimineața, când a sărit veselă și zglobie din pat, a deschis larg ferestrele și, cuprinsă subit de o pasiune mistuitoare pentru muzică, a pus la maximum *Valsul nr. 2* al lui Dmitri Șostakovici, valsul ei preferat. Astfel ca, după o noapte sublimă, să începem ziua în splendoare, desigur.

Însă, oricât de supărată ar fi fost Irina pe noi, în adâncul sufletului ne iubea cu sinceritate și, când ne așteptam mai puțin, făcea câte un gest care ne topea inimile și îi uitam toate nebuniile. Într-o zi, când eram absolut convins că Irina mă tratează permanent îmbufnată, ba chiar eram aproape convins că mă detestă, m-a surprins într-un mod neașteptat. Mai întâi, m-a rugat să mergem la cumpărături, insistând să o însoțesc eu, nu Claudiu, spre disperarea Dianei, care s-a ținut scai de noi, de parcă plecam la distracție în Honolulu. A umplut două coșuri mari cu zeci de pachete de biscuiți, napolitane, ciocolată, fructe și tot felul de dulciuri, dar nu a vrut să-mi spună la ce-i foloseau... Iar când am ajuns mulțumiți acasă, cu sacoșele doldora, m-a rugat să o ajut să facem niște pachete. A implicat-o și pe Cesara, care era foarte încântată că i se solicită sprijinul, că ne poate fi de folos...

M-am gândit că are de gând să doneze toate lucrurile pregătite, la o casă de copii unde mai fusesem cu ea.

– Mă ajuți mâine să le duc unde trebuie?

– Mai întrebi? m-am grăbit să-i confirm, fericit că pot fi în preajma ei pentru încă o zi.

Abia în dimineața următoare, când șofam și am înțeles că Irina mă îndrumă spre cimitirul unde-mi erau îngropați părinții, mi-am dat seama că pachetele sunt destinate nevoiașilor care aveau să le primească în semn de pomenire pentru memoria dragilor mei. Irina avea în mașină și două platouri mari cu destulă colivă, flori şi lumânări, iar eu eram surprins şi înspăimântat de ceea ce avea să se întâmple acolo.

Nu eram pregătit să mă confrunt cu o asemenea întâmplare. Nu mai fusesem la mormântul părinţilor mei de când eram copil. Renunţasem să îi mai rog pe cei adoptivi să mă ducă pe la ai mei, ca nu cumva să creadă că nu sunt fericit cu noua mea familie. Şi o făcusem dintr-un soi de recunoştinţă profundă, care n-aş fi vrut să-mi fie contestată în caz că mi-aş fi exprimat dorinţa să merg la mormintele lor. Iar când am crescut şi am ajuns bărbat matur, mi-a fost ruşine să mai merg acolo după atâta amar de vreme în care i-am abandonat. Mă simţeam ca un netrebnic pentru că nu mai dădusem pe la ei.

Însă faptul că nu m-am dus la mormântul lor nu a însemnat că i-am uitat sau că nu-i mai iubesc. Dimpotrivă, sentimentele mele pentru ei erau aceleaşi, poate chiar mai puternice decât în copilărie. Dar erau dublate, în acelaşi timp, de remuşcările că ceva imposibil de înţeles, nedefinit mă oprea să le vizitez casa veşnică...

Irina aranjase totul. Mormântul părinţilor mei, pe care mi-l imaginam abandonat şi acoperit de buruieni, era curăţat şi plin de flori proaspete, vopseaua literelor era şi ea retuşată, o candelă ardea la căpătâiul lor şi marmura albă ca laptele a crucii strălucea în bătaia soarelui. Preotul ne aştepta, iar când am ajuns, a făcut o slujbă de pomenire, din care nu am auzit decât numele mamei mele adorate, al tatălui meu iubit şi al bunicii mele bune, blânde şi venerate.

Am plâns acolo, în braţele Irinei, la fel ca atunci când eram copil. Nu mă mai puteam opri. De fapt, mă întorsesem în timp şi eram din nou acel băiat înspăimântat, rămas singur pe lume, în bătaia urgiilor vieţii. Văzând data decesului scrisă pe piatra de marmură, mi-am dat seama că era tocmai ziua în care muriseră părinţii mei. Şi am înţeles că Irina nu uitase nimic dintre lucrurile importante pentru mine, că tot ceea ce făcuse era pentru liniştea mea sufletească şi, în acelaşi timp, în semn de omagiu, dintr-un respect profund pentru aducerea-aminte a familiei mele pierdute.

Nu am fost capabil să-i spun nimic femeii adorate. Pur şi simplu, nu-mi puteam stăpâni lacrimile. Am plâns în timpul slujbei din fața mormintelor lor, am plâns în maşină, iar acasă m-am dus în camera mea, unde am plâns până n-am mai putut. Pentru că inima mea plânsese dintotdeauna de dorul lor şi abia acum îşi revărsa lacrimile în afară...

Trebuia să-i mulțumesc Irinei pentru tot ceea ce făcuse pentru mine și pentru sufletul meu chinuit de remuşcări tăcute, pentru memoria bieților mei părinți şi pentru cea a bunicii. Și m-am dus în camera ei. Când am găsit-o, am îmbrățișat-o strâns, cu lacrimile încă șiroindu-mi pe față. Dar parcă tot nu era de ajuns, parcă tot prea puțin era pentru ceea ce făcuse ea, iar eu tot nu-mi găseam cuvintele ca să-i pot mulțumi așa cum s-ar fi cuvenit. Și-atunci am avut pornirea să îngenunchez în fața ei, cuprinzându-i picioarele cu brațele. Ca și când aș fi fost doar un copil agățat cu disperare de mama lui. Sau m-aș fi găsit în fața icoanei sfinte a bunătății omenești. Pentru că asta era Irina pentru mine în ziua aceea: bunătatea întruchipată, ființa care îmi răsplătea printr-un bine suprem toate idioțeniile pe care i le făcusem. Și i le făcusem, ce-i drept, din dragoste și deznădăjduit că o pierd, însă chiar era o scuză?

– Îți mulțumesc cu tot sufletul meu, am îngăimat, privind-o cu umilință drept în ochi, sperând să fiu înțeles pe deplin și iertat.

Irina m-a mângâiat pe păr, apoi m-a îndemnat să mă ridic.

– Ești bine? m-a privit ea întrebătoare, cu ochii aceia senini și verzi pe care-i adoram.

– Da. Am impresia că... nu știu cum să-ți descriu... parcă am regăsit ceva ce pierdusem, ceva care îmi lipsea...

Aș fi vrut să-i spun că o iubesc, dar știa. Simțea. Nu se putea altfel. Iar eu știam că ea mă iubește cum nimeni nu mă iubise și, probabil, nu avea să mă mai iubească vreodată. Știam. Simțeam. Nu se putea altfel...

Destinul ne ajutase, prin căile lui de neînțeles, să ajungem unul în preajma celuilalt, două jumătăți ale aceluiași întreg rupt cândva din Cer și căzut pe Pământ, unde fusese frânt pe din două. Irina era bucata mea de trup și de suflet ce-mi fusese luată pe nedrept și-apoi, sfâșiat și rătăcit cum eram căutând-o – deși am simțit-o de la bun început ca fiind parte din mine –, am avut nevoie de timp să înțeleg că ceea ce simte sufletul este adevărat și că, da, ea este aceea. Încă o dată mi se confirmase, dacă mai aveam nevoie de asta, că Irina nu poate fi înlocuită de nimeni vreodată și că tot ceea ce încerc să fac uitând-o, construindu-mi o viață fără de ea, se va preface în scrum.

Și, cum în inimă mi se adunase tot ceea ce nu am reușit să-i spun, am trecut ceea ce voiam să-i zic în cuvinte înșiruite pe o foaie, într-o scrisoare. Adunasem deja zeci sau poate că erau sute de epistole în care îmi destăinuisem fiecare taină a sufletului, în care i-am spus ce simt, ce gândesc și mai ales cât de sfâșiată îmi e inima și cât regret că nu-i pot fi mai mult decât un prieten imaginar și un membru de familie supus fratelui meu, celui care a făcut-o cel mai mult să sufere. Scrisorile erau felul meu de a ține un jurnal, pentru că, deși aveau un destinatar, nu le expediam niciodată. În schimb, mă gândeam că, dacă aș fi murit într-o zi, nu aș fi lăsat-o în urmă pe Irina fără să știe cât de mult am iubit-o și, mai ales, cât de mult am suferit pentru că nu am putut fi cu ea.

Eu am fost al tău de la început. Al tău și numai al tău. Dacă alte femei au avut totuși trupul meu, niciuna n-a avut sufletul meu. Dacă tu m-ai înșelat, eu nu te-am înșelat niciodată. N-am iubit pe nimeni cu adevărat.

Am împăturit scrisoarea și, totodată, declarația mea de dragoste și am ascuns-o alături de celelalte, într-un troller cu cifru și cheie, pe care nimeni în afară de mine nu-l putea deschide vreodată fără știrea și vrerea mea. Îmi era teamă de ziua în care ea ar fi aflat tot adevărul despre ceea ce simțeam. Știam că nu mi-ar fi dat șansa să mă justific, de aceea mă gândeam că acele scrisori, care conțineau totul, ar fi ajutat-o să mă înțeleagă și să vadă chinul prin care am trecut iubind-o pe ea și numai pe ea, dincolo de orice limită.

După pomenirea dragilor mei, Irina s-a îndepărtat iar, poate speriată că-i căzusem la picioare mulțumindu-i. Sau poate ca să-mi lase drumul liber în relația cu Diana. Ori poate pentru că nu-i păsa. Cum nu știam ce zace în sufletul ei, iar singura cale de a afla era să o abordez ca prietenul imaginar, i-am scris într-o noapte în care Diana deja adormise. Irina se afla în camera fetiței, unde știam că rămâne din ce în ce mai des să-și petreacă noaptea, probabil ca să mă evite.

„Dacă ți-ai putea pune o dorință cu certitudinea că se va împlini, ce ți-ai dori cel mai mult?“, i-am scris, când dorul de ea deja îmi uscase sufletul.

„Să nu moară prietena mea Luminița“, mi-a răspuns aproape instantaneu, de parcă aștepta mesajele mele.

„Moartea este doar o graniță a vieții, nu și a iubirii“, am încercat eu să o consolez pentru pierderea iminentă a prietenei.

„Și crezi că mă voi mai simți iubită de ea dacă va pleca?“

„De tatăl tău nu te mai simți iubită?“, am contracarat eu imediat, încercând să pun stavilă gândurilor ei triste.

„Nu m-am gândit la asta...“

„Hai să ne gândim: acolo unde o fi tatăl tău, ce crezi că simte pentru tine?“

„Cred că mă iubește foarte mult. Părinții ne iubesc și pentru toți aceia care nu ne iubesc“, mi-a scris ea cu înțelepciune.

„Păi, vezi? Gândește-te mereu la tatăl tău, la faptul că te iubește și că își dorește să fii bine. Așa va fi și în ceea ce o privește pe Luminița. Te vei simți la fel de iubită ca acum, când e aici“, am liniștit-o eu, urmând firul logic.

„Păcat însă că tata nu mă mai poate proteja.“

„Știe că te poți proteja singură de orice. Are încredere în tine, fiindcă știe cât ești de puternică și de bună."

Câteva minute nu mi-a mai scris nimic. Îmi era teamă că, în loc să o liniștesc, mai mult se afundase în gânduri negre.

„Irina, să știi că în felul acesta ciudat, singurul pe care-l am la îndemână, eu te iubesc. Și vreau să-ți fie bine. Vei avea mereu un prieten loial în mine, te pot asculta oricând și oricât, te pot ajuta în multe feluri, te pot ajuta financiar dacă vei avea nevoie", am rupt eu tăcerea la un moment dat, încercând să-i dau curaj, să o fac să nu se mai simtă singură și abandonată, din cauza pierderii oamenilor dragi.

„Și eu cum pot să te ajut pe tine?", m-a întrebat imediat, arătându-mi încă o dată cât de generoasă îi este inima.

„Mă ajută enorm faptul că exiști, că ești prietena mea, că îți pot fi prieten. Uneori, să-i fi cuiva prieten te alină și te împlinește mai mult decât să-ți fie cineva prieten."

„De ce eu?", a sosit, pe bună dreptate, replica.

Chiar așa: de ce ea, și nu altcineva, având în vedere că nici măcar nu ne văzuserăm vreodată, eu, acest misterios prieten imaginar, și cu ea?

„Nu știu, Irina. Poate că așa trebuia să fie, poate că tu ești cea mai bună prietenă pe care puteam s-o am, poate că mi-ai fost trimisă în viață ca să învăț de la tine ce înseamnă un om cu adevărat frumos." Cuvintele fuseseră tastate de sufletul meu, nicidecum de degetele mele.

„Dar eu nu sunt frumoasă", mi-a scris ea scurt, cu modestia aceea din momentele când își lepăda măștile și pe care i-o cunoșteam prea bine

„Ba ești. Chiar și când îți pui masca de dură și de fetiță obraznică, ești tot frumoasă."

„Tu ești frumos?", m-a chestionat ea, curioasă.

„Nu. Sunt obișnuit, nu am nimic ieșit din comun. Dar zi-mi, Matei e frumos?", am dus eu discuția într-o zonă în care identitatea mea nu mai era pusă în pericol.

„Matei? Da, este un bărbat superb."

„Mi-l poți descrie?", am făcut eu pe indiscretul.

Voiam să înțeleg cum îi vede ea pe cei care-i erau în preajmă.

„Păi, este înalt, cam 1,82 înălțime, conformație atletică, este brunet, ochi albaștri, superbi, și niște dinți perfecți. Este ușor efeminat, se îngrijește foarte mult", i-a făcut ea imediat portretul fratelui meu – unul avantajos, desigur.

Pentru că așa și era: Matei chiar arăta superb. Și o știa și el, nu o vedeam doar noi, cei de lângă el.

„Dar Robert? E frumos?"

„Robert este cel mai frumos bărbat pe care l-am cunoscut vreodată."

„Vorbești serios?"

„Da."

„Descrie-mi-l. M-ai făcut curios."

Eram surprins. Habar nu aveam despre mine că sunt un bărbat frumos, credeam că sunt unul plăcut și nu așa de urât ca alții, dar atât.

„Este ceva mai înalt decât Matei, cam 1,85 înălțime, are un trup perfect, este brunet, cu ochii negri, frumoși și blânzi, niște gene lungi pe care sunt invidioasă de mor, iar când zâmbește, face niște gropițe în obraji, de te topești de dragul lui."

Eram uluit! Irina mă vedea cu totul și totul altfel decât mă știam eu a fi. Niciodată nu mă considerasem a fi vreun bărbat frumos sau diferit în vreun fel de alții. Spre deosebire de Matei, despre care știusem mereu că arată bestial.

„Să înțeleg că-l placi mai mult decât pe Matei?", am încercat eu să aflu mai multe de la ea.

„Sunt diferiți. Ambii sunt frumoși, însă Robert are ceva irezistibil, ceva care mă atrage într-un fel greu de înțeles."

Parcă-i vedeam ochii luminoși când citeam mesajele de la ea. Cu cât de puțin mă făcea fericit fata mea dragă! Pentru ea eram, cumva, mai presus de Matei. N-aș fi crezut niciodată asta despre mine...

„Ce-ți place cel mai mult la el? Trebuie să fie ceva anume, un amănunt", am supralicitat eu, plutind în al nouălea cer.

„Felul în care mă privește. Mă face să mă simt frumoasă, deși, ți-am spus, nu sunt. Iar el mă vede în orice ipostază, mă vede și în pijamale, și nemachiată, și plânsă, și bosumflată, și când sunt la pământ. Dar mereu mă privește la fel“, a continuat ea să-mi scrie și să-mi bucure inima. Așa era, pentru că sufletul meu o vedea într-un singur fel: splendidă.

„Ai făcut dragoste cu el?“, am aruncat eu o momeală.

„Nu! De fapt, am făcut, dar nu cu adevărat. Ne-am iubit în felul nostru“, a răspuns ea, ușor ambiguu.

Un străin de toată povestea nu ar fi înțeles nimic, așa că mi-am jucat rolul până la capăt.

„Cum?!?“

„Ne-am sărutat, ne-am mângâiat și am stat îmbrățișați, nimic mai mult. Însă m-am simțit mai iubită ca oricând.“

„Dar îți dorești să faci dragoste cu el?“, am încercat eu să o trag de limbă din nou.

„Devii prea indiscret, domnule!“

Mi-o imaginam zâmbind. Avea dreptate: eram mai mult decât indiscret. Dar îmi doream atât de mult să știu ce gândește despre mine și despre relația dintre noi, încât am riscat în continuare.

„Te știam mai curajoasă. Dacă eviți răspunsul, înseamnă că îți dorești atât de mult să faci dragoste cu el, încât îți este teamă să recunoști.“

„Îmi doresc atât de mult, încât mi-e teamă să nu cumva să se întâmple“, a fost ea sinceră.

„De ce?“

„Pentru că el nu este un oarecare și pentru că nimic nu ar mai fi la fel după aceea.“

Am simțit că în răspunsul ei plutește frica.

„Vrei un sfat sincer? Renunță la bariere. Fă ce simți.“

„OK, mă duc acum peste el în cameră, îl smulg de lângă iubita lui și îl voi poseda cu sălbăticie. E bine?“, a virat ea brusc discuția într-o glumă. Clar, ca să schimbe cursul conversației.

N-am insistat, i-am făcut jocul. Dar ceea ce simțea era să mă ia de lângă Diana, asta ar fi însemnat pentru ea să renunțe la bariere... Surprinzător şi neaşteptat pentru mine.

„Nebuno, mi te şi imaginez!", am glumit şi eu, încercând să par relaxat.

„Dar tu ai pe cineva? Eşti fericit? Eşti iubit?", m-a iscodit.

Îmi dădea de înțeles, oarecum, că este rândul meu să mă dezvălui.

„Da, am pe cineva. Şi atât", am răspuns eu cât se poate de scurt, ca să realizeze că nu venise momentul să-i spun mai mult.

„Mi s-a făcut foame. Merg jos să mănânc."

Îmi înțelesese imediat intenția şi am apreciat că nu a insistat asupra subiectului. Nu mi-ar fi plăcut să mint suplimentar, era suficient că sunt doar un prieten imaginar de-atâția ani, în loc să fiu cu...

„La ora asta?! Este trecut de 2 noaptea!"

„Tocmai, deja e dimineață. Merg să iau micul dejun! Noapte bună. Şi să ştii că te iubesc, aşa, în felul meu, atât cât mă laşi să o fac", mi-a mai scris ea în loc de încheiere.

Am aşteptat câteva minute, apoi am coborât şi eu în bucătărie. Nu avea cum să i se pară ciudat: ne întâlneam de foarte multe ori în toiul nopții, la parterul casei, în living sau în bucătărie. Irina mânca dintr-o bucată generoasă de tiramisu, cu maximă plăcere.

– Poftă bună! i-am urat, cu o uşoară lăcomie, căci era prăjitura mea favorită.

– Mersi! mi-a mulțumit Irina, zâmbind.

M-am aşezat pe scaunul de lângă ea, când m-am trezit că-mi întinde lingurița plină, hrănindu-mă ca pe un copil.

– Parcă tu nu mâncai după nimeni, i-am spus cu gura plină.

– Tu nu eşti nimeni.

– Dar cine sunt?

– Cățelul meu.

Am început să râd. Asta nu mi-o mai spusese până atunci. „Cățelul"?!

– Să știi că pentru mine chiar este o dilemă că nu mănânci și nu bei după alții, dar te pupi cu toți câinii pe care-i întâlnești. Ciudată creatură ești, am continuat să zâmbesc.

Mi-a dat încă o linguriță zdravănă, apoi a luat și ea una, fără să-și dezlipească privirea de pe mine și fără să-i dispară zâmbetul.

– Cum de ești trează la ora asta? am făcut eu pe nedumeritul.

– Sunt insomniacă. Dar tu?

– Sunt îndrăgostit.

A surâs șăgalnic, privind prăjitura care se făcea din ce în ce mai mică. Lua în tăcere fărâme cât mai mărunte, iar mie îmi dădea câte o linguriță plină. După ce mi-a rezervat și ultima bucățică de tiramisu, a spălat farfuria și lingurița. Chiar dacă era atât de târziu, conform bunului ei obicei, nu lăsa niciodată vase murdare în chiuvetă, ca nu cumva să ajungă Oli să le spele. A pus scaunul la loc, apoi a venit lângă mine și m-a pupat pe frunte.

– Noapte bună, Robert.

A dat să plece, dar am prins-o de mână și am oprit-o. Îmi doream să o iubesc puțin și să fiu iubit de ea. În felul nostru, cum îi scrisese ea în mesaje prietenului imaginar. Îmi era un dor nebun de ea, mereu îmi era dor de aroma pielii ei, de mirosul îmbătător al părului ei, de ea întreagă.

Am îmbrățișat-o, punându-mi tot sufletul în felul în care o cuprindeam cu brațele, învăluind-o cu iubire. Iar ea nu s-a opus. S-a făcut mică la pieptul meu și m-a lăsat să o mângâi pe spate, pe mâini și pe față, topită, parcă, sub atingerile mele. Pentru mine, nu exista o fericire mai mare, mă contopeam cu ea, o simțeam a mea de parcă o aveam cu totul și puteam face cu ea orice mi-ar fi plăcut.

Era atât de vulnerabilă și de delicată, încât mă temeam să nu o rănesc, să nu o strivesc cu forța cu care îmi doream să o strâng la piept. Am întors-o cu spatele și am început să o sărut încet pe umeri și pe gât, iar ea s-a lipit de mine. Am mângâiat-o și am sărutat-o nebunește câteva clipe, fiindu-mi din ce în ce mai greu să mă controlez. Am început să-i cânt șoptit la ureche refrenul cântecului *Nebun de alb*, care descria atât de bine ceea ce simțeam pentru ea, cântec pe care îl adoram amândoi.

Și te iubesc cu milă și cu groază,
Tot ce-i al tău mi se cuvine mie,
Ca un nebun de alb ce capturează
Regina neagră pentru veșnicie.

Mi-a luat mâna dreaptă și mi-a purtat-o către pieptul ei, în dreptul inimii.

– Te iubesc, mi-a spus – atât de încet, încât abia am auzit-o.

Apoi s-a îndepărtat brusc și eu am avut senzația că s-a smuls din mine și că, dintr-odată, mi s-a făcut foarte frig. Am lăsat-o să plece și cu greu m-am stăpânit să nu o urmez. Am rămas acolo pentru câteva minute, buimac, încercând să-mi revin, apoi am pornit încet spre dormitorul meu.

Nu mă puteam duce lângă Diana, nu imediat după ce o ținusem pe Irina în brațe, mi-era imposibil. M-am oprit lângă camera ei și am ascultat puțin. Era liniște, mă gândeam că e deja în pat. Am deschis ușa încet și am văzut un firicel de lumină răzbătând pe sub ușa băii. Am răsucit cheia în broască, blocând accesul, m-am dezbrăcat și am urmărit calea pe care o zărisem în întuneric și care m-ar fi dus direct la ea.

Era sub duș. N-a părut mirată când m-a văzut și nici tulburată de faptul că eram complet gol. Uitându-mă fix în ochii ei, am intrat încet sub jetul de apă caldă, mi-am întins mâinile și am început să o mângâi, lăsându-mi palmele să alunece pe trupul ei, în același timp cu spuma bogată și parfumată cu care își acoperise goliciunea. Privind pierdută în ochii mei, a luat flaconul cu gel de duș, și-a turnat o cantitate considerabilă în căușul palmei, apoi a început să mi-l întindă pe umeri și pe piept. Atingerile ei erau înnebunitoare și cu greu mai puteam suporta tensiunea și căldura din cabina de duș. Mă străduiam să rămân rațional, să o las pe ea să controleze tot ce se întâmpla, dar îmi era imposibil să îmi țin mâinile cuminți.

Cu o disperare de care nu mă știam în stare, am mângâiat-o și am sărutat-o – nu cu mâinile și cu gura, ci cu întreaga mea ființă, dorindu-mi să o fac să se simtă iubită, să vadă câtă dragoste de dăruit se adunase în mine numai pentru ea. Când a văzut că sunt pe punctul de a-mi pierde controlul, lucidă dintr-odată, m-a oprit și a ieșit de la duș. S-a înfășurat într-un prosop mare și s-a dus în cameră.

Eu am dat drumul la apă rece și am stat câteva clipe sub ploaia nemiloasă, sperând că îmi voi reveni. Nici dacă mi-aș fi trăit ultimele clipe nu aș fi vrut să fac ceva împotriva voinței ei. Când am ieșit din baie, Irina stătea pe marginea patului, încă înfășurată în prosop. Părea epuizată de căldură, de atingerile mele. M-am apropiat așa ud cum eram și, când m-a văzut, mi-a dat prosopul ei. S-a furișat goală sub plapumă, iar eu am aruncat prosopul și m-am strecurat repede lângă ea.

– Vrei să plec? am întrebat-o, cu speranța că mă va lăsa totuși să stau cu ea.

– Nu. Însă vreau doar să dormi lângă mine.

Eram fericit, îmi era suficient și-atât. M-am lipit de ea și am îmbrățișat-o. Ea stătea cuminte, parcă speriată de ceea ce se putea întâmpla.

– De ce nu facem dragoste, Irina? mi-am făcut curaj să o întreb.

– Pentru că, dacă se va întâmpla acum, se va întâmpla și altă dată. Și nu pot face asta în aceeași casă cu Matei, mi-a răspuns ea onest.

– Crezi că există vreo diferență între atingerile și sărutările noastre de până acum și ceea ce s-ar putea întâmpla? Crezi că, dacă ne limităm la mângâieri și sărutări, suntem mai puțin vinovați? Până și privirile noastre sunt vinovate, Irina, atât de pline sunt de dragoste și dorință.

Nu-mi doream s-o conving să mă lase să o iubesc până la sfârșit, era pur și simplu un adevăr de care eram din ce în ce mai conștient. Iubirea pentru Irina era mai presus și ajunsesem să înțeleg asta.

– Îmi e frică. Nu vreau să te simți vinovat, nu pot să-ți încarc sufletul și conștiința. Te iubesc prea mult... Nu vreau să te pierd, mi-a mărturisit ea, șoptind printre sărutări.

Am strâns-o în brațe și am ținut-o lipită de mine, fredonând din nou în gând versurile cântecului *Nebun de alb*. Regina mea, iar eu, nebunul...

Aceea a fost cea mai grea noapte din viața mea. Dar și una dintre cele mai fericite. Să stau gol lângă ea, să-i simt căldura și moliciunea trupului și să nu o iubesc – cel mai dificil test de rezistență, unul pe care abia am reușit să-l trec. N-am dormit deloc, carnea ei lipită de corpul meu mă urcase în al nouălea cer, dar mă și coborâse în Iad, în același timp. Am avut senzația că orele acelea petrecute lângă trupul ei divin mi-au dereglat ritmul cardiac și respirația și că mai aveam puțin până să-mi pierd și mințile din dorința de a o avea. Dar a fost, totuși, cea mai frumoasă noapte din viața mea: prima noapte în care am avut-o lângă mine pe Irina cea fără de nicio mască.

Să mă duc și să dorm lângă Diana era ceva de neconceput pentru mine, așa că, în zori, m-am furișat în living și m-am culcat pe una dintre canapele, sperând la măcar o oră sau două de somn. Și nu mică mi-a fost surpriza când, ca niciodată, m-am trezit sărutat de Diana, care se sculase devreme și se așezase lângă mine. Înainte să mă dezmeticesc, am văzut-o pe Irina coborând treptele și surprinzând-o pe iubita mea cum mă sărută și își strecoară mâna pe sub tricoul meu.

Am oprit-o pe Diana și am sărit ca ars în picioare.

– Poartă-te decent, i-am spus încet. Și du-te să te îmbraci.

Însă Irina ne-a ignorat și s-a dus în bucătărie să prepare micul dejun.

Nu mai puteam continua așa, simțeam că o iau razna! Trebuia s-o iau pe Irina și să plec din casa aceea cât mai departe! Era singura soluție onorabilă și cu care puteam să-mi împac atât conștiința, cât și sentimentele reprimate.

M-am gândit la toate posibilitățile, mi-am făcut zeci de scenarii în minte... Eram disperat să găsesc o soluție corectă, să le spun tuturor despre dragostea noastră, să o iau de mână pe fata pe care o iubeam și să plecăm unde vedeam cu ochii, lăsând totul în urmă.

De ziua mea, i-am mărturisit Irinei că vreau să oprim toată agonia în care trăim și că voi lupta să fim împreună, că voi găsi soluția să fim unul lângă celălalt, așa cum era normal. Ea, care nu uita niciodată nimic din ceea ce era legat de familie, îmi organizase o petrecere perfectă, la care mi-a invitat toți prietenii. Bucurie pe care a reușit să mi-o strice cu brio Diana, când mi-a spus, în cadru festiv și de față cu toată lumea, că darul ei pentru mine va fi un copil.

Am crezut că-mi va cădea lumea-n cap la anunțul că este însărcinată. N-am mai fost bun de nimic în seara aceea. Din punctul meu de vedere, petrecerea eșuase lamentabil. Bineînțeles că, atunci când m-am dus în dormitor, Diana mă aștepta dezamăgită. Tot ea! De parcă era normal să mă pună în fața faptului împlinit; ba mai mult: să-mi dea o astfel de veste intimă de față cu o grămadă de oameni străini de familie, chiar dacă erau prieteni.

– Puteai măcar să joci teatru de față cu ceilalți, nu să arăți că ești dezamăgit de noutatea că vei avea un copil cu mine, mi-a reproșat Diana, aruncându-mi o privire urâtă.

– Iar tu puteai să-mi fi spus despre copil între patru ochi, pentru că e ceva intim, între mine și tine, nu să mă iei prin surprindere de față cu toată lumea. Asta ca să nu mai zic că puteai și să te protejezi, că parcă așa se face când lucrurile nu sunt stabilite de comun acord de către cei doi parteneri, i-am spus și eu fără menajamente ce aveam pe suflet.

Dar Diana nici nu mai auzea ce spun. Era prea fericită că reușise să-mi pună căpăstru, probabil.

– Ai văzut ce față avea Irina? E invidioasă de moare. Am înțeles că ea a pierdut o sarcină, a continuat ea să se bucure, în același timp fără să omită să lovească în iubita fratelui meu. Nici nu mă mir la cât e de zbuciumată, a adăugat cu satisfacție.

– Taci!

N-o mai suportam. Nu reușeam să-i înțeleg răutatea. Era fericită că va fi mamă sau că poate s-o facă pe altă femeie să sufere fiindcă nu este binecuvântată cu un copil?!? Era încântată că mă păcălise cu o sarcină despre care nu fusese niciodată vorba între noi doi sau pentru că așa putea să mai bage un cuțit în inima unei rivale pe care nu o înghițea? Era fericită că e însărcinată sau fericită că poate s-o facă să sufere pe o femeie pe care o ura?

Diana continua să mă dezamăgească în fiecare zi. Am plecat s-o caut pe Irina, dar se încuiase în camera ei, așa că i-am scris un mesaj și i-am spus să coboare, că am nevoie de ea.

A venit în living și m-a găsit stând de vorbă cu Simona. I-am spus Irinei că sunt neplăcut surprins de ceea ce am aflat și că în niciun caz nu-mi doresc un copil cu Diana, mai ales fiindcă niciodată nu s-a pus o astfel de problemă între mine și ea, nu am discutat vreodată că ar fi cazul să trecem la nivelul următor în relația dintre noi. Însă Irina, puternică și mândră, fără să-mi permită să văd nimic din ceea ce era în sufletul ei, a încercat să mă convingă că un copil este o binecuvântare și mi-a promis că îmi va fi alături, că ne va ajuta pe mine și pe Diana să-l creștem.

Nici nu concepeam așa ceva, aveam sufletul sfâșiat. Pentru mine, asta însemna sfârșitul tuturor speranțelor mele de a o lua de la început cu toate și de a fi în sfârșit cu ea, fata pe care o iubeam.

– Ia mai termină, tu, cu aberațiile tale! i-a spus Simona Irinei, aprinzându-și o țigară. Suntem în secolul contracepției! Sau doamna doctor Diana nu știe cum? Crede că așa va pune lăbuța pe el! Fata se apropie de treizeci, Roby e o partidă bună...

– Gata, Simona! s-a răstit Irina, apoi m-a îmbrățișat ca pe un copil rănit. O să-ți fiu alături orice s-ar întâmpla, bine? mi-a zis cu bunătate.

Iar eu simțeam că-mi pierd mințile! Așa ceva nu era posibil, nu putea să mi se întâmple tocmai când încercam să găsesc o soluție salvatoare ca să pot fi cu singura femeie iubită de mine!

– Minți. Te cunosc foarte bine, Irina. Știu că ai fi în stare să-ți dai viața numai să nu rănești pe cineva. Știu ce înseamnă pentru tine familia și copiii..., am șoptit eu cu capul în palme.

Eram îngrozit că o pierdeam definitiv. Și, la cum o cunoșteam, exact asta s-ar fi întâmplat. Irina nu era genul care să lase un copil fără tată.

– Hai, Robert, gata! mi-a tăiat-o nervoasă Simona. Nu e sfârșitul lumii. Nu te poate obliga nimeni să faci ceea ce nu vrei să faci. Dacă ea va dori copilul, atunci o poți susține financiar. Doar nu o să te legi la cap pentru o viață întreagă cu una pe care nu o iubești. Ea și-a asumat asta când a decis să rămână gravidă fără știrea ta. Or, în viață, oamenii nu sunt obținuți cu japca, e clar? Așa ceva e pentru bărbații proști. Ai uitat prin ce a trecut Matei cu Silvia? Eu nu te las, bă, să faci o asemenea prostie! Dacă o iubești și o vrei pe viață, tot respectul. Dacă nu, aia nu o să te învârtă cum vrea ea. O calc în picioare...

Simona se pornise ca o avalanșă.

– Mereu te-am iubit, Simo, i-am spus. Ești cea mai adevărată prietenă pe care o poate avea un om.

– Păi, vă iubesc, băi, de-aia! Hai, lasă tristețea! E ziua ta, ne-am distrat super. Mai e tort? Hai să petrecem, că viața e prea frumoasă ca să ne împotmolim în mărunțișuri...

Așa cum bănuiam că se va întâmpla, vestea că Diana este însărcinată a făcut-o pe Irina să-și schimbe atitudinea față de mine. Era din nou distantă și mult mai caldă cu Matei. Doar că el o înșela în continuare, că așa era el, nu se putea face nimic în privința asta. Și am aflat-o într-o dimineață, când mergeam amândoi, în aceeași mașină, spre birou.

– În seara asta am niște treabă, voi ajunge târziu, mi-a spus direct. Dacă te întreabă Irina, asta e explicația, OK?

– Iar o înșeli? l-am întrebat scârbit, străduindu-mă să-mi păstrez calmul.

– Hai, Robert, mai lasă-mă cu lecțiile tale de morală, m-a întrerupt el plictisit.

– Nu-ți țin lecții de morală, pur și simplu nu te înțeleg.

– Nu mă înțelegi pentru că tu nu știi că a trecut o groază de timp de când nu m-a lăsat să o ating, mi-a explicat el imediat năravul prost pe care i-l cunoșteam, oricum, dintotdeauna.

– Nu te-a lăsat sau nu ai încercat?

– Am încercat de multe ori, dar mă respinge. Probabil că se răzbună pentru că am înșelat-o, pentru că i-am angajat paznic... Nu știu, mi-a explicat Matei, enervat pentru că-i ceream explicații și nu eram de acord cu ce face.

– Poate că ar trebui să admiți că relația voastră s-a sfârșit de mult. Nu-mi place că o înșeli și că mă faci părtaș la asta. Nu mai vreau circ, nu mai vreau s-o văd suferind. Știi bine cât de mult țin la ea!

Încercam – a câta oară? – să-l fac să înțeleagă că ceva nu este corect în felul în care-și gestionează relația.

– Voi avea grijă să nu afle, crede-mă.

– Eu încerc să înțeleg de ce ai înșelat-o de la început. E ceva în neregulă cu ea?

– Nu, din contră. Dar poate că am eu o parte întunecată de care nu pot să scap. Însă știi bine că alte femei nu înseamnă nimic pentru mine. Pe unele nu știu nici măcar cum le cheamă..., mi-a aruncat el peste umăr, grăbindu-se să încheie discuția, fiindcă era clar că nu-i face nicio plăcere.

Am evitat-o pe Irina în seara aceea, dar m-a căutat ca să mă invite la cină.

– Matei e..., am început eu discursul ca să-i salvez pielea fratelui meu.

– Robert, nu mă interesează unde e Matei. Dacă mă interesa, îl sunam. Dar eu sunt o fată cu bun-simț și nu-l deranjez, nu vreau să-i stric bucuria, cu atât mai puțin cu cât este atât de măruntă. Măcar atât să aibă și el, săracul...

Am înlemnit. Știa ceva? Bănuia? Simțea? Iar Matei credea că o poate duce de nas cu scuzele lui puerile... Tocmai pe ea? Încă nu-și dăduse seama că Irina este altfel decât gâsculițele cu care era el obișnuit?

Trebuia să aflu ce avea în minte și, după cină, i-am scris Irinei un mesaj din postura prietenului imaginar. Nu eram sigur că-mi va răspunde, mai ales că în ultima discuție mi-a cerut să ne vedem și m-a amenințat că nu va mai vorbi cu mine dacă nu îmi voi dezvălui identitatea.

„Ești bine, fată frumoasă?", am început eu dialogul amical, ca de obicei.

„Vreau să plec din casa asta. Din închisoarea asta", a izbucnit ea imediat.

„Și de ce nu pleci?"

„Pentru că nu pot. Pentru că aici se află oameni pe care-i iubesc enorm și pe care nu mă îndur să-i las singuri." Îmi dădea din nou explicația care, de fapt, o ținuse pe loc de la bun început. Cea pentru care acceptase de fiecare dată să se întoarcă la Matei, cu toate că nu mai era fericită de multă vreme.

„Te referi la Robert?"

„Și la Robert, dar mai mult la fetiță. Efectiv, nu pot să plec de lângă ea. Am crezut că pentru Matei m-am întors de fiecare dată și nu m-am putut înțelege, nu mi-am putut explica niciodată cum de sunt atât de slabă și de fraieră. Dar adevăratul motiv pentru care încă sunt aici este fetița. Nu pot s-o părăsesc!", mi-a mărturisit Irina.

„Și Robert?", am pus eu accent pe întrebarea care mă frământa.

„Și Robert. Îți dai seama în ce situație mă aflu?"

„Pleacă. Robert va veni după tine oriunde, iar pe fetiță ai putea să o vizitezi."

Eram sincer, fiindcă ăsta era adevărul. Poate că acum nu aș mai fi luptat să i-o fi adus înapoi lui Matei, înțelegeam că nu sunt compatibili și că ea nu este fericită. Și nici eu...

„Matei nu mă va lăsa să o mai văd vreodată, dacă voi pleca. I-aş pierde pe toţi cei pe care-i iubesc.“

Avea dreptate, fratele meu fusese foarte clar în privința asta, i-ar fi blocat orice drum înspre cei pe care Irina îi iubea. Asta așa, ca să o facă să-și smulgă părul din cap de neputință, iar el să fie învingător și să-și impună punctul de vedere.

„Și ce vei face? Vei rămâne în povestea aceea nefericită?“

„Parțial nefericită. O am pe Cesara, care este alinarea mea, o am pe Oli și îl am pe Robert. Așa cum îl am, măcar îl văd în fiecare zi. Se pare că mă pot mulțumi și cu atât...“

Doamne, Irina gândea acum exact ca mine! Ca mine, cel care înghițise atâtea și făcuse o mulțime de prostii în avantajul lui Matei, numai ca să poată să o vadă pe ea în fiecare zi și să o aibă alături. Acum s-ar fi mulțumit și ea doar cu atât, numai pentru a mă vedea zilnic! Nu, nu era drept. Și abia acum înțelegeam ce greșeli făcusem...

„Ziceai că are o iubită. Nu te deranjează să-l vezi cu ea?“

„Nu. Îmi impun să cred că nu se ating, deși se pare că este însărcinată. Însă când e cu ea în camera lor, îmi imaginez că numai doarme lângă ea, că nu fac dragoste, că nu o iubește.“

„Dar tu cu Matei faci dragoste…“

„Cu Matei am făcut dragoste până când…“ S-a oprit exact când mi-aș fi dorit să știu mai multe.

„Până când te-a înșelat?“

„Nu. Până când mi-am dat seama că-l iubesc pe Robert. De atunci, între mine și Matei totul a fost mecanic, mai mult din obligație…“

Eram topit. Deși mărturisirile ei mă dureau, eram în același timp fericit să aflu că mă iubește, dar și trist să înțeleg că o cauză a relației lor grav avariate eram eu. Mă simțeam prins ca într-o menghină.

„Dacă-l iubești pe Robert, cum îl mai poți lăsa pe Matei să te atingă?“

„Tocmai. Îl iubesc atât de mult, încât nu mai pot lăsa pe nimeni să mă atingă, dar am refuzat să cred asta, am încercat să-mi dovedesc contrariul, să scap de Robert şi să îmi văd de viaţa mea.“

– Cu cine conversezi? m-a întrerupt brusc Diana, apărând dintr-odată în living, lângă mine.

– Cu prietenul meu Cosmin, i-am răspuns, făcând pe indiferentul și punând telefonul deoparte.

Pentru numărul prietenului imaginar aveam un telefon identic cu cel pe care-l foloseam zi de zi, ca nu cumva să atrag atenția cuiva că aș avea două telefoane.

– Trebuie să vorbim, mi-a zis Diana cu voce gravă, așezându-se lângă mine.

– S-a întâmplat ceva?

– Se pare că a fost alarmă falsă. Poţi fi liniştit, nu-ţi pun un copil în cârcă, a oftat ea cu tristețe.

– Eşti sigură?

Inima mea bătea ca o nebună, eram fericit! Eram liber! Viața mea nu se închidea dramatic dintr-un simț al datoriei, în relația cu o femeie pe care nu o iubeam.

– Da, foarte sigură.

Am tăcut. Mă simțeam salvat și mântuit de tot stresul, de toate gândurile negre. Trebuia să scap de prezența Dianei, să-i spun neapărat Irinei vestea bună. Să o liniștesc, să nu mai sufere.

– Matei unde e? N-a venit încă?

– E la birou, are ceva de făcut.

– În locul lui, nici eu nu m-aș grăbi acasă la o femeie rece ca Irina, căreia, săracul, a mai trebuit să-i angajeze și paznic.

Iar începuse cu prostiile, dar, cum nu aveam chef de bârfele ei de femeie geloasă, am tăcut din nou, sperând să priceapă că tăcerea e și ea un răspuns. Unul deloc flatant pentru ea.

– Auzi, Robi? Eu cred că paznicul s-a îndrăgostit de Irina, a continuat ea.

– Ce prostii spui? Taci, poate că te mai aude cineva, am devenit eu brusc atent, fără să o las, totuși, să vadă asta.

– Îți spun eu că așa e. Am văzut cum se uită la ea când crede că nu-l observă nimeni. Și a atins-o de câteva ori, mi-a aruncat ea triumfătoare.

– Cum adică „a atins-o“?

Asta nu mi-a plăcut deloc, simțeam că-mi iau foc ochii din cap de nervi. Meritam un premiu pentru cât de tare m-am abținut să nu mă dau singur în vileag.

– Știi tu: când îi întinde câte ceva, face tot posibilul să-i atingă mâna. Când îi ține haina să se îmbrace, el îi scoate părul de sub guler, dar o cam mângâie pe gât…

Simțeam că turbez! Îmi venea să merg să-l caut pe Claudiu și să-l dau afară din casă în șuturi. Și la fel aș fi procedat și cu Diana, cu răutățile, bârfele și observațiile ei de doi bani.

– Ți se pare, te asigur, am reușit să-i spun, privind calm spre televizor, ca să nu par interesat sau afectat de ceea ce îmi spune.

– Nu cred, mi-a replicat Diana foarte sigură pe ea. Dar voi fi mai atentă. Ah, și ieri dimineață, când am coborât la micul dejun, în bucătărie erau doar ei doi. Irina a dat să se așeze pe scaun, el i-a tras scaunul și, după ce s-a așezat, i-a aranjat părul. Mai mult, i l-a mângâiat, că părea cam topit. Nici nu mă mir, dacă ea umblă despuiată și…

– Bine, o să verific. Dar tu să nu vorbești cu absolut nimeni despre subiectul ăsta, OK? Nu vreau să răspândești povestea asta până nu avem siguranța că este într-adevăr ceva, i-am răspuns, încercând să-mi stăpânesc iritarea.

În noaptea aceea, am așteptat să adoarmă Diana, apoi m-am dus în camera Irinei. Voiam să-i dau vestea cea bună despre sarcina inexistentă a iubitei mele, dar și să-i sustrag jurnalul, să verific dacă voi găsi ceva scris despre Claudiu. Însă în cameră nu se vedeau nici ea, nici jurnalul. Am găsit-o dormind în camera fetiței, dar m-a simțit intrând și a deschis ochii. I-am spus că Diana nu este însărcinată, că a fost doar o alarmă falsă. Nu a părut mirată, nici bucuroasă. Ori nu mai știam eu să-i citesc reacțiile, ori învățase foarte bine să le ascundă de mine.

Am stat amândoi și am privit-o pe Cesara dormind, până când Irina, răpusă de oboseală, a adormit și ea.

Abia a doua zi am reușit să fac slalom printre îndatoriri și să găsesc timp și spațiu ca să intru în rolul prietenului imaginar și să-i scriu.

„N-am terminat discuția despre viața ta tumultuoasă", i-am scris, imediat ce am găsit timpul și spațiul necesar unei discuții cu ea.

„Ce ar mai fi de spus?", mi-a răspuns după câteva minute.

„Nu știu, spune-mi tu tot ce vrei. Descarcă-ți sufletul."

„Tu n-ai altceva mai bun de făcut decât să citești frustrările unei femeie nebune?", a glumit Irina, părându-mi în același timp bucuroasă că un om pe lumea asta se gândește și la sufletul ei.

„Nu sunt eu prietenul tău? Știi bine că-mi poți spune orice. Chiar, nu mi-ai povestit nimic despre antipaticul tău paznic. Ce mai face, a renunțat Matei la el?", am intrat eu direct în subiectul care-mi ardea sufletul.

„N-a renunțat, face parte din familia noastră acum. E la noi de dimineața până seara. Vine înainte să plece băieții la birou și pleacă seara târziu, când ei sunt deja acasă."

„Nu s-a îndrăgostit de tine?", am apăsat eu pedala până la capăt, chipurile în glumă.

„Nu știu, nu cred. Ți-am spus, nu sunt vreo femeie fatală, chiar dacă-mi place să mă erijez uneori în una."

„Dar ești o femeie minunată și specială, mi-e greu să cred că nu te place", am insistat cu tupeu.

„Mă place, asta e evident. Îmi caută compania, e foarte atent, dar poate că face asta doar din respect", mi-a răspuns ea punctual și fără să se împăuneze cu un nou adorator.

„Ție îți place de el?"

„Simonei îi place mai mult decât mie. Îl place chiar foarte mult."

„Dar ție?"

Sărisem deja calul, știam, dar nu mă puteam abține. Trebuia să înțeleg dacă e cazul ca bârfa Dianei să mă îngrijoreze sau dacă am de-a face doar cu născocirile unei femei invidioase.

„Mie? Nu m-am gândit la asta. E frumușel. Și e destul de sexy, are ceva care atrage. Curios om mai ești!“, mi-a răspuns Irina, evazivă și puțin nedumerită.

„Ai face dragoste cu el?“

„Aș face dragoste cu tine. Vii?“, mi-a retezat-o ea – și pe bună dreptate. Exagerasem.

„Nebuno ce ești! Noroc că sunt prea departe de tine“, am glumit eu, ca să nu-i dau de bănuit.

„Nu există «prea departe» când îți dorești ceva cu adevărat“, a filosofat ea. Dar cine știe unde-i zbura gândul? Unde și la cine...

Trecuse ceva timp de când povestea cu Irinei cu Alex luase sfârșit, iar viața în casa noastră părea a fi intrat pe un făgaș relativ normal, lucrurile mergând cumva înainte, din inerție și obișnuință. Dramele majore dintre ea și Matei se terminaseră oarecum, dar nici vreo fericire imensă nu le înlocuiseră. Și se instalase un soi de apatie în comportamentul nostru, al tuturor celor din casă, de parcă nimic nu ne-ar mai fi putut urni din rutina aceea atât de distrugătoare, un surogat ieftin de pace și bună înțelegere.

Numai că într-o seară, din senin, fără ca nimic să fi vestit așa ceva, Irina i-a spus lui Matei că vrea să plece din viața lui pentru că nu-l mai iubește. Acalmia luase sfârșit, furtuna se apropia din nou vijelios de căminul și familia noastră. S-au certat mult, Matei a plâns, a implorat-o, ba chiar a amenințat-o că se va sinucide, când a văzut că decizia iubitei lui era de nezdruncinat.

Văzându-l cât de disperat este și cât de imatur se poartă, am încercat să-mi imaginez cum ar reacționa dacă i-aș spune și eu că o iubesc pe Irina și că amândoi îl vom părăsi. Un scenariu care mi s-a părut în momentele acelea apocaliptic, pentru rezistența psihică a fratelui meu. Cu siguranță, ar fi fost devastat, poate chiar capabil de vreo nebunie. Reacțiile la asemenea șocuri sunt imprevizibile, mai ales când vin exact de unde te aștepți mai puțin și în momente în care totul părea a fi în regulă din toate punctele de vedere.

Eram obosit, copleșit, deprimat. Nu găseam nicio scăpare din situația disperată și lipsită de o soluție câștigătoare. Părea să fie imposibilă o ieșire din impas rezonabilă și mulțumitoare pentru toată lumea, nu numai pentru mine.

Supus atâtor presiuni interioare, după ce am cântărit situația pe toate părțile, peste câteva zile i-am spus Dianei că vreau să ne despărțim. Era un pas înainte pentru a începe să-mi rezolv probleme de viață care nu mai suportau amânare. Nu o iubeam pe fata aceea, nu avea rost să-i încurc viața, după cum nici viața mea nu merita a fi irosită sau, mai rău, condiționată de lucruri din afara mea și pe care nu le putem controla, cum fusese în cazul alarmei cu sarcina ei nedorită. A plâns, m-a rugat să mai încercăm, mi-a propus o perioadă de separare, să am timp să-mi reevaluez sentimentele, ba chiar și-a cerut iertare pentru fiecare dată în care m-a supărat. Dar i-am spus că nu mai vreau să continuăm relația.

– Meriți mai mult decât îți pot oferi eu, Diana. În relația dintre noi, eu nu-ți dăruiesc decât jumătăți de măsură. Și nu e corect. Nu vreau să te irosești așa. Meriți să-ți găsești pe cineva care să-ți pună totul la picioare, i-am zis cu blândețe, încercând să fiu cât mai bun cu putință în răul pe care i-l făceam.

– De ce nu ești tu acela? m-a întrebat printre lacrimi.

– Pentru că nu pot. Poate că mă aflu într-o perioadă dificilă, nu mă simt pregătit și capabil să-ți ofer ceea ce meriți, să fiu bărbatul care ar trebui să fiu, i-am explicat cum am putut eu mai bine ceea ce nu aveam cum să-i dezvălui.

– O iubești pe ea, așa-i?

– Pe cine?

– Știi bine pe cine.

A fost rândul ei să mă ia prin surprindere. Nu i-am răspuns. Încercam să-mi dau seama dacă dragostea mea pentru Irina era chiar atât de evidentă. Ori Diana îmi citise în suflet? Oare comportamentul meu față de iubita fratelui meu, pe care în orbirea mea îl credeam firesc și normal, nu era de fapt deloc astfel? Toată lumea știa că o iubesc ca pe o prietenă și membră a familiei, cu loialitate, că avem o relație foarte bună și eram convins că ascunsesem destul de bine dragostea nebună pentru ea. Sau devenisem transparent și oricine putea să vadă până în adâncul inimii mele? Întrebarea, precum și răspunsul ei m-au pus cât se poate de serios pe gânduri. Dacă era așa, implicațiile unei astfel de situații puteau avea consecințe nedorite – și chiar trebuia să mă controlez cumva, să fiu mult mai atent.

Diana nu a vrut să rămână până a doua zi. Și-a adunat lucrurile în grabă, făcând multe drumuri ca să le ducă la mașină și refuzându-mi ajutorul, apoi a plecat în toiul nopții.

– Casa asta are ceva, e blestemată. Aici nimeni nu poate fi fericit, mi-a spus printre lacrimi când a urcat la volan.

– Te rog mult să conduci cu grijă și să-mi dai un semn când ajungi acasă, să fiu liniștit.

– Te iubesc, Robert, m-a privit ea rugătoare, de parcă aștepta să-i cer să rămână.

N-am făcut-o. Și am stat cu sufletul la gură până când mi-a scris că a ajuns acasă cu bine.

„Te rog să mă ierți. Nu te meritam“, i-am scris, încă marcat de lacrimile ei.

„Poate o să te iert după ce o să reușesc să trăiesc fără tine.“

Povestea cu Diana luase sfârșit. Făcusem ceea ce era corect și față de ea, dar și față de mine. Nu-mi fusese ușor, dar nu pentru că aș fi iubit-o, ci pentru că i-aș fi provocat o suferință nemeritată. Dincolo de greșelile și răutățile ei la adresa Irinei, știam că mă iubește și că totul o va lua prin surprindere, pentru că nimic din comportamentul meu nu anunța că sunt hotărât să terminăm relația. Dar acum, când Diana nu mai era în casă, speram că Irina va fi mai liniștită.

Îi căutam prezența mai mult ca înainte, nemaiavând o iubită căreia să-i dedic un spațiu important din timpul meu. Însă Irina mă evita. Ziua stătea foarte mult cu Claudiu, care părea tot mai atașat de ea, iar asta nu-mi făcea niciun fel de plăcere, mai ales după ce fusesem pus în gardă că gesturile lui față de cea pe care era angajat să o păzească nu sunt tocmai unele obișnuite. Am încercat într-o seară să vorbesc cu ea despre noi, i-am spus din nou cât de mult o iubesc și că-mi doresc să fugim împreună oriunde în lume, să fim în sfârșit un cuplu, dar mi-a răspuns că nu-și dorește decât să plece din casa noastră, din viața mea și a lui Matei. Am simțit că-mi alunecă pământul de sub picioare.

– Vorbești ca un băiețel visător. Nu te voi lăsa să faci asta. Țin la Matei și nu vreau să i te iau. Realizezi ce lovitură ar fi pentru el să ne piardă pe amândoi deodată? a încercat ea să mă aducă pe pământ din văzduhul pe unde pluteam cu capul în nori, reamintindu-mi aproape cu aceleași cuvinte ce gândesc și eu în clipele de luciditate.

– Pe mine nu mă iubești? Renunți la mine din iubire pentru Matei?! i-am răspuns cu tristețe, parcă nevenindu-mi să cred că încă mă lupt cu aceeași problemă, că nu va fi a mea niciodată.

– Nu, Robert. Tu ai renunțat la mine din iubire pentru Matei! Eu renunț la tine pentru tine. Pentru că te iubesc prea mult. Pentru că nu vreau și nu pot să-ți iau familia și oamenii pe care-i iubești. Nu vreau să te expun judecății lor și a altora, nu vreau să trăiești o viață cu sufletul împovărat de regrete și vinovăție! și-a apărat ea decizia și adevărul.

– Îmi asum toate astea! Am o singură viață și nu o pot rata din spirit de sacrificiu pentru alții! Oare Matei, dacă ar fi în locul meu, ar renunța la viața lui doar ca să nu mă rănească? am întrebat-o eu – și pe bună dreptate, pentru că și așa trebuia pusă problema.

Da, greșisem destul de fiecare dată când fericirea fratelui meu fusese pusă înaintea simțămintelor și a fericirii mele, dar înțelesesem între timp că nu aceasta e calea corectă pentru mine, că nu trebuie să mă las pe ultimul loc, strivind sub picioare ceea ce simt și ceea ce-mi doresc de la viață, doar pentru că asta nu cadrează cu judecata oamenilor, fie ei chiar și cei mai dragi mie. Eram revoltat pentru felul în care propriile mele credințe și fapte se întorceau acum împotriva mea, când îmi era lumea mai dragă, dar cum să o conving de eroarea prin care trecusem și eu și pe care abia acum o înțelegeam?

– Ce contează ce ar face Matei? Contează ceea ce ești tu, Robert! Iar eu nu o să-ți iau asta, mi-a răspuns ea cu înțelepciune.

– Tu nu înțelegi că te iubesc?! mi-am apărat eu viața și toate sentimentele.

– Ba da. Dar înțeleg că iubirea noastră este una imposibilă. Că ne-am ratat șansa de a fi împreună, a oftat ea cu un zâmbet amar.

– Hai să plecăm, hai să fugim departe, oriunde în lume. Las totul, ești tot ce am nevoie, Irina! am încercat încă o dată, înflăcărat, să o fac să înțeleagă cât de mult o iubesc și să fie de acord cu mine și cu soluția mea de a pleca unde vedem cu ochii.

– Crezi că distanța față de aceia pe care-i vei răni te va ajuta să nu te mai simți vinovat? Crezi că e atât de simplu să lași în urmă viața trăită până acum? Fii bărbat. Parcă ar vorbi un băiețel. Și-i arunci tot lui în cârcă să-ți rezolve problemele...

După câteva zile, la micul dejun, Claudiu l-a anunțat pe Matei că este nevoit să renunțe la jobul pentru care-l angajase, fără să vrea să-i spună și motivul pentru care nu mai poate lucra pentru el. I-a mulțumit pentru tot, mărturisindu-i ca perioada petrecută alături de noi a fost foarte frumoasă și că învățase multe în timpul în care a stat alături de familia noastră.

– Te-ai îndrăgostit, nu-i așa? l-am întrebat pe Claudiu când lui Matei i-a sunat telefonul și s-a dus în living să vorbească.

Nu mi-a răspuns, dar știam că acela este motivul pentru care nu mai voia să stea toată ziua cu Irina. Dacă nici eu nu mai simțeam adevărul, cine oare să-l fi intuit mai bine? Matei a încercat să-l convingă să rămână, dar Claudiu i-a spus categoric și impasibil că are motive serioase pentru care nu mai poate lucra pentru noi. Adevărul era că ne obişnuiserăm cu el, ne ajuta foarte mult acasă, dar şi la firmă. Era un om discret, foarte corect şi serios. Iar dovada cea mai bună a onestităţii sale era că pleca tocmai pentru a-şi menţine nealterat propriul cod al onoarei.

– Ce ţi-e şi cu viaţa asta! a clătinat din cap cu tristeţe Irina. La început, nu ştiam cum să scap de tine, iar acum nu ştiu cum să te conving să rămâi.

Şi ea se ataşase de angajatul lui Matei. Nu fusese niciodată paznicul ei, ci umbra ei. Sau, cel puţin, aşa îl percepuse ea. O ajuta mereu, o proteja, o asculta liniştit când avea chef de vorbă şi manifestase permanent un comportament ireproşabil.

– Ce facem fără Claudiu? Cine o mai păzeşte pe prinţesa nebună? m-a întrebat Matei îngrijorat, jumătate în glumă şi jumătate foarte serios.

– Nu are nevoie să fie păzită. Şi-a primit lecţia, eu zic că ar trebui să vă purtaţi ca nişte oameni maturi şi normali, am încercat eu să-l liniştesc.

– Normali? Ţi se pare că Irina e normală? s-a apărat el, aruncând vina spre iubita lui.

– Ţi se pare că nu i-ai dat motive s-o ia razna? i-am amintit şi eu, pentru că ăsta era adevărul şi era firesc să-l respectăm.

– Vrea să plece la Braşov câteva zile.

– Las-o să plece. Dă-i puţin spaţiu, arată-i că ai încredere în ea, că-i respecţi nevoile.

– Şi dacă ne face vreo figură din nou? a insistat el, cu o mină deloc liniştită.

– Nu va face.

Am reuşit să-l conving într-un târziu, iar Irina a plecat la Braşov în weekendul acela, lăsând casa pustie. În schimb, eu, având de lucru la birou, reuşeam ziua să nu mă gândesc întruna la ea. Însă seara şi noaptea, când ajungeam acasă, eram disperat. Totul era lipsit de sens, mă învârteam ca un leu în cuşcă, fără să reuşesc să-mi găsesc locul şi liniştea. „Doamne, cum să te facă o ființă atât de dependent de ea?! Creatură ciudată! Bine-i spune Matei!“

O sunam, dar nu-mi răspundea, iar asta mă neliniștea și mai tare. Mă salva, ca de fiecare dată, prietenul imaginar. Am sunat-o, dar nici așa nu a fost cu putință să o aud. Am avut, în schimb, un dialog prin mesaje, în care ea mi-a reproșat că nu îmi dezvălui identitatea, așa că m-a amenințat că-și va schimba numărul de telefon. Părea că-și pierduse răbdarea și cu necunoscutul cu care, altfel, nu avusese niciodată vreo problemă.

„Ești în Brașov?“, am întrebat-o.

„Da“, mi-a răspuns ea sec și distant.

„Mâine, la ora 10 fix, te rog să mergi în locul tău preferat, unde citeai cândva“, am părut eu dintr-odată dispus să mă arăt la față.

Așa că Irina poate a fost convinsă că prietenul imaginar va merge să o întâlnească, însă eu aveam alt plan. În niciun caz nu mă puteam deconspira, asta era clar.

Am luat pozele pe care i le făcusem când am urmărit-o prin Brașov, câteva foi printate pe care notasem lucruri drăguțe pe care mi le spusese când îmi vorbea la telefon cu orele și care mi-au plăcut foarte mult. Am cumpărat un buchet imens de trandafiri albi și l-am sunat pe un angajat foarte loial, pe care l-am rugat să-mi facă un serviciu. Știam cu siguranță că Irina va merge mai devreme la întâlnire decât ora stabilită, asta ca să-l surprindă pe prietenul imaginar, de aceea l-am rugat pe omul meu de încredere să fie vigilent, să se ducă acolo cu cel puțin două ore mai devreme și să lase florile și pozele pe banca pe care ea obișnuia să citească. Banca se afla într-o zonă împădurită, pe o colină din spatele zidurilor de apărare ale Brașovului, iar Irina adora acel loc, unde-i plăcea să citească, să viseze sau doar să contemple centrul orașului.

Omul meu și-a îndeplinit misiunea la perfecție și nu a plecat înainte ca totul să fie în regulă. A păzit de la mică distanță banca, să se asigure că nimeni altcineva nu va lua florile și fotografiile. Irina a ajuns la ora 10.00 la locul stabilit împreună, oră la care eu eram deja la birou. Știam că va suna pe telefonul fix de la firmă, pentru că eram sigur că mă bănuiește – ca să se convingă în acest fel că nu eu sunt prietenul imaginar, un erou fantastic care nu ar fi avut cum să lase niște flori în Brașov și să ajungă atât de repede la București decât prin teleportare.

„Știu, te sperie asta, nu?“, i-am scris într-un mesaj după ce am primit confirmarea de la omul meu că Irina este acolo. Nu se dusese singură, ci cu Simona.

„Da!“, mi-a răspuns categoric și imediat.

„De ce, Irina? Ți-am făcut câteva poze“, i-am zis, de parcă era cel mai normal lucru din lume să urmărești un om și să-i faci fotografii fără știrea lui.

„E ciudat rău. De ce tot misterul ăsta?“

„Nu știu“, i-am dat eu cel mai prostesc răspuns cu putință.

Bineînțeles că aveam motive foarte întemeiate să-mi ascund identitatea. Cum să mi-o devoalez fără să produc un cutremur?

„Te rog, vreau să știu adevărul. Am atâtea pe suflet, nu mă mai încărca și tu cu alte griji“, a încercat ea să mă înduplece.

„Irina, nu ți-aș face niciun rău!“

Trebuia să o asigur că nu sunt vreun obsedat care i-ar fi putut crea probleme, vreun țăcănit care voia să o scoată din minți. Până la urmă, ce nebun de legat ar fi avut răbdarea să-și urmărească victima timp de mai bine de patru ani?!?

„Tu nu realizezi cât de ciudat e totul?! Vreau să-mi spui povestea. Ca să înțeleg.“

Am fost nevoit să construiesc o istorioară cât mai diferită de realitate, dar folosindu-mă în același timp de detalii pe care le știam de la ea, ca să par credibil. Trebuia să fiu foarte precaut, să nu mă dau de gol, mai ales că Irina nu era vreo fată prostuță pe care puteam să o duc ușor de nas. M-a interogat puțin, numai că, orice i-aș fi spus, nu o puteam convinge că nu sunt un psihopat, un dement obsedat de ea – cum era și normal, de altfel, să creadă...

„Știi ceva? Îmi ajunge. Din momentul ăsta, nu mai vreau să vorbim. Ceea ce faci depășește literatura SF. Îți mulțumesc pentru flori și pentru prietenie. Dar gata!“, s-a supărat ea la un moment dat.

„De ce, Irina? Ce ți-am făcut? Ce ți-am cerut?“, am întrebat-o spășit, sperând că nu e totul pierdut și că, furioasă fiind pe secretomania mea, nu va pune punct relației cu prietenul imaginar.

„E ciudat totul! Nu e normal ceea ce faci!“

„Știu. Te rog să mă ierți“, i-am recunoscut cu umilință.

Oricine ar fi fost îngrijorat de o situație atât de ciudată, de ascunzișurile unui necunoscut care părea a fi în același timp atât de apropiat.

Și, exact cum anticipasem, a sunat la birou ca să se convingă că atât eu, cât și Matei ne aflăm în București, nu în Brașov.

Seara, în schimb, i-a scris din nou prietenului imaginar.

„Din acest moment, vreau să mă uiți. Singura șansă să mai iei legătura cu mine va fi doar dacă vei veni să văd și eu cine ești.“

„În cazul acesta, ne luăm adio“, i-am răspuns, la fel de categoric.

Chiar dacă mă durea sufletul că nu-i voi mai fi alături și în acest fel, nu puteam risca, mai ales de când mi-a scris la un moment dat că, dacă prin absurd, prietenul imaginar ar fi Robert, nu-l va ierta niciodată. Și-atunci, ce era să fac? Să tac și să-mi duc taina mai departe, fără să-mi asum pericolul ca ea să afle ceva.

„Îți doresc o viață fericită! Și îți mulțumesc pentru tot!“, mi-a mai spus cu răceală și a încheiat convorbirea.

Nu am insistat, ca să nu o sperii și mai tare și să-și imagineze cine știe ce prostii. Mi-am propus, în schimb, să am răbdare ca să-i treacă, așa cum s-a întâmplat și în alte dăți, când am mai fost în dezacord pe diferite subiecte. Văzând că nu-mi scrie, am sunat-o într-o altă seară, dar, de îndată ce și-a dat seama că sunt eu, a închis telefonul. Era încăpățânată și nu voia deloc să mă ierte, adică să mă accepte așa, invizibil, cum îmi doream să rămân.

Îmi era atât de dor de ea, încât îmi venea tot timpul să plec la Brașov ca să o văd, dar m-am stăpânit de fiecare dată când mai aveam un pic și mă urcam în mașină, conștient fiind că are nevoie de o perioadă de liniște. Am sunat-o într-o seară ca să i-o dau pe Cesara să-i spună „Noapte bună“, dar nu a vrut să vorbească prea mult cu mine. Știam că-i lipsește fetița și că plânge noaptea de dorul ei, mi-a confirmat asta Oli într-o dimineață, când s-a dat de gol că Irina o sună în fiecare zi. Asta m-a făcut oarecum fericit: nu ne uitase, încă se gândea la noi. Pentru că, plin de speranță uneori, mă consideram la pachet cu Cesara și cu toți ceilalți din familie care-i lipseau. Iar alteori, pesimist, mă consideram unicul om neiubit de ea dintre toți cei ai casei.

– Să nu mă spui! m-a rugat Oli după ce se dăduse de gol. Nu vreau s-o supăr pe Irina, are destule pe suflet, draga de ea.

– Nu te spun, îți promit. Dar când sună? Când suntem noi plecați la birou? am continuat eu interogatoriul.

– Sună și dimineața să mă întrebe dacă fetița e bine, sună și seara târziu, când știe că mă duc în cameră să dorm. Vrea să știe tot timpul dacă Cesara este bine. Îți dai seama, o iubește, ea a crescut-o, n-are liniște dacă nu află că este bine…

– De noi nu întreabă? am încercat eu să sondez terenul.

Mă ardea să aflu mai ales dacă se gândește la mine.

– Ba întreabă, dar e supărată pe voi. Prea multe i-a făcut Matei… Și tu ai căzut în aceeași oală, a suspinat din adâncul sufletului preabuna și înțeleapta noastră Oli.

Să nu știu nimic despre ea mă scotea din minți și încercam din răsputeri să mă țin tare și să nu o caut, dar sentimentele îmi erau mai puternice decât voința. După discuția cu Oli, am mai rezistat încă două zile fără să-i scriu, apoi am intrat în rolul prietenului imaginar și i-am trimis mesaje. Așa am aflat că era în Germania. Fără să stau prea mult pe gânduri, a doua zi am plecat după ea. I-am spus lui Matei că plec câteva zile cu prietenul meu Cosmin într-o vacanță, rugându-l în acest timp pe bunul meu amic să mă acopere și să nu mă dea de gol la Matei sau la altcineva de la care Matei putea afla adevărul.

– Mă ții în casă departe de cluburi și de viața mondenă din București? Cu ce am greșit să mă torturezi așa?! mi-a spus Cosmin amuzat când i-am povestit despre planul meu.

Evident că era o glumă. Prietenul meu îmi semăna, nu prea era genul care să bată cluburile. Doar dacă nu avea încotro și era vreo obligație la mijloc.

– Nu am altă scuză să plec. Te rog, ajută-mă și păstrează pentru tine ce ți-am zis, i-am subliniat iar, asta ca să nu mai existe niciun dubiu că secretul trebuie păstrat.

– Ești nebun de legat, frate! Te ajut, asta ar fi chiar culmea, cum să nu o fac?

Însă, din păcate, Irina nu era în Germania. Vecina ei mi-a spus că a fost acolo să dea câteva examene, dar se dusese deja la prietena ei în Italia. Mi-a dat cheia apartamentului Irinei să dorm acolo o noapte, iar dimineață am plecat valvârtej spre Milano. Eram obosit, stresat și terorizat de gândul că Irina fuge de mine, însă erau doar închipuiri nebunești. De unde să fi știut iubirea vieții mele că plecasem după ea sau că sunt capabil să o urmez până la capătul lumii?

Însă am priceput foarte bine că nu avea liniște și, cu atât mai mult, i-am înțeles dorința de a-și vedea încă o dată prietena, pe care o iubea atât de mult și pe care o revăzuse la București, când venise cu ceva timp în urmă, așa cum promisese. Îi organizasem atunci Luminiței un Crăciun de pomină la Snagov, în septembrie, asta pentru că știam cu toții cât de mult iubește sărbătoarea aceasta veselă și colorată, pe care nu avea să o mai apuce în decembrie...

Străveziu de oboseală, am riscat și nu mi-am anunțat vizita la Luminița, de teamă că Irina va pleca de acolo din cauza mea, ca să mențină distanța între noi... Am ajuns la Milano cu noaptea în cap și speram că nu o voi deranja, că nu o voi supăra.

Dar Luminița s-a bucurat foarte mult când m-a văzut și m-a îmbrățișat cu tot dragul pe care-l avea în inimă pentru mine.

– Spune-mi că e aici, i-am șoptit când am luat-o în brațe, de frică să nu mă audă Irina, dacă s-ar fi întâmplat să fie prin preajmă.

– Nu e. A fost. De ce n-ai sunat, nebunule, ai bătut atâta drum! mi-a răspuns, cu o voce pierită, dar fericită că mă vede.

– Voiam neapărat să te văd și nu-ți ascund și că speram să o găsesc aici. Dar unde e? Bineînțeles, dacă poți și dacă vrei să-mi spui.

– E într-o vacanță. Eu am trimis-o. Eu am aranjat totul. Avea nevoie de o ieșire ca să-și limpezească mintea. Dar a fost și aici, bineînțeles.

– Și unde e acum?

– În Veneția. Și-a dorit dintotdeauna să meargă la Veneția.

Știam asta, îmi aminteam când fuseserăm împreună la Luminița și, la întoarcerea spre casă, am întrebat-o unde își dorește să meargă, ce i-ar plăcea să vadă în Italia. Mi-a răspuns atunci că o atrăgea Veneția ca destinație, dar că nu era momentul, așa că alesese să mergem la Verona, să vedem împreună balconul Julietei și al lui Romeo.

Câte amintiri mă legau de Irina, câte momente minunate trăiserăm împreună! Cum să renunț la ea, cum să reușesc să-mi înăbuș toate sentimentele care-mi vorbeau doar despre ea?

– Doamne, ce face acolo singură, Lumi? Te rog, zi-mi unde e, vreau să merg să o găsesc, i-am cerut nerăbdător să aflu tot și cât mai repede.

– O să mă ucidă. De fapt, n-are decât! Și așa mor! a râs ea, privindu-mă bucuroasă.

Îmi citea în suflet ca într-o carte deschisă. Știa tot ce simt pentru Irina, știa că în inima mea e dragoste curată și cred că îi plăcea felul în care o iubesc pe cea mai bună prietenă a ei. Iar eu eram uimit de puterea ei, de faptul că, deși suferința ei era cumplită, încă îi păsa de cei dragi; ba, chiar mai mult, putea să facă haz de ceea ce urma să i se întâmple..

Luminița a ținut să-mi pregătească cu mâinile ei micul dejun și asta m-a impresionat până la lacrimi. Ce dovadă mai mare putea să-mi dea că însemn ceva important pentru ea și că-i sunt cu adevărat drag? Iar soțul ei, un om minunat, a sunat la gară să-mi caute un tren spre Veneția. Până la ora când trebuia să plec, am vorbit puțin despre sănătatea ei, uimit că arăta destul de bine și că părea încă energică și în putere.

– Robert, nu mai pierdeți timpul aiurea. Trăiți-vă viața. Nu lăsați pe mai târziu să faceți ceea ce vă doriți cu adevărat, nu mai amânați fericirea! De ce ai așteptat atât, Robert? De ce te-ai chinuit pe tine și ai chinuit-o și pe ea? Nu știi cât de scurtă e viața aceasta, care pare infinită numai atunci când nu te confrunți cu probleme grave?

Era atât de bună cu mine! Știam că mă înțelege și că ceea ce-mi spunea era din suflet și cu suflet. Și am luat o decizie.

– Lumi, trebuie să-ți mărturisesc ceva. Am o povară grea pe suflet și ție trebuie să ți-o spun. Pot să mă eliberez de ea doar în fața ta, pentru că n-ai să mă judeci și o să încerci să te pui în locul meu, să mă înțelegi.

S-a așezat pe fotoliu, s-a acoperit cu pătura și mă privea curioasă. Era clar că-mi aștepta mărturisirea.

– N-aș vrea să te încarc cu povestea asta, dar pe tine nu pot și nu vreau să te mint. Tu o cunoști cel mai bine pe Irina și poate mă ajuți cumva. Nu vreau să o rănesc și nu vreau să o pierd, nicio clipă nu mi-am dorit să-i fac vreun rău, ci doar să-i pot fi alături, să o protejez și, recunosc, să mă bucur de apropierea de ea.

I-am spus toată istoria cu prietenul imaginar, am luat-o chiar de la început, de când am văzut-o pentru prima oară; și i-am dezvăluit Luminiței tot chinul meu de când am cunoscut-o pe Irina. Nu i-am prezentat o istorie romanțată, ci am încercat să-i redau cât mai fidel tot ce-am trăit și simțit, câtă fericire și nefericire, în același timp, au fost în sufletul meu.

M-a ascultat liniştită, fără să mă întrerupă şi fără să-i citesc vreo dezamăgire în privire. În ochii obosiţi şi încercănaţi de greaua suferinţă vedeam doar lumină şi bunătate.

– Doamne, asta este o poveste de film! a suspinat ea când mi-am terminat destăinuirea.

– Mă judeci? Eşti supărată pe mine?

Era ultimul lucru pe care mi-aş fi dorit să-l fac: să-i provoc fie şi cea mai mică mâhnire.

– Nu, Robert, cum să fiu supărată? Este adevărat: e nebunesc şi ciudat ceea ce ai făcut, dar te înţeleg, a zâmbit ea cu blândeţe.

– Nu ştiu dacă ar trebui să-i mărturisesc asta Irinei. Am nevoie de sfatul tău, tu o cunoşti cel mai bine. Mă apasă faptul că i-am ascuns atâtea lucruri.

– Nu! Sub nicio formă să nu-i spui. Cel puţin, nu acum. Nu-i momentul pentru o asemenea confesiune, pentru acest adevăr, care acum doar ar îndepărta-o de tine. Dar va trebui să-i spui la un moment dat tot ce mi-ai mărturisit mie. Să nu trăieşti cu acest secret.

– Nici nu-mi doresc asta, doar că îmi este atât de teamă! Dacă o pierd, voi muri. Iartă-mă, ştiu că sunt jalnic că-ţi spun tocmai ţie asta, dar o iubesc pe Irina mai mult decât orice pe lume şi nu concep să trăiesc fără ea. Pentru mine nu există viaţă fără ea, am înţeles asta de ceva timp.

– Du-te după ea, Robert! Spune-i că o iubeşti şi dăruieşte-i povestea de iubire pe care o merită. Amândoi o meritaţi, m-a mângâiat Luminiţa pe mână, cu duioşie de mamă.

– Dar nu vrea, Lumi. Se teme de Matei, se teme că îmi ia familia şi tot ce am…

Înţelegeam de ce Irina o considera o a doua ei mamă. Pentru că prietena ei avea acest har divin al înţelegerii sufletului omenesc, bunătatea, iubirea şi înţelepciunea pe care doar la o mamă le găseşti. Şi niciodată nu te judeca, nu te condamna şi nu te punea la zid. Ci ierta...

Am povestit mai mult de o oră, Luminița dându-mi toate detaliile despre hotelul în care era cazată Irina. Și mi-a promis că nu-i va spune că venisem până în Italia după ea.

– Du-te și oferă-i o vacanță de neuitat. Iubește-o, arată-i ce înseamnă pentru tine. Eu o să fiu alături de voi orice ar fi, m-a încurajat la final, știind că am nevoie să-mi dea putere și încredere.

– Lumi, cunoști vreo bijuterie unde pot găsi un inel deosebit?

– Da! a bătut ea din palme fericită.

Luminița era atât de entuziasmată, încât nu se putea hotărî la care dintre magazinele de bijuterii din oraș să mă trimită. S-a decis asupra unuia și l-a rugat pe soțul ei să mă însoțească, dar am refuzat categoric. Nu voiam s-o lase singură. I-am îmbrățișat pe amândoi, am sărutat mâinile, obrajii și fruntea Luminiței, le-am mulțumit pentru tot, apoi am luat un taxi și m-am dus direct la magazinul indicat de ea.

Nu aveam prea mult timp la dispoziție, i-am spus bijutierului că am nevoie de un inel splendid în formă de fluture pentru cineva cu degete foarte subțiri și mâini extrem de delicate, așa că bijutierul, un profesionist, mi-a prezentat câteva inele cu fluturi, unul mai frumos ca altul, dar numai un singur model mi-a atras atenția. Fluturele era foarte fin, părea să zboare și, în același timp, să stea, așezat într-un binemeritat repaus pe o piele suavă de femeie, ca și cum ar fi vrut să împrumute ceva și din gingășia ei. Mă jucasem cu inelele Irinei de zeci de ori, le probasem pe degetul meu mic și știam exact cum să-i găsesc măsura. Iar cel ales de mine părea tocmai potrivit. L-am cumpărat fără să mai stau pe gânduri și am fugit spre gară, grăbit să ajung cât mai repede la Veneția, unde, fără să știe că vin, mă aștepta dragostea vieții mele, femeia cea mai iubită din lume.

În tren, mi-am făcut în minte tot felul de scenarii. Încercam să-mi imaginez reacția ei când mă va vedea și speram să fie una de bun augur pentru mine. Apoi, îmi doream ca soarta să mă ajute să găsesc cel mai potrivit și mai romantic moment în care să o cer de soție. Mă străduiam să nu mă mai gândesc la Matei, apoi tocmai teama că-l voi răni mă făcea, în același timp, să sper că voi găsi soluția perfectă ca să-l ajut să înțeleagă și să accepte că o iubeam pe Irina dinainte ca el s-o cunoască măcar.

Noroc că drumul foarte scurt, de aproape 300 de km, nu mi-a pus mult la încercare nerăbdarea de a fi cât mai repede lângă ea. Iar când, în sfârșit, am ajuns la hotelul unde se cazase Irina, am întrebat imediat la recepție de ea, dar nu era în cameră. Am avut norocul să existe camere libere în același hotel, mi-am lăsat bagajul, am făcut un duș rapid și am plecat de nebun pe străzi să o caut, de parcă ar fi fost floare la ureche să o găsesc într-un oraș mare, necunoscut și plin de turiști.

Nu aveam răbdare s-o aștept în hotel. Îmi era atât de dor de ea, încât simțeam că am secundele numărate până la revedere, că îmi va apărea în față din clipă în clipă. L-am rugat pe recepționer să-i transmită că o aștept la ora 19.00 pe terasa hotelului, dar cu rugămintea, dublată de un bacșiș generos, de a avea amabilitatea să nu-i spună cine sunt. Voiam să mă asigur că, dacă va reveni la hotel, nu va pleca din nou prin oraș, fără să o pot întâlni.

La un moment dat, mi-am dat seama că e imposibil s-o găsesc în mulțimea de oameni de toate felurile și de pe toată planeta care umblau fără griji și gălăgioși pe străduțele înghesuite. Încercam să-mi imaginez ce ar fi putut face ea, de una singură, într-un oraș străin. Așa că am căutat o piațetă. Știam că adoră să stea pe bănci și să-i privească pe trecători, să citească și să scrie. Îmi venea să întreb lumea de ea, dar cine s-o fi observat printre atât amar de suflete?

Am întrebat o fată care vindea înghețată dacă n-a văzut cumva o fată frumoasă, singură și romantică, iar ea mi-a răspuns amuzată că în Veneția nu vin fete singure. Mai ales dacă sunt romantice și frumoase, mereu au un bărbat la braț! Iar eu m-am gândit că Irina are toate calitățile din lume, dar e totuși singură aici. Apoi i-am dat dreptate vânzătoarei: uite că cineva alergase după fata frumoasă și singură cale de mii de kilometri și abia aștepta să o îmbrățișeze pe străzile Veneției, să nu o mai lase niciodată neînsoțită, oriunde ar purta-o pașii în lume.

După vreo două ore de umblat în derivă, căutând-o în van, m-am așezat pe o bancă și m-am odihnit, privind cum oamenii ori se fotografiau entuziasmați, ori mișunau de zor în toate direcțiile. Îmi imaginam că o voi vedea dintr-o clipă în alta, că o voi strânge în brațe ca să-mi iau din nou forță și bine mângâietor de la ea, să-mi alin inima greu încercată de dor, de iubire. Eram doar un suflet care avea nevoie de dulceața și frumusețea spiritului ei, pentru a cunoaște din nou pacea și bucuria. Mi-am amintit cum îmi spusese cândva că are un magnet magic în inimă și că, atunci când îmbrățișează pe cineva, îi dă energie bună și multă iubire. „Un copil nebun!", mi-am spus în gând. „Un copil unic, cel mai frumos de pe lume, sufletul meu pereche."

M-am ridicat și am pornit din nou în căutarea ei – obosit și nerăbdător, speriat că mă va respinge, în fericitul caz că o voi găsi. Cu cât mergeam mai mult, cu atât îmi dădeam seama că există șanse foarte mici să o întâlnesc. Putea fi în orice alt capăt de stradă sau de oraș, putea fi deja la hotel sau în vreun restaurant, să ia masa.

Dar, nu după mult timp, am zărit-o! Stând cuminte, pe o bancă, cu ochii ei mari aplecați. În tot furnicarul de lume dintr-un oraș turistic, Dumnezeu mi-a scos-o în cale, destinul atotputernic mi-a purtat pașii către ea, parcă știind că, fără acea femeie, nu am niciun rost și nicio bucurie. Nici în Veneția și nici pe pământ. Mi-a atras atenția rochia de culoarea liliacului, lungă și incomodă, total inadecvată timpurilor noastre, dar pe care ea o adora. Irina mea, cu fruntea înclinată, stătea și scria.

La un moment dat, și-a ridicat privirea verde ca apele din canalele venețiene și m-a văzut. Nu părea mirată și am crezut că probabil nu mă zărise, că se uitase în direcția mea, dar eram încă prea departe ca să mă identifice. Am început să pășesc spre ea și, pe măsură ce mă apropiam, mi-am dat seama că mă recunoscuse. N-avea nicio expresie pe chip, iar eu nu-mi luam privirea de la ea, ca nu cumva să o pierd. Hipnotizat parcă, m-am oprit la câțiva pași de banca pe care era așezată. Ținea strâns jurnalul la piept, părea că respiră sacadat și i-am văzut mâinile fine tremurând.

Atunci s-a ridicat, și-a pus jurnalul în gentuță, mi-a întors brusc spatele și a plecat. Mergea din ce în ce mai repede, iar eu o urmăream disperat să nu dispară, îngrozit și să mă apropii, ca să nu fiu alungat. Din când în când, se uita înapoi și, când vedea că sunt în urma ei, mergea și mai repede.

Când a ajuns la un refugiu pentru bărci de unde nu-și mai putea continua drumul, s-a oprit și a închis ochii. M-am apropiat de ea încet, cu teama de respingere, și am atins-o vag pe obraz. Și-a acoperit fața cu palmele și a început să plângă încet, ca o ploaie ușoară. I-am mângâiat cu iubire dosul palmelor, apoi i le-am sărutat la fel de ușor precum o mângâiasem, ca o adiere pe mâinile ei suave. Irina mea își ascundea chipul, dar trebuia să-i văd ochii. Știam că vrea să ferească de mine ceea ce privirea ei mi-ar fi putut spune: că mă iubește enorm. Știam asta cu mintea, cu sufletul, cu toată ființa mea. Am prins-o cu grijă de încheieturile delicate ale mâinilor și i-am descoperit încet, cu grijă, chipul de păpușă de porțelan.

Într-adevăr, privirea ei era plină de iubire, dar mai ales încărcată de o tristețe adâncă, fără sfârșit. M-a îmbrățișat imediat, iar eu am sărutat-o pe obraji, pe frunte, pe gură, regăsind tot ceea ce-mi lipsise, tot ceea ce adoram.

– Ce cauți aici? m-a întrebat, suspinând printre sărutări.

– Am venit să-mi iau doza de fluturi, i-am răspuns pierdut, cu buzele pe gura ei mai dulce ca nectarul zeilor.

Dacă până atunci credeam că senzația de fluturi în stomac este doar o închipuire a romanticilor care nu mai știu cum să descrie îndrăgosteala și tremurul cărnii lângă ființa adorată, în acel moment am simțit o puzderie de fluturi care-mi umpleau toată ființa de fericire.

Ce-a urmat a fost ca un vis. Cel puțin, așa mi se pare încă, privind în trecut. Poate pentru că iubirea mea crescuse cât cerul, după ce trecuse prin atâtea încercări, prin căderi și suferințe, prin închipuiri și dorințe. Ajunsese atât de mare deoarece trebuia să ne cuprindă pe amândoi și să ne aducă laolaltă într-o zi, pentru ca apoi să coboare pe pământ, să se întrupeze și să ajungă în realitatea noastră, îmbrățișându-ne pe amândoi și purtându-ne către fericirea mereu sperată în adâncul inimilor noastre, niciodată împlinită – până atunci.

Am plecat împreună la hotel. Eram obosit după ce alergasem cale de atâtea țări ca să o regăsesc, iar ea, spre imensa mea bucurie, își dorea să stăm împreună. Fericit, mi-am adus bagajul în camera ei. Nu ne trebuia nimic, ne doream doar să fim singuri și să stăm îmbrățișați, nu aveam nevoie decât unul de celălalt și amândoi de ceea ce aveam în inimi: iubirea noastră.

– Nu ți-e foame? m-a întrebat la un moment dat, mângâindu-mă.

Adoram să stau cu capul pe coapsele ei și să se joace cu degetele sale subțiri în părul meu, pentru că în brațele ei dulci era locul cel mai frumos, mai cald, mai iubitor și mai sigur de pe pământ.

– Nu, deloc.

Ba da, îmi era foame – de ea însă, de tot ce însemna: atingere, visare, dor, bucurie, veselie, liniște și iubire.

– Eu mă abțin de la mâncare. M-am îngrășat, s-a alintat ea, așteptând poate să o contrazic.

– Am observat. Nu-ți priește Germania, dar ești mai frumoasă așa.

– Așa cum?

– Așa pufoasă. Hai că mă voi strădui să te cuprind, am glumit eu, fericit ca un înger care și-a regăsit paradisul pierdut.

– Măgarule, am pus doar 4 kile, nu 20!

– Și toate la sâni! De ce nu le-ai repartizat în mod egal? i-am făcut cu ochiul.

Eram topit! Nu mă mai săturam să mă uit la ea. Îmi venea să mă ciupesc, să fiu sigur că nu visez, că totul este real, că soarta nu-mi face vreo glumă și că, atunci când mă voi trezi, Irina va fi dispărut.

– Of, ce dor mi-a fost de tine! mi-a șoptit cald.

– Și mie de tine.

– Culcă-te și taci. Se vede că ești mort de oboseală.

– Păi, nu dorm de trei zile. Mai întâi m-am dus în Germania. Abia acolo am aflat că ești în Italia, apoi am plecat imediat spre Lumi...

– Taci. Fă nani. Ține-mă în brațe, da?

– Te iubesc.

– Sst.

Mă simțeam ca un copil răsfățat. N-aș fi vrut să adorm și să pierd clipele când puteam să mă bucur de prezența ei. Dar, în ciuda eforturilor mele de a rămâne treaz, am căzut imediat într-un somn adânc, liniștit și împăcat. Nu mai dormisem de multă vreme atât de bine, trupul și sufletul nu mai simțiseră de nici nu mai știam când ce înseamnă odihna dulce, binefăcătoare, în brațele unui om drag.

Însă, când m-am trezit, proaspăt și gata să mă bucur de Irina, ea nu era lângă mine. M-am uitat speriat în jur, cu spaima de a constata că dispăruse, dar i-am văzut lucrurile și m-am liniștit. Își abandonase jurnalul în același loc ca și în seara trecută. I-am mângâiat coperta, l-am luat și am ieșit pe balconul mic al cuibului nostru din hotelul venețian. Pe scăunelul din fier forjat, cu care aveam senzația că mă voi răsturna, am început să-l răsfoiesc puțin. Dar nu să-l citesc voiam, ci să-i scriu ceva acolo, să aibă o amintire de la mine din dimineața aceea perfectă, după o noapte perfectă, dintr-un oraș perfect, lângă ființa perfectă pentru mine:

Îmi doresc o lume a mea și a ta, o lume departe de toți cunoscuții, departe de orice interdicție, de orice regret, de orice resentiment. O lume în care să fim doar noi doi.

Dintr-odată, Irina a intrat agitată în cameră și a venit până în balcon.

– Să nu citești! mi-a spus repede.

– N-am citit, doar am scris, am asigurat-o, la fel de repede.

Și i-am întins zâmbind jurnalul să citească ea. A surâs cu cel mai dulce aer din lume, a luat pixul și a scris dedesubt:

Și eu îmi doresc o asemenea lume.

Și astfel am început să ne jucăm, în dimineața aceea plăcută și senină, pe balconul unei camere din Veneția romantică, îmbrățișată de iubirea noastră. Scriam și ne răspundeam în jurnal, fără să ne vorbim, ca într-un joc.

„Îmi îndeplinești o dorință?“, am scris, cu speranță renăscută.

„Da“, a răspuns ea, fără ca măcar să știe ce vreau să-i cer.

„Dă-mi o zi din viața ta. O zi întreagă în care să fii sinceră din clipa în care te trezești și până când adormi. O zi în care să nu porți nicio mască, în care să nu-ți impui nimic, în care să nu-ți interzici nimic, în care să spui și să faci tot ce vrei, fără să joci teatru, fără să te ascunzi și fără să te minți...“

„Ești sigur că vrei asta?“, mi-a răspuns, curioasă ca o fetiță față de ceea ce avea să urmeze.

„Da! Îmi doresc cu tot sufletul măcar o zi din viața ta, o zi în care să fii tu, Irina cea adevărată.“

„Îți voi îndeplini această dorință. Începând de acum, până mâine la ora aceasta, voi fi eu. O vei avea pe Irina...“, a scris în jurnal cu hotărâre.

Am citit, am închis jurnalul și i-am zâmbit timid.

– Te iubesc! am rostit amândoi în același timp.

Așa a început prima zi din restul vieții mele. Una perfectă, mă gândeam eu. Una visată îndelung, sperată în secret chiar și atunci când totul se prăbușea în jur. O zi în care nu voi mai fi o jumătate de om, ci în sfârșit unul întreg și pe deplin fericit, unul care pășește de la răsărit și până în asfințit de mână cu femeia care i-a fost hărăzită de soartă.

Atunci când mi-am scris dorința în jurnalul ei, n-am crezut că va fi capabilă să-mi dăruiască o zi în care să facă tot ce simte, în care să nu-și impună să-și ascundă trăirile, în care să fie ea, exact aşa cum era. Însă m-am înşelat. Mi-a îndeplinit dorinţa mai mult decât aş fi îndrăznit să sper. Iar eu am descoperit o Irina diferită: extrem de caldă, de iubitoare, dulce şi blândă, dar şi fără nicio teamă. Parcă ne cunoşteam de o veşnicie, parcă ştiam totul unul despre celălalt şi nu aveam nevoie de cuvinte pentru a ne transmite gândurile și sentimentele.

Am petrecut o zi minunată în Veneţia, o zi pe care mi-o doream infinită, fără de apus: ne-am plimbat, am mâncat și am râs ca doi copii bucuroşi de libertate şi de aventura frumoasă pe care o trăiau, am privit clădirile, porumbeii, gondolele, oamenii. Ne-am jucat cu măştile din magazine, am cumpărat suveniruri, nu pentru a le face cadou, ci doar pentru că nu rezistam în fața a ceea ce însemnau ele pentru noi. I-am cumpărat o mască superbă în formă de fluture şi o rochie mov dintr-un magazin care vindea exact ce-i plăcea ei: costume medievale şi măşti extravagante, cu pene viu colorate. I-aş fi cumpărat tot magazinul, numai să-i văd ochii râzând fericiți și să o răsfăț ca pe o copilă mult iubită.

Nu mă puteam sătura de ea, de aceea o sărutam întruna și cred că n-a rămas nicio străduță și niciun loc în care să nu mă fi oprit, să nu o privesc în ochii ei atât de senini, de curați, să nu-i mângâi buclele care-i fluturau pe spate și să nu o fi sărutat.

– De ce mă priveşti aşa? m-a întrebat ştrengăreşte la un moment dat.

– Ai nişte buze irezistibile! Sunt atât de pline și au culoarea zmeurei coapte. Și un gust divin, i-am răspuns, sărutând-o iar şi iar.

– De la îngheţată! Chiar, mai mâncăm una? a râs veselă, dându-mi înapoi o sărutare.

– Încă una? Păi, nu ţineai regim? m-am bucurat eu să o văd atât de copilăroasă.

– Uită de regim! Să fim nebuni azi! Azi este despre fericire, nu despre interdicții! s-a învârtit ea în loc, fluturându-și părul lung sub privirile mele topite de drag.

Într-adevăr, ziua aceea a fost despre fericire. Și îmi doream să continue, să meargă înainte unindu-se cu toate zilele vieții mele viitoare. Nu mă gândeam că soarele se apropie de asfințit, doar mă bucuram de fiecare secundă petrecută cu Irina, savuram fiece clipă trăită cu ea, lângă ea.

Abia spre seară ne-am întors la hotel, ne-am spălat și ne-am schimbat de haine și, ca un adevărat cavaler din alte vremuri, cu o plecăciune, sărutându-i mâna, am rugat-o să-mi facă onoarea de a cina în compania mea într-un restaurant unde, încă de dimineață, rezervasem o masă. Irina mi-a mulțumit cu eleganță și, când amândoi am fost gata, i-am oferit brațul, ea mi-a dăruit o sărutare și am ieșit să cucerim Veneția seara, la lumina lunii și a stelelor, în cântecele vesele ale gondolierilor.

Era adorabilă! Mă sorbea din priviri, se alinta și vorbea mai mult ca niciodată. Caldă, unduioasă ca valurile apelor de pe canalele orașului magnific în care ne aflam, fericită... Aș fi dat orice să am puterea de a o face să fie așa mereu. Însă, în același timp, nu puteam să nu mă gândesc cu emoție la noaptea care se apropia cu pași repezi.

Îmi doream să fac dragoste cu ea – Doamne, și încă ce mult îmi doream! –, dar începeam să simt o teamă ciudată că mă va respinge ori că aș putea să o dezamăgesc, chiar. Mi-am făcut tot felul de scenarii și planuri să nu o grăbesc, să fiu atent, să nu fac ceva care să o deranjeze, să fiu, la urma urmei, doar cel care sunt: bărbatul îndrăgostit nebunește de ea. Pentru prima oară în viața mea, îmi era teamă să fac dragoste cu o femeie. Pentru că Irina nu era orice femeie: ea era Femeia, cea pe care o iubeam și pe care o dorisem timp de cinci ani lungi, chinuitori, parcă fără de sfârșit.

După cină, am ieșit la o plimbare cu gondola, una romantică, așa cum se cade în cazul unor îndrăgostiți care ajung în orașul iubirii. Iar eu, fericit peste poate, am ținut-o tot timpul în brațe ori de mână, știind că îi este frică de apă.

– Ai emoții? m-a întrebat din senin, la un moment dat.

– Da, i-am mărturisit cu sinceritate.

Eram fiert pe măsură ce se apropia noaptea.

– De ce?

– Nu ştiu. Mă intimidezi, i-am zis.

Pentru că exact asta era ceea ce aveam pe suflet. Nu mai ştiam ce să fac, să nu o supăr, să nu o pierd, să nu se spulbere ceea ce avuseserăm împreună de-a lungul întregii zile.

– Îţi este teamă?

– Puţin. Ţie?

– Nu. Cu tine mă simt în siguranţă, mi-a zâmbit ea încurajator, sărutându-mă.

Afirmaţia ei parcă mi-a luat o piatră de pe inimă, dar tot n-am scăpat de emoţii. Ne-am întors la hotel şi m-a lăsat să intru primul la duş, dorindu-şi să noteze ceva în jurnal. Probabil că voia să rememoreze şi apoi să scrie amintirile din ziua minunată petrecută împreună, să-şi aşeze pe hârtie toate sentimentele şi trăirile din acea zi.

Iar eu, sub apa fierbinte, mă gândeam că, dacă Irina mă iubeşte şi avea să respecte promisiunea de a-mi dărui 24 de ore de sinceritate şi de trăit după pofta inimii, fără măşti şi fără ascunzişuri, atunci aceasta era noaptea în care urma să-i am şi trupul, nu numai sufletul. Suflet despre care simţisem deja de câteva ori, nu numai în ziua aceea, că îmi aparţine. Cum să nu fi fost emoţionat? Eram plin de speranţă, dar şi de frica de a nu o dezamăgi sau, mai ştii, poate chiar de spaima de a nu fi bărbatul pe care şi-l dorea.

Până în acea noapte, nu mai avusesem niciodată astfel de gânduri, niciodată n-aş fi crezut că emoţiile mă pot acapara întru totul. Sau că mă pot paraliza. Nu mă recunoşteam. Am sperat că mă voi linişti cât timp va fi la duş, dar, când a ieşit şi am văzut-o, inima a început să-mi bată nebuneşte. Purta un halat din mătase albă vaporoasă şi fină şi, cu părul ei lung, ondulat, care-i îmbrăca silueta până la mijloc, mi se părea mai frumoasă ca niciodată. Stăteam pe marginea patului şi aveam senzaţia că sunt imobilizat, că mintea mea nu-i mai poate da nicio comandă logică şi firească trupului. Uram starea aceea nouă pentru mine și, cu toate astea, nu puteam să acționez și să-i pun capăt, eram complet năucit.

Camera era luminată doar de o veioză, iar de afară intra prin ușa larg deschisă a balconului o răcoare plăcută ce mișca perdelele. S-a așezat lângă mine și m-a luat de mână. Ne-am jucat cu mâinile câteva minute, timid, fără să ne privim. M-a îmbrățișat și atunci am strâns-o în brațe, de parcă aș fi vrut să rămână lipită de mine, să nu se mai desprindă niciodată. Era jumătatea mea lipsă, partea aceea pierdută pe care o căutasem întreaga mea viață.

Am început să ne sărutăm și era pentru prima oară când Irina îmi răspundea fără măsură și fără opreliști. Simțeam că-mi aparține toată, că mă dorește, că mă iubește cum nu m-a mai iubit nimeni vreodată, că e carne din carnea mea și sânge din sângele meu. Și toate temerile mi s-au spulberat în cele patru zări.

Nu m-am grăbit deloc. Am sărutat-o, am mângâiat-o și am adorat-o până când am simțit că nu mai poate de dorință. Ne-am iubit cu tandrețe, cu sete, cu disperare, cu dragoste, cu zâmbet, cu lacrimi și cu suspine. Am iubit-o așa cum nu știam că sunt capabil să iubesc, iar ea mi s-a dăruit cu totul, fără să-mi ascundă ceea ce simte, arătându-mi că își dorește să fie a mea, că mă iubește. Irina mea... Asta am simțit tot timpul – că Irina este a mea și numai a mea, că mă iubește exact cum o iubesc eu: total.

Noaptea aceea mi-a schimbat toată percepția despre dragoste și despre cum se pot iubi doi oameni atunci când sunt hărăziți unul altuia. Și, totodată, am știut că niciodată nu voi mai iubi pe cineva așa și că nu voi mai fi iubit în același fel, de altcineva, vreodată...

Spre dimineață, ne-am îmbrăcat amândoi și am ieșit pe balconașul camerei devenite căminul nostru, cuibul iubirii noastre. Aș fi vrut să nu vorbim în noaptea aceea despre ziua de mâine, însă Irina plângea. Cu siguranță, la fel ca și pe mine, o înspăimânta gândul că orele de fericire ne erau numărate și că foarte curând va trebui să ne întoarcem la realitatea deloc romantică din viața noastră.

– Nu mai plânge, iubita mea. Orice ar fi, sunt fericit, să știi, am asigurat-o eu, mângâindu-i cu iubire obrajii uzi.

– Robert, acum știu că nu mai pot lăsa un alt bărbat să mă iubească. Mă înțelegi?

– Da, te înțeleg.

Cum să nu fi înțeles, când simțămintele mele erau aceleași cu ale ei? Cum aș fi putut, după ea, să mai fiu fericit în brațele altei femei, când eu nu reușisem să fiu nici înainte să o cunosc și nici înainte ca ea să fie a mea?!?

– Voi pleca de la Snagov, nu mai pot trăi sub același acoperiș cu Matei, nu mai pot să te înșel. Ajută-mă...

Nu mai voiam să aștept, trebuia să o cer de soție, să știe că vreau să fie a mea pentru totdeauna, să înțeleagă profunzimea sentimentelor mele și iubirea totală pentru ea. Am intrat în cameră să caut inelul ascuns în buzunarul genții, iar ea a venit după mine. S-a așezat pe marginea patului și mă privea ca o fetiță curioasă. Am deschis cutiuța în fața ei și i-am arătat inelul.

– Vrei să fii soția mea? am întrebat-o cu o voce hotărâtă, zâmbindu-i cu toată ființa.

– Ai înnebunit? m-a întrebat ea, începând să plângă și mai tare, ascunzându-și fața în palme.

– Nu, Irina. Te iubesc atât de mult, încât vreau să-mi împart fiecare secundă din viață cu tine. Fiecare durere, fiecare bucurie, fiecare lacrimă. Și să-mi împlinesc fiecare dorință alături de tine.

Trebuia să o fac să înțeleagă că, pentru mine, viitorul nu mai poate exista decât împreună cu ea.

– Dar așa ceva e imposibil! Uiți cine suntem? Uiți pe cine avem în viața noastră? suspina Irina realistă, de parcă abia se trezise dintr-un vis frumos direct într-un coșmar.

– Aici suntem numai noi doi, Irina. Restul sunt departe și vor fi departe. Vom pleca în lumea largă...

Voiam să o fac să înțeleagă că viața noastră nu depinde nici de Snagov, nici de oamenii de acolo, că existențele noastre nu pot fi condiționate de nimeni decât de noi, dacă vrem să fim fericiți. Că nu mai putem trăi în minciună, că asta nu ne va face nici pe noi fericiți și nici măcar pe ceilalți.

Am lăsat cutiuța cu inelul pe pat și m-am așezat lângă ea, să știe astfel că suntem împreună, că numai fiind alături vom trece cu bine peste toate problemele din viața noastră. Imediat, mi-a luat mâna dreaptă și mi-a așezat-o în dreptul inimii ei, iar palma ei caldă s-a oprit pe pieptul meu, în dreptul inimii.

– Robert, ne mințim. Cei pe care-i iubim nu sunt departe de noi și nu vor fi, chiar dacă se vor afla la mii de kilometri. Îi avem aici, în inimile noastre, înțelegi? Cum am putea să-i rănim? Le vom simți durerea în inimă..., mi-a șoptit cu voce stinsă, calmă, parcă împăcată cu imposibilul care se punea de-a curmezișul între noi și iubirea noastră.

Am încercat s-o conving că sunt dispus să-l înfrunt pe Matei și pe toți ceilalți, o lume întreagă, dacă era cazul, că-mi voi asuma răceala, judecata și disprețul lor, ba chiar i-am zis și că vreau să plec fără să iau nimic din tot ceea ce mi se cuvine de drept. Dar ea îmi repeta întruna printre lacrimi că nu mă poate lăsa să-i rănesc pe toți cei care mă iubesc și pe care-i iubesc, că nu vrea să fie cea vinovată de suferința atâtor suflete.

Am asigurat-o că nu o s-o forțez să facă ceva ce nu-și dorește și că îi acord tot timpul de care are nevoie ca să ia o decizie. I-am repetat că sunt fericit să știu că o iubesc și că mă iubește, că nici prin cap nu-mi trece să fac ceva cu care ea nu ar fi de acord. Nu puteam decide și pentru ea și chiar nu voiam să facă alegeri pe care să le regrete mai târziu. Am ținut-o în brațe, am consolat-o cum m-am priceput mai bine și am plâns amândoi, ca doi copii năpăstuiți de soartă, până când am adormit.

Ne-am trezit înainte de amiază, când ziua pe care i-o cerusem se încheiase. Nu am lăsat-o însă să-și pună din nou măștile care o țineau departe de mine. Era momentul nostru prelungit de fericire, erau zilele pe care le primisem în dar de la un

Dumnezeu milostiv cu cei care se iubesc total și definitiv, din toată inima. Astfel că am petrecut încă o zi minunată împreună, ore în care am avut senzația că am fost fericit cât pentru zece vieți, că am primit în dar de la soartă încă o halcă zdravănă de șansă, unică într-o viață de om. Nu am mai zăbovit în oraș până la miezul nopții, ne-am întors destul de devreme în hotel, dornici să fim doar noi doi și să ne iubim.

– Îmi doresc enorm un copil cu tine, i-am șoptit, pierdut de fericire, în timp ce făceam dragoste.

– Și eu, mi-a mărturisit ea printre sărutări și suspine.

Îmi era imposibil să mă satur de ea. Era jumătatea mea perfectă! Simțeam nevoia să o iubesc pentru fiecare noapte în care mi-am dorit să o fac și nu a fost cu putință, să-i dau toată dragostea pe care o adunasem în inimă pentru ea și să-mi iau toată iubirea de care am avut nevoie și de care am fost privat.

A doua zi, ne-am făcut bagajele și am plecat împreună la Luminița. În tren era liniște, iar ea stătea lipită de mine, cu capul pe umărul meu.

– Irina, vreau să te întreb ceva, dar te rog să fii sinceră, i-am spus încet. Îl iubești pe Matei?

– Robert, te rog, nu-mi vorbi despre Matei. Nu acum, cât încă îți simt sărutările pe tot corpul, mi-a răspuns ea, ghemuindu-se la pieptul meu și lipindu-se și mai mult de mine.

La Luminița am stat până a doua zi și timpul petrecut împreună cu ea și soțul ei a fost sublim și dureros, în același timp. Ne despărțeam pentru o veșnicie, o știam și noi, o știa și ea. Iar certitudinea asta ne-a frânt inima. Irina era devastată, nu reușeam să găsesc o cale prin care să o consolez, nu știam cum să-i dau puterea să accepte pierderea prietenei și să reușească după aceea – după ce Lumi ne-ar fi părăsit – să meargă înainte.

Am plecat din Italia lăsând în urmă cea mai frumoasă poveste de iubire, dar și una de prietenie. Viața ni le dăruise pe amândouă, iar eu am găsit puterea să-i mulțumesc destinului că m-a iubit atunci când m-a ales să trăiesc cele două zile de fericire deplină de la Veneția. Apoi am plecat cu Irina în România.

Întrucât Matei ar fi aflat oricum că Irina a fost în Germania, i-am luat-o înainte și i-am spus eu, rugându-l insistent să o lase în pace și să nu cumva să se certe cu ea. I-am spus la telefon că Irina este la Brașov și că urma să vină în aceeași zi la Snagov, iar lui nu i s-a părut bizar că eu și Irina ne-am întors acasă în același timp. Dar seara, când a venit de la birou și a văzut-o pe Irina, mi-a spus că i se pare schimbată. Ba chiar foarte schimbată.

– Crezi că are pe altcineva? m-a întrebat imediat Matei.

– Are nevoie de liniște. S-a întâlnit cu Luminița, este răvășită, l-am liniștit eu.

– Nu știam, mi-a zis el, ușor enervat.

– Păi, tu nu știi multe, dacă nu comunici cu ea, i-am replicat fără menajamente.

Pentru că așa și era: de multă vreme, între ei nu mai exista armonie și dialog.

– N-am cu cine, nu mă vrea, a ridicat el din umeri, neputincios și conștient de faptul că Irina este rece și distantă cu el de ceva timp.

– Te rog mult, poartă-te frumos, las-o în voia ei, nu o forța să facă nimic din ceea ce nu dorește. Nu o obliga să fie altfel decât poate fi acum, în momentele astea.

– Păi, nu așa fac de câteva luni? Umblă de nebună prin lume, face numai ce o taie capul! Dacă nici eu nu i-am mai dat libertate…, a conchis el, cu aceeași iritare.

Însă Irina nu era distantă doar cu Matei, ci și cu mine. Am încercat într-o seară, când Matei era plecat, să fac dragoste cu ea, dar mi-a spus că nu poate face asta în casa aceea, că e casa lui și că urăște faptul că trebuie să stea cu el și cu mine la aceeași masă.

– Nu mă mai pot uita în ochii lui, nu mai suport să mă atingă. Trebuie să plec de aici, mi-a spus tremurând, abținându-se cu greu să nu izbucnească în plâns.

– Va trebui să mai ai puțină răbdare, am încercat eu să o îmbărbătez, mângâindu-i părul.

– Câtă răbdare să mai am? Au trecut câteva săptămâni de când ne-am întors. Pentru mine, fiecare zi e un calvar. Trebuie să joc teatru nonstop. Ce viață e asta?

– Nici mie nu-mi este ușor să fiu atât de aproape și atât de departe de tine.

Era cel mai cumplit chin, după ce simțisem cum e iubirea, cum ar fi viața lângă ea.

– Dacă mă iubești, ajută-mă să plec de aici.

– Nu pot să stau fără tine…, i-am șoptit cu disperare, năucit de gândul că n-aș mai avea-o în preajmă.

– Ne vedem la Brașov, vii când poți, a încercat ea să mă liniștească.

Irina își dorea cu tot sufletul să plece din casa noastră. Îmi era foarte limpede că nu este un moft și nu fusese niciodată. Iar într-o dimineață, când Matei i-a reproșat că este apatică și rece, i-a dat vestea că vrea să-l părăsească. Pentru totdeauna.

Începuse oare să bată vântul schimbărilor? Și, dacă da, de ce refuza să plecăm împreună, de ce se încăpățâna să mă respingă, de ce nu accepta să fie a mea pentru tot restul vieții?

– O să profit de prezența tuturor și o să-ți spun că va trebui să plec din casa asta, i-a zis lui Matei de față cu noi toți. Nu pentru că vreau să fac asta, ci pentru că trebuie. Pentru că nu te mai iubesc, Matei. Au trecut peste patru ani în care am așteptat să te schimbi. Am așteptat să te maturizezi, să înțelegi că nu ești centrul universului, că oamenii nu-ți aparțin, că trebuie să-i meriți. Că nu poți greși la nesfârșit și că nu poți fi iertat mereu, în schimbul unui „Îmi pare rău“, a fost ea cât se poate de clară și explicită.

– Ce naiba ai?! Te cred că prietena ta e..., a sărit imediat fratele meu, buimăcit de ciocanul care-l lovise în cap, crezând că motivul Irinei este gândul la starea în care se găsea Luminița.

– Las-o pe prietena mea! Nu mai căuta scuze și alți vinovați. Tu ești problema! i-a retezat-o ea cât se poate de categoric.

– Și de-abia acum ți-ai dat seama? a întrebat-o el ironic.

– Da. Am realizat că tu nu ai nevoie de o iubită, ci de o femeie care să-ți accepte toate mizeriile, de o femeie cu care să te mândrești în societate și de o mamă pentru un eventual copil. Aș fi vrut să fiu mama copilului tău, dar nu pot accepta să mă transformi în proprietatea ta. Tu nu știi să iubești. Pentru că, atunci când iubești cu adevărat, îi dai omului libertate, nu îl limitezi. Am ajuns să merg să-mi dau examenele pe furiș! Ți se pare normal? În loc să mă ajuți să cresc, să devin cineva, tu vrei să mă ții în loc. Patru ani am trăit ca o prizonieră, ai fost în stare să-mi angajezi paznic!

Irina deșertase sacul nemulțumirilor dintr-o răsuflare.

– M-ai obligat, a găsit el imediat o explicație salvatoare, pasând vina către ea, ca de obicei.

– M-ai înșelat cu tot felul de femei ușoare, făcându-mă să mă simt ca naiba! M-ai umilit de față cu toată lumea... Și vii să-mi spui că mă iubești? Mai ai de învățat despre iubire, Matei! Tu te iubești doar pe tine, pe restul doar îi folosești! și-a continuase Irina tirul acuzelor, cu o voce calmă, dar cât se poate de fermă.

– Aștept să-ți treacă criza și să discutăm normal despre noi, a mai încercat Matei o dată să pună capăt discuției, negăsind niciun argument sau un răspuns salvator la afirmațiile ei.

Discuția a fost mai lungă, tranșantă din partea Irinei, clară și fără niciun echivoc. Iar el a încercat să alunece, să se fofileze, fără să înțeleagă mare lucru din profunzimea culpei sale, tot uitându-se înspre ea ca să găsească vinovați, dar și scuze pentru tot ce-i reproșa așa-zisa „iubită" a lui.

Pe tot drumul până la birou, a trebuit să-i ascult lamentările lui Matei, care nu putea accepta ideea că Irina nu-l mai iubește. De fapt, tot mai credea că ea se joacă și vrea să-l pună pe jar, că nici vorbă să fie adevărat că iubirea ei pentru el ajunsese la final. Tăceam la început și-l ascultam. Aș fi vrut să-i spun adevărul, să-l opresc, să mă uit în ochii lui, să-l scutur, să-i deschid mintea și inima, să-i mărturisesc tot ce ascunsesem atât timp. Dar nu am putut, n-am fost în stare. Poate de frica reacţiei lui, din laşitate sau gândindu-mă la rugăminţile Irinei. Ori poate toate la un loc. Nu ştiu, dar cert e că mi-am înghiţit toate vorbele.

– Mă iubeşte, sunt sigur de asta, a apăsat pe cuvinte Matei la un moment dat. Sigur! Spune că nu mă mai iubeşte doar ca să mă rănească, dar simt că mă iubeşte. Simt, înţelegi? În seara asta voi încerca tot posibilul ca să fac dragoste cu ea, să-i amintesc cât de mult ne iubim. Poate că a uitat de clipele când era în braţele mele.

Tot cerul parcă s-a prăbuşit peste mine. Simţeam că înnebunesc numai gândindu-mă că o va atinge. Cu greu am reuşit să-mi păstrez calmul, încercând să-l fac să vadă că nu aceea era calea spre inima ei.

– Eu cred că nu ar trebui să forţezi lucrurile, mai ales după atitudinea pe care a avut-o azi. Las-o câteva zile. Dacă te iubeşte cum spui şi cum crezi tu, va căuta singură să vină din nou lângă tine, îţi va cere singură iubirea, l-am luat eu uşurel, cu duhul blândeţii.

– Atunci, în noaptea asta, voi pleca la tipa cu care mă întâlnesc de ceva timp. Vezi? Ea mă trimite în braţele alteia. Sunt om şi eu, am nevoie să mi se acorde atenţie, vreau să mă simt dorit…

Nu i-am mai spus nimic. Matei, înţepenit în obişnuinţele lui, îmi limpezise cât se poate de clar gândul nesigur de până acum: nu s-ar fi schimbat niciodată şi nu ar fi renunţat la escapadele sale, pentru că în mintea lui se găseau mereu alţi vinovaţi pentru toate greşelile proprii. Aşa credea el că arată iubirea. Nu era nimic de făcut.

– Să nu mă dai de gol, da? Plec după ce adoarme ea, mi-a mărturisit el.

Era preocupat doar să nu afle Irina, nu că ceea ce făcea era încă o piatră smulsă de la temelia relaţiei lor, aflată în plină furtună. Nu-l interesa nici acum că fără această piatră se putea dărâma tot ceea ce fusese construit în ani.

– Fă cum crezi, m-am spălat eu pe mâini, obosit de logica lui simplistă și plină de egoism.

– Știu că nu mă înțelegi, a ridicat el din umeri nepăsător.

– Ai mai plecat așa, pe furiș?

– Doar o dată, a minimalizat el totul.

Ca și cum o singură dată nu era nicio problemă... Ce mare lucru făcuse?

– Cine e tipa cu care te vezi? Dacă va afla Irina? am mai încercat eu să-l pun pe gânduri, să-i arăt riscurile la care se expune, deși nu mă interesa câtuși de puțin cine era nefericita.

– Este o oarecare, dar mă simt bine cu ea. Nu va afla, îți promit, a încheiat el subiectul, mulțumit că se știe acoperit din nou de către mine în fața iubitei lui.

Spre norocul lui Matei, Irina s-a retras destul de devreme. El a plecat pe ascuns cu un taxi, tiptil, furișându-se ca un hoț, iar eu m-am dus după aceea în dormitorul ei. Adormise cu veioza aprinsă și nu m-a simțit când am intrat. Am stins lumina cu grijă și m-am așezat încet pe fotoliul de lângă patul ei, prietenul meu de nădejde în numeroasele nopți de nesomn când îi vegheasem odihna.

Am stat nemișcat în întuneric și am încercat să-mi imaginez viața fără ea, căutând în același timp cu disperare o cale sigură, decentă și cât de cât corectă ca să o iau din relația cu Matei și să fim împreună. Pentru că eram convins că fuseserăm hărăziți unul altuia și că așa ar fi fost drept. O iubeam și mă iubea, eram făcuți unul pentru celălalt, acesta ar fi fost cursul natural al lucrurilor. Să nu ne poată despărți nimeni și nimic. Și, în același timp, mă simțeam vinovat pentru toată neliniștea și nefericirea ei, dar și pentru tot ceea ce-i făcea Matei, chiar și pentru că o înșela exact în acele clipe și eu știam, fără să-i pot spune.

S-a trezit puțin după miezul nopții și s-a speriat văzându-mă acolo.

– Detest când faci asta! Mă sperie, știi doar! mi-a spus somnoroasă, aprinzând veioza.

– Închide lumina, Irina, i-am șoptit cu glas tremurat.

Aveam ochii înroşiţi de plâns şi nu voiam să mă vadă, să-i stric odihna cu gânduri triste şi să nu mai doarmă până dimineaţa.

A închis veioza şi s-a întins în pat ca o pisică alintată, acoperindu-se cu pilota mare şi pufoasă.

– Te iubesc, i-am spus. Ştii, nu vreau să i te iau nimănui. Nu vreau să-ţi încarc sufletul cu vinovăţie, dar pur şi simplu nu pot să trăiesc fără tine. Eşti tot ce am pe lume, eşti singura fiinţă pe care o pot iubi astfel. N-am să pot trăi fără tine. Şi nici nu vreau. Nu mai pot acum, după ce am văzut cum este de fapt iubirea.

I-am confirmat încă o dată – pentru a câta oară? – tot ceea ce simţeam. Era necinstit fată de ea să tac, să nu o asigur pentru a mia oară, poate, că dragostea mea nu este un capriciu care ar fi dispărut încetul cu încetul.

– Robert…

– Taci, nu spune nimic. Irina, tot ce vreau este o viaţă cu tine. Un loc al nostru, un cămin în care să mă întorc în fiecare zi nerăbdător. Nimic din tot ce am avut şi din tot ce am nu m-a făcut fericit. Nimeni nu m-a împlinit. Vreau simplitate, te vreau pe tine acasă, alături de mine. Vreau o familie cu tine, copii… Doar tu îmi poţi dărui tot ceea ce mă completează... De ce tu? Numai Dumnezeu ştie. Aş da orice ca să am parte şi de fericirea de a vedea inelul ăla pe degetul tău, să accepţi să fii soţia mea... Vreau să fiu doar al tău…

Numai ea reuşea să umple golul sufletesc pe care-l purtam bine ascuns în adâncul inimii de când îmi pierdusem familia. Ori poate chiar părinţii mei şi bunica o trimiseseră, fiind unica fiinţă care-mi putea dărui ceea ce-mi fusese luat: iubirea şi familia.

Însă ceva mă făcea să fiu aproape sigur că nu voi vedea niciodată acel inel pe degetul ei. În dimineaţa când i-l dăruisem, în camera de hotel din Veneţia, nu am grăbit nimic, nu am încercat să ard etapele şi i-am spus să nu-l poarte decât în ziua când va dori să fie soţia mea. Iar ea l-a ascuns în geantă. Şi acum, din nou, îmi repeta aceleaşi lucruri: că, oricât de mult m-ar fi iubit, nu-l putea răni pe Matei. Şi, în felul acesta, renunța la fericire pentru un bărbat care o înșela, iar eu nu-i puteam spune asta, nu-i puteam forța hotărârile, nu aveam voie să-i dau motive să-l părăsească. Pentru că Irina trebuia să fie cu mine numai și numai dacă mă iubea, nu ca o consecință a prostiilor pe care le făcea fratele meu, doar din răzbunare.

Am mai stat puțin în camera ei după ce a adormit la loc, apoi am plecat. Aș fi rămas să dorm cu ea, dar mă simțeam rușinat să-i ascund faptul că Matei plecase să-și petreacă noaptea cu altă femeie. Și îmi era groază să nu afle că am știut, dându-i astfel motive să creadă că am vrut să profit de lipsa lui. De aceea nu i-am spus adevărul.

Am plâns de ciudă în dormitorul meu, că nu pot schimba nimic, frământându-mă până dimineața și întrebându-mă de ce nu putem transforma într-un vis împlinit povestea noastră imposibilă. Și, ca de multe ori când treceam prin stările acelea cumplite, căutam și mereu găseam alinare în versurile poeților mei preferați, cu toate că unele poezii îmi amplificau gândurile negre și starea deplorabilă. Aveam impresia că toate cuvintele poeților o cântau pe ea, că erau despre noi doi și deplângeau povestea noastră tristă de iubire, dorită, visată, dar niciodată trăită, dusă până la capăt, purtată către un final fericit.

Simțeam nevoia să-i scriu, să împărtășesc cu ea ceea ce citeam în acel moment și-mi mișcase sufletul, să-i transmit cu ajutorul versurilor mesajele care îmi doream să ajungă până la inima ei. I-am scris pe o pagină o poezie care descria foarte bine povestea noastră și ceea ce simțeam eu pentru ea: „Eroina ești tu", a lui Adrian Păunescu, unul dintre poeții mei preferați, pe care avusesem și nesperata șansă să-l cunosc și pe care-l prețuiam foarte mult. Și Irina era o cititoare pasionată și o admiratoare a poeziilor sale – fiindcă era o mare iubitoare de muzică folk, iar multe dintre cântecele ei preferate fuseseră create pe versurile lui.

Eu am descoperit muzica folk datorită Irinei. Și tot datorită ei am descoperit-o și pe poeta Camelia Radulian, pe care Irina o adora și de ale cărei creații m-am îndrăgostit și eu iremediabil.

Când am terminat de scris toată poezia, am împăturit foile și m-am dus în camera ei. Dormea adânc și, după ce am privit-o ca să-mi satur ochii de ea, i-am strecurat poezia în jurnalul pe care îl lăsase pe noptieră.

Ce mai faci? Ce mai spui?
Unde ești? Mai exiști?
Ochii mei sunt nebuni
După ochii tăi triști.
Te aștept peste tot
Și visez să te-mbuni…

Ce putea fi mai elocvent pentru ceea ce simțeam, pentru iubirea noastră, pentru cum o vedeam și cum o simțeam pe femeia pe care nu o puteam avea, ca începutul acelei poezii? Citeam, reciteam și plângeam... Apoi m-am oprit, chinul meu era cumplit. Să mă știu iubit, să o iubesc, dar să nu o pot avea pentru totdeauna... Nu exista ceva mai dureros de-atât.

M-am trezit dimineața cu o durere insuportabilă de cap, cu pleoapele umflate și înroșite de plâns. Am auzit voci în living și am coborât la micul dejun. Matei era deja la masă, iar Irina nu părea să-și fi dat seama că iubitul ei lipsise în noaptea aceea de-acasă. Fratele meu m-a privit în treacăt, întrebându-mă dacă sunt bine, și i-am spus că nu am tocmai o zi grozavă, dar că o să-mi revin.

Irina mi-a turnat cafea în ceașcă și m-a pupat pe frunte cu afecțiune, așa cum făcea mereu cu toți cei din familie, cărora le turna cafea sau ceai în cești. Era felul ei de a ne spune „Bună dimineața“ și de a ne arăta că ne pregătise micul dejun cu multă dragoste. La fel proceda chiar și când era supărată pe noi – se purta cu aceeași dragoste și ne pupa înainte de masă, ca să ne încurajeze să pornim la drum într-o nouă zi cu bine și cu iubirea ei alături. Și, desigur, o făcea și ca să nu cumva să dejunăm supărați sau stresați.

După ce m-a servit, s-a așezat pe scaunul ei și am început să mâncăm cu toții în tăcere. La un moment dat, când a ridicat ceașca de ceai, am văzut inelul pe degetul ei. Am rămas înmărmurit, încercând din răsputeri să nu-mi arăt fericirea și să nu o iau în brațe. Doar inima mi-o luase razna și ochii mi s-au umplut automat de lacrimi. Irina mea purta inelul! Așadar, răspunsul ei era „Da!". Își dorea să fie soția mea!

– Ești răcit, ce ai? Îți lăcrimează ochii, m-a privit mai atent Matei, preocupat brusc de starea mea.

– Sunt OK, l-am asigurat eu, ca trezit brusc din somn la realitate. Mergem la birou? E târziu...

Nu-mi puteam lua privirea de la mâna ei delicată care purta dovada iubirii noastre. Și ziua se înseninase, viața merita iar trăită, fericirea nu era doar o vorbă-n vânt, ci exista. Chiar și pentru mine. Abia am reușit să-mi termin micul dejun și, imediat după aceea, am plecat cu Matei la birou. Odată rămas singur, însă, am bombardat-o cu mesaje.

„Sunt atât de fericit! Spune-mi că este totul adevărat!"

„Te iubesc și vreau să fiu a ta pentru totdeauna", mi-a răspuns ea.

Și totul s-a colorat dintr-odată în roz, viața mea devenise perfectă!

– Ai vreo gagică de ești așa de prins cu mesajele? m-a tachinat Matei, amuzat, la un moment dat.

– Da, am replicat eu scurt, fără să-i dau niciun fel de detalii și lăsându-l să înțeleagă că nu am chef de niciun fel de confesiuni.

Normal că nu voiam să fiu interogat de Matei! Îmi era teribil de greu să-l mint și mă îngrozea gândul că în curând avea să afle despre trădarea mea. După ce Irina îmi dăduse răspunsul, știam că va urma momentul destăinuirii și al adevărului. Știam că se va dezlănțui iadul. Dar, cum încă nu se întâmplase asta, am ieșit în curtea firmei și am sunat-o pe Irina, să-mi iau curaj din vocea ei dulce și să-i spun că sunt cel mai fericit om din lume.

– Te-am sunat ca să-ți spun că te iubesc și că sunt cel mai fericit om de pe Pământ! Simt că o iau razna, nu-ți pot descrie ce am simțit când am văzut inelul pe mâna ta! E un vis! Spune-mi din nou că e adevărat, că eram treaz, că nu visam! am turuit eu la foc automat, nebun de bucurie.

– Și eu te iubesc și abia aștept să fim numai noi doi undeva, într-un loc numai al nostru! mi-a ciripit ea veselă și dulce, cu vocea îngerească pe care o adoram.

– Te iubesc! Te iubesc, te iubesc, te iubesc!!! îi șopteam încontinuu, fără să mă pot opri, eram în al nouălea cer.

– Și eu te iubesc, dar mă ții din treabă, a glumit ea. Am de călcat un milion de cămăși de-ale tale.

– De ce nu o lași pe Nana să le calce?

– Pentru că îmi place să fac asta pentru tine. Vrei să-ți spun un secret? Le mângâi când le calc, atât de dragi îmi sunt. Atât de mult te iubesc, s-a confesat ea cu timiditate.

– M-ai iubit mereu? am vrut eu să știu, încântat de tot ceea ce-mi mărturisise.

– Da.

– De când?

– Nu știu, cred că de la început.

– Și până când mă vei iubi? m-am alintat la rândul meu.

– Până la sfârșit. Și după aceea.

Dar acel sfârșit avea să vină mai curând decât mi-aș fi imaginat. Pentru că, atunci când își bagă dracul coada și-ți ia Dumnezeu mințile, până la dezastru nu mai e decât un pas. Iar finalul era la câteva minute după convorbirea noastră. Cum aveam să aflu, sfârșitul – ca și începutul, de altfel – a fost cauzat tot de prietenul imaginar. Care greșise din nou, însă de data aceasta definitiv și irevocabil. Pentru ultima oară. Iar porțile Raiului mi s-au trântit în față cu un zgomot asurzitor. Mai precis, mi le-am trântit singur.

Mi-am dat seama că s-a întâmplat ceva abia după câteva ore, când iubirea vieții mele nu mi-a mai răspuns la telefon și nici la mesaje. Am sunat-o pe Oli să aflu dacă este totul în regulă acasă și mi-a spus că totul ar fi bine dacă Irina nu ar plânge în camera ei. Am început să tremur, l-am anunțat pe Matei că am puțină treabă în afara biroului și am plecat ca din pușcă acasă. M-am dus direct în camera ei și am găsit-o plângând ghemuită pe pat.

– Ce s-a întâmplat cu tine? am întrebat-o speriat, gândindu-mă la tot ce putea fi mai rău: Luminița.

– Stai acolo! Să nu îndrăznești să te apropii de mine! a țipat ea cu o voce stridentă și plină de un dezgust total.

Era transfigurată.

– Irina, ce-i cu tine? am încremenit eu.

„Poate că a aflat despre Matei și aventura lui", m-am gândit îngrozit.

– Ce-i cu mine?! Hai să-ți arăt!

Nimic nu m-a pregătit pentru dezastrul care a urmat. S-a ridicat demnă și a pornit spre dormitorul meu, iar eu am urmat-o fără să înțeleg încă ce se întâmplă. În mijlocul camerei era masa de călcat, iar pe ea... telefonul prietenului imaginar. Pe care Irina, pe bună dreptate, l-a luat și mi l-a aruncat la picioare cu dispreț. Atunci am înțeles că aflase totul, iar toată liniștea și fericirea mea au fost înlocuite de o disperare neagră.

Din cauza oboselii, dar și a stării euforice pe care o aveam când am plecat la birou, uitasem telefonul prietenului imaginar acasă. Realizasem la un moment dat că nu îl am la mine, dar nici nu-mi trecuse prin cap să mă îngrijorez, pentru că nu-l lăsasem undeva la îndemână, ci în camera mea, pus bine într-un sertar, ca de fiecare dată când eram acasă și nu puteam fi văzut cu două telefoane. E adevărat și că era pentru prima oară când îl uitasem, dar grija mea cea mai mare când mi-am dat seama că nu-l am la mine era doar că mi-ar putea scrie Irina, iar eu nu aș fi avut cum să-i răspund. Nu mă gândisem nicio secundă că, prima și singura dată când l-am lăsat din greșeală acasă, Irina avea să-l descopere și eu voi fi deconspirat atât de stupid. Dar l-a găsit. Și nu pentru că ar fi căutat prin sertarele mele, ci pentru că în ziua aceea, Dumnezeu știe din ce motiv, a ales să-mi calce cămășile în camera mea, nu în living, așa cum obișnuia.

Probabil că nu voi afla niciodată de ce a simțit nevoia să-i scrie prietenului imaginar, cu care se conversase oricum în seara precedentă și căruia, e drept, nu-i răspunsese la ultimele mesaje fiindcă adormise. Așa că, probabil într-o pauză de călcat, atunci când i-a trimis mesaj prietenului imaginar, a fost cât se poate de simplu ca Irina să audă tonul telefonului pitit în sertar. Și astfel mi-a descoperit taina: eu fusesem tot timpul prietenul imaginar.

Nu mai era loc de niciun fel de scuză pentru a evita confruntarea cu ea, adevărul ieșise la suprafață. Teama mea cea mai mare, că voi fi demascat, devenise realitate și ea aflase totul.

– Lasă-mă să-ți explic, știi, am..., m-am bâlbâit, uluit și luat prin surprindere.

– Taci! a strigat ea la mine cu voce răgușită și cu ochii plini de lacrimi. Nu vreau să aud nimic! Ești un monstru nenorocit! Un pervers și un trădător!

Plângea și mă privea ca pe cea mai oribilă creatură pe care o întâlnise vreodată. Am încercat să mă apropii de ea, dar m-a respins cu brutalitate și cu ură, privindu-mă cu o totală lipsă de înțelegere, ba chiar și cu repulsie, de parcă aș fi fost mai prejos de o insectă dăunătoare.

– Să nu îndrăznești să mă mai atingi vreodată, ai înțeles?! Te urăsc!

Era obosită și secătuită de putere. Cu o privire rătăcită, s-a așezat pe colțul patului și, câteva clipe, n-a spus nimic. Doar plângea în hohote, iar eu o priveam neputincios și îngrozit, ca un condamnat care-și așteaptă sentința. Nu mai puteam articula niciun cuvânt, eram redus la tăcere de sila profundă cu care mă privise, de suferința ei, cauzate de mine...

– Cum ai putut să-mi faci așa ceva?! Cum ai putut să mă minți atâta vreme? Cum ai putut să mă lași să mă destăinui, să-ți povestesc cu lux de amănunte detalii din viața mea?! Cum ai putut să mă manipulezi în halul ăla?! Cine ești și ce ai vrut de la mine?! Zi-mi! Ai obținut ce ai vrut?! Ai obținut, nenorocitule? a urlat ea din nou, printre hohote și lacrimi.

– Iartă-mă, Irina... Iartă-mă! repetam ca un nebun, fără să mai pot spune altceva, de parcă dispăruseră celelalte cuvinte din mintea și din vocabularul meu.

– Să te iert? Pentru ce să te iert? Pentru că m-ai mințit cinci ani de zile? Pentru că nu ești cine credeam că ești?! mi-a aruncat ea din nou în față adevărul ei, cu dispreț.

– Sunt același, am reușit într-un târziu să șoptesc.

Îmi dădeam seama, în același timp, că totul e pierdut pentru mine. Totul. Adică ea. O pierdusem. Ca un imbecil.

– Cum naiba ai ajuns să mă suni, cum ai ajuns în Poiană atunci? Explică-mi! Spune-mi, explică-mi, înainte să-mi pierd mințile!

– Ești sigură că vrei să știi? am murmurat, de parcă știam dinainte că povestea și adevărul tot nu vor avea puterea de a mi-o aduce înapoi.

– Da! Trebuie să știu!

Avea dreptate, trebuia să-i așez piesele lipsă din puzzle-ul poveștii prietenului imaginar. Ca să poată avea tabloul complet. Și atunci i-am spus tot adevărul, povestindu-i cum am văzut-o prima oară și cum am ajuns să mă îndrăgostesc de ea înainte să apară Matei. Și încercând să o fac totodată să înțeleagă și suferința mea din toți anii aceia.

– Doamne, parcă mă uit la un film! Parcă nu e povestea mea! a șoptit ea, privind în jos, fără să mai țipe.

Am continuat să-i mărturisesc adevărul, iar ea mă asculta uimită și șocată de toate lucrurile pe care nu le știuse și pe care abia acum le punea cap la cap.

– N-am să te iert niciodată pentru ceea ce mi-ai făcut. Niciodată! Îmi iei totul! Mi l-ai luat pe Matei, mi te iei pe tine și-mi iei și blestematul de prieten imaginar, de care m-am atașat atât de mult! Îmi iei toate visurile, încrederea în oameni, tot! mi-a spus cu durere la final, încă nevenindu-i să creadă că eu fusesem tot timpul în umbra ei.

– Iartă-mă, iubita mea, iartă-mă! Uite, ți-am scris multe scrisori... În toate îți spuneam adevărul, dar nu am avut curaj niciodată să ți le dau... Ți le dau acum pe toate să le citești...

Am încercat să-i arăt sutele de scrisori pe care nu i le expediasem niciodată și în care erau înșiruite toate bucuriile, disperările și tainele mele profunde.

– Dacă nu ți-ai fi uitat azi telefonul, nu aş fi aflat niciodată! Ai fi continuat să mă ții sub control, mi-ai fi scormonit în intimitate și ai fi speculat totul ca să poți să mă manipulezi așa cum vrei!

– Nu-i adevărat, voiam să-ți spun tot adevărul... Am vrut să-ți spun încă de când ne-am întors din Italia, dar erai prea supărată din cauza Luminiței și am decis să mai aștept..., m-am apărat eu.

Dar totul era tardiv. Irina nu mai voia să mă asculte – și cu atât mai puțin să mă înțeleagă.

– Să nu te mai văd în fața ochilor!

– Irina, nu mă poți privi așa, nu mă poți urî doar pentru asta! am implorat-o eu, distrus.

– Doar pentru asta?! Monstrule! Mi-ai luat tot, știi? Erai singurul în care credeam orbește! Te urăsc cu toată ființa mea! Să nu te mai apropii de mine, să mă lași în pace. Vreau să plec din lumea voastră plină de nebuni și să vă uit! mi-a aruncat ea cele mai dureroase cuvinte spuse vreodată.

Și am crezut-o. Știam, simțeam că sunt adevărate. Durerea mea nu mai avea margini, nu mai trăisem niciodată până atunci o asemenea suferință și nu i-aş fi dorit-o nici măcar unui dușman.

S-a ridicat și am încercat s-o îmbrățișez, să-i arăt cât de mult o iubesc, dar m-a lovit iritată cu ambele mâini în piept și a plecat în camera ei, fără să mai privească în urmă.

Eram distrus... Avusesem tot ce mă făcea fericit și, într-o singură clipă, dispăruse totul. Trăiam parcă aceleași spaime ca în ziua când, copil fiind, îi pierdusem pe ai mei. Mă simțeam dintr-odată singur, al nimănui, bun de nimic, inutil și neiubit, nefericit pentru eternitate, prăbușit într-o tăcere insuportabilă.

Am rămas în camera mea, încercând să găsesc o soluție ca s-o împac, dar nu știam ce să-i mai spun. Într-adevăr, povestea era nebunească și Irina avea dreptate să fie speriată de mine, de cel cu chip ascuns, descoperit din întâmplare, și ale cărui acțiuni mincinoase îl plasau într-o zonă a nebunilor manipulatori și periculoși.

Am scos toate scrisorile pe care i le scrisesem, decis să i le dau. Acele rânduri înșiruite în atâția ani spuneau mai mult decât puteam eu să-i povestesc despre mine. În ele erau toate trăirile și sentimentele mele, toată durerea și vina mea. Pe bucățile acelea de hârtie m-am destăinuit cu toate bunele și relele mele și m-am descris în toate stările mele.

M-am așezat pe jos în mijlocul dormitorului și am început să le așez în ordine, citind câte una la întâmplare și retrăind la fiecare cuvânt ceea ce simțisem când mi-am revărsat sufletul pe foile acelea. Zeci de poezii, zeci de mărturisiri, toată dragostea, ura, teama, suferințele, geloziile, dar și toate fericirile și visurile mele din ultimi cinci ani erau acolo, pe acele hârtii.

Dintr-odată, ușa camerei mele s-a dat de perete și Irina a intrat ca o vijelie. Mi-a aruncat disprețuitoare inelul la picioare.

– Ia-ți inelul, ia-ți minciunile toate și rămâi cu ele! mi-a azvârlit ea cu scârbă cuvintele acelea ucigătoare pentru mine.

– Iartă-mă, te rog! Crezi că am vrut să fie așa? Crezi că am vrut ca lucrurile să scape de sub control? Uite, aici sunt toate scrisorile pe care ți le-am scris în anii ăștia, cred că sunt sute... Le-am scris plângând, numai eu știu ce a fost în sufletul meu..., i-am zis cu umilință, cu speranța că va dori să afle câtă iubire pentru ea simțisem și adunasem în tot acel răstimp.

– Nu mă interesează să știu nimic! Am aflat tot ceea ce mă interesa! Nu te voi ierta niciodată! Ești cea mai mare dezamăgire a mea, să ții minte asta! mi-a retezat-o scurt, fără să-mi dea nicio șansă.

– Nu-mi lua tot, Irina! Știi ce însemni pentru mine! Știi cât am sacrificat și cât am așteptat să fii a mea! am implorat-o, uitând de orgoliu și de mândrie.

– Urăsc zilele de la Veneția, te urăsc pe tine, urăsc toate mesajele și tot ce însemni tu! O să-mi fac bagajele și voi pleca de aici. E treaba ta cum îl liniștești pe Matei, dar să nu vă mai văd în viața mea! Am vrut să fiu un om bun și am crezut că voi apreciați asta, dar am fost doar o proastă de care ați profitat! Nemernicilor! a mai spus ea, insultându-ne pe toți la grămadă.

Și a ieșit așa cum intrase. Ca o tornadă.

Am rămas în același loc, incapabil să reacționez. M-am ridicat de jos abia când mi-am dat seama că trebuia să vină Matei acasă și chiar nu voiam să mă vadă în starea aceea. Nu era cazul, cum aș fi putut să mă justific? Mai ales că avea să fie și Irina plânsă toată și prost dispusă. Simțindu-mă cu musca pe căciulă, mă gândeam ca nu cumva fratele meu să facă vreo legătură între noi, prea eram amândoi dărâmați.

– Eu nu mai suport s-o văd în starea asta, frate! mi-a șoptit secretos Matei, fără să-și dea seama că și eu eram în aceeași situație. Oare să o ducem la un psiholog? se întrebase și mă întrebase în același timp

– Nu. Las-o, pur și simplu, i-am răspuns eu cu jumătate de gură.

Numai chef de soluțiile lui aiuristice nu mai aveam, când mie îmi crăpa capul și aveam sufletul franjuri...

– Dar e anormală purtarea ei, plânge tot timpul. Poate are o depresie…

– Are doar o perioadă proastă, îi va trece, l-am asigurat eu, convingător și nu prea.

Am crezut că, în urma bombei care fusese detonată între noi, nu o voi mai vedea pe Irina prin casă, că se va închide în cameră, așa cum obișnuia ori de câte ori se supăra pe vreunul dintre noi. Dar ea a pregătit cina și chiar ne-a chemat la masă pe toți. S-a purtat normal, a conversat și a fost amabilă cu Matei. Pe mine nu mă privea absolut deloc, de parcă eram omul invizibil, iar

Simona – care fusese chemată de la Brașov de urgență și, bineînțeles, venise valvârtej – mă certase deja mai devreme și mă privea în continuare ca pe un vierme. Am rămas după cină să le ajut să strângă masa, dar Irina mi-a întors spatele și a urcat imediat în camera ei, lăsându-mă doar cu Simona.

– Ajută-mă, i-am spus încet, rugător.

Ea nu mă băga în seamă, doar ștergea mecanic vasele și le așeza la locurile lor.

– Simona, știi bine că o iubesc, am continuat eu cu îndârjire. Nu-ți cer să mă înțelegi, nici eu nu pot înțelege tot ce am făcut, dar o iubesc. Nu te preface că nu auzi ce-ți spun.

– Dacă o iubești, ajut-o să plece de aici, mi-a zâmbit ea ironic, întorcându-se apoi cu spatele la mine.

– Nu pot să trăiesc fără ea, am continuat să-i spun, să-i explic de ce nu puteam să fac asta.

– Știi ceva, Robert? Chiar nu-mi pasă și oricum nu mă pot ocupa și de dramele tale. Acum trebuie s-o ajut pe ea. E clar? E distrusă. Realizezi ce i-ai făcut, tâmpitule? m-a insultat ea fără menajamente.

– Da, realizez, dar aș da orice să repar totul, i-am răspuns imediat, bucuros că măcar accepta să-mi vorbească, indiferent pe ce ton o făcea.

– Ce să repari? Inima omului nu e un obiect pe care să-l distrugi și pe care apoi să îl poți repara.

Era pentru prima oară când o vedeam pe Simona plângând. Știam că o iubește pe Irina, că este o prietenă adevărată, că ar fi dat orice să o vadă liniștită și fericită. Și mai știam că este un om corect și bun, chiar dacă n-avea lacăt la gură și nu umbla cu tandrețuri când cineva trebuia scuturat și adus la realitate.

– Oare mă va ierta vreodată? am întrebat-o eu, plin de speranța că îmi va da o veste care să mă scoată din tristețea aceea adâncă.

– Bineînțeles. Este prea bună ca să nu te ierte, dar rănile alea blestemate pe care i le-ai făcut o vor durea mereu. Unele lucruri, chiar dacă se iartă, sunt imposibil de dat uitării.

M-am așezat pe un scaun. Simțeam că nu mai pot sta în picioare, îmi tremura tot corpul. Oboseala și șocurile din ultima vreme mă marcaseră și pe mine, cât eram eu de bărbat. Cum să nu fi fost Irina atât de bulversată și cu nervii la pământ? După întoarcerea de la Veneția, parcă totul se dusese la vale cu viteza unei avalanșe care mătură totul în calea sa. De parcă fericirea imensă trăită acolo trebuia acum plătită cu suferințe pe măsura bucuriilor dăruite de soartă atunci, parcă într-o altă viață...

– Nici nu vreau să mă gândesc la perioada care va urma, Robert, a continuat Simona, cu sinceritatea ei tăioasă. Irina va fi distrusă. V-a pierdut pe toți și va sta departe de fetița pe care știi cât de mult o iubește. Efectiv, e nevoită să-și lase copilul pe care l-a crescut cinci ani și să plece. Ai idee ce e în inima ei? mi-a mai tras Simona o ultimă săpuneală.

Nu-i puteam răspunde. Simțeam cu toată ființa mea întreaga durere despre care-mi vorbea. Și eram conștient că, de acum înainte, voi trăi atât suferința mea, cât și chinul Irinei. Iubirea venea la pachet și cu astfel de lucruri mai puțin fericite, nu numai cu fluturi, sărutări și clipe minunate.

Eram prea dărâmat sufletește ca să nu fiu conștient că urma să stau iar cu ochii în tavan întreaga noapte, chinuit de remușcări pentru suferințele provocate femeii pe care o iubeam mai presus de orice. Totuși, în adâncul inimii, speram că Irina va veni să vorbim, să mă certe, să-mi reproșeze tot ceea ce-i făcusem, să-și descarce nervii pe mine, să mă tragă de urechi ca pe un copil neascultător și răutăcios, dacă așa ar fi dorit. Dar nu a venit, iar eu încercam inutil să mă liniștesc. Nu mai exista pace pe lume pentru nemernicul, mincinosul și manipulatorul de mine.

Pe la miezul nopții, m-a scos din gândurile mele negre sunetul strident și enervant al telefonului. M-am întrebat cine mă putea căuta la ora aceea târzie. Am văzut un număr de Italia și mi-a tresărit inima. Speram să fie Luminița, dar nu, nu era ea. Aveam să aflu de la soțul ei, căci el era, că Luminița cea bună, iubitoare și înțeleaptă plecase în călătoria fără de întoarcere înspre stele. Mario m-a anunțat cu o voce stinsă că Luminița murise cu câteva ore în urmă, că o sunase și pe Irina, dar ea avea telefonul închis.

Era o lovitură cruntă... Peste toate cele întâmplate deja. Abia am reușit să-mi găsesc cuvintele și nu i-am putut spune bietului om decât ce mult regret și, desigur, că-i stau la dispoziție și că voi ajuta cu orice, numai să știu de ce anume are nevoie.

Luminița, cea care știa povestea mea, cea în sufletul căreia m-am simțit mereu bine primit și ocrotit, poate singura ființă care m-ar fi ajutat s-o conving pe Irina să mă ierte, nu mai era. Plângeam în întuneric și încercam să găsesc puterea de a merge să o anunț pe Irina. Mă frământam cum să-i dau această veste cumplită, mă întrebam oare cât mai putea suporta sufletul ei fragil, oare câtă durere mai încăpea în inima ei de femeie?

Cu mintea blocată și cu sentimentul că spiritul meu s-a frânt, mi-am rememorat clipa când Luminița mi-a dat o scrisoare pe care mă rugase să i-o înmânez prietenei sale doar în ziua în care ea nu va mai fi. Așa că am căutat plicul ascuns într-o agendă pe care o țineam încuiată și am încercat să mă adun ca să merg la Irina. Trebuia să fiu puternic și să încerc s-o ajut. Dar poate că acum nu mai voia sprijinul meu, eram dezamăgirea cea mai mare din viața ei. Nu mai aveam nicio valoare pentru Irina, iar acum, tocmai eu, acela pe care-l ura atât de mult, acela care o rănise cel mai tare, mergeam să-i dau o veste atât de cumplită. Parcă eram predestinat să o fac să sufere...

Am bătut încet și cu teamă la ușa ei și, în scurt timp, mi-a deschis Simona. Irina stătea pe marginea patului. Probabil că povestea cu Simona despre mine, despre toată nebunia petrecută între noi, despre răul pe care i-l făcusem.

– Nu mă interesează niciuna dintre scrisorile tale, Robert! Nu acum! mi-a spus Irina, sărind în picioare când m-a văzut intrând cu scrisoarea de la Luminița în mână.

– Nu este de la mine, i-am spus cu vocea înecată în lacrimi, privind în pământ, numai să nu-i văd durerea din ochi când aveam să-i dau vestea îngrozitoare.

Nu mă mai puteam stăpâni. Aş fi dat orice să nu fiu eu acela care să-i spună că sufletul prietenei iubite se urcase la Ceruri.

– Dar de la cine?

– De la Lumi. Mi-a spus să ţi-o dau în ziua în care... ştii tu, în ziua în care va muri. Şi tocmai s-a întâmplat asta... A sunat Mario..., am şoptit repede vestea până la capăt, ca să nu-mi pierd curajul.

Irina a căzut înapoi pe marginea patului, de parcă i s-ar fi tăiat picioarele, şi a luat imediat o pernă în braţe. Şi-a ascuns faţa în ea şi a început să urle. Simonei şi mie ne curgeau lacrimile pe obraji în tăcere, parcă neputincioase şi inutile, atât pentru Luminiţa, cât şi pentru durerea cumplită a Irinei, fără să putem face ceva concret ca să reuşim s-o consolăm.

Am vrut la un moment dat să mă apropii de ea, dar Simona mi-a făcut semn să nu mă duc lângă ea, să o las în pace să-şi descătuşeze tot chinul, să-l scoată afară din suflet. Am privit-o cum urlă în pernă, ca şi când cineva îi sfâşia inima. Îi simţeam în carnea mea toată deznădejdea. Suferinţa ei era insuportabilă pentru mine.

Când a obosit, s-a ghemuit pe pat cu perna la burtă şi a plâns cu disperare, nemângâiată şi distrusă, minute în şir. Simona a luat plicul sigilat din mâna mea, l-a întors pe toate părţile şi i l-a întins Irinei, dar ea l-a pus alături fără să-l deschidă.

– Vreau să fiu singură. Vă rog…

I-am făcut semn Simonei să n-o ascultăm, dar ea m-a luat de mână cu hotărâre şi m-a scos forţat din cameră. Abia când am ieşit pe hol, Simona a început să plângă cu hohote şi s-a cuibărit în braţele mele, să ne sprijinim unul de celălalt, să ne alinăm durerea unul celuilalt. Am luat-o de mână şi am condus-o în camera mea, să nu facem zgomot şi s-o trezim pe Cesara. Când a văzut scrisorile împrăştiate pe pat şi pe jos, s-a apucat mecanic să le adune, căutându-şi de lucru, probabil ca să nu se mai gândească la moartea Luminiţei.

– Le voi arde, i-am spus trist.

– N-o să faci asta. I le vei da mai încolo, m-a încurajat ea.

Am adunat scrisorile și le-am încuiat în trollerul cu cifru. Am păstrat numai paginile pe care Luminița le așternuse doar pentru mine și mă uitam la ele fără să am puterea să le deschid, să-i revăd rândurile atât de dragi, cum dragă inimii îmi fusese și ea. Simona m-a lăsat singur și a plecat la Irina; nu avea stare, trebuia să meargă și să fie cu ea, să încerce să o mângâie, să-i stea alături. După ce ușa s-a închis în urma ei, am plâns ca un copil și am recitit câteva fraze din scrisoarea Luminiței.

Eu am trăit prea mult cu sentimentul că nu sunt iubită, că nu sunt destul de bună pentru anumiți oameni, că nu sunt dorită. Ai mei nu m-au iubit. Sau poate că m-au iubit, dar nu mi-au arătat asta, nu știau să-și exprime sentimentele, ci doar să și le reprime.

Mario m-a iubit la început, apoi am simțit că am devenit o povară pentru el – poate că din cauza bolii. Mi-aș fi dorit să trăiesc mai mult, dar, în același timp, uneori îmi doream să mor mai repede, să nu-i mai fur și lui din viață. Traiul lângă un om bolnav și muribund nu este tocmai de dorit, înțeleg foarte bine asta și nu-l condamn dacă m-a simțit câteodată ca pe o ghiulea atârnată de picioarele lui. Se pare că am trăit mai mult decât ar fi trebuit – de vreme ce am devenit înțeleaptă, nu-i așa?

Te rog să-i dai scrisoarea Irinei, doar pe a ei, iar pe a ta o poate citi, ți-o va cere, va fi curioasă, dar nu i-o arăta acum, ar fi bine să mai treacă puțin timp. Faptul că știu că tu vei fi lângă ea când va afla de plecarea mea mă liniștește și mă bucură. A fost mereu atât de singură! În cele mai grele momente din viața ei a fost singură, ce bine că acum te are pe tine!

Te iubesc, Robert! Și, dacă există cu adevărat o altă lume dincolo, de unde să îți pot fi alături și de unde să pot face ceva pentru tine, îți promit că exact asta se va întâmpla: îți voi fi alături și de acolo, din Cer, voi face tot ce pot pentru tine. Și va fi bine.

Am plâns în noaptea aceea neconsolat, până la epuizare. Luminița fusese un om bun și înțelesese tot zbuciumul meu, toată iubirea pe care o aveam în inimă, toată singurătatea, toate fericirile și nefericirile mele. Ba chiar și greșelile. Cum le înțelesese pe ale tuturor: pe ale soțului ei, pe ale familiei ei și întotdeauna pe ale Irinei, pe care o iubise necondiționat, total și din adâncul sufletului ei generos, cald și bun. Până și pe mine, ticălosul, mă iubise, mă acceptase cu bune și cu rele și mă ajutase.

Când i-am spus și lui Matei că Luminița murise, abia a consimțit să nu meargă la Irina să o consoleze, să-i fie alături.

– Tot ce trebuie să faci tu acum este să o lași în pace, să nu pui presiune asupra ei, să îi acorzi spațiu, i-am zis, hotărât să-l opresc și încercând să-l fac să înțeleagă că ceea ce se întâmpla acum nu era despre el, ci despre puterea lui de a o ajuta cu bunătate și discreție.

– Așa voi face, dacă spui tu. O iubesc atât de mult, Robert, mă crezi? Mă simt ca un gunoi știind cât am rănit-o. N-a meritat niciuna dintre toate porcăriile pe care i le-am făcut. Ea a fost atât de bună cu noi, a avut atâta grijă de fiecare și ne-a adus atâta fericire… Iar noi? Noi ce am făcut pentru ea?

A început să plângă. Poate că pricepuse și el, abia atunci, într-un moment atât de greu ca cel pe care-l trăia Irina, cât de fragilă este viața, cât de nedrept vin suferințele peste un om bun și nevinovat, cât de important este să ne ajutăm unii pe ceilalți, să ne îngăduim cu bune și cu rele, să apreciem ceea ce primim cu generozitate de la cei de lângă noi, care ne iubesc, și să încercăm să le dăruim la rândul nostru ceea ce este esențial: numai bine și cât mai multă iubire.

– Eu nu-mi pot imagina viața fără să o fi întâlnit pe Irina, i-am spus încet.

– Nici eu. Este adevărat, are o personalitate nebună, dar cred că tocmai nebunia asta a ei m-a făcut să trăiesc atât de intens totul. Parcă au trecut o sută de ani de când a venit la noi, nu o viață de om, ci mai multe. Și toate pline de frumos, de strălucire, minunate...

L-am lăsat pe Matei cu gândurile lui – ba chiar, spre uimirea mea, cu remușcările sale – și am plecat la mine în cameră. Singur, în liniștea nopții, fără să pot dormi, cu lacrimile curgându-mi pe obraji și gândindu-mă cât de nedreaptă și necinstită pare uneori viața, cu toate că nu noi suntem cei mai în măsură să judecăm sau să știm dacă este sau nu astfel.

Da, așa era: noi ce-am făcut pentru Irina? Era o întrebare foarte bună cea pe care și-o punea fratele meu. O iubeam toți, e adevărat, dar o iubeam pentru noi, dorind mereu ceva de la ea, așteptând întotdeauna ca ea să ne ajute, să ne îngrijească, să ne dăruiască bucăți din sufletul ei, să ne iubească, să ne înțeleagă cu bunele și cu relele noastre și tot ea să ne ierte, chiar și atunci când îi aduceam doar suferință. Iar noi ce i-am dăruit la schimb? Desigur, am avut mereu grijă să nu-i lipsească nimic material, dar în rest? Ce am făcut noi pentru pacea și fericirea ei, pentru dorințele și visurile ei? Mai bine zis, pentru sufletul ei ce i-am oferit? Oare ce ne face pe noi, oamenii, atât de egoiști, atât de grijulii doar cu trebuințele noastre și atât de nepăsători cu nevoile sufletești ale celorlalți? Mă frământam și nu aveam niciun răspuns...

Știam că nici viața Luminiței nu fusese mereu una bună, plină de liniște binefăcătoare sau înțelegere, că suferise de când era copil, că nu se simțise iubită, dorită, acceptată, înțeleasă. Și mă întrebam pentru ce toate acestea, pentru care motiv îi fusese rostuită o asemenea suferință, cu ce o ajutase durerea pe care o trăise nemeritat?

Am stat întins pe pat și m-am gândit la biata fată care plecase de pe lumea asta atât de tânără, înainte să apuce să se bucure deplin de tot ceea ce putea viața să-i mai ofere bun. Mi-o aminteam stând pe fotoliul ei, învelită cu o pătură, zâmbindu-mi cu tristețe și mărturisindu-mi că uneori are sufletul neîmpăcat, încărcat de regrete, reproșându-și că nu s-a bucurat mai mult de clipele speciale şi mai ales de oamenii dispuşi să o iubească şi să-şi petreacă timpul cu ea, jelind în schimb după cei care nu i-au meritat nici preţuirea şi nici iubirea, după cei care n-au ştiut sau nu au vrut să o cunoască aşa cum e, cu adevărat, cu tot ce are ea mai bun şi mai frumos în inimă.

– Pierdem atât de mult timp plângând după oameni care nu merită timpul şi lacrimile noastre şi gândindu-ne la tot ce nu avem şi ce nu ne-a reuşit, în loc să ne bucurăm de clipa prezentă, de omul de lângă noi, îmi spusese ea, ca o lecţie pe care îşi dorea s-o învăţ măcar eu şi să nu repet erorile ei, ca un testament pe care şi-l scria cu glas tare în faţa mea, dorind ca nimeni să nu mai facă greşelile ei, erori care i-au chinuit sufletul şi, cine ştie, poate că au şi îmbolnăvit-o de tristeţe.

Am auzit o bătaie timidă în uşă. M-am ridicat plin de speranţă, gândindu-mă că e Irina, şi am deschis larg. Era Simona.

– Am venit să văd ce faci, mi-a spus ea, păşind înăuntru fără să aştepte invitaţia mea.

M-am aşezat pe pat şi mai trist, cu umerii aplecaţi de povara grea care se abătuse peste noi toţi, iar ea s-a urcat lângă mine.

– Vino aici, prostule, mi-a spus cu un glas pe care nu i-l auzisem de multe ori, plin de căldură şi bunătate, deschizându-şi larg braţele.

M-am cuibărit la pieptul ei, recunoscător că îi păsa cuiva şi de mine. Nu-mi era ruşine să plâng în faţa Simonei, ştiam că e un om cumsecade şi drept, dincolo de carcasa ei, ce părea uneori a fi fost construită din cel mai tare oţel.

– Ce face Irina? a fost primul meu gând.

– Plânge, mi-a răspuns ea scurt şi clar, fără să ocolească adevărul, dar şi fără să-i dea o greutate suplimentară, ca să mă impresioneze.

– Dacă aş putea, aş plânge eu în locul ei, i-aş lua toată suferinţa, am oftat eu la gândul durerii ei, imposibil de consolat.

– O să-i treacă. S-au adunat cam multe, dar e puternică, a încercat Simona să mă liniştească, înţelegându-mi perfect zbuciumul, fiindcă sunt legat de mâini şi de picioare şi nu o pot ajuta pe Irina, nu o pot elibera de suferință.

– De unde-şi ia fata asta puterea, Simo? Că eu nu pot înțelege, am adăugat eu cu o voce pierită, printre lacrimi.

– Din iubire, Robert, mi-a zâmbit ea simplu, senin, cu naturalețe.

Simona avea dreptate: Irina era puternică pentru că iubea cu toată forța inimii, pentru că, ori instinctiv, ori pentru că înțelesese la timp, ştia că iubirea e răspunsul corect la tot ceea ce ne este dat să trăim în general, nu numai în cazul ei sau al nostru. Şi tot iubirea îi dădea forța de a trece peste toate durerile, neîmplinirile, eşecurile şi dezastrele. Chiar şi peste acelea născute tot din dragoste.

Simona a mai stat câteva minute cu mine, apoi, la fel de simplu precum venise, a plecat în camera Irinei. Încerca să ne liniştească pe amândoi şi îi eram recunoscător destinului că femeia pe care o iubeam avea o prietenă ca ea, mai ales în acele momente, în care eu nu puteam să-i fiu alinare, pentru că, supărată pe mine fiind, nu mă voia aproape.

Noaptea s-a târât spre dimineață cu viteza unui melc. Mi se părea că soarele nu mai vrea să răsară, că ziua de mâine nu va mai sosi niciodată şi că sunt condamnat la durere şi însingurare veşnică pentru păcatele şi minciunile mele – tocmai acum, când Luminița plecase într-o altă dimensiune şi aveam nevoie să plâng împreună cu cea mai iubită ființă, pe umărul ei, nu singur, ca un condamnat. Când zorile s-au ivit în sfârşit, Matei mi-a bătut la uşă şi m-a rugat să rămân acasă cu Irina, conştient că ea are mai multă nevoie de mine decât avea el la birou. Oricum, nu-mi stătea deloc mintea la muncă, aş fi fost doar bun de nimic.

– Sigur te descurci azi fără mine? Avem şi întâlnirea cu clienții din Cipru, i-am amintit, ca să mă asigur că nu va fi nicio problemă.

– Da, Robert, mi-a răspuns imediat, dorind să mă liniştească. Stai să te odihneşti, se vede că nu ai dormit, eşti umflat de plâns, iar eu știu că ai iubit-o mult pe Luminița. Și mai ales vreau să-i fii aproape Irinei, care în mod sigur e la pământ. Pierderea Luminiței e o lovitură cumplită pentru ea. Iar pe tine sigur te vrea mai mult decât pe mine, doar ești prietenul ei. În plus, tu i-ai fost mereu alături în clipele grele, nu ca mine..., a recunoscut el cu tristețe, plecându-și privirea, poate ca să nu-i văd ochii umeziți de lacrimi.

Mi-am căutat de lucru, am pregătit micul dejun pentru toată lumea, dar Irina nu a coborât. Era clar că nu putea să mănânce și a rugat-o pe prietena ei să se ocupe de Cesara, astfel ca fetița să nu o vadă plângând și să se întristeze. Am așteptat toată ziua să o văd, să o aud măcar, să mă cheme sau să-mi transmită ceva prin Simona, dar nu a ieșit din cameră, lăsându-mă în continuare să duc singur greutatea pierderii Luminiței, să aștept și să sper la iertare pentru povestea cu prietenul imaginar, plângându-și la rândul ei în singurătate durerea dispariției premature a minunatei și prea încercatei prietene.

Seara, însă, când nu mai așteptam nimic și aveam deja sufletul sufocat de durere, m-am trezit cu ea în cameră. Stăteam pur și simplu împietrit, fără să fac nimic, și mă gândeam la o ieșire din situația imposibilă în care mă aflam, ieșire din labirint pe care nu o puteam găsi, oricât aș fi orbecăit prin noaptea care coborâse în inima mea, retezându-mi speranțele. Când am văzut-o intrând, m-am așezat sfârșit pe colțul patului. Era pentru prima oară când mă temeam, când nu știam ce urma, când îmi era frică de ceea ce avea să se întâmple.

A închis ușa în urma ei și s-a rezemat de ea, uitându-se la mine. Iar eu nu aveam curajul să o privesc, să-mi ridic ochii din podea. Mă uitam în jos cu umilință, ca slujitorii cărora le este interzis să-și privească regina și să-și ridice ochii mai sus de pantofii ei. Câteva minute, Irina a stat rezemată de ușă și m-a privit fix, fără să spună un cuvânt. Sau poate aștepta să o privesc la rândul meu ori măcar să-i spun ceva, să-i dau un semn, oricare ar fi fost acela. Dar nu am putut, eram stană de piatră, numai sufletul îmi sângera. Așteptam verdictul ei ca un condamnat culpabil de toate acuzațiile care i se aduc. Pentru că eram vinovat, știam asta. Îi dublasem suferința prin greșeala pe care o făcusem cu prietenul imaginar, iar dezamăgirea adusă de descoperirea adevărului despre el se adăugase durerii cauzate de pierderea Luminiței.

La un moment dat, s-a apropiat de mine, făcându-mi inima să bată nebunește, să spere ca nebuna, aproape inconștient. S-a așezat lângă mine, mi-a luat mâna stângă și a mângâiat-o ușor, iar eu am simțit că pielea parcă-mi este alintată de un înger. Nu eram demn de atingerea ei blândă, îngăduitoare și diafană, nu meritam să stau lângă ea sau să fiu atins de ea cu atâta bunătate. Știam că nu sunt demn de un înger și, adunându-mi puterile, am îngenuncheat în fața ei și am îmbrățișat-o strâns, cu toată disperarea omului care a pierdut cel mai bun lucru din viața sa și care, dintr-odată, îl regăsește tocmai când nu mai spera, când nu se mai aștepta la nimic bun.

– Nu mai fi supărat, mi-a șoptit ea încet, de parcă vorbea doar pentru ea, încât abia am auzit-o. Tuturor ne este dat să greșim în viață. Uneori, cu intenția de a răni; alteori, de a nu răni, mi-a mai spus, tot șoptit.

– Dumnezeu mi-e martor că nu am vrut să te rănesc! Nu ți-aș face rău pentru nimic în lume! Ești tot ce am mai bun și mai frumos!

Aproape că strigam, disperat că o pierd pentru totdeauna.

– Nu știu cum se face că uneori distrugem tocmai ceea ce avem mai de preț...

Avea dreptate: uneori declanșăm iadul tocmai în viața celor mai dragi ființe. Noi, oamenii, suntem cu adevărat de neînțeles...

Am ținut-o lipită de pieptul meu cu putere și am plâns până când am simțit că-i luam aerul, dar, în același timp, aveam senzația că, încetul cu încetul, sufletul meu se eliberează de o parte din chin. Una infimă, dar era mai mult decât speram, mai mult decât meritam.

M-am așezat din nou pe jos și mi-am rezemat capul de picioarele ei, pe care i le-aș fi sărutat ca un sclav, atât de mult o iubeam și atâta nevoie aveam de dragostea și de prezența ei în viața mea. Iar Irina, cu bunătate, mi-a mângâiat părul și m-a consolat ca pe un copil rănit, întrebându-mă, aparent liniștită, cum și când îmi dăduse Luminița scrisoarea și dacă îmi scrisese o alta și mie. I-am povestit, încet și așezat cu capul în poala ei, cum au ajuns scrisorile la mine și i-am promis că i-o voi da și pe cea destinată mie, să o citească atunci când va veni momentul. Ce-ar mai fi fost de ascuns? Acum chiar știa tot adevărul, căzuseră toate măștile.

– Am pierdut într-o singură zi doi prieteni – cei mai buni prieteni ai mei, oamenii pe care, după mama, i-am iubit cel mai mult. De fapt, am pierdut trei prieteni: pe Lumi, pe tine și pe nenorocitul de prieten imaginar. Nu știu dacă îți poți închipui cât mă doare asta, mi-a șoptit cu o voce calmă, dar gravă.

Iar sufletul meu s-a risipit din nou în mii de fărâme.

– Pe mine nu m-ai pierdut și nu mă vei pierde niciodată, Irina.

Voiam să-i dau de înțeles că o iubesc și o voi iubi mereu, că inima mea e doar a ei.

– Ba te-am pierdut, Robert. Îmi umpleai sufletul până la refuz, dar te-ai făcut dintr-odată atât de mic, încât te-am rătăcit pe undeva, prin inimă. Abia dacă te mai simt, m-a contrazis ea cu aceeași voce blândă, continuând să mă mângâie, în timp ce cu vorbele ei îmi înjunghia sufletul.

– Te rog, nu spune asta, i-am șoptit, hohotind de plâns, încercând să o fac să mă ierte și să treacă peste toate greșelile mele.

Tocmai atunci am fost întrerupți de Matei, care se întorsese de la birou. Nici nu realizasem cu ce viteză zburaseră clipele din momentul în care Irina intrase în camera mea. Nu mi-am ridicat capul din brațele ei, doar m-am uitat înspre el printre lacrimi. Vedeam în privirea fratelui meu că-i pare sincer rău pentru suferința noastră, convins probabil că doar pierderea prietenei noastre dragi ne adusese în starea aceea și fără a avea habar ce dramă fără legătură cu Luminița trăiam amândoi.

Era conștient că nu are cum să ne aline durerea, citisem în ochii lui că e întristat pentru că nu ne poate ajuta în niciun fel.

– Dacă aveți nevoie de mine, știți că și sufletul mi l-aș da pentru voi doi, ne-a zis, cu o voce plină de compasiune, apoi a ieșit, lăsându-ne din nou singuri.

– M-am tot întrebat ce o fi simțit Luminița știind că va muri, a murmurat Irina încet, după plecarea lui Matei. Am impresia că o înțeleg, fiindcă și eu simt că mor puțin câte puțin.

– Nu spune asta, am ridicat eu capul înspre ea, încercând să-i îndepărtez gândurile negre.

– Vorbesc serios. Simt că pierd viața din mine. E atâta tristețe și durere în inima mea, încât nu mai rămâne loc pentru puțină pace sau bucurie. Nu mă mai simt vie, nu îmi mai doresc nimic, mi-a mai înfipt ea un cui în suflet, îngrijorându-mă și mai mult.

E numai vina mea, am recunoscut spășit, punându-mi la loc fruntea pe picioarele ei, sperând că atingerea aceea binefăcătoare o să-mi ostoiască toate durerile și o să-mi îndepărteze gândurile nebune care-mi duseseră liniștea departe, cine știe pe unde.

– Mi-ar fi prins bine, în momentele acestea grele, să te am ca prieten și ca omul pe care îl iubeam atât de mult, mi-a mai șoptit ea cu voce blândă, de parcă n-ar fi vrut să mă supere, deși tot ce-mi spunea era o tortură.

– Mă ai, Irina. Sunt aici, am îngăimat pierit, tot sperând să o conving că în inima mea nu se schimbase nimic.

– Ești aici, dar nu mai ești același. Ești un străin. Nu pe tine te vreau, ci pe acela care credeam că ești, mi-a mai zis, uitându-se dintr-odată la mine ca la un necunoscut.

Apoi s-a ridicat și a ieșit din camera mea, lăsându-mă singur, fără să-mi dea nicio șansă să-i spun că nici vorbă de așa ceva, că sunt același Robert care o iubește nebunește de atâția ani, chiar dacă acum, supărată pe mine fiind, mă vedea diferit. Și tot eu sunt acela pe care-l iubește și ea, chiar dacă acum mă privește parcă fără să mă recunoască. Poate fără să-l mai găsească în mine pe acela pe care şi-l construise fals în mintea ei. Voiam să-i aduc aminte că şi eu sunt doar un biet om şi că, oricâte păcate aş avea, o ador – şi asta nu de o zi, de două, ci de atâta amar de vreme, timp în care n-am uitat-o pentru nicio clipă.

Dar Irina a plecat, lăsându-mă pradă durerii de a o pierde şi pe ea, pe lângă şocul şi tristeţea pierderii Luminiţei. Nu am mai văzut-o până a doua zi, la micul dejun. Nu mă aşteptam să coboare, dar ea era deja în bucătărie, unde a pregătit masa şi a încercat să se poarte firesc, ascunzându-şi în adâncul sufletului lacrimile şi chinul în faţa celor din casă şi mai ales faţă de fetiţă. Irina ţinea foarte mult la pacea şi armonia copilului şi ne-a spus că, orice se va întâmpla, Cesara trebuie ferită de griji şi emoţii negative. Nu era uşor, dar ea făcea faţă şi acestei încercări. Cum? Nu ştiu. Chiar nu ştiam de unde mai are atâta putere.

După micul dejun, am încercat să o abordez, voiam să discutăm despre tot ceea ce se întâmplase, îmi pregătisem în minte o pledoarie cu care trebuia să-mi justific nebunia cu prietenul imaginar. Nu puteam să mă împac cu gândul că am pierdut-o şi că nu se mai poate repara nimic.

– Aş vrea să vorbim, i-am spus liniştit, încercând să-i insuflu şi ei o stare de pace şi o invitaţie la un dialog simplu, sincer.

– Aş vrea să plec de aici, mi-a zis ea în schimb, de parcă nici nu ar fi auzit ce-i spusesem.

– Unde să pleci? am intrat eu imediat în panică.

– Nu ştiu, cât mai departe, a zăbovit ea uşor înainte să-mi răspundă, ca şi cum abia atunci hotărâse asta şi nu apucase să-şi facă vreun plan.

– De cine vrei să fugi, Irina? am privit-o eu cu o tristeţe nedisimulată.

– De tine. De voi, a fost ea foarte clară şi concisă.

– Nu de mine încerci să fugi, Irina, ci de tine. Încerci să fugi de ceea ce simţi, fiindcă ţi-e frică. Ţi-e frică să-ţi îngădui că eşti om, nu o zeitate, că poţi greşi, că poţi fi vulnerabilă. Şi ai găsit o soluție pentru toate fricile tale: fuga, am subliniat eu cu același calm, deși în mine era o furtună iscată dintr-o disperare de care nu mă mai puteam elibera, încă din seara aceea oribilă când ea descoperise, din păcate, telefonul meu secret, cel al prietenului imaginar.

– Ai dreptate. Fug de mine. De cea care nu-mi doresc să devin, a recunoscut ea fără să stea pe gânduri, dintr-o răsuflare.

A plecat în cameră la Cesara, iar eu nu am mai insistat. Trebuia să-i acord mai mult timp, chiar dacă așteptarea mă tortura, chiar dacă suferința mea părea a nu se mai sfârși, iar lacrimile nu mai reușeau să-mi sece. Însă nu-mi dădea nicio ocazie să mă explic și se purta cu o răceală imposibil de suportat. Nu mai puteam amâna, mai ales că știam de planul ei pentru plecarea definitivă de la noi și simțeam că deja își pune lucrurile în ordine, inclusiv pe cele pe care le-ar fi lăsat în urmă. A încercat chiar să-l îmbuneze pe Matei în legătură cu vizitele Silviei la Snagov, ca să-și vadă copilul, și chiar o invitase să vină la fetiță, fără să mai plece cu Cesara în vizită la mama ei.

Apoi, când Diana și-a pierdut tatăl, parcă am simțit la Irina o urmă de gelozie când fosta mea iubită, simțindu-se singură, a căutat în mine un umăr pe care să-și plângă durerea, să fie consolată de dispariția părintelui ei. Mi se păruse că intuiesc o oarecare îngrijorare la femeia pe care o iubeam. Se gândea că voi relua relația? Cine știe?... Asta pentru că sigur încă nu înțelegea – sau nu credea? – că, după Veneția, în viața mea nu mai era loc de altcineva în afară de ea.

Așa că am mers într-o seară în camera ei, să încerc să discutăm, dar se purta de parcă eram un nimeni, o ființă a cărei existență îi era complet necunoscută. Doamne, și cât mai durea! Durea ca naiba!

– Nicio clipă, dar absolut nicio clipă de când ai pus piciorul în casa asta nu am iubit altă femeie, am încercat să-i explic, sugerându-i în acest fel că nici nu poate fi vorba despre o împăcare cu Diana, că pur și simplu am fost alături de ea din prietenie și din respect pentru timpul pe care l-am petrecut alături în trecut, ca pereche.

– Totuși, ai stat cu alte femei, mi-a întors-o ea, dar fără să arate că mi-ar purta pică, după ce se așezase lângă mine.

– Am stat cu ele sperând că fac ceea ce e corect, sperând că pot să am o relație normală și să te uit pe tine, am recunoscut, sincer, așa cum fusesem mereu legat de acest subiect.

– Și? M-ai uitat? a răsucit ea cuțitul în rană.

– Irina, tu ai idee cât de mult sufăr în ultima perioadă?

Încercam să fac apel la iubirea pe care încă speram că o avusese cândva pentru mine, chiar dacă acum nu mai eram sigur că o mai simte.

– De ce suferi, Robert? m-a întrebat ea cu răceală, distantă.

– Pentru că simt că te pierd, pentru că sunt incapabil să te fac să înțelegi ce iubire există în sufletul meu pentru tine.

Fiindcă ăsta era adevărul: se îndepărta de mine pe zi ce trece, aveam senzația că nu mai pot să o ajung din urmă, oricât de tare aș fi alergat după ea. Era surdă la tot ceea ce încercam să-i spun, de parcă era hotărâtă să nu mai audă nimic din ceea ce simt pentru ea, mai ales că nu încetasem nicio clipă să-i spun cât de mult o iubesc și ce greu îmi este să o știu atât de inflexibilă și fermă în decizia de a nu se mai încrede în nimic din ceea ce-i declaram.

– M-ai pierdut deja, mi-a răspuns ea direct, necruțătoare. Faptul că încă sunt aici, că-ți vorbesc și că mă port firesc nu înseamnă și că am uitat ce mi-ai făcut. Încerc să mă comport civilizat și să plec de aici la fel de onorant cum am venit. Am un principiu de viață pe care nu mi-l încalc: să plec îmbrățișând de acolo unde am venit îmbrățișând.

– Te-am pierdut deja? am întrebat-o din nou, cu tristețe, să fiu sigur că am înțeles exact ce-mi spunea.

– Da. M-ai pierdut în clipa în care am înțeles că iubesc o iluzie, a continuat ea să mă tortureze cu sinceritatea ei tăioasă.

– Nu sunt o iluzie, înțelegi?! am strigat disperat la ea, uitând unde mă aflu și lângă cine, cu mintea întunecată de durere.

– Nu ridica tonul, mi-a replicat ea, foarte calmă.

– Nu mai suport! Te rog, haide să discutăm! Dacă nu ești capabilă să mă asculți, dacă nu merit nici măcar să-mi justific raționamentul în toată greșeala aia cu prietenul imaginar, atunci îți voi scrie totul. Să citești poți? am întrebat-o cu seriozitate, încercând să-mi păstrez calmul, să nu stric măcar ceea ce rămăsese bun între noi.

– Uite, te ascult! mi-a zis ea, oarecum îmbunată.

S-a ridicat, și-a rezemat două perne de tăblia patului și s-a așezat comod, ca să mă vadă mai bine. Dar fără aroganță, fără să caute să mă sfideze. Cu siguranță, îmi intuia disperarea și chinul prin care treceam.

– Știi, niciodată nu mi-am dat seama când erai serioasă și când doar te jucai. Nici acum nu-mi dau seama, i-am spus pe un ton normal, încercând din răsputeri să fiu cât mai clar, cât mai logic și, mai ales, cât mai deschis cu ea, dar în același timp și fără să o supăr.

– Eu acum știu că tu te-ai jucat tot timpul. Te-ai jucat cu mintea mea, cu sufletul meu și cu soarta mea, mi-a întors imediat vorbele în favoarea ei.

– Nu m-am jucat nicio clipă, am subliniat eu, apăsând pe fiecare cuvânt.

– Robert, ce vrei de fapt? Nu vezi că nu se mai poate? Nu vezi că am ajuns într-un punct în care trebuie să admitem că e sfârșitul? s-a răzvrătit ea, încercând din nou să mă îndepărteze.

– Auzi, tu m-ai iubit vreodată? am luat-o eu cât se poate de tare și direct.

– Tu ce crezi? a alunecat ea imediat din capcană.

– Nu știu ce naiba să mai cred! Ești o actriță desăvârșită.

Simțeam că nu mai pot, că-i vorbesc unui perete care nu are cum să mă asculte, darmite să mă și înțeleagă! Mă loveam de încăpățânarea ei de a nu dori să se pună în locul meu, de a nu-mi găsi circumstanțe atenuante.

– Te-am iubit, a admis ea totuși, luată repede.

– Iar când ai văzut că nu sunt perfect, gata, nu m-ai mai iubit. Nu poți iubi decât oameni perfecți, așa-i, doamnă perfecțiune? am izbucnit din nou, cam acid, fără menajamente.

– Crezi că funcționează cu mine tehnicile astea de manipulare? a încercat ea să iasă din discuție, răspunzându-mi la întrebare printr-o altă întrebare.

– N-ai încetat să mă iubești în clipa în care ai descoperit că nu sunt perfect și că am greșit? am insistat eu, deja iritat.

– Am încetat să te iubesc când am descoperit în tine un străin. Un necunoscut, mi-a trântit-o și ea, la fel de clar și direct.

Simțeam că-mi pierd cumpătul. Am apucat plapuma și am strâns-o în pumn, apoi am tras-o de pe ea și am aruncat-o pe jos, de parcă, încercând să-i dezvelesc trupul, aș fi putut să-i descopăr cu aceeași ușurință și tot ceea ce ține tăinuit în suflet.

– Stăpânește-ți pornirile astea. Te rog să pleci și să mă lași să dorm. N-am chef de lamentările tale patetice, s-a încruntat ea brusc, uitându-se cu răceală la mine, gata să pună capăt dialogului dintre noi.

Am luat plapuma și am așezat-o cu calm peste ea, de parcă odată cu vorbele ar fi aruncat o găleată cu apă rece peste mine. Trebuia să-mi înfrânez furia și frustrarea de o vedea atât de rece și nedreaptă. Străin, eu? Când o iubeam nebunește, dincolo de rațiune, de atâta amar de vreme? Când suportasem atât de multe numai ca să o pot avea lângă mine?

– Irina, crezi că, dacă te porți ca și cum n-ai avea inimă, vei putea să nu mai simți ceea ce simți? Crezi că o să te doară mai puțin? am dojenit-o, dar cu blândețe, sperând că măcar în al doisprezecelea ceas o să înțeleagă ce-mi face și, în definitiv, ce-și face chiar și ei.

– Noapte bună, Robert! m-a privit ea cu indiferență, hotărâtă parcă să mă scoată din viața ei, nu doar din camera ei.

– Până la urmă, o să reușești ce ți-ai propus, i-am șoptit cu buzele strânse, ca să-mi pot opri urletul de disperare.

– Ce anume?

– Să mă îndepărtezi, i-am zis cu amărăciune, dar și mânios.

– Ar fi minunat! mi-a aruncat ea fără să mă mai privească, din vârful patului, ca o regină care-și izgonește cu dispreț slujitorul netrebnic.

Am ieșit din camera ei trântind ușa. M-am conformat. Era mai bine să dispar din ochii ei, măcar așa nu stricam și ceea ce rămăsese – dacă mai rămăsese ceva – bun și frumos între noi. Adică șansa de a ne despărți cu o îmbrățișare, cum spusese chiar ea.

În dimineața următoare, femeia pe care o iubeam a plecat la Brașov, iar eu nu am putut s-o opresc – din cauza Simonei, care mi-a spus, încercând să-mi domolească durerea, că Irina are mare nevoie să schimbe decorul și să stea câteva zile departe de noi, mai ales de mine. Pentru că aici ajunsese relația dintre noi: trebuia să se îndepărteze de mine ca să-i fie din nou bine...

Au plecat împreună, iar eu am rămas neputincios, privind trist și disperat în urma lor. Îmi era teamă că o pierd definitiv, că aici se încheie povestea noastră imposibilă și îmi era și groază că sunt nevoit, pentru a nu știu câta oară, să-l liniștesc pe Matei, care sigur urma să facă tot felul de crize când avea să afle că plecase.

Am sunat-o în seara aceea, dar nu mi-a răspuns. I-am trimis câteva mesaje, dar tot nimic, niciun semn de la ea. Am sunat-o după aceea pe Simona și am rugat-o să mi-o dea pe Irina la telefon, dar a refuzat. Mi-am dat seama că ceva nu e în regulă, că era prea bruscă schimbarea ei de atitudine. Și am realizat că poate nu sunt împreună. Irina nu se dusese la Brașov!

Parcă mi se deschiseseră ochii și vedeam totul limpede. M-ar fi certat, m-ar fi pus la colț, m-ar fi luat de urechi – figurativ vorbind –, însă ar fi stat de vorbă cu mine, cugetam eu. Am stat să mă gândesc unde putea să fie și am început să fac tot felul de presupuneri. După ce am eliminat majoritatea posibilităților, m-am gândit dintr-odată că ar putea fi la Angel. Era locul potrivit unde să se ascundă, fiindcă nimeni nu ar fi bănuit că este acolo. Dar eu, cu inima și mintea îndrăgostită, nu am exclus această variantă. Pentru că există un înger al oamenilor care iubesc și el îi călăuzește mereu către cei fără de care nu pot să trăiască...

Așa că l-am sunat pe Angel și l-am întrebat direct dacă Irina este la el, dar mi-a spus că, și dacă ar fi, tot nu mi-ar spune. L-am luat la sigur și l-am rugat să mă ajute să vorbesc cu ea, însă m-a refuzat destul de tăios și categoric.

Desigur că nu am renunțat și, în dimineața următoare, l-am urmărit. M-am trezit cu noaptea în cap și m-am dus la el, așteptând în fața porții până când a ieșit cu mașina. Când m-a văzut cum stau în mașină, a coborât înspre mine.

– Știu că e aici. Vreau doar să vorbesc cu ea, l-am somat direct, fără să-i las loc să nege cum că Irina nu s-ar afla la el.

– Dar ea nu vrea, Robert, mi-a explicat cât se poate de franc.

– Ea nu știe ce vrea acum, crede-mă. Ajută-mă să vorbesc cu ea, ești bărbat, înțelege-mi rugămintea, chiar dacă noi nu am fost prieteni niciodată.

– Îmi promiți că nu o superi? s-a mai asigurat el, cavalerește, înainte să fie de acord.

– Aș muri pentru ea, Angel, i-am mărturisit cu sufletul deschis, fără să mai încerc să-mi ascund sentimentele.

M-a chemat în curte și m-a lăsat să intru în casă.

– Acum doarme. Nu o trezi, are mare nevoie de somn, m-a rugat.

– De ce, n-ai lăsat-o să doarmă azi-noapte?

Nu m-am putut abține să nu fiu ironic și răutăcios; îmi venea să urlu gândindu-mă că ar fi făcut dragoste cu ea. Însă el a zâmbit și mi-a ignorat întrebarea. Cumva, îmi dădea de înțeles că sunt deplasat când îl chestionez despre un subiect atât de intim.

– Așteapt-o aici, în living. OK?

– Îți mulțumesc, mi-am revenit eu brusc din furie și m-am întors din drumul total greșit pe care pornisem în dialogul cu el.

– Sper că nu mă vei face să regret că am avut încredere să te las în casa mea. Încă am o părere bună despre tine, s-a asigurat el iar că nu aveam să fac nimic rău.

– Îți dau cuvântul de onoare.

– Eu trebuie să plec, am o treabă foarte importantă, altfel aș fi rămas.

– Angel, te-ai culcat cu ea? l-am întrebat eu, de data asta cu alt ton, sincer și în mod sigur cu atitudinea bărbatului care iubește și suferă.

– Așa părere proastă ai despre ea? Ce păcat...

Angel m-a privit ciudat, oarecum cu milă, de parcă prin întrebarea mea îi dădusem răspunsul pe care-l aștepta ca să fie și mai abitir de partea Irinei. Căci era clar: dacă așa gândeam, nu era de mirare că ea vrea să se îndepărteze de noi.

În cele din urmă, a plecat, iar eu am stat puțin în livingul lui, simțindu-mă inutil, distrus, singur și părăsit de tot norocul din lume. Ca să ies din starea mizerabilă în care eram și cum nu aveam răbdare să aștept să se trezească, disperat să o văd, am urcat treptele tiptil și, la etaj, am găsit un dormitor cu ușa întredeschisă. Irina era în pat și dormea adânc. Am intrat încet și, din fericire, nu m-a auzit. Nu doream să-i tulbur odihna.

Am adus un scaun din hol, l-am pus lângă patul ei și m-am așezat să o privesc cum doarme, așa cum făcusem de atâtea ori de când o cunoșteam și de când mă îndrăgostisem de ea. Am privit în jur încercând să-mi dau seama dacă Angel își petrecuse noaptea în același pat cu ea, iar când am zărit un pantalon de pijama aruncat neglijent pe așternuturi, mi-am dat seama că, da, dormiseră împreună. Simțeam că înnebunesc de gelozie, sufletul meu parcă era din sticlă și, la vederea chipului de înger al Irinei dormind în patul altui bărbat, durerea acționase ca un baros care mi-l sfărâmase în mii de cioburi ascuțite. Am stat mai mult de o oră și am privit-o dormind, plângând în surdină și refuzând să accept că am pierdut-o, până când a deschis ochii și m-a zărit în oglinda de pe șifonier.

– Doamne Dumnezeule, ce cauți aici?! Vrei să mă omori? a strigat ea speriată, trăgându-și plapuma până la bărbie și acoperindu-se, de parcă astfel ar fi putut să se apere de intruși.

– Ce cauți *tu* aici? am luat-o și eu la întrebări, grav și repede, să nu-i dau timp să se dezmeticească.

– Caut ceea ce nu am în casa voastră. Pace și oameni sănătoși la cap! s-a justificat ea imediat, dintr-o răsuflare. Angel e acasă? Cum ai intrat aici?

– M-a lăsat el să intru, doar nu crezi că am pătruns prin efracție, am răspuns și eu la fel de prompt, deși numai Dumnezeu știa ce e în sufletul meu, nedormit cum eram și turbat că Irina se află în casa altui bărbat, în patul lui, iar eu sunt pe cale să o pierd.

– Încetează să mă mai urmărești peste tot. Nu înțelegi că am nevoie să fiu departe de tine?

– Departe? Și cum vei reuși să fii departe căutând alinare în brațele lui Angel? i-am reproșat cu gelozie.

– E treaba mea în brațele cui caut alinare. N-ai dreptul să mă judeci pentru că încerc să te uit, mi-a întors ea sufletul pe dos în continuare.

– Hai să ne rezolvăm problemele, nu mai suport tensiunea asta! am încercat eu să fiu calm și să o fac să stea de vorbă cu mine normal, poate reușeam să o aduc la gânduri mai bune.

Mi-am mutat scaunul mai aproape de pat, în semn că sunt deschis și chiar îmi doresc un dialog firesc și constructiv cu ea, că nu caut scandal, că nu vreau să o supăr și că tot ce-mi doresc e să mă lase în continuare lângă ea, să nu mai fugă de mine și să nu mă mai alunge din viața ei.

– Și cum să le rezolvăm? Bănuiesc că te aștepți să uit și să iert, așa cum am făcut cu Matei de câte ori mi-a greșit, nu? mi-a spus ea cu o ușoară ironie în glas.

– Pe el cum ai putut să-l ierți de atâtea ori, dar pe mine, nu? m-am agățat eu de un firicel, sperând că femeia pe care o iubesc nu poate fi atât de crudă cu mine.

– Pe el nu l-am iubit așa cum te-am iubit pe tine. De la el nu am avut așteptări așa cum am avut de la tine! m-a lovit ea cu vorbele, mângâindu-mă în același timp că sunt, într-un fel, mai presus de iubitul ei.

A-mi spune că mă iubise mai mult decât pe Matei și că dezamăgirea pe care i-o provocasem era de neiertat se simțea ca un balsam pentru mine, dar și ca o tortură. Dar n-am renunțat, nu puteam să abandonez lupta de a o recuceri, îmi era peste puteri să mă dau bătut și să nu-i arăt ce înseamnă pentru mine, chiar dacă nu eram fără de păcat.

A urmat o discuție lungă, în care am încercat să o conving să mă ierte, m-am justificat, i-am spus cât de mult o iubesc și care au fost raționamentele tuturor deciziilor mele nebunești, i-am explicat cât am putut mai bine toate întâmplările care au dus la crearea și menținerea în viață a misteriosului prieten imaginar. Însă ea a fost neînduplecată. M-a acuzat că am fost diabolic și bolnav și mi-a reproșat că am manipulat-o întruna, că am mințit-o și am aruncat-o în brațele lui Matei. Lucruri care mă dureau, mai ales că nu erau adevărate. Sigur, până la un punct, în care, om fiind și mai ales un bărbat care o iubea nebunește, am fost tentat nu să o manipulez, ci doar să-i aflu tainele, la care altfel nu aș fi avut acces. Dar pentru ea toate cele întâmplate erau detestabile, nu le percepea nicidecum ca pe un joc mai mult sau mai puțin copilăresc care degenerase și căruia îi luase locul curiozitatea și patima îndrăgostitului.

Irina părea altă femeie, iar între ceea ce trăiserăm împreună la Veneția și ce se petrecea acum parcă se așternuseră mii de ani-lumină. O iubeam cu disperare, o imploram cu fiecare celulă a ființei mele să mă ierte, însă ea mă tratata cu o răceală insuportabilă, care mă scotea din minți. A o găsi în casa și în patul lui Angel, pe care-l simțeam fascinat de ea, mă terminase psihic, simțeam că o să-mi pocnească inima de-atâta durere.

În același timp, îmi era cumplit de greu să stau atât de aproape de ea fără s-o ating și am încercat să mă apropii, dar m-a respins hotărâtă și, mi se păruse, chiar cu o oarecare silă.

Asta m-a scos din minți! Cu rațiunea obosită de prea multe încercări prin care trecusem în ultima vreme și distrusă de suferință, dar și cu iubirea mea nebună pentru ea, găsisem o ultimă soluție: trebuia să fac dragoste cu ea sau măcar să o țin în brațe, lipită de mine. Speram astfel că, poate, trupul meu i-ar fi transmis tot ceea ce nu reușeam prin cuvinte. Însă ea nu mă voia, mă respingea cu adevărat, din toate puterile. La un moment dat, mi-am pierdut cumpătul și i-am rupt bluza de pijama, iar ea s-a înfuriat și mai mult.

– Pleacă! Începi să semeni cu Matei, mi-a spus, de parcă mi-ar fi înfipt un pumnal în inimă, apoi mi-a întors spatele.

– Ne vedem acasă diseară, i-am răspuns, îndreptându-mă spre ușă și încercând să nu par înfrânt.

Speram cu adevărat că se va întoarce, că nu va putea să dea cu piciorul la tot ceea ce exista între noi – dacă mă iubise cu adevărat și nu doar se jucase cu mine și cu sentimentele mele.

– Nu voi veni, m-a înjunghiat ea încă o dată.

– Dacă nu vii acasă în seara asta, îmi voi zbura creierii. Nu glumesc. Eu nu mă joc ca Matei, i-am spus cu ultimele puteri.

Eram epuizat... Pur și simplu, nu mai aveam putere să mă lupt cu ea. Rămăsesem singur, șocul mă trântise la pământ, de unde simțeam că nu mai am forța să mă ridic. Ea pur și simplu refuza și să mă înțeleagă, și să mă ierte.

Am plecat cu inima zdrobită, decis să o las să facă absolut ce dorește. Îmi era clar că, dacă nici iubirea nu o convinge, atunci nimic nu putea să o facă.

Bineînțeles că nu a venit acasă, puțin i-a păsat de amenințările mele. Mă simțeam de parcă îmi pierdusem din nou părinții, eram singur pe lume și nimeni nu-mi ducea grija... Că trăiam sau muream, ce importanță mai avea? Irina fusese totul pentru mine. Uitasem cum e să nu mai ai sentimentul inutilității și uitasem și de tăcerea aceea cumplită, iar acum le aflam pe toate din nou.

O pierdusem. Trebuia să învăț să trăiesc cu asta. Irina mă abandonase, așa fusese iubirea ei: necruțătoare cu mine, blândă și iertătoare cu ceilalți. Iar viața mergea înainte.

Matei era din ce în ce mai nervos din cauză că ea nu-i răspundea la telefon de câteva zile, de când plecase de acasă, însă întâmplarea a făcut să afle că exact în acele zile Irina fusese la Angel. Pur și simplu, i-a surprins în mașină împreună. Nu că i-aș fi spus eu ceva – chiar nu am făcut-o. Eram mult prea distrus de problemele mele, chiar nu mai aveam nervi și pentru ale fratelui meu. Și hotărâsem deja că nu voi mai fi de partea lui în războiul lor. Bineînțeles că i-a urmărit pe Angel și Irina și s-au certat, încercând s-o convingă să plece de la Angel. Dar fără rezultat.

– Te duci acum și o iei de la ăla! mi-a spus de îndată ce s-a despărțit de ei. Îmi vine să intru cu mașina în primul stâlp, înțelegi? mi-a urlat Matei imediat ce am răspuns la telefon.

– Calmează-te, am încercat să-l liniștesc, deși numai de isteriile lui nu-mi ardea, când mie mi se chircise inima după ce fusesem alungat de Irina.

– Cum să mă calmez? Ce caută la ăla? a continuat el să urle din toate puterile.

– Sunt doar prieteni, Matei. Crezi că Irinei îi arde de prostii acum, în perioada asta în care este atât de tristă?

Încercam să-i demonstrez că se agită inutil, că Angel nu prezintă niciun pericol.

– Și alt prieten nu și-a găsit?! a punctat și el, îndreptățit să creadă că așa-zisul „prieten“ nu-și dorea decât să se răzbune pentru povestea cu Silvia.

Deși știam că nu mă mai vrea în viața ei, îngrijorat, am sunat-o să mă asigur că este bine și că Matei nu o lovise, dar la celălalt capăt al firului Irina nu era de găsit pentru mine. Cu mintea plină de gânduri negre, l-am sunat și pe Angel, dar nici el nu mi-a răspuns. Însă, după câteva minute, am primit un mesaj de la ea în care îmi spunea că, dacă nu-l liniștesc pe Matei și nu-l țin departe de ea, va dispărea fără urmă. Bine măcar că era OK și că nu se întâmplase cine știe ce altă nenorocire.

Matei era turbat. Câteva ore, mi-a împuiat capul și a încercat să mă convingă să plec după Irina.

– Înțelege că ea nu este proprietatea noastră, că, oricât de mult o iubim, trebuie să-i respectăm deciziile, i-am zis, cu sufletul întunecat de tristețe.

– Nu pot! Nu pot s-o știu în brațele altuia! spumega el încontinuu, fără să audă nimic din ce-i spuneam.

– Matei, înțelege că sunt doar prieteni. Angel are o iubită.

Am spus asta doar ca să fiu mai convingător, dar nu eram deloc sigur că între el și Irina nu fusese nimic, mai ales că văzusem clar că dormiseră împreună. Gelozia îmi ardea sufletul.

– Nu cred că un bărbat poate fi doar prieten cu Irina, a concluzionat Matei, trântind telefonul pe pat.

Atunci, am avut impulsul să-i spun că are dreptate, că nici eu nu reușisem să-i fiu numai prieten, că mă îndrăgostisem la nebunie de ea. Dar nu puteam să-i mărturisesc, asta ar mai fi lipsit! Uitându-mă la frământarea și suferința lui, mă întrebam dacă o să-i pot spune vreodată fratelui meu ce simțeam pentru iubita lui. Și mi-am dat seama că, probabil, și-ar pierde mințile dacă ar afla că o ador, că am făcut dragoste cu ea și că tocmai eu, omul în care credea orbește, fratele lui, îl trădasem și i-o luasem pe singura femeie pe care o iubise vreodată.

Am înțeles din nou, în acele momente, că trebuie să mai aștept, poate avea să vină ziua în care să nu o mai iubească și să nu-i mai pese de ea, să nu-l mai intereseze cu cine e și poate chiar să se amuze că sunt și eu interesat de ea. Altfel nu ar fi fost bine. Însă oare va veni vreodată ziua aceea? Și când? Pentru că sufletul meu nu mai putea respira fără ea, iar acum, departe de tot ceea ce-l împlinea, era în agonie.

N-am scăpat de Matei până nu i-am promis că voi merge la Angel după Irina, să vorbesc cu ea, să încerc s-o aduc acasă – ba chiar porunca era să și reușesc! Și, cu toată sinceritatea, nici eu nu mai puteam aștepta. Nu suportam să o mai știu încă o noapte în brațele lui, mai ales că toate simțurile mele de bărbat îndrăgostit detectaseră un semnal de alarmă care suna dinspre Angel, semn că iubita fratelui meu nu-i era indiferentă nici lui. Nu l-am mai sunat de data asta, ci m-am dus direct la el. Abia la poartă i-am telefonat și i-am zis că vreau să vorbesc cu Irina. Mi-a răspuns că nu este acolo și m-a invitat în casă.

– A plecat la Brașov, mi-a spus, așezându-se liniștit pe canapea. Ia loc, Robert.

– Când a plecat?

– Mai devreme. Te servesc cu ceva de băut? O apă? Cafea?

– Nu, mulțumesc.

M-am așezat pe un fotoliu și îl priveam pe Angel cum dă sonorul televizorului mai încet.

– Te-ai îndrăgostit de ea, așa-i? l-am luat la sigur.

– Are vreo relevanță? Trebuie să ader la vreun grup sau vreun fan club?

M-a ironizat senin, cu un ușor aer de superioritate – sau, cel puțin, așa mi s-a părut. Apoi mi-a zâmbit. Nu voiam să aud mai mult și, în special, nu voiam să aflu că și el o dorește și că mi-o putea lua. Era mai bine să nu-mi ucid singur speranța.

Așa că am plecat de la el și l-am sunat pe Matei, să-i spun că Irina plecase în sfârșit la Brașov și că Angel e în București în continuare, să stea liniștit. I-am spus că am o întâlnire și că nu voi veni acasă, iar el s-a gândit probabil că urma să-mi petrec noaptea cu vreo femeie. Asta în fericitul caz în care i-ar fi păsat unde merg și ce fac, dar era cam greu de crezut. Când el avea o problemă, nimic nu mai exista și nu mai conta pentru el.

Bineînțeles că am plecat la Brașov ca s-o văd pe Irina. Trebuia să mai încerc, nu puteam să abandonez nici măcar o șansă, oricât de mică. Iar dacă soarta avea să decidă că nu merit încă una, măcar aș fi reușit să o văd, să-mi umplu iar sufletul de bucuria asta nevinovată. Însă când am ajuns în fața blocului ei, am văzut parcată mașina lui Matei. Am rămas în mașină și am așteptat, nici eu nu știu ce. Stăteam și ascultam din muzica ei favorită – aveam numai CD-uri de-ale ei și am ales unul cu Tony Joe White, care îi plăcea foarte mult – și vedeam numai chipul ei în fața ochilor. Răpus de oboseală, dar și fericit că sunt aproape de ea, la un moment dat am adormit. M-am trezit când cineva mi-a bătut în geamul mașinii. Era Irina, străjuită la câțiva metri de prietena ei, Simona. Am sărit de parcă eram pe arcuri și am coborât imediat.

– Te-a dat cineva afară din casă? m-a întrebat, privindu-mă fix în ochi.

Cine știe de când stătea și se uita la mine cum dorm...

– Ce faci noaptea pe stradă? Vezi că umblă urși pe aici, am atenționat-o grijuliu.

Irina locuia într-un cartier renumit pentru vizita urșilor, care coborau din pădurea de lângă blocuri să se ospăteze la ghenele de gunoi; mai devreme, chiar văzusem doi pui de urs mergând agale printre mașini, ca prin codru.

– Ce faci tu aici? a continuat ea să mă chestioneze.

De parcă era și greu să-și imagineze ce caut...

– Am venit după tine, dar i-am văzut mașina lui Matei. Nu știam că a venit și el la Brașov.

– Doarme. E foarte răcit și mă duc să-i iau medicamente, mi-a zâmbit ea din nou, iar chipul pe care-l iubeam, surâzându-mi, era o mângâiere nesperată pentru mine.

Alergasem către ea încă sperând să fiu iertat și ca să o văd și să-i pot vorbi. Normal că mă simțeam fericit, fie și doar pentru că nu mă mai privea cu răceală și indiferență.

– Haideți în mașină, mergem împreună, le-am invitat eu pe fete să urce.

Am plecat toți trei la farmacie, i-am cumpărat lui Matei medicamente pentru răceală și ne-am întors imediat.

– Du-te și culcă-te la mine, mi-a spus Simona când ne-am întors la Irina, oferindu-se să mă adune de pe drumuri. Mă duc sus și-ți aduc cheia.

– Nu, Simona. O să merg la Snagov. Se face dimineață până ajung și am o zi foarte încărcată, i-am răspuns, mulțumindu-i.

Puteam merge și la vila noastră din Poiana Brașov, nu se punea problema că nu aveam unde să mă culc. Venisem doar ca să fiu mai aproape de femeia pe care refuzam să accept că am pierdut-o. Venisem purtat de dor și de dragostea mea nebună.

– Bine. Vă las să discutați puțin. Mă duc în casă. Dacă îți dau bip, vino și tu, te rog. Înseamnă că s-a trezit bestia..., a adăugat Simona, făcându-i cu ochiul Irinei.

– Nu ești obosit? m-a întrebat când am rămas doar noi doi, cu tonul ei blând și plin de iubire, pe care nu credeam că o să-l mai aud vreodată folosit în relația cu mine, mincinosul care o dezamăgise.

Nu i-am răspuns. I-am prins fața între palme și am sărutat-o, iar ea nu s-a opus. M-a lăsat să-i acopăr fața, ochii și gura cu sărutări și să-i mângâi obrajii dulci și părul. Eram din nou în culmea fericirii, mă simțeam din nou al ei, acceptat, iubit și iertat!

– Te iubesc atât de mult! i-am spus în extaz. Iubesc tot ce e legat de tine, iubesc orașul ăsta, parcarea asta, blocul ăsta, tot!

– Trebuie să intru în casă. Matei chiar are nevoie de medicamente, mi-a întrerupt ea brusc efuziunile, de parcă i-ar fi fost teamă că vom fi văzuți sau poate pentru că nu voia să-mi dea speranțe deșarte...

A ieșit din mașină, iar eu am privit-o cu grijă și dragoste până când a intrat în bloc. Am plecat la București cu o inimă mai ușoară, dar nu am avut liniște până când nu a venit și Matei. Nu-mi plăcea deloc să-l știu în preajma ei, îmi era teamă de reacțiile lui dacă Irina ar fi continuat să-i spună că între ei totul se terminase. Dovedise deja de suficiente ori că poate fi și crud și violent. Era într-adevăr răcit, dar măcar era împăcat că o știe la Brașov.

– O lăsăm puțin să se liniștească, mi-a spus el, sorbind cu poftă dintr-o cană plină cu cafea, în bucătăria pustie fără Irina. Am exagerat și eu cu posesivitatea, cred. Trebuie să-i arăt că-i dau libertate și nu o mai agasez. Chiar am de gând s-o las în pace să-și revină...

Timpul trecea greu în lipsa ei. Îi trimiteam în continuare mesaje, dar nu-mi răspundea. O sunam și, din nou, tăcere. Îi scriam și Simonei, doar așa aflam ce se întâmplă; ea îmi confirma că Irina este bine și că atât ea, cât și Timeea aveau grijă să fie totul în regulă. Nu o lăsau singură să se gândească la ce s-a întâmplat cu Luminița. Timeea era vecina Irinei și petreceau mult timp împreună când iubita fratelui meu locuia încă la Brașov. Avusesem ocazia s-o cunosc și eu și o plăcusem, era o fată tare bună, o prietenă minunată pentru iubirea vieții mele.

„Simona, o iubesc mai mult decât pe mine însumi. Ajută-mă să fiu cu ea!“, i-am scris la un moment dat Simonei, disperat că Irina nu-mi dă niciun semn de viață și că toate încercările mele de a intra în contact cu ea eșuaseră lamentabil.

„Azi vom merge la Peștera…“, mi-a răspuns ea după câteva minute.

„Vin și eu!“, i-am scris înapoi, plin de speranța că voi fi acceptat și că o voi vedea pe fata de dorul căreia mă durea nu numai sufletul, ci și carnea de pe mine.

„Perfect. Noi pregătim totul, dar nu-i spunem ei nimic“, a fost Simona de acord imediat, spre imensa mea bucurie.

Irina adora satul Peștera, aflat la o distanță de câțiva kilometri de Bran. Un prieten bun al ei care locuia în Germania avea acolo o căsuță mică și cochetă, cocoțată pe un deal, cu vedere spre munții Bucegi și Piatra Craiului, cu peisaje care-ți tăiau respirația, numai bună de petrecut câteva zile în mijlocul naturii, unde să-ți ostoiești sufletul obosit, să-ți umpli ochii de frumusețe și inima de pace. Îi lăsase Irinei casa în grijă, știind că ea se va bucura să meargă acolo ori de câte ori simțea nevoia să petreacă zile liniștite, departe de zarva orașului, dar și pentru că era o persoană responsabilă.

Mi-am luat în grabă trusa de cosmetice și un schimb de haine și am plecat ca vântul și ca gândul către Peștera, visând tot drumul la clipa când o voi îmbrățișa din nou pe femeia fără de care viața nu mai avea niciun gust, niciun sens. Nu știam cum mă va întâmpina, dar speram să am ocazia să mă împac cu ea, apoi să o iau în brațe și să lăsăm în urmă toate lucrurile care ne înstrăinaseră unul de celălalt și o făcuseră pe ea să renunțe la mine.

Am ajuns înainte să se întunece și, imediat după ce am oprit mașina în spatele mașinii ei, Irina a ieșit pe treptele casei. În lumina amurgului, mi se părea că este o zână coborâtă din munți să vegheze nopțile oamenilor buni și frumoși și să le împartă binecuvântări. Era splendidă, cu părul ei lung care-o învăluia, iar eu eram în culmea fericirii, mai ales fiindcă nu părea deranjată de prezența mea, ba chiar aveam impresia că încearcă să-și ascundă cu greu bucuria revederii cu mine.

– Sărut-mâna, majestate! i-am spus, vesel și zâmbitor, înaintând către ea.

De îndată ce am ajuns în față în față, s-a aruncat în brațele mele și m-a strâns cu putere. Speram să nu-i frâng oasele, așa de tare am îmbrățișat-o, hotărât parcă să nu-i mai dau drumul niciodată. Prea mult îmi lipsise din noaptea când ea descoperise identitatea prietenului imaginar și aflase și că, din păcate, se sfârșise Luminița.

– Doamne, cât de bine este să te primească cineva cu dragoste! i-am șoptit, înnebunit de fericire, îmbătat de parfumul ei.

– Ți-e foame? Am făcut paste, mi-a zâmbit și ea, cu toată căldura.

– Sunt lihnit! m-am alintat eu, pregătit să mă las răsfățat cum nu mai fusesem de multă vreme.

Am intrat împreună în casă și, după ce Simona și Timeea mi-au sărit în brațe și m-au pupat și după ce le-am îmbrățișat și eu, cu recunoștință pentru tot riscul pe care și-l asumaseră ca să mă aducă acolo, ne-am așezat în sufrageria micuță și intimă și am mâncat împreună pastele delicioase gătite de Irina. Eu mă simțeam în al nouălea cer că sunt din nou lângă ea și nu mă mai săturam s-o privesc, să mă bucur deplin de prezența ei. Am conversat puțin, am râs și am glumit, apoi, dintr-odată, Simona și Timeea au anunțat-o pe Irina că l-au rugat pe un prieten să vină să le ia la Brașov, ca să ne lase singuri. Nici eu nu știam de planul lor și era limpede că nici Irina, dar pluteam de încântare și le eram recunoscător. Aveam atâta nevoie să fiu doar cu ea, departe de Matei și de toți ceilalți, împreună, doar noi doi și iubirea noastră!

Deși era răcoare, iubita mea nu a vrut să stăm în casă. Așa că am ieșit pe terasă, înveliți în pături și înconjurați de frumusețea peisajului. Și ne-am așezat la povești. Irina nu mi-a mai reproșat nimic și am ocolit amândoi subiectul „Prietenul imaginar". Am vorbit pur și simplu ca doi prieteni buni despre lucruri pe care nu le știam încă unul despre celălalt și mai ales despre oamenii care ne-au lăsat amintiri dragi sau răni adânci și cicatrici de nevindecat. Am aflat în seara aceea – atât de „numai a noastră" – despre câteva dintre întâmplările care o întristau, despre câteva experiențe nefericite care-i încărcau sufletul, dar și despre niște oameni pe care eu, la distanță de-o viață de acele întâmplări, îmi doream să nu-i fi întâlnit vreodată, oameni care au rănit-o atât de tare, încât nu-i putea ierta. Mă emoționau profund amintirile ei atât de dureroase, le retrăiam odată cu ea și am plâns împreună. Apoi, am ținut-o în brațe.

Aveam tot ceea ce-mi doream și aș fi rămas acolo să o ascult pentru totdeauna, căci așa arăta viața de care aveam nevoie ca să pot fi pe deplin fericit. Cu toate că o cunoșteam de cinci ani și o ascultasem povestind și vorbind mai mult decât pe oricine altcineva, îmi plăcea enorm și nu mă săturam să o aud. Toate discuțiile cu ea erau savuroase, Irina continua să mă emoționeze și să mă amuze așa cum nimeni nu mai reușise vreodată să o facă.

Am intrat în casă abia când frigul ni s-a părut că devine greu de suportat. Era atâta liniște în căsuța aceea, încât puteam să-mi aud ceasul de la mână ticăind. Era atâta tihnă, încât puteam să-mi ascult în sfârșit sufletul cum repetă întruna numele ei...

Am făcut dragoste aproape toată noaptea, înconjurat de fluturii de pe așternutul în care era îmbrăcat patul, împresurat de fluturii din sufletele noastre, care umpluseră parcă toată camera, flămând de ea și incapabil să mă satur de ea; nu mi-am imaginat, atunci când am văzut-o prima oară, că o voi iubi mai presus de propria-mi viață.

Abia în zori am adormit, îmbrățișați, și ne-am trezit abia la amiază, tot unul în brațele celuilalt. I-am pregătit micul dejun, așa cum mi-am dorit mereu să o pot face când îmi imaginam o viață alături de ea. Iar iubita mea părea încântată de tot răsfățul pe care-l pusesem la cale doar pentru a o face fericită. Ne-am petrecut ziua stând în casă și vorbind, jucându-ne și sărutându-ne, dar am ieșit și afară, la o mică plimbare prin satul frumos de munte, înconjurat de atâtea peisaje minunate.

Poate că am fi petrecut încă o noapte sublimă împreună, așa cum erau toate clipele pe care le trăiam când eram doar noi doi, dacă nu ar fi venit pe neașteptate Simona, de la Brașov, să ne anunțe că Matei o sunase disperat pe Irina să-i spună că Cesara este foarte bolnavă. Așa că, fără să mai stea pe gânduri, mi-a spus că trebuie să mergem la Snagov, că nu o poate lăsa singură pe Cesara. Cum să nu o iubești?... Din nou renunța la ea – de data asta, chiar la noi –, mereu mai grijulie cu ceilalți decât cu ea, iar acum extrem de îngrijorată de starea copilului. Am plecat împreună, ea cu mașina ei și eu urmând-o cu a mea. A condus ca o nebună tot drumul până la Snagov, terorizată de gândul că Cesara este bolnavă și ea nu se află acolo să-i fie de ajutor. Dar, din fericire, copila nu avea nimic grav, ci doar o răceală mai puternică. Însă Irina nu s-a liniștit până când doctorul nostru nu a venit să-i confirme că nu există niciun pericol.

După clipele noastre de vis de la Peștera, ar fi trebuit să fie totul bine între noi, dar mi-a stricat Diana toate planurile, fiindcă, spre uimirea mea, am găsit-o instalată la Snagov când am ajuns acasă. Dormise în noaptea precedentă în camera care fusese cândva a noastră. Iar Irinei nu i-a plăcut asta. Chiar deloc. Cum nici mie nu mi-a picat bine să o găsesc acolo tocmai când lucrurile păreau să se fi așezat în albia lor firească între mine și femeia pe care o iubeam.

O urmăream pe Irina prin toată casa, disperat după prezența și atenția ei, dar mă evita și mă trata cu răceală. Probabil că nu știa ce să mai creadă despre despărțirea noastră când o vedea pe fosta mea iubită dormind în patul meu. I-am explicat disperat că Diana venise și zilele trecute, căutând alinare la noi după moartea tatălui ei. Dar Irina era cu siguranță foarte geloasă și își imagina probabil că voi împărți dormitorul cu Diana sau, chiar mai mult, că voi relua legătura cu ea. Doamne, nici prin cap nu mi-ar fi trecut așa ceva! Însă Irina era pornită pe mine și nu mai înțelegeam nimic. Doar știa că nu eu o chemasem! Oli ne întâmpinase și ne dăduse vestea că o vom găsi în casă.

– Zi-mi de ce te porți așa? am întrebat-o la un moment dat, când am reușit s-o surprind singură, înnebunit de schimbările ei bruște de atitudine.

– Așa cum?

– Așa diferit față de ieri.

– Ieri? Ce-a fost ieri? s-a prefăcut că nu înțelege.

– Am fost la Peștera și ne-am iubit.

„Și ne-am înțeles atât de bine, am fost atât de fericiți împreună, că nici nu am simțit cum zboară timpul“, aș fi adăugat.

– Să nu-mi spui că ai crezut că ne-am împăcat, mi-a replicat Irina, lăsându-mă cu gura căscată.

– Nu ne-am împăcat? m-am minunat eu, șocat de ceea ce-mi auziseră urechile, mai ales după clipele de poveste de la Peștera.

– Nu.

– Doar pentru că m-am trezit cu Diana aici? am întrebat-o, convins că gelozia era cea care-i întunecase judecata.

– Doar pentru că n-am uitat ce mi-ai făcut, m-a pus ea imediat la punct, iar fraza trântită în obraz mi-a trimis o săgeată rece și dureroasă direct în inimă.

Am încercat s-o îmbrățișez, dar m-a respins cu silă și a făcut câțiva pași înapoi. Parcă eram un străin, un ciumat, nu omul căruia i se dăruise cu atâta dragoste cu câteva ore în urmă. Mă scotea din minți cu atitudinea asta atât de schimbătoare, sărind de la un pol la altul cu atâta ușurință, încât chiar nu mai știam ce să cred. Acum ne iubeam, iar în secunda doi îmi vorbea de parcă prezența mea i-ar fi fost odioasă.

– Știi, Irina, de câte ori mă respingi, nu mă alungi câțiva centimetri, ci am senzația că mă arunci în altă lume, în cea mai urâtă și mai tristă singurătate, făcându-mă să mă simt urât și să mă detest, i-am mărturisit, sperând să înțeleagă că ceea ce mă obligă să trăiesc este cumplit.

– Ar fi bine să nu te mai detești. Cred că e de ajuns că te detest eu. Tu fii bun cu tine și iubește-te, mi-a retezat ea imediat elanul sentimental.

– Poți să încetezi odată cu teatrul ăsta? am rugat-o eu, continuând să fac apel la rațiunea ei.

– Teatru? Păi, nu tu îmi ceri de cinci ani să joc teatru? Nu tu mi-ai spus că am toate șansele să câștig Oscarul pentru că sunt o actriță bună? De fapt, s-a dovedit că tu vei lua Oscarul. Tu, în rolul prietenului imaginar și al celui care mă iubește în secret.

– Te iubesc și eu, și prietenul imaginar, i-am zis cu toată dragostea de care eram în stare așezată în priviri.

– Vezi că nu-ți mai poți deosebi măștile, Robert, nu s-a lăsat ea deloc impresionată.

– N-ai obosit să te prefaci că mă detești? am încercat eu să-i demonstrez că știu că e doar un joc.

– Tu n-ai obosit să te prefaci că mă iubești? m-a pleznit ea direct peste suflet și, ca de obicei când ocolea o întrebare limpede, mi-a răspuns cu o altă întrebare, una foarte nedreaptă.

Dacă nici iubirea mea nu mai era iubire, ci doar prefăcătorie, atunci cum ar fi arătat oare adorația sinceră?!... Nu, nu mai reușeam s-o fac să mă înțeleagă, iar căzuse în partea aceea de viață din care mă vedea ca pe un monstru. Și, peste toate, ca și cum nu era de ajuns o femeie în casa noastră pe care Irina să fie geloasă, Matei ne-a anunțat că va veni să ne viziteze și Eliza, verișoara lui care locuia în Islanda și cu care Irina știa că avusesem o aventură în adolescență. Era clar că aveam nevoie de nervi de oțel ca s-o liniștesc, să-i demonstrez că nu a fost, nu e și nu va fi nimeni mai presus de ea, pentru că oricum nu mai vedeam nimic în jurul meu în afară de ea.

Eliza venise într-o vacanță de două săptămâni, iar Matei, cum era și firesc, a invitat-o să locuiască la noi. Asta a făcut-o pe Irina să devină o bombă cu ceas, deși nu avea absolut niciun motiv să fie geloasă. Nu părea deloc dispusă să fie amabilă, spunea exact ce gândea și ce simțea, fără să menajeze pe nimeni, iar eu eram epuizat. Diana îmi stătea pe cap nechemată de mine, Matei mă teroriza în fiecare zi cu discuții care mă scoteau din minți despre Irina și exact femeia pe care o iubeam, singura care era în gândurile mele, mă evita și mă trata cu răceală. În plus, era foarte obosită și mă miram că mai face față tuturor responsabilităților și tensiunilor din casă. Căminul nostru se umpluse de oameni, iar Irina avea grijă de toți, de la micul dejun până la cină, de la mic la mare, inclusiv Cesara și musafirii, poftiți sau nepoftiți. Doar Oli și Simona o ajutau la treburile casnice, dar ea nu se plângea niciodată. Sigur că eu vedeam toate lucrurile acestea și încercam să-i fiu de ajutor, chiar dacă mă refuza încontinuu.

Cât despre Matei, lucrurile erau foarte clare: fratele meu nu-i mai putea intra în grații nicicum, fiindcă ea era mereu cu capsa pusă. Se înțepau tot timpul și nici măcar de față cu ceilalți nu se mai străduiau să păstreze aparențele. Într-o dimineață, s-au certat rău la micul dejun, iar Irina l-a pus la punct de față cu toți cei prezenți, aruncându-i în față adevăruri pe care Matei era incapabil să le accepte.

– În loc să-mi ții mie prelegeri, mai bine pune mâna și mănâncă, i-a spus Matei, văzând că ea nu are în față decât o cană cu cafea. Pe noi nu ne lași niciodată să bem cafeaua pe stomacul gol.

– Eu am voie, i-a răspuns Irina, sorbind din cafeaua aromată și amară ca inima ei.

– De ce *tu* ai voie? a insistat Matei, punând accent pe „tu“.

– Pentru că eu sunt Irina, a zâmbit ea cu amărăciune.

– Și cine este această Irina de are voie să facă tot ceea ce alții nu au voie să facă? Eu nu am auzit de ea, a făcut Matei o glumă, chipurile bună, dar de toată jena.

Ce banc era ăsta, să zici că nu ai auzit de iubita ta? Ce era așa de amuzant?

– Poate că nu ai auzit încă, dar vei auzi, îți promit. Vei ajunge cândva să-ți răsune în minte numele meu, să-l vezi peste tot, să-l auzi, să vrei cu disperare să-l uiți, dar să nu poți, a surâs Irina, privindu-l cu încredere în ochi, de parcă ar fi vrut să-l vrăjească și să-l facă să vadă în viitor exact în felul în care i-a prezis ea.

Simona încuviința orice afirmație făcută de Irina, iar Eliza și Sandra, invitată la noi de Irina, se amuzau de curajul ei. Dar, ca de obicei, Diana era de partea lui Matei și nu rata nicio oportunitate să-i dovedească asta. Îl susținea cu priviri duioase, iar pe Irina o privea ca pe o arătare oribilă. Diana nu numai că mă deranja prin prezență, dar avea o atitudine sfidătoare față de Irina, iar felul ei de a fi mă scotea din răbdări. Nu știam cum s-o determin să plece fără să o rănesc, înțelegeam că e singură, dar eu chiar nu puteam s-o ajut în acest sens. Pentru mine, relația cu ea nu mai exista și nu avea nicio șansă să fie reluată.

– Îți place să ne certăm de față cu prietenii noștri? a întrebat-o Matei pe Irina, sătul de atitudinea ei ostilă.

– Ție-ți place să mă umilești de față cu ei? Te cred că vrei să salvezi aparențele, dar nu-i face pe toți să creadă că sunt proasta ta, fiindcă nu sunt, n-a rămas nici Irina datoare cu un răspuns.

– Te iubesc, poți să te calmezi? a încercat Matei, mecanic și cam absent, să o liniștească.

– Spui că mă iubești, dar nu-mi amintesc să te fi interesat vreodată ce-mi doresc eu, ce-mi place, ce visuri am. Nu m-ai întrebat niciodată ce vreau de la viață, s-a ambalat Irina.

Și pe bună dreptate: pe Matei chiar nu-l interesa universul ei, ce speranțe are, ce dureri, ce neîmpliniri.

– Uite, te întreb acum: ce vrei de la viață? a luat-o el oarecum peste picior.

– Acum e prea târziu, Matei. Nu mai simt eu nevoia să-ți spun, i-a replicat ea, apoi i-a întors spatele, într-un soi de protest.

– Vezi?

Matei a zâmbit, a luat ziarul și a început să-l răsfoiască. Era deja cu gândul cine știe pe unde. Pentru el, dialogul luase sfârșit.

– Ce convenabil e pentru tine! Nu-i așa, Matei? Nimeni nu m-a făcut să mă simt atât de inutilă. Nu mai am niciun rost lângă tine, a început iar Irina cu reproșurile, cât se poate de întemeiate, pe care i le tot azvârlea în obraz, sperând să-l coboare puțin în realitatea relației lor, care era una cât se poate de tristă.

– Îți place să ți se facă mereu complimente, să-ți spun că ești minunată și că ești femeia ideală?

Era clar: Matei chiar nu știa când să pună frână. Ambala motorul unei discuții în care clar nu avea dreptate și o dădea din ce în ce mai rău cu oiștea-n gard.

– Ideală? Cum o vezi tu pe femeia ideală, Matei?

– O femeie ca tine, care să-și cunoască prețul, a zâmbit el.

– Poate ai vrut să spui o femeie care să-și cunoască valoarea, fiindcă prețul și-l cunosc alea pe care le plătești tu, i-a servit-o perfect Irina, dacă Matei tot îi ridicase mingea la fileu, bine de tot. Există o mare diferență între preț și valoare. Preț au mărfurile, dar nu toate mărfurile care au preț au neapărat și valoare.

– Nici măcar un compliment nu mai ești capabilă să primești, s-a opintit el în continuare, fără să priceapă nimic.

– Aia a fost o insultă, nu un compliment, a încercat ea să-i deschidă ochii, doar-doar pricepea ce-i spune.

– Am eu o problemă? a întrebat Matei auditoriul, care asista nevinovat la discuție, mai puțin eu, desigur.

– Nu, Matei, i-a răspuns Irina. Tu ești perfect, așa cum ți s-a spus toată viața, de către toată lumea. Tu ești cel mai bun, tu meriți totul și nu ai nicio îndatorire. Ți se cuvine totul așa, pur și simplu, doar pentru că ai onorat universul cu prezența ta în lumea asta. Tu ai dreptul să faci ce vrei cu oamenii, să-i folosești ca pe niște bunuri ale tale, să le impui cum să trăiască, ce să gândească, ce să simtă..., a continuat înverșunată Irina.

– Încetează! N-am chef de ceartă, a dat el din mâini plictisit, făcându-i semn să se oprească.

– Dar cine se ceartă, dragul meu? Zânul universului, cine ar îndrăzni să te contrazică, să te supere și să-ți tulbure stima de sine? l-a ironizat ea în continuare.

– Ești o obraznică plină de fițe.

– Și o inutilă. De aceea zic că ar fi bine să plec, să nu-ți mai încurc viața, a pus ea punct discuției.

Devenise clar că nu o scotea la capăt cu el, nu vorbeau aceeași limbă, Matei nu înțelegea nicio iotă – pentru că nu-l interesau opiniile ei. Era evident pentru toată lumea că relația lor nu mai are nicio șansă. Numai fratele meu, în orbirea lui, nu vedea limpede.

Iar neglijența lui a stricat lucrurile și mai tare, pentru că Irina a aflat de încă o aventură de-a lui. Așa cum afla mereu, fără să caute dovezi și fără să sape după adevăr. O femeie cu care Matei se întâlnise de câteva ori i-a trimis Irinei mesaje și i-a cerut să se întâlnească, să vorbească despre el. Iar eu nu am știut nimic despre toate acestea până când Irina nu s-a întors într-o bună zi acasă cu ea în mașină. Bineînțeles că nu mi-a zis nimic, căci că era în continuare supărată pe mine și îmi evita compania, mai ales că la noi stătea nu numai Diana, ci și Eliza. Deși mi-aș fi dorit să o însoțesc ca să mai stau cu ea, plecase în oraș încăpățânându-se să nu-mi spună unde. Iar când s-a întors, era însoțită de o femeie necunoscută.

– Cică e iubita lui Matei, mi-a zâmbit Irina amuzată când am întâmpinat-o în curte.

Părea calmă și senină. A invitat-o cu gentilețe pe femeia pe care o adusese acasă, fără să-i pese că în living erau și Simona, Sandra și Eliza. Eu am urcat la etaj să-l chem pe Matei. Mă gândeam cu groază la ce avea să urmeze.

– Irina a venit acasă cu o tipă care zice că e iubita ta, l-am anunțat, făcându-i semn că e cazul să vină urgent în living.

– Poftim?! Nu se poate așa ceva!

Am coborât repede amândoi, dar Matei nici nu a privit-o pe acea femeie. Am înțeles imediat că o cunoaște și că e vinovat. A prins-o pe Irina de mână și a încercat să o ia de acolo, din fața domnișoarei care o căutase pe Irina și care venise la noi acasă probabil ca să-l demaște.

– Robert, cheamă-i doamnei un taxi și condu-o, mi-a spus Matei categoric în tăcerea înmărmurită din living.

– De ce ești nepoliticos? a intervenit imediat Irina. Aveți ceva de lămurit, tu și doamna. Pentru că nu-ți lămurești situațiile, lumea mă deranjează pe mine.

Femeia a ieșit din casă și, cu toate că Irina a vrut s-o oprească, Matei nu a lăsat-o. Îl simțeam încolțit, înnebunit, probabil că nu mai știa pe unde să scoată cămașa, fusese prins din nou cu mâța-n sac. Pentru a câta oară?...

– Vrei să discutăm? a întrebat-o el rușinat, cu glas șoptit, să nu-l audă toată lumea.

– Nu e nimic de discutat. Te rog doar să mă treci „Vasile“ în telefon, nu „Iubita“, ca să nu mă mai deranjeze amantele tale, cărora le trece prin cap să-ți cotrobăie prin telefonul mobil și să-mi fure numărul, i-a tăiat-o Irina, fără nicio urmă de supărare, ci doar cu un fel de indiferență amicală.

Irina nu s-a certat cu Matei, nici măcar nu a vrut să discute despre ceea ce se întâmplase, de parcă momentul acela penibil nici măcar nu ar fi existat. În schimb, Simona l-a făcut în toate felurile, cred că l-ar fi luat și la bătaie dacă ar fi fost bărbat, nu femeie.

Matei s-a retras în camera lui, iar în seara aceea nu a coborât la cină. Cu siguranță, se simțea jenat de toată întâmplarea și-i era rușine de Irina, dar și de musafirii noștri, care știau acum că Irina are motive reale să se poarte cu Matei așa cum se purtase. Însă ea nu își arăta supărarea, ba chiar i-a pregătit un platou cu mâncare și un pahar cu vin, pe care le-a pus pe o tavă, dându-ne o lecție pe care mulți dintre noi n-ar fi bănuit-o. Și, din nou zic, pentru a câta oară?

– Pe mine mă scuzați, merg să-i duc și lui Matei o porție, a anunțat ea, ridicându-se de la masă.

– Doar nu vorbești serios! i-a spus Simona, uitându-se la ea perplexă.

– Ba da. E al nostru și el, a zis Irina, zâmbind cu ochii aceia frumoși, de care mi-era mereu dor.

– Nemernicul ăla? a pufnit iar Simona.

– Faptul că e slab nu-l face și detestabil.

– Irina, să știi că te admir, a spus Eliza cu gura plină, cu o față încântată.

– De ce? a întrebat-o Irina, ridicând tava de pe masă și pregătindu-se să urce la Matei.

– La vârsta ta, știi să te descurci în orice situație. Știi să gătești, să ai grijă de casă, de un copil... Și ești atât dc puternică! Dacă aș fi trecut prin ceea ce treci tu, cred că zăceam în pat, a continuat verișoara lui Matei să mestece atât alimentele, cât și cuvintele.

– Nu sunt mereu puternică. Uneori stau în picioare, dar sufletul îmi zace pe jos, i-a zâmbit Irina încurajator.

Asta îmi plăcuse mereu la ea: nu se dădea mai puternică decât era cu adevărat și primea cu demnitate și înfrângerile pe care i le servea viața, uneori prea generoasă cu dezastrele din viața unui om.

A urcat în camera lui Matei și a coborât după vreo jumătate de oră. Noi o așteptam în living curioși și îngrijorați că s-ar fi putut certa foarte tare. Deși, la drept vorbind, de sus nu răzbătuse până la noi nici măcar un cuvânt strigat.

– Am stat cu el să mănânce, ne-a satisfăcut ea curiozitățile nerostite.

– Nu pot să cred! a sărit în sus imediat Simona. Nu cumva vrei să-l și legeni la culcare?! Fraiero ce ești, ăstuia îi trebuie o lecție, nu ceea ce faci tu! Așa nu va învăța niciodată.

– Și ce lecție să-i dau? Să fiu mai rea decât el? Am obosit, a zâmbit trist Irina.

– Sau poate că te-ai maturizat, a adăugat Sandra, filosofic.

– Ce va înțelege Matei după toată povestea asta? Că te poate înșela, că te poate umili, iar tu îl vei ierta și îl vei trata cu bunătate. Hello, fata mea, nu ești mă-sa ca să-i ierți orice! Ești femeia pe care ar trebui s-o respecte! a continuat Simona să-și turuie punctul de vedere, logic și corect.

– Ți se pare că pe mine m-a umilit cu toată povestea asta? S-a umilit singur. Iar eu încerc doar să nu pun mai mult noroi pe el, a explicat senină Irina, încă iubita fratelui meu.

– Nu te merită! a decretat ferm prietena ei, punând punct discuției, aberante din punctul ei de vedere.

Iar Matei era conștient de asta. Mi-a mărturisit-o în seara aceea, când am urcat la el în dormitor și am stat singuri de vorbă.

– Cred că am pierdut-o definitiv, mi-a spus resemnat și trist, cu ochii în pământ, de parcă i-ar fi fost rușine și de mine. N-am avut răbdare cu ea, nu i-am dat timp să mă ierte, nu am încercat să mă apropii de ea, nu am făcut niciun efort să o ascult, să o înțeleg, să-i apreciez eforturile pe care le-a făcut pentru noi toți. Am preferat să mă amăgesc prin paturile altor femei, care nu înseamnă nimic, în loc să fi stat cu ea ca să repar ce am stricat. Mă crezi că nu aș mai putea să o ating? Efectiv, simt că nu mai am dreptul să pun mâna pe ea, că nu o mai merit, a oftat el din tot sufletul.

– Poate că ar trebui să o lași să plece. Dacă te iubește, se va întoarce la tine, am încercat eu să-l fac să vadă lucrurile și altfel, nu numai în felul lui.

I-am spus asta fără să mă gândesc nicio clipă la mine, ci doar la ei: nu erau compatibili, nu erau OK unul lângă celălalt, nu erau și nu ar fi fost fericiți niciodată dacă ar fi rămas împreună.

– Oare? Eu cred că nu mă mai iubește de multă vreme. Cred că este aici doar pentru Cesara, pentru tine și pentru ceilalți, mi-a spus, ridicându-și ochii, în care-i jucau lacrimi.

– Ține la tine, l-am asigurat eu, pe bună dreptate.

Pe de altă parte, îmi era groază să mă gândesc cum ar fi reacționat dacă ar fi știut adevărul despre mine și iubita lui.

– Este atât de bună cu mine! Când a venit cu mâncarea în cameră, m-am simțit ca ultimul gunoi. Poate că așa e, poate că ar trebui să o las liberă, eu i-am făcut doar rău. Dar cum naiba să pot trăi fără ea? O iubesc! a gândit Matei cu voce tare, făcându-mă să-mi doresc și mai mult să nu afle adevărul, căci l-ar fi sfâșiat.

– Și eu o iubesc, i-am spus, mai mult șoptit, ca să nu se înțeleagă mai mult decât ar fi fost bine pentru el.

– Știu. Te-am dezamăgit și pe tine. Sunt sigur că ești supărat pe mine, chiar dacă nu îmi spui, a clătinat el din cap cu înțelegere și cu o imensă rușine. Doamne, când am văzut-o pe Melania lângă Irina, am simțit că o iau razna. Abia atunci am realizat cât de urât și de greșit este tot ceea ce fac, a adăugat el cu tristețe.

Întrucât Matei pleca în Germania în dimineața următoare, Irina s-a trezit cu noaptea în cap ca să-i pregătească sandvișuri pentru drum, dar și ca să-i ureze călătorie plăcută și să-l asigure că are cine să se îngrijească de fetiță și de familie. Eu mai aveam de pus la punct cu fratele meu niște detalii legate de firmă și am coborât să discut cu el, în timp ce Irina ne pregătea micul dejun în bucătărie.

– Vă las să mâncați și să vorbiți în liniște, ne-a zis ea. Înainte de asta, vreau să te rog ceva, Matei.

– Orice, iubita mea.

– Să nu fii rău cu Melania, și-a îndulcit ea glasul, cu înțelepciune.

– Te rog, nu-mi vorbi despre imbecila aia care visează cai verzi pe pereți și care a crezut că, dacă mă desparte de tine…, a întrerupt-o fratele meu nervos.

– Matei, oamenii, când iubesc – sau când cred ei că iubesc –, sunt capabili de lucruri nebunești. Eu te rog doar să nu fii rău cu ea. Respect-o măcar. Până la urmă, felul în care le tratezi pe femeile cu care te culci arată cât te respecți pe tine, nu pe ele, a adăugat ea, încercând să-l liniștească.

Matei a vrut să spună ceva, probabil să o mintă și să nege că între el și Melania ar fi existat o aventură, dar Irina i-a pus degetul pe buze.

– Subiectul e încheiat, i-a zâmbit ea frumos, apoi ne-a lăsat singuri.

– Lua-m-ar naiba! Nu poate fi și ea rea? Aș prefera să urle, să mă insulte, să-mi spargă capul! a oftat Matei din tot sufletul, umilit și îngenuncheat de bunătatea și liniștea din tonul ei.

– A crescut. Irina noastră s-a maturizat, am adăugat și eu cu uimire.

M-am bucurat că Matei avea să fie plecat câteva zile. Speram că voi petrece mai mult timp în preajma Irinei, însă Diana, de parcă am mai fi fost împreună, stătea tot timpul lipită de mine. Găsise justificarea perfectă pentru prezența ei în casa noastră, repetând mereu că alături de noi nu se mai simte atât de singură și că astfel reușea să depășească mai ușor trauma suferită după decesul tatălui ei. Dar am fost cinstit și am avertizat-o nu numai o singură dată să nu aibă așteptări de la mine, deoarece nu o iubesc și nu-mi doresc o relație cu ea – ca să fie totul cât se poate de clar și să nu-și facă vreo iluzie fără acoperire. Chiar nu-mi doream să o fac să sufere, dar nici nu puteam să-i permit să-mi încurce viața.

Irina dormea numai cu fetița, iar eu mă furișam noaptea, hoțește, să o văd. Îmi era dor de ea, eram disperat după câteva clipe numai cu ea, în casa noastră plină de ochi curioși la tot pasul și de oameni străini de povestea noastră. Îmi era dor să fac dragoste cu ea, să o simt din nou a mea, să-i simt toată iubirea și să-i dau toată dragostea care simțeam că mocnește în mine și stătea să dea pe-afară. Îi trimiteam zeci de mesaje în care îi spuneam cât de mult o ador, dar nu-mi răspundea. Iar mie îmi crăpa capul căutând o soluție pentru a o face să înțeleagă cât de mult o iubesc. Ba chiar îmi era dor să-i scriu și ca prietenul imaginar și, în același timp, îmi era ciudă că nu mai am acces la gândurile și trăirile ei, mai ales în impasul în care ajunsesem și în care aș fi dat orice să aflu ce e în mintea ei și ce simte față de mine. Din atitudinea pe care o afișa față de mine nu-mi puteam da seama de nimic din ceea ce se întâmplă și mă durea cumplit răceala ei, pe care nu mai știam pe seama căror lucruri să o pun.

Profitând de faptul că Matei era plecat în Germania, iar eu rămăsesem singur cu firma pe cap, Irina s-a întâlnit cu Angel. Lucru pe care nu l-aș fi aflat dacă, turbat să pricep ceea ce se întâmplă, nu i-aș fi căutat mișelește printre mesajele de pe telefonul mobil. Ea dormea cu fetița când am prins un moment oportun și am reușit să am acces la convorbirile dintre ea și Angel, care, spre furia mea, îi scria aproape zilnic. Am citit zeci de mesaje în care el îi mărturisea că îi este dor de ea, îi sugera să vizioneze anumite filme sau îi trimitea tot felul de citate și versuri cu subînțeles. „Te rog, întoarce-te, te vreau înapoi în brațele mele! Nu-mi cere să nu te doresc! Nu acum, după ce ți-am auzit inima bătând, nu acum, după ce știu cât de minunat este gustul tău...“, îi scrisese el într-un mesaj cu câteva ore în urmă. Am simțit că o iau razna când am văzut! Îmi venea să mă duc peste el și cine știe ce prostie să fac. Am trezit-o și i-am făcut un semn ușor, să n-o trezesc pe Cesara, și am rugat-o să vină în camera ei ca să discutăm. M-a urmat, iar când a intrat în cameră, am încuiat ușa în urma ei.

– Irina, vreau să-mi spui acum ce simți pentru mine. Dar adevărul, am fost eu cât se poate de tăios și categoric, plin de nervi cum eram.

– De aia nu poți tu să dormi la ora asta? m-a privit ea, uimită și în același timp luându-mă peste picior.

S-a așezat pe marginea patului.

– Nu pot să dorm de vreo cinci ani, i-am spus, negru de supărare.

– Du-te la medic, ia un tratament, mi-a zâmbit ea ironic.

– Nu mă mai persifla, am rugat-o eu să înceteze și să vorbească serios cu mine.

– Ce vrei, Robert?

Abia îmi stăpâneam furia. Îmi venea să o bruschez, să o insult, să o fac să-mi mărturisească totul, eram convins că își bate joc de mine și că între ea și acel bărbat există deja o poveste.

– Ai fost azi la Angel? am întrebat-o direct, strângând din dinți de credeam că o să-mi sfărâm maxilarele.

– Dacă știi, de ce mă mai întrebi? mi-a zâmbit ea strâmb, cu superioritatea celui care are dreptatea de partea lui și se simte de neînfrânt.

– Te-ai culcat cu el, așa-i? Până la urmă, nu s-a lăsat, am bolborosit eu plin de draci, în pragul unei crize majore de nervi.

– Nu mă mai subestima. Fără voia mea nu se întâmplă nimic. Eu fac doar ce vreau eu, și-a scuturat ea capul cu mândrie.

– Și ai vrut? am insistat eu, dorind să aflu adevărul cu orice preț ar fi venit el la pachet.

Nu mi-a răspuns, însă a zâmbit cu o satisfacție care m-a făcut să-mi ies din minți. Clocoteam, eram ca un cazan sub presiune care stătea să explodeze.

– N-ai putut face asta. Zi-mi că nu ai făcut-o, am șoptit cu ultimele puteri, încercând să-mi stăpânesc pornirile stârnite de mânie.

– M-ai trezit din somn ca să-ți repet ca un papagal frazele? Ce vrei, să-ți spun ce-ți place să auzi? a continuat ea să mă scoată din răbdări.

– Te urăsc, i-am șoptit printre dinți, aproape fără să-mi dau seama de ceea ce-i spun.

– Minunat! De când aștept momentul acesta! a zâmbit din nou Irina.

– De ce-mi faci asta? am implorat-o din ton și din privire, sperând să o îmbunez.

– Tu de ce mi-ai făcut tot ce mi-ai făcut? mi-a întors întrebarea așa cum numai ea știa să o facă.

– Pentru că te-am iubit și pentru că te iubesc.

Îmi doream s-o fac să înțeleagă ce e în inima mea – câtă durere, câtă înverșunare, dar mai ales câtă dragoste pentru ea.

– Și eu la fel. Pentru că te iubesc atât de mult, încât simt că te pot părăsi.

La răspunsul ăsta am simțit că e foarte serioasă, că nu mă mai ironizează. Am prins-o de mână și am ridicat-o. Ea mă privea fix în ochi.

– Cine ești? Că eu nu te mai recunosc, Irina, i-am murmurat, pierdut în privirea ei.

– Sunt cea care m-ai făcut tu să devin. Tu și Matei. M-am pervertit la mateism. Și la robertism, mi-a zis, ridicând din umeri a neputință.

I-am eliberat mâna, iar ea s-a așezat înapoi pe pat. Nu mai pricepeam nimic, din nou îmi aluneca printre degete, din nou fugea de mine. Din nou părea că nu mai însemn ceva important pentru ea...

– Cum ai putut să-l lași să te atingă? am șoptit îndurerat.

Era de neconceput! Jocurile ei mă terminaseră psihic. Ce fel de iubire era aceea pe care susținea în continuare că o simte pentru mine?

– De ce să nu-l fi lăsat? Îmi plăceau atingerile lui, aveam nevoie de ele.

– Aveai nevoie de atingerile lui când eu muream de dorul tău și aș fi dat orice să te simt în brațele mele?!

Eram sfâșiat, sfârșit, doborât de ceea ce auzeam, când eu o adoram și aș fi sărutat pământul pe care pășește.

– Tu ai brațele ocupate cu Diana, mi-a aruncat ea în față cu dispreț.

Cu alte cuvinte, mă bănuia că am ceva cu fosta mea iubită, poate credea chiar că mă împăcasem cu ea.

– Știi bine că nu o vreau aici și că nu înseamnă nimic pentru mine, i-am explicat a nu știu câta oară.

– Și, totuși, este aici. Dormi cu ea în același pat, a insistat Irina.

– Și te-ai culcat cu Angel ca să te răzbuni pentru că o fostă iubită s-a instalat la mine, deși eu nici măcar nu mă ating de ea? am întrebat-o, încercând să aflu ce e în mintea ei.

– De unde să știu eu ce faceți voi în camera voastră? Și, apropo, avem dormitor de oaspeți, o puteai invita să doarmă acolo dacă nu o voiai în patul tău, mi-a trântit ea triumfătoare.

– Deci ai făcut totul ca să te răzbuni, am suspinat eu.

– Dacă ți-e mai ușor să accepți, OK, am vrut să mă răzbun, mi-a spus ea disprețuitoare.

M-am așezat sfârșit pe fotoliul din fața ei și, câteva minute, doar am stat și am privit-o în tăcere. Încercam să mi-o imaginez în brațele lui Angel și iubită de el, sărutată și mângâiată sau cum îi șoptea la ureche cuvinte dulci, făcându-i declarații ca cele pe care i le trimitea în mesaje pe telefon. M-am scuturat repede de viziunile acelea care mă torturau, nu suportam gândul că i se dăruise lui așa cum mi se dăruise mie și mi se părea imposibil ca ea să fi făcut așa ceva, chiar dacă, geloasă pe ceea ce-și imagina că am cu Diana, voia să cred asta. Tremuram de nervi și cu greu m-am stăpânit să nu plâng în fața ei, să nu mă așez la picioarele ei și să o rog să-mi spună că nu e adevărat. Minute în șir doar ne-am privit, eu încercând să mă liniștesc, iar ea străduindu-se parcă să mă scoată din minți cu o atitudine sfidătoare. Părea că-i face plăcere chinul meu, pentru că mă studia zâmbind cu superioritate.

– Într-o zi, când mă voi vindeca de tine, voi scrie povestea noastră, mi-a spus cu seninătate. Voi scrie o carte.

– Serios? m-am înfuriat eu din nou. Să înțeleg că narcisismul tău a atins cote atât de alarmante încât vrei să ai o stradă cu numele tău?

Simțeam nevoia să o rănesc, așa cum mă făcuse și ea să sufăr.

– Poate că voi avea, a continuat ea să mă enerveze.

– Atunci, haide să-ți ofer povestea de care ai nevoie pentru un bestseller.

Era rândul meu să fiu cinic și să o ironizez.

– Viața mea e deja o poveste de bestseller. Iar tu vei deveni pentru mine doar un personaj dintr-o carte. Nimic mai mult.

Și am lăsat-o să aibă ultimul cuvânt. Mă terminase. Gândul că i se dăruise lui Angel îmi pusese capac, parcă se năruise tot ceea ce construisem frumos în mintea mea pentru noi doi, parcă aruncase tot ceea ce simțeam pentru ea într-un tomberon, ca pe ceva murdar, de care trebuie să scapi, să te eliberezi.

S-a întins pe pat, iar după puțin timp a adormit. Eram supărat pe ea, dar nu puteam s-o urăsc, eram conștient de asta. O iubeam cu toată ființa mea și realizam că sunt capabil să-i iert orice, chiar și povestea cu Angel, probabil. Nu mă recunoșteam, nu mai înțelegeam cine e bărbatul care locuiește în adâncul sufletului meu. Am stins lumina și am plecat să dorm cu Cesara.

În vâltoarea frământărilor din sufletul meu, mi-am propus să aflu dacă se culcase cu Angel, dar eram prea orgolios ca să-l întreb direct, iar el cu siguranță nu mi-ar fi spus, de asta eram sigur. Mi s-a ivit ocazia să vorbesc cu el mai curând decât mi-aș fi imaginat, după câteva zile, într-o seară, când am ajuns acasă de la birou și am descoperit că Irina plecase. Oli știa doar că era însoțită de Simona. Le-am sunat pe amândouă, dar aveau telefoanele închise. Nici nu știu de ce mă mai miram. Era clar că nu aveam să aflu nimic nici de la prietena ei. Așa că l-am sunat pe Angel, să-l întreb dacă știe ceva de ea, și mi-a spus că nu, habar nu are.

– De ce nu-i dați fetei puțin spațiu? Irina e un spirit liber și, cu cât o constrângeți mai mult, cu atât va încerca să fie mai liberă, m-a sfătuit el, foarte calm.

– Din postura ta, e convenabil să-mi dai asemenea sfaturi, i-am tăiat-o eu, fără niciun fel de simpatie.

– Din postura mea? Care postură? s-a mirat.

– Știi bine.

– Robert, dacă ai ceva de spus, spune-o, m-a invitat Angel foarte limpede.

– Vreau să știu dacă te-ai culcat cu ea.

– Robert, pentru mine nu se rezumă totul la sex. Am femei cu care să mă culc, știi bine. Irina este prietena mea și o prețuiesc enorm, mi-a răspuns el direct, fără să lase loc de niciun echivoc.

– Totuşi, am văzut că-i trimiţi mesaje în care îi faci complimente şi încerci să o seduci, am insistat eu, fără niciun fel de jenă.

– Nu încerc asta, Robert, ştii de ce? Pentru că Irina te iubeşte pe tine. Eu nu voi putea fi niciodată pentru ea ceea ce eşti tu, mi-a răspuns el ca unui copil prost şi orb, care nu vede ceea ce este evident pentru toată lumea.

– De ce crezi asta?

– Pentru că, până şi atunci când a aflat că ai minţit-o şi ar fi trebuit să te urască, ea te iubea. Recunosc, am încercat să fac dragoste cu ea şi poate că ar fi cedat până la urmă, dar nu aş fi avut-o cu totul. Aş fi avut doar trupul ei, fiindcă în sufletul ei nu e loc decât pentru tine.

Angel mersese până la capăt cu sinceritatea, liniştindu-mă brutal, dar deschis, şi ca prin farmec. Dintr-odată, o greutate imensă mi s-a luat de pe suflet, parcă pluteam iar în al nouălea cer. Irina mă iubea şi, nu, desigur că nu se culcase cu el!

Mi-am luat rămas-bun de la Angel, i-am mulţumit din inimă pentru tot ceea ce-mi mărturisise şi am continuat să fac tot posibilul ca să aflu unde plecase Irina. Îmi era teamă că se refugiase din nou în Germania, ca să scape de mine, de noi toţi. „Doamne, cât mă va mai face fata asta să alerg după ea prin lume?!“, m-am întrebat zâmbind, fericit şi gata să o iau din nou de la capăt, pregătit să-mi fac bagajele.

Însă Irina nu plecase în Germania, ci la Istanbul. Am aflat totul de la Simona, care m-a sunat abia după două zile să-mi spună că au plecat cu Timeea într-o vacanţă în memoria Luminiţei, care şi-a dorit mult să viziteze oraşul de pe malul Bosforului şi care s-ar fi bucurat enorm dacă ele ar fi petrecut o vacanţă acolo. I-am cerut să-mi spună la ce hotel erau cazate şi am căutat urgent să aflu care e primul avion ce m-ar fi dus spre Istanbul. Spre ea! Nicio distanţă nu mi se părea prea mare sau de nestrăbătut când era vorba să ajung din nou la Irina, pentru că inima mea era acolo unde se afla ea. Nu am găsit niciun bilet, următorul ar fi fost peste două zile, dar aş fi plecat chiar și pentru a sta doar câteva ore cu ea, chiar și numai pentru a fi împreună în avion când avea să se întoarcă.

Nu mai voiam să-l mint pe Matei, ce rost ar mai fi avut? I-am spus că plec s-o aduc acasă pe Irina.

– Unde a mai plecat? Pe lună? s-a minunat el.

– La Istanbul de data asta.

– Fata asta e nebună rău, a concluzionat fratele meu, împăcat cu situația.

– Luminița și-a dorit enorm o vacanță în Istanbul, iar Irina și fetele s-au gândit să facă asta de dragul ei, în memoria ei, am încercat eu să-i explic „nebunia“ Irinei.

– N-ar fi mai bine să merg eu după ea? s-a oferit el brusc, de mi s-au tăiat picioarele.

– Nu, Matei. Știi bine că nu, l-am liniștit imediat, aducându-i aminte astfel de lipsa lui de tact și cum o astfel de inițiativă ar fi putut să-l coste certitudinea că ea s-ar întoarce la Snagov.

Simona și Timeea știau că voi veni – că doar ele mă anunțaseră unde se află –, așa că am pus la cale un plan ca să o surprindem pe Irina. Am rezervat o cameră în același hotel cu cel în care erau ele cazate, am cumpărat un buchet de trandafiri albi și m-am instalat confortabil, dar emoționat, așteptând-o. Simona și Timeea au adus-o pe Irina la ora stabilită, păcălind-o că sunt nevoite să se mute în altă cameră și că de la Recepție le-au rugat ca, înainte să schimbe camera, să-și dea acordul dacă le place sau nu.

Lăsasem ușa larg deschisă și am așteptat ascuns pe treptele din hol să intre fetele. Când Timeea mi-a făcut semn, m-am strecurat și eu după ele. Irina era cu spatele și privea nedumerită camera, care avea doar un pat matrimonial, nu și un pat suplimentar, de o persoană, așa cum aveau ele nevoie. Numai că, de îndată ce am ajuns în spatele ei, am cuprins-o cu brațele. Fetele, discrete, chicotind și făcându-mi cu ochiul că le-a ieșit complotul, au închis ușa în urma lor și ne-au lăsat singuri.

– Nu se poate! a spus ea încet, închizând ochii, de parcă dorea ca visul să continue.

Am întors-o încet cu fața spre mine, am sărutat-o și am îmbrățișat-o strâns. Parcă toată pacea din lume se adunase în acel moment în sufletul meu. Cu ea în brațe, viața era din nou colorată în roz, soarele ieșise de după nori și cerul își pusese cea mai senină mantie de sărbătoare.

– Să nu mai fugi de mine niciodată. Nu există loc în lumea asta unde să nu pot veni după tine, i-am șoptit cu buzele lipite de fruntea ei, mângâindu-i părul.

– Te iubesc! mi-a spus și ea, cu sufletul așezat pe buze.

– Și eu te iubesc! Mai mult decât vei putea înțelege tu vreodată!

Și am strâns-o la piept, fericit... Cum să nu mergi până la capătul lumii când ești întâmpinat așa? Cum să nu calci ca pe nori pufoși când știi și simți până în măduva oaselor că ești iubit chiar de omul care înseamnă totul pentru tine?

Am petrecut două zile de vis alături de ea și de prietenele ei – ale noastre. Am râs, am plâns, am vorbit și mai ales am făcut dragoste nebunește. Ne-am ținut în brațe, de mână, ne-am sărutat și ne-am lăsat sufletele să alerge libere, neîngrădite în niciun fel, de parcă am fi fost singuri pe lume, stăpâni ai mării, ai cerului, ai soarelui, lunii și stelelor.

Numai că vine clipa aceea nefastă când visul se apropie de sfârșit... În dimineața în care am plecat acasă, Irina m-a rugat să discutăm ceva serios. Apoi m-a provocat să-mi închipui viața departe de Matei și de familia mea, de toți cei pe care-i iubeam și fără de care nu mai știam să trăiesc de când fusesem adoptat.

– Imaginează-ți că suntem amândoi undeva departe de Snagov. Că avem o viață împreună și vin Sărbătorile sau o zi oarecare în care ți se va face dor de Matei, de Cesara, de mama ta, de Doamna și de toți cei pe care-i iubești. Cum te-ai simți fără ei? Imaginează-ți că mă ai pe mine, dar că pe ei i-ai pierdut în clipa când m-ai ales pe mine. Că toți te-ar detesta. Ai putea trăi împăcat fără ei? Nu le-ai simți lipsa? Ți-aș fi eu de ajuns? Aș putea eu să compensez lipsa atâtor oameni pe care-i iubești? Ai trăi confortabil cu sentimentul de vinovăție că i-ai rănit pe cei care au crezut în tine și te-au iubit?

Mi-am ferit privirea involuntar, fără să-mi dau seama. Și am înțeles că nu doream ca ea să-mi vadă lacrimile sau să-mi simtă tristețea. Pentru că... nu, nu-mi puteam imagina viața fără toți acei oameni pe care-i iubeam, care m-au iubit și mi-au fost familie.

Mă lovise direct în inimă. Numai gândul că l-aș fi lăsat singur pe Matei, că nu le-aș mai fi văzut pe Cesara, pe mama, pe Oli și mai ales pe Doamna, pe care o iubeam cel mai mult, mă înspăimânta. Iar Irina nu-mi cerea întâmplător să fac acel exercițiu de imaginație, știam asta. Voia să mă ajute să înfrunt realitatea, să înțeleg ce m-ar aștepta dacă familia m-ar renega. Să-mi arate în felul acesta că iubirea noastră nu avea nicio șansă. Că eu trebuia să aleg și că, orice alegere aș fi făcut, rămâneam cu inima ruptă în două. Fiindcă inima mea era, de fapt, împărțită în două: jumătate era a Irinei, iar cealaltă jumătate îi aparținea familiei mele.

Trezirea mea la adevăr din visul acela grozav în care plănuisem totul până la un anumit „mic“ detaliu a fost cumplită. Toate intențiile mele se blocaseră mereu la ideea că i-aș pierde pe toți cei lângă care trăisem până la Irina și sărisem peste acest „amănunt“, numai ca să mă feresc de suferință. Aș fi vrut să fiu puternic în fața ei, dar nu am putut. Am început să plâng ca un copil, iar lacrimile mele au fost răspunsul pe care-l aștepta Irina.

– Nu mai plânge, Robert. Din fericire, nu te obligă nimeni și nimic să te desparți de oamenii pe care-i iubești, mi-a spus, înțelegătoare.

Deși intuise de la început că alegerea mea era una imposibilă, nu văzuse încă reacția pe care am avut-o la trezirea din visare.

– Te iubesc pe tine, înțelegi?! i-am spus printre suspine, sperând că n-o să mai nege ceea ce era evident și pentru un orb.

Inima mea era sfâșiată de iubire, de tristețe, de atâta deznădejde.

– Da, dar nu ne poți avea pe toți, știi bine. Va trebui să acceptăm că nu poți renunța, pentru mine, la atâția oameni pe care-i iubești. Eu nu voi putea compensa dorul de ei, nu-i pot înlocui pe toți. Și, mai ales, nu voi putea trăi într-o fericire inconștientă văzându-te nefericit și vinovat.

Mă privea drept în ochi, încercând să se țină tare, deși lacrimile i se adunaseră în colțurile ochilor.

– Taci, Irina, te rog. Nu continua discuția asta, am implorat-o. Voiam să uit, voiam să mă prefac a fi surd, orb și mut, să mă conving că, dacă pretind că nu există ceea ce-mi spune ea, atunci lucrurile nu sunt chiar atât de tragice.

– Trebuie să avem discuția asta, mi-a subliniat ea.

Apoi a început să plângă. Lacrimile ei îmi ardeau ochii, durerea noastră era imensă, conștientizam amândoi că iubirea dintre noi este una imposibilă, că nu vom fi niciodată fericiți.

– Robert, noi doi nici măcar n-avem garanția că ne vom iubi mereu, mi-a zis ea cu amărăciune. Poate că peste o vreme ne vom înstrăina, la fel ca alte cupluri. Poate că vom ajunge chiar să ne detestăm, dar oamenii aceia pe care-i iubești, familia ta, prietenii, ei îți sunt pe viață. Iubirea lor e garantată, mi-a zâmbit ea, încercând să mă încurajeze.

– Unde-i Dumnezeul tău acum? i-am zis cu voce sugrumată de plâns, cu obrajii uzi de lacrimi pe care nu le mai puteam reține.

– Aici, mi-a spus, așezându-mi palma deasupra inimii ei.

– Zi-mi ce vrei să fac! Fac orice!

– Vreau să fii fericit. Atât, m-a mângâiat ea.

– Și cum să fiu fericit fără tine, când fiecare celulă din corpul meu te iubește și depinde de tine? am întrebat-o disperat.

– Vei învăța să trăiești și fără mine, m-a consolat ea, dar vocea îi trăda suferința.

– Vrei să spui că mă poți părăsi?

– Da, pot, mi-a zis cu hotărâre.

– Cum poți?! Înseamnă că nu mă iubești!

– Ba te iubesc, Robert. Te iubesc mai mult decât mă iubesc pe mine. Îmi pasă mai mult de fericirea și de pacea ta decât de fericirea și de pacea mea. Renunț la fericirea mea pentru ca tu să fii bine.

– Nu mă părăsi, Irina! Fac orice să nu mă părăsești, am implorat-o ca un nebun.

Nu concepeam să trăiesc fără ea, să mă abandoneze, să n-o mai văd, să n-o mai ating, să nu-i mai vorbesc, să n-o mai țin în brațe și să o sărut, să n-o mai iubesc... În mintea mea nu exista viață fără de ea.

– Dacă nu plec acum, lucrurile vor evolua într-un fel nedorit. Te iubesc prea mult ca să-ți fac vreun rău, mă înțelegi? m-a rugat ea să-i pricep raționamentul, ținându-mi mâinile în palmele ei, îmbrățișându-mă și încercând să-mi ostoiască zbuciumul.

– Ce rău mai mare mi-ai putea face decât să mi te iei? am hohotit eu, la capătul puterilor.

– Să rămân în viața ta și să te fac nefericit. Să-ți iau tot ceea ce iubești și să te transform într-o persoană detestabilă și detestată de ceilalți.

Am plâns amândoi îmbrățișați, până când a venit Simona și ne-a spus că trebuie să plecăm la aeroport. Eu nu mai eram bun de nimic, iar Irina plângea cu fruntea rezemată de umărul meu.

– De ce nu simplificați lucrurile? ne-a întrebat Simona în timp ce așteptam în aeroport.

– Cum?

– Irina poate să plece la Brașov și vă întâlniți pe ascuns, a găsit prietena noastră cea pragmatică soluția.

– O viață întreagă? s-a minunat neîncrezătoare Irina.

– Măcar o perioadă, a ridicat Simona din umeri.

– Asta ar însemna ca Robert să mintă și să se ascundă tot timpul, a concluzionat iubirea vieții mele.

– Și? Este un sacrificiu pe care l-ar face pentru iubirea voastră. Crezi că sunteți singurii care v-ați trăi povestea în felul ăsta? Mai cunosc persoane care, din diferite motive, nu pot fi împreună, dar nu au renunțat la iubirea lor. Își oferă atât cât pot…

– Irina merită mai mult, i-am spus cu tristețe.

Noi meritam mai mult. Iubirea noastră merita totul, nu doar jumătăți de măsură.

După ce ne-am întors la Snagov, am văzut o Irina mai tristă ca niciodată. Se străduia să păstreze aparențele, să ne facă să ne simțim bine, dar ochii ei erau dureros de triști. Iar sufletul meu rupt în bucăți încerca să se recompună visând cu ochii închiși la zilele și nopțile petrecute împreună la Veneția, la Peștera, la Istanbul. Mă ținea în picioare doar speranța că, într-o zi, lucrurile se vor rezolva de la sine, însă nu știam cum. Doar speram într-o minune.

– De ce am impresia că-mi pregătești o lovitură? am întrebat-o, cu mâhnire, într-o seară.

Nu mi-a răspuns, iar eu presimțeam că se pregătește să plece definitiv. Sufletul meu nu mă înșela, simțea absolut totul, eram foarte atent la semnalele pe care mi le dădea.

– Irina, dacă-mi faci vreo surpriză neplăcută, nu te voi ierta niciodată, am atenționat-o, uitându-mă la ea cu insistență, încercând să-i prind privirea.

– La ce surpriză neplăcută te gândești? m-a întrebat ea, oarecum inocentă, dar privind în gol, de parcă se uita prin mine, dincolo de mine.

– Nu știu. Să pleci, să dispari. Ține minte, Irina, dacă vei face asta, nu te voi ierta niciodată. Să nu te aștepți să te caut, fiindcă n-o voi face. Pentru mine nu vei mai exista. Și nici eu pentru tine, am atenționat-o sever, cu ochi tăioși, hotărât să o sperii.

Dacă mă iubea, i-ar fi fost teamă că mă voi ține de promisiunea aceea fermă. Însă tăcerea ei îmi amplifica bănuiala că am dreptate: chiar se pregătea să plece. Am fost precaut, atent la orice detaliu, am căutat să aflu dacă plănuia ceva, dar nu am descoperit nimic suspect. Dimineața, mergeam cu teamă la birou, iar noaptea patrulam ca un nebun la etajul unde erau dormitoarele. Verificam de câteva ori în camera ei sau a fetiței, să mă asigur că mai este în casă cu noi și că nu dispăruse.

Încercam să stau cât mai mult în preajma ei, să mă bucur de lumea ei plină de pace și de frumos, de muzica ei, de poeziile pe care le citea, de filmele pe care le viziona trăindu-le și plângând în hohote. Iubeam universul acela atât de feminin pe care și-l crease și căruia voiam să-i aparțin pe veci.

Dar nu numai eu eram atent și prevenitor. Chiar și Matei era mult mai răbdător cu Irina, se bucura de prezența ei și de armonia din casă, de faptul că fetița este atât de bine îngrijită și, mai ales, atât de iubită. De parcă abia acum descoperea binefacerile căminului nostru, înțelegând ce înseamnă cu adevărat să facă parte dintr-un cuplu. Vorbeau mai mult, poate aproape la fel ca la început, jucau şah și întotdeauna remarcam faptul că ea îl încuraja și îl alina când îl vedea preocupat și stresat. Se purtau ca doi prieteni buni, dar el o adora în continuare, știam asta. Și nu înceta să spere că ea îl va dori din nou într-o zi și că se vor iubi la fel ca la început.

Într-o seară, i-am surprins vorbind și am tras cu urechea la convorbirea lor, temându-mă să nu aflu că ar fi dispusă să se întoarcă la el.

– Ai fost prea bună cu mine, Irina! a recunoscut Matei, spășit.

– Nu destul de bună. Am fost egoistă și m-am victimizat, în loc să fi fost puternică și să te ajut, s-a acuzat Irina, împărțind vina la doi.

– Uneori, am impresia că discut cu o femeie mult mai matură. Ești atât de înțeleaptă! Ai avut dreptate când ai spus că ești prea bună pentru mine și că mă simt inferior ție.

Matei dădea toate cărțile pe față, cu toată sinceritatea, după ce-i validase în sfârșit câteva calități esențiale pentru care știam oricum că o iubea.

– Nu-mi ești inferior, Matei! Habar n-ai ce om bun ești și cât de bun poți deveni. Nu te cunoști fiindcă ai fost înconjurat de oameni care, în loc să-ți arate frumusețea din interiorul tău, te-au făcut să-ți descoperi doar latura negativă. Pe aceea ai exploatat-o la maximum. N-ai știut nici de bunătatea din tine.

De aceea ți-am spus să-ți alegi cu grijă anturajul, i-a explicat ea cu o voce blândă și caldă.

Aveam senzația din ce în ce mai acută că Irina își lua rămas-bun de la noi. Și bineînțeles că, după câteva zile, toate bănuielile și temerile mi-au fost confirmate. Inima mea știa, simțea tot ceea ce se petrecea cu ea, iubirea pentru ea îmi ascuțise toate simțurile. În ziua când Matei a plecat înaintea mea de la birou și m-a sunat să mă roage să vin urgent acasă, am simțit că se învârte pământul cu mine. Știam că se întâmplase ceva grav, am simțit în vocea lui. Când am ajuns la Snagov, am găsit-o pe Oli în bucătărie, plânsă și suspinând.

Am înțeles imediat că Irina ne părăsise. Am urcat la etaj cu teamă și, când am deschis ușa de la camera Irinei, patul era acoperit cu o cuvertură, aranjat impecabil, dar încăperea părea abandonată, fiindcă nu mai era niciun lucru de-al ei. Doar parfumul i se mai simțea în aer. M-am dus la Matei și l-am găsit plângând, așezat pe marginea patului. Ținea în mână o scrisoare, iar când m-a văzut, fără să-mi spună niciun cuvânt, mi-a întins-o.

Dragul meu,

A sosit timpul să-mi iau rămas-bun de la tine. Nu am plecat pentru că sunt supărată și te rog să nu te învinovățești pentru despărțirea noastră. Eu te-am iertat pentru tot ce ai greșit, te-am iertat pentru tot ce nu ai reușit să faci și să fii și îți înțeleg toate slăbiciunile și rătăcirile omenești, de care, la urma urmei, nu este nimeni scutit, căci cine e perfect? Așa că cine sunt eu să te judec sau să te opresc să trăiești așa cum vrei? Matei, eu am fost doar o parte din povestea ta și am plecat acum pentru ca basmul să rămână unul frumos. Nu vreau să-ți fiu o amintire urâtă, nu vreau să fiu în viața ta încă o femeie printre altele, una care-ți ia libertatea și care te constrânge să fii cine nu ești și nu poți să fii. Am înțeles că pentru tine încă nu a venit momentul Acela și nu ești pregătit să fii doar al unei singure femei. Sau poate că nu am fost eu cea căreia să-i aparții definitiv... De fapt, știu sigur că nu am fost eu. Dacă aș fi fost, în loc să te fi judecat și să te fi respins, te-aș fi ajutat să devii cel care știu că poți fi. Nu am fost cu nimic mai bună decât tine, uneori mă întreb ce ai văzut la o fată simplă ca mine... Dar vreau să cred că nu te-ai irosit și nu ai pierdut timp prețios cât am fost împreună, că am avut și eu ceva bun și frumos de dăruit și că am lăsat o amprentă importantă în sufletul tău.

Să rămâi omul minunat care știu că ești și să fii un tată bun, dragul meu Matei. Să nu te condamni pentru greșelile tale, poate că au fost necesare ca să înveți ceea ce îți trebuia pentru evoluția ta, cine știe? Fii bun cu tine și oferă-ți ceea ce meriți cu adevărat, iubește-te cu adevărat. Eu mă voi gândi cu drag la tine și plec recunoscătoare pentru că mi-ai oferit o poveste. Îți sunt recunoscătoare că timp de cinci ani mi-ai dăruit o familie minunată și iubitoare, că ai împărțit cu mine prețuirea și afecțiunea tuturor celor dragi ție și că mi-ai dat șansa să simt și să învăț bucuria și binecuvântarea de a fi mamă.

Iartă-mă că n-am știut să gestionez mereu lucrurile, că am fost uneori prea necoaptă, alteori prea orgolioasă și întotdeauna prea nărăvașă – așa cum spui mereu. Iartă-mă că nu am avut destulă răbdare mereu, iartă-mă dacă vreo clipă te-am făcut să simți că nu ești bun, că ești detestabil, că nu meriți să fii iubit. Ești un om minunat și te rog să nu lași pe nimeni să te facă să crezi altceva despre tine.

Eu te-am iubit așa cum am știut și cum am putut... Dar meriți mai mult, prieten drag. Meriți o femeie care să te ajute să devii așa cum știu eu că poți fi, nu o orgolioasă, o răzgâiată și o capricioasă ca mine.

Te rog să ai grijă de tine și de cei pe care-i iubești. Nu cei care au plecat sunt importanți, ci aceia care rămân lângă noi. Să ai parte de oameni buni și să le fii tuturor pace, bucurie și iubire! Iartă-mă pentru tot și, te rog, nu transforma plecarea mea într-un eșec personal, pentru că, privind lucrurile din perspectiva corectă, e un câștig. În plus, relația noastră nu a depins doar de tine...

Este doar o poveste care s-a sfârșit, însă viața este o carte întreagă plină cu povești. Trăiește-le, dragul meu drag! Construiește-le!

Să fii fericit și iubit!
Cu drag,
Irina

Nu mi-am putut opri lacrimile.

– Unde e, când a plecat? am întrebat disperat, fără să-mi pot stăvili suferința.

– Las-o, Robert. Las-o, mi-a spus Matei, sfârșit.

Abia vorbea de durere, era în șoc. Plângea liniștit, privind în pământ, resemnat că o pierduse pe Irina, învins. Iar mie îmi venea să urlu și nu-mi puteam exterioriza pe deplin chinul, trebuia să-l consolez pe el. Era pentru prima oară când îl vedeam așa. Îi înțelegeam trăirile, sufeream cumplit și pentru el, dar și pentru mine, și simțeam că e tardiv pentru tot și toate.

– Vrei să stai puțin singur? l-am întrebat cu căldură, bărbătește, dar și grijuliu în același timp.

– Da, mi-a șoptit el, cu fruntea aplecată și ochii plini de lacrimi.

Am ieșit și m-am dus direct în camera mea, să verific dacă-mi lăsase și mie vreo scrisoare, înnebunit să găsesc un semn de la ea. Am început să caut, dar, în același timp, am sunat-o pe Irina. Avea telefonul închis. Oare de ce mai încercasem, nu era limpede că așa va fi? Am vrut s-o sun pe Simona, dar m-am răzgândit. Nu mă simțeam capabil să vorbesc nici măcar cu ea. Ce-ar fi putut să-mi spună? Ceea ce știam deja? Că Irina plecase, că mă lăsase și ne lăsase pe toți în urma ei? Că trebuia să înțeleg, să nu mă opun, să nu o caut, să-i dau drumul din colivie, să fie liberă?

Distrus de vestea plecării ei, am început să caut ca un nebun prin sertare. Nu era posibil să fi dispărut din viața noastră și să nu-mi fi lăsat și mie câteva rânduri, o explicație, oricât de mică, măcar câteva vorbe. Dar știam și că Irina nu mi-ar fi lăsat o scrisoare la vedere, era normal, făcea parte din jocul nostru, dar și din măsurile de precauție pe care ni le luam. În sertarul în care găsise cândva telefonul prietenului imaginar am văzut un plic și un caiet gros.

Am deschis febril caietul, iar pe prima pagină era scris, ca și cum ar fi fost un titlu de carte, „Fluturi". L-am răsfoit grăbit, cu mâinile tremurânde, sperând să găsesc urmele ei și, mai ales, încercând să înțeleg. Foile erau acoperite cu scrisul ei frumos, ordonat, perfect lizibil – și-n minte mi-a apărut imaginea ei de pe banca din Veneția, când scria concentrată și cu fruntea aplecată. Apoi se mai oprea, privind în jur și spre cer... Probabil că scrisese povestea noastră, așa cum îmi spusese cândva, m-am gândit. Amintindu-mi în același timp că-mi promisese acest dar de ziua mea. Am lăsat caietul pe pat și am încuiat ușa. Nu voiam să fiu deranjat, știam că vor urma clipe cumplite, voiam să fiu singur, să pot să-mi plâng durerea, să-mi port povara fără frica de a fi surprins și, poate, judecat. Numai eu știam ce e în inima mea, cea din care, cu siguranță, Irina încerca să se smulgă plecând departe...

Iubitul meu, frumosul meu nebun de alb,

Te rog să mă ierți că nu am fost destul de puternică încât să-mi iau rămas-bun de la tine așa cum s-ar fi cuvenit. Vezi? Nu am forța aceea cu care m-am mândrit mereu, de fapt sunt doar o femeie lipsită de tărie în fața despărțirilor. Aș fi vrut să-ți spun toate lucrurile nespuse în acești ani, aș fi vrut să-mi plâng în brațele tale toate lacrimile neplânse, toată durerea și neputința, aș fi vrut să-ți dăruiesc măcar acum, la final, toate mângâierile pe care mi le-am reținut când mi-a fost teamă să-mi arăt iubirea, aș fi vrut să am timp să-ți spun toate „Te iubesc"-urile pe care nu ți le-am zis ori de câte ori am simțit să o fac! Aș fi vrut, iubitule, să nu te rănesc cu plecarea mea, să nu te las singur și cu sufletul plin de regrete, dar, așa cum ți-am spus cândva, uneori nu putem alege ceea ce vrem, ceea ce ne dorim, ceea ce visăm, ceea ce ne face fericiți.

N-am plecat, Robert, am murit. Nu mai am nimic viu în mine și nu știu dacă vreodată va mai exista un om care să-mi facă inima să bată în ritmul iubirii. Într-adevăr, tot ce-i al meu ți se cuvine ție...

Și nu fac asta pentru mine, dispar doar pentru noi. Pentru că nu pot fi fericită dacă ție nu ți-e bine și pentru că nu vreau să fiu răul din viața ta. Spuneai că nu mă vei ierta niciodată și că nu mă vei căuta. De căutat, nu are rost să mă cauți, fiindcă de această dată nimeni nu va ști unde sunt, deci nu vei avea nicio cale de a mă găsi. Dar, de iertat, ar trebui să mă ierți. N-am plecat să-mi fie mie mai bine, ci ție. Nu-ți încărca sufletul cu ură. Nu-ți cer să mă mai iubești, dar măcar nu mă urî. Lasă-mă să cred că mă iubești și că vei continua să mă iubești, nu-mi lua tot, nu-mi lua dragostea ta, cea unică și atât de frumoasă, de care depind atât de mult sufletul și pacea mea! N-am crezut că poate exista o asemenea iubire și mă consider norocoasă că te-am întâlnit și, mai ales, că Dumnezeu a îngăduit să naști și să hrănești în inima ta o astfel de iubire, că ai știut și ai avut puterea să mă iubești așa cum nimeni nu ar fi știut și nu ar fi putut să o facă.

Te rog să fii tu puternic pentru amândoi. Am ales ceea ce am considerat că este moral și bine pentru tine și pentru cei pe care-i iubim. Iar pentru toate slăbiciunile mele, pentru lașitate, pentru tot ce nu am reușit să-ți dăruiesc, pentru tot ce nu am reușit să-ți fiu, te rog, iartă-mă! Mi-am dorit să-ți fiu pace și fericire, nu o catastrofă care să-ți dea viața peste cap, o tornadă care să întoarcă totul pe dos și să te izbească apoi cu putere de pământ. N-am reușit...

Îmi doresc să fii fericit, dragul meu! Mi-ar plăcea să știu că am lăsat și ceva frumos în sufletul tău, nu doar durere, și mă rog să ai forța să depășești momentul acesta cumplit al despărțirii noastre...

Îți las un ultim dar: povestea noastră. Sper că, citind-o, vei intra astfel în sufletul meu, acolo unde să descoperi tot adevărul despre mine. Și poate că vei înțelege ce, cum și cât de mult te-am iubit.

Credeam cândva că-i putem părăsi doar pe cei pe care nu-i mai iubim și nu mi-aș fi imaginat vreodată că-i putem abandona pe oamenii dragi tocmai pentru că-i iubim prea mult.

Să nu uiți niciodată că tu nu ai fost doar un capitol în povestea vieții mele, tu ai fost Povestea.

Cu drag nespus și iubire,
Cea căreia îi vei bate în piept până la sfârșit

Am citit de două ori scrisoarea, cu aceeași senzație: că fiecare cuvânt este un pumnal înfipt în inima mea. „Dacă așa ai vrut tu, Irina, așa să fie. N-o să mai vin după tine“, îmi repetam ca un nebun. Inima mea era bucăți, mintea mea nu mai reușea să se recompună din cioburi, eram turbat de durere și o uram pentru singurătatea pe care o simțeam în acele momente. Uram scrisoarea, uram caietul, uram casa toată și mă uram pe mine mai presus de toate. Îmi uram neputința de a o fi oprit și știam că-mi voi urî mai ales neputința de a o lăsa în urmă. Cum aș fi putut s-o uit? Cum, când eu eram atât de dependent de ea? Cum, când eu trăiam lumea ei? Cum s-o dau uitării când fiecare colț și lucru din casă îmi aminteau de ea? Când carnea mea țipa după ea, când sufletul meu era plin doar de ea, când mintea mea era ocupată în întregime doar de ea? Cum?!

M-am dus în camera ei, să mă conving că-și luase toate lucrurile și că, într-adevăr, nu mai rămăsese nimic, căutând un semn, cu speranța că, dacă a lăsat ceva în urmă, chiar și un obiect neînsemnat, atunci cândva, într-o bună zi, avea să se întoarcă. Însă Irina parcă dorise neapărat să șteargă orice urmă a existenței sale, fiindcă nu mai era niciun lucru de-al ei nicăieri, oricât am scotocit să-l aflu. Speranțele mele pieriseră toate, inima mea știa că, de data asta, plecarea ei de la Snagov era definitivă și nu mai exista nicio cale de întoarcere.

În seara aceea, nici eu și nici Matei nu am mai ieșit din camerele noastre. Am stat încuiați între patru pereți și ne-am plâns fiecare durerea, într-o singurătate deplină, neajutorați și lipsiți de mângâiere. Poate că singura mângâiere era însăși amintirea ei, faptul că făcuse cândva parte din viața noastră și că soarta ne-o trimisese ca să ne învețe bucuria, tristețea și iubirea.

Am citit toată noaptea povestea scrisă de ea într-un fel naiv, dar sincer și deschis, cu ritm alert, cu multe subtilități, cu mesaje profunde și cu o încărcătură emoțională intensă și puternică, cum nu am crezut că voi citi vreodată. Țineam caietul în brațe și plângeam, pe alocuri acoperindu-i copertele cu lacrimi, și mi-am amintit cum plângea Irina într-o seară când tocmai terminase de citit o carte.

– O carte este bună dacă o trăiești, mi-a spus ea atunci, zâmbind printre lacrimi. Dacă suferi că s-a terminat povestea și nu te poți despărți de personaje.

Așa simțeam și eu citind caietul cu frumosul nostru basm scris de ea: că nu mă pot despărți de personaje și că aș fi vrut să nu se termine niciodată. Privind prin ochii ei, era ireal de frumos și de ciudat tot ceea ce trăisem, iubirea noastră era unică și mă gândeam oare cât de aspru ne-ar judeca un cititor incapabil să înțeleagă ceea ce ni s-a dat de trăit și de simțit, ce-ar fi înțeles din tot caruselul de sentimente și de trăiri pe care le-am dus uneori ca pe un dar, alteori ca pe o imensă povară...

Îmi doream să fiu în orice altă parte ca să pot urla dacă așa mi-ar fi venit, ca să pot vărsa lacrimi în voie – nu în aceeași casă cu Matei, care era distrus, cu Oli, care nu se putea opri din plâns, și cu Cesara, care ne întreba întruna unde este Irina și când se întoarce acasă. Măcar eram doar noi, cei care am iubit-o și o iubeam, asta era o consolare, nu trebuia să ne prefacem că e totul bine. Diana plecase de ceva vreme, când o făcusem să înțeleagă că noi nu vom mai fi niciodată împreună, indiferent de situație, iar Elizei, verișoara lui Matei, i se terminase concediul și se întorsese în Islanda. Îmi era cumplit de greu să joc teatru, să ascund tot ceea ce simțeam față de cei din casă și să mai găsesc și forța să-i îmbărbătez și pe ei. Dar nu aveam încotro. Trebuia să fiu mai puternic decât toți și să-i ajut, era datoria mea față de ei, cei dragi care-mi mai rămăseseră și în numele cărora iubirea și fericirea îmi fuseseră nu o singură dată sacrificate.

Dimineață, și eu, și Matei arătam jalnic. Am coborât la micul dejun doar pentru că ne chemase Oli și nu am vrut să o supărăm, nu că ne-ar mai fi ars de ceva, iar de mâncare, nici atât. Când ne-am așezat la masă, amândoi am privit înspre locul unde stătea de obicei Irina. I-am turnat fratelui meu cafea în ceașcă și mi-am turnat și mie.

– Am făcut doar o gustare mică, ne-a spus Oli, așezându-se cu noi la masă, cu ochii umflați și roșii.

– Robert, vrei o jumătate de ou fiert? Că nu pot mânca unul întreg. Ca să nu bem cafeaua pe stomacul gol, mi-a zis Matei, zâmbindu-le cu tristețe aducerilor aminte, clipelor atât de frumoase și poate prea puțin prețuite, când ea nu ne lăsa niciodată să bem cafea fără să mâncăm ceva înainte.

– Fie, hai să împărțim un ou. Dar atât, i-am zâmbit și eu, îngândurat și cu mintea departe, în trecut.

Totul ne-o aducea în fața ochilor pe ea, totul purta amprenta ei: micul dejun, bucătăria, ceștile de ceai sau cafea, leagănul din curte, grădina, muzica. Totul. Mi-o aminteam cum se bosumfla când nu-i ieșeau ouăle moi, ci prea tari, cât de frumos și grijuliu le curăța pe șervețel și cum își punea piper cu nemiluita pe oul tăiat în două. Nu mai cunoscusem o ființă atât de atentă ca ea. Nu lăsa nicio urmă de mizerie sau ferească Dumnezeu să fi fost neglijentă cu ea, cu cei din jur, cu casa ori obiectele! Ștergea solnița cu șervețelul, că așa era ea: avea grijă mereu ca lucrurile să arate impecabil. Și întotdeauna era preocupată să avem noi tot ceea ce ne trebuie, să nu lipsească nimic, ne cunoştea tabieturile şi mofturile şi se asigura că totul este pe placul nostru.

– Ne-a răsfăţat cam mult, a oftat Matei, parcă ghicindu-mi gândurile.

N-am spus nimic. Învârteam furculiţa şi mă jucam cu mâncarea, în timp ce Oli şi-a coborât privirea în farfuria ei. Irina nu mai era cu noi şi toţi ştiam că, de data aceasta, plecarea ei era definitivă, nu mai exista nicio şansă ca ea să se întoarcă la noi.

Câteva zile, n-am fost bun de nimic. Făceam totul din inerţie: ziua mergeam la firmă, seara stăteam cu fetiţa, iar noaptea mă chinuiam, parcă eram conectat la un pilot automat. Nu-mi găseam locul şi liniştea, eram bolnav de supărare, nimic nu mă putea alina şi mă gândeam cu groază că nu mă voi vindeca niciodată, că tristeţea mă va însoţi toată viaţa.

Existenţa noastră se derula în acelaşi ritm ca înainte să o cunoaştem, dar noi eram mult mai singuri şi mai trişti, pentru că, după ce trecuse prin viaţa noastră, lăsând urme de neşters, nimic nu mai putea fi ca înainte. Nici măcar Matei nu mai lipsea nopţile de acasă, stătea şi citea şi, mai nou, dormea cu Cesara, conştient de câtă nevoie avea fetiţa de el şi de prezenţa lui. Încerca să devină un tată mai bun. A-l vedea împreună cu Cesara îmi readucea lacrimile în ochi. Îngerul mic şi dulce din casa noastră ne amintea mereu de Irina, compara mereu ceea ce făceam noi cu ceea ce făcea ea, mereu mai bine şi mai frumos. Matei îi spusese că Irina a trebuit să plece la şcoală în Germania, iar Cesara, încrezătoare, îi făcea tot felul de desene, cu care avea de gând să o aştepte.

– Tati, am vorbit cu Irina, ne-a spus fericită într-o dimineaţă.

– Da? Şi ce spunea? a întrebat Matei bucuros, încercând să pareze lovitura surprinzătoare.

– Că mă iubeşte mult şi că trebuie să fiu cuminte, că se gândeşte mereu la mine şi că noaptea îşi imaginează că mă ține în brațe și adormim împreună, ne-a zis veselă, fără să știe câtă durere ne provoca povestindu-ne lucrurile acelea.

Chiar dacă, așa cum o cunoșteam, era de așteptat ca Irina să o sune pe Oli și să comunice cu ea și cu fetița și nu m-aș fi gândit niciodată că le-ar fi părăsit fără să-și dorească să știe de ele, tot mă blocase vestea că, în sfârșit, a telefonat. Nici eu, nici Matei nu am încercat să o descoasem pe Oli, să mai răsucim cuțitul în rană. Am lăsat lucrurile să curgă, până la urmă i-am respectat dorința, am lăsat-o să plece, să facă lucrurile așa cum dorește ea. Iar după câteva zile, surpriza a fost că l-a sunat și pe Matei.

– Am întrebat-o dacă vrea să vorbească și cu tine și mi-a spus că altă dată, mi-a zis Matei, bucuros că Irina îl căutase.

Era clar că-i mai venise inima la loc un picuț, chiar dacă era încă abătut.

Dar faptul că putea fi atât de crudă nedorind să vorbească și cu mine, măcar să-mi audă glasul, m-a durut groaznic. Nu-mi venea să cred, așa că mi-am propus să fiu și mai supărat pe ea. Bineînțeles că, exact ca de obicei, supărarea ținea câteva momente, cam cât mă înfuriam, apoi mă năpădea dorul, unul ascuțit ca un cuțit. Un dor care mă durea și fizic, mai puternic decât orice suferință fizică sau psihică.

După două zile, mi-a sunat telefonul mobil și i-am auzit glasul... Mai mult am simțit-o, spunând un „Alo!“ și nimic mai mult. Tăcea. Se purta de parcă ea era acum prietenul imaginar. Și, cu toate că în alte situații aș fi zâmbit ca la o glumă bună, acum nu am putut să-i spun nimic, deși i-aș fi turuit o mie de reproșuri și i-aș fi pus o groază de întrebări. Iar în final i-aș fi spus cât o ador și aș fi implorat-o să mă lase măcar să o văd. Dar niciunul dintre noi nu a vorbit și amândoi am ascultat tăcerea dintre noi, care a fost mai grăitoare decât orice ne-am fi putut spune. Și asta a fost tot. Apoi a închis, lăsându-mă mai disperat ca oricând, dar și mai supărat pe ea ca niciodată.

Mi-am promis că mă voi linişti şi că îmi voi da suficient timp să mă vindec, să nu o mai iubesc şi să o uit. Cine ştie, poate că alegerea ei chiar era una corectă şi bună pentru toată lumea la un moment dat şi chiar trebuia să am răbdare cu mine, să-mi dăruiesc răgazul de a mă obişnui cu ideea că viaţa merge înainte şi fără ea, dacă tot mă abandonase şi nu dorise să-i dea nicio şansă iubirii noastre.

Dar zilele şi nopţile mele fără de ea erau un coşmar din care mi se părea că nu mă mai trezesc. Eram disperat, nu puteam să mă concentrez la birou, nu puteam să dorm, slăbisem foarte mult şi eram epuizat. Nu reuşeam să mă recompun în omul de care avea nevoie toată lumea şi, mai ales, eu însumi. Ca să pot trăi decent, măcar mulţumit, dacă nu fericit. Cosmin, prietenul meu cel mai bun, îngrijorat de starea mea, din care nimeni şi nimic nu putea să mă scoată, m-a implorat să merg la un psiholog. Mi-a sugerat o terapeută foarte bună şi discretă din Bucureşti, cu care, mai tras, mai împins, am început şedinţele, sperând că mă va ajuta să o uit pe cea care plecase cu tot ce era bun în mine, luând cu ea şi liniştea şi dorinţa mea de a mai trăi.

Numai că la fiecare întâlnire nu-i vorbeam despre mine, ci despre Irina, bucuria şi disperarea mea. Încercam să aflu de la ea motivele Irinei, ce îi determinase reacţiile, ce o făcuse să acţioneze într-un fel sau altul – culminând cu plecarea ei – şi o rugam să mă ajute să înţeleg de ce mă părăsise. Şi, evident, să mă înţeleg pe mine, cel cu care nu mai reuşeam să mă pun de acord şi care mă uimea în fiecare clipă.

Şedinţele la psiholog m-au pus faţă în faţă cu toţi demonii mei, cu traumele născute în trecutul copilului rămas orfan, cu complexele mele de inferioritate, cu teama de singurătate. Am respectat întocmai tot ce-mi ceruse terapeuta, i-am scris Irinei scrisori pe care le-am ars, am iertat-o, am eliberat-o, dar… tot nu eram liber. Eram captiv în iubire. Şi, după mai mult de o jumătate de an în care nu am ştiut nimic de ea, după atât de mult timp în care femeia pe care o visam – ziua cu ochii deschişi şi noaptea când reuşeam să aţipesc – nu mi-a trimis niciun semn, eu încă eram îndrăgostit ca un nebun. Nu la fel de mult ca înainte de a pleca, ci mult mai mult. Și mă hrăneam cu amintirea ei.

Am citit de zeci de ori scrisoarea de la ea și povestea iubirii noastre pe care mi-o lăsase, am privit și am pupat de mii de ori pozele pe care le aveam cu ea și m-am uitat cel puțin încă o dată la filmele pe care le văzuserăm împreună, dar de data aceasta atent, fiindcă atunci când ea era lângă mine nu mă putusem concentra, preocupat doar de prezența ei. Căutam în orice lucru ceva din ea, ceva care să-mi aline dorul de ea. În jurul meu, nimeni nu mai vorbea despre Irina, de parcă murise. Iar prietenii noștri nu voiau să ne amintească de ea, ca să nu ne întristeze și să ne supere.

Într-o zi, am fugit la Brașov, cu gândul că îmi voi domoli în felul ăsta dorul. În sinea mea, speram să nu fie în Germania, ci în apartamentul ei. Sau poate chiar să o zăresc citind pe pajiștea din fața casei noastre.

Am sunat-o pe Simona și am întrebat-o dacă vrea să ne vedem. Am băut o cafea într-un bar și niciunul dintre noi nu a amintit de Irina. Ce-i drept, speram că, exuberantă cum era ea, să-mi spună singură ceva, orice. Dar nici măcar nu i-a pomenit numele. Și-atunci am tăcut și eu, bănuiam că Irina îi lăsase instrucțiuni să nu discute cu mine despre ea.

Trecuse mai mult timp decât puteam suporta departe de Irina și mi-am dat seama că nici trecerea timpului, nici ședințele la psiholog nu mă ajutaseră deloc să mi-o scot din suflet. Ba chiar se produsese un proces contrariu: iubirea pentru ea era și mai bine înfiptă, cu rădăcini adânci, în sufletul meu, iar eu o adoram mai mult ca niciodată. Fiecare zi trăită departe de ea îmi arăta într-un mod nemilos cât de dor îmi este și cât de dependent sunt de ea. Iar fiecare femeie de care am încercat să mă apropii mă făcea să o doresc și mai mult pe Irina mea.

Eram nebun, bolnav, aproape mort de-atâta dragoste și, ca să mă salvez, într-o noapte am decis să plec după ea. Poate aș fi aflat că e fericită fără mine ori că iubește din nou, cine știe?

Şi atunci aş fi făcut cale întoarsă şi nu i-aş mai fi tulburat liniştea. Pe de altă parte, însă, dacă ar fi existat cea mai mică şansă ca ea să mă mai iubească, eram dispus să fac orice sacrificiu şi să o recâştig.

Trebuia să mă sfătuiesc cu cineva înainte să plec ca un apucat în căutarea ei şi am considerat că Doamna este cea mai potrivită persoană cu care să vorbesc despre asta. Am vizitat-o într-o duminică şi i-am spus că, oricât am încercat, nu pot trăi fără Irina. Că iubirea pe care o simt pentru femeia aceea era pentru totdeauna şi că nu pot să renunţ.

– Poate mai ai nevoie de timp ca s-o uiţi, tinere, mi-a spus ea, privindu-mă cu multă atenţie, de parcă ar fi vrut să-mi despice inima şi să se uite în adâncul ei.

– Doamna mea, mi-ai povestit cândva că, pe vremuri, ai iubit un tânăr. Timpul te-a ajutat cumva să nu-l mai iubeşti? Aceşti zeci de ani în care ţi-ai continuat viaţa lângă un alt bărbat minunat, cu care ai avut o familie, copii, nepoţi şi strănepoţi, te-au ajutat să nu-l mai iubeşti? am săpat şi eu în inima ei, privind-o pătrunzător.

Ochii doamnei, de un albastru limpede şi pur, s-au tulburat brusc. Nu mă putea minţi. A zâmbit.

– M-am prefăcut că nu-l mai iubesc şi am putut să-mi văd de viaţă, a oftat ea, fără să-şi îndepărteze zâmbetul enigmatic de pe chip şi din privirea care voia cumva să alunece într-o parte.

– Eu *nu mai pot* să mă prefac.

– Atunci fă ceea ce te îndeamnă inima, mi-a zis ea, cu tot seninul şi înţelepciunea pe care i le dăruiseră anii.

– Crezi că este oportun să-i spun lui Matei tot adevărul? am întrebat-o, curios să aflu ce sfat avea să-mi dea.

– Nu, nu, nici chiar aşa... Chiar dacă nu o mai iubeşte, nu va suporta trădarea ta. Nu-i face asta. Are nevoie de tine, datorită ţie este cât de cât echilibrat. Nu-l lăsa singur pe lume, Robert. Nu vei putea să te ierţi dacă viaţa lui Matei se va ruina, a clătinat ea din cap, vorbindu-mi din tot sufletul şi cu toate cuvintele Irinei.

– Voi pleca să o caut. Dacă nu mă mai întorc, să nu crezi că nu te mai iubesc, Doamnă dragă mie, i-am spus cu sinceritate.

– Of, tinere domn, cum aș putea crede așa ceva? Știu că mă iubești și dacă, totuși, te vei întoarce, dar eu nu voi mai fi, să nu uiți că te-am iubit mai mult decât îți poți imagina, mi-a răspuns ea cu delicatețe și fără niciun pic de amărăciune la gândul că plecarea ei ar putea fi atât de aproape.

– Te rog să mă aștepți, am insistat eu, negând astfel că s-ar putea întâmpla așa ceva. Mă duc să-mi găsesc inima și mă întorc.

I-am sărutat mâna ceremonios, apoi ambii obraji și am plecat. A doua zi, am sunat-o pe Simona și am rugat-o să ne vedem, că pot veni oricând la Brașov dacă este dispusă și disponibilă să ne întâlnim. A preferat să vină la București, mărturisindu-mi că trebuia oricum să-l viziteze pe Angel, iar în ziua stabilită ne-am întâlnit într-o cafenea din București. După un schimb amical, dar destul de rece, de amabilități, am trecut direct la subiectul pe care ardeam de nerăbdare să-l abordez.

– Irina este bine?

– Da, este foarte bine. Mă mir că întrebi, a bătut ea un apropo ușor răutăcios, referindu-se la ultima oară când ne-am văzut și nu am întrebat-o nimic, dar eram decis să nu mă iau la harță cu ea. S-a integrat, și-a închiriat un apartament, lucrează la o bancă, merge la școală și face voluntariat la un azil de bătrâni. Se pare că nu poate trăi dacă n-are grijă de cineva, a zâmbit Simona cu subînțeles.

– Este fericită? am insistat eu să aflu mai multe.

– Știi, ți-aș spune că da, dar mă gândesc la binele ei, nu la al tău. Nu știu, nu cred că este fericită. Tu ești? m-a interogat ea, privindu-mă fix.

– Niciodată n-am fost mai nefericit, i-am mărturisit cu toată sinceritatea, susținându-i privirea.

I-a sunat telefonul și a răspuns. În timp ce vorbea, m-a întrebat dacă mă deranjează să vină și Angel să bea o cafea cu noi. I-am făcut semn că nu mă deranjează, ar fi fost culmea să spun asta, când eu mă dusesem peste el în casa lui de-atâtea ori! Simona i-a spus unde suntem.

– Și-a terminat treaba mai devreme și vine să mă ia. Sigur nu te deranjează? a întrebat ea încă o dată, să fie sigură.

– Nu, deloc. Ți-aș fi spus dacă nu mi-ar fi convenit că vine. Sunteți împreună?

– Nu, deși mi-ar surâde ideea, a chicotit ea încântată. Suntem prieteni foarte buni. Și suntem mai câștigați așa.

– Mă bucur să aflu asta.

– Cum ai putut să nu te interesezi de Irina atâta vreme? m-a luat ea la sigur, brusc și fără menajamente.

– Dar ea cum a putut? am întrebat-o și eu, știind că suna pe toată lumea, mai puțin pe mine.

– Ea știe că ești bine, mi-a tăiat-o Simona. Tu ai știut ceva despre Irina? Dacă îi e bine, dacă suferă, dacă se simte singură?

– Am încercat să o uit, Simo. Pentru că asta și-a dorit ea, mi-a spus-o de nenumărate ori, m-am justificat eu.

– Și ai uitat-o?

– Nu este evident că nu?

– Spune-mi de ce ai vrut să ne vedem, a trecut ea brusc la subiect.

– Vreau să-mi spui unde este Irina, vreau să merg să o văd.

N-am mai ocolit nici eu adevărul, i l-am spus pe șleau, direct; nu aveam ce să ascund.

– Să-i dai viața peste cap?

– Nu mai pot fără ea, Simona, sufăr cumplit. Cred că se și vede – pentru cine are ochi ca să se uite la mine.

Dar pe Simona nu o interesa ce simt eu. Mi-a reproșat că m-am purtat luni întregi de parcă Irina nu ar fi existat, că nu am întrebat-o măcar o dată de ea și că din cauza mea Irina a fugit în lume, departe de toți cei pe care-i iubește.

– Îți plângi de milă, am înțeles, dar te-ai gândit măcar o clipă ce simte ea? Ți-ai imaginat vreodată cum plânge nopțile de dorul Cesarei și al vostru? Tu cel puțin îi ai pe ei, dar ți-a trecut măcar o clipă prin capul ăla sec, o secundă doar, că Irina nu are pe nimeni lângă ea? Spune-mi și mie: pe cine are?

Când tocmai mă pregăteam să-i răspund, să-i explic, Angel și-a făcut apariția în cafenea. M-a salutat politicos și m-a întrebat la fel de politicos cum îmi merge.

– Și-a amintit brusc că există Irina, i-a retezat Simona dialogul amabil.

– N-am uitat-o nicio clipă, Simona, știi bine, nu fi răutăcioasă. Dar dacă aș fi sigur că ea m-a uitat și că-i este bine fără mine, m-aș ține departe de ea.

– Nu-i este bine deloc, a intervenit Angel, foarte convins.

– Tu de unde știi? Vorbești cu ea? l-am întrebat, curios și, desigur, cu o urmă de gelozie în glas.

– Da, vorbesc cu ea și am fost în vizită la ea, mi-a răspuns el, foarte ferm.

– În Germania?!

Nu-mi venea să cred! Probabil că-mi căzuse fața la faza asta. Angel fusese la ea?!

– Angel, poate că..., a încercat Simona să-l oprească.

– Haide, Simona, oamenii ăștia doi și-au făcut rău destul, să nu ne mai jucăm de-a șoarecele și pisica. Da, Robert, am fost cu Simona și cu Timeea la ea. Și am dormit în pat cu ea. Mi-a plâns în brațe, spunându-mi cât de greu îi este să stea departe de tine. Despre asta ce mai spui? Se pedepsește stând singură acolo, printre străini, doar ca să-ți fie ție bine, să nu-ți strice viața și relațiile cu ai tăi. Uite, ăsta e adevărul – dacă vrei să-l știi, dacă într-adevăr suporți sinceritatea.

– Bănuiesc că, dacă vă cer adresa ei, nu mi-o veți da, le-am zis, rugându-mă în gând să reușesc să aflu de la ei cum s-o găsesc pe Irina.

– Bănuiești bine, mi-a spus Simona imediat, fără niciun pic de simpatie.

Angel, în schimb, a căzut puțin pe gânduri.

– Hai să ne gândim la binele ei. Ce ar vrea ea cu adevărat? s-a întrebat el îngândurat, parcă fără să audă ce mi-a spus

Simona, în timp ce ea mă studia cu atenție, încercând probabil să înțeleagă dacă mai sunt demn de încrederea lor.

– Sunt eu, Simona. Același Robert!

Am privit-o drept în ochi, încercând să-i arăt adevărurile despre mine pe care părea să le fi uitat.

– Arăți ca naiba, iartă-mă că-ți spun, a constatat ea drept răspuns.

– Îmi lipsește cea care mă ajută să fiu sănătos și fericit, dacă tot mai crezi că viața mea e minunată fără ea, i-am replicat.

– Du-te la ea, Robert, a spus Angel convins, luându-mă prin surprindere, căci n-aș fi crezut niciodată că e de partea mea.

– Oare e bine ce facem? s-a sfătuit Simona cu Angel.

– Absolut. Trebuie să-și lămurească problemele. Dar, Robert, sper că nu te duci doar ca să i-o aduci în România lui Matei, m-a luat Angel foarte tare.

– Nici vorbă. Am așteptat peste cinci ani să o văd departe de el, în sfârșit s-a terminat totul între ei și așa va rămâne.

– Da, dar tu ești mereu cu Matei, cum vei putea să fii cu ea? s-a mirat Simona.

– Haide să nu ne grăbim cu planurile acum, i-a tăiat-o Angel. Mai întâi să vedem dacă ei se mai iubesc. Iubirea are mereu o soluție salvatoare.

Am stat peste două ceasuri de vorbă cu cei doi prieteni ai Irinei. Iar la un moment dat, în timp ce eram împreună cu ei, exact ea a sunat-o pe Simona. Aveam niște emoții de nedescris! O simțeam de parcă era lângă mine, numai vocea nu i-o auzeam. Prietena ei mi-a făcut semn să nu scot niciun sunet, ca nu cumva Irina să afle că este cu mine. Au vorbit puțin și eu aș fi dat orice să-i aud măcar puțin glasul zglobiu, pe care-l adoram. Simona i l-a dat și pe Angel la telefon, iar el a comutat telefonul pe speaker, ca s-o aud și eu, intuindu-mi probabil pe chip dorința nespusă de a o asculta și dorul cumplit de ea.

– Sper că mă auzi bine, e cam gălăgie aici. Suntem într-o cafenea.

– Ce dor îmi e de voi! Ești bine, Angel? a răsunat vocea ei, pe care nu o mai auzisem de-atâta vreme decât în minte.

– Foarte bine. Ne este dor de tine. Zi-mi că ești fericită, a somat-o el.

– Sunt. Pe jumătate, a suspinat ea.

– Cum doar pe jumătate?

– Păi, am cu mine doar o jumătate de Irina. Pe cealaltă jumătate n-am reușit s-o aduc aici, a rămas lipită de Robert, a spus ea cu naturalețe, făcându-mă să-mi pierd respirația de bucurie.

Abia reușeam să nu-mi arăt emoțiile și să nu-i spun ceva. Așadar, nu mă uitase, simțea tot ce simțeam și eu!

– Te iubim, jumătate de Irina. Ai grijă de tine, a mai îndemnat-o Angel.

– Și eu vă iubesc! Pe toți. Te rog să ai grijă de fetele mele. Și de tine.

Angel a încheiat convorbirea și i-a întins telefonul Simonei.

– Mai avem dubii că ar trebui să-i dăm lui Robert adresa ei? a întrebat-o Angel zâmbind pe Simona.

Eu eram mut de fericire și priveam spre ei cu nădejdea că, dacă nu au nicio problemă să creadă iubirea ei, atunci poate vor da credit și sentimentelor mele într-o bună zi.

Apoi, după ce m-au avertizat, m-au amenințat în fel și chip și m-au rugat să fiu precaut și să nu o rănesc pe Irina și mai tare decât am făcut-o în trecut, mi-au dat în sfârșit adresa ei și toate detaliile de care aveam nevoie ca să pot pleca liniștit să o găsesc, să o revăd și, cu ajutorul tuturor forțelor mele, să o conving să nu ne mai despărțim niciodată.

Nu numai că eram fericit, hotărât și foarte nerăbdător să plec după ea, dar acum nu mai dormeam așteptând să vină ziua plecării. Evident că nu puteam face asta oricum. Nu mă puteam duce la ușa ei așa, pur și simplu, după atâtea luni în care a fost îndreptățită să creadă că nu mi-a păsat de ea. Aveam nevoie de un nou început. Trebuia să o recuceresc din nou și probabil că era nevoie de timp pentru asta. Nu știam ce voi face, cum mă va primi și ce va fi, dar știam că, așa cum spusese și Angel, iubirea găsește mereu o cale, o soluție salvatoare. Iar felul în care știam că o iubesc m-ar fi ajutat cu siguranță, măcar pentru puritatea și devotamentul cu care o iubeam de atâția ani, dacă nu pentru mine, omul.

Nu puteam da buzna în viața ei. Mi-am propus să mă mut și eu în aceeași clădire în care locuia ea. Știam de la prietenii ei că locuiește într-un bloc destinat exclusiv închirierii și că existau încă apartamente libere. Așadar, șanse aveam dacă mă mișcam rapid și organizat.

– O să mă mut și eu în același bloc cu ea, le-am spus, hotărât.

– O să poți tu să locuiești într-un apartament mic? m-a tachinat Simona.

– Aș putea locui oriunde cu Irina, i-am răspuns entuziasmat.

Angel a zâmbit și mi s-a părut că văd o umbră de gelozie pe chipul lui. Posibil să mi se fi părut, nu știu, poate eu eram de fapt cel gelos și suspicios, aveam antecedente.

– Mai ești îndrăgostit de ea? l-am întrebat, zâmbind la rândul meu.

– O iubesc tare mult, Robert, mi-a recunoscut senin, poate că atât de senin cum ar fi doar un bun prieten, dar nu știam ce să mai cred. Și vreau să fie fericită. Merită să fie fericită, mai ales că a adus atâta bine în viața noastră, a adăugat el.

– Robert, ce-i vei spune lui Matei? a intervenit Simona, curioasă în privința soluției mele pentru cea mai grea problemă.

– Habar n-am în clipa asta, dar o voi găsi pe cea potrivită și corectă pentru toată lumea, calea cea dreaptă, așa încât să nu fie nimeni rănit, le-am spus, cu toată încrederea că totul va fi bine.

Întors acasă, odată ce am luat hotărârea să plec ca să fiu împreună cu ea, am căutat un moment potrivit să stau de vorbă cu Matei. Nu aveam discursul pregătit, trebuia să îl adaptez în funcție de reacția lui. L-am abordat într-o seară, când l-am găsit citind liniștit în living.

– Matei, vreau să vorbim despre ceva important, l-am atenționat.

– Sigur.

A renunţat de îndată la poziţia lui comodă şi s-a aşezat pe canapea, gata să mă asculte cu toată atenţia.

– Am avut o perioadă foarte grea. Și am nevoie să plec o vreme.

– Unde să pleci? a înțepenit el șocat, privindu-mă întrebător și cu uimire.

– Îmi place o fată şi vreau să încerc să locuiesc cu ea.

– Aşa serioasă e relaţia voastră şi eu n-o cunosc? s-a minunat el de un asemenea secret, ținut departe de el.

– Am vrut să fac lucrurile altfel de data asta. Simt nevoia să mă desprind puțin de Snagov și de tine, i-am spus repede, dintr-o răsuflare, dar foarte sigur pe mine.

– Deci te vei muta de aici? m-a întrebat, de parcă tot nu era sigur că a înțeles perfect ceea ce-i zic.

– Da.

– Unde? m-a întrebat el, pe bună dreptate.

– Problema este că n-o să mai pot să mă ocup de firmă, am ocolit eu răspunsul, servindu-l cu un alt subiect, la fel dc complicat.

– Glumeşti, aşa-i?!

– Nu, Matei. Nu glumesc, sunt cât se poate de serios, i-am subliniat eu, apăsat, pentru că numai de glume nu-mi ardea.

– Ce te-a apucat? Nu înțeleg nimic, ce-i cu tine?

Deja sărise în picioare, năucit de toate veştile pe care i le dădeam. Era șocat. Iar eu știam foarte bine că nu s-ar fi descurcat la firmă fără mine, cum şi el o ştia la fel de bine. M-a descusut, m-a rugat să mă mai gândesc şi mi-a făcut tot felul de promisiuni.

– Înţeleg că eşti obosit. Ai dreptate, am tras mult de tine, tu chiar nu ai avut o viaţă. Dar îţi promit că voi schimba asta. Ascultă-mă, unde naiba pleci?

– Matei, nu despre asta e vorba. Am făcut totul cu drag. Am muncit pentru familia noastră, nu pentru străini, n-am simţit că e un efort.

– Și-atunci de ce vrei să pleci și să-ți abandonezi familia? m-a întrebat el cu durere.

– Dar nu vă abandonez, pur și simplu am nevoie de această schimbare. Te rog, nu mă face să-mi fie și mai greu, l-am rugat.

– La noi te gândești? a insistat el.

– Da, Matei, de când vă știu mă gândesc numai la voi, i-am răspuns, dar fără să sune ca un reproș, ci ca un adevăr de necontestat. Greșesc dacă acum mă voi gândi și la mine?

A tăcut. Își frământa mâinile, ceea ce-i trăda nervozitatea.

– A plecat Irina, acum pleci și tu. Ne lăsați de izbeliște, a făcut el o paralelă între plecarea ei și a mea, de-acum.

– Nu fac asta, Matei. Ești fratele meu, voi sunteți familia mea, dar te rog să înțelegi că am nevoie și eu de o gură de aer. Și mai ales de o viață numai a mea.

– Bine, fie. Dar zi-mi măcar unde pleci.

Era normal să vrea să știe, mai ales că, de când intrasem ca frate al lui în casa familiei, eram mereu împreună, de nedespărțit. Nu-i puteam spune că plec în Germania, mi-era teamă că ar fi făcut legătura cu Irina, dar nici în țară nu aveam cum să mint că voi fi. Dacă l-aș fi sunat de acolo, ar fi văzut numărul de telefon. Eram nevoit să-i spun că voi pleca în Germania.

– În Germania.

– Pe bune? Ce are, frate, Germania asta de pleacă acolo toți cei pe care-i iubesc?

– N-are nimic mai mult ca altele, dar acolo e fata care-mi place. Acolo lucrează.

– De aceea nu ai adus-o la noi? m-a întrebat iar, parcă lămurit brusc de ce nu i-o prezentasem.

– Da. A stat puțin în țară de fiecare dată când a venit și nu am avut ocazia să o aduc aici.

Mă simțeam ca ultimul om mințindu-l așa, dar nu-mi dădea de ales când punea astfel de întrebări.

– Nu poate veni ea aici? Ar avea tot ce visează, noi am putea s-o susținem, să…

– Vezi, Matei? Nu avea Irina dreptate când spunea că tu îi posezi pe oameni, că nu-i lași să trăiască unde și cum vor? l-am dojenit eu cu blândețe, dar suficient de ferm încât să-l fac să înceteze cu încercările de a-mi forța mâna ca să-mi schimb decizia.

N-a mai spus nimic. L-am asigurat că l-am învățat pe un angajat tot ceea ce trebuie și că acesta va putea fi mâna lui dreaptă în firmă, iar lui nu-i mai rămânea decât să încheie contractele noi și să se asigure că sunt respectate termenele de plată și livrările.

– Să înțeleg că-ți pregăteai de ceva timp debarcarea?

Căzuse pe gânduri, socotind în minte cu tristețe de când plănuiesc plecarea.

– Te voi ajuta, Matei, nu plec pe altă planetă, te voi suna zilnic. Majoritatea lucrurilor se pot rezolva și fără să fiu eu prezent în firmă. În ziua de azi e suficient să ai un telefon și o legătură la internet ca să ai biroul unde vrei.

Mă durea sufletul să-l las singur, dar nu aveam încotro, nu mai puteam trăi fără femeia pe care o iubeam de-atât amar de timp. Și poate că o asemenea experiență l-ar fi ajutat pe Matei să nu mai fie atât de dependent de mine, să se maturizeze și să devină mai responsabil. Primul pas îl făcuse Irina prin plecarea ei, dar și prin lecțiile pe care el le învățase de la ea, alături de ea.

În zilele următoare, m-am pregătit de drum, iar Matei, fără să renunțe, a încercat subtil, însă lipsit de succes, să mă facă să mă răzgândesc. Când mi-a văzut determinarea, a încercat să se implice, să afle detalii și a scos din cont o sumă mare de bani pe care mi i-a dat să-i am la mine. L-am refuzat, aveam mai mulți bani decât mi-ar fi trebuit, dar a insistat, așa cum făcea mereu când dorea să aibă ultimul cuvânt.

– Poate ajungi și pe la Irina. Aș vrea să te asiguri că nu-i lipsește nimic, mi-a spus grijuliu. Dă-i ei banii ăștia.

– Știi bine că nu ar primi bani de la noi. Dar voi încerca să dau de ea, să mă asigur că e bine, l-am liniștit eu.

– Chiar nu știi în ce oraș s-a mutat?

– Chiar nu știu. Nici măcar prietenilor ei nu le-a spus unde stă, ca să fie sigură că nu vom da de ea.

– Îmi e atât de dor de ea! Sunt sigur că o sună mereu pe Oli ca să afle despre Cesara, a căzut el pe gânduri.

Trecuse ceva timp de când nu mai vorbisem cu Matei despre ea.

– O mai iubești? l-am întrebat.

– Enorm. O voi iubi pe Irina până voi muri, mi-a mărturisit el.

În ziua în care am plecat, Matei a plâns. Asta era o surpriză și pentru mine: nu mă așteptam la asta, să plângă pentru mine.

– Să mă ierți, Robert, pentru toate supărările. Poate că nu ți-am mulțumit mereu pentru tot ce ai însemnat în viața mea, sunt sigur că nici măcar un frate bun nu ar fi făcut tot ce ai făcut tu, m-a strâns el în brațe și m-a bătut cu palma pe spate.

– Și tu să mă ierți dacă nu am reușit mereu să fiu așa cum te-ai așteptat.

– Nu, nu. Tu să mă ierți că nu am fost fratele pe care l-ai fi meritat. Tu ai fost pentru mine cel mai bun frate pe care îl puteam avea.

Îmi vorbea trist, cu voce sugrumată, de parcă făcea tot posibilul să nu lase emoțiile să-l invadeze, însă vedeam că e marcat de despărțirea noastră, praf de supărare.

– Sunt încă fratele tău și voi fi mereu. Și nu te întrista așa, nu plec pe front. Sunt două mii de kilometri, nu capătul lumii.

– E doar geografie, cum spunea mereu Irina, nu-i așa? m-a strâns el încă o dată în brațe, apoi mi-a dat drumul.

L-am lăsat pe Matei mai trist și mai singur ca niciodată și am plecat în Germania. Mă consola gândul că-i are pe toți dragii noștri alături și că ei toți – și mai ales fetița lui – or să-l mângâie și pentru mine, încurajându-l, dar și responsabilizându-l.

Abia acum înțelegeam ce a simțit Irina când a plecat de lângă noi și o admiram pentru curajul și puterea de a înfrunta o durere atât de mare. Cu greu suportam gândul că voi fi departe de Cesara, de Oli, de mama și mai ales de Doamna mea dragă și înțeleaptă, confidenta mea, care era deja foarte în vârstă și devenise neputincioasă din punct de vedere fizic.

Odată ajuns în orașul unde locuia Irina, am fost nevoit să mă cazez la un hotel, sperând ca a doua zi să reușesc să dau de firma care închiria apartamentele din blocul ei. Nu aveam de gând să-mi petrec prea mult timp într-o cameră rece, departe de ea, așa că am mers personal la agenția imobiliară în ziua următoare și am găsit două apartamente libere. L-am ales pe cel aflat lângă ea – ce bucurie că l-am găsit neocupat! În plus, spre norocul meu, era finisat și mobilat, gata să mă primească. L-am închiriat pe o perioadă nelimitată, iar în ziua următoare, pentru că viitoarea mea locuință era disponibilă, agentul m-a condus la fața locului și mi-a predat-o. Așa că mă puteam instala deja și toată lumea era mulțumită: eu puteam să fiu lângă Irina foarte rapid, proprietarul vedea în sfârșit că investiția lui începe să producă, iar agentul își încasa imediat comisionul de la un client nu numai solvabil, ci și hotărât și deloc mofturos.

Știam că Irina era la serviciu. Simona mă iertase și devenise din nou prietenă cu mine, astfel încât mă ținea la curent cu programul ei. Nu voiam să mă întâlnesc cu Irina întâmplător, nici nu mă simțeam capabil de o întâmplare chipurile neprevăzută. Îmi era necesar să respir mai întâi același aer cu ea și, mai ales, aveam nevoie să mă pregătesc sufletește, pentru că viața mea începea din acel punct, din acel oraș – adică de la zero. Dar, slavă Domnului, cu ea! Doar împreună cu ea.

Mi-am dus bagajul în noul meu apartament abia seara târziu și mă simțeam ca în poveștile cu perechi fericite care se privesc în ochi, se țin de mână și-și spun la apusul vieții „Am început de la lingură și furculiță". Sigur, nu era cazul nostru, dar îmi plăcea să visez la o astfel de zi, chiar dacă nu am fi povestit despre viața noastră folosind aceeași frază. Probabil că ideea îmi venise în minte când mi-am dat seama că nu am nici măcar așternuturi. Așa că am dormit în patul din dormitor cu un pulover în loc de pernă și m-am învelit cu un prosop, fericit că sunt la un perete distanță de ea, dar și nefericit că nu o pot lua în brațe când era atât de aproape de mine...

Eram la câțiva pași de iubirea vieții mele. Iar restul se putea rezolva dacă eram lângă ea, cu ea. Cu greu m-am stăpânit să nu-i bat la ușă în seara aceea! Am încercat să-mi ocup gândurile – până m-ar fi luat somnul – cu o grămadă de scenarii în care plănuiam întâlnirea noastră. Sigur, parcă niciunul nu mă convingea că este cel corect, așa că, de tot atâtea ori, m-am și răzgândit. Nu puteam să apar brusc în fața Irinei. Trebuia să mă insinuez din nou în viața ei, dar sub forma unui alt început, lăsând trecutul în urma noastră și luând din el doar ceea ce era frumos – cam asta-mi doream, așa ceva aveam în minte. Îmi doream o reîntâlnire romantică, cum știam că i-ar plăcea, o revedere care să spună totul despre povestea noastră de iubire irepetabilă. Mai aveam nevoie doar de o idee genială, care, bineînțeles, se lăsa așteptată, deși ceva-ceva încolțise în mintea mea. Iubirea noastră merita un nou început și, mai ales, merita să fie trăită deplin, clădită pe o temelie care nu se deteriorase în timp, ba chiar, dimpotrivă, parcă devenise și mai rezistentă.

Tot de la Simona aflasem că în ziua următoare Irina avea programare la un salon de înfrumusețare, unde mergea împreună cu vecina ei, o nemțoaică simpatică și sufletistă cu care legase o prietenie frumoasă, așa că am stat în casă și am pândit-o de la fereastră, să o văd când pleacă. Am spionat cu grijă, nu aveam perdele la geamuri și îmi era teamă că m-ar putea zări și stricam astfel toată surpriza. Îmi venise, într-un târziu, și ideea simplă, dar mai mult decât revelatoare, pentru regăsirea noastră și a iubirii ce ne ținea sufletele legate unul de celălalt, chiar și la distanță, chiar trecând prin toate încercările pe care ni le hărăzise soarta.

Am stat ascuns după colțul ferestrei și am zărit-o urcând în mașina vecinei, iar în momentul acela mi-am simțit inima bătând din nou cu putere, cu încredere, fericită. Cât de dor mi-a fost să o văd! Am așteptat până când mașina s-a pierdut în zare, apoi am plecat și eu în oraș, să-mi cumpăr câteva lucruri absolut necesare, cum ar fi fost așternuturile. Dar mai ales aveam nevoie de un CD player. Pentru că planul meu era să pun cântecul nostru, *Nebun de alb*, să se audă până la ea.

Era melodia noastră, cea de care ne legau amintiri minunate. Și speram că, dacă o va auzi, își va da seama că venisem acolo numai și numai pentru ea, pentru că fără ea jocul destinului cu mine nu avea niciun gust și niciun sens. Nu aveam de gând să-i bat la ușă și nu voiam ca ea să facă nimic din ceea ce nu-și dorea. Aș fi vrut să asculte muzica noastră, cuvintele acelea pe care le simțeam amândoi profund, să înțeleagă că iubirea mea e mai puternică decât orice și, la final, să decidă ea ce și cum vrea să facă. Eu îmi luasem deja partea mea de hotărâre.

Nu am zăbovit prea mult în oraș, scopul meu nu era să mă plimb și să fac pe turistul. Mi-am cumpărat strictul necesar și m-am întors urgent cu un taxi, foarte atent să nu dau nas în nas cu Irina. Am instalat CD playerul, am pus niște muzică și m-am apucat să aranjez puțin apartamentul. Am scos mobilierul de terasă pe care proprietarul apartamentului îl ținuse în sufragerie și am mutat puțin patul din dormitor, căci era prea aproape de ușă.

Din când în când, puneam cântecul *Nebun de alb* cu sonorul foarte ridicat, sperând din inimă că îl va auzi. Și nu am știut dacă se întorsese acasă până când nu am văzut că a deschis ușa terasei, care era aproape lipită de terasa mea. Fiecare clipă care trecea și în care încă nu se întâmpla nimic mă făcea să devin nervos și înspăimântat. Îmi era teamă că Irina mea mă va respinge, că nu se va bucura că mă vede, că mă va alunga sau, și mai rău, ca va fugi din nou de mine și de dragostea mea, refuzând acest nou început pe care-l plănuisem în detaliu.

Cum nu venea niciun semn dinspre ea, habar nu aveam cât de bine se aude muzica pe care o pusesem doar pentru urechile noastre. În plus, îmi era atât de dor de ea, după lunile în care nici măcar nu o auzisem, încât simțeam că-mi pierd răbdarea, că o să-l las naibii de scenariu și că o să mă duc să-i sun la ușă și să o iau în brațe. Dar, spre norocul meu, când am ieșit pe balcon să văd dacă ușa de la terasa ei mai este deschisă, am văzut-o stând pe un scaun, în lumina blândă a soarelui la asfințit, care îi strălucea în părul lung, învolburat și mătăsos... Era tabloul pe care mi-l imaginasem mereu în răstimpul în care nu o văzusem, era icoana la care sufletul meu se închina clipă de clipă de cinci ani de zile, indiferent că era aproape sau departe de mine.

Scria ceva – în jurnalul ei, probabil. Am intrat tiptil din nou în casă și am pus pe *Repeat* cântecul nostru, *Nebun de alb*, apoi am ieșit pe balcon și m-am așezat încet pe un fotoliu. Am privit-o minute în șir, dar Irina nu mă vedea, își ținea capul aplecat. Numai mâna a încetat să se mai miște la un moment dat, se oprise din scris. Iar asta m-a făcut să cred că auzea cântecul. Oare știa că sunt eu? Sau poate punea totul pe seama unei coincidențe ciudate? Apoi a pus jurnalul într-o casetă și a întors privirea parcă cu încetinitorul înspre mine, simțind probabil că era cineva atât de aproape de ea. Când m-a văzut, a înlemnit.

Ne-am privit câteva clipe drept în ochi, fără să fim capabili să reacționăm. Iar inima mea era din nou întreagă, doar uitându-mă în ochii Irinei se recompunea încetul cu încetul, din bucățile în care, sfărâmată, totuși supraviețuise – sperând la clipa când va fi din nou ca la începutul lumii, neștirbită, împlinită. Completă.

Nu mai aveam răbdare, îmi doream să o strâng în brațe, să-i spun că o iubesc și să aflu dacă și ea mă mai iubește. M-am ridicat și am pășit spre capătul balconului, iar când am ajuns lângă balustradă, am întins mâna spre ea, ca într-un dans magic spre care ne purtau sufletele, ca un zbor lin. S-a ridicat, s-a apropiat și a întins la rândul ei mâna către mine. Iar în clipa în care pielea mea i-a simțit pielea caldă și delicată, am avut din nou senzația că îmbrățișez întreaga lume, cu tot ce are ea mai important cuprins în palma mea. Cu tot ceea ce mă făcea să trăiesc și să fiu fericit.

Apoi, i-am eliberat mâna încet și, fără să rostim niciun cuvânt, am intrat amândoi în apartamentele noastre, mergând către ieșire. Am deschis ușa, am pășit pe coridorul clădirii și, după câteva clipe, a ieșit și ea. Iar când am ajuns față în față, mi-a sărit în brațe. Plângeam amândoi în hohote de atâta fericire și ne strângeam cu putere în brațe, iar eu îi sărutam febril ochii, gura, fruntea, părul, lacrimile care-i curgeau pe obraji.

– Am crezut că mă urăști! mi-a spus, printre sărutări și suspine.

– Crezi că ura m-ar fi adus aici?

M-am uitat în ochii ei verzi, pe care-i visam din clipa în care îi văzusem pentru întâia oară, să o las să citească adevărul în privirile mele lacome de iubire.

– Visez, așa-i?

– Nu visezi. Ți-am spus că nu există loc în lumea asta în care să nu vin după tine, i-am răspuns, continuând s-o strâng la piept.

– Și iubita ta?

– Care iubită?

Aflase probabil de la Oli de iubita pe care o invocasem ca scuză să pot pleca de acasă.

– Am aflat că ai o iubită.

– A fost o născocire, ca să am motive să plec de acasă. Am avut multe de rezolvat, să știi, i-am zis, fericit.

Până la urmă, într-un fel chiar era adevărat, aveam o iubită: pe ea!

– De ce ai venit? m-a întrebat, cuibărindu-se și mai bine în brațele mele, alintându-se, dar în același timp și ușor speriată de răspunsul pe care nu-l anticipa și care n-ar fi fost poate cel pe care și-l dorea.

Dar de data asta aveam de gând s-o uimesc, deși replica mea era atât de simplă și de firească.

– Pentru că nu mai pot și nu mai vreau să trăiesc fără fluturii de care m-ai făcut dependent. Pentru că vreau să-ți ofer povestea pe care o merităm amândoi. Te iubesc, înțelegi?

– Până când?

– Până la sfârșit. Și după aceea.

Dar cine poate să știe când va fi sfârșitul unei povești? Eu simțeam că basmul nostru abia acum începe și îmi doream să-i ofer cea mai frumoasă poveste de dragoste din lume, o viață plină de iubire. O poveste care, dacă era s-o aștearnă în scris vreodată, așa cum a promis, să-i facă pe cei care o vor citi să creadă cu toată ființa lor în dragoste, să nu se teamă de ea și să lupte pentru iubirea și fericirea de care au nevoie și depind inimile lor.

Însă Irina mea mă iubea mai mult decât îmi puteam imagina și punea fericirea mea înaintea fericirii ei. Ca de obicei. Că așa era ea construită, din bunătate, dăruire și sacrificiu. După o seară de vis și cea mai frumoasă noapte a noastră dintre cele prea puține pe care le trăiserăm, la acel mic dejun pe care-l iubea așa de mult, mi-a spus că nu mă poate lăsa să mă arunc orbește într-un viitor incert și nici nu vrea ca alegerea mea să-i rănească pe toți aceia pe care-i iubeam și care, mai ales, mă iubeau. Chiar dacă eu demarasem deja totul și planul meu începuse încă de la plecarea din țară.

Am încercat s-o conving că sunt hotărât să-mi asum totul, să încep o viață alături de ea și departe de oamenii dragi, dar ea nu putea accepta decizia mea, pentru că nu i se părea a fi cea corectă din toate punctele de vedere.

– N-aș putea trăi știind că din vina mea oamenii pe care-i iubești te detestă, mi-a spus. Nu vreau să-ți încarc sufletul cu sentimente de vinovăție, nu vreau să rămâi singur sau să-ți reduci lumea la mine și atât.

– Nu mă vor detesta, Irina. Când vor afla, da, se vor supăra, dar cu timpul vor înțelege și vor accepta.

– Poate că vor înțelege, dar nu te vor mai iubi, iar eu nu vreau să-ți iau dragostea și prețuirea tuturor. Meriți iubirea și respectul lor. Eu, oricât de mult te-aș iubi, nu voi putea compensa lipsa familiei și a oamenilor dragi din viața ta.

– Și-atunci ce e de făcut? Renunți la mine?

Mă întristasem iar, de parcă îmi aluneca din nou printre degete, de parcă îmi lua iarăși inima și o rupea în două.

– Nu pot renunța la tine, Robert. Îmi bați în piept, înțelegi? Ne vom iubi, dar pe ascuns. Dacă și tu ești de acord, desigur.

Mă uimea iar, cine știe pentru a câta oară...

– Cum așa? Tu aici, iar eu în România?

– Nu, nu, și-a apărat ea ideea. Vin și eu în România, mă mut la Brașov și ne vedem când se poate, a concluzionat, hotărâtă.

– Ești capabilă să accepți o asemenea relație? Ai nevoie de mai mult, Irina. Meriți mai mult. Și eu merit mai mult de-atât, nu pot să trăiesc doar fragmente dintr-o viață alături de tine.

– Nu am de ales. Înțelege că nu voi fi niciodată fericită dacă te despart de ai tăi. Și nu sunt mai bune bucățile de fericire decât a trăi împreună o nefericire continuă că ți-am îndepărtat familia?

Am crezut că mai are nevoie de timp să accepte că eu o alesesem pe ea și că sunt dispus să-mi asum orice pierdere și disprețul tuturor. Dar Irina era Irina și, într-adevăr, mă iubea pe mine mai mult decât se iubea pe sine. Era responsabilă, dreaptă cu toți, dar mai puțin cu ea, și nu voia să-mi permită să fac asemenea sacrificii. Mi-a spus că singurul mod în care va accepta să fim împreună este să ne iubim pe ascuns – și a fost foarte categorică în privința asta. Și, da, era dispusă să-și asume o asemenea relație, să ne vedem doar atunci când puteam eu, să ne trăim iubirea în secret, doar ca să nu sufere cei dragi mie, dar și ei. Și, mai ales, ca să nu sufăr eu departe de ai mei...

Oricât de nebunească și de imposibilă mi se părea propunerea ei, era, aparent, singura cale de a fi împreună fără să-i rănim pe toți aceia pe care-i iubeam și care ne iubeau.

– Nu suntem nici primii, nici ultimii care se iubesc în secret, m-a încurajat. Asta e singura noastră șansă. Deocamdată, nu știu câtă vreme. Poate doar un timp, poate pentru totdeauna.

– Ești conștientă că nu voi putea fi cu tine mereu, mai ales de Sărbători sau când vei merge la petreceri și la diverse întâlniri cu prietenii tăi? Poți să suporți o astfel de situație?

Voiam s-o atenționez că pornim la un drum foarte greu, mai ales pentru ea.

– Da. Sărbătorile mele vor fi atunci când vei fi lângă mine. Și pot foarte bine să merg la evenimente și neînsoțită, mi-a zâmbit Irina, întinzându-mi un biscuit făcut de ea pentru a însoți perfect cafeaua.

– Irina, cum să-ți fac asta? Meriți o familie, meriți să ai un om lângă tine tot timpul. Tu-ți dai seama ce-mi ceri? Vreau să-ți ofer tot ceea ce meriți, vreau să fii fericită.

– Și nu putem fi o familie dacă nu ești tot timpul lângă mine? Crezi că toți cei care sunt nedespărțiți se simt mai uniți și mai fericiți pentru că stau mereu împreună? Iar tu nu trebuie să-mi oferi nimic. Doar iubește-mă și voi fi fericită.

De data asta și-a încheiat fraza oferindu-mi nu un biscuit, ci zâmbetul ei fermecător, alături de răspunsul perfect adevărat pentru felul în care vedea ea lucrurile, viața și iubirea.

– Te-ai gândit că lumea se va mira că ești singură, că nu ai un iubit? am continuat eu tirul întrebărilor.

– Le voi spune că am un iubit. Voi inventa un nume și o poveste credibilă, a surâs ea enigmatic.

– Vor dori să-l cunoască, nu crezi?

– Iar eu voi amâna asta. Voi evita ocaziile în care ar putea să-l cunoască. Nu sunt obligată să-mi expun viața sufletească, să fac paradă cu bărbatul pe care-l iubesc și să-l scot în lume ca pe un trofeu.

– Și cât timp vei putea face asta?

– Până la sfârșit. Dacă cineva va merita vreodată, va afla cine ești, iar pentru ceilalți vei fi un mister. Știi ceva? Nu părerea celorlalți mă preocupă. Nu-i datorez nicio explicație nimănui. Fericirea mea nu depinde de alții și nu trebuie să-i dau socoteală cuiva.

– Faci totul să pară atât de simplu! Și cum le vei spune că se numește iubitul tău?

– Nu știu. Ce-ar fi să le spun, pur și simplu, că se numește Alex?

Oricât de nebunească mi se părea ideea Irinei, în acel moment era singura noastră șansă de a fi împreună fără a ne pune o lume întreagă în cap. Iar când spun „lume" mă refer la familia mea, la cei dragi nouă, amândurora. Însă eu am acceptat-o cu greu, fie și ca soluție temporară. Îmi doream să-i dăruiesc pe lângă iubire și toată viața mea, să-i ofer mai mult, să avem o familie adevărată și speram că în viitor lucrurile se vor aranja astfel încât să fi împreună fără să ne mai ascundem de cei pe care-i iubeam.

Și în felul acela am pus țara la cale, am stabilit și am căzut de acord să ne întoarcem în România, ea să locuiască la Brașov, iar eu să stau la Snagov, alături de familia mea, până când mă puteam desprinde de ei ca să ne mutăm împreună. Cei de la Snagov știau oricum că am o iubită care locuiește în Germania, așadar puteam amâna și eu să le-o prezint. Și aveam motive să plec de acasă pentru mai mult timp și oricând, fără a fi nevoit să le dau explicații.

Am hotărât împreună cu Irina să-i ascundem lui Matei faptul că ea s-a întors în România și chiar să vină din când în când să le vadă pe Cesara, pe Oli și pe Doamna Polixenia, însă, deocamdată, fără știrea lui.

– Pe fetiță va trebui să mă mulțumesc să o văd de la distanță, mi-a spus ea cu tristețe în glas. Nu vreau s-o învăț să se furișeze și să-l mintă pe Matei, e tatăl ei. Mă voi bucura de ea o dată la câteva luni, când voi veni oficial în vizită, cu știrea lui, iar el va crede că mă aflu doar în vacanță în România.

– Iubita mea, cum te gândești tu la toate și la toată lumea! Dar la tine cine se gândește? De binele tău, de fericirea ta cine are grijă?

– Dumnezeu!

Am privit în ochii ei rotunzi de copil, plini de iubire, credință și candoare, dar și de putere și determinare, în al căror verde adânc cu irizații aurii părea că se aruncase încrezătoare, cu capul înainte, toată strălucirea unei veri coapte, cu fluturii ei cu tot. I-am zâmbit cu speranță, știind de multă vreme de cine sunt îndrăgostit: de cea mai frumoasă și mai bună femeie din lume. Și-am luat-o în brațe, recunoscător că mă vrea pe mine, cu toate problemele pe care le aduceam în viețile amândurora.

– Irina, până când te vei putea sacrifica în numele iubirii?

– Știi deja, a zâmbit ea, cu tot sufletul așezat în privirea ei de culoarea speranței. Până la sfârșit.

Bestsellerurile Irinei Binder apărute la Editura For You:

EDITURA FOR YOU
Str. Hagi Ghiță, nr. 58, Sector 1, București
Tel./fax: 021/665.62.23
Mobil: 0724.212.695; 0724.212.691
E-mail: contact@editura-foryou.ro
comenzi@editura-foryou.ro
Website: www.editura-foryou.ro
Facebook: EdituraFY
Instagram: @edituraforyou
Twitter: @EdituraForYou